HEYNE
BÜCHER

Das Buch

Unzählige Geschichten um König Artus und die Ritter der Tafelrunde haben Generationen von Lesern begeistert. Hier ist ein Artus-Roman der anderen Art!

Als der 10jährige Arthur Blessing in Chicago einen seltsamen Becher findet, ahnt er noch nicht, um welch wertvollen Fund es sich dabei handelt. Doch bald schon wird ihm und seiner Tante Emily, die den verwaisten Neffen bei sich aufgenommen hat, klar, daß etwas nicht mit rechten Dingen zugehen kann. Da nützen auch all die wissenschaftlichen Erklärungen der kopflastigen Akademikerin Emily nichts – der Kelch scheint mit übersinnlichen Kräften ausgestattet zu sein. Inzwischen ist Saladin, ein inhaftierter Schwerverbrecher, aus seinem Gefängnis geflüchtet, und seine Mannen sind Arthur und dem Kelch auf der Spur. Doch Arthur und seine Tante fliehen nach England, wo der Junge überraschenderweise eine Schloßruine geerbt hat.

Was folgt, ist ein Kampf zwischen Gut und Böse, zwischen Saladin, dem Bösewicht, der schon seit biblischen Zeiten auf der Jagd nach dem Heiligen Gral durch die Jahrhunderte geistert, und Arthur, der modernen Reinkarnation des sagenhaften Königs …

Die Autoren

Molly Cochran und Warren Murphy haben schon mehrere Bücher gemeinsam geschrieben. Warren Murphy ist Co-Autor der *Destroyer*-Serie, die erfolgreich für Fernsehen, Kino und Comics adaptiert wurde. Des weiteren ist er Co-Autor von *Lethal Weapon 2*. Molly Cochran ist Autorin einiger Thriller. Zusammen erhielten sie bereits dreimal den begehrten Edgar Allan Poe Award.

Das Ehepaar lebt mit seinem Sohn in Bethlehem in Pennsylvania.

MOLLY COCHRAN
WARREN MURPHY

# HERR DER JAHRHUNDERTE

*Roman*

Aus dem Amerikanischen
von Peter Meier

Deutsche Erstausgabe

WILHELM HEYNE VERLAG
MÜNCHEN

HEYNE ALLGEMEINE REIHE
Nr. 01/10502

Titel der Originalausgabe
THE FOREVER KING

*Umwelthinweis:*
Das Buch wurde auf
chlor- und säurefreiem Papier gedruckt.


Printed in Germany 1997
Umschlagillustration: Mel Grant
Umschlaggestaltung: Atelier Ingrid Schütz, München
Satz: Pinkuin Satz- und Datentechnik, Berlin
Druck und Bindung: Pressedruck, Augsburg

ISBN 3-453-13085-5

## Prolog

Der König war tot. Daran konnte es keinen Zweifel mehr geben.

Der alte Mann war zur Burg gegangen und hatte beobachtet, wie die Ritter in Prunkrüstung den Leichnam des Herrschers zum See hinabgetragen und auf einem Totenfloß den Wellen übergeben hatten.

Als die Ritter zur Burg zurückgekehrt waren, ging er zu der Stelle, wo sie das mit Edelsteinen besetzte Schwert des Königs versenkt hatten, und holte es aus dem Wasser. Er nahm es mit in die Einsamkeit seiner Höhle, in der er nun die meiste Zeit verbrachte.

Viele Nächte hindurch starrte er im flackernden Schein des Lagerfeuers das Schwert an, und mehr als einmal weinte er um den jungen Mann, der sein Schüler und Freund gewesen war und in den er so hohe Erwartungen gesetzt hatte. Einmal hatte er sogar zu hoffen gewagt, daß der Jüngling für alle Zeit herrschen würde.

Doch nun war diese Hoffnung zu Grabe getragen worden.

Alles starb mit der Zeit, dachte der alte Mann verbittert.

Er trauerte bis zum Neumond, dann ging er noch einmal in die Nähe der Burg, um dort Sand und zerstoßenen Kalkstein mit Wasser zu verrühren.

Er hob eine Grube aus, legte das Schwert sorgsam hinein und füllte das Loch mit Mörtel.

Niemand würde das Schwert finden, und später einmal würde auch die Burg der Zerstörung anheimfallen. Keine Lieder sollten den toten König besingen, keine Bücher sein Leben schildern. Es wäre so, als hätte er gar nicht gelebt, als wäre nichts von alledem geschehen.

Vielleicht war das gut so. Vielleicht war es besser, den schönen Traum von ewiger Gerechtigkeit sterben zu lassen.

Aber warum dann kritzelte der verbitterte alte Mann

nach einigem Zögern hastig eine Botschaft in den Mörtel, bevor er zu hart wurde?

Weil ich eben ein abergläubischer alter Narr bin, dachte er, kehrte der riesigen Burg den Rücken, ging gemessenen Schritts zu seiner kleinen Höhle zurück, hüllte sich in Tierfelle und legte sich zum Sterben nieder.

Doch er schlief nur.

… und träumte.

… und wartete.

# ERSTER TEIL
## *Der Junge*

# 1

Es war wieder soweit.

An diesem Julinachmittag wäre es auch ohne die sengende Glut der Flammen, die das Atmen schwer machte, schon heiß genug gewesen. Durch das Krachen des Holzes und das wütende Zischen des unglaublich hohen Benzinfeuers klangen die hektischen Stimmen der Feuerwehrleute gedämpft und verloren.

Hal Woczniak machte fahrige Bewegungen. Sein verzerrtes Gesicht ließ noch erkennen, welche Erschütterung die Explosion in ihm ausgelöst hatte. Um ihn herum stand ein ganzes Aufgebot nutzloser Männer: sechs schwitzende und hilflose FBI-Agenten, ein bis an die Zähne bewaffnetes Einsatzkommando und reguläre Polizeikräfte. Ein vierschrötiger Mann mit Stirnglatze schob sich einen Kaugummi zwischen die Zähne.

»Das war's, Hal«, sagte er zu Woczniak.

Die Umrisse des Hauses waren verschwommen und tanzten in der flimmernden Luft. Zwei Feuerwehrleute schleppten einen Toten, oder vielmehr das, was noch von ihm übrig war, aus der Tür.

»Laßt ihn liegen!« schrie Woczniak.

Der vierschrötige Mann legte Hal die Hand auf die Schulter und bedeutete ihm so, er solle sich zurückhalten.

»Chef, da drin ist noch ein Kind!« wehrte sich Woczniak.

»Das wissen die Leute doch«, sagte der Polizeichef beschwichtigend, »aber zuerst müssen sie diesen Toten heraustragen. Geben Sie ihnen etwas Zeit.«

»Und was ist mit dem Kind?« knurrte Woczniak, schob die Hand seines Chefs weg und rannte auf das Haus zu – hinein in den dicken schwarzen Rauch, der aus dem Gebäude quoll und in der Lunge brannte. Er rannte, so schnell er konnte.

»Woczniak! Hal!« brüllte der Polizeichef. »So haltet ihn doch auf, Herrgott!«

Zwei Feuerwehrleute warfen sich ihm in den Weg, doch er stieß sie zur Seite und stürzte sich in das Flammenmeer.

In dem Haus war es stockdunkel, der Schein der rötlichen Flammen drang nicht durch den dicken Rauch. Woczniak hatte sich im Laufen sein Hemd heruntergerissen und band es um Mund und Nase, während er wie ein Rasender die heiße Holztreppe hinaufhastete. Er erreichte den Treppenabsatz. Über ihm brach mit ohrenbetäubendem Getöse ein Balken durch und stürzte herunter. Er warf sich an die gegenüberliegende Wand. Ein Splitter von einem geborstenen Spiegel, den er in der Dunkelheit nicht sehen konnte, schnitt tief in seine Wange. Woczniak spürte nur einen dumpfen Schmerz, als er den Glasscherben wegwischte.

»Jeff!«

Vorgebeugt tastete er nach einer Tür und riß sie auf.

*Der Junge ist da drin, an einen Stuhl gefesselt. Er ist da drin, und diesmal werde ich da sein. Diesmal wird Jeff seine blauen Augen öffnen und lächeln, wenn ich ihm durch die roten Haare fahre, und er wird nach Hause gehen zu seiner Familie. Diesmal wird es gelingen. Dieses Kind wird entkommen.*

Aber nicht der rothaarige Junge war an den Stuhl gefesselt, sondern ein Ungeheuer, ein feuerspeiender Drache, direkt aus einem schrecklichen Märchen. Mit blutroten Augen und einem Schuppenpanzer, der scheußlich kratzte, wenn das Monster sich wand. Sein stinkender Atem schlug Woczniak ins Gesicht, als es das Maul öffnete und knurrte:

*»Sie sind unser bester Mann, Hal. Der Beste von allen.«*

*Irgendwie hatte Hal Woczniak von Anfang an gewußt, daß er in dem Zimmer auf dieses Untier treffen würde. Jetzt brach es in ein Gelächter aus, das klirrend wie Glas klang.*

*Er rannte schreiend zu der Echse hin und packte den schleimigen Hals des Monsters, das jetzt triumphierend und bösartig grinste.*

*Dann löste es sich langsam auf wie ein Gebilde aus Wolken, und anstelle des Ungeheuers war jetzt der rothaarige Junge an den Stuhl gefesselt ... Er war schon lange tot, wie immer in diesen Träumen.*

Schreiend wachte Woczniak auf.

»Darling! Hallo, Mister!«

Hal schnappte nach Luft. Der kalte Schweiß stand ihm auf der Stirn.

»Du mußt was Schlimmes geträumt haben«, sagte eine Frau. Er schaute zu ihr hinüber, und es dauerte eine Weile, bis er wußte, wo er war. Nur widerwillig nahm er zur Kenntnis, daß der schmuddlige Raum mit dem Bett, in dem er lag, sein Zuhause war. Die Frau lag neben ihm, beide waren sie nackt.

»Kennen wir uns?« fragte er benommen und fuhr sich mit der Hand über das Gesicht. Sie lächelte. Eigentlich war sie ganz hübsch.

»Klar, Süßer. Seit gestern abend jedenfalls.« Sie schmiegte sich an ihn und legte den Arm auf seine Brust.

Er schob sie weg. »Geh jetzt, verschwinde.«

»Was ist denn los?«

*Sie ist nicht einmal wütend,* dachte Hal. *Nichts Neues für sie.* Als er die schmutzige Decke von sich und ihr wegzog, sah er, daß sie am ganzen Körper von blauen Flecken übersät war. »War ich das?«

Mit ausgestreckten Armen schaute sie an sich hinunter, um ihren Körper zu inspizieren. »Nee, mein Lieber, du warst echt nett. Bloß ganz schön bedudelt.« Sie lächelte. »Ich soll wohl gehen, hm?«

Sie wartete erst gar nicht auf eine Antwort und schlüpfte in ihr billiges gelbes Kleid.

»Was ... äh ... was bin ich dir schuldig?« fragte Hal, ohne zu wissen, ob er überhaupt noch Geld besaß. Dunkel erinnerte er sich daran, daß er sich einen Zwanziger gepumpt hatte, und zwar von Zellie Moscowitz, dem es gerade gelungen war, ein paar gestohlene Edelsteine für einen Typen in Queens zu verhökern. Gestern war das gewesen – oder schon vorgestern? Er rieb sich die Augen. Verdammt, vielleicht war es auch schon eine Woche her, was wußte er denn. »Was ist heute für ein Tag?«

»Donnerstag«, sagte die Frau. Sie lächelte jetzt nicht mehr. In ihrem tiefausgeschnittenen Kleid stand sie da und ließ die Schultern hängen. »Und ich bin keine Nutte, klar?«

»Entschuldige.«

»Okay.« Sie zog den Reißverschluß an ihrem Kleid zu. »Aber, wo wir gerade dabei sind, Geld fürs Taxi könnt' ich schon brauchen.«

»Klar.« Hal erhob sich mühsam und torkelte zu seiner Hose hinüber, die auf einem Stuhl lag und nach Alkohol, abgestandenem Zigarettenrauch und möglicherweise auch Urin stank. Er fand vier Dollarscheine in seinem Geldbeutel und gab sie ihr.

»Mehr hab ich nicht.«

»Is' schon okay«, sagte sie. »Ich heiße Rhonda und wohne in New Jersey. In Union City.«

»Angenehm«, murmelte Hal.

»Und wer bist du?«

Er steckte den Geldbeutel wieder in die Hosentasche und sah dabei in die dreieckige Spiegelscherbe über dem Waschbecken: Aus einem aufgedunsenen Gesicht mit angegrautem Stoppelbart glotzten ihn wäßrige, blutunterlaufene Augen blöde an.

»Wer du bist, hab ich gefragt!«

Hal rührte sich nicht, sein Spiegelbild ließ ihn nicht mehr los »Niemand«, sagte er ganz ruhig »Gar niemand.«

Er hörte nicht, wie sie ging.

*Sie sind unser bester Mann, Hal. Der Beste von allen.*

Das hatte sein Chef gesagt, als Hal beim FBI sein Kündigungsschreiben eingereicht hatte. *Der Beste von allen.*

Er drehte den Wasserhahn auf. Zuerst tröpfelte nur ein dünnes Rinnsal ins Becken und scheuchte zwei Kakerlaken auf, die offenbar die Nacht in einer Keksschachtel verbracht hatten, die jemand in einen Plastikbecher gestopft hatte.

Hal schaufelte sich Wasser ins Gesicht und befühlte mit noch nassen Fingern seine Wange. An der Stelle, die der

Glassplitter während des Feuers geschrammt hatte, war eine häßliche Narbe zurückgeblieben.

Seine Alpträume entsprachen leider über allzu weite Strecken der Wirklichkeit. Wenn sie nur aus Drachen bestanden hätten, die sich bei Berührung in Luft auflösten, wäre er besser damit zurechtgekommen. Doch das meiste hatte sich tatsächlich genau so abgespielt wie im Traum: Das Feuer, der Junge, das Gelächter ... dieses irre Gelächter des verdammten Monsters.

*»Hören Sie zu, Hal, das Kind hätte auch niemand anders retten können. Herrgott, Sie haben sich sogar in das brennende Haus reingewagt, und selbst die Feuerwehr ist nicht reingekommen. Das Einsatzkommando auch nicht. So ist das bei einem Benzinfeuer. Das Kunststück hat Ihnen immerhin fünf Monate Krankenhaus eingetragen. Was haben Sie erwartet, ein Wunder?«*

*»Vielleicht.«*

*»Aha. Dann kommen Sie bitte wieder auf den Boden. Es gibt nun mal Psychopathen – auch solche, die Kinder umbringen. Das paßt keinem von uns, aber so ist es eben. Sie haben gute Arbeit geleistet, und sobald Sie hier rauskommen, bekommen Sie eine Auszeichnung.«*

*»Eine Auszeichnung ...?«*

*»Das haben Sie verdient.«*

*»Das Kind ist aber tot, Chef.«*

*»Der Verrückte auch. Vier Monate Fahndung – und Sie selbst haben ihn schließlich gefunden. Weil Sie begriffen haben, warum er Jagd auf die Jungen machte.«*

*»Ich habe zugelassen, daß er den letzten Jungen tötete.«*

*»Niemand hat damit gerechnet, daß er sich selber in die Luft jagen könnte.«*

*»Aber ich hätte es verhindern können.«*

*»Und wie?«*

*»Ich hätte schießen und den Jungen gegen die Handgranate abschirmen können.«*

*»Womit denn? Mit Ihrem eigenen Körper vielleicht? Herrgott, Hal! Wie lange sind Sie schon heim FBI? Fünfzehn Jahre?«*

*»Sechzehn.«*

*»Das ist eine verdammt lange Zeit. Werfen Sie das jetzt nicht weg, nur weil Sie die Familie des Kindes kennengelernt haben. Glauben Sie mir, ich kenne das. Man schaut sich Familienfotos und Super-8-Filme an. Man bleibt zum Essen, weil man mit dem Abend sowieso nichts anzufangen weiß ...«*

*»Ich steige aus, Chef.«*

*»Jetzt hören Sie mal her. Sie sollten sich eine Freundin suchen, vielleicht auch heiraten. Mit einer Frau sieht alles ganz anders aus.«*

*»Ich hab' gesagt, ich steige aus.«*

Hal Woczniak wurde fünfeinhalb Monate, nachdem Jeff Brown und sein Entführer in den Flammen umgekommen waren, aus dem Krankenhaus entlassen. Er sah für sich keine Zukunft, und seine Vergangenheit wollte er einfach nur vergessen.

Komisch, dachte er, als er auf dem nassen, glitzernden Gehweg zur Bushaltestelle ging. Jetzt hatte er ein halbes Jahr lang ausgerechnet in dem Krankenhaus gelegen, in dem Jeff seinem Mörder begegnet war.

Louie Rubel hieß er und war Pfleger in der Abteilung gewesen, die Hal soeben verlassen hatte. Er hatte sich Jungen im richtigen Alter ausgesucht, über die Besucherkartei ihre Adressen in Erfahrung gebracht und ihnen dann an ihrem Wohnort aufgelauert. Vor Jeff tötete und verstümmelte er schon vier andere Zehnjährige. Mit jedem dieser Morde inszenierte er von neuem sein erstes Verbrechen: die Tötung seines jüngeren – und begabteren – Bruders.

Woczniak war Leiter der FBI-Sonderkommission gewesen, die dem Täter auf die Spur kam, gerade als Rubel den kleinen Jeff Brown in seine Gewalt gebracht hatte. Es sah ganz so aus, als würde die Polizeiaktion vorbildlich ablaufen: der Junge war noch unverletzt, die Beweislage eindeutig, der Täter bekannt. Nur hatte niemand mit der Vorliebe des Mannes für hochdramatische Szenen gerechnet.

Als die Polizisten auf das Gebäude zugingen, schrie Louie Rubel ihnen zu, das ganze Haus sei mit Benzin getränkt. Hal befahl seinen Leuten, sofort stehenzubleiben. Als sich nichts mehr rührte, holte Rubel eine Handgranate aus seiner Jackentasche und zog mit den Zähnen den Sicherungsstift heraus.

Die nächsten paar Sekunden war der Teufel los, doch Hal erinnerte sich nur noch an Rubels schreckliches Gelächter, das immer schriller und durchdringender wurde und erst mit der Explosion aufhörte. Direkt vor den Augen von Polizei, FBI und Einsatzkommando jagte er sich in die Luft.

Im nächsten Moment brannte das Haus wie eine Fackel, doch Hal hatte immer noch das irre Gelächter in den Ohren.

Er rannte in das Feuer hinein, um den rothaarigen Jungen zu retten, und gab auch nicht auf, als seine Wange schon von der Glasscherbe aufgeschlitzt worden war und die Flammen ihm die Haare von Armen, Brust und Kopf sengten. Er stürzte die Treppe hinauf in das Zimmer, wo Jeff an einen Stuhl gefesselt war. *»Du bist in Sicherheit, Jeff, einen Moment noch, ich nehme dir die Fesseln ab ... Jeff ...«*

Er schaffte Jeff Brown nach oben, kletterte mit ihm durch ein Fenster auf das Dach und machte dort sofort Mund-zu-Mund-Beatmung, während die Jungs vom Einsatzkommando unten ein Sprungtuch bis an die Wand spannten, wobei sie ziemlich geröstet wurden. Aber es war schon zu spät.

Hal kam eine Woche später im Krankenhaus wieder zu sich. Das erste, was ihm durch den Kopf ging, war die Erinnerung an die Lippen des Jungen, die noch warm gewesen waren.

*»Sie sind unser bester Mann, Hal. Komm mal wieder auf den Boden. Du bekommst eine Auszeichnung. Was hast du erwartet?«*

*Ein Wunder?*

Inzwischen lag das alles fast ein Jahr zurück.

Die Spiegelscherbe über dem Waschbecken zeigte das Gesicht eines Verlierers, es zitterte und verschwamm wie ein Spiegelbild in trübem Wasser. Die glasigen Augen eines Fremden glotzten ihn an, die Lippen waren hochgezogen.

Er drehte den Wasserhahn zu, und schon waren die Kakerlaken wieder da.

»Sei's drum«, sagte er. Jetzt konnte er einen Drink gebrauchen.

Er konnte immer einen Drink gebrauchen.

## 2

Im Westen der Grafschaft Hampshire, auf einem Hügel, der seit hundertfünfzig Jahren vom Auswurf stinkender Fabriken und Ölraffinerien mit einer dicken Rußschicht überzogen worden war, stand eine Anstalt für gemeingefährliche Geistesgestörte.

Seit Anfang der siebziger Jahre führte sie den Namen Maplebrook-Klinik, was freilich niemanden in der Gegend darüber hinwegtäuschen konnte, daß der häßliche alte Kasten alles andere als eine Heilanstalt war. In Lymington hieß das Gebäude einfach – und völlig zu Recht – ›der Zwinger‹. Es handelte sich um ein Gefängnis mit dicken Mauern, in dem der Wahnsinn tobte.

›Der Zwinger‹ beherbergte achtundfünfzig Geisteskranke auf vier Stockwerken, und dann noch, in den unterirdischen Zellen, die für ganz besonders gefährliche Irre reserviert waren, einen einsamen Insassen, der keinen Namen hatte.

Zumindest behauptete er das. Im Prozeß gegen ihn hatte es alle beteiligten Juristen maßlos irritiert, daß offenbar kein einziges amtliches Dokument mit Angaben zur Person des Täters existierte. Dem Plädoyer des Staatsanwalts zufolge hatte der Angeklagte seinen Lebenslauf dermaßen raffiniert verschleiert, daß niemand, nicht einmal sein eigener Verteidiger, einen einzigen Hinweis aufspüren konnte, der nicht im Widerspruch zu einer anderen Angabe gestanden hätte.

Der Mann war vor seiner Festnahme so etwas wie ein Künstler gewesen; seine grotesken Plastiken stellten Opfer von Gewalttaten im Todeskampf dar. Eine große Ausstellung hatte es zwar nie gegeben, dennoch war im Laufe der Zeit eine größere Anzahl seiner Werke an private Sammler in aller Welt verkauft worden. Alle waren unsigniert. Auch das Museum of Modern Art in New York hatte eines für die ständige Ausstellung erworben.

Die Fahndung nach dem namenlosen Künstler wurde ausgelöst, als der Transporter, der eine dieser Skulpturen nach Berlin zu einem Käufer bringen sollte, auf der Autobahn ins Schleudern geriet und anschließend durch die Leitplanke krachte.

Die unheimlich realistische Statue, die dabei – genauso wie der Fahrer – aus dem Wagen geschleudert wurde, trug den Titel ›Waschfrau‹ und stellte eine füllige Person mittleren Alters mit einer Axt in der Brust dar. Trotz der sorgfältigen Verpackung brach die ›Waschfrau‹ auseinander, und zwar genau da, wo die Axt steckte.

Wie sich herausstellte, war das Beil echt und das Blut, das daran klebte, ebenfalls. Die mit Gips überzogene Leiche war gut konserviert.

Bei seiner Verhaftung sagte der Künstler nur: »Die Einschnittstelle war immer schon ein Schwachpunkt dieser Arbeit.«

Der Wirbel, den die ›Waschfrau‹ in der Öffentlichkeit verursachte, bewog das New Yorker Museum, sein Exponat Interpol zur beliebigen Verwendung zu überlassen. Die Besitzer von zwei weiteren Exemplaren meldeten sich und forderten den Kaufpreis zurück.

Als er nach der Gesamtzahl dieser Figuren gefragt wurde, lächelte Mr. X – unter dieser Bezeichnung führte ihn Scotland Yard – und antwortete: »Dreiundzwanzig.«

Er wurde des vierfachen Mordes für schuldig befunden und lebenslänglich in die Anstalt in der Nähe von Lymington eingewiesen.

Die verbleibenden neunzehn Plastiken fand man nie. Aber auf dem illegalen Kunstmarkt wurden für einen ›X‹ bald mehrere hunderttausend Dollar geboten.

Inzwischen war der Bildhauer schon seit vier Jahren in Haft. Er saß am Tisch und las einen auf Urdu geschriebenen Text. Gegen die ewige feuchte Kälte, die in seiner Zelle herrschte, hatte er sich eine abgewetzte Decke um die Schultern gelegt. Beinahe von Anfang an war er ein mustergültiger Häftling gewesen. Die nächste große Bibliothek, in Bournemouth, besorgte für ihn jedes Buch, sofern die jeweilige Bestellung vom Leiter von Maplebrook, Mark Coles, genehmigt wurde.

Dr. Coles erhob nie Einwände gegen die gewünschten Bücher. Im Gegenteil, er konnte nur über das hohe geistige Niveau seines Patienten staunen. Der Häftling im Keller war offensichtlich ein brillanter Kopf und – soweit Coles das beurteilen konnte – überdies ein vornehmer, kultivierter Mensch mit tadellosen Manieren, eloquenter Ausdrucksweise und einem Auftreten, das man nur als majestätisch bezeichnen konnte.

Wenn sein Amtsvorgänger nicht die schriftliche Anweisung hinterlassen hätte, der Mann sei unter allen Umständen in Einzelhaft zu halten, hätte Coles ihn längst in eine Abteilung für weniger schwere Fälle verlegt.

Und auch so überlegte er sich diesen Schritt fast jeden Tag. Zugegeben, der Mann hatte angeblich am Tag seiner Aufnahme in Maplebrook mit bloßen Händen einen Pfleger erwürgt, aber schließlich konnten sich auch die gewalttätigsten Patienten ändern. Die Methoden des früheren Direktors waren der Rehabilitation nicht gerade förderlich gewesen. Im übrigen konnte die Aussicht, bis ans Lebensende im ›Zwinger‹ eingesperrt zu werden, jeden Menschen dazu bringen, sich auf einen Wärter zu stürzen. Daß dem Pfleger dabei das Genick gebrochen wurde, war möglicherweise ohne jede Absicht bei dem wilden Handgemenge passiert.

Mit seinen sechsunddreißig Jahren war Mark Coles der jüngste Gefängnisdirektor, den Maplebrook in den anderthalb Jahrhunderten seiner Geschichte je beschäftigt hatte. Erst vor drei Monaten war ihm die Leitung der Anstalt übergeben worden, und schon hatte er alle Innenwände streichen lassen, eine Ernährungewissenschaftlerin eingestellt, Radio und Fernsehen erlaubt, für eine hellere Beleuchtung in den Zimmern gesorgt, die Bildung von Sportmannschaften angeregt und ein Notstromaggregat angeschafft, damit es die Insassen auch dann warm haben sollten, wenn im Winter wieder einmal bei einem Sturm der Strom ausfiel. Außerdem hatte er täglich mit jedem seiner neunundfünfzig Patienten gesprochen.

Doch der einsame Häftling im Keller war bei weitem sein interessantester Schützling – ja, vielleicht überhaupt der bemerkenswerteste Mensch, dem er jemals begegnet war. Allein schon seine physische Erscheinung war äußerst imposant: Er war gut zwei Meter zehn groß und trug schulterlanges Haar und einen Spitzbart, wie er zur Zeit Shakespeares üblich gewesen war.

Auch sonst war an dem Mann alles außergewöhnlich. Zunächst einmal war er ein psychologisches Phänomen. Man hatte einen geständigen Mörder vor sich, der nichts bereute, seine Verbrechen aber auch nicht zu rechtfertigen versuchte – und doch jederzeit so charmant war, daß ihn Coles unter anderen Umständen nur zu gern zu seinem engsten Freundeskreis gezählt hätte.

Zu seiner Vergangenheit und seinen Verbrechen wollte er sich zwar nicht äußern, aber über andere Themen sprach er ohne Vorbehalt. Er wußte ungeheuer viel über Geschichte, Geographie, Biologie und Anatomie (bei seinen ausgefallenen Skulpturen nicht weiter verwunderlich, dachte Coles) und kannte sich ebensogut aus in Meteorologie, Religionswissenschaft, Physik, Chemie, Mathematik, Medizin, Kunst und Literatur.

Acht Sprachen beherrschte er fließend, und in zwölf weiteren konnte er sich verständlich machen. Zu seiner Lektüre gehörten auch Bücher auf Altgriechisch, Altenglisch, Keltisch und in ägyptischer Hieroglyphenschrift.

Für Technik interessierte er sich dagegen überhaupt nicht. Mit einem Schmunzeln erinnerte sich Coles daran, was sein Patient für ein Gesicht gemacht hatte, als er sich erstmals mit dem Verschluß eines Honigtopfes konfrontiert sah. Das Öffnen und Schließen von Behältnissen hätten immer andere für ihn besorgt, erläuterte er. Er konnte nicht Auto fahren und hatte noch nie eine Waschmaschine bedient. Wie man telefoniert, wußte er, aber meistens vergaß er, nach dem Gespräch aufzulegen. Tippen konnte er nicht, dafür hatte er eine schwungvolle, elegante Handschrift.

Wenn er gelegentlich mit Dr. Coles Schach spielte, gewann er stets, und zwar meistens in Rekordzeit. Gelegentlich übersah er aber auch bewußt Schnitzer seines Gegners, um das Spiel in die Länge zu ziehen und erst dann mit einem furiosen Finale zu beenden. Bei solchen Gelegenheiten hatte Coles das Gefühl, daß bei dem Patienten endlich etwas in Gang kam. Manchmal fragte er sich aber auch, wie es kam, daß er, als Arzt, sich geehrt fühlte, weil er gegen einen Psychopathen spielen – und verlieren – durfte.

Die Schachpartien waren jedenfalls hochinteressant, und Coles spürte, daß sie einen Zugang zu der sehr komplexen Persönlichkeit seines Gegenübers eröffneten. Mit dem richtigen therapeutischen Ansatz und bei feinfühliger Anleitung durch einen begabten Arzt mußte es doch möglich sein, dieses Genie nach und nach aus der Reserve zu locken.

Coles hatte einen zusammengeklappten Spieltisch unter dem Arm, als er die Kellertreppe hinabstieg, und pfiff eine Melodie, um sein Kommen anzukündigen. Dem Künstler, der kerzengerade auf seinem Stuhl saß, war nicht anzumerken, ob er ihn gehört hatte oder nicht.

»Sind Sie verheiratet?« fragte Coles fröhlich.

Der Mann schaute von seinem Buch auf und lächelte. Er war so groß, daß er im Sitzen kaum nach oben schauen mußte, um dem Blick des Arztes zu begegnen.

Coles zuckte mit den Schultern, während er schon direkt vor den Gitterstäben der Zelle den kleinen Tisch aufbaute, das Schachbrett darauf legte und die Figuren aufstellte. Er überfiel seinen Patienten immer auf die gleiche entwaffnende Art mit einer ganz allgemeinen Frage, wenn auch die Wahrscheinlichkeit, darauf eine Antwort zu erhalten, gering war.

*Wie heißen Sie wirklich? Wer waren Ihre Eltern? Was sind Sie von Beruf? Was haben Sie als Kind am liebsten gespielt? Was ist Ihr Lieblingsessen? Mit wieviel Frauen haben Sie geschlafen?* Einfach irgend etwas, womit vielleicht ein Zugang zu dem verletzlichen Wesen gefunden werden konnte, das sich hinter einem außerordentlichen Verstand und einem bestialischen Mordinstinkt versteckte.

Der Mann hatte diese Fragen immer ignoriert, und Coles hatte schon fast die Hoffnung aufgegeben, jemals eine Antwort zu bekommen. Aber, man konnte nie wissen, irgendwann vielleicht …

»Ja«, antwortete der Patient.

Coles blickte auf und ließ vor Überraschung eine Schachfigur fallen. »Wie bitte?«

»Sie fragten, ob ich verheiratet sei. Ich *war* verheiratet. Mindestens hundertmal. Aber ich habe alle Namen der Frauen vergessen.«

Coles stutzte. Wozu diese Lüge? Wollte der Mann ihn aus der Fassung bringen? Aber jemand, der dreiundzwanzig Menschen umgebracht und dann die Leichen mit Gips überzogen hatte, solange sie noch warm waren, konnte sich doch leicht etwas Schockierenderes ausdenken.

Der Arzt bückte sich langsam, um die Figur – einen Bauern – aufzuheben. Es besteht jedenfalls kein Zweifel daran, daß diese Äußerung von größter Bedeutung ist, dachte Coles. Der Panzer um die Seele des Patienten hatte jetzt einen Sprung, er faßte offensichtlich allmählich Vertrauen.

»Und wann zum letztenmal?« fragte er so beiläufig wie möglich, während er einen kleinen Notizblock aus der Tasche zog. *Mach ihm jetzt ja keine Angst,* dachte er. *Laß ihn reden.*

»Ich glaube, das war in Mexiko. Ein reizendes Geschöpf, ziemlich dumm allerdings – aber gebärfreudig.«

»Lebt sie noch?« fragte Coles.

»Ach Gott, nein.«

*Natürlich nicht. Sie steckt irgendwo in einer Vitrine im Salon eines Kunstliebhabers.* »Haben Sie Ihre Frau umgebracht?«

Der große Mann kniff die Augen zusammen und dachte nach. »Nein, ich glaube eigentlich nicht. Ihre Eltern habe ich umgebracht. Furchtbar lästig, dieses Volk«, sagte er gedankenverloren. Dann lächelte er: »Wissen Sie, das ist schon eine ganze Weile her.«

Coles nickte unsicher. »Sie sagten, ihre Frau sei … äh …«

Er warf einen Blick auf seine Notizen. »... gebärfreudig gewesen. Demnach haben Sie Kinder?«

»Nachkommen.«

»Ganz wie Sie wollen. Wie viele Nachkommen haben Sie denn?«

»Tausende, vermutlich«, sagte der Patient achselzuckend.

Coles' Spannung ließ nach. Manchmal vergaß er beinahe, daß seine Schützlinge wahnsinnig waren.

»Haben Sie Kontakt zu ihnen?«

»Selbstverständlich. Blutsverwandtschaft verpflichtet.«

»Aber Sie haben nie Besuch.«

Die Augen des Mannes wurden schmal. »Noch habe ich sie nicht gerufen.«

»Verstehe«, murmelte Coles.

»Ich habe übrigens einen Namen.«

Coles war sofort wieder hellwach. »Ja?« fragte er ruhig.

»Saladin«, sagte er mit Nachdruck, als gäbe er ein wertvolles Geheimnis preis.

»Ist Saladin Ihr Vorname?«

»Es ist mein vollständiger Name.«

Coles schaute dem Patienten nachdenklich in die Augen und schrieb den Namen auf. »Warum haben Sie sich dazu entschlossen, mir jetzt doch Ihren Namen zu verraten?« fragte er schließlich.

»Ich will eine andere Zelle.«

Coles stützte sein Kinn in die Hände und nickte.

»Hier unten gibt es Ratten. Ich habe eine Abneigung gegen Nagetiere.«

»Wecken Ratten in Ihnen ganz bestimmte ...«

»Hören Sie auf, hier den Psychiater zu spielen, Sie Esel.« Saladin spreizte reflexartig seine langen Finger, als dehne er seine Hände, um im nächsten Augenblick dem Arzt an die Gurgel zu fahren und ihn zu erwürgen.

Coles fuhr instinktiv zurück vor diesem Kraftmenschen jenseits der Gitterstäbe.

Saladin war gleich wieder ganz ruhig. »Mein Name ist für Sie von Wert, Dr. Coles.«

Die Anspannung des Arztes ließ etwas nach, er hob den Notizblock auf, der vom Tisch gefallen war, und versuchte zu überspielen, daß er soeben von panischer Angst gepackt worden war. Er räusperte sich: »Wie ... wie meinen Sie das?«

»Veröffentlichen Sie in Fachzeitschriften?«

»Na ja, ich ...«

»Wohl kaum«, antwortete Saladin an Coles' Stelle. »Sie können kein besonderes Ansehen in Fachkreisen genießen, sonst wären Sie nicht schon in Ihrem Alter hier gelandet.« Er betrachtete den Arzt, der rot wurde. »Hören Sie zu. Ich bin gezwungen, den Rest meines Lebens hier zu verbringen, Sie dagegen nicht unbedingt. Ich werde mit Ihnen zusammenarbeiten. Ich erzähle Ihnen meine ganze Lebensgeschichte – die Kindheit, die Morde ... alles, was Sie wissen wollen, und psychologische Tests können Sie auch mit mir machen. Mit einer Abhandlung über meinen Fall werden Sie bekannt, kommen Sie in die Schlagzeilen. Danach ist Ihnen ein Lehrstuhl sicher, und nebenbei können Sie eine lukrative Praxis betreiben.« Er verschränkte die Arme vor der Brust. »*Sie* können der Klapsmühle entkommen, Dr. Coles«, flüsterte er augenzwinkernd.

Der Arzt biß die Zähne zusammen. Wie war es möglich, daß dieser Geistesgestörte ihn so durchschauen konnte?

»Das Untergeschoß dieses Gebäudes ist als Hochsicherheitstrakt ausgewiesen«, sagte er und bemerkte selber, daß seine Worte reichlich bombastisch klangen.

»Rechtfertigt mein Verhalten Ihrer Meinung nach die Unterbringung in diesem Trakt?«

»In Ihrer Akte ...«

»Ich will hören, zu welchem Ergebnis Sie aufgrund Ihrer eigenen Beobachtungen gekommen sind. Ersparen Sie mir die Vorurteile eines alten Kurpfuschers, der irgendwann einmal hier gearbeitet hat.«

Coles gab keine Antwort.

»Haben Sie in den Berichten, die Ihr Personal nun schon seit vier Jahren über mich schreibt, irgend etwas Negatives gefunden?«

Schweigen. Der Arzt dachte nach. Mit einer Abhandlung

über Saladin – selbstverständlich unter dessen richtigem Namen – würde Mark Coles in die Geschichte der Psychiatrie eingehen. Eine Professur in Oxford, eine Privatpraxis in einer Londoner Nobelgegend.

»Ich mache Ihnen dieses Angebot nicht noch einmal, Dr. Coles«, sagte Saladin. »Als Gegenleistung für meine Informationen verlange ich nur ein warmes Zimmer über der Erde, sonst nichts.«

»Das muß ich zuerst mit ...«

»Wenn Sie mir jetzt sagen, daß Sie das zuerst mit irgendeiner Kommission durchsprechen müssen, werde ich Ihnen nie wieder etwas über mich verraten, das verspreche ich Ihnen.«

»Saladin ...«

»Ja oder nein, Dr. Coles.« Seine schwarzen Augen waren regungslos und undurchdringlich – wie die einer Puppe.

»Ich ...« Coles seufzte. »Also gut, das läßt sich einrichten.«

»Gleich morgen?«

»Ja, morgen.«

Saladin lächelte. Durch die Gitterstäbe hindurch machte er mit seiner schlanken Hand einen Zug mit einem Bauern. »Sie sind dran«, sagte er liebenswürdig.

Zehn Minuten später hatte er die Partie gewonnen.

Um 2:45 Uhr, lange nachdem der Arzt gegangen war, machte ein Nachtpfleger seinen Kontrollrundgang.

Hafiz Chagla arbeitete seit acht Monaten in Maplebrook. Vorher war er Elektriker gewesen. Er war ein gedrungener junger Mann Ende Zwanzig mit Plattfüßen und dicken Fettpolstern. Sein Gesicht hinterließ keinen bleibenden Eindruck, wenn man von einer Sache absah, die freilich nur geschulten, aufmerksamen Beobachtern auffiel.

Er hatte genau die gleichen Augen wie Saladin.

In der Anstalt hatte das niemand bemerkt.

Als Chagla den Keller erreichte, ging er an Saladins Zelle vorbei und warf einen ehrerbietigen Blick hinein.

Saladin blickte flüchtig von seinem auf Urdu geschriebenen Buch hoch. Auf die Innenseite des vorderen Buchdekkels war das Datum 1.6. gestempelt, und auf Seite sechzehn fanden sich kleine Punkte. Ein Algerier namens Hamid Laghouat, Angestellter der Bibliothek in Bournemouth, hatte sie mit Bleistift über die Seite verteilt.

Mr. Laghouat arbeitete seit fast vier Jahren in der Bibliothek, also genauso lang, wie Saladin im ›Zwinger‹ saß. Vorher hatte er an der Universität von Algier Linguistik gelehrt.

Auch er hatte Saladins Augen.

Jedes der Pünktchen auf Seite vierundsechzig befand sich unter einem Schriftzeichen des Urdu-Alphabets, und wenn man diese Buchstaben der Reihe nach aufschrieb, ergaben sie eine Botschaft. Saladin hatte es freilich nicht nötig, einen Stift zur Hand zu nehmen. Schon beim Überfliegen der Seite verstand er die Nachricht. Übersetzt lautete sie:

Alles ist vorbereitet.

Gepriesen sei Euer Name.

Vier lange Jahre hatte er auf diese Botschaft warten müssen. Saladin nickte dem Wärter zu, und der erwiderte den Gruß. Bei ihm sah es aber mehr wie eine Verbeugung aus.

## 3

Mit der schlechten Großstadtluft vermischte sich auch noch Fleischgestank – wahrscheinlich von den Imbißständen auf dem Gehweg –, und Hal, der wütend und ohne Ziel durch die Gegend stapfte, wurde beinahe übel davon. Er wollte einfach nur weg – von dem schmuddligen Zimmer, das er nun sein Zuhause nannte, und dem scheußlichen Bild, das er dort im Spiegel gesehen hatte, aber auch von dem Verwesungsgeruch, der ihn umgab.

Ihm dröhnte der Schädel. Hätte er anderthalb Dollar gehabt, wäre er von der Absteige, in der er wohnte, schnurstracks über die Straße in Benny's Bar gegangen, um einen Whiskey zu bestellen.

Aber er war pleite, und die Zeiten, in denen er bei Benny

anschreiben lassen konnte, waren längst vorbei. Der Barmann wog 140 Kilo, und wer von ihm einmal im Hinterhof auf die Mülltonnen gesetzt worden war, kapierte schnell, daß er ohne ein bißchen Kleingeld in der Bar nicht gern gesehen war.

Wahrscheinlich hatte Hal noch die besten Chancen im O'Kay, einem Yuppie-Schuppen, in dem überall Kübel mit Grünzeug herumstanden – verdammt weit oben im Norden der Stadt. Kredit hatte er da natürlich auch nicht, aber manchmal tauchte nachmittags, so gegen zwei oder drei Uhr, ein griechischer Zuhälter zum Essen auf, und vielleicht war dieser Dimitri Soskapolis für ein kurzfristiges Darlehen gut. Hal hatte ein paarmal seinen Jaguar repariert, und der Grieche wollte seither keinen anderen Mechaniker mehr an seinen Schlitten lassen.

*Bei dem habe ich also noch etwas gut*, dachte Hal. *Mindestens einen Zehner. Für ein paar Tage wenigstens.*

Er ging den Broadway entlang, und allmählich bestimmten nicht mehr, wie in seinem Viertel, Peepshows und heruntergekommene Mietskasernen das Bild, sondern kolossale Bürotürme. Er hatte den anständigen Teil Manhattans erreicht, wo junge Männer mit gestylten Frisuren und Frauen im Seidenkostüm und Pumps umherschlenderten.

Es war gerade Mittagspause, und auf den Straßen herrschte ein Gewühl von Menschen, die es eilig hatten. Desinteressiert bahnten sie sich ihren Weg vorbei an Imbißständen mit exotischen Gerichten, zwielichtigen Männern, die mit anzüglichen Grimassen Massagesalons anpriesen, ernst dreinblickenden Frauen, die rosarote Broschüren mit dem Titel: ›SCHWANGER?‹ verteilten, Straßenhändlern, die mit winzigen Schirmen auf dem Kopf ihre Show abzogen, Exhibitionisten, die sich in der Menge einen runterholten, was Schlüssel und Kleingeld zum Klimpern brachte, und Taschendieben, die dermaßen ausgekocht waren, daß man sie nur mit geschärftem Blick ausmachen konnte.

Einen von ihnen beobachtete Hal in Aktion, während er durch das Gewühl schlenderte. Der Dieb, ein etwa fünfzehnjähriger Junge asiatischer Herkunft, leistete saubere

Arbeit. Offensichtlich hatte ihn ein Experte ausgebildet – nach seiner raffinierten Technik zu urteilen vielleicht sogar Johnny Chan höchstpersönlich. Chan, ein großer Meister seines Fachs, hatte schon Ende der vierziger Jahre in Hongkong als Taschendieb angefangen und sich schließlich als reicher Mann in New York City zur Ruhe gesetzt. Sein Einkommen besserte er als Trainer einer Bande von asiatischen Straßenkindern auf. Jetzt drehte der Junge ab. Hal ging weiter, doch spürte er im Nacken ganz deutlich die gespannte Konzentration des Burschen.

*O Mann, der wird's doch nicht bei mir probieren wollen,* dachte Hal.

Dann hatte der Dieb auch schon blitzschnell seine Hand in Hals Tasche gesteckt.

*Ausgerechnet heute, bei meinem Kater …* Er packte ihn am Handgelenk, und der Junge ließ den Geldbeutel fallen.

In Hals Hosentasche hatte er sich die Hand schmutzig gemacht: An seinem Daumen hing eine zerquetschte und mit zerbröseltem Tabak gespickte Maraschino-Kirsche.

»Zhulo!« schrie der Junge, und der Schreck, der ihm ins Gesicht geschrieben war, wich schlagartig purem Ekel.

»Fummle nicht am hellichten Tag an mir 'rum, ja?« knurrte Hal. Der Junge versuchte sich loszumachen und überschüttete ihn mit einem wütenden Wortschwall in vietnamesischem Singsang. Hal hob den Geldbeutel auf, packte den Burschen am Kragen und drückte ihm die verschwitzte Hand flach ins Gesicht.

»Dung lai! Dung lai!« schrie der Dieb. »Aufhören! Aufhören!« Es klang bei ihm eher wie »jang lei«, woraus Hal schloß, daß er aus Südvietnam stammte. Bei einem Nordvietnamesen hätte es sich wie »schang lei« angehört.

»Di mau«, knurrte Hal. »Verzieh dich.« Er gab dem Jungen einen kräftigen Stoß, so daß er den Bordstein entlangstolperte. »Meine Empfehlung an Johnny Chan!« rief er ihm nach.

Der Junge drehte sich im Laufen um, machte eine obszöne Geste und rannte prompt einen älteren Herrn mit Spazierstock über den Haufen. Der Mann schlug rücklings auf das Pflaster und keuchte laut, während der junge Bursche schon im U-Bahn-Schacht verschwand.

Hal zuckte zusammen. Der Sturz hatte dem alten Mann vermutlich sämtliche Knochen gebrochen. Er beugte sich über ihn und hielt Ausschau nach Lebenszeichen.

»Alles in Ordnung, Opa?« fragte er vorsichtig.

Der Mann schlug die Augen auf.

»Nur keine Panik. Ich hole einen Krankenwagen.«

»Das ist durchaus nicht nötig«, lächelte der alte Mann und setzte sich auf.

»He, vielleicht sollten Sie ein bißchen vorsichtiger sein.«

»Ach, woher denn. Wo ist mein Stock?« sagte er in reinstem Oxford-Englisch.

Sowie Hal sich abwandte, um den Stock zu holen, beugte sich ein kugelrunder Mann mit einem Hot Dog in der Hand über den Gentleman.

»Klarer Fall von Körperverletzung«, sagte der Dicke und wischte sich mit einer Papierserviette Senf vom Kinn.

»Wie bitte?«

»Hier, nehmen Sie.« Er überreichte seine Visitenkarte.

»LaCosta und LaCosta, Anwaltsbüro. Ratenzahlung möglich.«

»Verschwinde, du Windbeutel«, sagte Hal.

LaCosta biß ein Stück von seinem Hot Dog ab und brummte: »Lassen Sie sich von diesem Penner den Namen geben, der wird als Zeuge gebraucht.« Er deutete mit dem Kinn, an dem jetzt Krümel hingen, auf Hal und watschelte davon.

Hal half dem alten Mann beim Aufstehen. »Es tut mir leid«, sagte er. »Ich hab' Sie zwar nicht umgeworfen, sondern der Junge, der vor mir weggerannt ist.« Er schaute der massigen Gestalt des Rechtsanwalts nach. »Es wäre aber völlig sinnlos, mich auf Schmerzensgeld zu verklagen.«

»Ich habe nichts dergleichen vor.«

Er stand mühelos auf. *Ein erstaunlich gelenkiger alter Herr.*

»Das hätten wir«, sagte er mit einem gewinnenden Lächeln. »Alles bestens.« LaCostas Karte segelte davon und kam unter die Räder eines vorbeifahrenden Busses.

»Bertram Taliesin.« Der englische Gentleman tippte an seine Melone.

Hal rieb verlegen seine Hände, um nicht mit dem makellos sauberen Gentleman in Berührung zu kommen. »Hal Woczniak. Äh, ich kann Sie ins Krankenhaus bringen, falls Sie sich untersuchen lassen wollen. Scheint alles in Ordnung zu sein, aber man kann ja nie wissen.«

»O nein, dafür bin ich viel zu sehr in Eile.« Er zog eine goldene Uhr aus seiner Westentasche. »Ich fürchte sogar, daß ich mich ohnehin schon verspätet habe, und ich weiß nicht einmal die genaue Adresse. Wissen Sie zufällig, wo die CBS-Studios sind, Mr. Woczniak?«

»Der CBS? Klar. Im Rockefeller Center. Sie gehen einfach nach Osten bis zur Sixth Avenue, beziehungsweise Avenue of the Americas – so heißt sie auf den Straßenschildern –, und dann hoch bis zur zweiundfünfzigsten. Ein großes, schwarzes Gebäude, gar nicht zu verfehlen.«

Taliesin runzelte die Stirn. »Zur American Avenue ...«

»Avenue of the Americas. An zwei langen Blocks vorbei.«

»Lange Blocks?«

»Häuserblocks. Bloß länger als normal. Ja, und dann links hoch.«

»Das heißt, nach Osten.«

»Nein, nach Norden.«

»Aber Sie sagten doch, Osten.«

»Sie sind dann schon im Osten«, sagte Hal. Sein Kopfweh war wieder im Anzug.

Taliesin schüttelte den Kopf. »Nein, nein, nein, ich kann mich genau erinnern, in dem Brief stand: ›mitten in Manhattan, im Herzen von New York‹.«

Sein Kopf dröhnte.

»Ja, aber das Zentrum, also Midtown Manhattan, ist nicht groß und ... ach, was soll's, ich bring' Sie hin.«

»Da wäre ich Ihnen aber sehr verbunden«, sagte der alte Mann.

»Nicht der Rede wert.«

Taliesin ging so schnell, daß Hal nur mit Mühe Schritt

halten konnte. »Ich gehe zu Fernsehaufnahmen für eine Spielshow«, sagte er in liebenswürdigem Plauderton. »›Fang den Fisch!‹«

»Was?«

»›Fang den Fisch!‹ So heißt die Show. Das kennen Sie nicht?«

»Ich habe keinen Fernseher«, sagte Hal. *Und wenn ich einen hätte, würde ich ihn sofort für einen Drink hergeben,* fuhr er in Gedanken fort.

»Ach, die Show ist großartig. Ich habe sie bei meinem letzten Besuch in Amerika gesehen – da war ich in New Mexico, um mir indianische Ruinen anzuschauen. Einfach köstlich, die Sendung. Als feststand, daß ich nach New York fliege, habe ich sofort Karten angefordert. Der Produzent hat mir persönlich geantwortet. Hier habe ich seinen Brief.« Er tippte auf die Tasche seines maßgeschneiderten Jacketts.

Hals Blick war an einer Würstchenbude hängengeblieben. Er schluckte. Die frische Luft hatte seine Übelkeit verscheucht, und sein Magen, der schon seit einigen Tagen – außer Alkohol – weder feste noch flüssige Nahrung erhalten hatte, machte sich energisch bemerkbar.

»Oh!« Taliesin fuhr herum und schaute Hal erwartungsvoll an. »Vielleicht könnten wir *zwei* Plätze bekommen!« Seine Augen strahlten.

Hal hatte absolut keine Lust auf die Aufzeichnung einer Spielshow, die ›Fang den Fisch‹ hieß. »Ach nein, machen Sie sich keine Mühe«, murmelte er. »Wahrscheinlich sowieso ausverkauft.«

»Meinen Sie?«

»Ja, sicher«, sagte Hal und nickte heftig. »So eine tolle Show. Da muß man sich schon ganz früh Karten besorgen, ist doch klar.« Er versuchte den alten Mann an der Straßenecke vorbeizubugsieren, wo zwei High-School-Popper vergeblich Freikarten für jede Menge Spielshows loswerden wollten.

»Sir!« rief einer der beiden.

»Schnauze, Kleiner«, sagte Hal. Dann lächelte er Taliesin an. »Die leben vermutlich von Straßenraub.«

Der alte Gentleman war verwirrt. »Auf mich haben sie aber …«

»So, da wären wir. Dort drüben, das sind die CBS-Studios.«

»Ach, es wäre zu schön, wenn Sie mitkommen könnten. Ich muß mich doch erkenntlich zeigen für Ihre Hilfe nach meinem Sturz.«

*Hab ich etwa gesagt, ich würde kein Geld nehmen?* dachte Hal, sagte aber nur: »Ach, nicht der Rede wert. Viel Spaß bei der Show.« Er brachte den alten Mann zum Haupteingang. Im Foyer verkündete ein Schild in knalligen Lettern: FANG DEN FISCH! NEHMEN SIE DEN EXPRESS-AUFZUG. Darunter stand der handgeschriebene Zusatz: 1.6. HEUTE KOSTENLOSE MAHLZEIT.

»Da, schauen Sie«, rief Hal, dem der Magen knurrte. »Sie haben das große Los gezogen! Mittagessen inbegriffen.«

»Um Gottes Willen!« Taliesin taumelte zwei Schritte zurück.

Hal stürzte herbei, um ihn aufzufangen. »Was fehlt Ihnen? Legen Sie sich auf den Boden. Herrgott, ich hätte Sie eben doch ins Krankenhaus bringen sollen.«

»Nein, nein, mir fehlt nichts«, sagte er und befreite sich aus Hals Umklammerung. »Aber heute ist der erste Juni.«

»Ach wirklich? Ja und?«

»Am ersten Juni um halb eins habe ich eine Verabredung mit dem Kustos des Naturkundemuseums.« Er zog seine Taschenuhr hervor. »Ach Gott, es ist schon halb eins.«

»Das Naturkundemuseum ist ganz im Norden«, sagte Hal.

»Dann nehme ich wohl besser ein Taxi.«

Hal warf einen Blick auf die Autokolonnen, die sich durch die Einbahnstraße quälten.

»Nicht so einfach, um diese Zeit.«

Der alte Mann murmelte etwas Unverständliches vor sich hin und hielt den Atem an. Er wurde puterrot.

»He, nur keine Panik«, sagte Hal. »Wir suchen ein Telefon, und Sie rufen den Mann an …«

Taliesin schnalzte laut mit der Zunge. »Das müßte schon gehen«, sagte er.

»Alles in Ordnung?«

Plötzlich leerte sich der rechte Fahrstreifen. Ein gelbes Taxi kam auf sie zugerast. Taliesin hob seinen Stock hoch. Das Taxi hielt an.

»Funktioniert eigentlich immer«, sagte er lächelnd und öffnete die Autotür.

»Ich werd verrückt«, flüsterte Hal, »sogar ein Checker-Taxi.«

»Ach, Mr. Woczniak.« Taliesin nahm etwas aus seiner Jackentasche und drückte es Hal in die Hand: Es war aus weichem, zusammengerolltem Papier – oh ja.

»Bitte nehmen Sie das. Für Ihre Mühe.«

»Nein, das kann ich nicht …«

»Keine Widerrede.«

Benny's Bar ließ grüßen. »Na ja …«

»War mir ein Vergnügen!« rief Taliesin und knallte die Wagentür zu. Das Taxi raste davon. Sekunden später war die rechte Fahrspur schon wieder verstopft.

Hal schüttelte lachend den Kopf. Er beschloß, daß ihm Dimitri Soskapolis gestohlen bleiben konnte und Benny auch. Er würde sich jetzt ein Steak und einen doppelten Whiskey in Gallagher's Diner genehmigen. Trübsal hatte er lange genug geblasen.

Erst jetzt öffnete er die Hand. Das war gar kein Geldschein. Taliesin hatte ihm seine Eintrittskarte für ›Fang den Fisch‹ gegeben, die deutliche Spuren von häufigem, liebevollem Befingern aufwies.

»Oh, Mann«, stöhnte er, am Boden zerstört.

Er wollte den Zettel gerade wegschmeißen, als ein Windstoß das Schild im Foyer erfaßte und auf den Marmorfußboden knallte.

HEUTE KOSTENLOSE MAHLZEIT, las er.

Hal seufzte. *Ach, zum Teufel.* Ein kostenloses Mittagessen gab es sonst nirgends.

# 4

Der Aufzug brachte Hal direkt ins oberste Stockwerk, wo ein gestreßter Wachmann die Eintrittskarten von drängelnden Spätankömmlingen kontrollierte, die rechtzeitig zum Beginn der Show auf ihren Plätzen sein wollten.

Hal hielt ihm die Freikarte hin. »Wo gibt's die Mahlzeit?«

»Nach der Show«, antwortete der Sicherheitsbeamte und streifte Hal mit einem geringschätzigen Blick.

»Sie machen wohl Witze. Ich soll hier stundenlang rumsitzen?«

Der Wachmann rümpfte die Nase. »Ja, und irgend jemand muß es neben Ihnen aushalten. Weitergehen, bitte!«

Hal schaute auf die Wanduhr. Immer noch anderthalb Stunden, bis der griechische Zuhälter im O'Kay auftauchen würde – wenn überhaupt.

Tja, ›Fang den Fisch‹ war bestimmt tödlich langweilig, aber immerhin gab es im Studio eine Klimaanlage und bequeme Sitze. Schließlich hatte niemand von ihm verlangt, wach zu bleiben. Abgesehen davon wurde die Aussicht auf eine warme Mahlzeit in der CBS-Kantine immer verlockender. Achselzuckend betrat er den Zuschauerraum und steuerte gerade seinen Platz in einer der letzten Reihen an, als sich der Vorhang hob. Er gab den Blick auf eine heruntergekommene Farm frei.

Ganz unbekannt war Hal die Sendung natürlich nicht, praktisch jeder hatte schon davon gehört. ›Fang den Fisch!‹ war ein Phänomen der Fernsehunterhaltung, eine unglaublich alberne Spielshow mit einem Hinterwäldler, in der unheimlich schwierige Fragen gestellt und unsägliche Geschicklichkeitsübungen verlangt wurden. Der Riesenerfolg dieser Sendung beruhte auf den praktischen Aufgaben, mit denen man die Kandidaten gezielt demütigte, wenn sie Fragen nicht beantworten konnten. Schon als die Show noch im Lokalfernsehen von Birmingham in Alabama lief, gerieten die Zuschauer in Verzückung, wenn sie Frauen mittleren Alters und wild entschlossene alte Herren sahen, die sich auf Ringkämpfe mit Gummikühen einließen oder durch große

Wannen voller Schlamm wateten, weil es ihnen nicht gelungen war, die größten Mängel der Weimarer Republik zu benennen.

Als später ein landesweiter Sender die Show übernahm, wurden die Aufgaben abwechslungsreicher, blieben aber unverändert sadistisch. Der bisherige Showmaster wurde durch einen aalglatten Profi ersetzt, der allerdings sorgfältig als Hinterwäldler verkleidet und geschminkt war.

Die ganze Sendung war ein einziger Mischmasch, der erstaunlicherweise große Faszination ausübte, und das Ganze erhielt durch die Live-Übertragung zusätzlichen Reiz. In kürzester Zeit erreichte ›Fang den Fisch!‹ die höchsten Einschaltquoten des gesamten Nachmittagsprogramms. Die Sendung lief jetzt schon zwei Jahre landesweit, und mittlerweile konnte man mehrmals am Tag auf verschiedenen Kanälen Aufzeichnungen sehen.

Selbst wenn er es versucht hätte, wäre es Hal gar nicht möglich gewesen, der Show zu entgehen. Pünktlich um halb eins wurde nämlich in jeder Bar in ganz Manhattan ›Fang den Fisch!‹ eingeschaltet. Er seufzte. *Nun ist es schon so weit mit mir gekommen, daß ich eine dieser Shows von Anfang bis Ende über mich ergehen lassen muß,* dachte Hal. Er schloß die Augen und versuchte zu schlafen.

Sekunden später schreckte er schon wieder hoch, weil laute Banjo-Musik ertönte, als der Showmaster die Bühne betrat. Joe Starr war ein quirliger Großstadtmensch mit spitzer Zunge. In seinem Overall und mit dem alten Strohhut wirkte er einfach grotesk. Er erklärte die Spielregeln, und obwohl ihn die Zuschauer seit Jahren aus einer ganzen Reihe anderer Shows kannten, versuchte er sich im schleppenden Tonfall der Südstaaten. Die Teilnehmer wurden nach dem Zufallsprinzip aus dem Publikum ausgesucht, und zwar mit Hilfe der Regentonne. Er zeigte auf eine Wanne in der Mitte der Bühne, die Sitzplatznummern aller Zuschauer enthielt. »Ihr könnt traumhafte Preise gewinnen, wenn ihr ein paar klitzekleine Fragen beantwortet – Dinge, die eigentlich jeder wissen müßte«, näselte er. Das Publikum lachte.

»Und wenn ihr die Antwort nicht wißt, nun ja …« Starr

zog bedauernd die Schultern hoch, während die Banjo-Musik vom Lärm gackernder Hühner ersetzt wurde. »Ihr wißt was das bedeutet, Leute!«

Eine Schaufensterpuppe, die in einem Anzug steckte, flog hinter dem Showmaster quer über die Bühne, und als sie hinter den Kulissen landete, ging das Gegacker im Geräusch aufspritzenden Wassers unter. Das Publikum johlte. Starr tat so, als wischte er sich etwas aus dem Auge.

Keiner der ersten drei Kandidaten konnte auch nur eine einzige Frage beantworten. Deshalb ließen sie sich mit Sahnetorten bewerfen, trieben ein Schwein durch eine riesige Wanne voller Gelatine und tunkten sich gegenseitig in einen Bottich mit Trauben, um sich vielleicht doch noch einen nagelneuen Kühlschrank oder fünfzig Quadratmeter Parkettboden zu verdienen.

Hal war schon ganz geistesabwesend und lümmelte sich mit verschränkten Armen in seinen Sessel. Die Musik hatte glücklicherweise aufgehört, und der Lärm des Publikums störte ihn in seiner derzeitigen Verfassung nicht sonderlich.

»Nicht allzu viele Genies im Publikum, heute«, sagte Joe Starr und wackelte mit dem Kopf, als wäre sein Hals eine Sprungfeder. »Suchen wir in der Regentonne nach einem neuen Kandidaten, ja?«

Den Publikumsapplaus und das mechanische Rattern der Lostrommel hörte Hal kaum noch. Der Geruch, den er in der Nase hatte, ging von ihm selber aus: eine Mischung aus Alkohol und Schweiß. In seinem Kopf schienen Bomben zu explodieren. *Mein Atem ist so hochprozentig, das ist schon feuergefährlich,* dachte Hal.

»Zweihunderteinundfünfzig!«

Heute abend würde er ein paar ruhige Stunden in Benny's Bar verbringen. Vielleicht lief ja ein vernünftiges Football-Spiel im Fernsehen. Aber Finger weg von den Frauen. Der nächste Morgen war einfach grauenhaft, wenn er sich mit einer Frau eingelassen hatte.

»Platz zweihunderteinundfünfzig?«

Soskapolis war ihm noch etwas schuldig. Auf jeden Fall. *Hallo, Dimitri, du reiche griechische Ratte!*

Jemand berührte ihn an der Schulter und er öffnete ein blutunterlaufenes Auge. Eine rothaarige Schönheit, die einen Spezial-BH der Firma Daisy-Mae und enorm heiße Höschen aus Jeansstoff trug, strahlte ihn an.

»Ihre Platznummer ist aufgerufen worden, Sir«, sagte sie mit ihrem gefrorenen Lächeln.

»Was?«

»Hier ist er!« rief die rothaarige Frau fröhlich, wobei sie winkte und hüpfte.

Mit Interesse verfolgte Hal das Wogen ihres Busens. Plötzlich stand auch noch eine Blondine neben ihm im Gang, die genauso hinreißend aussah.

»Nein danke, wirklich nicht«, sagte er.

Die beiden hörten ihm gar nicht zu, sondern zerrten an ihm und knufften ihn wie erfahrene Rausschmeißer, bis er auf den Beinen war.

»Kommt her!« rief Joe Starr. Das Publikum klatschte, und das Geklimper von tausend Banjos war zu hören.

»Oh, Scheiße«, knurrte Hal. Als wenn sein Leben nicht sowieso schon schwierig genug gewesen wäre, mußte er sich jetzt auch noch im überregionalen Fernsehen vorführen lassen.

Joe Starr klopfte ihm auf die Schulter. »Wie geht's uns denn?« brüllte er Hal ins Ohr. »Und wie heißen wir?«

»Woczniak«, sagte Hal.

»O je. Haben wir auch einen Namen, den der alte Joe aussprechen kann?«

»Hal.«

»Ja, das ist viel besser. Woher kommst du, Hal?«

»Von der West Side.«

»Ein waschechter New Yorker, sieh mal einer an.«

»Ja.«

»Ich seh schon, wir haben hier einen Mann, der nicht viele Worte macht«, meinte Starr. »Können wir anfangen?«

»Ich würde mich eigentlich lieber wieder setzen.«

Joe Starr lachte lauthals, und das Publikum ließ sich anstecken. »Wie's aussieht, hat unser Mann hier eine verdammt wüste Nacht hinter sich, meine Damen und Herren.« Er wackelte waghalsig mit dem Kopf.

»Okay, Hal, kein Grund zur Aufregung. Du weißt, wie das Spiel läuft? Hundert Dollar für jede kooo-rekte Antwort. Fünf kooo-rekte Antworten, und du gewinnst den Großen Preis. Und was ist der Große Preis, wirst du fragen?«

Ein Vorhang öffnete sich und, begleitet von Oohs und Aahs aus dem Publikum, kam ein riesiges Bild zum Vorschein, auf dem der Big Ben direkt auf der St. Paul's Cathedral stand.

»Zwei traumhafte Wochen in London, alles inklusive!« donnerte Starr. »Na, wie klingt das, Hal?«

»Ganz okay.« Er wischte sich etwas Schleim aus dem Auge.

»Du bist ja absolut hingerissen.«

»Ja.« *Bringen wir's endlich hinter uns,* dachte er.

»Glaubst du, daß du alle fünf Fragen beantworten kannst?«

»Keine Ahnung.«

»Wenn nicht, wirst du hier einen ziemlich ausgefallenen Tanz aufführen, das weißt du doch?«

»Ja.«

»Willst du mal nachsehen, ob dein Herz überhaupt noch schlägt?«

Gelächter im Zuschauerraum.

»Er wacht jetzt jede Minute auf, Leute.«

Lautes Gelächter.

»Können wir endlich anfangen?« sagte Hal.

»Er lebt noch!«

Großer Applaus.

»Du bist schon richtig, Hal. Kann ich die erste Frage stellen?«

»Nichts dagegen.«

»Also, dann.« Starr hob die Hände in die Höhe, als wollte er ein Orchester dirigieren.

»Fang den Fisch!« brüllte das Publikum im Chor.

Die zwei Schönheiten, die ihn aus seinem Sessel verscheucht hatten, kamen hüftenschwingend auf die Bühne.

Das rundliche Etwas aus bemaltem Styropor, das sie vor sich herschoben, ähnelte einem alten Brunnen aus verwittertem Holz. Es trug in verschnörkelten Lettern die Aufschrift: ›Der alte Fischteich‹ und war zur Hälfte mit pastellfarbenen Plastikfischchen gefüllt.

Joe Starr überreichte Hal ein Gerät, das eine sehr entfernte Ähnlichkeit mit einer Angelrute besaß. An einem Ende eines langen Stahlrohrs befand sich ein Hebel, mit dem man eine Greifzange am anderen Ende bedienen konnte. »Einfach in den Alten Fischteich reinhängen, Hal, und irgendwo einen Fisch rausziehen. Alles klar?«

Folgsam kam Hal dieser Aufforderung nach. Joe Starr löste den Fisch vom ›Haken‹ und entnahm ihm einen kleinen, weißen Umschlag.

»Hier haben wir die Frage, Leute«, sagte er und zog ein Kärtchen heraus. Er las leise, um dann laut zu lachen und Hal teilnahmsvoll die Hand auf die Schulter zu legen. »Die Fragen stammen nicht von mir. Ich möchte, daß du das weißt, bevor ich anfange.«

Gelächter im Publikum.

»Bist du bereit, Hal?«

»Ja«, schnaubte Hal. »Fangen Sie endlich an.« Ganz unbewußt verzog er das Gesicht und schloß die Augen.

Starr räusperte sich und las vor: »Wer war nach Malory der legendäre Ritter von der Tafelrunde, der den Heiligen Gral schließlich fand und ihn auch bei seinem Tode noch besaß?« Der Showmaster wackelte halsbrecherisch mit dem Kopf. »Nun, ich würde sagen, solche Sachen liest man nicht alle Tage im National Enquirer. Soll ich die Frage wiederholen?«

»Wiederh... nein.« Hal war vor Verwunderung ganz heiser. So seltsam es war – er konnte die Frage beantworten: »Galahad.«

»Galahad ist kooo-rekt!« rief Joe Starr und klopfte Hal auf die Schulter.

Die Banjo-Musik schwoll zu einem ohrenbetäubenden Getöse an, und die zwei drallen Frauen kamen auf die Bühne, um ihm einen Kuß zu geben, das Publikum johlte.

»Woher hast du das bloß gewußt, Hal?« fragte Starr, als die Musik leiser wurde.

Hal zuckte mit den Schultern.

»Tja, du hast dir soeben hundert Dollar verdient, altes Haus.« Er drückte Hal einen Schein in die Hand.

Es handelte sich aber nicht um eine echte Banknote, sondern nur um einen Gutschein, der auf der Rückseite auszufüllen war.

»Scheiße«, brummte Hal, doch dieser Kommentar ging in der erneut anschwellenden Musik unter.

»Nun, Leute, die Zeit ist um für heute. Hal wird aber morgen wieder da sein, also seht zu, daß auch ihr wieder dabei seid …«

»Fang den Fisch!« brüllte das Publikum.

Joe Starr winkte in die Kamera.

»Was soll das heißen: Ich werde morgen wieder da sein?« erwiderte Hal scharf.

»Sie wollen doch die hundert Dollar, oder etwa nicht?« Starr war kaum zu verstehen, da er immer noch breit grinste und heftig winkte.

»Klar …«

Das rote Licht an der Kamera ging aus.

»Das Geld bekommen Sie erst, wenn Ihr Spielzyklus vorbei ist«, sagte Starr – ohne die Spur eines Südstaatenakzents.

»Und wann ist das?«

Starr drehte sich zu ihm um. »Morgen. Da können Sie Gift drauf nehmen – und duschen Sie vorher, Herrgott.« Er wandte sich an einen jungen Mann mit Pferdeschwanz. »Erklären Sie dem Kandidaten, was in der zweiten Runde zu beachten ist.«

Der junge Mann schnüffelte. »Sie sollten mal Ihr Hemd wechseln.«

»Ist ja gut«, murrte Hal. Als er das Studio verließ, gab ihm jemand eine Papiertüte in die Hand. Sie enthielt ein Sandwich mit Hühnchenfleisch und einem welken Salatblatt sowie einen halbvollen Becher Fruchtsaft.

»Mahlzeit«, sagte der Wachmann.

Hal verzehrte sein Lunchpaket auf einer Bank im Rockefeller Center, und kostete dabei in Gedanken seinen kleinen Triumph noch einmal aus. Wer hätte auch gedacht, daß dieser Blödmann ihn ausgerechnet über die Ritter von der Tafelrunde befragen würde?

Er mußte sich beherrschen, um nicht laut zu lachen. Sie waren seine erste Liebe gewesen. Damals, nachdem er sich als Viertkläßler beide Beine gebrochen hatte und gezwungen war, sich die Zeit mit Lesen zu vertreiben, erschloß er sich ein zweites Universum, in dem Männer wie Parzival, Lancelot und Gawain, der grüne Ritter, lebten. Sie waren seine Freunde geworden. Im Grunde hatten diese Männer ihn erzogen mit ihrem ritterlichen Ehrenkodex und ihren Idealen Mut und Treue.

Seine Mutter war bei dem Unfall, der ihm zwei gebrochene Beine eingetragen hatte, ums Leben gekommen. Sie hatte gerade das Einkaufsgeld für eine Wahrsagerin in Spanish Harlem ausgegeben und Hal gegen seinen Willen mitgeschleppt.

»Ich hab's dir doch gleich gesagt! Auch sie hat einen hellen Schein um deinen Kopf gesehen, genau wie ich«, sagte sie zu ihm, als sie wieder draußen waren.

»Mensch, Mama«, flüsterte Hal und wurde rot bis über beide Ohren, weil gerade zwei hübsche, spanisch sprechende Mädchen an ihnen vorbei über die Straße gingen.

Seine Mutter legte ihm lachend den dicken Arm um die Schultern, was ihn natürlich erst recht verlegen machte. »Ich hab' das schon gesehen, als du noch ein Baby gewesen bist, und mir war gleich klar, daß du anders warst. Aus dir wird mal etwas ganz Besonderes.«

»Hör jetzt endlich auf!« Er tauchte unter ihrem Arm durch. »Das ist doch alles Schwindel. Das sagt die zu jedem, damit sie Geld bekommt.«

»Ach, was weißt du schon.« Sie tätschelte ihn. »Du wirst einmal Präsident oder Millionär oder sonst irgendwas Tolles. Ich hab das schon gesehen, als du ...«

»Mama!!!«

Da schoß das Auto schon auf sie zu – so schnell, daß sie

nicht mehr auf die Seite springen konnten. Hal streifte der Wagen nur, seine Mutter erfaßte er frontal. Er schrie auf, als er sah, wie sie in ihrem schweren schwarzen Mantel als schlaffes Bündel in hohem Bogen auf die andere Seite der Straße geschleudert wurde.

Der Fahrer bremste kurz, gab dann sofort wieder Gas und raste davon. Er konnte nie ermittelt werden.

In den folgenden Monaten war er die meiste Zeit allein zuhause, in einem Mietshaus in Inwood. Sein Vater, der bei seinen Kumpels als der Stahlharte Mike bekannt war, ging abends in irgendwelche Kneipen und ließ sich in Schlägereien verwickeln.

Mike Woczniak war eigentlich kein schlechter Kerl. Jahre später gestand Hal sich das widerwillig ein. Gelegentlich brachte er seinem Jungen Hot dogs, ein Käse-Sandwich oder einen Sechserpack Limonade mit. Wenn er einen guten Tag hatte und wenn ihm gerade kein Kater die Laune verdarb, nahm er Hal schon mal im Taxi in die Werkstatt mit. Hal saß dann mit seinen Gipsbeinen auf ein paar aufeinandergestapelten Kisten und schaute zu, wie der Stahlharte Mike mit der Anmut und Präzision eines Chirurgen an einem Auto arbeitete, wobei er ihm die Feinheiten des Verbrennungsmotors erklärte.

Auch er wäre wahrscheinlich ein erstklassiger Automechaniker geworden, hätte er weder einen High-School- noch einen College-Abschluß gemacht, und wenn er dann nicht zum FBI gegangen wäre. Doch so hatte er es beruflich zu etwas gebracht – zum Erstaunen und zur Freude seiner Verwandtschaft. Und tatsächlich bewahrten ihn ja derzeit nur seine Kraftfahrzeugkenntnisse vor dem Verhungern.

Aber das beste an den düsteren Wochen nach dem Begräbnis seiner Mutter waren die Bücher. Das erste war *The Once and Future King* von T. H. White, das ihm der Bibliothekar der Schule verordnet hatte. Zuerst stöhnte Hal über die dicke Schwarte, aber als die Tage nicht mehr vergehen wollten und das Bild des flimmernden Schwarzweiß-Fernsehers immer schlechter wurde, vertiefte er sich doch in den Schmöker.

Er entdeckte eine völlig neue Welt, in der Werte wie Ehre, Magie, Geheimnis, Wahrheit und Treue eine zentrale Rolle spielten – und diese Welt hatte es wirklich gegeben. Er zweifelte nicht an Merlins wundersamen magischen Kräften und auch nicht an der schicksalhaften Vorsehung des jungen Artus als Heilsbringer.

Mit der Zeit verwarf er natürlich die allzu weit hergeholten Legenden, doch interessierte er sich weiterhin für die Burgen und Wappen des Mittelalters und für das Lehnswesen, das Europa vor dem drohenden Chaos bewahrt hatte, als die Herrschaft der Römer zu Ende ging. Auch Bücher über die Ritter von der Tafelrunde las er noch, als andere Jungen in seinem Alter das Interesse daran längst verloren hatten. Gawain und Gaheris, Lucan, Bohort und Lionel, Tristan, der große Liebende – und Lancelot, der edelste unter ihnen, der sich schließlich auch als der menschlichste erwies … Diese Männer hatten sein Leben bereichert, weshalb sie für ihn niemals ihre Wirklichkeit verloren. *Ich schlage Euch zum Ritter. Seid tapfer und treu ergeben.*

An die Zeremonie beim Ritterschlag, die ihn völlig in ihren Bann gezogen hatte, als er als Jugendlicher davon las, erinnerte er sich auch jetzt noch. *Wäre ich doch bloß in jenen Zeiten aufgewachsen!* dachte er damals. *Hätte ich an der Seite dieser großen Männer gekämpft, die in der Überlieferung zu Sagengestalten geworden sind!*

Hal lächelte. Komischerweise hatte die Alte Regentonne ausgerechnet eine Frage aus dem einzigen Wissensgebiet ausgespuckt, in dem er sich auskannte.

»Seid tapfer und treu ergeben«, sagte er laut.

»Was, Mister?«

Plötzlich stand ein kleiner Junge vor ihm.

»Nichts.« Hal biß in sein Sandwich.

»Schau mal, was ich kann«, sagte er, und schon schlug der Junge auf dem Pflaster einen Purzelbaum. Woraufhin ein Kaugummi in seinen Haaren klebte. Hal applaudierte, als sich der Junge in Siegerpose vor ihn hinstellte – mit der selbstverständlichen Überheblichkeit, die nur Fünfjährigen zu Gebote steht.

»Tyler! Komm sofort her!« Die junge Mutter stürmte auf den Jungen zu, klopfte ihn gnadenlos ab und zerrte ihn davon, wobei sie ihn lauthals ausschimpfte.

»Mach das ja nie wieder, hörst du? Du hättest ja auf die Schlittschuhbahn fallen können. Und ich hab' dir schon tausend Mal gesagt: Mit Fremden spricht man nicht.«

»Aber das war ...«

»Ein schmutziger Mann war das, Tyler. Bei so einem weiß man nie ...«

Ihre Stimme ging im Lärm der Menge unter.

Hal aß den Rest seines Sandwichs. *Eigentlich hat sie ja recht.* Richtig heruntergekommen war er!

Er zerknüllte die Sandwich-Tüte und warf sie auf den Boden.

## 5

»Wie lautete im Mittelalter der englische Name Schottlands?«

»Albanien«, sagte Hal.

Joe Starr zuckte zusammen und schaute noch einmal auf seine Karte. »Das stimmt.« Er hielt die Karte hoch, hob die Schultern und wandte sich an das Publikum: »Es stimmt, Leute.«

Wilde Banjo-Musik setzte ein. Daisy und Mae, wie Hal in Gedanken die beiden Assistentinnen mit der üppigen Oberweite nannte, huschten auf die Bühne, um ihn zu umarmen. Das Publikum johlte jetzt nicht mehr so laut wie beim letztenmal. Es wollte irrsinnig komische Slapstik-Nummern geboten bekommen, kein hochgeistiges Frage-und-Antwort-Spiel. Joe Starr betrachtete Hal vorsichtig von der Seite, und als der Lärm abebbte, zeigte er auf den Alten Fischteich.

»Probieren wir's noch mal«, meinte er.

»Fang den Fisch!« rief das Publikum gehorsam im Chor.

Hal brachte die Angel-Prozedur hinter sich, und Starr öffnete den nächsten Umschlag. Er runzelte die Stirn und brauchte eine Weile, bis er wieder in die Rolle des jovialen Showmasters zurückfand.

»Ich lach' mich kaputt«, näselte er. »Noch mal was über die Geschichte des englischen Mittelalters, wie's aussieht.«

»Prima«, sagte Hal.

Vernehmliches Grummeln im Publikum.

»Also Leute, ich muß schon sagen, so ein Wahnsinns-Zufall, das hält man ja im Kopf nicht aus. Im Alten Fischteich gibt es Fragen zu hunderttausend Themen, und hier haben wir schon zum dritten Mal etwas aus dem gleichen Gebiet ...« Er blickte fragend hinter die Bühne. Der Produzent gab das Zeichen zum Weitermachen.

»Nun denn. Hier haben wir die nächste Frage, altes Haus. Bevor der Schwarze Tod Europa heimsuchte, tobte in Britannien schon eine andere Seuche. Wie hieß sie?

Eine Uhr begann laut zu ticken.

»Der Gelbe Tod.«

»Bei Gott, das stimmt.«

»Die Seuche wurde aus Persien eingeschleppt ...«, fing Hal an, aber gegen das schauerliche Banjo-Geheul hatte er keine Chance.

»Ich unterhalte mich mal kurz mit unseren Sponsoren. Bin gleich wieder da«, rief Joe und streckte Hal die Hand hin.

Er ließ sie aber sofort wieder fallen, als das rote Licht an der Kamera ausging. »Was, zum Teufel, geht hier vor?« fragte er empört.

»Ist doch ganz einfach«, sagte Hal. »Sie stellen die Fragen, ich antworte.«

»Wenn Sie die Karten manipuliert haben, Freundchen ...«

»Also, jetzt hör mal, du Holzkopf ...«

»Ihr seid wieder auf Sendung!« knarrte die Stimme des Produzenten aus den Kulissen.

Starr zauberte sich ein Lächeln ins Gesicht und klopfte Hal kräftig auf die Schulter. »Leute, es sieht so aus, als hätte Hal wahnsinnig Dusel, findet ihr nicht auch?«

Äußerst spärliches Klatschen im Zuschauerraum, dazwischen Buhrufe.

»Drei Fragen sind kooo-rekt beantwortet, noch zwei, und du gewinnst eine Reise nach London, alles inklusive.«

Er wartete vergebens auf eine Reaktion des Publikums.

»Was meinst du, Hal? Wirf die Schnur aus und ...« Er wartete.

»Fang den Fisch«, murmelten ein paar Zuschauer lustlos.

Hal zog ein grünes Plastiktierchen aus dem Alten Fischteich, das der Showmaster vom Haken nahm.

»Was meinst du, Hal«, fragte Starr, wobei er mit dem Kuvert spielte. »Was passiert wohl, wenn das eine Frage über Atomphysik ist?«

»Dann krieg ich vermutlich eine Torte ins Gesicht.«

Das Publikum johlte.

»Ach Gottchen, das wäre ja noch harmlos«, grinste Starr. Er brach das Siegel auf und nahm die Karte heraus. »Äh ...« Er versuchte krampfhaft zu lächeln. »Wieder eine Frage über die Geschichte des englischen Mittelalters.«

Die Zuschauer erhoben sich von ihren Plätzen. Pfiffe und Buhrufe gellten durch den Raum.

»Schiebung! Schiebung!«

Joe Starr tat sein Bestes, um die Gemüter zu beruhigen. »Aber nicht doch«, sagte er mit falschem Lächeln. »Freunde und Gönner der Show, diese Frage hat's in sich. Ein echter Hammer. Fertig, Hal?«

»Schießen Sie los.«

»Alles Beschiß!« brüllte jemand.

Starr schüttelte zuversichtlich den Kopf. »Die erste Tragödie, *Gorboduc* ...« Seine Aussprache des griechischen Worts war Gor-ba-dack. »Oh, das klingt ja wie eine russische Variante von Donald Duck.«

Er wartete, aber das Publikum zeigte keine Reaktion.

»Ob Hal wohl Michail Mouse kennt?«

Schweigen.

Starr räusperte sich. »Also gut, Hal, dieses Theaterstück, *Gorboduc*, erzählt die Geschichte zweier vom Schicksal geschlagener Brüder. Wie heißen sie?«

Hal grinste. Er hatte *Gorboduc* am College im ersten Semester gelesen. »Ferrex und Porrex.«

»Richtig«, sagte Starr erschöpft.

Der Tontechniker drehte die Lautstärke der Banjo-Konserve bis zum Anschlag hoch, um das aufgebrachte Publikum zu übertönen – jedoch ohne Erfolg. Die Zuschauer verließen ihre Plätze und marschierten protestierend zur Bühne. Daisy und Mae, die gerade ihr Kuß-Ritual zelebrieren wollten, flohen entsetzt. Die erbitterte Menge wurde mühsam von der Bühnencrew in Schach gehalten. Der Produzent, der noch den Telefonhörer in der Hand hielt, gab Starr ein Zeichen.

»Leute, wir machen hier eine kurze Pause, und dann heißt es wieder ...« Joe Starr legte als Zeichen dafür, daß jetzt der Name der Show fällig war, eine Hand hinter das Ohr. »Fang ...« sagte er vor.

»Du fängst gleich selber eine, du Idiot!« drohte jemand.

Jetzt kam der Produzent auf die Bühne gelaufen, verhandelte aufgeregt mit Starr, und wandte sich daraufhin Hal zu.

»Tag, Hal. Ich bin Frank Morton, der Produzent.« Seine Hände waren feucht, und Schweißperlen standen ihm auf der Stirn. »Wir nehmen jetzt einen anderen Kandidaten dran«, sagte er. »Die Leute von der Medienkontrollkommission sind schon unterwegs.«

»O Gott«, stöhnte Joe Starr.

Morton ignorierte ihn. »Sie können in dem Raum da hinten warten.«

»Warten? Wieso?«

»Weil die MKK-Leute glauben, die Show ist nicht sauber, Sie Trottel«, erwiderte Starr aufbrausend. »O Gott.«

»Ganz ruhig bleiben, Joe«, sagte Morton.

»Ruhig bleiben? Verstehst du denn nicht? Das gibt den größten Skandal aller Zeiten.«

»Ach was.« Der Produzent bemühte sich, nicht laut zu werden. »Diese Sendung ist hundertprozentig in Ordnung. Das weißt du genauso gut wie ich, Joe.«

»Und wie kommt's, daß dieser Typ die Antwort auf jede Frage kennt?«

Beide schauten jetzt Hal an. »Ich wußte es eben.«

»Sie wußten es eben? Viermal hintereinander?«

»Ist schließlich ein Spiel. Da muß auch mal einer gewinnen.«

»Okay, hört auf.« Morton nahm die Brille von der Nase und wischte sich den Schweiß von der Stirn. Wir haben überhaupt nichts zu befürchten. Bei einer Livesendung gibt's eben auch mal eine Panne.«

»Eine Panne! Frank, du sprichst von meiner Karriere!«

»Wir unterhalten uns nachher miteinander«, sagte Morton. Er winkte einen großen, schweren Mann mit Pferdeschwanz herbei, der Hal in das Künstlerzimmer führen sollte.

»Jetzt bist du geliefert, du Arsch«, fauchte Joe Starr.

Hal mußte lachen. »Du machst auch keinen sehr frischen Eindruck.« Er wackelte, den Showmaster imitierend, mit dem Kopf. »Altes Haus.«

Irgendwie hatte Starr die Zuschauer dazu gebracht, wieder auf ihre Plätze zu gehen. Auf einem Monitor konnte Hal verfolgen, wie ein Mann von einem hohen Kran in ein Meer aus Luftballons herunterplumpste. Das Publikum bog sich vor Lachen. Der Kandidat hatte die Antwort auf eine Frage über Raketentechnik nicht gewußt.

*Seltsam,* dachte Hal. In dem Behälter waren bestimmt dreitausend bis viertausend Karten. Die Wahrscheinlichkeit, vier Fragen hintereinander über dasselbe Thema zu erwischen, war unendlich gering.

Und doch war genau das eingetreten. Vier Fragen zu dem einzigen Thema, von dem er eine Ahnung hatte.

»Stimmt nicht ganz«, sagte er laut. Er wußte auch noch über Automotoren Bescheid und über Waffen, Polizeitechniken, bestimmte Bereiche des Öffentlichen Rechts ...

*Ach, Quatsch. Wenn dir vor einer Woche jemand diese Fragen gestellt hätte, wäre dir nichts dazu eingefallen.*

Zwar hatte er *Gorboduc* gelesen, aber das war mehr als zwanzig Jahre her. Ferrex und Porrex? An diese Namen hatte er sich längst nicht mehr erinnert. *Albanien**? Mit dem alten Schottland hatte er sich nie beschäftigt. Aber vielleicht

---

* In der Mitte des 9. Jahrhunderts errichteten die von Irland eindringenden Skoten auf dem Gebiet des heutigen Schottland das Königreich von Alban.

war der Name einmal irgendwo in einer Fußnote aufgetaucht, zum Beispiel in einem Buch, das er für ein Referat gelesen hatte …

*Das einzige Albanien, von dem du je gehört hast, liegt in Süd-ost-Europa, du Blödmann.*

Er fuhr sich mit den Fingern durch die Haare.

*Wie war er nur auf Albanien gekommen?*

*Und wenn du gerade schon ehrlich zu dir bist, dann vergiß auch nicht, daß du vom Gelben Tod noch nie etwas gehört hast.*

Gerade als er den Monitor ausschaltete, kamen zwei Männer herein.

Sie wiesen sich als Ermittler von der Medienkontrollkommission aus.

»Nur ein paar Fragen, Mr. …«

»Wocznìak.«

»Jede Beteiligung an der Fälschung der Ergebnisse eines derartigen Wettstreits stellt ein schweres Vergehen dar. Ist Ihnen das bewußt?«

Sie beugten sich drohend über ihn. »Ja,« sagte er. »Auf der FBI-Akademie in Quantico hat man mir das alles mal erklärt.«

Vier Stunden später durfte Hal das Studio verlassen, nachdem den Kontrolleuren die Fragen ausgegangen waren. Zwei weitere MKK-Männer standen mit Joe Starr und dem Produzenten von ›Fang den Fisch!‹ auf der Bühne. Sie hatten den Inhalt des Alten Fischteichs auf einem großen Tisch ausgebreitet.

## 6

»Wir sind heute nacht alle Fragen aus dem Behälter durchgegangen«, erzählte der Produzent Hal am nächsten Tag. »In dem ganzen Pott waren genau sieben Fragen über die Geschichte des englischen Mittelalters. Vier davon haben Sie herausgefischt.« Er zuckte mit den Schultern. »Ein ganz verrückter Zufall, aber das ist auch alles.«

»Ja«, sagte Hal.

»Viel Glück.«

Hal nickte.

*Morton hat recht,* sagte er sich. *Zufall – nichts weiter. Ein ganz verrückter Zufall.*

*Und das Verrückteste an der ganzen Sache ist, daß dir die Antworten nicht bekannt waren, bis du sie ausgesprochen hast. Aber das hast du den MKK-Typen nicht erzählt, was, altes Haus?*

Er schob den Gedanken beiseite. *Wenn jemand so viel trinkt wie ich,* überlegte sich Hal, *dann kann man gar nicht mehr sagen, was er weiß und was nicht. Man hört und liest irgendwas ... Woher weiß ich eigentlich, daß ich nicht schon seit einem Jahr Geschichtsbücher lese, wenn ich stockbesoffen aus Benny's Bar nach Hause komme?*

Ein paar aus der Clique hatten inzwischen vermutlich von seinem Fernseherfolg gehört. Die Abendnachrichten hatten nämlich einen kurzen Ausschnitt aus der Show des vorangegangenen Tages gesendet: Aufgebrachte Menschen strömten aus dem Studio. Ein hämisch grinsender Mann erklärte das Ganze zum abgekarteten Spiel, und eine zornige Frau gab dem Staat die Schuld. Dann wurde Hal eingeblendet, wie er gerade antwortete. »Ferrex und Porrex.« Auf der Mattscheibe wirkte er noch kaputter, als er sich tatsächlich gefühlt hatte.

*Kein Wunder, daß alle eine krumme Sache wittern,* dachte Hal. In seinem Bekanntenkreis würde das freilich niemanden auch nur im geringsten stören. Die Typen in Benny's Bar wären zweifellos ganz hingerissen, wenn er einen neuen Dreh gefunden hätte, um an Geld zu kommen.

Er konnte sich gut vorstellen, mit welchem Gelächter sie sich an der Bar über die Höhe seiner Schulden bei jedem einzelnen von ihnen ausließen – und darüber, wie sie das Geld jetzt eintreiben würden. Unter diesen Umständen hatte er es gestern abend vorgezogen, sich nicht bei Benny blikken zu lassen. Jedenfalls war das seine eigene Erklärung dafür, daß er nicht ausging. Er hatte jetzt schon seit zwei Tagen nichts getrunken.

»Kommen Sie?« Der Typ mit dem Pferdeschwanz brachte ihn hinter die Bühne. Man hörte Banjo-Musik, und dann erläuterte Joe Starr die Anwesenheit der MKK-Leute, obwohl längst das ganze Land wußte, daß ›Fang den Fisch!‹ an diesem Tag strengstens überwacht wurde.

»Revisoren«, nannte Starr die beiden wichtig dreinblikkenden Männer, die reglos hinter ihm standen, als gehörten sie zum Bühnenbild.

Starr hatte sich zunächst energisch gegen Ermittler auf dem Bildschirm verwahrt. Er lenkte jedoch ein, als Morton ihm klarmachte, daß mit Abstand die höchste Einschaltquote seit Bestehen der Show zu erwarten war, weil die Nachrichtensendung, die von tumultartigen Szenen in ›Fang den Fisch!‹ berichtet hatte, zehnmal so viele Menschen erreichte.

»Seid ihr bereit für Hal?« rief Starr.

Es herrschte eine Stimmung wie im Fußballstadion mit Schlachtrufen, Trillerpfeifen und Tröten. Fahnen wurden geschwenkt; ein Teil des Publikums erklärte Hal entweder zum Genie oder forderte seine sofortige Festnahme.

»Komm raus, altes Haus!«

Die MKK-Männer machten grimmige Gesichter, als der Kandidat an ihnen vorbeiging.

Sie hatten angeordnet, daß Hal ein kurzärmliges Hemd und eine Hose ohne Gürtel zu tragen habe.

»Glauben Sie, ich will mich vor der Kamera aufhängen?« scherzte Hal, doch die Ermittler verzogen keine Miene.

Auch Joe Starr machte keinen Hehl aus seiner Abneigung gegen den unangenehmen Kandidaten, der mit seiner Glückssträhne die Show und damit auch seine Karriere gefährdete.

»Hal, wie gerät ein Typ wie du ans Mittelalter?« fragte er in seinem aufgesetzten Südstaaten-Akzent.

Er zuckte die Schultern: »Einfach so.«

Hinter ihm warfen sich die beiden MKK-Leute einen Blick zu.

»Tja, ich muß ehrlich zu dir sein, Hal. Unsere Freunde, die Revisoren, sind jede Frage im Alten Fischteich durchgegangen und haben herausgefunden, daß es jetzt nur noch drei Fragen gibt, die irgend etwas mit England im Mittelalter zu tun haben. Nicht sehr wahrscheinlich, daß du eine davon erwischst, was?«

»Nein.«

»Worüber weißt du denn sonst noch Bescheid?«

»Über Autos vielleicht.«

Joe Starr kicherte.

»Dann kann ich nur hoffen, daß du eine Frage über Autos ziehst.« Seine Augen, unter denen sich dunkle Ringe abzeichneten, blitzten gehässig. »Wenn du nämlich die letzte Frage nicht kooo-rekt beantwortest, habe ich hier etwas ganz Besonderes für dich.«

Das Publikum johlte.

»Ach, und noch was, Hal.«

Die beiden Schönheiten traten auf die Bühne. Daisy hatte das eine Ende eines langen Seidenschals in der Hand, Mae das andere. Starr nahm ihn und schwenkte ihn schwungvoll durch die Luft. »Damit werden wir Hal die Augen verbinden. Kleine Kontrolle gefällig, Gentlemen?«

Einer der MKK-Leute befühlte den Stoff, hielt ihn gegen das Licht und gab ihn dann mit einem Kopfnicken zurück.

»Wir wollen bloß unseren Freunden, den Revisoren, und unseren Zuschauern beweisen, daß du die Antworten auf gar keinen Fall irgendwie ablesen kannst. Du hast doch nichts dagegen, Hal?«

»Ist schon okay.«

Die zwei Frauen verbanden ihm die Augen.

»Siehst du noch was?«

»Nein.«

»Also gut. Bist du bereit?« rief Starr.

Hal nickte.

»Fang den Fisch!« Das Publikum schrie sich die Kehle aus dem Hals. Als Hal blindlings die ›Angelrute‹ in den Behälter stieß, stellten sich die zwei MKK-Männer rechts und links neben ihn. Der Plastikfisch, den er aufspießte, wurde ihm sofort von einem der beiden aus der Hand gerissen. Der ›Revisor‹ öffnete das Kuvert und las die Frage, bevor er die Karte widerstrebend an Joe Starr weitergab.

»Bist du bereit, Hal?«

»Ich denke schon.«

Der MKK-Mann war kreidebleich geworden.

»Mittelalterliche …« Starr ließ den Zettel sinken und schloß die Augen. »Das gibt's doch einfach nicht«, meinte er leise und ohne den geringsten Südstaaten-Einschlag.

Das Publikum explodierte förmlich. Die MKK-Männer schauten sich an, einer von ihnen machte eine matte Geste: Sie mußten sich geschlagen geben.

»Soll ich das nun vorlesen?« wollte Starr von ihnen wissen.

Nach kurzem Zögern kam die getapte Antwort: »Ja, bitte.«

Nach einer Werbeeinschaltung und zwei weiteren Minuten war es gelungen, das Publikum einigermaßen zu beruhigen.

»Also, hört mal her, Leute. Die Revisoren sagen, es war eine faire Ziehung, und das war es auch.«

Die MKK-Leute wurden lautstark ausgebuht.

Joe Starr wackelte einschüchternd mit dem Kopf. »Mann, o Mann. Du hast vielleicht Schwein, Hal. Das ist nicht zu fassen.«

»Lesen Sie einfach nur die Frage vor, ja?« sagte Hal ungeduldig.

In Starrs Mundwinkeln bildete sich Schaum. »O ja, nur keine Bange. Und dann bist du dran.«

Aus dem Zuschauerraum war ein bedrohliches Stimmengewirr zu vernehmen.

»Mittelalterliche Legenden berichten von einem seidenartigen Stoff, der häufig auf magische Weise bei außergewöhnlichen Ereignissen in Erscheinung trat. Welchen Namen gab man diesem Gewebe?«

Das laute Ticken einer Uhr setzte ein. Hal holte tief Luft. Sein Kopf war wie leergefegt.

Im Grunde war er froh, daß er die Antwort nicht kannte. Drei Tage lang hatte er nicht recht gewußt, wie ihm geschah, woher er plötzlich Sachen wußte, von denen er eigentlich keine Ahnung hatte. Wie durch Zauberei war ihm Wissen zugeflogen. Jetzt brauchte er wenigstens nicht mehr an seinem Verstand zu zweifeln, und der Zirkus würde ihm immerhin eine ganze Stange Geld einbringen. Vierhundert Dollar – und dann noch eine Torte ins Gesicht. Eine Torte mit Fasanenfüllung. Fasanenpastete und Brot …

Den großen Saal erfüllte der Geruch von gebratenem Fasan, ein Sänger trug ein Lied vor, die Hunde bellten. Wie seltsam, daß er plötzlich über all diesem Lärm einen Vogel vernahm, der so hell und lieblich sang, daß Hal aufblickte; und da kam er durch das Fenster geflogen … *um Himmels willen, woran erinnere ich mich denn da …* Ein ausgelassenes Lied zwitschernd, setzte er sich auf den Finger eines Mannes, dessen Gesicht Hal nicht sehen konnte und der den Vogel mit einem Stück Brot fütterte. Dann erschien der Pokal und schwebte über der Tafel.

Hal schnappte nach Luft. *Schluß damit! Das ist nicht meine Erinnerung! Ich habe noch nie so einen Becher gesehen!*

Alle nahmen ihn wahr. Er schwebte in der Luft, um die Ritter daran zu erinnern, daß sie ihre Aufgabe noch nicht erfüllt hatten. Hal fiel das Messer aus der Hand, es polterte auf den Tisch, doch der Vogel rührte sich nicht von dem Finger, auf dem er saß. Auch er blickte auf den Kelch, den Gral, der wie ein Regenbogen aus dem Dunst erschien, in Samit gehüllt, das wie Wasser schimmerte.

»Na, was hast du uns zu bieten, Hal?« fuhr ihn Starr an.

Die Vision fiel in sich zusammen wie eine einstürzende Mauer.

»In Samit gehüllt«, murmelte Hal.

»Wie war das?«

»Samit«, sagte Hal und war aus unerfindlichen Gründen den Tränen nahe.

»Kooo-rekt! Hal, du gewinnst eine Reise nach London!«

Das Publikum tobte. Hal hörte nur noch die ersten Klänge der Banjo-Musik, dann fiel er in Ohnmacht.

# 7

Sonnenlicht durchflutete Dr. Coles' Büro. Der Mann, der sich Saladin nannte, mußte blinzeln. Seit Coles Maplebrook leitete, war es das erste Mal, daß der Häftling den Keller verlassen hatte.

»Bitte, setzen Sie sich doch«, sagte Coles und zeigte auf einen Kunstledersessel.

Saladin schnaubte verächtlich. Daß man ihn in eine Zwangsjacke gesteckt hatte, erschien angesichts seines hocherhobenen aristokratischen Hauptes als mutwilliger Akt der Barbarei.

»Ist meine neue Unterkunft fertig?« fragte er ruhig.

»Ja.« Der Arzt lächelte. »Eigentlich war kein Raum frei, aber dann starb heute nacht einer unserer Patienten im Schlaf. Ein merkwürdiger Zufall.«

»Das ist für mich nicht von Interesse«, sagte Saladin. »Ich möchte jetzt in mein neues Zimmer einziehen.«

»Ich dachte, wir könnten uns vorher noch ein bißchen unterhalten.«

»Aha, noch etwas Seelenerforschung, bevor ich in meine Zelle darf.«

Coles rutschte unruhig auf seinem Stuhl herum. »So ungefähr.« Obwohl fast zwei Meter Abstand zwischen ihm und seinem Patienten war, bekam er langsam einen steifen Hals, weil ihn die imponierende Größe Saladins zwang, steil nach oben zu blicken.

»Nehmen Sie mir dieses Ding ab. Es ist entwürdigend.«

»Das geht nicht.«

»Holen Sie einen Pfleger. Sollte ich mich ungebührlich benehmen, kann er mich mit Schlagstock und chemischer Keule zur Raison bringen und wieder in den Keller schaffen.«

Coles kannte diese Methode. Sein Vorgänger hatte ihm versichert, eine Spraydose und ein harter Stock seien im Umgang mit gemeingefährlichen Irren die einzig wirksamen Mittel. Von da an hatte Coles ihn gehaßt.

»Ich habe die chemische Keule abgeschafft«, sagte er.

»Wie human, Dr. Coles.« Saladins Augen glitzerten belustigt.

»Grausamkeit muß nicht sein.«

»Nicht einmal, wenn ein Patient Sie umzubringen versucht?«

»Ich glaube nicht, daß Sie das tun würden.«

»Dann nehmen Sie mir die Zwangsjacke ab.«

Coles dachte nach und seufzte.

»Ihr aufgeklärtes Getue ist nur Fassade, Dr. Coles. Sie führen schöne Reden, aber im Grunde haben Sie einfach eine Heidenangst vor mir.«

»Unsinn. Vielleicht könnten wir jetzt von etwas anderem reden.« Saladins Lachen war tief und melodiös. Der Arzt mußte an Howard Keel in *Kiss me Kate* denken. »Aber natürlich.« Saladin ließ sich elegant in den Sessel gleiten. »Was möchten Sie wissen?«

Coles nahm einen gelben Block zur Hand und setzte sich auf den Rand seines Schreibtisches. Er genoß es, daß jetzt er auf den Patienten hinabschauen konnte. »Was Ihnen gerade durch den Kopf geht. Oder wie wäre es mit Ihrem Namen?«

»Den kennen Sie schon.«

»Ich meine Ihren vollständigen Namen.«

»Saladin ist der einzige Name, den ich jemals gehabt habe.«

»Wurden Sie auch von Ihrer Mutter Saladin genannt?«

Der Riese tat diese Frage mit einem Achselzucken ab. »Das weiß ich nicht. Als ich meine Mutter zum letztenmal gesehen habe, war ich fünf.«

»Und wo war das?«

Saladin dachte nach. Seine Miene verriet, daß es ihm Freude bereitete, sich in längst vergessene Regionen zurückzudenken. »An einem Ort, wo es warm war«, sagte er schließlich. »Die Brüste der Frauen waren unverhüllt. Hohes Schilf wuchs an einem Fluß.«

»An welchem Fluß?«

Saladin konzentrierte sich und gab dann mit einem bedauernden Lächeln auf. »Das liegt so weit zurück, Dr. Coles.«

»Natürlich. Erinnern Sie sich an das Land, in dem sie geboren wurden?«

»Nein. Nur ein paar visuelle Eindrücke. Wie schon gesagt, es ist schon so lange …«

»Ja. Wie alt sind Sie denn, Saladin?«

»Keine Ahnung.«

*Höchst bemerkenswert*, dachte Coles. *Er negiert seine ganze Persönlichkeit. Wer ›Saladin‹ auch sein mag – dieser Mann hat ihn frei erfunden.*

»Haben Sie Ihre Vergangenheit über weite Strecken vergessen?«

Der Patient blinzelte gelangweilt. »Vermutlich weiß ich immer das, was ich gerade wissen muß.«

»Verstehe.«

»Dr. Coles?«

»Ja.«

»Die Zwangsjacke«, drängte Saladin sanft.

»Ich habe Ihnen doch schon gesagt, es geht nicht …«

»Bitte.« Saladin schaute hinunter auf die scheußliche Umhüllung und blickte dann dem Arzt direkt in die Augen. »Ein bißchen Würde.«

In Coles' Gesicht zuckte es. Er hatte Zwangsjacken immer gehaßt. In anderen Anstalten hatte er Kranke gesehen, die sie tagelang tragen mußten. Den Gesichtern war anzusehen, daß ihre völlige Hilflosigkeit eine nicht wiedergutzumachende Erniedrigung bedeutete.

Beinahe wütend griff er zum Telefon. »Schicken Sie einen Pfleger her.«

Kurze Zeit später betrat ein Mann im weißen Krankenhauskittel das Büro und wartete unauffällig neben der Tür. Er nickte dem Arzt zu und verschränkte die Arme vor der Brust.

Coles löste die Knoten auf dem Rücken des Patienten und ging rasch wieder zu seinem Schreibtisch.

»Ah, das tut gut«, sagte Saladin, als er die Zwangsjacke abstreifte. Er schaute auf seine Hände und spreizte die langen Finger. »Vielen Dank, Dr. Coles.«

Blitzschnell stürzte er sich über den Schreibtisch hinweg

auf den Arzt und packte ihn an der Krawatte. Bevor Coles auch nur einen Ton herausbrachte, hatte Saladin dessen Kopf gegen die Schreibtischkante geknallt.

Aus Coles Mund kamen gurgelnde Laute. Blut strömte aus der Wunde, die waagrecht über seine Stirn lief. Seine Finger zuckten.

Er starrte zu seinem Angreifer auf. Saladin betrachtete ihn gespannt, aber auch etwas ungeduldig. Hinter ihm stand der Pfleger – immer noch mit verschränkten Armen.

*Die beiden Männer haben die gleichen Augen,* war Dr. Mark Coles' letzter, verschwommener Gedanke.

Saladins Nasenflügel bebten. Bevor er die Krawatte losließ, genoß er noch eine Weile den Anblick des warmen, sterbenden Objekts, das langsam zusammensackte.

»Hol die Sekretärin herein«, sagte er dann.

Der Pfleger steckte den Kopf durch die Tür. »Der Doktor möchte Sie sprechen!« rief er.

Coles' Sekretärin war eine junge Frau mit kunstvoll frisierter blonder Haarpracht. Sie stand unverzüglich auf und ging mit langen Schritten an dem Pfleger vorbei in das Büro.

»Ja, Dr. Coles?«

Bevor sie noch richtig den auf den Schreibtisch gesunkenen Dr. Coles wahrnehmen konnte, dem Blut in einem dikken Strahl aus seinem Kopf quoll, hatte Saladin sie schon an ihren Haaren gepackt.

Sie stieß einen schrillen Schrei aus, der eigentlich ganz harmlos klang und von so kurzer Dauer war, daß man ihn vom Flur aus für ein Lachen halten konnte. Denn schon hatte Saladin seine langen Hände um ihren hübschen kleinen Kopf gelegt und begann, ihn zu drehen. Als die Halswirbel krachten, schloß er zufrieden die Augen.

Dann ließ er sein Opfer plötzlich angeekelt fallen, da Speichel aus dem Mund des Mädchens auf seine Hand tropfte.

»Mach das weg«, sagte er und streckte den Arm aus, als erwarte er einen Handkuß.

Gehorsam ließ der Pfleger den Telefonhörer sinken und

wischte mit einem Taschentuch den Speichel der toten Sekretärin von Saladins Hand. Dann hob er noch einmal ab und sprach in die Muschel.

»In fünf Minuten.«

Die Lichter verlöschten einen Augenblick, dann sprang das Notstromaggregat an.

Eine Stimme am anderen Ende der Leitung antwortete: »Alles klar.«

Mit einer gebieterischen Geste gab Saladin zu verstehen, daß er angekleidet werden wollte. Während der Pfleger gerade das blaue Gefängnishemd aufknöpfte, hielt vor der Anstalt ein Wagen, gefolgt von einem zweiten.

Zuletzt reichte der Pfleger seinem Herrn einen goldenen Ring mit einem riesigen Opal, in den Saladins eigene Gesichtszüge eingraviert waren.

Drei Männer stiegen aus den Autos und bugsierten einen großen, bis auf die Knochen abgemagerten Mann zum Eingang, der wie ein Landstreicher aussah. Er blickte verständnislos um sich wie jemand, der unter Drogen steht.

In der Halle ging einer der Männer zum Schalter des Sicherheitsbeamten hinüber. Hinter dem Schalter befanden sich die beiden Aufzüge, von rechts und links mündeten der Ost- und der Westkorridor in den großen Raum.

»Ihr Name, bitte?« fragte der Wachmann.

Der Besucher zog eine Automatik mit langem Schalldämpfer unter seiner Jacke hervor und schlug ihm die Waffe gegen die Stirn. Das Krachen der Schädeldecke hallte durch die Halle, und der Wachmann sackte mit blutigem Kopf auf den Tisch, als ob er eingenickt wäre.

Beide Aufzüge bewegten sich jetzt nach unten, wie an den Anzeigen zu sehen war. Der erste Lift erreichte das Erdgeschoß. Die Männer erstarrten, ihre Waffen im Anschlag.

Die Türen öffneten sich und ein Pärchen, das einen Krankenbesuch gemacht hatte, kam heraus. Die Frau trug ein züchtiges blaues Kleid mit Puffärmeln, ihre Augen waren gerötet und verschwollen.

Tapfer zog sie die Nase hoch. Dann sah sie den blutüberströmten Wachmann.

»Darryl«, flüsterte sie und klammerte sich an den Arm des Mannes an ihrer Seite.

Mehr konnte sie nicht mehr sagen, da auch sie einen Schlag auf den Kopf erhielt. Ihre Beine gaben nach, und sie schnappte wie ein Fisch reflexartig nach Luft.

Ihr Begleiter verschwendete keine Zeit auf Mitgefühl. Er riß ihre verkrampften Finger von seinem Arm los und rannte auf die Tür zu. Als er den Eingang schon fast erreicht hatte, wurde er von einem der Männer eingeholt und mit wuchtigen Schlägen auf den Kopf niedergeknüppelt.

Die anderen zwei stießen den großen Landstreicher in den wartenden Aufzug. Die Türen schlossen sich, und der Lift fuhr in das Untergeschoß.

Der zurückgebliebene Bewaffnete schaute auf die Uhr. Nun erreichte der zweite Aufzug das Erdgeschoß. Die Türen glitten auf. Der Killer verneigte sich vor Saladin, der mit dem Pfleger in die Halle trat.

Jetzt kam der erste Aufzug wieder aus dem Keller. Die beiden Bewaffneten kamen zurück, den spindeldürren Riesen hatten sie nicht mehr bei sich. Auch sie verbeugten sich vor Saladin, bevor alle fünf Männer das Gebäude verließen.

Kaum waren die Autos vom Hof gerollt, als das Gebäude sich schlagartig in einen Feuerball verwandelte.

## 8

Fünf Monate vor dem verheerenden Brand in der Maplebrook-Klinik – Hal Woczniak war gerade beim FBI ausgeschieden und hatte damit begonnen, sich langsam aber sicher zu Tode zu trinken – plünderten zwei Heroinsüchtige in einem Vorort von Chicago die Privatsafes der Riverside National Bank.

Die Räuber verließen das Gebäude mit Bargeld und Edelsteinen im Wert von annähernd zehn Millionen Dollar, wurden aber noch in der Nähe des Tatorts gefaßt. Ihre Beute hatten sie in grüne Müllbeutel gestopft, die bei der Verhaftung aus dem Fluchtauto fielen und ihren Inhalt auf die Straße ergossen. Das Geld und die Wertsachen konnten sichergestellt werden – mit Ausnahme eines hohlen graugrünen Metallgegenstands, der Ähnlichkeit mit einem bronzenen Jugendstil-Aschenbecher aufwies.

Niemand sah, wie er unter das Auto rollte, in der Abflußrinne die abschüssige Straße hinunterhüpfte, dann noch bis zum nächsten Block im Schmelzwasser mitschwamm und schließlich vor einem Gully in einem Haufen von Zigarettenkippen liegenblieb.

Hier fand der zehnjährige Arthur Blessing das runde Ding, wischte es mit seinen Handschuhen ab und stellte dabei fest, daß es eher wie ein Becher aussah. Die Form erinnerte ihn sehr an Tante Emilys winzige japanische Teeschalen. Sogar durch seine nassen Handschuhe hindurch spürte er, daß der Becher warm war, obwohl der Junge in der kalten Januarluft seinen eigenen Atem sehen konnte. Er drückte ihn an die Wange. Die Wirkung war unbeschreiblich. Ein ähnliches Gefühl hatte er gehabt, als er im Sommerlager beim Baseball den spielentscheidenden Home run schaffte.

»Emily! Emily!« rief er, als er die Treppen des Apartment-Hauses hochstürmte, in dem er wohnte.

»Noch nie etwas von einem Fahrstuhl gehört, junger Mann?«

Ein alter Herr stand im ersten Stock unter der Tür. Er trug ein kariertes Hemd und denselben gelben Pullover, den er, seit Arthur ihn kannte, jeden Tag getragen hatte. Einzelne Büschel des Haarkranzes, der seine spiegelnde Glatze umgab, standen wirr in die Luft. Seine zitternden Hände, die von braunen Flecken übersät waren, hingen schlaff herunter. Die Augen hinter den dicken Brillengläsern sahen riesig aus.

»Tut mir leid, Mr. Goldberg. Hoffentlich habe ich Sie nicht aufgeweckt.«

»Aufgeweckt? Wer könnte in dieser Wohnung schon schlafen? Andauernd unterhalten sich Leute im Treppenhaus. Tag und Nacht gehen sie zu dem Müllschlucker da drüben, und dann bleiben sie stehen und reden. Oft mitten in der Nacht. Möchtest du einen Keks?«

»Nein, danke.«

Der alte Mann zog einen in Cellophan eingepackten, gefüllten Butterkeks aus der Tasche. »Da, der ist für dich. Ich habe noch einen. Da unten im Eckladen verkaufen sie einem zwei, wenn man sagt, man will einen. Da, nimm schon.«

Der Junge griff zu. »Danke, Mr. Goldberg.«

Der alte Mann lächelte.

»Wollen Sie sehen, was ich gefunden habe?« Arthur zog die Metallschale aus der Tasche seiner Baseball-Jacke.

Mr. Goldberg hielt sie sich dicht vor die Augen und inspizierte sie über den Brillenrand hinweg. »Was ist denn das? Ein Aschenbecher?«

»Keine Ahnung. Hab ich auf der Straße gefunden.«

»Das ist ein Aschenbecher«, entschied Mr. Goldberg. »Dafür hast du doch gar keine Verwendung.« Er gab dem Jungen das runde Ding zurück. »Wie geht es deiner Tante?«

»Ganz gut, glaub' ich.«

»Geht sie abends nie aus?«

»Selten.«

»Kein Wunder!« Der alte Mann hob vielsagend die Schultern. »Man traut sich ja nicht mehr auf die Straße.« Er reckte den Hals und rief zum Eingang hinüber: »Irgendwann wird man noch im eigenen Bett erschossen! Keine Sicherheit gibt es in diesem Haus. Polizeischutz – das ist es, was wir brauchen!«

Der Wachmann schüttelte grinsend den Kopf.

»Sogar ich könnte das Gebäude besser schützen, als manche vom Wachdienst.«

Von Tante Emily wußte Arthur, daß der Streit zwischen Mr. Goldberg und dem Mann vom Sicherheitsdienst schon neun Jahre andauerte – der Wachmann hatte damals, während Mr. Goldberg im Krankenhaus lag, die Schwiegertochter zum Saubermachen in die Wohnung gelassen.

»Ich mach' mich mal auf die Socken, Mr. Goldberg«, sagte Arthur.

»Gut. Bestell deiner Tante einen schönen Gruß. So eine

liebe junge Frau, und so hübsch. Sie bräuchte einen netten Mann.«

»Sicher«, sagte Arthur und verdrehte die Augen. Das Wort »hübsch« wäre ihm zu Tante Emily nicht gerade eingefallen. Er bewegte sich langsam auf die Treppe zu.

»Ich spreche natürlich nicht von mir. Einen jungen Mann in guter Stellung sollte sie kennenlernen.«

»Ja, Sir »

»Sag ihr, daß ich einen Neffen habe. Er ist Rechtsanwalt, sechsunddreißig. Seit kurzem geschieden – es war besser so, glaub mir.« Er beugte sich jetzt über das Geländer und rief dem Jungen nach: »Sag ihr, sie soll mich mal besuchen!«

»Mach ich, Mr. Goldberg«, log Arthur. Er würde bestimmt nichts dazu tun, daß irgendein Typ, der einfach nur eine Frau kennenlernen wollte, an Tante Emily geriet. »Bis morgen!« rief er.

Der alte Mann winkte ihm nach, hatte aber schon die nächste Runde im Streit mit dem Wachmann eingeläutet.

»Ich bin wieder da, Emily«, sagte Arthur.

Seine Tante saß am Computer. Zur Begrüßung nickte sie, ohne sich umzudrehen.

»Ich habe etwas gefunden ...«

Emily gebot Schweigen, indem sie die rechte Hand mit ausgestrecktem Zeigefinger hochhielt.

Arthur legte seine Mütze und die Handschuhe auf die Heizung. Sie fingen an zu dampfen und verbreiteten einen leicht öligen Wollgeruch. Er öffnete den Kühlschrank und stöhnte.

Das Abendessen, das man nur noch in den Mikrowellenherd schieben mußte, bestand aus Bohnen mit gedünstetem Fenchel und ein paar bräunlich gesprenkelten Nudeln.

Emily Blessing aß schon seit Jahren kein Fleisch mehr, da sie aber sowieso nicht kochte, hatte sie ihren Neffen mit ihren Eßgewohnheiten verschont, bis ganz in der Nähe ein vegetarisches Restaurant aufmachte, das Essen zum Mitnehmen anbot. Vorher hatte Emily, hinter einer Zeitung versteckt, an Salatblättern und rohen Karotten herumgeknabbert, während sich Arthur von herkömmlicher Fertigkost und Dosengulasch ernährte. Neuerdings mußte er dagegen Berge von Gemüsereis, Steckrüben mit Muskatnuß und andere erlesene Speisen zu sich nehmen, die nicht sonderlich einladend aussahen und miserabel schmeckten.

Er goß sich ein Glas Milch ein und schlug die Kühlschranktür zu. Sofort hielt Emily wieder ihren Finger in die Luft.

»Entschuldige«, murmelte er.

Mit der Milch ging er an das andere Ende des Zimmers. Auf dem Eßtisch lagen ein Stapel mit Mathe-Arbeitsblättern, ein gespitzter Bleistift und eine Papiertüte. Der Junge wußte, was er darin finden würde. Tante Emily kaufte nämlich jeden Morgen um 7.00 Uhr ein Rosinenbrötchen und steckte es in ihre Handtasche, um es am Nachmittag Arthur zu geben.

*Streng nach Schema,* dachte Arthur. Wie alles, wofür Emily verantwortlich war.

Der Junge wurde unter der Woche immer genau um 5 Uhr 30 geweckt, bekam Cornflakes zum Frühstück und wurde um 6 Uhr 30, wenn Emily aus dem Haus ging, bei Mr. Goldberg abgeliefert. Mit ihm schaute er dann die Nachrichten an. Der alte Mann hatte nämlich zu Arthurs Freude gleich klargestellt, daß das Fernsehen, das von Emily kategorisch abgelehnt wurde, auch sein Gutes habe. Um 7 Uhr 30 brachte dann Mr. Goldberg, der für seine Dienste am Monatsende einen kleinen Geldbetrag erhielt, den Jungen zur Bushaltestelle.

Wenn Arthur am Nachmittag von der Schule nach Hause kam, erwartete ihn seine Tante schon. Genauer gesagt: Sie war schon da. In der Regel arbeitete sie noch bis fünf oder sechs Uhr am Computer, und vorher nahm sie den Jungen kaum zur Kenntnis.

Arthur ließ das säuerlich schmeckende Brötchen liegen und aß Mr. Goldbergs Keks zu seiner Milch. Dabei schaute er sich seinen Fund näher an. Er hatte sich nicht getäuscht, der Becher war wirklich warm. Auch bei Zimmertemperatur fühlte er sich noch warm an.

»Äh ...«

Emilys Finger flogen über die Tastatur. Sie schüttelte nur heftig den Kopf.

Beleidigt legte der Junge seinen Schatz mit Nachdruck auf den Tisch. *Emily läßt das natürlich kalt,* dachte er gekränkt. Sie hatte ja auch gar kein Kind großziehen wollen. Wenn sie sich über ihn ärgerte, erinnerte sie ihn oft daran, daß sein Schlafzimmer früher ihr Arbeitszimmer gewesen war, als hätte sie für ihn ein riesiges Opfer gebracht – und davon war sie wirklich überzeugt, das war Arthur klar.

Emily Blessing war nämlich eine brillante Frau. Sie hatte erheblichen Anteil daran, daß am Katzenbaum-Institut – der Denkfabrik für Grundlagenforschung, in der sie arbeitete – zwei Wissenschaftler Nobelpreise errungen hatten. Wenn sie sich nicht gezwungen gesehen hätte, ihr Studium abzukürzen, um ein verwaistes Kind im Säuglingsalter zu sich zu nehmen, wären diese Preise vielleicht an sie gegangen.

Er fuhr mit den Fingern über die Schale. Die eigenartige Wärme tröstete ihn. Dann versuchte er, sie auf dem Kopf zu balancieren, aber sie fiel auf den Boden.

Emily zuckte zusammen. »Arthur, bitte!« kreischte sie.

»Okay, okay.«

»Ich habe dir Aufgaben hingelegt.«

»Ja. Ich hab's gesehen.«

»Wie bitte?«

»Ja, danke, wollte ich sagen.«

»Aha.« Ihre Finger klapperten schon wieder auf der Tastatur herum.

Seufzend nahm er sich das erste Arbeitsblatt mit Matheaufgaben vor. Zunächst ging es um Kubikwurzeln, die er im Kopf ausrechnete, dann um Logarithmen und binäre Funktionen. Nur für einige Gleichungen auf der letzten Seite brauchte er den Bleistift.

»Fertig«, sagte er tonlos, da Emily ohnehin nicht reagieren würde, und legte das letzte Arbeitsblatt zur Seite. Darunter kam ein Luftpostbrief mit einer britischen Briefmarke zum Vorschein, der an ihn adressiert war.

Arthur öffnete ihn aufgeregt. Da er außer Emily keine

Verwandten hatte, bekam er fast nie Post, schon gar nicht aus dem Ausland.

»Sehr geehrter Mr. Blessing«, hieß es da. »Wir haben die traurige Pflicht, Sie vom Tod Sir Bradford Welles Abbotts in Kenntnis zu setzen ...«

Arthur runzelte die Stirn. »*Sir ...?*« Wie bitte?

»Unser Klient hinterließ Mrs. Dilys Blessing respektive ihren Nachfahren testamentarisch ein circa 9 Hektar großes Grundstück. Da Sie nach unseren Informationen der einzige leibliche Nachkomme der verstorbenen Mrs. Blessing sind, soll dieses Grundstück in Ihr rechtmäßiges Eigentum übergehen. Das obengenannte Grundstück, dessen herkömmlicher Name Lakeshire Tor lautet, liegt ungefähr drei Kilometer südwestlich von Wickesbury, direkt an der südlichen Grenze der Grafschaft Somerset. Es handelt sich um Ackerland, das allerdings wegen der auf dem Gelände befindlichen Überreste einer keltischen Befestigungsanlage ziemlich felsig ist.«

»Emily!«

Sie riß die Hände von den Tasten hoch. »Arthur, habe ich dir nicht gesagt ...«

»Komm, lies! Ich habe eine Burg geerbt!«

»Schrei nicht so.«

»Okay. Schau her«, sagte er leise und schwenkte den Brief, als er zu ihr hinüberlief.

»Ein Mann, der gestorben ist, hat mir eine Burg vererbt. Na ja, Befestigungsanlagen, aber das ist praktisch dasselbe. Sir Bradford Welles Abbott heißt er. Ist das nicht ein irrer Name?«

Emilys Gesicht erstarrte.

»Hast du ihn gekannt?« fragte Arthur.

Ohne zu antworten, nahm ihm seine Tante den Brief aus der Hand und las ihn schweigend. Sie mußte sich räuspern, bevor sie sprechen konnte.

»Hier heißt es, die Anwälte können das Grundstück veräußern und den Erlös überweisen.« Sie lächelte gequält. »Wir könnten das Geld aufheben für dein Studium.«

»Aber Emily ...«, seine Stimme war nur noch ein leises Flüstern. »Das ist *meine* Burg ...«

»Na, das wohl nicht gerade. Überreste heißt es hier. Wahrscheinlich bloß ein paar Felsbrocken.«

»Ich will mir das anschauen.«

»Das kommt gar nicht in Frage. Meine Arbeit ...«

»Wir könnten doch nach England in Urlaub fahren. Du nimmst dir überhaupt nie frei, Emy.«

»Und was ist mit der Schule?«

»Wir warten bis zu den Sommerferien.«

»Wir haben kein Geld zum Verreisen.«

»Doch. Ich habe auf dem Monitor deinen Kontostand gesehen ...«

»Du sollst mir nicht dauernd widersprechen!« schrie sie. Ihr Gesicht war rot angelaufen. Ihre Hände zitterten, als sie ihre übergroße Brille abnahm und sich über die Stirn fuhr. »Ich möchte darüber nicht reden«, sagte sie leise.

Aber sie legte den Brief nicht weg, sondern las ihn immer wieder von neuem.

»Emily?« fragte Arthur schließlich.

Sie schreckte aus ihren Gedanken auf.

»Warum hast du mir nie von meiner Mutter erzählt?«

»Es hat sich eben nie ergeben«, fuhr sie ihn an. »Ich habe nie ...«

Zwei Tränen fielen auf den Brief, dann zerknüllte ihn Emily und warf ihn in eine Ecke des Zimmers. »Wenn es unbedingt sein muß, dann behalte das Grundstück eben«, sagte sie. »Es ist schließlich dein Eigentum, nicht meines.«

»Tante Emily ...«

»Ich muß jetzt weiterarbeiten.« Sie schob ihn mit ihren schmalen, zitternden Händen auf die Seite, setzte ihre Brille auf und wandte sich wieder dem Computer zu.

# 9

Da Emily sich standhaft weigerte, über Arthurs Erbe zu reden, blieb der Brief von den Anwälten Sir Bradford Welles Abbots den ganzen Winter und Frühling hindurch unbeantwortet. Dennoch verbreitete sich die Nachricht von der »Burg« des Jungen allmählich im ganzen Haus, gelangte schließlich in die Spalten des *Riverside Shopper* und von diesem Anzeigenblatt aus sogar in den *Chicago Tribune.*

Auch ein Bild, das Arthur vor dem Wimpel zeigte, den er als Sieger im Rechtschreibwettbewerb des Staates Illinois bekommen hatte, erschien – neben einem Artikel über das Kochen mit Kiefernadelöl – in der Samstagsausgabe des *Tribune.*

Fünf Tage später rannten Arthur und Emily Blessing schon um ihr Leben.

Arthur war gleich an jenem Januartag, als er das rundliche Ding zum erstenmal in der Hand hielt, klargeworden, daß er etwas Außergewöhnliches aus dem Rinnstein gefischt hatte. Emily dagegen verschwendete keinen Gedanken darauf – bis zum »Tag der Bakterien«, wie sie später sagten.

Es war abends. Emily las einen Aufsatz über Neutrinos, den einer der Physiker des Katzenbaum-Instituts geschrieben hatte, und Arthur spielte mit dem Mikroskop, das Emily ihm zu Weihnachten geschenkt hatte. Er legte alles mögliche auf Objektträger: ein winziges Schnipsel Broccoli vom Abendessen, einen Tropfen geschmolzenen Schnees, etwas Schleim aus seiner Nase, einen Abdruck von Emilys Lippenstift, ein Haar. Er war fasziniert vom Leben in diesen unscheinbaren Substanzen, von den Bewegungen der einzelligen Organismen. Unter dem Mikroskop sah es fast so aus, als tanzten sie mit schnellen, ruckartigen Bewegungen wie Popcorn auf dem Herd.

Nur bei einer Probe war das anders. Die Bakterien hatten sich hier zu exakt parallelen Reihen formiert, die sich langsam hin und her bewegten.

»O Mann!« rief er schrill. »Emily, das mußt du dir unbedingt anschauen.«

Emily seufzte tief und stand auf. »Was denn?«

Er zeigte auf das Mikroskop, und sie schaute durch das Okular.

»Großer Gott«, flüsterte sie.

»Ham-*mer!*« rief Arthur, womit er Jungs aus seiner Schule nachahmte, die Fans eines wilden Rap-Sängers waren.

»Was ist das?« fragte Emily.

»Leitungswasser«, kicherte er.

»Aus welcher Umgebung?«

Er blinzelte verständnislos.

»Was für ein Gefäß hast du genommen«, sagte sie ungeduldig. »War es sauber?«

Arthur hielt ihr den Metallbecher hin, der halb mit Wasser gefüllt war. »Den habe ich genommen.«

Emily verdrehte die Augen.

»Aber ich habe ihn vorher ausgewaschen.«

Sie nahm eine Pipette, spülte sie und füllte sie mit Leitungswasser.

Als sie einen Blick durch das Okular geworfen hatte, nickte sie. »Na also«, sagte sie. »Das Wasser ist völlig normal.«

Auch Arthur überzeugte sich davon, daß sich die Bakterien normal verhielten: sie sprangen und tanzten mit völlig zufälligen Bewegungen umher.

»Ja«, sagte Arthur. »Aber was ist mit der anderen Probe? Hast du so etwas schon mal gesehen?«

»Nein«, sagte sie ohne Umschweife. Sie klopfte mit den Fingernägeln abschätzig auf den Becher. »Dieses Ding muß schmutzig sein.«

»Ich hab's gründlich gespült und dann ausgekocht«, sagte Arthur.

Emily zog eine Augenbraue hoch. »Und wie hast du es getrocknet?«

»An der Luft. Ich habe alle Gefäße genau gleich behandelt.«

Langsam legte Emily ihre Hände um den bauchigen Becher. Ein Gefühl des Wohlbehagens durchströmte ihren Körper.

»Es ist warm«, sagte sie. »Hast du heißes Wasser eingefüllt?«

Arthur schüttelte den Kopf.

Sie legte noch einmal die erste Probe unter das Mikroskop, starrte lange durch das Okular und schüttelte dann den Kopf. »Ich verstehe das nicht«, sagte sie. »Lebende Bakterien in gleichförmiger Bewegung.«

Sie griff hinter das Mikroskop, wo sein Federmäppchen lag, und entnahm ihm einen Zirkel. »Darf ich?«

»Meinetwegen«, sagte Arthur widerstrebend.

Dann kratzte sie mit der Stahlspitze des Zirkels auf dem Boden des Gegenstandes herum.

Keinerlei Kratzspuren waren zu sehen.

Arthur berührte die Zirkelspitze und stellte fest, daß sie vom Metall der Schale abgestumpft war. »Wahnsinn«, flüsterte er.

Emily kippte den Inhalt des Gefäßes in das Waschbekken, füllte es wieder mit Leitungswasser, entnahm eine neue Probe und schob sie auf einem Objektträger unter das Mikroskop.

Sie holte tief Luft, als sie sah, daß die Bakterien sich erneut völlig gleichförmig in parallelen Reihen hin und her bewegten.

Plötzlich stand sie auf, wobei sie den Becher wie ein Küken in der offenen Hand hielt. »Unglaublich! Woher hast du das?«

»Ich hab's auf der Straße gefunden.«

»Ich werde es analysieren lassen.«

»Nein«, sagte Arthur und riß ihr die Schale aus der Hand. »Die geben es ja doch nicht zurück.«

»Vielleicht ist es eine ganz besondere Legierung mit völlig neuartigen Eigenschaften.«

»Ist mir egal! Ich geb's nicht her.«

Sie schwiegen sich an.

»Und wenn ich die Analyse selber mache?« bot Emily schließlich an. »Ich gehe morgen ganz früh ins Institut und bringe das Ding wieder mit, wenn ich nach Hause komme.«

»Du darfst aber niemand etwas sagen.«

Emily zögerte. »Aber es kann von größter Bedeutung ...«

»Es gehört mir. Entweder so oder gar nicht.«

Emilys Neugier war so groß, daß sie den Becher auf jeden Fall analysieren würde, selbst wenn sie ihn ihrem Neffen stehlen müßte. Aber lügen würde sie nicht – sie wußte gar nicht, wie das ging. *Jetzt hast du gewonnen,* dachte er.

»Also gut«, sagte sie nach einer Weile. »Ich werde es niemand sagen.«

»Und auch niemand zeigen.«

»Nein.«

Als Arthur am nächsten Tag von der Schule nach Hause kam, saß Emily nicht am Computer, sondern am Eßtisch. In einer Hand hielt sie die Schale, und mit der anderen machte sie rasend schnell Notizen. Eine Haarsträhne hatte sich aus dem strengen Knoten gelöst, den sie stets trug, und verdeckte ein Auge, was sie gar nicht zu merken schien. Der Papierstoß, der neben ihr auf dem Tisch lag, war mit Zeichnungen und Gleichungen gefüllt.

»Nur mit dem Laser ist es mir gelungen, ein Stückchen abzusprengen ...« Sie schüttelte ungläubig den Kopf. »Die Molekularstruktur ist ganz anders als alles, was ich bisher gesehen habe.«

Arthur hatte seine Tante noch nie so aufgeregt erlebt. »Aber woraus besteht es denn?« fragte er.

»Ich konnte natürlich in der kurzen Zeit nicht alle Tests durchführen, weiß aber, daß das Ding weder Blei noch Gold noch Silber enthält. Auch kein Uran oder Nickel oder Eisen ...« Ihre Augen glänzten, sie atmete tief. »Überhaupt kein bekanntes Metall.«

Geraume Zeit herrschte beredtes Schweigen.

»Mann, o Mann«, sagte Arthur schließlich.

»Dr. Lowry vom Institut beschäftigt sich mit den Grundeigenschaften von Metallen ...«

»Nein!« Er nahm ihr die Schale schnell aus der Hand. »Denk daran, was du mir versprochen hast.«

»Aber Arthur. Mit dem, was ich bisher herausgefunden

habe, läßt sich das Verhalten der Bakterien nicht einmal im Ansatz erklären ...«

»Der Becher gehört mir! Ich brauche ihn. Das ist mein Glücksbringer.«

Emily ließ sich in ihren Stuhl sinken. »Also weißt du, Arthur.«

»Doch. Durch ihn habe ich die Burg bekommen.«

»Wie kannst du nur so dumm sein?« Ihre Hände verkrampften sich ineinander. »Vielleicht ist dieses Ding etwas völlig Neuartiges, vielleicht schaffen wir damit einen großen wissenschaftlichen Durchbruch. Das kannst du doch nicht einfach als Spielzeug behalten.«

»Es gehört aber mir«, sagte Arthur beharrlich.

Emily sprang auf, um ihm den Becher wegzunehmen, doch der Junge wand sich aus ihrem Griff und rannte aus der Wohnung.

»Arthur!« rief sie ihm nach. »Komm sofort zurück.«

Die einzige Antwort war das Poltern seiner Schuhe, als er die Treppe hinunterlief.

Seufzend schloß sie die Tür.

Sie hatte falsch reagiert, das war ihr schon klar. Da sie unbedingt mehr über das merkwürdige Metall herausfinden wollte, hatte sie vergessen, daß sie es mit einem zehnjährigen Jungen zu tun hatte.

Aber sie hatte ja nie recht gewußt, wie sie mit ihm umgehen sollte. Überhaupt war sie immer unsicher, wenn sie mit Kindern konfrontiert wurde. Bis vor zehn Jahren hatte sie zu den Kleinen ein ähnliches Verhältnis gehabt wie zu sibirischen Tigern oder Eisbären: Sie wußte, daß es solche Lebewesen gab, aber daß sie für ihr eigenes Leben von Bedeutung sein könnten, hätte sie nie für möglich gehalten.

Emily Blessings Bestimmung war die Wissenschaft, nicht die Mutterschaft. Durch die Schule war sie wie ein Wirbelwind gefegt, hatte zwei Klassen übersprungen, mit vierzehn schon den renommierten Westinghouse Wissenschaftspreis bekommen, mit sechzehn die Schule abgeschlossen. Dann studierte sie in Yale, und mit zweiundzwanzig plante sie gerade ihre Doktorarbeit ...

Doch eines Tages fand man unter der Leiche einer Frau, die sich erhängt hatte, einen Zettel auf dem Boden:

Liebe Emily,

Sorge bitte für mein Kind. Es hat jetzt nur noch dich.

In Liebe

Dilys

Dilys, die genauso leuchtendrote Haare gehabt hatte wie ihr Sohn. Emilys schöne Schwester, die mit ihrem Lachen überall im Mittelpunkt stand. Nach Hause war sie schließlich nur noch gekommen, um zu sterben.

Nachdem man ihren Körper vom Seil genommen hatte, erfolgte die Befragung durch die Polizei und dann das Begräbnis, zu dem erbärmlich wenig Menschen kamen. Schließlich erschien im Lokalblatt eine Kurzmeldung, die nur besagte, die neunzehnjährige Dilys Blessing aus East Monroe habe in der Wohnung ihrer Schwester in Connecticut Selbstmord verübt. So blieb von Dilys nichts mehr außer ihrem kleinen Jungen.

Nicht einmal einen Namen hatte sie ihm gegeben, und so nannte Emily ihn Arthur – nach ihrem Vater, der gestorben war, während Dilys in London lebte.

Emily sorgte für den Jungen, so gut sie konnte. Sie legte ihre Doktorarbeit ad acta und verließ die sichere und anregende Atmosphäre der Universität, um eine Stellung am Katzenbaum Institut in Chicago anzunehmen. Ihre Arbeitszeit teilte sie so ein, daß sie möglichst viel bei Arthur sein konnte und behielt ihren einfachen Lebensstil bei, um den Jungen auf die beste Privatschule in der ganzen Gegend schicken zu können. Am Wochenende besuchte sie mit ihm den japanischen Mathematik-Workshop *Kumon,* und in den Sommerferien belegte sie für ihn Computerkurse an der Universität. Nicht ohne Stolz stellte sie fest, daß ihre Bemühungen erfolgreich waren: Arthurs intellektuelle Fähigkeiten entwickelten sich prächtig.

Doch er vertraute ihr nie etwas an, erzählte ihr nie einen Witz, ließ sich nie von ihr trösten. Seit zehn Jahren lebten sie wie zwei Bäume im Wald, die einander nahe sind, ohne sich jemals zu berühren.

*Das ist wohl meine Schuld,* dachte sie. Emily hatte zu keinem Menschen ein vertrautes Verhältnis – im Gegensatz zu Dilys. Ihre Schwester war stets rasend in irgend jemand verliebt gewesen. Leidenschaftlichkeit hatte ihr Leben und ihren Tod bestimmt.

Vor ihr wäre Arthur nicht davongelaufen.

Emily wollte weiterarbeiten, aber jetzt konnte sie sich ja doch nicht mehr konzentrieren. Statt zum Computer ging sie deshalb in Arthurs Zimmer.

Sie hatte diesem Raum schon sehr lange keine Beachtung mehr geschenkt. An der Tür hing ein großes Plakat von Michael Jackson und ein Bild, das eine Comicfigur zeigte. In einer weißen Sprechblase über deren Kopf stand: ›Cowabunga!‹ Fernsehfiguren für ein Kind ohne Fernseher. Außerdem hatte Arthur ein Gedicht von Rudyard Kipling mit dem Titel ›Wenn‹ in seiner schönsten Handschritt auf ein Blatt Papier geschrieben und über den Schreibtisch geheftet. Daneben hing eine Karikatur, auf der ein Höhlenbewohner einen Dackel als Pinsel benutzte, um eine Wand anzumalen. Darunter stand »Wiener Dog Art«. Auf dem Schreibtisch lag ganz hinten ein abgewetzter Baseball, wahrscheinlich ein Andenken an das Zeltlager im vergangenen Jahr.

Da hat es ihm gefallen, dachte Emily, aber der Sommer ist zu kurz für ein Ferienlager *und* die Computerkurse an der Universität.

Im Regal standen der Wimpel vom Rechtschreibwettbewerb, der von einer dicken Staubschicht bedeckt war, und eine rote Plastikdose.

Woher er die wohl hat? fragte sie sich und öffnete die Dose. Sie war voller Trödel: glitzernde Steine, ein Stück Schlangenhaut, ein Magnet, ein winziges Vergrößerungsglas, der Rückenpanzer einer Zikade, der Brief der Anwälte von Sir Bradford Welles Abbott. Arthurs irdische Güter.

Emily trieb es Tränen in die Augen. Wo war sie gewesen, als er den Panzer der Zikade fand und als er Baseball spielte? Vielleicht hatte er ihr davon erzählt, und sie hatte nicht zugehört.

Es klingelte. Sie machte die Dose hastig zu, als wäre sie beim Herumschnüffeln überrascht worden, schüttelte ihre Traurigkeit ab und ging zur Tür.

Zwei Männer in teuren Anzügen standen davor. Beide hatten die gleichen, merkwürdigen Augen.

»Emily Blessing?«

Plötzlich hatte sie panische Angst. *Polizisten,* dachte sie. *Arthur ist in ein Auto gelaufen, er ist verletzt. Sie wollen mich benachrichtigen …*

»Ja«, sagte sie.

Einer der beiden Männer schob die Hand in sein Jackett.

*Der Polizeiausweis. O Gott, bitte nicht …*

Der Mann zog eine Pistole mit Schalldämpfer hervor, und bevor Emily das Chaos in ihrem Kopf unter Kontrolle bringen konnte, drangen ihr schon zwei Kugeln in die Brust.

Sie stürzte zu Boden und schmeckte das Blut, das ihr in den Mund schoß. Die Männer machten einen Schritt über ihren Körper hinweg, und einer von ihnen schob ihre Beine auf die Seite, um die Tür schließen zu können. Dann durchsuchten sie systematisch die ganze Wohnung.

Emily konnte nur mühsam atmen. Sie blinzelte, um den Nebel zu vertreiben, der sie umgab. Sie hatte noch gar nicht richtig begriffen, was ihr angetan worden war. Dann faßte sie einen einzigen klaren Gedanken und wurde ruhig.

*Arthur ist nicht da.*

Ihre Nackenmuskulatur entspannte sich. Sie schloß die Augen und glitt in eine tiefe Dunkelheit. Ihre Blase entleerte sich. Bald würde sie sterben.

*Komm nicht nach Hause, Arthur.* Diese Wörter kreisten durch ihr dahinschwindendes Bewußtsein wie lebendige Wesen, wie aufgereihte Bakterien. Ihre Lippen bewegten sich langsam. *Komm bitte nicht nach Hause.*

## 10

Als Emily von den Kugeln getroffen wurde, befand sich Arthur im ersten Stock des Hauses und schaute Schulfotos vom Neffen Mr. Goldbergs an. Rechtsanwalt war er und – nach Meinung des alten Mannes – genau der richtige Mann für Emily.

»Weißt du, er sieht jetzt nicht mehr so aus. Er ist ein bißchen dicker und hat etwas weniger Haare ...«

»Ah, gut«, sagte Arthur, der auf dem Foto die gelockte Beatles-Mähne betrachtete.

»So war das eben damals. Schlampig sein war groß in Mode. Du glaubst nicht, wie oft ich zu ihm gesagt habe, laß dir die Haare schneiden, dann siehst du zur Abwechslung aus wie ein normaler Mensch. Aber Kinder hören nun mal nicht.« Er lächelte und fuhr Arthur durch seine roten Haare. »Du auch nicht, hab ich recht?«

»Schon möglich.« Arthur fixierte den Metallbecher in seiner Hand.

»Trink doch deine Schokolade.«

Arthur zog es den Magen zusammen. Wenn Mr. Goldberg Kakao machte, kippte er einen gestrichenen Teelöffel Nesquick in eine schmutzige Tasse und goß lauwarmes Wasser dazu. Aus Höflichkeit nippte er daran.

»Und, wie schmeckt's?«

»Okay.«

»Also, du Wildfang. Du hast Streit mit deiner Tante Emily?«

Der Junge zog die Augenbrauen zusammen. »Sie versteht überhaupt nichts.«

»Ach, würde ich nur jedesmal einen Cent bekommen, wenn ein Kind sagt, seine Mutter versteht ihn nicht.«

»Sie ist ja gar nicht meine Mutter.«

»Richtig. Niemand kann von ihr verlangen, daß sie sich um dich kümmert und in alten Schuhen herumläuft, bloß damit sie dich auf diese feine Schule schicken kann. Und daß sie jeden Abend zuhause bleibt, damit sie bei dir ist.« Mr. Goldberg hatte sich vorgebeugt und fuchtelte mit dem knotigen Zeigefinger vor Arthurs Gesicht herum. »Das tut sie, weil sie dich lieb hat.«

Arthur wandte sich ab. »Sie bleibt nicht wegen mir zuhause.«

»Ach, nein?«

»Nein. Sie bleibt zuhause, damit sie arbeiten kann. Sonst interessiert sie sich für gar nichts. Sie hat sogar etwas dagegen, wenn ich mit ihr reden will.«

»Man braucht doch gar nicht so viel zu reden.«

Arthur lehnte sich auf Mr. Goldbergs durchgesessenem Sofa zurück und warf den Metallbecher in die Luft. »Stimmt. Mit Emily jedenfalls nicht.«

Goldberg fing den Becher auf. »Nicht spielen, solange wir uns unterhalten.« Er betrachtete das seltsame Gebilde. »Was willst du denn mit einem Aschenbecher?«

»Das ist kein Aschenbecher. Das ist mein Glücksbringer.«

Goldberg schien nicht sonderlich beeindruckt. »Übermäßig viel Glück scheint er dir nicht zu bringen, sonst bräuchtest du mir nicht deine Sorgen zu erzählen.«

Arthur schaute zu ihm auf. Er war jetzt den Tränen nahe. »Sie will ihn mir wegnehmen«, sagte er.

Der alte Mann sagte zuerst nichts. »Hast du ein Fenster eingeworfen?« fragte er dann.

Arthur schüttelte den Kopf. »Ich habe ein Experiment gemacht. Mein Glücksbringer ist ... etwas ganz Besonderes.«

Goldberg hielt das Gefäß vor seine Augen. »Dieses Ding?«

»Emily will es dem Katzenbaum-Institut geben. Die sollen dort herausfinden, woraus es besteht.«

»Aha«, sagte der alte Mann.

»Verstehen Sie?«

»Nein. Wenn ich noch rauchen würde, könnte ich eine Zigarre drin ausdrücken.«

Arthur mußte grinsen.

»Warum ist dieses Ding für dich so wichtig?« fragte Goldberg ruhig.

Der Junge vergrub das Gesicht in beiden Händen. »Ich

weiß es nicht!« rief er. »Aber es ist so. Gleich als ich den Becher aufgehoben habe, war mir klar, daß er mir gehört. Oder daß ich *ihm* gehöre, wenn das irgendeinen Sinn ergibt.« Er nahm langsam die Hände vom Gesicht, und sein Blick richtete sich durch das schmutzige Fenster in die Ferne. »Es ist so, als ob ich schon lange danach gesucht hätte. Das habe ich aber gar nicht. Trotzdem brauche ich ihn. Das weiß ich genau.« Er rieb sich mit dem Handrücken die Nase. »Hört sich echt bescheuert an, nicht?«

»O nein.«

Arthur blickte dem alten Mann verstohlen ins Gesicht und sah, daß Goldberg bedächtig nickte. »So etwas kann ich verstehen.«

»Wirklich?«

»Ja.«

Arthur verzog das Gesicht. »Und warum?«

Der alte Mann stand auf und ging hinter dem Sofa auf und ab.

»Glaubst du an Geister, Arthur?«

Der Junge schaute ihn unverwandt an. »Nein.«

»Es gibt sie aber, ob du an sie glaubst oder nicht. Und wenn ein Mensch etwas ganz dringend braucht – und vielleicht weiß er gar nicht, daß er es braucht –, dann kümmert sich manchmal ein Geist um ihn und sorgt dafür, daß er es bekommt.«

»Meinen Sie das im Ernst?«

Der alte Mann nickte. »Ich will dir etwas erzählen. Ethel, meine Frau, ist 1968 gestorben. In diesem Lehnstuhl.«

Er zeigte auf einen Sessel mit einem alten senffarbenen Überwurf. »Schlaganfall, hat der Arzt gesagt. Ganz friedlich sah sie aus. Auf ihrem Schoß lag noch ein Buch. *Tal der Puppen*.«

Langsam kam er um das Sofa herum und setzte sich neben Arthur. »Ich will mich kurz fassen. Ungefähr drei Monate später habe ich meine Schwester und ihre Familie in der Innenstadt besucht. Wir haben gut gegessen und dann Karten gespielt. Als ich schließlich gegangen bin, war es schon nach elf. Meine Schwester meinte noch: ›Milton, es ist eiskalt, nimm doch ein Taxi!‹ Ich sage: ›Bist du verrückt, ein Taxi bis zum Riverside Drive? Ich nehme den Zug.‹ Ich geh' also in Richtung Hochbahn. Kaum bin ich aus dem Haus, finde ich auf dem Gehweg ein Taschenbuch. Es ist spät, weit und breit niemand, dem es gehören könnte. *Etwas zum Lesen für den Zug,* denke ich mir und hebe es auf – und es ist das *Tal der Puppen,* Gott ist mein Zeuge.«

Er erhob feierlich die Hand. »Ich bin Jude, und wir glauben nicht an Geister. Wenn jemand stirbt, dann ist das eben so. So sagt unsere Religion. Aber als ich plötzlich dieses Buch in der Hand hielt, wußte ich: Ethel will dir etwas mitteilen. Wir sind zweiundvierzig Jahre verheiratet gewesen und haben nie viel geredet. Weißt du warum?«

Arthur schüttelte den Kopf.

»Weil das gar nicht nötig war. Diese Frau hat gewußt, was ich sagen will, bevor ich es ausgesprochen habe. Ich denke mir vielleicht: kalt heute, Käsemakkaroni wären jetzt nicht schlecht, und schon sagt sie: ›Möchtest du deine Käsemakkaroni mit Fisch oder Hühnchen?‹ Verstehst du, was ich meine?«

Arthur saß mit offenem Mund da und nickte.

»Ich habe das Buch also in den Mantel gesteckt und bin zur Hochbahn gegangen. Etwa zehn Minuten zu Fuß. Der Bahnsteig ist vollkommen verlassen. Der Zug ist mir direkt vor der Nase weggefahren. Ich bin ganz allein. Da kommt so ein Straßenräuber auf mich zu, der sich eine Ski-Mütze über das Gesicht gezogen hat.«

»Verdammt«, sagte Arthur.

»Verdammt *beschissen* kam ich mir vor, das kann ich dir sagen. Dieses Individuum sagt, ich soll ihm meine Brieftasche geben, und das mache ich auch. Er steckt sie in seine Jacke und schaut sich um, ob auch wirklich niemand in der Nähe ist. Niemand zu sehen. ›Geh‹, sage ich, ›ich verfolge dich nicht.‹ ›Nein, wohl kaum‹, sagt er. Aber statt wegzurennen, sticht mich dieser Scheißkerl direkt ins Herz.«

Arthur hielt den Atem an.

»Bloß, daß er nicht mein Herz trifft, sondern das *Tal der Puppen,* das davor liegt – vierhundert Seiten dick.«

Er verschränkte die Arme. »Ganz egal, was andere davon halten – für mich steht fest: das war Ethel. Sie hat mich beschützt.« Er zeigte auf den Metallbecher. »Und vielleicht hast du dieses Ding auf ähnliche Weise bekommen.«

»Ganz bestimmt«, flüsterte Arthur. »Vielleicht von meiner Mutter. Sie ist gestorben, als ich noch ganz klein war.«

Goldberg hob die Schultern. »Von ihr oder von jemand anderem. Aber es ist nicht Emilys Schuld, daß sie das nicht versteht. Sie glaubt wahrscheinlich nicht an Geister.«

»Nein, natürlich nicht«, sagte Arthur nüchtern.

»Dann mußt du es ihr erklären.«

»Sie wird gar nicht zuhören.«

»Wenn du vor ihr wegläufst, bestimmt nicht.«

Arthur hatte jetzt ein bißchen ein schlechtes Gewissen.

Der alte Mann nickte. »Versuch's noch mal – und zwar jetzt gleich, bevor ihr noch alles mögliche dazu einfällt.«

»Ja.«

»Und sag ihr, daß du sie lieb hast. Das hören Frauen immer gern.«

Der Junge schnitt eine Grimasse. »In Ordnung. Danke, Mr. Goldberg«, sagte er lächelnd, sprang auf und lief zur Tür.

»Arthur?«

Der Junge schaute zurück. Seine Augen glänzten vor Aufregung.

»Berühre sie damit.«

»Mit was?«

»Mit dem Aschenbecher. Sie sollte ihn berühren.«

»Wozu denn?«

Goldberg machte fahrige Handbewegungen, als ob er Hühner verscheuchen wollte. »Geh jetzt. Wer hört heutzutage schon noch auf einen alten Mann?«

Arthur lief die Treppe hinauf. »Emily!« rief er. »Ich muß dir etwas erzählen …«

Keine Antwort.

Die Tür stand sperrangelweit offen.

Die Blutlache, in der Emily lag, sah aus, als hätte seine Tante große rote Flügel.

»O Gott«, flüsterte er. In Emilys Brust klafften zwei Löcher. Ihre Lippen waren ganz blau.

Er ließ den Metallbecher fallen, rannte zum Telefon und wählte den Notruf. Der Becher rollte auf Emily zu, stieß an ihren Fuß und blieb dort liegen.

»Wie ist Ihre Adresse?« fragte eine Stimme.

»East Lansing Street 422, 3 A.«

»Um was für einen Notfall handelt es sich?«

»Meine Tante ...«

Es verschlug ihm die Sprache. Emily hatte die Augen aufgeschlagen.

»Ja? Reden Sie weiter.«

»Meine ... Emily ...«

Emily setzte sich auf. In ihrem Gesicht spiegelte sich grenzenlose Verwunderung. Sie hatte einen frischen Teint und rote Lippen.

»Um was für einen Notfall handelt es sich?« wiederholte die Stimme am Telefon.

Emily öffnete langsam zwei Knöpfe an ihrer Bluse und berührte die glatte Haut über ihrem blutgetränkten BH.

»Sir! Um was ...«

»Entschuldigung«, murmelte Arthur. »Ein Irrtum. Alles in Ordnung.« Er legte auf.

Er ging zu seiner Tante hinüber und kniete sich mitten in die Blutlache, in der sie saß.

»Er hat auf mich geschossen«, sagte sie.

»Wer, Emily?«

»Das weiß ich nicht. Zwei Männer ... zwei Schüsse ... ich hatte kaum noch Leben in mir.« Sie blickte ihm in die Augen. »Ich war so gut wie tot, Arthur, und jetzt habe ich nicht einmal einen Kratzer.«

»Haben sie etwas mitgenommen?«

Emily erhob sich unsicher vom Boden und sah ihre Handtasche durch. »Meine Brieftasche ist da, das Geld ist noch drin. Auch sonst ...« Sie schlug mit der flachen Hand auf den Tisch. »Die Notizen sind weg. Sie haben meine Notizen über die Tests mitgenommen.«

Gebannt sah sie Arthur an, der den Metallbecher in der

Hand hielt. Es folgte ein kurzes Schweigen, das beiden jedoch sehr lange vorkam.

»Er hat gesagt, ich soll dich damit berühren«, sagte Arthur leise.

»Was? Von wem redest du denn?«

Er ging, ohne ein Wort zu sagen, zum Küchenschrank und kam mit einem Steak-Messer zurück.

»Arthur, was um alles in der Welt ...«

Der Junge schnitt sich tief in die Fingerkuppe. Helles Blut strömte heraus.

Emily wollte zu ihm hinlaufen, aber er hob die Hand. Noch am Vortag hätte sie über eine derartige Geste gelacht, doch Arthurs Entschlossenheit hatte nichts Kindliches mehr an sich. Sie respektierte seinen Willen und blieb stehen.

Vorsichtig drückte der Junge den Becher gegen den Finger.

»Arthur?« flüsterte sie.

Seine Augen rollten nach oben und seine Knie begannen zu zittern, doch er zwang sich stehenzubleiben. Die Wärme des Gefäßes ging in sein Blut über und durchströmte in rhythmischen Wellen seinen Körper.

Als sie verebbten, nahm er den Becher vom Finger weg. Die Wunde war verheilt und hatte nicht die Spur einer Narbe hinterlassen. Nur das vergossene Blut war noch da.

»Das ist doch ganz unmöglich«, keuchte Emily.

»Die haben diesen Becher gesucht.«

»Dann ... dann müssen wir ihn loswerden. Wir bringen ihn zur Polizei ...«

Arthur schüttelte den Kopf. »Nein, Emily. Er gehört mir.«

»Das kann doch nicht dein Ernst sein. Die kommen wieder.«

»Die kommen sowieso wieder.«

»Dann geben wir ihnen das Ding.«

»Verstehst du denn nicht, Emily! Sie werden es nehmen und uns dann doch töten.«

Sie zuckte zusammen. »Aber es muß doch irgendwie ...«

Arthur hörte gar nicht mehr zu. »Aber woher hat er das nur gewußt?« fragte er sich, ohne zu merken, daß er laut redete.

»Wer denn?«

»Mr. Goldberg. Er hat mir vom *Tal der Puppen* erzählt.«

»Vom … Wovon sprichst du denn?«

Er hatte jetzt keine Zeit, ihre Frage zu beantworten. »Mr. Goldberg!« schrie er atemlos, während er die ausgetretene Marmortreppe hinunterpolterte.

Die Wohnungstür, die sich sonst immer gleich öffnete, blieb geschlossen. Arthur trommelte mit den Fäusten dagegen. Er machte einen solchen Lärm, daß der Wachmann um die Ecke schielte.

»Er ist nicht da, mein Junge.«

»Und wo ist er? Wohin ist er gegangen?«

Dem Mann war unbehaglich zumute. »Mr. Goldberg ist heute nachmittag gestorben«, sagte er schließlich.

Arthur war einer Ohnmacht nahe. »Was?«

Der Wachmann nahm seine Mütze vom Kopf und wischte sich mit dem Ärmel über die Stirn.

»Ungefähr um halb drei. Er ist mitten in der Eingangshalle umgefallen. Sah aus wie ein Herzanfall.«

Arthur starrte ihn mit ausdruckslosem Gesicht an. Sagen konnte er nichts.

»Hat gar nicht lange gedauert, bis der Krankenwagen da war.«

Der Junge biß sich auf die Lippen. »Ja, den hab' ich … ich hab' ihn vor dem Haus stehen sehen.«

»Ich wollte es dir eigentlich schon früher sagen, aber bei der ganzen Aufregung … Ich habe dich nicht mal hereinkommen sehen.«

*Genausowenig wie die Männer, die auf meine Tante geschossen haben,* dachte Arthur.

»Nun …« Er setzte seine Mütze wieder auf. »Es tut mir leid, mein Junge. Du hast den alten Mann wohl ziemlich gern gehabt.«

»Kann ich seine Wohnung sehen?« sprudelte es plötzlich aus ihm heraus.

Der Wachmann verzog das Gesicht. »Äh ..., ich weiß nicht recht.«

»Ich geh gar nicht hinein. Ich will nur schnell reinschauen.«

Der Wachmann überlegte eine Weile und zuckte dann mit den Schultern. »Also gut, warum eigentlich nicht.«

Er hob den riesigen Schlüsselring hoch, der an seinem Gürtel hing. »Bitte sehr«, sagte er, als er aufgeschlossen hatte.

Auf dem Couchtisch stand eine halbvolle Kakaotasse, und daneben lag Mr. Goldbergs Fotoalbum.

*Genau wie vor zehn Minuten,* dachte Arthur. Er ging gleich wieder rückwärts aus dem Zimmer.

»Hey, alles in Ordnung?« fragte der Wachmann.

Arthur drehte sich um und rannte die Treppe hinauf, so schnell er konnte.

Emily kniete auf dem Boden und starrte auf den riesigen Fleck, den ihr eigenes Blut auf dem Teppich hinterlassen hatte. Sie schaute zu ihm auf. Er konnte sich nicht erinnern, jemals zuvor Angst in ihrem Blick gesehen zu haben.

Arthur legte seinen Arm um ihre Schultern. »Wir müssen sofort weg von hier«, sagte er ruhig.

## 11

Die weißen Vorhänge bauschten sich. Eine tropische Brise trug den Geruch des Meeres und die mit tierischen Ausdünstungen vermischten Düfte Kowloons in die Wohnung im dreißigsten Stock. Jenseits der Bucht erhob sich aus dem Morgennebel die Skyline von Hongkong.

Der weiße Teppich verschluckte jedes Geräusch, als Saladin durch das Zimmer ging, sich in einen Schaukelstuhl setzte und das Gesicht der Sonne zukehrte. Er trug ein Hemd und eine weite Hose aus feinstem weißem Leinen. Ein Diener brachte Tee und eine Zeitung.

Wie er all das vermißt hatte – die Sonne, die warme Luft, die Geräusche der Zivilisation! Nach vier langen, einsamen

Jahren in künstlichem Neonlicht fühlte er sich jetzt wie ein träges Insekt, das aus dem Boden krabbelt.

Doch sein Spiegelbild, das er in der Fensterscheibe sehen konnte, stimmte ihn traurig. Er war in diesen vier Jahren gealtert. In sein Gesicht waren tiefe Falten eingegraben, seine Haare waren graumeliert.

Wie alt war er eigentlich jetzt? Vierzig? Nein, einundvierzig. Mit siebenunddreißig war er in die Anstalt gekommen. *Genauigkeit ist wichtig*, dachte er.

Vier Jahre waren eine lange Zeit. Keinen einzigen Tag würde er zurückbekommen. Aber jetzt würde er dafür sorgen, daß er keinen mehr verlor.

Verärgert wandte er sich vom Fenster ab und blätterte in der Londoner *Times*, bis er einen Artikel über den Brand in Maplebrook fand, der jetzt eine Woche zurücklag. Nach Meinung der Experten hatten nicht – wie ursprünglich angenommen – schadhafte elektrische Leitungen die Explosion ausgelöst. Vielmehr hatte man es mit einem vorsätzlichen Sabotageakt zu tun.

»Die Trümmer werden sorgfältigst analysiert«, hatte die Zeitung von Scotland Yard erfahren.

Saladin wußte, was das hieß: Die Polizei tappte völlig im dunkeln.

Wer sprengte ausgerechnet eine Irrenanstalt in die Luft? Was für ein Motiv kam in Frage? Nicht einmal ein Bekennerbrief der IRA war diesmal eingegangen. Und doch war die Tat offensichtlich das Werk von Profis.

»Diesem vollkommen sinnlosen Anschlag sind Menschen zum Opfer gefallen, die in unserer Gesellschaft keinen Platz hatten. Diese unsichtbaren Menschen leben nicht mehr. Mit ihrem Tod endet das letzte Kapitel in der tragischen Geschichte des ›Zwingers‹.« So das Fazit der *Times*.

Saladin fing an zu lachen, sein Groll war verflogen. Jetzt war er vollkommen frei. Genußvoll zog er die würzige Luft durch die Nase. Er lächelte auch noch, als sein Butler einen Mr. Vinod meldete, den Saladin seit Jahren nicht gesehen hatte.

Vinod war extra für dieses Gespräch über zehntausend

Kilometer weit geflogen, weil Saladin eine Abneigung gegen Telefongespräche hatte.

»Und, wo ist das Gefäß?« fragte Saladin sofort.

Der Mann war nervös. »Es hat Probleme gegeben.«

Saladins Miene verdüsterte sich schlagartig, und Vinod begann vor Angst zu zittern.

»Die Bank, in der es deponiert war, ist überfallen worden. Wir haben nichts davon erfahren. Wir waren völlig überrascht ...«

»Wo ist es?« wiederholte Saladin und hatte Vinod schon mit seinem Todesgriff am Hals gepackt.

Vinods Arme und Beine zuckten. Er konnte nicht mehr sprechen. Verzweifelt zog er einen Zettel aus der Tasche.

Es handelte sich um einen Zeitungsausschnitt mit der Überschrift: KIND ERBT BURG.

Saladin ließ Vinod los und las die Notiz, in der es hieß, daß dem zehnjährigen Arthur Blessing von einem unbekannten Verwandten neun Hektar Land vermacht worden seien. Auf dem Grundstück befänden sich die Überreste einer alten Burg. Neben dem Bericht war ein lächelnder rothaariger Junge abgebildet.

Er schaute auf das Datum: Der Ausschnitt war schon mehrere Wochen alt. »Warum zeigst du mir das?«

»Schauen ... Sie sich bitte den Hintergrund an«, krächzte Vinod, der mit dem Sprechen noch Schwierigkeiten hatte.

Jetzt wurde Saladin aufmerksam. Auf einem Regalbrett über dem Kopf des Jungen war neben einer Art Wimpel ein Gegenstand zu sehen, der ihn interessierte: ein bauchiger Becher, offenbar aus Metall.

*Das Gefäß!*

Saladin hatte plötzlich einen trockenen Mund. Er hielt seine Wut mühsam im Zaum. »Wie kommt das Gefäß auf dieses Regal?«

Vinod bebte vor Angst. »Die Einzelheiten kennen wir nicht«, sagte er. »Es befand sich nicht unter den Gegenständen, die von der Polizei nach dem Raubüberfall sichergestellt worden sind. Es muß verlorengegangen sein, oder jemand hat es weggeworfen ...«

Saladin schnitt ihm mit einer Handbewegung das Wort ab. »Was ist mit dem Jungen?«

Auf der Oberlippe des Mannes bildeten sich Schweißperlen. »Wir dachten, es wäre in ihrem Sinn, ihn zu eliminieren.«

»Und?«

»Wir haben es in der Wohnung seiner Tante versucht. Der Junge war aber nicht da, und das Gefäß auch nicht. Wir glaubten, die Frau sei tot, aber ...« Er hob ratlos die Schultern. »Diese Notizen haben wir gefunden.«

Er gab Saladin die Aufzeichnungen, die Emily über ihre chemische und physikalische Untersuchung des Metallbechers gemacht hatte. »Ich verstehe sie nicht.«

»Nein«, fuhr ihn Saladin an. »Wie denn auch.«

»Dann sind sie weggefahren.«

»Mit dem Gefäß.«

»Mit dem ... Ja.«

»Und wohin?«

»Richtung Osten. In Detroit haben wir das Auto der Frau präpariert, aber die Aktion ist fehlgeschlagen. Jemand hat den Wagen gestohlen und war noch keinen Kilometer von dem Jungen und seiner Tante entfernt, als die Explosion erfolgte.«

»Ihr habt also einen Autodieb getötet.«

Vinods Gesicht verzog sich vor Scham. »Eigentlich wollten wir keine Passanten gefährden, um kein allzu großes Aufsehen zu erregen, aber wir fürchteten, sie könnten uns wieder entkommen. Deshalb versuchten wir sie beim Verlassen des Hotels zu töten.«

Vinod holte tief Luft. Saladins Augen verengten sich zu bedrohlichen Schlitzen. »Sprich weiter!«

»Ein abnormer Zufall. Ein alter Mann fiel aus einem Fenster ... Selbstmord wahrscheinlich ... Die Kugel, die für den Jungen bestimmt war, hat ihn getroffen. Dann mußten ... wir weg ...«

»Das kann nicht wahr sein!« knurrte Saladin leise, aber gefährlich wie ein Wolf.

»Ja, Herr. Es ist ganz unbegreiflich und unheimlich. Wir

sind ihnen in Pennsylvania wieder auf die Spur gekommen …«

Mit einer knappen Geste schnitt ihm Saladin das Wort ab. »Wo sind sie jetzt?«

»In England. Sie sind vorgestern abend von New York aus nach London geflogen. Wahrscheinlich wollen sie sich das Grundstück anschauen. Deshalb bin ich hier. Mein Team hat doch den Befehl, in den Vereinigten Staaten zu bleiben, aber wenn Sie es wünschen, könnten wir nach England gehen. Dann bräuchten wir aber Pässe, Verbindungen, Waffen …«

Saladin schüttelte den Kopf. »Nein, ich brauche euch dort nicht.«

»Danke, Herr.« Er ging rückwärts zur Tür, und als Saladin ihm flüchtig zulächelte, entspannte sich Vinods Gesicht merklich.

Als er den Raum verlassen hatte, nickte Saladin seinem chinesischen Butler zu: Vinod würde den nächsten Tag nicht erleben.

Als Saladin wieder allein war, betrachtete er den Metallbecher und den Jungen auf dem Zeitungsbild.

Der Junge hatte die Schale zweifellos durch Zufall gefunden – genauso wie Saladin selber vor vielen Jahren. Auch er war damals nur ein kleiner Junge gewesen …

Das erste, woran er sich erinnern konnte, war Angst. Als ganze Scharen von Wilden in das große Haus seiner Familie in Elam eindrangen und die Dienerinnen schrien, wußte er, daß sein Vater und seine älteren Brüder schon tot waren.

Seine Mutter schenkte ihm überhaupt keine Beachtung. Erst Jahre später verstand Saladin, daß sie ihm durch diese kalkulierte Vernachlässigung wahrscheinlich das Leben gerettet hatte. Schon als die Kämpfe begannen, hatte sie ihrem jüngsten Kind die rauhe Kleidung der Bediensteten angezogen. Jetzt behandelte sie ihn auch wie einen Diener. Sie ignorierte sein Weinen und stellte sich den Soldaten aus Kisch und ihren blutbesudelten schwarzen Schwertern.

Sie schlugen ihr den Kopf ab. Dann fielen sie mit ihrem

grotesken Kriegsgeschrei wie ein Heuschreckenschwarm über das ganze Haus her und metzelten die einzigen Überlebenden des Herrscherhauses von Kisch nieder, wehrlose Frauen und alte Männer.

Die wenigen Bediensteten, die sie verschonten, wurden mit ihren Kindern in Marschkolonnen nach Norden in die Stadt Kisch getrieben. Saladin, der ein Leben voller Luxus und Prunk gewöhnt war, kam dort als Sklave in das Haus eines Kaufmanns. Er bekam die Reste vom Tisch der anderen Sklaven zu essen und schlief in der Küche auf dem Boden. Drei Jahre lang, bis er acht war, trug er Wasser in die Schlafgemächer der Frauen und bediente bei Tisch.

Dann wurde die Zikkurat zerstört.

Sie war Hunderte von Jahren alt. Auch in Elam hatte es Tempel gegeben, aber keinen, der so alt war wie die Zikkurat in Kisch. Sie bildete den Mittelpunkt der Stadt, und um sie herum gruppierten sich in konzentrischen Kreisen die öffentlichen Gebäude, die Häuser der Wohlhabenden, dann die Lehmhütten der Armen. Den äußersten Ring bildete der Wassergraben, der die Stadt vor Überfällen schützen sollte.

Von dem Haus des Kaufmanns aus konnte Saladin zuschauen, wie die Priester die hundert Stufen der Zikkurat hinaufstiegen. Die unsterblichen Götter, denen sie opferten, hatten zwar die Gestalt und das Antlitz von Menschen, sie mieden jedoch die Gesellschaft von Kreaturen, deren klägliches Leben während eines einzigen Augenaufschlags vernichtet werden konnte.

Es gab Menschen, die behaupteten, Götter gesehen zu haben. Ein Bauer, der nicht im Schutze des Stadtgrabens lebte, berichtete dem König von Kisch von einer schrecklichen Begegnung am Ufer des Euphrats. Seiner Schilderung zufolge war der Gott auf dem Rücken eines großen Fisches aus dem Wasser emporgetaucht, nackt, bis auf einen kleinen Mond, mit dem er gegürtet war. Seine Haut glänzte weiß wie Alabaster, und seine Augen bestanden aus Edelsteinen, Saphiren, die in der Nacht wie Sterne funkelten.

Der Bauer wagte nicht, die Gottheit anzusprechen, die,

als sie ihn wahrnahm, die Arme ausstreckte und den Mond anrief, damit er den Sterblichen niederstrecke. Der Bauer warf sich auf den Boden und bedeckte das Gesicht mit beiden Händen. Als er den Kopf wieder hob, sah er den Unsterblichen auf einem Strahl des Mondlichtes in den Nachthimmel fliegen.

»Er hat den Mondgott gesehen«, war die einhellige Meinung der Ältesten.

Der Bauer erhielt drei Fässer Öl für seinen Bericht über die Erscheinung und wachte viele Jahre lang jede Nacht am Ufer des Flußes, aber die Gottheit kehrte nicht zurück.

Jeden Monat wurden dem Mondgott von den heiligen Männern, die im Fackelschein auf die Zikkurat kletterten, Fladen aus Fisch und Mehl geopfert. Die Priester summten gemeinsam seinen Namen und erflehten seinen Segen für die Jagd.

Doch dann kam das Erdbeben, und als die Zikkurat nur noch ein Trümmerfeld mitten in der Stadt war, begannen die Ältesten zu flüstern, die Opfergaben hätten den Mondgott nicht befriedigt. Keine Fladen aus Fisch und Mehl wollte er, sondern das Leben des Mannes, der gewagt hatte, ihm ins Antlitz zu blicken. Sie zerrten den Bauern aus seinem Haus und zwangen ihn, auf die Trümmer des Zikkurat zu klettern. Dort banden sie ihn an einen Pfahl und schnitten ihm bei lebendigem Leib das Herz heraus.

Und die Erde hörte auf zu beben.

»Der Mondgott ist besänftigt«, sagten die Ältesten.

Über den Sklavenjungen, der nach dem Erdbeben fehlte, machte sich niemand Gedanken. Im Hause des Kaufmanns nahm man an, daß er von einem der Gesteinsbrocken erschlagen worden war, die durch die Luft geschleudert wurden, als sich im Boden ein gähnender Abgrund auftat, der die gewaltige Zikkurat verschluckte wie einen Honigfladen. Der Junge wurde nicht vermißt.

Niemand sah die kleinen Fußstapfen im Schlamm, dort wo der Stadtgraben sich aufgebäumt und sein Wasser ausgespuckt hatte. Niemand sah, wie die kleine Gestalt über das offene Land, das Jahrtausende später als Babylon große

Bedeutung erlangen sollte, auf die Zagros-Berge zulief, auf das Gebirge, das sich östlich von Kisch, in großer Entfernung von der Stadt erhob. Und selbst wenn man ihn bemerkt hätte, wäre niemand auf die Idee gekommen, ihn zu verfolgen. Die Berge waren das Ende der Welt. Hinter ihnen war das Nichts. Das lehrten die Priester und die Ältesten. Es war allgemein bekannt.

Der Junge schlotterte vor Kälte und Angst, als er die Zagros-Berge erreichte. Als die Erde zu beben begonnen hatte, war er gerade mit der Köchin und ihrer Magd in der Küche gewesen. Schon beim ersten Erdstoß hüpften Tonkrüge aus dem Regal und zersprangen auf den Fliesen. Das Öl mit dem sie gefüllt waren, überzog den ganzen Boden mit einer dicken Schicht, die sich, als sie das Herdfeuer erreichte, in einen Flammenteppich verwandelte. Einen Augenblick lang starrte er mit fasziniertem Entsetzen auf das Feuer. Die beiden Frauen versuchten unter angsterfülltem Geschrei die Flammen mit Lappen zu ersticken, während sich der Boden unter ihren Füßen schrecklich bewegte.

Dann fingen die Haare der Köchin Feuer. Sie fuhr mit den Händen an ihren brennenden Kopf, die Augäpfel schienen ihr aus den Höhlen zu treten.

»Hilf mir!« schrie sie.

Saladin prallte vor ihr zurück. Sie sah aus wie ein Monster. Er schüttelte den Kopf. Sie kam auf ihn zu. Er lief vor ihr davon, aus dem Haus hinaus.

Die nächste Erschütterung brachte das Dach zum Einsturz. Saladin lief immer weiter. Erst als er den Stadtgraben erreichte, hielt er an. Bis jetzt hatte er nicht die Absicht gehabt, Kisch zu verlassen, da er annahm, die Wachen auf den Brücken würden ihn als entlaufenen Sklaven erkennen. Aber es gab gar keine Brücken und auch keinen Graben mehr. Das Wasser war verschwunden und sorgte am anderen Ende der Stadt für eine Überschwemmung. Hier gab es nur noch ein schlammiges Flußbett. Zuerst setzte er seinen kleinen nackten Fuß vorsichtig auf den sumpfigen Boden, dann warf er sich hinein und kämpfte sich verzweifelt hindurch. Er würde sich nie mehr versklaven lassen.

Nachdem er den ganzen Tag gerannt war und die Berge erreicht hatte, plagte ihn nagender Hunger, aber vor dem nächsten Morgen würde er nichts Eßbares finden. Er hatte schlimme Schnittwunden an den Füßen von dem kahlen, felsigen Hang, den er erklommen hatte. Als Haussklave besaß er keine Schuhe, seine Fußsohlen waren aber nicht hart genug für einen langen Gewaltmarsch. Hinter sich sah er im Mondlicht seine blutigen Fußabdrücke als schwarze Flecken. *Ich kann nicht mehr weiterlaufen,* dachte er. *Ich muß jetzt schlafen. Hier, unter dem Sternenhimmel am Ende der Welt.* Saladin legte sich auf die trockene Erde und schloß die Augen.

Die Schritte des alten Mannes hörte er nicht. Geweckt wurde er durch ein großartiges Gefühl des Wohlbehagens, das von seinen Füßen ausging und seinen ganzen Körper warm durchströmte. *Das muß ein Traum sein,* dachte er. *Ein wunderbarer Traum von einem weichen Federbett zu Hause im Palast von Elam.*

Doch Elam gab es nicht mehr. Die Barbaren aus Kisch hatten es zerstört.

Mit zusammengezogenen Brauen öffnete er widerstrebend die Augen. Ein alter Mann hatte sich über seine Füße gebeugt. Er trug einen Kittel aus Tierfellen, seine Haare und sein Bart waren ein einziges Gewirr von langen grauen Fäden. Als er sah, daß der Junge aufgewacht war, verzog er die Lippen zu einem zahnlosen Lächeln.

Saladin erschrak. Der Mann hatte tiefblaue Augen, so blau wie das Meer, und weiße Haut. Als der Junge aufzustehen versuchte, schüttelte er den Kopf, schnalzte mit der Zunge und zeigte auf einen Gegenstand, den er in der Hand hielt und der aussah wie eine kleine Schale aus Metall. Er fuhr damit über Saladins Füße.

Von den Wunden war nichts mehr zu sehen. Sie waren vollkommen verheilt.

Saladin hatte den Mondgott vor sich.

## 12

Kanna hieß er, und nach dem, was Saladin von ihm erfuhr, lebte er schon eine Ewigkeit. Kanna selber erinnerte sich nur an wenig aus der Zeit, bevor ›der Stein‹ – wie er die Schale nannte – vom Himmel gefallen war.

Es mußte auf jeden Fall vor der Zeit gewesen sein, als semitische Völker in das Tal einwanderten. Sie waren die Begründer der handeltreibenden Sumerer, die die Webkunst und das Töpferhandwerk zur Blüte brachten. Kanna selber hatte zu einem Volk von Jägern gehört. Hunderte von Generationen vor ihm waren Menschen mit weißer Haut und blauen Augen von den hochgelegenen Steppen eines Landes gekommen, wo jedes Jahr Eis vom Himmel fiel und die Erde sich in ein weißes Tuch hüllte, das kälter war als das Wasser des Flusses.

Der Stein stürzte eines Tages ganz in der Nähe der Stelle, an der Kanna sein Feuer angefacht hatte, durch die Baumkronen – damals gab es Bäume in dem Tal, und die Sonne brannte noch nicht so heiß. Ein heiliger Mann war Kanna gewesen, ein Heiler, der von Stamm zu Stamm durch das Tal zog, um die Kranken zu pflegen und ihren Familien die Geschichten der Vorfahren vorzusingen. Aber schon damals war er alt und suchte nicht mehr oft die Gesellschaft anderer Menschen. Die meisten Tage verbrachte er in den Bergen, wo er Kräuter und Wurzeln für seine Arzneien sammelte. Zwei Frauen und alle seine Kinder hatte er überlebt. Er war schon sehr alt, als er den Stein fand.

Er hatte den Knall gehört und sah den funkensprühenden Feuerball durch den Nachthimmel direkt auf sich zurasen. Kanna versuchte nicht auszuweichen: Die Zunge der Nacht kam, um ihn zu verschlingen, und er würde sich nicht sträuben. Es war sinnlos, dem Tod davonzulaufen, besonders wenn man so viele Jahre gelebt hatte wie er.

Doch der Feuerball traf nicht ihn. Wie eine gewaltige, vom Mond selbst geschwungene Axt spaltete er den Stamm einer riesigen Zeder, die sofort Feuer fing.

Ein jüngerer Mann hätte wahrscheinlich dem Willen der

Götter gehorcht und wäre vor dem brennenden Baum geflohen. Doch Kanna sah nicht zum erstenmal den Blitz einschlagen. In seinem langen Leben hatte er beobachten können, wie ein einziger brennender Baum riesige Waldbrände verursachte. Deshalb lief er nicht weg, sondern häufte Erde auf die Flammen. Die Härchen an seinen Armen wurden versengt, seine Hände warfen Blasen, und die Glut verbrannte ihm das Gesicht. Doch endlich gelang es ihm, das Feuer zu löschen.

Am nächsten Morgen fand er einen mit kleinen Kratern übersäten erratischen Block, der noch glühte. Beim Aufprall war er in der Mitte auseinandergebrochen, und jetzt glänzte die Innenseite des Findlings in der Sonne. Konzentrische Kreise durchzogen das Metall, das zudem von vollkommen runden Einlagerungen übersät war, wie wenn in dem heißen Metall Eier herangereift wären. Außerdem gab es genauso vollkommen geformte Hohlräume. Eine dieser Einbuchtungen war tiefer und breiter als die anderen.

Und dann sah Kanna die Kugel neben dem Felsblock liegen, einen Mond, ein wahres Geschenk der Götter. Er berührte den Gegenstand vorsichtig mit seiner verbrannten Hand, und als er spürte, daß er nicht heiß war, hob er ihn auf.

Zu seiner Enttäuschung war es doch keine Kugel. Ein Stück der Oberfläche fehlte, und innen war der Stein hohl – als hätte er eine kleinere Kugel umschlossen.

Kanna betrachtete den Stein in seiner Hand und kam zu dem Ergebnis, daß er nützlich sein würde. Man konnte daraus trinken wie aus einem ausgehöhlten Kürbis. Außerdem war er schön und kam direkt vom Himmel.

Plötzlich fiel Kanna auf, daß seine Brandblasen an den Händen verschwunden waren. Auch die Härchen an seinen Armen waren nachgewachsen, und die Brandwunden im Gesicht waren verheilt.

Dann verstand er, daß die Götter ihm den Stein gesandt hatten, damit er die Kranken heile. Es war Zeit, die Berge zu verlassen.

Unverzüglich packte er sein Bündel und machte sich auf den Weg ins Tal. Er würde den Familien erzählen, daß die

Götter ihnen gewogen waren und ihnen ein Geschenk gemacht hatten.

Nie wäre er auf den Gedanken gekommen, daß er selber zu ihrem werden und daß das Geschenk ihn unsterblich machen könnte.

Saladin lauschte den Geschichten von dem heiligen Stein aufmerksam. Es dauerte allerdings Jahre, bis Kanna sie wirklich erzählen konnte, da sie zunächst nicht über eine gemeinsame Sprache verfügten. Als er fünfzehn Jahre alt war, hatte Saladin alles gelernt, was der alte Jäger und Heiler ihm beibringen konnte und war in vieler Hinsicht über ihn hinausgewachsen.

Er merkte, daß der Einsiedler nicht nur alt war, sondern ein ganz anderes Wesen als er selber. Mit Sicherheit aber kein Gott – es sei denn, die Götter wußten weniger als Sterbliche. Denn Kanna konnte zwar die meisten lahmen und verwundeten Geschöpfe der Berge auch ohne die Hilfe des heiligen Steins heilen, wußte jedoch nicht einmal, was ein Fischnetz war.

Saladin hatte ihm klarzumachen versucht, warum er das Netz knüpfte, doch der alte Mann hatte ihn nur verwirrt angestarrt. Erst als er sah, was man damit machen konnte, ging ihm auf, daß sein Schützling etwas Nützliches hergestellt hatte.

Genauso war es auf anderen Gebieten. Die Vorstellung abstrakter Zahlen ging über den Horizont des Alten, mochte Saladin es ihm noch so oft erklären. Zwei Holzklötze – kein Problem. Aber einen Unterschied zwischen »drei« und »viele« gab es für ihn nicht.

*Er ist einfach dumm,* dachte der Junge.

Der Stamm, von dem Kanna abstammte, war geistig sehr beschränkt. Über Jahrhunderte – oder vielleicht Jahrtausende (für Kanna war das alles eins) – hatte keiner von ihnen sich den Kopf darüber zerbrochen, warum der Heiler immer weiterlebte, während ganze Generationen von Talbewohnern alt wurden, starben und zu Staub zerfielen. Kein einziger hatte gewagt, ihm den Stein wegzunehmen. Selbst als eine Klimaveränderung die unermeßlichen Süßwasservorräte, in denen sich Flußpferde getummelt hatten, zu zwei schlammigen Flüßen zusammenschrumpfen ließ, und die riesigen Ebenen, die Giraffen, Antilopen und Elefanten beherbergt hatten, sich in öde Wüsten verwandelten, versuchte kein Mensch, Kanna den Stein zu stehlen.

Einzig Kanna war noch da, als das Neue Volk in das Tal kam. Diese Menschen waren keine Jäger, sondern Bauern, die sich dort ansiedelten, wo sich früher Sümpfe erstreckt hatten. Sie bewässerten aus den schlammigen Flüssen ihre Felder, bauten ihre Häuser aus Lehmziegeln und verwendeten den Dung ihres Viehs als Brennmaterial. Die Fasern, aus denen sie ihre Kleidung webten, bauten sie in der Nähe der beiden Flüsse an. Sie schufen Kunstwerke und verfügten über eine präzise Sprache, die auf begleitende Gesten verzichten konnte.

Kanna paßte mit seinen stinkenden Tierfellen nicht in diese fortgeschrittene Gesellschaft.

»Kanna leer.« Als Ausdruck der Einsamkeit legte er sich die Hand auf das Herz. »Kanna sieht neues Volk.«

Saladin hätte beinahe gelacht, als er sah, wie sich das Gesicht des Alten bei der Erinnerung an das Zusammentreffen in eine traurige Clowns-Maske verwandelte.

»Viele neue Menschen. Eins, zwei, viele. Sie werfen Speere. Viele Wunden.« Er zeigte dem Jungen die Stellen seines unversehrten Körpers, wo er von den Waffen getroffen worden war.

Saladin versuchte sich die Gesichter der zivilisierten Sumerer vorzustellen, als sie sahen, wie der alte Einsiedler sich die Lanzen aus dem Fleisch zog und ohne einen Kratzer davonging.

»Damals bist du für sie zum Gott geworden.« Sie saßen in ihrer feuchten Höhle, und Saladin legte einen großen Holzklotz auf das Feuer.

Kanna schaute ihn verständnislos an.

»Das neue Volk betet dich an. Du bist für sie der weiße Gott mit Saphiraugen, der auf Mondstrahlen reitet.« Er erzählte dem alten Mann die Geschichte des Bauern, der Kanna nachts beim Fischen gesehen hatte.

Der Einsiedler lachte, wobei der Schein des Feuers die tiefen Furchen auf seiner Stirn hervorhob. »Kanna läuft. Kanna glaubt, der Mann von dem neuen Volk will töten.« Es schüttelte ihn vor Lachen, doch dann blickte er wie hypnotisiert in die Flammen.

»Zu langes Leben schlecht.«

»Nicht so schlimm wie sterben, vermutlich«, sagte Saladin trocken.

Der alte Mann lächelte. »Neues Volk wirft Speere, Kanna geht auf Berg.« Er tätschelte den Boden, als wäre es seine Lieblingskuh. »Kanna bleibt. Kanna … leer.« Wie schon zuvor begleitete er diese Worte mit seiner typischen Geste.

Dann strahlte er. »Aber Junge kommt.« Den Namen ›Saladin‹ konnte er nicht aussprechen. »Junge kommt – nicht mehr allein.«

Wieder legte er die Hand auf das Herz, und seine Augen wurden feucht.

Saladin seufzte und wandte sich ab. Die Sentimentalität des alten Narren ging ihm auf die Nerven. Weil er sonst nirgendwo hingehen konnte, mußte er schon seit sieben Jahren Kannas affengleiche Dummheit ertragen.

Im Tal gab es für ihn keine Zukunft. Sollte ihn in Kisch jemand erkennen, würde er sofort als entlaufener Sklave hingerichtet. Und in Elam – wenn es die Stadt denn noch gab – wäre er ein Fremdling ohne Würde und Besitz. Nein, in Schande wollte er nicht in das Land zurückkehren, über das sein Vater einst geherrscht hatte.

Zwei Städte und sonst nur Wüsten, Gebirge, das Nichts am Ende der Welt.

Plötzlich fuhr er zusammen. Er war doch *im* Gebirge. In seiner Kindheit hatte es immer geheißen, an den Zadros-Bergen höre alles Leben auf, und doch lebte er hier seit sieben Jahren mit Kanna – inmitten vielfältigen Lebens. Sie hatten meilenweite Streifzüge unternommen und waren doch nie in die Nähe des Abgrunds gelangt. Er fuhr herum und fixierte den alten Mann, wobei sich seine Pupillen vor Aufregung weiteten. »Kanna, gibt es ein Land jenseits des Tals?«

Der Einsiedler nickte. »Viele Länder.«

Saladins Herz klopfte zum Zerspringen. »In welcher Richtung?«

Kanna zeigte nach Osten und beschrieb dann mit dem ausgestreckten Arm einen weiten Bogen. »Viele Länder.«

»Aber im Osten liegt doch die Wüste.«

»Hinter dem Sand«, sagte Kanna. »Zuerst kommt ein trockener Fluß, dann ein Baum aus Stein, dann ein großes Tal, viele neue Völker.«

»Hinter dem Sand ...« Saladins Stimme war kaum noch hörbar. Die Priester hatten immer verkündet, die Berge lägen am Ende der Welt. »Aber da kann es keine ...«

Kanna nickte hartnäckig.

Einen Moment schwelgte Saladin in einem schönen Traum von einem neuen Land, in dem Menschen wie er lebten. Dort würde man ihn nicht töten, und vielleicht müßte er sich nicht einmal als Diener bei einem Herrn verdingen. Er könnte von seinen Fähigkeiten als Heiler leben. Kanna, der jede Pflanze, jede Wurzel und jede Gesteinsart im Umkreis von hundert Meilen kannte, hatte Saladin gezeigt, wie man mit den verschiedensten Substanzen Wunden heilen und kranke Tiere gesund machen konnte.

»Wie komme ich dorthin?« fragte er zögernd. »Welchen Weg muß ich einschlagen?«

Der alte Mann schüttelte den Kopf. »Junge geht nicht. Junge stirbt im Sand.« Dann lächelte er. »Bleibt auf dem Berg.« Er nahm die Hand des Jungen und legte sie sich auf die Brust. »Bleibt bei Kanna.«

Saladin entriß ihm seine Hand. Er konnte es nicht ertragen, wenn der alte Mann ihn anfaßte.

»Glaubst du vielleicht, ich bleibe für immer hier?« schrie er. »Als Schoßhündchen eines alten Affenmenschen?«

Kanna wich erschrocken zurück, was Saladin nur noch wütender machte.

»Tu doch nicht so, als hättest du Angst vor mir. Du wirst dein wertloses Leben weiterführen, wenn ich längst gestorben bin, das weißt du ganz genau. Den Stein sollte jemand besitzen, der seiner würdig ist, nicht ...«

Er brach mitten im Satz ab, ein großartiger Gedanke hatte ihm die Sprache verschlagen.

Mit dem Stein könnte er nicht nur die Wüste durchqueren. Er könnte alles erreichen, was er wollte, könnte besitzen und erlernen, was immer ihm gefiel.

Der Stein würde ihm ewiges Leben schenken.

»Gib ihn mir«, sagte er leise.

Kanna wich zurück an die feuchte Höhlenwand, wo sie ihre Schlafplätze hatten. »Schlechter Junge.«

»Den Stein«, sagte Saladin.

Der alte Mann preßte die Lippen zusammen und zog die Mundwinkel nach unten. Er sah aus wie ein Kind, das gleich in Tränen ausbrechen wird. Mit flackernden Augen blickte er zu seinem Gürtel hinunter, an dem in einem Schlangenlederbeutel der Stein hing.

Saladin streckte seine junge, kräftige Hand nach dem Lederriemen aus.

»Nein!« heulte Kanna auf. Saladin packte den Gürtel, während der alte Mann ihn zurückzustoßen versuchte. Er drückte Kanna gegen die Felswand. »Nein!« Der Blick des Einsiedlers irrte unruhig durch die Höhle.

»Du lächerlicher alter Trottel«, spottete Saladin. Mit der rechten Hand packte er Kanna am Hals, und mit der linken zog er mit aller Kraft an Kannas Gürtel.

Doch dann sprengte der alte Mann plötzlich den Würgegriff und rammte wie ein Tier in panischer Angst seinen steinharten Schädel gegen Saladins Kopf.

Der Junge taumelte benommen zurück, und kaum hatte er sein Sehvermögen wiedergewonnen, sah er den Holzklotz vom Feuer auf sein Gesicht zusausen. Kanna hatte gewaltig ausgeholt, und die Höhle war erfüllt vom urtümlichen Schrei des Jägers, der dem wilden Tier gegenübersteht.

Der Schlag streckte Saladin nieder, aus Mund und Nase sprudelte Blut. Kanna weinte hemmungslos, machte einen Schritt auf ihn zu, blieb dann aber stehen. Wenn der Junge noch lebte und wenn er ihn mit dem Stein heilte, würde alles von neuem beginnen.

Ihre gemeinsame Zeit war unwiderruflich vorbei.

Kanna zögerte. Ohne seine Hilfe würde der Junge sterben.

Dann schloß er die Augen und stolperte blindlings aus der Höhle hinaus. Er konnte überall leben. Er würde in die Wüste gehen und weiterleben, obwohl er eigentlich sterben wollte.

Kanna begann schweigend von seinem vertrauten Berg hinabzusteigen. Er hatte die Hand auf das Herz gelegt.

## 13

Als Saladin das Bewußtsein wiedererlangte, war es Nacht. Er konnte die Glut des Feuers ausmachen, allerdings nur mit einem Auge. Auf dem anderen sah er gar nichts. Sein Gesicht war von einer dicken Kruste eingetrockneten Blutes überzogen. In seiner rechten Schulter spürte er einen dumpfen, pulsierenden Schmerz, der sich in ein höllisches Brennen verwandelte, wenn er die Stelle berührte. Seinen linken Arm konnte er nicht bewegen, Kanna hatte mit seinen Schlägen das Schultergelenk zerschmettert.

Wer hätte gedacht, daß der alte Mann so stark war? Aber er gehörte eben zu einem ganz anderen, früheren Menschenschlag, der für den Kampf mit wilden Tieren geschaffen war. Saladin spuckte Blut und abgebrochene Zähne aus.

*Ich hätte ihn nicht zum Kampf gegen mich zwingen dürfen,* dachte er. *Ich habe den alten Elefanten gründlich unterschätzt. Den Überlebenstrieb haben alle Menschen, selbst wenn sie gar nicht mehr leben wollen.*

Als er sich langsam erhob und in den Lederbeuteln herumwühlte, die Kannas Arzneien enthielten, mußte er gegen den Schwindel ankämpfen, der ihn zu überwältigen drohte. Er brauchte einen Umschlag für seine Schulter und mußte dafür sorgen, daß sich seine Kopfwunden nicht entzündeten. Sein unversehrtes Auge reinigte er mit Salzwasser. Es brannte höllisch. Das andere war völlig erblindet, aus der Höhle sickerte ständig eine gelbliche Flüssigkeit. Als Saladin seinen ganzen Mut zusammennahm und an dem aufgeritzten Augenlid vorbei den Augapfel berührte, stellte er fest, daß er ausgelaufen war. Er hatte eine solche Verletzung einmal bei einem Hasen gesehen, der von einem größeren Tier angegriffen worden war. Ein Knochensplitter von der zertrümmerten Schädeldecke hatte den Augapfel durchbohrt. Zwei Tage lang hatte das Tier sich vor Schmerzen gewälzt, bis Kanna es aus Mitleid tötete.

Saladin merkte, daß er am ganzen Leib zitterte. Es hatte keinen Sinn, er war zu schwer verwundet. Bald würde das Fieber einsetzen. Ohne den Stein hatte er keine Überlebenschance.

Er dachte angestrengt nach. Seine Beine waren noch kräftig, er könnte nach Kisch gehen, um dort einen Arzt aufzusuchen. Er würde sagen, er gehöre zu einem Stamm von Nomaden und habe sich verirrt. Niemand würde ihn als den Jungen erkennen, der vor sieben Jahren während des Erdbebens verschwunden war. Wenn er wieder gesund wäre – falls es einen Arzt gab, der solche Wunden heilen konnte –, könnte er erneut fliehen und zurückkommen …

*Zurückkommen. Wieder in die Berge. Von neuem wie ein Tier leben. Zwischen den Felsen umherirren, bis ihn ein Raubtier zur Strecke brachte. Zu einem zweiten Kanna werden, allerdings ohne ewiges Leben.*

Ein leises Klagen kam von seinen Lippen, wurde lauter, schallte von den Wänden der Höhle zurück und wuchs zu einem wütenden und verzweifelten Heulen an.

»Kanna!« brüllte er.

Doch Kanna war fortgegangen, hatte diesen Teil des Gebirges verlassen.

Saladin fuhr herum. An der Wand hingen noch Kannas Heilmittel. Bei einigen hatte das Sammeln und Destillieren Jahre gedauert. Zum Teil waren sie aus Pflanzen gewonnen, die es längst nicht mehr gab, oder stammten von Tieren, die seit Jahrtausenden nicht mehr in dem Tal lebten. Immer wenn sie auf der Suche nach Wasser oder Wild weitergezogen waren, hatte der alte Mann zuerst seine Arzneien in Bündel aus Tierfellen gepackt. Er konnte doch nicht ohne sie gegangen sein.

Alles war noch da – auch die anderen Habseligkeiten. Und doch wußte Saladin, daß er endgültig weggegangen war. Kanna konnte ihm nicht mehr trauen. Der Junge würde ihn wieder angreifen, das mußte dem Alten klar sein.

*Aber er liebt mich.*

Das wußte er ganz genau. Kanna betrachtete ihn als seinen Sohn. Der alte Mann war nicht einfach weitergezogen, sondern mit gebrochenem Herzen vor dem Verrat seines Kindes davongelaufen.

Statt Saladin zu töten, hatte er ihm seine Arzneien dagelassen.

Er würde an den einzigen Ort gehen, vor dem Saladin zurückschrecken würde.

*Zuerst kommt ein trockener Fluß, dann ein Baum aus Stein ...*

Er war nach Osten gegangen – in die Wüste.

Saladin erreichte endlich den versteinerten Baum, obwohl er schon zwei Tage lang von Fieberanfällen geschüttelt wurde. Es herrschte eine brütende Hitze, und unter dem Schilfverband, den er sich angelegt hatte, begann sein erblindetes Auge zu eitern und zu stinken. Sein Schultergelenk war unförmig angeschwollen.

Die Wegmarken, von denen Kanna gesprochen hatte, erwiesen sich zum Glück als hinreichend. Als die Umrisse des ausgetrockneten Flußbetts nicht mehr zu erkennen waren, hatte er am Horizont einen dunklen Punkt entdeckt: den Baum aus Stein.

Und noch einmal kam ihm das Glück zu Hilfe: Am Tag, bevor er den Baum erreichte, regnete es.

Die öde Landschaft hatte zwar nichts mehr von dem üppigen Grün der Savanne von ehedem, sie war aber auch noch nicht die reine Sandwüste, zu der sie in kommenden Jahrhunderten werden sollte. Der spärliche Bewuchs mit zähen Gräsern sorgte noch dafür, daß das Wasser nicht sofort versickerte. Die dünne Bodenkrume zwischen den einzelnen Büscheln hatte sich in eine Schlammschicht verwandelt, die bald wieder von der Sonne ausgedörrt würde.

Saladin haderte mit seinem Schicksal. Nachts war es kalt

in der Wüste, und er konnte sich nicht gegen den Regen schützen. Er breitete ein Antilopenfell aus, um seinen Wasservorrat zu erneuern, dann kauerte er sich zitternd auf den aufgeweichten Boden. Es war eine mondlose Nacht, und er wagte nicht im Dunkeln weiterzugehen. Wenn er den dunklen Punkt am Horizont verlieren sollte, war es um ihn geschehen.

*Ich werde ohnehin sterben,* dachte er. Er war völlig am Ende. Die Angst, die ihn bisher vorwärtsgetrieben hatte, spürte er kaum noch, und selbst seine wahnsinnigen Schmerzen nahm er nicht mehr richtig wahr. Das Sterben hatte schon eingesetzt und würde einen Körperteil nach dem anderen erfassen. Ein Auge war bereits abgestorben, die zur Größe eines Kürbisses angeschwollene Schulter würde bald folgen. Im strömenden Regen nahm er das Steinmesser aus seinem Bündel und stach die widerliche Beule auf. Als eine rötliche Brühe herausspritzte, heulte er halb wahnsinnig in die Nacht hinein. Dann legte er sich auf den Boden, wobei er versuchte, die frische Wunde vom Schlamm fernzuhalten, und schlief ein.

Am nächsten Morgen dampfte die Erde. Die Feuchtigkeit wurde so schnell von der Sonne aus dem Boden gezogen, daß sie wie dicker Rauch aufstieg. Verstört blickte er um sich. Wenn Kanna ihm nicht von dem Land jenseits der Wüste erzählt hätte, wäre er jetzt überzeugt gewesen, am Ende der Welt angelangt zu sein.

Seine Schulter verschlimmerte sich im Laufe des Tages. Die Brühe, die heraustropfte, war nicht mehr rot, sondern gelbgrün und dickflüssig. Trotz der unbarmherzigen Sonne hatte er Schüttelfröste.

Der nächste Tag war noch schlimmer. Er trank gierig, brachte aber keinen Bissen getrockneten Fleisches hinunter. Am Mittag ging ihm das Wasser aus. Achtlos warf er seine Kürbisflasche weg, während er sich zwang, immer wieder einen Fuß vor den anderen zu setzen. Aus dem Punkt am Horizont war allmählich ein riesiger versteinerter Baum geworden. Das Auge, mit dem er noch sehen konnte, war starr darauf gerichtet.

Weiter als bis zu dem Baum würde er nicht kommen. Er war sich sicher gewesen, schon eher auf den alten Mann zu stoßen, da Kanna langsam ging und keinen großen Vorsprung gehabt hatte. Der Junge hatte aber nicht damit gerechnet, daß auch er wegen seiner Verwundungen nur langsam vorwärtskommen würde.

Jetzt hatte er also den Baum aus Stein erreicht, ohne den alten Mann zu finden. Entweder war er schon weitergegangen, oder er hatte gar nicht diese Richtung eingeschlagen.

Er setzte sich steif auf den Boden und starrte über die sandige Erde zum Horizont, an dem sich eine unendliche Hügelkette entlangzog. Dann nahm er sich den schmutzigen Verband von seinem blinden Auge ab und fing an zu lachen. Sein anfänglich leises Kichern wuchs zu einem hysterischen Gelächter an.

*Und wenn Kanna gar nicht in die Wüste gegangen war?*

Wenn er sich längst wieder in der Höhle in den Zagros-Bergen mit seinen Arzneien beschäftigte und sich fragte, wo denn der Junge blieb, der ihn für einen Moment so erzürnt hatte? Der alte Trottel verfügte ja nicht über nennenswerte Intelligenz. Vielleicht war der Vorfall für ihn am nächsten Tag schon erledigt, und Saladin saß völlig unnötigerweise in der Wüste – den Verfall seines Körpers und einen völlig sinnlosen Tod vor Augen. Sein entstelltes Gesicht sah aus wie eine der Tonmasken, die von den Priestern in Kisch getragen wurden, wenn sie auf die Zikkurat zu den Göttern emporstiegen.

Der Junge wurde von Lachkrämpfen geschüttelt, schlug mit dem Hinterkopf gegen den Baum aus Stein, fiel dann vornüber und erbrach das wenige Wasser, das er noch im Magen hatte. Als der Brechreiz nachließ, lag er reglos auf dem Boden. *Ich bleibe hier liegen*, dachte er. *Zum Sterben ist es hier gut genug.* Er schloß die Augen. Dann merkte er, daß seine Hand in einer kleinen Vertiefung lag.

Er schlug die Augen auf.

Es war ein Fußabdruck.

Wimmernd quälte er sich auf die Knie hoch und betastete den in der Sonne hartgewordenen Abdruck von Kannas

Fuß. Genau hier hatte der alte Mann vor dem Regen Schutz gesucht. Später war er weitergegangen und hatte in dem aufgeweichten Boden Spuren hinterlassen.

Wieder hatte Saladin Glück gehabt und neue Wegmarken gefunden. Er hob den Blick zum Himmel. Die Sonne brannte erbarmungslos. Aber Kanna hatte nur einen Vorsprung von anderthalb Tagen, und der alte Mann ging langsam.

Saladin kroch zum nächsten und übernächsten Abdruck, richtete sich dann mühsam auf und begann auf dem harten, ausgedörrten Boden zu laufen, ohne sich darum zu kümmern, daß bei jedem Schritt quälende Schmerzen seine Schulter durchzuckten und daß ihm die Zunge vor Durst am Gaumen klebte. Er hatte noch eine Chance zu überleben, und er würde sie nutzen. Am späten Nachmittag wurden dis Fußspuren immer undeutlicher, da der Boden nach dem Regen schnell wieder hart geworden war. Vor ihm lag leeres, braunes Gelände ohne irgendeinen Anhaltspunkt. Saladin konzentrierte sich nun darauf, die gerade Linie fortzusetzen, der Kannas Spur von dem steinernen Baum aus gefolgt war. Er hob Steine auf und warf immer wieder einen nach vorne, um sich so auf die unsichtbare Gerade zu konzentrieren, auf der sich der alte Mann bewegte. Immer wieder zwang er sich, seine höllischen Schmerzen und seine Todesangst beiseite zu schieben. Der alte Mann war in der Nähe, vielleicht gleich hinter dem Hügel …

Kurz vor Einbruch der Dunkelheit stürzte er. Er hob den Kopf, ließ ihn aber gleich wieder auf den Boden fallen. Nun konnte er einfach nicht mehr aufstehen.

Aber wenn er jetzt einschlief, würde er am nächsten Morgen nicht mehr leben. Er stemmte sich auf seine heftig zitternden Arme, setzte sich auf den Boden und nahm das Messer, mit dem er die Eiterbeule an seiner Schulter geöffnet hatte, aus seinem Bündel. Dann fuhr er mit der Klinge über seinen Handrücken und trank sein eigenes Blut.

Mit einer übermenschlichen Anstrengung gelang es ihm aufzustehen, immer wieder einen Fuß vor den anderen zu setzen und so den Hügel hinaufzustolpern.

»Kanna«, flüsterte er, ohne seine blutverklebten Lippen zu bewegen. »Kanna ... Kanna ... Kanna ...«

Nach einer Weile konnte Saladin in östlicher Richtung am Fuß des Hügels deutlich eine menschliche Gestalt erkennen.

Der Junge blinzelte und blieb stehen. Vielleicht täuschte er sich, da es jetzt schnell dunkel wurde.

Er konnte auch nicht mehr genau zwischen Wirklichkeit und Einbildung unterscheiden, und natürlich *wollte* er Kanna sehen. So dringend war dieser Wunsch, daß sein fiebriger Geist ihm die Gestalt vielleicht nur vorgaukelte. Oder war es der Tod selbst, der gekommen war, um ihn endlich zu holen?

»Ka...« Er brachte nur ein Krächzen heraus, doch der alte Mann hielt an und drehte sich um.

Mit allerletzter Kraft streckte Saladin flehentlich die Hände aus. Dann fiel er wie ein Bettler auf die Knie – mit ausgestreckten Armen und geschlossenen Augen, den Kopf im Nacken. Während er bewußtlos den Hügel hinunterrollte, lief Kanna in großen Sätzen auf ihn zu.

Kanna beugte sich über den Jungen und seufzte leise, als er die schwärenden Wunden sah. Die Nacht war sternenklar und kalt, aber Saladin glühte vor Fieber. Er hatte die glasigen Augen halb geschlossen, sein Atem ging stockend. Es war das Röcheln eines Sterbenden.

Der alte Mann zog schnell den Metallbecher aus dem Beutel an seinem Gürtel und füllte ihn mit Wasser aus dem Schlauch, den er über der Schulter trug. Er legte den Kopf des Jungen in seine Armbeuge und setzte ihm den Becher an die Lippen.

Zuerst lief das Wasser an den Mundwinkeln wieder heraus, aber dann fing Saladin an zu trinken. Kanna ließ ihn nur in kleinen Schlucken trinken, damit der Junge das Wasser, das er so dringend brauchte, nicht wieder erbrach. Als die Schale leer war, füllte Kanna sie erneut und legte Saladins zerschundene Hände um das glatte Gefäß.

Der Junge öffnete langsam die Augen, setzte sich auf und zog Luft durch die Zähne, während der wunderbare Stein seine Wirkung entfaltete. Saladins Schulter schrumpfte auf normale Größe, das grünliche Gift trocknete ein und löste sich in Luft auf. Die klaffende Wunde schloß sich an der Stelle, wo er die Eiterbeule aufgestochen hatte, bis auf einen schmalen Kratzer, dann war gar nichts mehr zu sehen. Die Verletzungen im Gesicht und an den Händen wichen weicher, makelloser Haut, das ausgelaufene Auge füllte sich und heilte. Und die ganze Zeit sang der Stein sein Lied, durchflutete in seinem eigenen machtvollen Rhythmus Saladins Adern.

Er blickte auf. Strahlend nickte ihm der alte Mann zu.

»Danke, Kanna«, sagte er und beugte sich vor, um den Einsiedler auf die Wange zu küssen. »Vergibst du mir?«

Der alte Mann bekam feuchte Augen. Er senkte den Kopf und streichelte den Jungen mit seinen knotigen Fingern im Gesicht.

»Schön«, sagte Saladin leise und warf den Becher in die Dunkelheit.

Kanna schaute ihm verstört nach. Bevor er aufstehen konnte, um ihn zu holen, zog der Junge sein Messer aus dem Gürtel und schnitt dem alten Mann die Kehle durch.

In einem Schwall von Blut schlug der alte Mann wild um sich. Für einen Moment konnte er sich noch auf einem Knie halten, dann fiel er auf den Rücken und blieb zuckend liegen. Vor Verwirrung und Angst hatte er die Augen weit aufgerissen.

»Schon fast überstanden«, sagte Saladin.

Kanna umklammerte den Arm des Jungen. Er wollte etwas sagen, aber seine Zunge folgte ihm nicht mehr.

»Ich weiß«, sagte der Junge sanft. »Es ist in deinem Sinne, daß ich den Stein bekomme.« Er lächelte, löste die Finger des alten Mannes von seinem Arm und stand auf, um die Schale zu suchen.

Als er zurückkam, war Kanna tot. Saladin nahm ihm den Gürtel mit dem Beutel ab und schnallte sich den Metallbecher um die Hüften. Dann warf er sich den Wasserschlauch des alten Mannes über die Schulter und machte sich auf den Weg nach Osten, in das Land jenseits der Wüste.

*Das ist schon so lange her,* dachte Saladin und sog die Luft Kowloons tief ein. Seit Jahren hatte er fast gar nicht an Kanna gedacht. Ein Lächeln huschte über sein Gesicht. Dr. Coles hätte sich die Geschichte von Kanna nur zu gern angehört.

Er erhob sich aus dem weißen Schaukelstuhl und reckte mit einem Seufzer seine langen Glieder. Er würde das Land der Mitte vermissen. Während seiner Haft hatte er oft von den chinesischen Städten und ihren grenzenlosen Verlokkungen geträumt. Auf ein Wiedersehen mit der englischen Provinz war er dagegen überhaupt nicht erpicht, zumal er ihr gerade erst entkommen war. Aber es mußte sein. Das Gefäß – Kannas ›Stein‹ – war wieder verlorengegangen, und nun galt es, schnell zu handeln. Einmal – während eines Urlaubs mit einer Frau – war er unvorsichtig gewesen und hatte den Becher für zwölf Jahre verloren.

Diesmal würde es keine schwierige Suche werden. Wahrscheinlich konnte er die Angelegenheit dadurch bereinigen, daß er dem Jungen Geld für die Schale gab.

Er verzog das Gesicht. Nein, das wäre zu langweilig. Er hatte gerade vier Jahre in einem einzigen Raum zugebracht und auf Unterhaltung verzichten müssen, wenn man von der gelegentlichen Lektüre eines Romans absah. Er würde sich ein kleines Abenteuer gönnen. Ein paar Pferde, Kostüme …

Er lachte laut auf.

Einem herbeieilenden Diener, der seinen Kopf neugierig-devot zur Seite neigte, befahl Saladin: »Reisekleidung!«

Der Diener nickte und verschwand wieder.

Ach ja, es war gut, wieder frei zu sein.

## 14

Hal fühlte sich in London fehl am Platz. Nicht etwa wegen seines blauen Auges, das ihm Benny, der Barkeeper, höchstpersönlich verpaßt hatte, als Hal ihm erklären wollte, daß er nicht in der Lage sei, seine Kneipenschulden zu begleichen.

Man konnte sich nämlich den Großen Preis, den Hal in jener landesweit berühmt gewordenen Folge von ›Fang den Fisch!‹ gewonnen hatte, nicht bar auszahlen lassen. Nach dieser unerfreulichen Begegnung war Hal vorsichtshalber seinen anderen Gläubigern bis zum Reiseantritt aus dem Weg gegangen.

Es war Juni, und auf seinem Zimmer im Inter-Continental wurde er mit einem Blumenstrauß, einer Flasche Moët et Chandon und einem fürstlichen Frühstück für zwei Personen verwöhnt.

Nicht recht wohl fühlte er sich wahrscheinlich, weil der Raum zu groß, die Blumenvase zu zerbrechlich und der Champagner zu teuer war. In einem Anfall von Größenwahn gab er dem Hoteldiener eine Fünf-Pfund-Note als Trinkgeld – was den Mann freilich gar nicht zu beeindrukken schien – und bemühte sich um kultivierte Manieren, indem er am Korken roch und beim Probieren vornehme Geräusche von sich gab. Als der Hoteldiener gegangen war, kam er sich wie der letzte Hinterwäldler vor.

Was zum Teufel hatte er in London zu suchen? Bis zum Alter von dreiundzwanzig Jahren hatte er nicht einmal die Stadtgrenzen von New York überschritten, und dann auch nur, um auf die FBI-Akademie in Quantico zu gehen. Danach hatte ihn der FBI zwar an alle möglichen Orte geschickt, doch er war nach der Erledigung eines Auftrags immer gleich abgereist. Außerdem war er nie allein gewesen.

Das war wohl der springende Punkt. Das fürstliche Frühstück für zwei Personen hatte ihm den Rest gegeben, zusammen mit dem Doppelbett und den zwei Gläsern. Die Menschen verreisten paarweise – jedenfalls wenn sie zum Vergnügen unterwegs waren. Der Große Preis war denn auch eine Reise für zwei Personen.

Hal hatte sich überlegt, wen er mitnehmen könnte, und war zu dem Ergebnis gekommen, daß es in seinem ganzen Bekanntenkreis keinen einzigen Menschen gab, dessen Gesellschaft er zwei Wochen am Stück ertragen hätte. Allenfalls noch der Zuhälter aus dem O'Kay – nur hätte es mit ihm wohl keine vierundzwanzig Stunden gedauert, bis alle zwei im Gefängnis gelandet wären.

Folglich saß Hal allein in dem blumengeschmückten Hotelzimmer, bis der Champagner leer war, seine große Zehe nicht mehr klopfte und der Hunger ihn auf die Straße trieb, wo er sich schon eher in seinem Element fühlte.

Er entschied sich für einen kleinen Pub mit verstaubten Plastikblumen im Fenster und einer Uhr über der Bar, die für Guiness warb. Benny's Bar war es nicht gerade, aber wenigstens standen keine Kübel mit Grünzeug herum, und die zwei Sandwiches mit Wurst und Zwiebeln, die er hinunterschlang, schmeckten vorzüglich.

»Fast wie in Little Italy«, lobte er den Wirt. »Sie haben nicht zufällig richtig kaltes Bier?«

Der Mann hinter dem Tresen schüttelte mit einem höflichen Lächeln den Kopf, während er die Theke vor Hal sauberwischte.

»Wie gefällt es Ihnen in London, Sir?«

»Gerade erst angekommen.«

»Sind Sie geschäftlich unterwegs?«

Hal brummte etwas Unverständliches. Er wollte nicht das Mitleid des Barmanns erregen, indem er sich als Vergnügungsreisender zu erkennen gab.

Eine Glocke über der Tür ertönte, als ein weiterer Gast das Lokal betrat.

»Um die Wahrheit zu sagen ...« Hal verschlug es die Sprache, als er den älteren Herrn sah, der würdigen Schrittes zum Tresen ging. Hal erkannte ihn sofort.

»*Sie* sind es!« rief er, als sich der Engländer neben ihm auf einen Barhocker gesetzt hatte.

»So?« Der alte Mann nickte mit einem unverbindlichen Lächeln. Offensichtlich erinnerte er sich nicht an Hal.

»Ich glaube, wir sind uns schon einmal begegnet. Vor ein paar Wochen. In New York. Sie wollten gerade zu einer Spielshow.«

Langsam ging dem Gentleman ein Licht auf, seine Augen begannen zu leuchten. »Ach du meine Güte! Mr. Woczniak, stimmt's?«

»Einfach nur Hal. Mein Namensgedächtnis ist leider ganz miserabel.«

»Taliesin«, sagte der alte Mann und streckte ihm die Hand hin. »Bertram – aber so nennt mich eigentlich niemand.«

»Taliesin«, murmelte Hal vor sich hin. Das war doch ein uralter Name. »Ach ja, wie der Barde.« Jetzt erst sah er die ausgestreckte Hand, griff schnell zu und schüttelte sie.

»Oh, Sie befassen sich mit mittelalterlicher Literatur?«

Hal lachte. »Das glauben zumindest die Leute von ›Fang den Fisch!‹.« Er erzählte, was er bei der Show als Kandidat erlebt hatte, ließ dabei aber Punkte weg, die ihm selbst nicht ganz geheuer vorkamen. So zum Beispiel, daß er keine Ahnung hatte, woher er die Antworten wußte.

»Jedenfalls habe ich den Großen Preis gewonnen, und deshalb bin ich hier in London.«

»Großartig!« Taliesin lachte herzerfrischend. »Womit sich unsere Wege wieder kreuzen. Was ich gehofft habe.«

»Ja?« Das Lächeln verschwand von Hals Gesicht. »Komisch!«

»Komisch?«

Hal zuckte die Schultern. »Ich treffe Sie auf der Straße, Sie geben mir eine Eintrittskarte zu einer Spielshow, ich gewinne. Das ist schon merkwürdig. Und jetzt bin ich vielleicht vier Stunden in London, und schon treffe ich Sie wieder.«

»Zufälle gibt es ...«

Hal fühlte sich nicht recht wohl in seiner Haut. »Ja, das wird's wohl sein.« Er schob sein ungutes Gefühl beiseite. »Was sind Sie von Beruf, Mr. Taliesin?«

Der alte Mann nahm einen Schluck von seinem lauwarmen Guiness. »Archäologe der Ausbildung nach, Historiker aus Neigung und Rentner der Altersgebrechen wegen.«

»Ich dachte, Sie waren neulich beruflich in New York«, sagte Hal. »Sie hatten doch einen Termin im Naturkundemuseum.«

»Ach ja, richtig. Gelegentlich arbeite ich noch als Berater für das Museum in London. Nach New York hat man mich geschickt, weil dort eine mittelalterliche englische Stadt nachgebaut werden sollte.«

Diese Mitteilung wirkte auf Hal, als hätte er soeben einen nicht unerheblichen Stromschlag bekommen, der nun durch seinen Körper lief. »Ihr Spezialgebiet ist die Geschichte des englischen Mittelalters?«

Taliesin nickte. »In diesem Zeitalter habe ich mich immer besonders heimisch gefühlt. Das sogenannte ›finstere Mittelalter‹ galt nur im Vergleich zu den Feuerwerkskörpern der Renaissance als finster. Tatsächlich war es eine hochinteressante Zeit, in der die keltischen Stämme sich das römische Erbe auf der Insel aneigneten ...« Er brach abrupt ab und lächelte. »Bin ich nicht ein schrecklicher Langweiler? Jetzt doziere ich schon im Pub ...! Sagen Sie, ist Ihnen nicht gut?«

Hal schluckte krampfhaft. »Doch, schon. Es ist nur ... noch so ein Zufall vermutlich.«

Hal gefiel dieser Zufall genausowenig wie all die anderen, die sich ereignet hatten, seit er Taliesin zum erstenmal begegnet war. Wäre er noch beim FBI gewesen, hätte er einen Mann, wie er einer war, überprüfen lassen.

Aber weswegen? Daß bei Hal Woczniak kein Geld zu holen war, sah ein Blinder. Geheimnisträger war er auch nicht mehr. Für den FBI existierte er gar nicht mehr, seit ihn vor zwei Monaten sogar sein Chef abgeschrieben hatte.

Taliesin bestellte noch ein Bier für Hal, und er trank es in einem Zug leer. Es schmeckte zwar wie Hundepisse, hatte aber die gewünschte Wirkung. *Ach, was soll's!* Beim Anblick des alten Mannes hatte ihn zunächst ein leises Unbehagen beschlichen, aber er mußte doch zugeben, daß er sich schon lange nicht mehr in so interessanter Gesellschaft befunden hatte.

*Sei's drum. Es gibt eben komische Zufälle,* dachte Hal. *Manchmal.*

»Vielleicht interessiert es Sie, woran ich jetzt gerade arbeite«, sagte Taliesin nach ein paar Glas Bier. Ungerührt hatte er in dem Tempo, das Hal vorgab, Pint um Pint geleert, ohne daß ihm etwas anzumerken war – nur seine aristokratische Nasenspitze hatte sich leicht gerötet. »In Oxford hat ein Student – ›Archäolo-Baby‹ heißen die bei uns – die These aufgestellt, daß es sich bei den Überresten einer Burg in Dorset um Camelot handelt.« Amüsiert hob er seine buschigen Brauen. »Die Museumsleitung hat mich gebeten, morgen vor Ort zu gehen. Wie wär's? Kommen Sie mit?«

»Camelot?« sagte Hal mit einer gewissen Rührung in der Stimme. Der Name übte seine Magie auf ihn aus, trotz des Alkohols. »König Artus' Camelot?«

Taliesin lachte. »Mein lieber Junge, ich kann Ihnen versichern, daß Sie nichts dergleichen finden werden. Jedes Dorf, das ein paar zugewachsene Felsen auf einem Hügel vorweisen kann, behauptet, das sei Camelot, und jeder Archäologie-Student in ganz Großbritannien hofft, die Burg zu finden. Aber es ist eine hübsche Spazierfahrt, und ich kenne ein vorzügliches Gasthaus in der Nähe. Kommen Sie mit?«

Hal leerte sein Pint, und der Barkeeper zapfte ihm ein neues. *Warum eigentlich nicht,* dachte er. *London ist sowieso nicht mein Fall.* »Okay«, sagte er und hob sein Glas: »Auf Camelot!«

»Auf Camelot«, lächelte Taliesin.

Der alte Mann kam am nächsten Morgen um acht Uhr im Hotel vorbei. Hal hatte es immerhin fertiggebracht, zu duschen und sich zu rasieren, so daß er halbwegs zivilisiert aussah, obwohl es in seinem Kopf knisterte, als ob jeden Moment mit einem Kurzschluß zu rechnen wäre.

Taliesin merkte, wie es um ihn bestellt war. Sie gingen schweigend zur Victoria Station, wo sie zusammen mit drei anderen Fahrgästen in einen klapprigen alten Omnibus stiegen. Sobald sie Platz genommen hatten, bot der englische Gentleman seinem Begleiter Kaffee aus seiner Thermosflasche an.

Nach Kaffee war Hal eigentlich überhaupt nicht zumute. Die Hitze nahm ständig zu, und der Bus schien aus einer Zeit zu stammen, als Klimaanlagen offenbar noch ins Reich der Science-fiction gehörten.

»Es wäre besser, den Kaffee gleich zu trinken«, sagte der alte Mann. »Die Straßen verschlechtern sich erheblich, wenn wir erst auf dem Land sind.«

Hal nahm einen Schluck aus dem Becher. Der Kaffee war stark und süß, genau wie er ihn mochte, und durch das offene Fenster blies ihm der kühle Fahrtwind ins Gesicht. Nach einer halben Stunde war er seinen Kater los.

Hal lehnte sich entspannt zurück. Er fühlte sich wie neugeboren. »So«, sagte er. »Wohin geht die Reise?«

»In die Grafschaft Dorset, an die Grenze zu Hampshire. Lakeshire Tor heißt es. Brachliegendes Ackerland mit Überresten von Befestigungsanlagen.«

»Camelot – nach Meinung dieses Archäologen.«

»Diese *Studenten.* Archäolo-Babys entdecken andauernd Camelot oder das Grab Karls des Großen oder etwas ähnlich Eindrucksvolles. Dummerweise stellen sich diese Funde fast immer als Irrtum heraus.«

»Was hat unser Student denn tatsächlich gefunden?«

»Einen Felsbrocken.«

»Sonst nichts?«

Taliesin seufzte. »Er behauptet, daß er eine Inschrift trägt.«

»Und was steht drauf?«

»Das weiß er nicht. Wie es aussieht, hat er den Findling bei einem Ausflug gesichtet. Vermutlich bei einem Picknick mit seiner Freundin. Archäolo-Babys mögen diesen Hügel besonders gern, wenn er auch unübersehbar als Privatbesitz gekennzeichnet ist. Er hat also einen geschlagenen Tag lang Brombeersträucher entfernt. Endlich war er soweit, aber inzwischen war es dunkel geworden. Er konnte den Felsbrocken also nicht näher in Augenschein nehmen. Nicht einmal eine Taschenlampe hatte der junge Schnösel dabei.«

»Und dann? Ist er am nächsten Tag noch mal hingegangen?«

»Ein Student der Universität Oxford? Wo denken Sie hin! Er ist direkt zum Dekan der archäologischen Fakultät gegangen und hat ein Team von Wissenschaftlern zur Bergung des Findlings verlangt.« Er lachte. »Das war nun freilich etwas verfrüht und zudem anmaßend.«

»Aber warum fahren Sie dann hin?«

»Nur um ganz sicherzugehen. Wenn Oxford irgend etwas unternimmt, wird die Universität sofort von Sensationsreportern heimgesucht, und die Regenbogenpresse bringt die Schlagzeile: CAMELOT GEFUNDEN! Um solche Peinlichkeiten zu vermeiden, hat die Universität das Museum gebeten, sich den Fels dieses Studenten mal anzuschauen, um der Camelot-These ein für allemal den Boden zu entziehen.

»Aber ...« Hal konnte nicht ganz folgen. »Wie kam er überhaupt darauf, den Fels mit Camelot in Verbindung zu bringen?«

»Weil in Lakeshire Tor einfach alles mit Camelot in Verbindung steht – wenn man den Leuten aus den umliegenden Dörfern glauben will. Sie lassen nicht locker, obwohl es fast gar keine Anhaltspunkte für ihre Behauptungen gibt.«

»Ist das Gelände denn früher schon erkundet worden?«

»Unzählige Male! Archäolo-Babys sind ganz begeistert von Lakeshire Tor. 1931 wurden sogar begrenzte Ausgrabungen durchgeführt, die ein paar interessante Artefakte zu Tage förderten. Das meiste aus sächsischer Zeit, in tieferen Bodenschichten aber auch keltische Reste. Man fand Edelsteine und Tonscherben vom Tintagel-Typ, auch römische Fliesen und sogar Gegenstände aus der Bronzezeit. Offenbar hat es auf dem Hügel in verschiedenen Epochen immer wieder Befestigungsanlagen gegeben. Die Archäologen haben freilich nichts gefunden, was eine großangelegte Ausgrabung gerechtfertigt hätte. Aber die Artus-Sage hat sich in der Gegend immer großer Beliebtheit erfreut«, fuhr Taliesin nach einiger Zeit fort. »Die Dorfbewohner behaupten sogar, Kinder könnten die Burg manchmal sehen.«

»Nur Kinder?«

»Aber natürlich. Das gehört zu jeder guten Sage. Die Kinder in ihrer Unschuld können Dinge zwischen Himmel und Erde begreifen, die sich dem Verständnis der abgestumpften Alten entziehen«, sagte er mit einem ironischen Seitenblick. »Das soll erklären, warum keine der wissenschaftlichen Untersuchungen ein Ergebnis erbracht hat.«

Mit funkelnden Augen lehnte sich der alte Mann zurück. »Und doch halten sich die alten Sagen hartnäckig«, sagte er leise. »Es heißt, die Ritter reiten immer in der Nacht vor dem Johannistag – also auch in ein paar Tagen wieder – auf ihren schemenhaften Rössern durch das Land und suchen nach ihrem König.«

»Sehen das auch die Kinder?« fragte Hal lächelnd.

»Nein. Alle Dorfbewohner *hören* es. Jedenfalls hören sie irgend etwas. Man hat die Geräusche auf Tonband aufgenommen.«

»Jetzt machen Sie Witze.«

Taliesin schüttelte den Kopf. »Nachdem beim Museum Hunderte von Kassetten mit denselben Geräuschen eingegangen waren, schickte man eigene Leute. Auch sie haben den Hufschlag von Pferden aufgenommen. Darum handelt es sich tatsächlich. Zumindest sind Untersuchungen mit modernster Technik zu diesem Ergebnis gelangt. Ich habe es übrigens früher einmal, in den fünfziger Jahren, selbst gehört.

Hal bemerkte, daß er mit offenem Mund dasaß. »Und wie kommt das? Was meinen Sie?«

Taliesin zuckte die Schultern. »Ein außergewöhnliches akustisches Phänomen wahrscheinlich. Schall, den es von irgendwo anders hierher trägt. Es gibt eine ganze Menge Reitschulen in der Gegend. Vielleicht sind um diese Jahreszeit die Witterungsbedingungen genau richtig ...«

»Niemand hat die Pferde also je – sagen wir mal – bei heftigem Regen gehört?«

»Manche behaupten auch das. Freilich gibt es auch Leute, die schwören, sie hätten gespürt, wie die Ritter um Mitternacht mitten durch ihren Körper galoppiert seien.« Er lachte. »Die Einbildungen von Dörflern, denen es an Abwechslung fehlt. Letztlich gibt es nicht das geringste Indiz dafür, daß Lakeshire Tor Camelot gewesen sein könnte – im übrigen auch nicht dafür, daß König Artus überhaupt gelebt hat.«

»Aber die Sagen müssen doch einen realen Kern haben.«

Taliesin lachte schallend. »Junger Mann, Sie haben ja richtig romantische Vorstellungen.«

Hal errötete. So hatte man Harold Wocznìak noch nie in seinem Leben eingeschätzt.

»Verzeihen Sie, Hal. Es ist ja durchaus eine überzeugende Geschichte. Ein Junge, von der Vorsehung geleitet, dem ein wohltätiger Zauberer zur Seite steht, wird herrschen und die Welt in Frieden und Gerechtigkeit vereinen. Das ist eine Erzählung, die wir alle gerne glauben möchten. Wir alle wünschen uns, daß Artus wiederkehrt, und deshalb bewahren wir die alten Legenden.« Er lächelte liebenswürdig – ganz der freundliche Lehrer.

»Vermutlich haben Sie recht«, brummte Hal.

Er trank den restlichen Kaffee und schaute sich im Bus um. Mehrere Personen waren seit Victoria Station zugestiegen, doch sein Blick blieb an einem Mann in der ersten Sitzreihe hängen. Es war ein schwarzhaariger, dunkler Typ in einem blauen Rollkragenpullover, unter dessen Ärmeln sich ein gewaltiger Bizeps abzeichnete. Eigentlich war nichts besonders Auffälliges an dem Mann, der sich angeregt mit dem Busfahrer unterhielt und gelegentlich eine Zigarette rauchte, und doch stimmte etwas nicht mit dem Kerl.

Während seiner Zeit beim FBI hatte er ein Gespür für kriminelle Typen entwickelt. Alle erfahrenen Polizisten verfügen über diese Intuition und verlassen sich oft auf sie. In ihren Berichten taucht das allerdings nicht auf, und sogar untereinander sagen sie nur, sie hätten ›so ein Gefühl‹, das sich ohnehin nicht beschreiben läßt.

*Wahrscheinlich hat er gerade Geld aus der Ladenkasse gestohlen,* dachte Hal. *Oder seine Freundin mißhandelt.*

Er schraubte den Deckel wieder auf die Thermosflasche. *Oder ich bin total vertrottelt.*

*Das wird es sein,* dachte er. *Ich habe kein Gefühl mehr dafür.* Er war nicht der erste Polizist, dem der Alkohol den Biß genommen hatte. Er hatte den Mann ja nicht einmal von vorne gesehen.

*Trottel.*

»Na, geht's Ihnen jetzt besser?« fragte Taliesin.

»Was? Ach ja, prima. Danke.« Er gab ihm die Thermosflasche zurück. »Wer weiß, Taliesin, vielleicht finden Sie diesmal wirklich etwas. Vielleicht finden Sie tatsächlich Camelot.«

»Würde sich in meinem Nachruf doch ganz hübsch ausnehmen, nicht?« sagte Taliesin. »Bei der Veröffentlichung der Ergebnisse wäre ich freilich schon lange unter der Erde.«

»Das verstehe ich nicht«, sagte Hal. Unwillkürlich wanderte sein Blick wieder zu dem schwarzhaarigen Mann im vorderen Teil des Busses.

»Die Mühlen der Wissenschaft mahlen langsam. Zuerst ist immer der genaue Ort der früheren Besiedlung zu bestimmen. Das heißt: Das Gelände wird vermessen, und man pflanzt Weizen oder etwas Ähnliches an. Wenn das Getreide dann gewachsen ist, zeichnen sich auf Luftaufnahmen die ehemals bebauten Flächen dunkel ab. Danach würde man an verschiedenen Stellen graben ... Aber dazu wird es nicht kommen.«

»Warum nicht?«

»Aus verschiedenen Gründen. Zunächst einmal ist das Gelände in Privatbesitz.«

»Sagten Sie nicht, das Gelände wurde schon einmal untersucht?«

Taliesin nickte. »Die Familie Abbott hat vor sechzig Jahren dem Museum die Erlaubnis zu begrenzten Ausgrabungen erteilt, und wir sind immer davon ausgegangen, daß wir wieder graben dürfen, sollte das nötig werden. Unglücklicherweise ist der letzte der Familie, Sir Bradford Welles Abbott, letztes Jahr bei einem Autounfall ums Leben gekommen und hat Lakeshire Tor einem Wildfremden vermacht.«

»Und der neue Besitzer würde keine Erlaubnis zum Graben erteilen?«

Der alte Mann zuckte die Schultern. »Wir haben keine Ahnung, was er vorhat. Am Ende fällt dem Kerl noch ein, er will auf dem Lakeshire Tor ein Einkaufszentrum bauen!«

Von der Sitzbank vor ihnen schauten plötzlich zwei große blaue Augen nach hinten. Hal blickte zurück, wobei ihm schrecklich unwohl war.

Ein etwa zehnjähriger rothaariger Junge reckte seinen Kopf über die Lehne. Genau so sahen Louie Rubels Mordopfer aus.

»Ein Einkaufszentrum baue ich bestimmt nicht«, sagte der Junge.

Taliesin lächelte.

»Ich glaube, das Gelände, von dem Sie reden, gehört mir.« Der Junge sprach mit amerikanischem Akzent. Eine Frau, die bislang vor sich hingedöst hatte, wachte auf und fuhr den Jungen übelgelaunt an: »Dreh dich sofort um. Laß die Leute in Ruhe«, sagte sie.

Sie war klein, aber energisch. Ihre braunen Haare hatte sie zu einem strengen Knoten gebunden, als einzigen Schmuck trug sie eine Brille. Da sie so finster dreinblickte, konnte Hal nicht feststellen, ob sich hinter den dicken Gläsern nicht doch ein hübsches Gesicht verbarg.

»Die kennen meine Burg«, flüsterte der Junge aufgeregt.

Sie schaute ihn völlig entnervt an. »Hast du denn gar nichts gelernt?« fragte sie schrill. »Du sollst nicht mit fremden Leuten sprechen!«

Der rothaarige Junge drehte sich wieder um und schaute Taliesin unverwandt ins Gesicht. »Das ist kein Fremder«, sagte er dann. »Jedenfalls ... kommt es mir so vor.« Die Brauen über den leuchtendblauen Augen zogen sich zusammen. »Wir kennen uns doch, nicht?«

Der freundliche alte Mann bekam tausend Lachfältchen.

»Vielleicht liegt es an Ihrer Stimme. Sie hören sich genauso an wie Mr. Goldberg.«

»Arthur, jetzt reicht's aber!« Die Frau packte den Jungen an den Schultern und riß ihn herum. »Verzeihen Sie bitte, daß er Sie belästigt hat«, sagte sie errotend. »Wir sind schon so lange unterwegs, und Kinder werden leicht unruhig.«

»Keine Ursache«, sagte Taliesin.

Der Junge schaute noch einmal verstohlen nach hinten. Diesmal konzentrierte er sich auf Hal.

»Sie auch«, sagte er leise und voller Staunen. »Sie kenne ich auch.«

»Ach ja?« fragte Hal mit einem gezwungenen Lächeln.

»Ja.« Sein strahlendes Gesicht verriet, daß er ganz unschuldig volles Vertrauen in ihn setzte. »Sie waren der Beste von allen.«

Hal fühlte sich, als ob er soeben einen Faustschlag in die Magengrube bekommen hätte. »Wie war das?«

»Dreh dich sofort um!« befahl die Frau. Sie kramte in ihrer Handtasche herum, holte ein Röhrchen heraus und entnahm ihm eine sehr große Tablette. »Nimm das.«

»Nein, dann verpasse ich alles!« Er preßte sich die Hände auf den Mund.

»Entschuldigen Sie ...«, mischte sich Hal ein, doch sie hörte es gar nicht.

»Ich hab gesagt, nimm das!« Der Junge wehrte sich, aber sie stopfte ihm die Pille in den Mund.

Er spuckte sie sofort wieder aus und lief den Gang entlang bis zur vorderen Tür.

Die Bremsen quietschten. Der Fahrer brachte den Bus zum Stehen, drehte sich zu der Frau um und fixierte dann das Kind.

»Du setzt dich jetzt besser wieder hin, Kleiner«, sagte er bestimmt.

Der Junge rührte sich nicht vom Fleck.

Hal sah die Tablette auf dem Boden liegen und hob sie auf.

»Was ist das eigentlich?« fragte er die Frau.

»Das geht Sie überhaupt nichts an!« Als sie zu dem Jungen hingehen wollte, stellte Hal sich ihr in den Weg.

»Ich würde gerne erfahren, was Sie dem Jungen für ein Zeug in den Mund stopfen«, sagte er.

Sie wurde puterrot und schaute – an dem großen, schweren Mann vorbei – den Jungen bittend an. Im Bus herrschte Schweigen, auch der Fahrer betrachtete die Szene gespannt. Der schwarzhaarige Mann neben ihm grinste und blinzelte der Frau zu.

»Das verstehen Sie nicht«, sagte sie mit zitternder Stimme, wobei ihre Augen Hals unerbittliches Gesicht mieden.

»Stimmt. Warum erklären Sie es mir nicht?«

Sie begann am ganzen Leib zu zittern und vergrub das Gesicht in beiden Händen. Ein tiefer Seufzer war zu vernehmen.

Hal fühlte sich äußerst unbehaglich. Offensichtlich war die Frau einem Nervenzusammenbruch nahe. Sie kam ihm vor wie ein Vogel mit gesträubtem Gefieder oder wie ein kleines Mädchen, das sich mit einem viel zu langen Kleid und klappernden Schuhen als Dame verkleidet hat.

Schließlich brach der Junge das Schweigen. »Seconal«, erklärte er ruhig und kam nach hinten. »Ich schlafe in letzter Zeit so schlecht.« Er nahm Hal die Pille aus der Hand und schluckte sie hinunter. »Ich hätte mich nicht so aufführen sollen.«

Dann schlüpfte er an Hal vorbei, legte den Arm um die Frau, die kaum einen Kopf größer war als er und brachte sie zu ihrem Platz zurück. »Tut mir leid, Emily«, sagte er. »Es kommt nicht wieder vor.«

Die Frau verbarg ihr Gesicht in den Händen, ließ sich aber von ihm führen. Der Junge setzte sich nicht neben sie, sondern ließ sich in die Sitzbank neben Hal fallen.

Der Bus setzte sich in Bewegung. Hal bemerkte, daß der Junge ihn von der anderen Seite des Gangs betrachtete.

»Würden Sie mich bitte wecken, wenn wir bei der Burg sind?« fragte er.

Hal nickte. »Mach' ich.«

Der Junge lächelte und schloß die Augen.

*Sie waren der Beste von allen.*

Kein Zweifel: Genau diese Worte hatte er gebraucht.

*Sie sind unser bester Mann, Hal. Der Beste von allen.*

Ein Schauer überlief ihn. Taliesin war ebenfalls eingenickt.

Hal schaute durch die Scheibe. *Ich werde nicht schlafen, das weiß ich. Weder jetzt noch heute nacht. Vielleicht lange nicht mehr.*

Purer Zufall war das alles längst nicht mehr. Das Zusammentreffen mit Taliesin, dann die seltsamen Fragen in der Spielshow, und jetzt zitierte der Junge auch noch aus seinem Traum ... Irgendwie war das alles miteinander verknüpft. Das sagte ihm derselbe Instinkt, der ihn vor dem Typen in der ersten Reihe warnte. Bloß hatte er leider keine Ahnung, wie es zusammenpaßte.

Nein, er würde nicht schlafen. Sein Traum war zu nahe an der Oberfläche.

## 15

Ein paar Minuten nachdem der Junge auf der Sitzbank neben Hal und Taliesin eingeschlafen war, kam die Frau herüber, um ihn mit einer Jacke zuzudecken. Sie strich ihm zärtlich über die roten Haare. Als sie sich zu Hal umdrehte, sah er, daß Tränen in ihren Augen standen.

»Ich möchte mich für meine Unhöflichkeit entschuldigen«, sagte sie. »Mein Neffe und ich sind ziemlich überanstrengt. Ich hatte Angst, sie könnten ihm weh tun.«

»Dasselbe dachte ich von Ihnen«, antwortete Hal.

Sie nickte. »Der Eindruck ist wohl entstanden. Das Seconal – ich habe es ihm nicht aufgezwungen. Er kann nicht einschlafen und hat dauernd Alpträume ...«

Abrupt brach sie ab, als hätte sie das Gefühl, schon zu viel gesagt zu haben. Mit einem angespannten Lächeln stand sie vor ihm.

»Hal Wocznia«, sagte er.

Sie gab ihm ihre Hand. »Emily Blessing.«

»Urlaub?«

»Ja«, antwortete sie – ein bißchen zu schnell, wie Hal fand.

Sie wollte gerade zu ihrem Platz zurückgehen, als der Bus plötzlich in den Parkplatz eines Landgasthauses, einbog, auf dem zwei kleine, altmodische Zapfsäulen standen. Dabei plumpste sie wieder auf den Sitz neben dem Jungen.

»Der Öldruck ist zu niedrig«, verkündete der Fahrer mit einem Seufzer. »In ein paar Minuten ist das behoben.« Er hielt hinter dem Gebäude an, stellte den Motor ab und stand auf. »Es tut mir leid, aber im Interesse Ihrer Sicherheit muß ich nachsehen, was los ist. Gehen Sie doch rein und trinken eine Tasse Tee, wenn Sie möchten. Wenn's weitergeht, gebe ich Bescheid.«

Er beeilte sich, um sich keine Beschwerden anhören zu müssen. Einige Fahrgäste standen leise schimpfend auf und streckten sich. Taliesin wachte auf und blinzelte schläfrig.

»Was ist passiert – ein Unfall?«

»Die Ölwanne ist undicht, wie's aussieht. Der Fahrer meinte, wir könnten reingehen.«

Taliesin warf einen Blick durch das Fenster auf das alte Gemäuer. »Na so was! Der Falcon Inn, von dem ich Ihnen erzählt habe. Innen ist das Lokal wirklich hübsch.«

Hal wandte sich an Emily. »Kommen Sie mit?«

»Nein, danke. Ich möchte Arthur nicht aufwecken. Wir warten hier.«

Hal und Taliesin folgten den anderen Fahrgästen in das Gebäude, wo sich die meisten vor der Toilette anstellten. Der Pub war urig, wenn nur die Hitze nicht gewesen wäre!

Innerhalb kürzester Zeit lief Hal der Schweiß als dünnes Rinnsal den Rücken hinunter. *Was ich doch immer für ein Glück habe,* dachte er. *Kaum bin ich im guten, alten England, wo es sonst doch immer so kühl ist, und schon gibt es eine Hitzewelle wie in New York.*

Dem alten Mann schien das gar nichts auszumachen, er erzählte ihm munter etwas über das Gebäude. Hal zog einen Stuhl für Taliesin an den niedrigen Tisch.

»O nein«, wehrte Taliesin ab. »Wir sind doch seit Stunden gesessen.«

»Setzen Sie sich«, befahl Hal.

Taliesin hob eine Augenbraue, kam der Aufforderung aber nach. »Wie Sie meinen,«

»Ich will jetzt endlich wissen, was hier gespielt wird, zum Teufel. Sofort!«

»Was um alles in der Welt ...« Taliesin war sichtlich erleichtert, als er die Bedienung auf den Tisch zukommen sah, und zog die Bestellung absichtlich in die Länge, indem er eine ganze Reihe von Teesorten in Erwägung zog und wieder verwarf, bis er sich zu guter Letzt mit einem befriedigten Lächeln für einen Earl Grey entschied, als wäre das sehr wichtig gewesen.

Hal lehnte sich derweil mit verschränkten Armen zurück und schaute den alten Mann finster und undurchdringlich an. Auch als ihn die Bedienung nach seinen Wünschen fragte, wandte er keinen Blick von Taliesin und schüttelte nur wortlos den Kopf. »Schießen Sie los«, befahl er, sobald sie allein waren.

»Also ich habe nicht die leiseste Ahnung ...«

»Ach, hören Sie auf, Taliesin. Von ›Zufällen‹ kann doch nicht mehr die Rede sein. Unsere Begegnung war geplant. Keine Ahnung, wie Sie das gedeichselt haben, aber Sie haben die Spielshow manipuliert, und Sie haben auch irgendwie dafür gesorgt, daß aus heiterem Himmel ein Taxi aufgetaucht ist. Dieser Ausflug geht genauso auf Ihr Konto wie die Tatsache, daß das Kind da draußen im Bus zu viel über mich weiß. Ich will wissen, was das alles soll!«

»Was für ein Kind denn?«

»Das Kind, das so aussieht, als wäre es der Bruder von einem Jungen aus New York, der nicht mehr lebt. Sein Bild ist durch alle Zeitungen gegangen – und meines auch. Sie haben sofort gewußt, wer ich bin, als Sie in Manhattan Ihren lächerlichen Sturz inszenierten.«

»Das ist doch alles Unsinn.«

»Wie ist das Kind in die Sache verwickelt?«

»Was für eine *Sache?*« fragte Taliesin.

»Die Frau ist nur noch ein Wrack. Das Kind schluckt Seconal. Ich will genau wissen, was das zu bedeuten hat!«

»Hal, Sie sollten sich selber hören ...«

»Und Sie müßte die Polizei verhören. Aber zuerst dürfen Sie mir alles erzählen.«

Der alte Mann war gekränkt. Als die Bedienung den Tee brachte, überschlug er sich fast vor Dankbarkeit. Er nippte an seiner Tasse und lächelte wieder. »Nun«, sagte er. »Was halten Sie davon, wenn wir uns vernünftig über Ihre Befürchtungen unterhalten?«

»Von wegen ›Befürchtungen‹. Sie haben mich aus einem bestimmten Grund auf diesen Ausflug mitgenommen, und ich will wissen …«

Er verlor den Faden. Der Busfahrer war mit ölverschmierten Händen hereingekommen und reihte sich gerade in die Schlange vor der Toilette ein, als der dunkelhaarige Mann aufstand und seine Jacke anzog. Ein völlig harmloser Vorgang an sich – nur war es in dem Raum so heiß, daß Dynamit von allein explodiert wäre. Warum dann eine Jakke anziehen?

Der Mann legte ein paar Münzen auf den Tisch und ging lässig zum Ausgang.

»Das ist doch nichts als wirres Zeug«, sagte Taliesin, aber Hal hörte längst nicht mehr zu.

Er stand auf und folgte dem Mann in einigem Abstand nach draußen; er ging schnell zum Bus und stieg ein. Instinktiv griff Hal nach der Pistole, die er schon vor über einem Jahr abgegeben hatte. Zum ersten Mal in all den alkoholreichen Monaten, seit er den Dienst quittiert hatte, verspürte er Angst.

Rasch sah er sich um. Als Waffe taugte noch am ehesten einer der faustgroßen Ziersteine, mit denen die Wacholdersträucher an der Rückfront des Hauses eingefaßt waren.

Er nahm einen in die Hand und rannte geduckt neben den Bus. Der dunkelhäutige Mann bewegte sich langsam den Gang entlang auf Emily und Arthur Blessing zu. Emily erstarrte, als sie ihn sah. Als er eine Pistole aus seiner Jacke holte, fing sie an zu wimmern.

»Nehmen Sie es«, sagte sie. »Da, auf dem Sitz in der roten Plastikdose.«

Der Mann warf einen kurzen Blick auf die Dose und fixierte sofort wieder Emily. Das dauerte keine zwei Sekunden, aber Hal wußte jetzt Bescheid. Der Mann würde Emily Blessing und wahrscheinlich auch den Jungen töten, ob er nun bekam, was er suchte, oder nicht. Hal beschloß instinktiv, obwohl er sich in der schwächeren Position befand, dies zu verhindern. Wenn er schrie, würde der Killer zuerst ihn und dann die Frau erschießen. Versuchte er, den Bus zu stürmen, ließ das dem Mann reichlich Zeit, zuerst sie und dann ihn zu töten.

Er hatte nur den Stein – aber zum Glück verfügte der Bus nicht über eine Klimaanlage, und die Fenster standen offen. Der Kopf des Killers war allerdings durch die Verkleidung oberhalb der Fenster gedeckt, es war also kaum möglich, dem Mann einen empfindlichen Schlag zu versetzten, egal wie gut Hal warf – dem gewaltigen Oberarm des Killers würde das wenig ausmachen.

»Bitte töten Sie uns nicht«, flehte ihn Emily an.

Als der Mann gerade die Hand hob, um zu schießen, schleuderte ihm Hal den Stein direkt an den Ellbogen. Besser hätte er gar nicht treffen können. Der Mann machte vor Schreck einen Satz, und die Pistole ging los. Als er sich wieder gefangen hatte, stürzte Hal schon durch den Bus auf ihn zu. Emily schrie verzweifelt.

Mit dem Fuß schlug Hal dem Mann die Pistole aus der Hand, und die Schwungkraft dieser Bewegung nutzte er gleichzeitig dazu, ihm so wuchtig gegen das Schienbein zu treten, daß der Killer auf der Gummimatte zwischen den Sitzreihen landete.

Hal handelte, ohne zu überlegen; die einzelnen Bewegungen waren ihm durch jahrelanges Training in Fleisch und Blut übergegangen. Sobald sein Gegner auf dem Boden lag, versetzte er ihm einen Kinnhaken, kniete sich auf seinen Unterleib und drehte ihm einen seiner muskelbepackten Arme auf den Rücken.

»Alles in Ordnung?« fragte er Emily. Sie nickte. »Sorgen Sie dafür, daß jemand die Polizei holt«, befahl er.

Wieder nickte sie, rührte sich aber nicht von der Stelle. Neben ihr wachte Arthur erst jetzt langsam aus seinem Seconal-Schlaf auf.

Plötzlich riß Emily die Augen auf. »Mein Gott, was machen Sie denn! Er läuft ja ganz blau an.«

Der Körper des Killers fing an zu zucken. Hal drückte sofort mit beiden Armen auf die breite Brust des Mannes und klopfte mit den Fäusten nach der Erste-Hilfe-Methode auf den Solarplexus, in der Hoffnung, der Mann würde ausspucken, was ihm die Luft abschnitt. Doch der Anfall des Mannes verschlimmerte sich. Er bäumte sich auf, und seine Augen schienen aus den Höhlen zu treten.

»Ich brauche etwas, um ihm den Mund aufzusperren!« schrie Hal. Emily gab ihm einen Kugelschreiber, den er dem Mann seitlich in den Mund schob; dabei versuchte er ihm mit zwei Fingern den Gegenstand aus dem Rachen zu ziehen, der ihm die Luft abschnitt, fand aber nichts. Der Mann röchelte schwach, und gleich darauf rührte sich sein Körper nicht mehr. Als später die Polizeisirene ertönte, war der schwarzhaarige Mann schon tot.

Der Dorfpolizist, ein aufgeblasener junger Mann Mitte Zwanzig, der in seinem Wagen den Arzt mitgebracht hatte, stolzierte auf den Bus zu.

»Bleiben Sie, wo Sie sind, wenn ich bitten darf«, befahl er den Fahrgästen, die sich am Tatort versammelt hatten. Dann zeigte er auf Hal, Emily und Arthur. »Und Sie – rauskommen.« *Der sieht zum erstenmal eine Leiche, da wette ich zehn zu eins,* dachte Hal, während er sich die Knöchel seiner rechten Hand rieb. Das Kinn des Toten war hart wie Granit gewesen. Hal hatte kräftig zugeschlagen, den Mann dadurch aber auf keinen Fall getötet. Nicht einmal den Kiefer hatte er ihm gebrochen.

Der Polizist tauchte nach ein paar Minuten wieder aus dem Bus auf und brachte die Pistole zum Auto, die er in eine Tüte für Beweisstücke gesteckt hatte. »Nun denn«, wandte er sich an die versammelten Zuschauer. Recht blaß war er geworden.

»Fehlt Ihnen was?« fragte Hal.

»Sie werden noch Gelegenheit haben, sich zu äußern«, fuhr ihn der junge Constable an.

Während der Arzt den Toten untersuchte, befaßte sich der Polizist mit der Schar der Fahrgäste, die alle schon vor dem Tod des Mannes aus dem Pub gelaufen waren.

»Der Kinnhaken hat ihn das Leben gekostet.«

»Der große Ami hat ihm die Knochen gebrochen.«

»Er hatte aber eine Pistole. Das habe ich deutlich gesehen.«

»Eine Pistole war mit Sicherheit im Spiel. Wir haben alle den Schuß gehört.«

»Immer der Reihe nach«, verkündete der Constable großspurig. »Ich werde einen nach dem andern anhören.«

»Und wann fährt der Bus weiter, Constable?«

»Wir werden ihn auf jeden Fall über Nacht hierbehalten.«

Allgemeines Stöhnen.

»Aber Sie müssen nicht so lange hier bleiben. Ein Ersatzbus ist schon angefordert. Sie können bald weiterfahren.«

Der Constable begann mit seinen Vernehmungen bei Emily Blessing.

»Ich habe ihn im Bus zum erstenmal gesehen«, antwortete sie. »Wir sind nicht in den Pub gegangen, mein Neffe und ich. Arthur hat geschlafen, und ich wollte ihn nicht wecken. Und dann ist plötzlich dieser Mann eingestiegen und hat mich mit der Pistole bedroht.«

»Hat er versucht, Sie auszurauben?« fragte der Polizist.

»Nein. Ich weiß nicht, was er wollte.«

Hal hatte seinen Blick über die Menge schweifen lassen. Als er diese unverfrorene Lüge hörte, drehte er ungläubig den Kopf zu ihr um. Sie war knallrot geworden.

*Die schlechteste Lügnerin, die mir je begegnet ist,* dachte er. *Und dieser Hohlkopf von einem Polizisten schaut nicht mal hin.*

»Hat er Anstalten gemacht, Ihnen Gewalt anzutun?«

»Nein. Das heißt, ich weiß nicht. Er kam nicht mehr dazu. Dieser Gentleman hat ihn daran gehindert.« Sie deutete auf Hal. »Er hat den Stein durch das Fenster geworfen, und die Pistole ging los. Dann haben die beiden Männer im Bus miteinander gekämpft.«

»Ich danke Ihnen, Madam«, sagte der Constable. »Ein Kriminalbeamter aus Bournemouth ist schon unterwegs. Auch er wird sich mit Ihnen unterhalten wollen, wenn es Ihnen recht ist.«

»Ja, natürlich.«

Als er sich zu Hal umdrehte, veränderte sich sein Benehmen schlagartig. »Sie kamen also am Bus vorbei. Wieso gerade in diesem Moment?« fragte er. Er hatte jetzt beide Daumen in den Gürtel geschoben.

»Du heilige Einfalt«, murmelte Hal.

»Wie war das?«

»Constable, der Typ hat mir einfach nicht gefallen. Also bin ich ihm nachgegangen.«

»Er hat Ihnen nicht gefallen, sagen Sie.«

»Stimmt. Wann kommt denn der Kriminalbeamte?«

»Ich wüßte nicht, warum das für Sie wichtig wäre.«

Hal seufzte. Es würde ein sehr langer Tag werden.

»Wie wär's, wenn Sie mir jetzt erzählen, was geschah, nachdem Sie angeblich dem Opfer die Waffe abgenommen hatten.«

»Dem *Opfer?* Der wollte die Frau erschießen!« schrie Hal.

»Wollen Sie mich zwingen, Sie in Polizeigewahrsam zu nehmen?«

»Oh, Mann!«

Zum Glück tauchte gerade der Arzt aus dem Bus auf.

»Schußverletzung?« rief der Wachtmeister.

Der Arzt schüttelte den Kopf und versuchte ihn mit sanftem Druck von Hal und den Tatzeugen wegzuschieben.

»Dann ist wohl das Genick gebrochen?« vermutete der Constable.

»Zyanid.«

»Was?« Der Polizist schnitt eine Grimasse und starrte Hal anklagend an.

»In einen Zahn des Toten ist eine Kapsel implantiert. Ich habe sie natürlich für den Gerichtsmediziner dringelassen.«

»Wollen Sie damit sagen, er ist vergiftet worden?«

»Die Bestimmung der Todesursache ist natürlich Sache der Autopsie. Aber die Zyanidkapsel ist erst vor kurzem aufgebrochen worden. Im Mund des jungen Mannes riecht es noch nach dem Gift.«

»Könnte der Typ, der ihn zusammengeschlagen hat, schuld sein?«

»Nun ja, die Kapsel könnte aufgrund der Schlägerei aufgegangen sein. Das ist aber nicht sehr wahrscheinlich. Vermutlich kommt der Pathologe zu dem Ergebnis, daß ein Selbstmord vorliegt.«

## 16

Erst spät am Abend kam Hal in den Falcon Inn zurück. Emily und Taliesin warteten auf ihn in der kleinen Bar.

»Was machen Sie denn noch da? Wieso haben Sie nicht den Bus genommen?« schnauzte er den alten Mann an.

»Von hier sind es nur ein paar Kilometer zu der Burg«, antwortete Taliesin. »Außerdem hätte ich Sie hier nicht einfach zurückgelassen.«

»Ach, und wieso nicht? Weil ich rausfinden könnte, was Sie im Schilde führen?«

»Also bitte, Hal ...«

»Was gibt's Neues?« fragte Emily irritiert.

Hal schaute sie ziemlich lange an, bevor er sagte: »Der Typ hat sich selber umgebracht.«

»*Was?*«

»Der Gerichtsmediziner hat gerade den Autopsie-Befund durchgegeben. Deshalb haben sie mich laufenlassen und mir meinen Paß zurückgegeben. Ihren bringen sie morgen.«

»Warum sollte er Selbstmord begehen?« fragte Taliesin.

Hal lachte schallend. »Darüber wissen Sie wohl mehr als ich.«

»Was soll das nun wieder heißen?«

»Gar nichts. Vergessen Sie es.«

»Mr. Woczniak ...«

»Taliesin, ich habe mit Ihren Tricks überhaupt nichts zu schaffen. Und so soll es auch bleiben. Wann geht der nächste Bus nach London?«

»Morgen früh«, sagte Taliesin.

»Soll das ein Scherz sein? *Morgen* erst?«

Der alte Mann zuckte die Schultern. »Einmal am Tag. Ich war so frei, hier für Sie ein Zimmer zu nehmen.«

»Danke, aber ich geh' lieber so weit wie möglich auf Distanz zu Ihnen beiden. Wo ist das nächste Hotel?«

Taliesin hob die Augenbrauen. »Es gibt keines. Wissen Sie, wir sind nicht in Amerika.«

»Großartig«, seufzte Hal und ließ sich auf einen Stuhl fallen.

»Mr. Woczniak, was ist los mit Ihnen?« fragte Emily.

»Ach, rein gar nichts. Ich habe mich nur mal eben mit einem Typen mit 'ner Zyanidkapsel im Gebiß herumgeschlagen und dann den ganzen Tag im Polizeirevier verbracht. Außerdem habe ich seit zwei Tagen nichts gegessen, meine Hand fühlt sich an, als wären sämtliche Knochen gebrochen, und jetzt treffe ich hier wieder auf euch zwei Lügenmäuler. Aber sonst ist alles bestens.«

Emily sprang auf, ihre Augen funkelten vor Empörung, doch sie wurde unterbrochen von dem durchdringenden Schrei eines Kindes aus dem ersten Stock.

»Arthur!«

Hals Pulsfrequenz schnellte sofort in die Höhe. »Welches Zimmer?« fragte er, während sie zur Treppe liefen.

»Nummer acht.«

Hal nahm drei Stufen auf einmal.

Wieder brüllte der Junge.

*Einen Moment noch, Jeff, ich bin gleich da …* Er sah schon das Geländer zusammenkrachen und Glassplitter auf ihn herunterregnen, die ihm die Wangen aufschlitzen würden. In dem Zimmer würde er, an einen Stuhl gefesselt, den Jungen finden, der nicht mehr atmete …

Er trat gegen die Tür.

Der rothaarige Junge fuhr mit einem lauten Seufzer aus einem Alptraum hoch.

Hal starrte ihn sprachlos an: keine Fesseln, kein Rauch. Das Kind setzte sich vielmehr im Bett auf und rieb sich die Augen.

Emily lief an Hal vorbei und nahm ihren Neffen in die Arme. »Du hast geschrien«, sagte sie.

Taliesin kam jetzt auch ins Zimmer. »Geht es dir gut?« fragte er sanft.

»Ich habe wohl einen bösen Traum gehabt.«

Hal wandte sich ab. Ihm war speiübel.

»Alles in Ordnung«, sagte Emily.

»Nein, das stimmt nicht. Sie sind immer noch hinter uns her und ...«

»Arthur, sei still.«

Arthur fing an zu zittern.

»Wer ist hinter euch her?« fragte Hal.

»Niemand«, sagte Emily. »Arthur ist nur ...«

»Ich hab' den Jungen gefragt.«

Emily legte dem Kind die Hand auf die Schulter, um ihn zu besänftigen, aber er hatte die Augen unverwandt auf Hal gerichtet.

»Hal ist auf unserer Seite, Emy«, sagte er. »Er hat gegen den Mann mit der Pistole gekämpft.«

»Aber wir wissen nicht einmal ...«

»Er ist gekommen, um mich zu beschützen.« Seine großen blauen Augen wanderten von Hal zu Taliesin. »Und er auch.«

»Du weißt ja gar nicht, was du ...«

»Wer ist hinter euch her?« widerholte Hal.

Der Junge fuhr sich mit der Zunge über die Lippen. »Das wissen wir nicht. Aber der Mann im Bus war einer von ihnen.«

»Und woher weißt du das?«

»Sie sehen sich ähnlich. Sie haben alle die gleichen Augen.«

»Was wollen sie von euch?«

Emilys Gesicht wurde hart.

»Ich sag's ihm«, sagte Arthur ruhig, »ihm ganz allein.«

Taliesin nickte und tippte Emily auf die Schulter.

»Arthur, bitte nicht ...«, bat sie.

»Wir müssen uns jemand anvertrauen«, sagte der Junge. »Ich habe ihn ausgewählt.«

Als sie allein waren, holte Arthur eine Plastikdose unter dem Bett hervor. Er öffnete sie und kramte in seinen kindlichen Schätzen herum.

»Wie lange kennst du den alten Mann schon?« fragte Hal

so beiläufig wie möglich. »Ich meine Taliesin. Oder Goldberg – so hast du ihn doch genannt.«

»Er ist nicht Mr. Goldberg«, sagte Arthur. »Mr. Goldberg lebt nicht mehr.« Er rieb sich mit dem Arm die Nase, ohne aufzublicken. »Mr. Taliesin hat mich an ihn erinnert. Er erinnert mich an viele Menschen.«

»An wen zum Beispiel?«

Arthur lehnte sich an die Wand hinter dem Bett und dachte nach.

*Er ist eben doch ein kleiner Junge,* dachte Hal. *Abgesehen von den Augen – die sind alt.*

»Zum Beispiel in Pittsburgh, als zwei Männer uns umbringen wollten.«

»Dich und deine Tante?«

Der Junge nickte langsam. »Sie konnten uns nicht töten, weil ein Mann direkt vor uns heruntergefallen ist. Wir sind an einem Haus entlanggegangen, und er ist aus dem Fenster gesprungen. Die Polizei hat gesagt, nur drei Schritte fehlten, und er wäre direkt auf uns gelandet.«

»Und das hat die Killer vertrieben, bevor sie schießen konnten«, schloß Hal.

»Geschossen haben sie schon, aber die Kugeln trafen den Mann, der aus dem Fenster gefallen ist.«

Hal holte tief Luft.

»Ich erzähle nicht weiter, wenn Sie mir nicht glauben«, sagte Arthur. Seine alten Augen blickten finster.

»Das ist ein bißchen viel verlangt«, entgegnete Hal.

»Das weiß ich, aber es ist die Wahrheit. Seit diesem Tag kann ich nicht mehr einschlafen.«

»Also gut. Ich versuch's.«

»Das Merkwürdigste an der Sache kommt noch. Der tote Mann sah aus wie Mr. Taliesin.«

Hal stand auf. »Soll das vielleicht komisch sein?« fragte er verärgert.

»Nein, es ist überhaupt nicht komisch.«

»Die eine Hälfte der Männer, denen du begegnest, sieht aus wie Taliesin, und die andere wie der Typ im Bus. Und das soll ich glauben?«

Arthur gab keine Antwort.

»Du hast anscheinend zu viel Seconal geschluckt«, schnaubte Hal.

Der Junge schaute aus dem Fenster. »Ich habe Ihnen die Wahrheit erzählt – nichts weiter.« Seine Augenlider flatterten nervös. »Ich kann Sie natürlich nicht dazu zwingen, mir zu glauben.«

Hal stemmte die Arme in die Hüften. »Du bist schon ein seltsamer Bursche, weißt du das?«

Arthur zuckte mit den Schultern. »Ich bin nicht seltsam. Ich habe nur so viele Dinge erlebt, die man in meinem Alter nicht so leicht wegsteckt!«

Wider Willen lächelte Hal. »Was sagt deine Tante dazu?«

»Sie verkraftet es nicht. Für sie ist es ganz, ganz schlimm.«

Hal dachte einen Moment lang nach. Was das Kind erzählte, konnte ja unmöglich stimmen. Und doch bestach der Junge durch einen kühlen Kopf und intelligente Augen.

»Irgendeine Ahnung, wieso all die gleichaussehenden Typen dich umbringen wollen?« fragte er.

»Ja.« Er warf Hal etwas Mattglänzendes zu. »Deswegen.«

Hal inspizierte das Ding. Weit her war es damit nicht. Ein bauchiges Gefäß aus Metall, eine Art Becher. Nicht einmal wenn er aus purem Gold gewesen wäre, hätte irgend jemand derartig großangelegte Aktionen gestartet, wie sie der Junge beschrieb. Und jeder Idiot konnte sehen, daß es kein Gold war.

Aber etwas Außergewöhnliches hatte der Becher doch an sich. Das spürte Hal, sowie er ihn in die Hand nahm. Zunächst einmal war er warm. In angenehmen Wellen rollte die Wärme durch seinen Körper. Und außerdem ... *schwebte er ...*

Die Farbe war merkwürdig: wie Bronze, aber grünlicher.

*Und er zog schwebend vorbei, in weißes Samit gehüllt. Dann sah ich ihn erst wieder an meinem Todestage.*

Hal schloß die Augen.

»Geht's Ihnen nicht gut?« fragte der Junge.

»Doch, bestens. Aber ich könnte ein Sandwich vertragen«, sagte Hal.

»Meine Tante sagt, Sie heißen Hal. An Ihren Nachnamen kann ich mich nicht erinnern.«

»Sag ruhig Hal.« Er streckte Arthur den Becher hin.

*Für Euch, mein König. Dies war mein letzter Gedanke, bevor mein Geist in der Dunkelheit versank. Der Kelch des Königs der Könige stand vor mir in der Kirche, mit Silber und edlen Steinen besetzt. Ich streckte die Hand nach ihm aus, um sicher zu sein, daß nicht mein Verlangen eine Vision erzeugt hatte, wie es in Camelot der Magier getan hatte.*

*Der Pokal, der damals über dem Tisch schwebte, war ein Trugbild, vom Zauberer hervorgerufen als Ansporn für die Suche. Doch nun war es Wirklichkeit, ich berührte mit meinen eigenen Händen den glanzvollen Kelch Christi.*

*»Ich danke Euch«, sagte eine Stimme hinter mir, klangvoll und klar, aber lachend und ohne jede Andacht. »Ich wußte, keiner von den Knechten des Königs außer Euch würde den Pokal finden.«*

*Der Mann war groß wie ein Baum. Ich hatte von dem sarazenischen Ritter gehört, der nach Camelot gekommen war, einen Platz an der Tafelrunde zu fordern; seines Hochmuts wegen fuhr er sogleich zur Hölle.*

*Und doch kam er zurück. Ich verstehe weder die Wege Gottes noch des Teufels. Ich wußte nur, daß der Großkönig ohne den Gral sterben würde, ohne seine Mission erfüllt zu haben. Ich wollte mit dem schwarzen Ritter um den Kelch kämpfen, doch ich war nach meiner langen Reise erschöpft und verwundet, und er drang auf mich ein, bevor ich mein Schwert ziehen konnte.*

*Ich versagte. Das Schicksal der Welt hing an meiner Kraft, und ich konnte sie nicht schnell genug aufbieten. Des Ritters Klinge blitzte silbern in der Sonne und durchstieß schon meinen Hals.*

*Es war vorbei: Der König, das Land, der Traum. Alles zerrann mit meinem Blut. Vielleicht, so dachte ich, kam ich zu Fall, da ich es wagte, die heilige Reliquie mit meinem unwürdigen Fleisch zu berühren.*

*Für Euch, mein König.*

Der Junge nahm ihm den Becher aus der Hand. »Sie sehen aus, als hätten Sie ein Problem«, sagte er traurig.

Hal starrte ihn an. Er kam sich schwach und ausgelaugt vor, Schweiß lief ihm über das Gesicht.

»Kann ich etwas für Sie tun?«

»Nein.« Er stand auf und wollte gehen.

»Bitte, Hal«, sagte der Junge. »Ich brauche Ihre Hilfe.«

»Ihr müßt zur Polizei gehen. Deine Tante soll denen die Wahrheit sagen.«

»So einfach ist das nicht.« Der Junge betrachtete das Gefäß auf seinem Schoß. »Diese Männer werden uns auch dann töten, wenn wir den Becher nicht mehr haben.«

»Warum?«

»Sehen Sie sich Ihre Hände an.«

Die blauen Flecken an den Knöcheln waren verschwunden.

»Wahnsinn«, flüsterte Hal. »Willst du mir etwa sagen ...«

»Ich sage gar nichts. Sie sehen es mit Ihren eigenen Augen.«

»Wie machst du das?«

»Nicht ich – der Becher.«

*Der Kelch.*

Hal schrie unwillkürlich auf.

»Hal?«

Es gelang ihm, sich zusammenzureißen. »Wie hast du ihn gefunden?«

»Durch Zufall.« Er berührte die Schale. »Das glaube ich wenigstens. Sicher bin ich mir bei gar nichts mehr.«

»Du ... du könntest ihn der Polizei geben«, schlug Hal vor.

»Glauben Sie, die Typen würden Emily und mich dann in Ruhe lassen – wo wir doch so viel wissen?«

Hal schaute dem Jungen in die großen blauen Augen. »Nein«, gab er zu.

»Werden Sie mir dann helfen?«

»Junge, ich kann nicht ...«

»Ich muß zu der Burg.«

Hal fuhr sich langsam mit beiden Händen über das Gesicht. »Was?«

»Die Burg, die ich geerbt habe – und wenn's vielleicht auch nur ein Steinhaufen ist. Ich weiß nicht genau warum, aber ich muß sie wenigstens einmal gesehen haben.«

Hal holte tief Luft. Am liebsten wäre er einfach verschwunden: aus diesem Raum, diesem Land – ganz weit weg. »Was bringt das?«

»Gar nichts vermutlich. Aber dann wird mir das Sterben leichter fallen.«

Hal zuckte zusammen. »Sprich nicht so«, sagte er.

Doch die Augen des Jungen hielten seinem Blick stand. »Ich hab' mir alles genau überlegt. Ich lasse den Becher in der Burg zurück. Ich will nicht, daß Emily mitkommt. Wenn ich heil zurückkomme, versuchen wir beide in London unterzutauchen.«

»Und wenn nicht?«

Der Junge runzelte die Stirn. »Wenn nicht, dann möchte ich, daß Sie Emily sicher nach Hause bringen. Sie ist klug, aber naiv. Sie wissen, was ich meine?«

Hal nickte.

»Man kann sich eine neue Identität verschaffen. Da steht alles drin.« Er fischte einen kleinen Spiralblock aus seiner Schatzdose und gab ihn Hal. »Kümmern Sie sich um Emily?«

Hal schwieg.

»Ich habe nicht mehr viel Zeit«, sagte der Junge ganz ruhig.

»Wie willst du zu der Burg kommen?«

»Ich gehe zu Fuß. Es sind nur ein paar Kilometer. Wenn ich um vier Uhr früh aufbreche, bin ich im Morgengrauen dort.«

»Und wenn dir jemand folgt?«

»Das Risiko gehe ich ein.«

Hal schaute durch das Fenster in den klaren Sternenhimmel. »Du bist verrückt«, sagte er.

»Okay, dann bin ich eben verrückt. Aber werden Sie es machen?«

Hal seufzte. »Ich geh' mit dir zu der Burg.«

»Dadurch bringen Sie sich vielleicht in Gefahr.«

»Ich hab gesagt, ich geh' mit. Und wir sagen es deiner Tante.«

»Dann will sie auch mitkommen.«

»Es wird nichts passieren.«

»Aber es könnte doch etwas passieren.« Nach einer Pause sagte der Junge: »Hal, diese Suche ist nur etwas für uns beide.«

Seine Stimme klang so ernst, daß Hal schließlich nickte. »Also gut, wir gehen allein.«

»Gut.« Der Junge lächelte und legte den Kopf auf das Kissen. »Danke.«

Hal ging zur Tür und drehte sich noch einmal um.

»Arthur?«

»Ja?«

»Geschieht irgendwas, wenn du diesen ... Becher berührst?«

»Er fühlt sich gut an.«

»Ja. Aber gehen dir Gedanken durch den Kopf oder Bilder?«

»Nein. Ich fühle mich nur wohl. Ich habe das Gefühl, der Becher gehört mir. Haben Sie das auch gespürt?«

*Ich habe ihn mit meinem unwürdigen Fleisch berührt ...*

»Nein«, sagte Hal. »Mir gehört er nicht. Schlaf jetzt.« Er öffnete die Tür. »Ich bleib' in der Nähe.«

»Seid tapfer und treu ergeben«, murmelte Arthur.

Hal fuhr herum, aber der Junge lag mit geschlossenen Augen friedlich im Bett.

## 17

Es war noch dunkel, als Arthur an Hals Tür klopfte.

»Wir müssen los«, sagte er. Der Becher hing in einem kleinen Beutel am Gürtel des Jungen.

Hal tappte wieder ins Bett zurück. »Du spinnst ja.«

»Sie haben gesagt, Sie wollen mitkommen.« Der Junge wartete eine Weile, und als Hal keine Anstalten machte aufzustehen, wandte er sich finster entschlossen zum Gehen. »Bis dann«, sagte er leise.

»Herrgott, jetzt warte doch.« Hal quälte sich aus dem Bett. »Wie spät ist es denn?«

Arthur schaute auf seine Uhr. »Vier nach vier«, sagte er. »Wir müssen uns beeilen.«

»Wozu?«

»Ich muß vor Sonnenaufgang dort sein.«

»Immer mit der Ruhe, keiner ist dir auf den Fersen. Hier jedenfalls nicht. Sonst wäre er heute nacht gekommen.«

»Kommen Sie jetzt?« fragte der Junge hartnäckig.

Hal seufzte, zog eine lange Hose über seine Boxershorts und schlüpfte in Hemd und Jacke.

»Ich komm' ja schon.«

Draußen war es fast stockdunkel. Neumond war gerade erst vorbei, und nur ganz wenige Sterne waren zu sehen. »Wie weit ist es denn?« fragte Hal.

»Ungefähr fünfzehn Kilometer.«

»Großartig.«

Das glitzernde Chrom eines Volvos, der auf dem Parkplatz des Gasthauses stand, erregte Hals Aufmerksamkeit. Auf der Fahrerseite stand ein Fenster einen Spaltbreit offen. Mit einem Stück Draht ließe sich die Tür problemlos öffnen, und es würde keine Minute dauern, den Schlitten kurzzuschließen ...

»Hal, ist es Diebstahl, wenn man etwas, was man unbedingt braucht, nimmt und gleich wieder zurückbringt, bevor es der Besitzer vermißt?«

Hal hob die Augenbrauen. »Also ... eigentlich nicht. Jedenfalls, wenn man einen guten Zweck verfolgt.«

»Das ist auch meine Meinung.«

»Gut. Ich hol schnell ein Stück Draht.«

»Wozu denn?«

»Zum ...« Arthur tippte auf die Lenkstangen von zwei Fahrrädern, die an der Wand lehnten. »Fahrräder?« fragte Hal.

»Ja, das geht ganz flott, und bevor's hell wird, sind wir schon zurück.«

»Na ja, harmloser als Autodiebstahl vermutlich«, brummte Hal.

»Haben Sie etwas gesagt?«

»Nein, nein. Lange her, seit ich zum letzten Mal mit so was gefahren bin.« Er stieg auf eines der Räder und fuhr wacklig im Kreis herum.

»Bei meinem funktioniert sogar das Licht.« Als Arthur auf die Landstraße sauste, fiel vor ihm ein blasser Lichtkegel auf den Asphalt, die Reifen surrten.

»Woher weißt du den Weg?« rief Hal, während er sich ins Zeug legte, um nachzukommen.

»Der Anwalt hat mir einen Lageplan geschickt: An der nächsten Kreuzung links und dann immer geradeaus.«

Hal heftete die Augen fest auf den Lichtkegel von Arthurs Fahrradlampe. Auf der völlig leeren Landstraße trat er über eine Stunde lang wie wild in die Pedale.

Der Schweiß, der nur so an ihm herunterlief, erinnerte an das Bier vom vorgestrigen Abend. Seither hatte er keinen Alkohol getrunken und auch nichts gegessen. Am vorigen Abend war er zwar nach der seltsamen Unterhaltung mit Arthur noch einmal nach unten gegangen in der Hoffnung, sich etwas aus der Küche und vielleicht auch aus der abgeschlossenen Bar besorgen zu können. Doch Emily hatte ihn erwartet.

»Hören Sie, ich bin bedient für heute«, brummte er griesgrämig.

»Ich weiß, Mr. Woczniak«, erwiderte sie. »Aber können Sie uns helfen?«

»Ich glaube nicht.«

»Ich verstehe.«

»Tut mir leid.«

Emily nickte.

»Ich weiß zwar nicht, wozu das gut sein soll, aber ich habe dem Jungen versprochen, morgen mit ihm zu der Burg zu gehen. Danach bringe ich Sie zurück nach London, und wir sprechen mit der Polizei.«

»Das wird nichts nützen«, murmelte sie.

»Haben Sie deshalb bei der Polizei gelogen?«

Sie schaute auf den Boden.

»Ich habe gesehen, wie Sie das Ding – was immer es sein mag – dem Kerl angeboten haben, der sie bedroht hat.«

»Dann haben Sie auch gesehen, daß er mich trotzdem töten wollte«, antwortete sie. »Die werden es immer wieder versuchen. Die Polizei verlangt bestimmt, daß wir an einem Ort bleiben, und diese Männer finden das schnell heraus. Dann sind wir schon so gut wie tot.«

»Sie können aber nicht ihr Leben lang davonlaufen.«

»Das weiß ich. Ich arbeite am Katzenbaum-Institut in Chicago, und wenn wir wieder in London sind, schicke ich den Becher dorthin. Die Wissenschaftler werden wissen, was damit zu tun ist. Arthur und ich tauchen unter. Wenn dann allgemein bekannt ist, was es mit dem Gefäß auf sich hat, sind wir für die Killer nicht mehr interessant.«

Hal nickte. »Klingt ganz plausibel.« Er beschloß, ihr nicht zu sagen, daß der Junge die Schale in der Burgruine lassen wollte.

»Ich hätte mir das überlegen sollen, bevor wir weggegangen sind, aber alles ist so schnell außer Kontrolle geraten.« Sie zuckte die Schultern. »Morgen miete ich ein Auto, und wir fahren nach London. Kommen Sie mit?«

»Ja. Und was ist mit der Burg?«

»Arthur darf gehen. Die Burg hat für ihn so große Bedeutung angenommen. Einmal sollte er sie gesehen haben. Wenn Sie mitgehen, bin ich beruhigt.«

»Ihm wird nichts passieren. Übrigens, ich hab' wohl einen falschen Eindruck von Ihnen gehabt.«

»Bin ich gewöhnt.«

Danach hatte er doch nichts gegessen und nicht einmal versucht, einen Drink zu klauen, obwohl das kleine Schloß an der Bar leicht zu knacken gewesen wäre.

Hungrig und nüchtern hatte er sich schlafen gelegt wie ein Hochleistungssportler vor dem Wettkampf.

Jetzt strampelte er keuchend hinter dem Jungen her und kam sich gar nicht mehr wie ein Sportler vor, sondern wie ein ächzender, jämmerlicher Schwachkopf. »Wie weit ist es noch?« schnaufte er.

»Ich glaub', da drüben ist es.« Arthur hielt an, stieg von seinem Rad und deutete auf ein paar Felsen, die gut fünfhundert Meter von der Straße entfernt aus einer Wiese ragten.

»Bist du sicher? Für mich sieht das nicht sehr nach einer Burg aus.«

Arthur nahm diese Bemerkung gar nicht zur Kenntnis. Schon schob er sein Rad über den felsigen Boden, und Hal folgte ihm mit einem Seufzer.

Vor einem niedrigen, zerklüfteten Mauersockel stellte Arthur sein Fahrrad auf den Ständer und starrte zu den verstreuten Felsen hinüber.

»Wir sind da«, flüsterte er.

Die Dämmerung brach gerade an, und das Gesicht des Jungen zeichnete sich klein vor dem grauen Himmel ab. Eine ganze Weile sagte er nichts mehr.

»Sieht aus, als wär das hier eine Mauer gewesen«, sagte Hal.

Arthur nickte.

»Was meinst du – ob es noch einen Burggraben gibt?«

Arthur schüttelte den Kopf. Er machte einen Schritt über die kaum zwanzig Zentimeter hohe ›Mauer‹ auf ein ebenes, mit Klee bewachsenes Feld, das mit Steinen übersät war, und hob einen davon auf.

»Nichts mehr übrig«, sagte er.

Hal tat der Junge leid. »Deine Tante hat versucht, dir zu erklären, daß es keine richtige Burg ist.«

»Aber ich dachte, daß noch irgendwas da ist …«

Plötzlich riß Hal den Jungen mit sich hinter das Mäuerchen. »Hier ist jemand«, flüsterte er.

Eine Gestalt kam hinter einem Erdhügel hervor und winkte fröhlich. »Hallo, was treibt euch denn hierher?« rief jemand.

»Das ist Mr. Taliesin«, sagte Arthur.

»Allerdings.« Hal stand auf und ging gereizt auf den alten Mann zu, während Arthur hinterhertrottete. »Was machen Sie hier?« fragte er scharf.

Taliesin lächelte. »Ich will mir den Sonnenaufgang anschauen«, antwortete er. »Heute ist der einundzwanzigste Juni – die Sommersonnenwende. Für die Druiden war das der Beginn der guten Zeit. Und außerdem ist es der Tag, an dem die Kinder der Einheimischen angeblich die Burg sehen können.«

Er lachte vor sich hin. »Ein wundervoller Morgen, nicht wahr?«

»Wie sind Sie hergekommen?«

»Zu Fuß.«

»Fünfzehn Kilometer – bloß um den Sonnenaufgang zu sehen?«

»Das hält jung. Im übrigen wollte ich mir den Felsen anschauen.«

»Ich dachte, das ist alles Unsinn?«

Der alte Mann zuckte die Schultern. »So ein herrliches Hirngespinst versetzt auch noch den abgeklärtesten Archäologen in Aufregung.«

»Und?« fragte Hal. »Haben Sie ihn gefunden?«

»Noch nicht.«

Arthur ging während dessen auf dem Feld umher, hob Steine auf und warf sie wieder weg.

»Der Junge hat sich das wohl etwas anders vorgestellt«, sagte Hal.

»Er hat sicher ein Schloß mit wehenden Fahnen erwartet, und mit Rittern, die in klirrender Rüstung herumstolzieren.«

»Kann man ihm nicht verdenken. Er ist ja erst zehn, und hat extra eine weite Reise gemacht.« Hal ging zu Arthur hinüber.

»Nichts mehr da«, sagte der Junge. »Nicht mal der Turm.«

»Nichts hält ewig«, murmelte Hal wenig überzeugend. »Mach jetzt, was du dir vorgenommen hast, dann gehen wir.«

»Hal! Arthur!« rief Taliesin und winkte sie herbei. »Hierher.«

Sofort lief Arthur los.

Als Hal die von Brombeerhecken überwucherte Stelle am Waldrand erreichte, war Arthur schon ganz aufgeregt. »Hal, schau mal da!«

Ein riesiger Felsbrocken lag auf einem anderen, noch größeren Block. Das Gebilde, das ungefähr wie ein Schneemann aussah, war offensichtlich bis vor kurzem von Erde umgeben gewesen. Jetzt ruhte es wenig vertrauenerwekkend auf einem etwa ein Meter hohen Erdhaufen.

Taliesin leuchtete die Brocken mit seiner Taschenlampe an. »Das muß die Stelle sein, wo der Student gegraben hat. Hier ist auch eine Inschrift, aber man kann sie nicht lesen. Sie ist zu undeutlich.«

»Vielleicht könnten wir es abpausen«, schlug Arthur vor. »Wie man das bei den Königsgräbern macht.«

»Du bist ein kluger Junge«, sagte Taliesin. »Genau das habe ich vor.«

Er entnahm der Innentasche seines Tweed-Jacketts einen Papierbogen und faltete ihn auseinander. »Hal, wären Sie so gut? Für meine alten Knochen ist das ein bißchen zu anstrengend.«

Hal kletterte auf den unteren Felsblock. Er mußte aufpassen, daß er das Gleichgewicht nicht verlor, als Taliesin ihm das Papier und einen dicken Kohlestift reichte.

»Und nun?« fragte Hal.

»Einfach das Papier anpressen und langsam hin und her fahren so wie in einem Krimi, wenn jemand eine Telefonnummer auf einem gebrauchten Notizblock sichtbar macht. Halt das Papier ruhig, Arthur.«

Der Junge hielt das Papier am unteren Ende fest, während Hal, über den oberen Fels gebeugt, die Linien der alten Schrift nachzog. Taliesin las im Licht der Taschenlampe vor, was er erkennen konnte. »Rex ... also, um einen König geht es jedenfalls. Und das sieht aus wie ein Q. Q und dann U Rex Quondam ... O nein!«

»Was heißt hier ›o nein‹?« fragte Hal. »Mir fällt gleich der Arm ab in dieser Haltung.«

»Sie können aufhören«, sagte der alte Mann mit tonloser Stimme.

Hal richtete sich auf. »Und, was steht drauf?«

»Rex Quondam Rexque Futurus. König damals und König in der Zukunft.«

»Der frühere und zukünftige König! Allmächtiger ...« Hal war fasziniert. »Das ist doch direkt aus der Sage!«

»Leider nur direkt aus ›Artus' Tod‹ von Caxton«, versetzte Taliesin trocken, »1485 erschienen, also tausend Jahre nach dessen Tod.«

»Ach so.« Hal kam seine eigene Enttäuschung lächerlich vor.

Der alte Mann inspizierte den Block aus nächster Nähe. »Sieht eigentlich gar nicht wie Gestein aus«, murmelte er. »Eher wie Mörtel.«

»Eine Inschrift in Mörtel? Wer kommt denn auf so was?«

»Ja, seltsam. Zumal es hier richtige Felsen zur Genüge gibt.«

Die ersten Sonnenstrahlen fielen auf ein paar Findlinge ganz in der Nähe. »Nun, in ein paar Minuten können wir es deutlicher erkennen«, sagte Taliesin.

»Warum hat man ihn den früheren und zukünftigen König genannt?« fragte Arthur.

Der alte Mann lächelte. »Die Sage erzählt, daß der große König Artus – Arthur heißt du wahrscheinlich nach ihm – von Gott dazu ausersehen war, die Welt zu vereinen. Doch er scheiterte. Er wurde umgebracht, bevor er die Prophezeiungen erfüllen konnte. Als er gestorben war, erzählte man sich, der König werde eines Tages wiederkommen, um sein Werk zu vollenden.«

»Zur Jahrtausendwende«, warf Hal ein.

»Richtig. Aber das Jahr 1000 nach Christus kam und ging, und nirgends erschien ein derartiger König.«

»Dann kam er also nicht wieder«, sagte Arthur.

»Nein. Es ist nur eine Sage.«

Plötzlich schrie Hal, der sich an den künstlichen Felsen gelehnt hatte, laut auf. Er war von dem schmalen Vorsprung des unteren Felsens heruntergestürzt. Durch die Erschütterung kippte der obere Fels etwas auf die Seite.

»Gleich fällt er runter!« brüllte Arthur.

Hal rappelte sich schnell auf, konnte aber nicht mehr verhindern, daß der obere Brocken von seinem Podest herunterpolterte und den Hügel hinabrollte, wobei er immer schneller wurde, bis er unten mit voller Wucht gegen einen Steinhaufen donnerte, der hell im Sonnenlicht lag.

Sprachlos schauten alle drei zu, wie eine kleine Staubwolke aufstieg.

»Das ... das tut mir leid«, brachte Hal schließlich heraus.

Taliesin hatte die Lippen zusammengepreßt. »Diese Inschrift war vielleicht sechshundert Jahre alt«, fauchte er wütend.

Dann verzog er das Gesicht. »Schauen wir's uns mal an. Vielleicht ist noch was übriggeblieben.«

Mit ernsten Gesichtern gingen sie auf den Block zu. »Er ist beschädigt«, sagte Taliesin vorwurfsvoll.

Hal beugte sich über den Brocken und sah, daß er von einem tiefen Riß durchzogen war, der mitten durch die Inschrift lief. »Vielleicht kann man das irgendwie zusammenfügen«, sagte er. Er fühlte sich hundsmiserabel. Als er den Block berührte, fiel ein großes Stück Mörtel ab.

»Herrgott, was soll das?« brüllte Taliesin.

Hal trat zwei Schritte zurück. Seine Finger waren mit grauem Staub bedeckt. »Daß es so zerbrechlich ist, hätte ich nicht gedacht.«

»Das ist Mörtel aus dem Mittelalter. Der hat seit Jahrhunderten unter der Erde gelegen«, fuhr ihn Taliesin an.

Er prüfte den Mörtel vorsichtig mit den Fingern. »Nur die Erde, die der Student abgetragen hat, hielt den Brocken zusammen.«

Hal richtete sich auf und lauschte.

»Der einzige Trost ist, daß die historische Bedeutung des Fundes gering ist.« Der alte Mann hörte nicht auf zu reden, obwohl ihm Hal und Arthur längst nicht mehr zuhörten. »Er wirft allerdings die Frage auf, warum ausgerechnet hier ...«

»Wann ist der Johannistag?« fragte Hal plötzlich.

»Wie bitte?«

»Der Johannistag. Da reiten doch die Ritter von der Tafelrunde durch die Gegend, nicht?«

»Ach, das meinen Sie. Erst in zwei Tagen. Warum fragen Sie?«

»Hören Sie mal genau hin.«

Alle drei hörten schweigend zu, wie ein fernes Grollen im Norden immer lauter wurde.

Taliesin räusperte sich. »Wie gesagt, es gibt eine ganze Menge Reitschulen ...«

Ein Reiter kam – von fünf anderen gefolgt – aus dem Wald heraus im gestreckten Galopp auf sie zugeschossen.

Der Anführer war so groß, daß Hal zuerst dachte, er müsse in den Steigbügeln stehen. Er trug das Gewand eines altpersischen Fürsten, und an seinem Gürtel hing ein breites Krummschwert, das in der Morgensonne silbern blitzte.

»Irgendwie sehen die mir nicht nach einer Ferienranch aus«, sagte Hal und schaute zu Taliesin hinüber.

Das Grauen stand dem alten Mann ins Gesicht geschrieben.

Er sagte nur ein einziges Wort.

»Saladin!«

## 18

Hal fuhr herum. »Wie?«

»Beschützen Sie den Jungen.«

»Aber womit?«

Der alte Mann schubste den Jungen in Richtung der ehemaligen Burganlage.

»Bleib da drin!« rief er und sprang über die Ansammlung von Steinen, die wohl einmal zur Burgmauer gehört hatten.

»Ach was!« brüllte Hal. »Versteckt euch im Wald, schnell!«

Doch Taliesin war ganz auf die herangaloppierenden Pferde fixiert.

Wieder waren die herumliegenden Steine Hals einzige

Waffe. Mit gezückten Krummschwertern kamen die Männer schnell heran.

»Das kann doch nur ein Traum sein«, murmelte er, während er hastig einen Arm voll Steine aufsammelte.

Jetzt waren die Reiter, die einem Kostümfilm entsprungen zu sein schienen, direkt vor ihm. Ungerührt wehrte der Anführer die zwei Steine, die Hal auf ihn schleuderte, mit seinem langen Arm ab, bevor er mit seinem Säbel zum Schlag ausholte. Hal ließ die Steine fallen, warf sich auf den Boden und rollte blitzschnell außer Reichweite der herabsausenden Klinge.

»Vorsicht, Hal!« schrie Arthur. Hal, der sich gerade wieder aufrappelte, sah nicht, daß ein zweiter Reiter sein Pferd direkt auf ihn zuschießen ließ, um ihn unter den stampfenden Hufen zu zermalmen.

Arthur richtete sich auf und warf einen faustgroßen Stein. Der Angreifer fiel, an der Stirn getroffen, vom Pferd. Der zweite Wurf des Jungen verfehlte sein Ziel. Der gestürzte Mann kam mit einem drohenden Grinsen auf Arthur zu, nahm den Säbel in die linke Hand und zog mit der rechten einen kurzen Dolch aus dem Gürtel.

»Hal ...«, sagte der Junge tonlos und wich zurück. »Hal ...«

Hal warf sich auf den Mann, brachte ihn zu Fall und versuchte, ihm den Dolch zu entwinden. Sie wälzten sich auf dem Boden, ohne den Reiter zu bemerken, der in weitem Bogen um sie herumgaloppiert war und jetzt mit gezücktem Säbel direkt auf Arthur zuhielt.

»Nein!«, brüllte Taliesin.

Hal riß den Kopf hoch. Der Mann, der sich unter ihm wand, sah seine Chance, rammte Hal den Dolch in die Schulter und stürzte sich, als Hal vor Schmerz brüllend zurückfuhr, nun seinerseits auf ihn.

Und der Reiter galoppierte immer noch auf Arthur zu.

Taliesin sprang dem Pferd direkt in den Weg. »Gib mir den Becher!« rief er über die Schulter.

Der Junge schaute ihn ratlos an.

»Den Becher!« brüllte der alte Mann.

Hastig löste der Junge den Beutel von seinem Gürtel und warf ihn Taliesin zu.

Das Schwert des Reiters sauste durch die Luft und spaltete dem alten Mann den Schädel. Zwischen seinen weißen Haaren schoß eine Blutfontäne in die Höhe. Arthur stieß einen furchtbaren Schrei aus.

Doch Taliesin hatte immer noch die Hände ausgestreckt. Er stürzte, und sein blutüberströmter Kopf schlug auf einen Stein. Dennoch konnte er den Becher irgendwie fangen.

Das alles schien sich im Bruchteil einer Sekunde abzuspielen: ein galoppierendes Pferd, der Sprung Taliesins vor die Hufe des Pferdes, der Schlag, mit dem ihm der Schädel gespalten wurde, der fliegende Metallbecher, Arthurs markerschütternder Schrei ... Und dann sah man plötzlich einen grellen Lichtschein, und zwar genau an der Stelle, wo Taliesin auf den Boden gestürzt war.

Als wäre er vom Blitz erschlagen worden.

Für einen Moment lag die ganze Wiese in gleißendem Licht, dann war alles in dicken weißen Rauch gehüllt. Als der Qualm sich verzogen hatte, war der alte Mann verschwunden.

Der Anführer hatte angehalten, und sein Gefolge blickte ihn unsicher an, doch sein Gesicht blieb undurchdringlich. Die Reiter schienen zu Statuen erstarrt zu sein.

Arthur brach den Bann, indem er über die niedrige Steinmauer sprang und schluchzend auf Hal zulief.

Der Mann mit dem Dolch rief, sichtlich zu Tode erschrokken, leise die Götter an, als er vor Hal zurückwich und sich blitzschnell in den Sattel schwang.

Alle scharten sich um ihren Anführer.

Hal kauerte am Boden, aus seiner Schulter floß Blut. Seinen unverletzten Arm streckte er Arthur entgegen, doch er wandte keinen Blick von dem großen Reiter, den Taliesin beim Namen genannt hatte.

*Saladin hieß er.*

Der Riese beachtete seine Leute gar nicht, und auch auf die Stelle, wo der alte Mann sich in Nichts aufgelöst hatte, warf er nur einen kurzen Blick. Selbst die stärkste Zauberkraft konnte diesen Mann nicht mehr in Erstaunen versetzen, dafür lebte er schon viel zu lange.

Er saß in aufrechter Haltung auf seinem Pferd, und sein Blick ruhte auf dem rothaarigen Jungen.

»*Er* ist es«, flüsterte Saladin.

Jetzt zeigte er zum erstenmal die Spur einer Gemütsbewegung: Das Zucken seiner Lippen ließ sich als Lächeln deuten. Dann ritt er in gestrecktem Galopp auf Arthur zu.

Hal quälte sich hoch und stolperte verzweifelt auf Arthur zu, den der Reiter fast schon erreicht hatte.

»Nein!« brüllte er heiser.

Aber ohne Hal zu beachten, beugte sich Saladin tief von seinem Pferd herunter und zog mit seinen langen Armen den Jungen zu sich herauf.

»Hal ... Hal ...«, wimmerte Arthur.

Der riesenhafte Reiter gab seinem Gefolge ein Zeichen und wandte das Pferd, wobei sein Blick auf Hal fiel. Mit einem amüsierten Glitzern in den Augen nickte er ihm zu. Arthur streckte flehentlich die Hand nach Hal aus.

Dann vollzogen auch die anderen Reiter ein präzises Schwenkmanöver, und der Trupp setzte sich in Bewegung.

»Kommt sofort zurück, ihr verdammten Hunde!« brüllte Hal und rannte ihnen nach. Doch bevor er die Wiese auch nur halb überquert hatte, waren sie schon im Wald verschwunden.

Hal ließ sich auf die Knie fallen und starrte ins Leere.

Er hatte versagt. Und hatte noch die Panik im Gesicht des Jungen vor Augen, als der große Reiter ihn gepackt hatte.

So benommen war er, daß ihm gar nicht auffiel, wie die Vögel verstummten und ein Schatten auf ihn fiel, der beinahe bis zum Waldrand reichte. Erst als er Musik hörte, drehte er langsam den Kopf, und es verschlug ihm den Atem.

Wo soeben noch Felsbrocken herumgelegen hatten, erhob sich jetzt im Morgennebel eine Burg aus Stein und Holz, mit Zinnen bewehrt und von einem Wall umgeben. Auf dem hohen Turm wehte eine Flagge mit einem großen roten Drachen.

Mit offenem Mund stand Hal auf. Seine Kehle war ganz

trocken vor Angst, als er sich der Erscheinung vorsichtig näherte.

Flötenklänge wehten aus der Burg zu ihm herüber, aber auch Gelächter und Hundegebell.

Eine Steintreppe führte zu einem riesigen Holztor, das offenstand.

Er wollte weglaufen, konnte sich aber nicht von dem Anblick losreißen. Statt dessen stieg er die Stufen hinauf und schritt durch das Tor.

Ein unglaubliches Bild bot sich ihm. Es war, als wäre eine Szene, wie man sie auf alten Wandteppichen findet, Wirklichkeit geworden. In dem hohen, zugigen Saal tummelten sich ausgelassene Menschen aus einer anderen Welt: Bärtige Männer in Gewändern aus Leder und rauhem Wollstoff und Frauen, die über langen Hemden und schlichten Roben breite, mit Edelsteinen verzierte Gürtel trugen und ihr Haar entweder zu seltsamen Zöpfen geflochten hatten oder bis zu den Hüften herabwallen ließen. Alle saßen an langen Holztischen, und ständig brachten Diener in schmutzigen Schürzen Fleisch und volle Krüge. Dutzende von Hunden balgten sich um die Reste.

Niemand nahm Hal zur Kenntnis, als er eintrat. Er kam sich vor wie in einem Traum, in dem die Figuren auf einem alten Gemälde plötzlich lebendig geworden waren, während er als unsichtbarer Zuschauer unbeteiligt dabeistand.

*Aber natürlich,* dachte er. *Genauso ist es. Diese Menschen gibt es in Wirklichkeit gar nicht.*

Ein ausgemergelter Köter kam auf ihn zu, hielt die Nase in den Wind und trottete wieder davon.

*Ob der Hund mich gesehen hat?* Hal schüttelte den Kopf. *Blödsinn! Er kann mich gar nicht gesehen haben, ich liege nämlich immer noch in einem stinkvornehmen Londoner Hotelzimmer in einem riesigen Doppelbett und schlafe – und wahrscheinlich versickern noch irgendwelche Champagnerreste im Bettzeug. Diese Burg ist meine Version von Oz, und wie Dorothy bilde ich mir das alles nur ein.*

Um sich zu beweisen, daß er recht hatte, ging Hal zum nächsten Tisch und legte einem der Speisenden die Hand auf den Kopf. Sein Arm ging ohne Widerstand durch den Mann hindurch.

»Aha!« triumphierte Hal. »Luft! Alles nur ein Traum.«

Doch das Grinsen verging ihm schnell wieder. *Aber was ist dann mit den Reitern und mit dem dunkelhäutigen Mann im Bus? Waren das auch nur Erscheinungen? Und mit dem rothaarigen Jungen, der mich um Hilfe gebeten hat? Gibt es Arthur und Emily Blessing in Wirklichkeit auch nicht? Und die britische Polizei?*

*Existiere ich denn selber?*

*Vielleicht liege ich doch nicht mehr im Bett,* dachte er, *sondern bewußtlos irgendwo auf der Wiese, an einen Fels gelehnt. Vielleicht steckt eine Klinge in meinem Bauch, und ich werde gleich sterben ...*

*Oder ich bin schon tot.*

Ein Schauer lief ihm über den Rücken. *Tot? Bin ich dann nicht in Oz, sondern in einem merkwürdigen Fegefeuer? Dazu verdammt, in alle Ewigkeit unter Gespenstern herumzuirren?*

»He!« brüllte er. In dem Lärm, der in dem riesigen Saal herrschte, hörte er kaum seine eigene Stimme.

»Hört mich denn niemand?« Panische Angst erfaßte ihn, und er lief an das andere Ende des Raumes. »Ich will hier raus! Holt mich hier raus!«

Trotz des Lärms konnte Hal hören, wie jemand leise vor sich hin lachte.

»Um Himmels willen, nehmen Sie sich doch zusammen, Mann! Die Tür steht schließlich offen.«

Hal fing sich. Der Schweiß lief ihm über das Gesicht, und er mußte blinzeln. Jemand kam die Treppe herunter. Zuerst war nur der Saum eines langen Mantels zu sehen, der bis zum Boden reichte.

»Reden Sie mit mir?« flüsterte Hal kaum hörbar.

»Ja, Hal.«

Der alte Mann sah noch genauso aus wie vor ein paar Minuten auf der Wiese. Nur sein Mantel, der mit silbernen Monden und Sternen bestickt war, wirkte noch fantastischer als die mittelalterlichen Gewänder der anderen Traumgestalten.

»Taliesin«, sagte Hal.

Der alte Mann nickte. »Diesen Namen erhielt ich bei meiner Geburt. Hier kennt man mich dagegen als Merlin.« Er lächelte und verbeugte sich mit elegantem Schwung. »Willkommen in Camelot.«

# ZWEITER TEIL
## *Der Becher*

# 1

»O Gott, ich bin tot«, jammerte Hal.

Der alte Mann lachte. »Ich kann Ihnen versichern, Sie sind sehr lebendig.«

»Aber ich bin bei Ihnen.«

»Ja, und?«

»Nun ... also ...« Hal machte eine unbeholfene Geste.

»Ach so. Der Spitzbube mit dem Krummschwert. Da kann ich Sie beruhigen. Auch ich bin nicht tot.«

Nachdem Hal ihn einige Zeit betrachtet hatte, bohrte er ihm einen Finger in den Bauch.

»Autsch!«

Hal zog seine Hand schnell zurück.

»Nur zu! Wenn Sie das als Beweis brauchen. Wollen Sie vielleicht auch noch mein Gebiß untersuchen?«

Hal berührte ihn noch einmal. »Aber ... dort draußen ...«

Der alte Mann lächelte. »Wer könnte mit Sicherheit sagen, was Illusion ist und was nicht?«

»Aber ich hab's mit eigenen Augen gesehen, wie der Kerl Ihnen den Kopf gespalten hat«, ereiferte sich Hal.

»Ach«, sagte der alte Mann. »Sie haben es gesehen, also glauben Sie es. Sie sehen auch diese Burg, glauben aber nicht, daß es sie gibt. Soviel zu Ihrem Sehvermögen und zu Ihrer Logik. Kommen Sie!«

Ohne eine Antwort abzuwarten, machte er auf dem Absatz kehrt, durchquerte den großen Saal und hielt eine Holztür auf, die mit einem Metallkreuz geschmückt war. Hal ging hinein und blieb wie angewurzelt stehen.

Er hatte einen Raum betreten, dessen Mobiliar nur aus einem großen, runden Eichentisch, etwa vier Meter im Durchmesser, und dreizehn Stühlen bestand. Nur zwei Plätze waren frei, und trotzdem hörte man aus der Runde keinen Laut. Reglos und aufrecht wie Statuen saßen die Männer, die Kettenhemden und Helme aus gehämmertem Metall trugen, an der Tafel.

»Das sind ja die ...«, flüsterte Hal. »Aber das ist ganz unmöglich!«

Hinter ihm wurde die Tür geschlossen, und ohne den Lärm aus dem großen Saal erschien ihm der kalte, unwirtliche Raum wie ein Grab. Hal blieb noch eine Weile unschlüssig stehen, dann trat er an die Tafel.

Er musterte einen großen Mann mit blonden Haaren und blauen Augen. Seine Muskeln zeichneten sich deutlich unter den Ärmeln seines Leinenhemdes ab.

»Sir Bevidere«, sagte Hal, dem die Geschichten wieder einfielen, die ihn als Kind so gefesselt hatten. »König Artus' Zeremonienmeister.«

Neben ihm saß – genauso leblos – ein junger Mann mit einem Knabengesicht, dessen helle Augen von unschuldiger Leidenschaftlichkeit erfüllt waren. »Tristan«, flüsterte Hal. Ein paar Stühle weiter saß ein Mann mittleren Alters mit wettergegerbten roten Wangen und intelligenten Augen, der ganz in Grün gekleidet war.

»Gawain?« Fragend blickte er den Engländer an, der sich jetzt Merlin nannte, und der alte Mann nickte.

Hal trat neben einen dunkelhaarigen, gutaussehenden Ritter, der nach römischer Sitte glattrasiert und sehr sorgfältig gekleidet war. Über seinem Kettenhemd trug er ein schweres Silberkreuz.

»Das muß Lancelot sein«, sagte Hal. »Genau, wie ich ihn mir vorgestellt habe.« Er streckte den Arm aus, um ihn an der Schulter zu berühren, griff aber ins Leere. Der Ritter war nur eine Erscheinung.

»Es sind Geister«, kommentierte Merlin. »Genau wie die Burg sind auch sie nur an bestimmten Tagen sichtbar, und auch dann nicht für jeden.«

»Ich kann sie sehen.«

»Ja. Dafür habe ich gesorgt.«

»Indem sie mir im Traum erschienen sind.«

Der alte Mann lief rot an. »Verdammt noch mal, das ist

kein Traum! Wie oft soll ich Ihnen das noch sagen!« Sein weißer Schnurrbart zuckte nervös. »Wäre es doch nur ein Traum! Ich habe die Nase gestrichen voll von diesem schauerlichen alten Gemäuer. Schließlich habe ich Sie extra hergeholt, damit Sie mich hier rausholen.«

»Moment mal«, sagte Hal. »Wie war das? Ich soll Sie hier rausholen?«

Der alte Mann seufzte. »So ist es.«

»Sind wir hier eingesperrt?«

»*Wir* nicht, aber *ich.*« Wieder seufzte er. »Arthur hat mir den Becher zugeworfen, und dann bin ich in dieses Zwischenreich gekommen. Nur so konnte ich verhindern, daß er diesen Dieben in die Hände fiel.«

»Und wie ist das mit diesen Typen hier?« Hal fuhr mit der Hand durch Gawain hindurch.

Merlin verdrehte die Augen. »Die können die Welt der Geister natürlich nicht verlassen.«

»Ich komm' nicht ganz mit. Die Ritter existieren nicht wirklich, Sie dagegen schon?«

Merlin nickte.

»Aber *Sie* sitzen hier fest, *ich* dagegen nicht.«

»Richtig«, brummte der Zauberer ungeduldig.

»Außerdem habe ich zwar gesehen, wie Sie tot umgefallen sind, aber das hat nichts zu bedeuten.«

»Ganz genau.«

»Und Sie sind der Zauberer Merlin.«

»Stets zu Diensten.«

»Mir reicht's.« Hal marschierte zur Tür.

»Kommen Sie sofort zurück!« befahl der alte Mann.

»Dann hören Sie auf, mich zum Narren zu halten«, knurrte Hal. »Ich will endlich wissen, wozu ich hier bin, was Sie hier treiben, und was das Ganze soll …«

»Dazu komme ich noch.« Merlin machte eine versöhnliche Geste. »Wenn Sie erst Ihr Mißtrauen überwunden haben, können wir vernünftig miteinander reden.«

Hal brach in hysterisches Lachen aus. »Mißtrauen? So kann man es auch nennen. Ich bin hier natürlich rein zufällig über die Ritter von der Tafelrunde gestolpert, die sich's an einem schönen Sommertag wohl sein lassen. Was ist daran ungewöhnlich? Kommt alle Tage vor!«

»Hal, ich muß Sie schon bitten …«

»Und Sie sind natürlich auch nur ein ganz normaler Typ, wie? Sie werden getötet, verschwinden in einer Rauchwolke, tauchen wieder auf …«

Der alte Mann schaute Hal gekränkt an. »Falls Ihnen das entgangen sein sollte, ich bin durchaus kein ›ganz normaler Typ‹, sondern ein Zauberer. Zumindest war ich einer. Fürs erste habe ich meine Kraft da draußen auf der Wiese verausgabt. Sterben ist immer eine schwierige Sache, das können Sie mir glauben.«

Der alte Mann verzog das Gesicht. »Was einem alles so passiert: Mal wird man von einer Autobombe in tausend Stücke gerissen, dann wieder beim Sturz aus einem dreißigstöckigen Gebäude erschossen.« Es schüttelte ihn. »Eine fürchterliche Sache, das kann ich Ihnen sagen.«

»Ach, ich dachte, Sie sind nicht tot!« bemerkte Hal höhnisch. »Jedenfalls sehen Sie aus wie das blühende Leben.«

»O Gott, warum ausgerechnet er«, murmelte der alte Mann. »Ich sterbe nicht auf *Dauer*. Trotzdem ist es nicht gerade ein Vergnügen, sich den Schädel einschlagen zu lassen.« Er berührte seinen Kopf. »Goldberg hatte da einen erheblich leichteren Tod.«

Hal riß die Augen auf. »Sagten Sie Goldberg? Der Junge hat Sie für Goldberg gehalten.«

»Das war eine meiner besten Rollen«, lächelte er. »Aber Arthur hat mich immer durchschaut. Darauf komme ich gleich noch mal zurück.« Er ging um die Tafel herum und zeigte auf einen der zwei leeren Stühle. »Dieser Platz wird schon seit sechzehn Jahrhunderten für den Großkönig freigehalten«, sagte er. »Bis zu seiner Wiederkehr. Und der andere …«

»Ist dann wohl der ›Platz der Gefahr‹«, fiel ihm Hal spöttisch ins Wort. »Nur für einen Ritter mit reinem Herzen.«

»Galahads Platz«, sagte Merlin bewegt.

»Warum ist er nicht da?«

Merlins Augen leuchteten auf. »Jetzt stellen Sie endlich

intelligente Fragen. Der ›Platz der Gefahr‹ ist leer, weil Galahad seinen Platz immer an der Seite des Königs hat. Er ist der Inbegriff eines Ritters, tapfer und treu ergeben, und er hat ein vollkommen reines Herz. Er ruht nicht, bis er den König wiedergefunden hat.«

Der alte Mann schaute zu den schmalen Fenstern hinauf, durch die Sonnenstrahlen in den Raum fielen. »Während ich all die Jahrhunderte in meiner Höhle schlief, habe ich seine Gegenwart in jeder Generation gespürt. Sein Herz schlug in der Brust von Richard Löwenherz, Karl dem Großen, Franz von Assisi, Johanna von Orleans, Martin Luther, John Locke, Benjamin Disraeli ... Ich könnte noch viele andere Namen nennen. Oft war er auch nicht berühmt, sondern ein einfacher Mann, Soldat oder Schuhmacher. Nie war ihm bewußt, daß er den Großkönig suchte, doch stets übte Erhabenheit eine große Anziehungskraft auf ihn aus – was letztlich immer zu Enttäuschung führte, denn in keinem dieser Leben kam der König zurück.

Ich habe gespürt, wie in all diesen Männern die gleiche Seele sich nach dem König sehnte. Doch ich schlief weiter, denn der König kam nicht.«

Er schaute Hal ernst in die Augen. »Und dann, nach sechzehn Jahrhunderten, wachte ich auf. Denn nun war der König wieder geboren worden.«

Hal verschlug es den Atem. »König Artus lebt?«

Merlin nickte. »Seit er ein Jahr alt war, bin ich bei ihm gewesen.«

Hal schmunzelte. »Ganz wie in alten Zeiten.«

»Beinahe. Für seine Ausbildung hat diesmal jemand anders gesorgt. Aber er braucht dringend einen Freund.« Er lächelte. »Also wurde ich Milton Goldberg.«

»O mein Gott! Arthur ist König Artus.«

»Ganz genau. Arthur.«

Hal ließ sich auf einen Stuhl fallen, ohne zu merken, daß er sich auf einen der körperlosen Ritter gesetzt hatte. »Nun mal langsam. Arthur ist nicht einmal Brite. Und schon gar kein König.«

»Die Nationalität ist bedeutungslos.«

Hal fixierte den alten Mann und rieb sich dann die Augen.

Beinahe hätte er ihm geglaubt. »Und über wen wird er dann herrschen? Über seine Schulklasse vielleicht?«

Merlin schüttelte den Kopf. »Wie prophezeit, wird er mit der Erfüllung seines Auftrags zur Jahrtausendwende beginnen.«

»Zur ...«

»Nicht im Jahre 1000 n. Chr., wie man glaubte«, fuhr Merlin freudestrahlend fort. »Die Welt sah damals noch ganz ähnlich aus wie zu Artus' Zeit. Sie mußte sich erst verändern. Der richtige Moment war noch nicht gekommen.«

»Aber die Jahrtausendwende ... ist schon in acht Jahren.«

»Richtig.«

Allmählich begann Hal, das Gespräch ernst zu nehmen.

»Haben die Männer ihn deshalb entführt?«

Merlin schüttelte den Kopf. »Das glaube ich nicht. Sie wollen nur den Gral.«

»Den ... wie bitte?«

»Den Becher. Arthur kennt nicht die ganze Zauberkraft des Gefäßes. Saladin dagegen kennt sie.«

»Saladin«, wiederholte Hal. »Der Anführer der Karnevalstruppe.«

»Saladin ist leider keine Witzfigur. Der Mann ist gefährlicher, als Sie glauben. Er hat den Gral besessen und wird alles versuchen, um ihn sich wieder zu verschaffen.«

»Sie reden dauernd vom Gral«, sagte Hal. »Meinen Sie etwa den ... *Heiligen* Gral?

»Christen haben ihn ihrem Gott zugeschrieben. Ich weiß nicht, aus welcher Quelle das Gefäß seine Kraft wirklich geschöpft hat, aber ich vermute, daß dies lange vor Christi Geburt geschehen ist.«

Jetzt erinnerte Hal sich daran, wie warm der Becher gewesen war und welch seltsame Bilder er in ihm wachgerufen hatte. »Aber das kann doch nicht der Gral sein!«

»Warum nicht?« fragte Merlin mit gerunzelter Stirn.

»Weil König Artus' Ritter damals einen prächtigen Pokal suchten, einen Kelch aus Silber.«

»Überlegen Sie doch, Hal. Jesus von Nazareth war schließlich ein armer Mann. Hat er wohl aus einem silbernen Kelch getrunken?«

»Wohl kaum, aber genausowenig aus einer Art futuristischer Teeschale. Vermutlich war es ein ganz gewöhnlicher Tonbecher. Und vierhundert Jahre später, als die Ritter in Camelot aufbrachen, um danach zu suchen ...«

»Wäre er demnach längst in Vergessenheit geraten.«

»Genau. Oder irgendwo in den Staub getreten worden.«

»Nur ist es dann höchst erstaunlich, daß die Ritter ihn unbedingt finden wollten.«

»Das wollten sie ja gar nicht. Merlin bestand darauf – also Sie vermutlich. Artus war von der Idee nicht sehr angetan. Aber Sie haben ihn andauernd bearbeitet, Anspielungen gemacht, ihm keine Ruhe gelassen ...«

Merlin lachte. »Sie sind ein guter Kenner der Geschichte.«

»Das hat mich lange beschäftigt. Wenn die Ritter nämlich nicht auf die Suche gegangen wären, hätte König Artus im entscheidenden Moment mehr Männer aufbieten können.«

Das Lächeln des alten Mannes erstarb. »Die Schlacht von Barrendown«, sagte er bewegt.

»Als Mordred ihn erschlug.«

Merlin schwieg.

»Nicht, daß Sie glauben, ich will Ihnen Vorwürfe machen oder so was«, sagte Hal verlegen. »Das ist ja alles sehr lange her.«

»Ja, sehr lange«, sagte Merlin. »Er brauchte den Gral, und ich dachte, wenn ich ihn rechtzeitig finden könnte ...«

»Aber *wieso?* Sie haben doch gerade gesagt, der Gral wäre wahrscheinlich nur eine einfache Tonschale gewesen ...«

»In der Schale war ein Gegenstand von höchster Zauberkraft versteckt«, sagte Merlin. »Ein großer Herrscher hätte damit nicht nur eine Schlacht überlebt, sondern auch alle kommenden Zeitalter.«

Hal hatte es die Sprache verschlagen. Er dachte daran, wie durch die Berührung des Bechers seine Wunden geheilt worden waren.

»Der Becher macht seinen Besitzer unsterblich«, erklärte Merlin sanft.

Dann öffnete er seine Hände, und in ihnen lag ... nein, *über* ihnen *schwebte* der Becher, den Arthur, bevor er von den Reitern entführt worden war, dem alten Mann zugeworfen hatte.

»Durch meine Berührung habe ich ihn in das Reich der Geister verbannt, in dem wir uns jetzt befinden.«

Hal versuchte, ihn zu fassen, doch seine Hände gingen hindurch. Der Becher verblaßte und war nicht mehr zu sehen.

»Da ich sein Verschwinden bewirkte, kann nur ich ihn in die wirkliche Welt zurückbringen. Doch darf ich Camelot nicht ohne Erlaubnis verlassen.« Er ließ seinen Blick über die reglosen Geistritter schweifen. »Wie sie, so kann auch ich nicht mehr in der Welt der Menschen leben, bis der Großkönig mich ruft.«

»Sie meinen Arthur? Arthur muß Sie rufen?«

Merlin nickte. »Und sein Leben ist in Gefahr. Ich kann ihn von hier aus nicht beschützen. Das können nur Sie.«

»Ich?« fragte Hal. Und erneut erschien der Becher, beinahe durchsichtig und in wallendes, weißes Samit gehüllt.

»Erinnert Ihr Euch?« fragte der alte Mann kaum vernehmbar. »Als Ihr ihn fandet, war er nicht von Ton umgeben ...«

*Der silberne Kelch leuchtete hell wie die Sonne. Er war mit funkelnden Edelsteinen besetzt. Ich streckte die Hand aus ...*

»Für Euch, mein König«, flüsterte Hal. Dann schloß er seine Augen, als die Erinnerung ihn wieder überkam.

Merlin berührte ihn sanft. »Erhebt Euch«, sagte er.

Hal gehorchte. Er hatte Tränen in den Augen. Der alte Mann stand aufrecht da, und wies mit einer langsamen Bewegung seines Armes auf den leeren Platz neben dem Stuhl des Königs. »Nehmt Euren Platz ein, Galahad«, sagte er feierlich. Dann verloren seine Züge die würdevolle Strenge, und er betrachtete Hal mit tiefer Zuneigung. »Denn endlich ist auch Eure Zeit gekommen.«

Hal schloß die Augen.

*Die Zeit des Wartens ist vorüber*, sagte eine Stimme in seinem Innern. Jetzt wußte er, daß er nicht träumte. Etwas in ihm hatte seit tausend und mehr Jahren diesen Augenblick herbeigesehnt. Hier, in diesem Zwischenreich der Geister und Illusionen, hatte er die Wahrheit erkannt.

Mit demütig gesenktem Kopf setzte sich Hal auf den ›Platz der Gefahr‹.

Plötzlich war der dunkle Raum von schimmerndem Licht erfüllt. Trompeten erschallten. Sogar die Luft war mit einer knisternden, vibrierenden Kraft aufgeladen. Der Mondstaub, der von seinem Stuhl aufwirbelte und ihn umfing, verschwand wieder. Die Geistritter hatten sich erhoben und grüßten ihn würdevoll.

»Galahad!« Alle zusammen riefen seinen Namen, zunächst sanft wie ein Windhauch, dann lauter und immer lauter, bis der Schall die Wände zu erschüttern schien.

»Galahad!«

*Gawain, Bohort, Gaheris, Lancelot. Alle seid ihr wieder da, meine Brüder …*

»Er ist gekommen«, verkündete Merlin.

Hal erhob sich und kniete vor dem alten Mann nieder. »Sagt mir, was ich zu tun habe«, bat er mit bebender Stimme.

»Saladin hält unseren König gefangen. Findet ihn!« befahl Merlin. »Findet König Artus und bringt ihn hierher, an seinen rechtmäßigen Platz!«

Hal hob den Blick. »Ja«, sagte er mit heiserer Stimme. »Das gelobe ich.«

Durch die schmalen Fenster drangen Nebelschwaden, die Wände versanken im Dunst.

Der alte Mann blickte traurig um sich. »Der Zauber verliert seine Kraft«, sagte er.

Die Ritter, deren Hände weiterhin zum Gruß erhoben waren, verblaßten zu undeutlichen Schemen. Auch Merlin entschwand.

»Wir kehren zurück auf die große Ebene von Avalon, um dort auf den Ruf des Großkönigs zu warten. Bis dahin hängt alles von Euch ab, Galahad.«

Hal streckte in Panik die Hand nach ihm aus, doch der

alte Mann war jetzt ebenso unwirklich wie alles andere um ihn her – auch er eine körperlose Vision.

»Aber wie …« Hal sprang auf. »Wie kann ich den Jungen finden?«

Alles war jetzt hinter dichtem Nebel verschwunden. Hal stand inmitten einer dicken weißen Wolke. »Sagt mir das doch!« schrie er verzweifelt.

Eine kaum hörbare Stimme antwortete: »Saladin hat den Jungen an einen Ort der Finsternis gebracht – ein Ort, der Euch angst macht. Ein Ort, an den Ihr Euch erinnern werdet.«

Die letzten Worte waren kaum noch vernehmbar.

»New York? Hat er ihn nach New York gebracht?«

Er bekam keine Antwort. »Augenblick noch!« brüllte Hal. »Was soll das heißen, ein Ort, an den ich mich erinnern werde? Ich bin zum erstenmal in diesem Land!« Er stolperte durch den dichten Nebel. »Bleibt hier, verdammt noch mal! Sagt mir, was ich tun soll! Bleibt hier!«

Doch alles löste sich in Nebel auf: die Burg, die Fahnen und Trompeten, die Ritter und auch der alte Mann. Hal blinzelte und fand sich plötzlich auf einem grünen Hügel inmitten eines Haufens alter Steinbrocken wieder.

Als er sich umsah, waren nur die moosbewachsenen Überreste der Burg zu sehen.

Die Wiese und das Ruinenfeld waren unverändert. Doch sonst würde nichts mehr sein wie zuvor – nicht für Hal Woczniak, der soeben seine Wiedergeburt erlebt hatte als Galahad, Streiter für einen König aus alter Zeit.

»Hal!« hörte er Emily Blessing rufen. Ihre Stimme klang schrill und verängstigt. »Ich habe Sie seit Stunden gesucht. Wo ist Arthur?«

»Er wurde …« Er rieb sich den Kopf. »Er wurde …«

»Haben Sie es auch gesehen, Sir?« piepste ein helles Stimmchen. Hal wandte sich um und sah einen kleinen Gassenjungen mit schmutzigem Gesicht, der in einem ausgefransten Hemd und Baumwollhosen steckte, die für seine schlaksigen Beine zu kurz waren. Barfuß stand er auf dem Hügel.

»Was?« fragte Hal benommen.

»Die Burg. Ich hab sie gesehen«, sagte er stolz. »Ich komme jeden Tag hierher. Meistens ist sie nicht da, manchmal aber doch. Ich hab aber niemand davon erzählt.« Er schaute erwartungsvoll zu Hal auf. »Sie haben's auch gesehen, ja?«

Er schaute dem Jungen in die Augen. »Du hast es gesehen?«

Der Junge nickte.

»Hal, Sie bluten ja!« kreischte Emily.

Ach ja, die Wunde an seiner Schulter, wo ihm der Dolch des Reiters in das Fleisch gedrungen war! Er hatte die Verletzung nicht mehr gespürt, seit Saladin mit dem Jungen in den Wald ritt, während er tatenlos zusehen mußte.

»Arthur ist entführt worden«, sagte er.

Emily schlug sich die Hand vor den Mund. Hals Beine gaben nach.

»Hol einen Arzt!« befahl sie dem Jungen. »Und die Polizei. So schnell du kannst!«

»Ja«, sagte der Junge, plötzlich ganz kreidebleich, und rannte los.

Emily beugte sich über Hal. »Wie ist das passiert?« fragte sie mit zitternder Stimme.

»Saladin«, sagte Hal. »Sein Name ist Saladin ...«

»Wie? Ich verstehe Sie nicht.«

Hal schaute ihr ins Gesicht. »Ich werde ihn finden«, sagte er. »Ich verspreche Ihnen, ich werde Arthur finden.«

Emily unterdrückte nur mühsam ein Schluchzen. Sie riß sich zusammen. »Was ist mit Mr. Taliesin?« fragt sie leise.

Hal schaute zu der Stelle hinüber, wo der alte Mann gestorben war und sich in Nichts aufgelöst hatte, um dann in einer anderen Welt wieder zu erscheinen, die inzwischen vor seinen Augen in einen Traum versunken war, der kein Traum war.

»Ihn werden wir auch wiedersehen«, sagte er. »Da bin ich mir ganz sicher.«

## 2

Der rothaarige Junge lag in einem Landhaus in der Nähe der Kanalküste, kaum dreißig Kilometer von der Maplebrook-Klinik entfernt, auf einem reichverzierten Diwan und schlief.

Das Haus hatte fast fünfzig Jahre leergestanden, bis Saladin aus seiner Zelle heraus seinen Leuten die Anweisung erteilt hatte, es zu kaufen. Während seiner Haft war es als Hauptquartier für seine Befreiungsaktion genutzt worden.

Es handelte sich um ein weitläufiges Herrenhaus, eines jener zahlreichen Besitztümer, die Saladin auf der ganzen Welt sein eigen nannte. Wie in allen anderen wurde auch hier streng auf Sauberkeit geachtet. Saladin duldete keinen Schmutz. Doch von außen sah das Gebäude baufällig aus und hatte etwas Unheimliches an sich. Ein ideales Versteck.

Auf einem Stuhl mit hoher Lehne saß Saladin dem Jungen gegenüber und betrachtete staunend das schlafende Kind.

»Der König ist also tatsächlich wiedergekehrt«, sagte er, ohne seine Stimme zu senken. Man hatte den Jungen mit einem Schlafmittel ruhiggestellt, nachdem die Pferde in die Stallungen hinter dem Haus gebracht worden waren, die auch als Garage für eine gediegene Mercedes-Limousine dienten. Nachbarn, denen diese Vorgänge hätten auffallen können, gab es nicht. Nicht zuletzt deshalb hatte man dieses Anwesen ausgewählt.

»Eigentlich müßte dieser Ort dir gefallen.« Saladin erhob sich, ging zum Fenster und schaute hinaus auf den dunklen Wald.

»Er hat große Ähnlichkeit mit Tintagel, wo du geboren wurdest. Nach deinem Tod bin ich dorthin gepilgert.« Er lachte leise. »Ich wollte das Land sehen, aus dem du kommst, Artus. Ich wollte das rauhe Klima kennenlernen, das einen Mann wie dich hervorgebracht hat, der in seinem so kurzen Leben so viel erreicht hat.«

Eine frische Brise zerzauste ihm die Haare. »Damals war

auch ich noch jung, obwohl ich deinetwegen zwölf Jahre verloren hatte.«

Die Suche hatte den meisten Legenden zufolge mehrere Jahrzehnte gedauert, doch tatsächlich waren es nur zwölf Jahre gewesen. Sie alle hatten damals den Becher aus den Augen verloren – Arthur, Merlin, die einfältigen Ritter – doch keiner von ihnen spürte den Verlust so schmerzlich wie Saladin, da nur er um die ganze Zauberkraft des Gefäßes wußte.

Er war fünfzehn, als er Kanna den ›Stein‹ stahl, und als er, Jahrhunderte später, in Britannien landete, war er fünfundzwanzig. Die zehn dazwischenliegenden verflossenen Lebensjahre, die er in Rom verbrachte, waren für ihn unwiederbringlich verloren. Ein paar Diebe stahlen ihm den Becher, während er in einer finsteren Straße in einem Hausflur schlief. Er verfolgte sie, aber da er die winkligen Gassen der Stadt nicht kannte, verlor er bald ihre Spur.

Die Diebe wurden noch in derselben Nacht festgenommen. Der römische Soldat, der das seltsame Metallobjekt konfiszierte, war der Meinung, das wertlose Ding bräuchte dem Vorgesetzten nicht ausgehändigt zu werden.

Jedenfalls erzählte er das seinen Kameraden. Es wäre dem Soldaten peinlich gewesen zuzugeben, daß er den Becher behielt, weil er sich gut anfühlte und die angenehme Wärme ihn mit unbeschreiblichem Wohlbehagen erfüllte.

Er machte ihn zu seinem Talisman. Als seine Legion nach Jerusalem verlegt wurde, trug er den Becher in einem Lederbeutel an seinem Gürtel – ganz ähnlich wie zweitausend Jahre später Arthur Blessing.

Doch den wahren Wert seines Fundes erkannte der Soldat nicht, da es in Jerusalem selten zu bewaffneten Auseinandersetzungen kam, und da die gelegentlichen unbewaffneten Aufstände der Juden für die Römer kein größeres Problem darstellten. Häufiger mußten Truppen bei Zusammenstößen zwischen verschiedenen jüdischen Sekten eingreifen oder bei schlichten Wirtshausschlägereien. Bei einem dieser Einsätze verlor der Römer seinen Talisman.

Erst in der Kaserne bemerkte er den Verlust, ging sofort zurück und durchsuchte die Schenke. Doch der Metallbecher war verschwunden, und auch die Prügel, die er dem Wirt verabreichte, führten zu nichts. Er ärgerte sich maßlos, gab aber schließlich seinen Talisman als verloren auf und vergaß ihn später sogar völlig.

Während des Handgemenges hatte ihm ein in Panik geratener Mann den Becher vom Gürtel gerissen. In dem mit einer Kordel zugeschnürten Lederbeutel rollte das Gefäß zur Tür hinaus und wurde von einem Hund gefunden, der es zu seinem Herrchen, einem Töpferlehrling, trug.

»Was ist denn das?« fragte der Junge und nahm dem Hund den Beutel mit dem merkwürdigen Metallbecher aus der Schnauze. Aaron war fünfzehn und langweilte sich zu Tode, weil er für seinen Meister Tag für Tag Unmengen ordinärer Tonschalen herstellen mußte und zu dieser Arbeit wohl auch noch ein paar Jahre verdammt sein würde, bevor er auf die Erlaubnis hoffen konnte, interessantere Objekte anzufertigen. Die einfache, lackierte Schale war nun einmal das gefragteste Produkt der Werkstatt, das in großen Mengen an Gasthäuser und Privathaushalte abgesetzt wurde. Formschön brauchte diese Massenware nicht zu sein, sie durfte nur keine Risse haben.

Dabei war der Junge begabt. Als Kind hatte er mit einem Flintstein kleine Tierfiguren aus Stein gehauen. Sein Vater, ein einfacher Arbeiter, hatte ihn mehrmals wegen solcher Zeitverschwendung verprügelt, doch der kleine Tagdieb war durch nichts von seinen Skulpturen abzubringen. Als sein Vater dann einmal ein Versteck mit Steinfiguren in einem Loch in der Hausmauer entdeckte, kam ihm eine Idee: Er würde das Kind verkaufen. In einem Haushalt mit vier weiteren Söhnen, in dem es oft nicht einmal genug zu essen gab, war mit ihm nicht viel anzufangen, aber vielleicht fände sich ein Käufer, der sogar für den nichtsnutzigen Aaron Verwendung hätte.

Er pries dem Meistertöpfer Elias die Vorzüge des Jungen an und wagte es sogar, ihm die Figuren zu zeigen.

»Ist das nicht das Werk eines Genies?« schwärmte er, obwohl er keine Ahnung hatte, ob sie etwas taugten oder nicht. »Meine Frau und ich haben gehofft, aus unserem Sohn würde eines Tages ein hervorragender Handwerker wie Sie, indes ...« Er schüttelte traurig den Kopf. »Wir sind zu arm und können uns dem Jungen nicht widmen, wie er es verdienen würde.«

»Wieviel verlangst du für ihn?« fragte Elias mit einem abschätzigen Blick auf die Steinfiguren, und sofort begann Aarons Vater lebhaft um den Preis zu feilschen.

Schließlich gab er sich mit einer bescheidenen Summe zufrieden. Zumindest war er den Jungen los. Der Töpfer Elias besaß dagegen einen neuen Sklaven, und falls der Junge einlösen sollte, was seine grobschlächtigen, aber nicht uninteressanten Skulpturen versprachen, mochte er später einmal sogar zu einem richtigen Aktivposten des Geschäfts werden.

Aaron hatte sein tägliches Soll an Tonschalen bereits erfüllt, als er dem Straßenköter, der seit einem Jahr bei ihm in dem Schuppen schlief, das Gefäß aus der Schnauze nahm. Er konnte es sich deshalb erlauben, ein bißchen zu spielen, zumal Elias den ganzen Tag nicht da war, weil er Ware an die Stammkundschaft unter den Wirten auslieferte.

Aaron untersuchte den Gegenstand sorgfältig. Er hatte eine merkwürdige Form: fast wie eine hohle Kugel, von der ein Stück abgeschnitten war. Der Junge setzte das Schwungrad in Bewegung, zentrierte einen vorgeformten Tonklumpen auf der Töpferscheibe und zog den Ton um sein kugelförmiges Modell herum nach oben, bis er den oberen Rand erreichte. Dann zog er den Ton mehrmals nach außen und wieder leicht nach innen, so daß schließlich ein Becher mit einer geriffelten Oberfläche entstand.

Er war mit dem Ergebnis sehr zufrieden und verwandte größte Sorgfalt darauf, die Metallschale mit einem Pinsel auch innen mit beinahe flüssiger Tonmasse zu überziehen, bevor er sein Werkstück in dem mit einem Blasebalg ausgerüsteten Ofen brannte. Danach bemalte er das Gefäß mit einem Fischmotiv und steckte es erneut in den Brennofen.

Endlich konnte er einmal seine künstlerischen Fähigkeiten spielen lassen.

Sosehr war er in seiner Arbeit aufgegangen, daß er darüber jegliches Zeitgefühl verloren hatte. Erst jetzt bemerkte er, daß es schon ganz dunkel war. Er zündete die kleine Öllampe an, die in der Werkstatt hing, und bewunderte gerade sein Werk, als der alte Elias nach Hause kam.

Er ging sofort in die Werkstatt, um nachzusehen, warum der Ofen so spät am Abend noch brannte. Mürrisch nahm er dem Jungen den bemalten Becher aus der Hand.

»Ich habe alle Schalen gebrannt«, sagte Aaron schnell und zeigte auf die aufeinandergestapelte Massenware. Sein Meister hätte ihm nie erlaubt, den Ofen für ein einziges Stück zu verwenden.

Ellas streifte mit einem Blick die fertigen Schalen und wandte sich dann dem geriffelten Becher mit dem Fischdekor zu. »Und was ist damit?«

»Nur ein Versuch.«

Elias betrachtete das Gefäß von allen Seiten und prüfte die Gewichtsverteilung. »Was steckt da drin?«

»Eine Metallschale, die ich gefunden habe.«

»Der Ton war nicht glatt, als du die Farbe aufgetragen hast«, bemerkte er.

Der Junge runzelte die Stirn. Er wußte nicht, wovon sein Meister sprach.

»Bei so einer Arbeit mußt du vor dem ersten Brand alle Tonreste von dem Werkstück entfernen, damit es nachher ganz glatt ist. Spürst du die Unebenheiten?« Er führte die Hand des Jungen über die Oberfläche des Bechers. Er fühlte sich genauso an wie all die anderen Schalen, die er bisher gebrannt hatte.

»Aber …«

»Gut genug für gewöhnliche Ware«, sagte der Töpfer achselzuckend. »Aber tür eine kunstlerische Arbeit völlig unbrauchbar.«

Er schnitt eine Grimasse und stellte das Gefäß zu der einfachen Gebrauchskeramik. »Du hast meine Farbe verschwendet.«

Aaron ließ den Kopf hängen. Sein Werk würde genau wie ein einfacher Becher verkauft werden. Aber der alte Elias war wenigstens nicht in Wut geraten.

»Es tut mir leid, Meister«, sagte er.

»Du hast das Abendessen versäumt«, entgegnete der alte Meister streng.

Aaron gab keine Antwort.

»Geh jetzt ins Bett. Du verbrennst kostbares Öl.« Als der Junge die Werkstatt verließ, sagte Elias: »Morgen bringe ich dir bei, wie man den Ton glättet.«

Aaron glaubte zunächst, er müsse sich verhört haben, und dann hätte er am liebsten einen Luftsprung gemacht. Noch einmal begutachtete er seinen Becher. Die Gewichtsverteilung war jedenfalls genau richtig, nicht einmal sein Meister hatte daran etwas auszusetzen gehabt. Die geriffelte Form war auch nicht schlecht, und die Fische sahen wirklich recht hübsch aus.

Er stellte den Becher zurück und löschte die Lampe.

So gelangte das Gefäß, von einer Tonhülle umgeben, für längere Zeit in ein Jerusalemer Gasthaus und wurde dort drei Jahre später auf eine lange Tafel gestellt, an der dreizehn Männer zum letztenmal versammelt waren.

Der Wirt plazierte den geriffelten Becher mit dem Fischdekor vor den Wortführer der Gesellschaft, der zwar nur Zimmermann von Beruf war, aber in letzter Zeit eine gewisse Berühmtheit als Prophet und Lehrer erlangt hatte. Es gab sogar Leute, die behaupteten, er habe Wunder gewirkt, nämlich Wasser in Wein verwandelt, einen Toten wieder zum Leben erweckt – und derlei mehr. Das war natürlich Unsinn, aber ein geschäftstüchtiger Gasthausbesitzer durfte solche Dinge trotzdem nicht ignorieren. Ein Mann, um den sich solche Geschichten rankten, hatte gute Chancen, reich zu werden.

Der Wirt tischte den besten Wein auf, den er zu bieten hatte, obwohl sein berühmter Gast nur Brot dazu bestellte, und beobachtete, wie der Mann, der Jesus von Nazareth hieß, ein seltsames Ritual vollzog.

Er goß Wein in den geriffelten Becher und ließ ihn reihum gehen, obwohl jeder der Männer seinen eigenen Wein vor sich hatte.

»Trinkt«, sagte er mit sanfter Stimme. »Tut dies zu meinem Gedächtnis.«

Als der Wirt sah, wie Jesus den Becher mit seinen langen, ausdrucksvollen Händen weitergab, überkam ihn plötzlich ein schrecklich trostloses Gefühl. Der ruhige Blick dieses Mannes war von einer unfaßbaren Ergebenheit und Traurigkeit.

Reichtümer würde er bestimmt nicht aufhäufen.

Als Jesus zu ihm aufblickte, nickte der Wirt kurz und zog sich zurück.

Er war froh, daß er ihm seine Lieblingsschale mit dem Fischdekor gegeben hatte.

## 3

Saladin hatte die Hoffnung, das Gefäß jemals wiederzufinden, schon beinahe aufgegeben, als er hörte, daß in Jerusalem jemand von den Toten auferstanden war. Der Mann hatte kurz vor seinem Tod eine Zeremonie zelebriert, bei der einer Trinkschale große Bedeutung zukam.

Wahrscheinlich hatte er politische Ziele gehabt. Tausenden von Menschen hatte er das ewige Leben versprochen und einen Toten tatsächlich wieder zum Leben erweckt, bevor er festgenommen und für seine zügellosen Reden ans Kreuz geschlagen worden war.

Saladin konnte nur den Kopf schütteln. Ein Mensch wie dieser Jude sollte das Gefäß auf gar keinen Fall besitzen. Man konnte sich leicht vorstellen, was passiert wäre, wenn die Behörden ihm geglaubt hätten. Irgendein Diktator hätte sich der unermeßlichen Zauberkraft bemächtigt und wäre für Jahrtausende nicht mehr aus seiner Position zu vertreiben gewesen. Saladin selber sollte erst einige Jahrhunderte später Herrschaftsgelüste entwickeln. Vorerst war ihm eine solche Vorstellung zuwider. Politiker waren so schon schlimm genug. Unsterbliche Politiker wären die absolute Katastrophe!

Immerhin schien der geschwätzige Mensch seine Lektion gelernt zu haben. In Rom erzählte man sich, die Bestattung habe nach der Hinrichtung in aller Stille stattgefunden, und drei Tage später sei der Leichnam aus seiner Gruft verschwunden gewesen. Wo dieser Jude sich jetzt befand, lag völlig im dunkeln.

Für Saladin war dies seit zehn Jahren der erste Hinweis auf den Verbleib des Bechers, und er mußte ihm nachgehen. Ohne allzu große Erwartungen traf er Vorbereitungen zur Fahrt nach Judäa.

In Rom übte er den Arztberuf aus, wobei er auf das Wissen zurückgreifen konnte, das ihm Kanna vermittelt hatte, aber auch auf die Heilkunst der Länder des Ostens. In den aufstrebenden Zivilisationen Assyriens und Babyloniens wußte man nämlich viel über die Funktionsweise des menschlichen Körpers, wovon die Römer – bei all ihrer Überlegenheit in der Staatskunst – keine Ahnung hatten. Trotz seines jugendlichen Alters erwarb sich der mysteriöse Mann aus dem Osten durch sein immenses Fachwissen schnell hohes Ansehen bei den Ärzten der Stadt. Oft verwiesen sie sogar eigene Patienten an Saladin.

Da seine Kollegen ihm natürlich nur schwere Fälle schickten, bei denen sie weder eine Diagnose stellen noch eine Behandlung vorschlagen konnten, starben relativ viele Kranke, die er betreute. Bald galt er als letzte Zuflucht bei unheilbaren Leiden, und hinter seinem Rücken nannte man ihn den ›Arzt der Todgeweihten‹.

Saladin hatte nichts dagegen einzuwenden. Durch seine Praxis verfügte er über ein hohes Einkommen, und seine Tätigkeit brachte nur wenige soziale Verpflichtungen mit sich, da man sich in den besseren Kreisen nicht gerade um den fremdländischen Arzt der Todgeweihten riß. Als er etwas älter wurde, trug er nur noch schwarze Kleidung, wodurch seine imposante Größe und seine melancholischen Züge noch unterstrichen wurden. Auf seine Weise gehörte er zur guten Gesellschaft Roms. Zum erstenmal seit fünfundzwanzig Jahrhunderten war er ein angesehener Mann.

Als er an Bord des Schiffes ging, das ihn nach Judäa bringen sollte, beschlichen ihn Zweifel an der Richtigkeit seiner Entscheidung. Mußte er unbedingt ewig leben? In Rom hätte er eine gute Zeit vor sich. Er lebte immerhin schon seit fast drei Jahrtausenden, vielleicht wäre es gar nicht unangenehm, alt zu werden. In den letzten zehn Jahren war er ja wirklich wie ein ganz normaler Mensch älter geworden und hatte nicht darunter gelitten. Außerdem kannte er viele alte Menschen, die mit großer Zufriedenheit auf ihr ›langes‹ Leben zurückblickten.

Selbst den Tod brauchte man nicht sonderlich zu fürchten – das wußte er von seinen Patienten. Er hatte in seinem Leben schon oft Schmerzen aushalten müssen, die weit schlimmer waren als das Sterben. Zum Beispiel, als man ihn nach dem Tod des Pharaos Echnaton in der ägyptischen Wüste an einen Pfahl band und dem Verdursten preisgab. Oder als er – bevor er dann nach Rom ging – von einem barbarischen Mob in Makedonien auf einen brennenden Scheiterhaufen geworfen wurde.

Nein, der Tod besaß für ihn keinen Schrecken. Aber er hatte vom ewigen Leben gekostet – wie vor ihm nur ein einziges anderes Wesen: der hellhäutige Kanna, der damit allerdings wenig anzufangen wußte und für den der Tod eine Erlösung zu sein schien. Kanna hatte auf seinem Berg viele Jahrhunderte lang wie ein Tier in der Erde gewühlt und Wurzeln ausgegraben, während das Menschengeschlecht in Riesenschritten vorankam, und großartige Leistungen vollbracht wurden. Er hatte in der ganzen Zeit nichts dazugelernt, nichts erreicht, nichts von der Welt gesehen. Bei Saladin war das ganz anders. Er hatte den richtigen Gebrauch von dem Becher gemacht und das Leben in vollen Zügen genossen.

Als das Schiff Segel setzte, waren seine Zweifel längst verflogen. Er würde niemals aufgeben. Es mußte ihm gelingen, den Becher wieder in seinen Besitz zu bringen.

Nach seiner Ankunft in Jerusalem ging Saladin direkt zu

dem leeren Grab dieses Juden, der angeblich unsterblich war. Es war unschwer zu finden, da die Gruft seit dem Scheintod von abergläubischen Bauern umlagert war, die sich von der Erde, in der das ›Wunder‹ sich ereignet hatte, Heilung von ihren Gebrechen erhofften. Saladin sah auf den ersten Blick, daß die meisten von ihnen keines Wunders bedurften, sondern nur einfacher ärztlicher Fürsorge. Ließe er sich hier nieder, hätte er alle Hände voll zu tun, doch diese armen Leute könnten seine Kunst sowieso nicht würdigen. Sie würden in all seinen Heilerfolgen nur das geheimnisvolle Wirken dieses verschwundenen Scharlatans sehen. Aber Saladin hatte ohnehin keine Zeit.

Er sah, daß ein kleiner Trupp römischer Soldaten den Mob von dem Grab fernhielt, und bahnte sich einen Weg zum diensthabenden Offizier. Durch die Absperrung sollte wohl verhindert werden, daß die wundergläubigen armen Teufel in der Gruft einen Schrein errichteten. Saladin interessierte sich nicht sonderlich für Politik, aber es war allgemein bekannt, daß die Juden ein aufsässiges Volk waren, das sich der römischen Herrschaft nie wirklich gebeugt hatte. Im Unterschied zu den Briten, die sich den Besatzungstruppen offen widersetzten, begegneten sie den Römern zwar ehrerbietig, kümmerten sich dann aber nicht um ihre Anordnungen.

Auf absehbare Zeit war gar nicht daran zu denken, die römische Religion bei ihnen einzuführen. Die Juden würden ihren einen, rachsüchtigen Gott unter gar keinen Umständen gegen den bequemen Pantheon der römischen Götter eintauschen. In diesem Punkt ließen sie überhaupt nicht mit sich reden, und Rom war klug genug, die Angelegenheit auf sich beruhen zu lassen. Man vertraute darauf, daß durch die Segnungen der Zivilisation schließlich die Juden ihrer strengen religiösen Gebräuche überdrüssig werden würden.

Das eigentliche Problem stellten aber die Wunderkulte dar, obwohl sie von der großen Mehrheit der Juden strikt abgelehnt wurden. Die fanatischen Anhänger dieser Sekten machten die Verwaltung der Provinz ungeheuer schwierig.

*Offenbar hat der Mann aus Nazareth durch sein Verschwinden aus dem Grab einen weiteren dieser lästigen Kulte ins Leben gerufen*, dachte Saladin.

»Was für ein Mensch ist das denn gewesen?« fragte er den Offizier.

Dem Soldaten waren Saladins elegante römische Kleidung und sein gepflegtes Latein aufgefallen. »Ein Niemand«, antwortete er mit einem freundlichen Grinsen, während er eine Frau zurückstieß, die sich wie eine Verrückte gebärdete. Sie hatte langes rotes Haar und einen völlig verzückten Blick. Mit ganzer Kraft versuchte sie immer wieder, die Kette der Soldaten zu durchbrechen, um in die Gruft zu gelangen.

»Keine beneidenswerte Aufgabe haben Sie hier«, sagte Saladin.

Der Soldat lächelte grimmig. »Das kann man wohl sagen.« Als die Frau sich schon wieder auf ihn warf, schlug er ihr völlig entnervt mit dem Handrücken ins Gesicht. »Das sind die reinsten Irren.« Er rieb sich die Knöchel. »Hier ist es am schlimmsten, aber in der ganzen Stadt wandeln irgendwelche Verrückte auf den Spuren dieses Betrügers. Auf Golgatha hocken sie wie die Krähen.« Er schüttelte den Kopf. »Beim Jupiter, sogar die Taverne, wo der arme Teufel sein letztes Abendmahl zu sich genommen hat, ist völlig überlaufen.«

Jetzt warf sich die Frau auf Saladin und krallte sich mit ihren knochigen Fingern an seiner Tunika fest.

»Hör nicht auf den Römer!« beschwor sie ihn, wobei sie ihn mit ihren glasigen Augen fixierte. Offensichtlich hielt sie Saladin für einen Juden. »Jesus ist der Christus – der Gesalbte, den Gott gesandt hat. Die Römer haben ihn getötet, aber er ist auferstanden. Ich habe ihn mit eigenen Augen gesehen ...«

Die Worte sprudelten aus ihr heraus, während der Soldat langsam ihre Finger von Saladins Gewand löste.

»Wo hast du ihn gesehen?« fragte Saladin, doch im gleichen Moment stieß der Offizier die Frau weg und zog sein Schwert.

»Schafft mir die Person aus den Augen, sonst lasse ich sie auspeitschen«, befahl er. In der Menge erhob sich ein ohrenbetäubendes Geheul.

»Wo hast du ihn gesehen?« brüllte Saladin ihr nach, doch in dem allgemeinen Gejaule hörte er kaum seine eigene Stimme. Über die Köpfe der Menge hinweg sah er, wie jemand die schluchzende Frau am Arm nahm und wegführte.

»Lauter Irre. Ich hab's Ihnen ja gesagt.« Der Soldat steckte sein Schwert wieder in die Scheide.

»Warte!« rief Saladin und kämpfte sich durch die Menge. Doch als er die Stelle erreichte, an der er sie erspäht hatte, war sie verschwunden. Niemand von den Leuten, die er fragte, kannte die Frau oder hatte selber den verschwundenen Jesus von Nazareth gesehen. Dagegen konnte er ohne Schwierigkeiten in Erfahrung bringen, wo sich das Gasthaus befand, in dem Jesus vor seiner Verhaftung zum letztenmal gesehen worden war.

*Wahrscheinlich pure Zeitverschwendung,* dachte Saladin, als er auf der staubigen Straße in die Stadt ging. Man hatte es hier offenbar mit einer reichlich dümmlichen Bevölkerung zu tun, die jedem Unsinn Glauben schenkte. Wäre etwas Ähnliches in Rom vorgefallen, hätte Saladin innerhalb einer halben Stunde leicht ein Dutzend Leute gefunden, die ihm den Aufenthaltsort des Mannes gegen eine entsprechende Geldsumme verraten hätten. Aber was konnte man in dieser rückständigen Gegend, wo die Häuser aus Lehm gebaut und nicht einmal die Straßen gepflastert waren, schon erwarten?

Immerhin war es möglich, daß in dem Gasthaus jemand den Mann kannte und wußte, wo er früher gewohnt hatte. Das wäre zumindest ein Anfang. Als er sah, daß der Eingang von Menschen belagert war, die alle einen Blick in die Taverne werfen wollten, hätte er am liebsten gleich kehrtgemacht. Schon wieder mußte er sich einen Weg durch die Menge bahnen.

Er gelangte schließlich in das Lokal, das gerammelt voll war. Neben Tischen und Bänken waren auch Kisten und Steinblöcke aufgestellt, und die Gäste saßen derart dicht nebeneinander, daß Saladin sich fragte, wie dazwischen irgend jemand durchkommen sollte. Dem dicken Wirt, der seinem Personal Anweisungen zubrüllte, lief der Schweiß über das Gesicht, und als Saladin ihn auf die Schulter tippte, drehte er sich unwirsch um. Sobald er sah, daß er einen wohlhabenden Gast vor sich hatte, wurde er freundlicher.

»Einen Augenblick noch, mein Herr. Gleich haben wir einen Platz für Sie und ein ganz vorzügliches Essen.«

»Ich möchte mich nach einem Mann erkundigen. Nach Jesus von Nazareth.«

»Selbstverständlich. Hier in diesem Lokal hat er zum letzten Mal gegessen, und zwar vom Allerfeinsten. Lamm in Knoblauchsoße. Das ist die Spezialität unseres Hauses. Möchten Sie eine Portion bestellen?

»Ist er ein Freund von Ihnen gewesen?« fragte Saladin vertraulich.

Der Wirt zuckte zusammen und schaute ängstlich zu Saladin auf. »Nein, nein«, beteuerte er und schüttelte heftig den Kopf. »Ich bin ein ehrlicher Gastwirt. Woher hätte ich wissen sollen, daß er ein Verbrecher war?«

Saladin war verblüfft. »Mich interessiert doch nur, ob Sie wissen ...«

»Ich habe gar nichts von ihm gewußt«, unterbrach ihn der dicke Mann, wobei er zur Bekräftigung mit seinen Wurstfingern herumfuchtelte und langsam vor seinem neugierigen Gast zurückwich. »Von seinen Freunden auch nicht. Sie sind nie mehr hierhergekommen.« Er wollte sich entfernen, doch Saladin packte ihn am Arm. Der Mann wurde immer nervöser.

»Sie haben von mir nichts zu befürchten«, fuhr er ihn an. »Ich bin fremd hier und möchte nur wissen, wo er sich aufhält.«

»Wo er sich aufhält?« Der Wirt schaute ihn entgeistert an. »Er ist doch tot! Wußten Sie das nicht?«

»Man sagt, das Grab sei leer.« Jetzt war es an der Zeit, mit dem Mann handelseinig zu werden, falls er etwas wußte. »Ich möchte den großen Lehrer oder einen seiner Anhänger kennenlernen – und das lasse ich mir auch etwas kosten.«

Der Wirt seufzte. »Ich fürchte, dazu ist es zu spät. Sie sind alle verschwunden – entweder verhaftet oder untergetaucht. Und was den Mann selbst angeht ...« Er zuckte die Schultern. »Es heißt, er sei von den Toten auferstanden. Was soll man dazu sagen? Wenn Sie sich jetzt noch einen Augenblick gedulden, sorge ich dafür, daß Sie einen Tisch bekommen.« Er wollte sich nicht länger von seiner Arbeit abhalten lassen.

»Haben Sie vielleicht gehört, worüber bei der Zusammenkunft geredet wurde?«

»Nein, mein Herr. Nur bei dem Ritual mit dem Becher.«

»Was?«

Der Wirt strahlte plötzlich. »Ach, das wissen Sie noch gar nicht? Hier, in diesem Raum, wurde ein Becher mit Wein von einem zum andern gereicht, und er hat alle gebeten, seiner zu gedenken. Das habe ich selber gehört«, sagte er stolz. »Es war so, als hätte er eine Vorahnung von seinem Tod gehabt. Möchten Sie den Becher sehen?«

»Ich ... Ja, ich schau ihn mir an.« Zumindest würde ihm das die Gelegenheit geben, unter vier Augen mit dem Wirt zu reden. Vielleicht konnte er sich doch noch an mehr erinnern.

»Sehr schön. Warten Sie bitte nebenan im Lagerraum. Ich komme sofort. Die Gebühr ist minimal ... nur drei Schekel.« Er lächelte schmeichlerisch und zeigte ihm den Weg.

Saladin mußte feststellen, daß auch der Lagerraum brechend voll war. Es gab in dieser komischen Stadt offensichtlich sehr viele Menschen, denen der Anblick eines wertlosen Bechers drei Schekel wert war. Um durch die niedrige Tür zu kommen, mußte er sich tief herunterbeugen, und in dem Raum lehnte er sich notgedrungen wie ein gelangweilter Schüler an die Wand, da er auch hier nicht aufrecht stehen konnte. Es stank nach Knoblauch und Wein.

Saladin kam sich lächerlich vor. *Der Wirt weiß, wie er seine Kunden schröpfen kann,* dachte er. *Sonst weiß er gar nichts.*

Aber an wen konnte er sich dann wenden? Vielleicht würde er bei dem leeren Grab die verrückte Frau wieder treffen. Sonst müßte er wohl – wie er es in Rom so lange getan hatte – die Stadt durchstreifen und immer wieder unauffällig fragen, ob irgendwem ein Mann mit einem seltsamen bauchigen Metallbecher aufgefallen war.

Er seufzte. Auf diese Weise konnte die Suche noch einmal zehn Jahre dauern und wieder ergebnislos verlaufen. Abgesehen davon, daß er es in Judäa gar nicht so lange aushalten würde. Ihm blieb also nur die Rückkehr nach Rom – zu seinem Leben als gewöhnlicher Sterblicher. Am liebsten hätte er geweint.

»Platz da«, murmelte er, als er sich in Richtung Ausgang durch die Menge zwängte.

»Verzeihen Sie die Verzögerung.« Der Wirt blockierte mit seinem fetten Wanst die Tür. »Drei Schekel, wenn ich bitten darf – als Unkostenbeitrag.« Mit aufgehaltener Schürze machte er die Runde und achtete darauf, daß jeder bezahlte.

Saladin wollte gerade den Raum verlassen, als der Wirt ihm die Schürze hinhielt. »Sie werden es nicht bereuen«, sagte er augenzwinkernd. Saladin ließ seufzend die drei Münzen hineinfallen.

Jetzt holte der Fettwanst mit flinken Fingern einen Schlüssel unter der Schürze hervor, schloß damit eine Truhe auf und entnahm ihr mit großer Geste einen blauen Becher. Warum ein paar der anwesenden Frauen in Rufe des Entzückens ausbrachen, war Saladin schleierhaft. Es war ein scheußliches Tongefäß, das in schreienden Farben mit einem primitiven Fischmuster verziert war.

»Für manche war er der Messias, für andere ein Ketzer«, flüsterte der Wirt geheimnisvoll. Seine Stimme klang, als würde er einen Zauberspruch intonieren. Jetzt hob er den Becher auch noch mit beiden Händen hoch über den Kopf. »Diesen Becher reichte Jesus von Nazareth am Abend vor seiner Verhaftung zwölf Mitgliedern einer Geheimgesellschaft, und dann gab er ihnen seine letzten Anweisungen.«

Eine bedeutungsschwere Stille folgte.

»Und was hat er ihnen befohlen?« fragte schließlich eine Frau mit bebender Stimme.

»Das kann ich Ihnen leider nicht sagen«, antwortete der

Wirt. »Aber er hat sie aufgefordert, bei der Erfüllung ihrer Pflichten seiner zu gedenken.«

Die Frau schnappte nach Luft.

»Ein Plan zur Vertreibung der Römer«, vermutete jemand.

»Ein jeder trank aus dem Becher und gab ihn dann seinem Nebenmann«, fuhr der Wirt fort und reichte seinerseits das Gefäß feierlich dem Mann, der neben ihm stand. »Seid vorsichtig.«

Der Becher wurde ehrfürchtig weitergereicht.

*Das ist ja eine absolute Schmierenkomödie,* dachte Saladin. Es war ihm richtiggehend peinlich, als ihm jemand den Becher in die Hand drückte. Für ein Keramikgefäß war er viel zu schwer. Es war überhaupt ein recht ungewöhnliches Stück. Er fuhr mit den Fingern über die geriffelte Oberfläche.

Saladin hatte sich längere Zeit künstlerisch betätigt, nicht zuletzt im Ägypten der achtzehnten Dynastie, als er am Grabmal des Pharaos Echnaton arbeitete und neben Skulpturen und Gemälden auch künstlerische Keramik herstellte. Deshalb fiel ihm jetzt sofort auf, daß in den Tonbecher anderes Material eingelagert war. Saladin betrachtete die Schale genauer.

Und dann hörte er das Pochen seines eigenen Herzschlags. Der Becher wurde warm.

»Mein Herr, die anderen warten ...«

Saladin zerschlug den blauen Becher an der Wand.

Tatsächlich! Sein Gefäß war darin verborgen. Er umschloß es mit der Hand und spürte, wie die alte Zauberkraft wieder durch seinen Körper strömte.

In dem Raum herrschte entsetztes Schweigen, nur eine Frau kreischte hysterisch. Der Wirt wurde puterrot im Gesicht.

»Ich werde Sie einsperren lassen!« drohte er.

Saladin zog einen Beutel voller römischer Goldmünzen aus seinem Gürtel und drückte ihn dem Tavernenbesitzer in die Hand. »Nehmen Sie das als Entschädigung«, lachte er und verschwand blitzschnell durch die niedrige Tür.

Die Menschen in dem überfüllten Raum blickten erstarrt auf die Scherben. Schließlich brach der praktisch veranlagte Wirt den Bann, als er den Beutel öffnete, um zu sehen, was er enthielt.

Eine Frau hob ein Bruchstück des Bechers auf. »Schaut, dieser Fisch ist gar nicht beschädigt.« Auch andere begannen jetzt, Tonscherben aufzusammeln.

»Vorsicht!« mahnte der Wirt. »Dies sind wertvolle Reliquien. Das Stück kostet dreißig Schekel.«

Saladin hätte auf dem Weg zum nächsten Mietstall am liebsten einen Freudentanz aufgeführt. Er würde diese unerträgliche Stadt sofort verlassen und das erste Schiff nach Rom nehmen.

Er konnte es immer noch kaum glauben, daß er den Becher gleich am ersten Tag gefunden hatte – ausgerechnet in einer Tonhülle – mit einem gräßlichen Fischmuster.

Plötzlich blieb er so abrupt stehen, daß ein Passant mit ihm zusammenstieß.

Der Mann, den sie Jesus nannten, hatte den Becher also in dem Lokal zurückgelassen. Offenbar hatte er seine Zauberkraft gar nicht erkannt. Er hatte zwar viel vom ewigen Leben geredet, sich die Chance, wirklich unsterblich zu werden, aber buchstäblich aus den Fingern gleiten lassen.

Und doch war das Grab leer.

Saladin lief ein Schauer über den Rücken.

Als er wieder in Rom war, sprach er mit niemandem über seine Reise nach Judäa.

Dreißig Jahre später verließ er die Stadt und ging nach Indien, wo er längere Zeit mit Seide handelte, bevor er wieder nach Rom zurückkehrte.

Inzwischen galten die Christen als Gefahr für das römische Reich. Sie hielten geheime Zusammenkünfte ab und bedienten sich des Fisches als Symbol ihrer Sekte.

»Lauter Verrückte!« schnaubte ein Bekannter Saladins verächtlich, als sie im Colosseum saßen und einem Häufchen Christen zuschauten, die auf dem Boden knieten und beteten, während einer von ihnen gerade von einem Löwen zerfleischt wurde. »Die weigern sich zu kämpfen und sind sogar noch stolz darauf, wenn man sie ans Kreuz schlägt.«

»Das verlangt ihr Glaube von ihnen.«

»Der Glaube, daß man ewig leben kann?« lachte sein Freund heiser und zeigte auf die zerfetzte Leiche. »Bei dem armen Teufel da hat es jedenfalls nicht funktioniert.«

»Es gibt Dinge, die unseren Verstand übersteigen«, antwortete Saladin, aber seine Stimme ging im Lärm der Menge unter.

Der Löwe hatte sich gerade den nächsten Christen vorgenommen, und die Zuschauer waren johlend und pfeifend aufgesprungen.

## 4

Das nächste Mal verlor Saladin den Becher wegen einer Frau. Sie galt sogar in Britannien als Barbarin – und die Briten waren wirklich nicht anspruchsvoll. Die Insel im Norden war in einem fürchterlichen Zustand. Sogar Judäa erschien im Vergleich dazu richtiggehend zivilisiert.

Die Straßen, die von den Römern während ihrer langen Herrschaft gebaut worden waren, verfielen und wurden gar nicht mehr benutzt. Statt dessen durchzog ein Netz von Trampelpfaden das ganze Land. Seit dem Abzug der römischen Legionen war offenbar das ganze Land in die Barbarei zurückgefallen. Saladin fühlte sich an einen von Unkraut und Hecken überwucherten Garten erinnert. An die Stelle der verfallenen Adelsvillen waren primitive Hütten mit Strohdächern getreten. Städte, in denen früher der Handel geblüht hatte, waren zu baufälligen, verseuchten Elendsquartieren verkommen, in denen nur noch die Ärmsten der Armen ihr Leben fristeten. Sogar in den römischen Garnisonen hausten schmutzige Dörfler – zusammen mit ihrem Vieh und umgeben von ihrem Kot.

Niemand konnte hier lesen oder schreiben. Von der effizienten römischen Verwaltung war nichts mehr zu spüren, und sie war offenbar durch keine andere Ordnung ersetzt worden.

Es war der reinste Alptraum. Saladin war froh, wenigstens sein Pferd mitgebracht zu haben, da diese bleichen Nordländer nicht einmal über anständige Reittiere verfügten. Leider war es ihm nicht möglich, gleich wieder zu verschwinden, da die Insel nur selten von Schiffen angelaufen wurde. Es grauste ihm bei dem Gedanken, er könnte ein halbes Jahr und länger hier festsitzen.

Und außerdem war ja auch noch völlig unklar, wohin er dann gehen könnte. Rom kam eigentlich nicht mehr in Frage.

Vor einigen Jahren war die Stadt von den Ostgoten geplündert worden. Der Überfall der wilden Horden hatte die Römer mit panischem Entsetzen erfüllt, aber für Saladin kam er eigentlich nicht überraschend. Der dekadente und korrupte Adel – dem er zugegebenermaßen einige recht vergnügliche Abende verdankte – ließ nämlich die Staatsgeschäfte schleifen. So zynisch waren die Römer geworden, daß man sich nicht scheute, mit den Barbaren zu verhandeln. Als Gegenleistung für die Zusicherung, die Stadt künftig zu verschonen, verlangten die Ostgoten Tributzahlungen. Schließlich wollten die Statthalter des Kaisers den Frieden doch nicht durch Geldzahlungen an nomadische Horden erkaufen – den Bau von Befestigungsanlagen nahmen sie aber auch nicht in Angriff. Auf den ausschweifenden Festen erzählte man sich nun Gotenwitze, aber sonst änderte sich nichts, bis man plötzlich auf Gedeih und Verderb stinkenden Kriegern in Wildschweinfellen ausgeliefert war.

Saladin hatte die Katastrophe kommen sehen und die Stadt rechtzeitig vor dem Angriff verlassen. Doch zu seiner Bestürzung erfuhr er, daß praktisch alle zivilisierten Weltgegenden ähnliche Greueltaten über sich ergehen lassen mußten. Auch Athen brach unter der Übermacht der Barbaren zusammen, und sogar die Zivilisationen Chinas, Indiens und Persiens wurden von riesigen Reiterheeren aus den zentralasiatischen Steppen überrannt. Wenn man sich nicht gleich in die Wildnis begeben wollte, gab es keinen Fluchtpunkt.

Saladin kehrte also doch wieder nach Rom zurück und erlebte dort wider Erwarten eine sehr interessante Zeit. Rom erinnerte ihn in diesen letzten Jahren an eine vornehme Dame, die den Verstand verloren hat. Gegen Geld konnte man auch die ausgefallensten Gelüste befriedigen. Saladin schlief mit den Frauen von Senatoren, mit einem nubischen Prinzen … und einmal sogar mit einer der heiligen Vestalischen Jungfrauen. Ganz normale Bürger ahmten jetzt den Adel nach und veranstalteten Gastmähler, bei denen man sich fürchterlich überfraß und dann auf die Straße torkelte, um sich zu übergeben. Die raffinierten Darbietungen im Colosseum wurden immer entsetzlicher. Sie waren zu einer Mischung aus perversem Sex und schauriger Gewalt entartet.

Aber die Römer entsetzten sich über gar nichts mehr. ›Nichts Neues unter der Sonne‹, wurde zum Motto der abgestumpften Stadt. Dabei wußten die Menschen durchaus, daß ihre Zeit zu Ende ging und daß sie demnächst mitsamt ihren Errungenschaften niedergemacht würden. Sie hatten sich längst damit abgefunden – ohne jegliche Sentimentalität, das mußte Saladin ihnen zugute halten.

Nach der fünften Plünderung der Stadt, bei der auch sein eigenes Haus in Flammen aufging, beschloß Saladin, der Ewigen Stadt den Rücken zu kehren. *Leider ist sie alles andere als ewig gewesen,* dachte er traurig, als er in nördlicher Richtung aus Rom hinausritt. Er nahm nur eine Satteltasche voller Gold, seinen Metallbecher und – aus alter Gewohnheit – einen kleinen Beutel mit Arzneien mit.

Das Zentrum des römischen Reichs war verloren, aber vielleicht hatten die Provinzen ihre Blütezeit erst noch vor sich. Aus dieser Überlegung heraus hatte sich Saladin schließlich für Britannien entschieden. Es hieß, die Römer hätten auf dieser Insel Städte erbaut und die wilden Kelten hinreichend gezähmt. Offensichtlich wohnten zahlreiche Mitglieder der britischen Oberschicht, denen das römische Bürgerrecht verliehen worden war, ganz nach Art römischer Adliger in Villen, und ihre Söhne ließen sie Latein lernen.

Leider hatte Saladin bei seiner Ankunft in Britannien feststellen müssen, daß man sich in der ›Ewigen Stadt‹ völlig falsche Vorstellungen machte. Was die Römer auch immer während ihrer Herrschaft über die Insel erreicht haben mochten – nichts davon hatte überlebt. *Es ist völlig sinnlos, Barbaren ein zivilisiertes Gemeinwesen zu übergeben,* dachte Saladin wütend. *Genauso gut könnte man einem Kind einen Sack voller Gold schenken. Was sie nicht essen können, halten sie für wertlos.*

Was sollte er nun anfangen? In Britannien war es kälter als an jedem anderen Ort, wo er bisher gelebt hatte. Obwohl es erst September war, zog er seinen Umhang enger um die Schultern, weil er fröstelte. Die völlig verseuchten ›Städte‹ würde er auf jeden Fall meiden. Wahrscheinlich konnte er sich auf einem Bauernhof ein Nachtquartier besorgen, doch die Vorstellung, nicht nur mit diesen Barbaren, sondern auch mit ihrem Vieh unter einem Dach schlafen zu müssen, war niederschmetternd.

Lieber würde er die Nacht im Wald verbringen. Saladin war zwar ein kultivierter Mann geworden, hatte darüber aber nicht verlernt, was ihm als Kind in den Zagros-Bergen von Kanna beigebracht worden war. Er fürchtete sich nicht vor der Wildnis. An diesem Abend erlegte er ein junges Reh und briet es über dem Lagerfeuer.

Und am selben Abend traf er Nimue. Vermutlich lockte sie das Feuer oder der Bratengeruch an. Saladin saß auf dem Balg des Tieres und nagte an einer Keule, aber eigentlich gelüstete es ihn nach Obst. Auch in Rom war die Lebensmittelversorgung in letzter Zeit wegen der andauernden Barbareneinfälle miserabel gewesen, aber wenigstens Pfirsiche und Melonen konnte man sich verschaffen, wenn man wußte, an wen man sich zu wenden hatte. Hier dagegen, in dieser kalten Wildnis …

*Ich werde jeden Tag zum Hafen gehen,* beschloß er, *bis ich ein Schiff finde, das mich mit meinem Pferd über den Kanal setzen kann. Und auf dem Kontinent muß ich eben irgendwie überwintern, bis die Welt wieder zu einer neuen Ordnung findet.*

Er warf die Keule weg, der Appetit war ihm vergangen.

In dreißig Jahrhunderten hatte sich die Welt noch nie in einem derartig katastrophalen Zustand befunden wie jetzt. Man brauchte sich nicht zu wundern, daß in Rom die Meinung vorherrschte, die letzten Tage der Menschheit seien gekommen. Der große Redner Cicero hatte jedenfalls rechtbehalten: Jetzt konnte man sehen, wohin es führte, wenn man dem Pöbel Zugeständnisse machte.

Angewidert streckte sich Saladin auf dem abgezogenen Fell aus, das nach frischem Blut stank. Immer noch besser als der nackte Boden. Er schloß die Augen und versuchte, an gar nichts zu denken.

Das Geräusch eines abknickenden Zweigs tönte laut durch den ansonsten völlig stillen Wald. Er sprang sofort auf und zückte seinen Dolch.

Das Tier verharrte bewegungslos, doch im Schein des Lagerfeuers konnte er ein leuchtendes Augenpaar und eine struppige Mähne ausmachen. Dann warf es sich auf den Boden und schrie jämmerlich.

Vorsichtig näherte sich Saladin dem seltsamen Lebewesen, das reglos auf der Erde lag, und stieß es mit dem Fuß an. Überrascht stellte er fest, daß es eine Frau war.

Oder vielmehr ein Mädchen. Sie war höchstens sechzehn, und doch erinnerte ihn das schmutzige Gesicht, der blasse Teint und die Kleidung aus Tierfellen auf unheimliche Art an den alten Einsiedler Kanna.

Als sie sich nicht rührte, beugte er sich über sie, um festzustellen, ob sie überhaupt noch lebte. Ihr Körper war mit Schorf und blauen Flecken übersät, aber das schien mehr oder weniger normal zu sein, und sonst konnte er keine Verletzung entdecken. Er zog ihr mit dem Finger ein Augenlid hoch. Offenbar hatte sie das Bewußtsein verloren. Ihre Augen waren blau. Blauäugige, hellhäutige Menschen waren für ihn befremdlich, um so mehr, wenn sie bläßlich und blutarm wirkten wie Kanna – und auch dieses Mädchen.

Sie hatte hohes Fieber, ihre Stirn war ganz heiß. Außerdem stank sie, und ihr Körper war offenbar ein Tummelplatz für alle Arten von Ungeziefer.

Saladin hätte sie am liebsten einfach liegenlassen, aber das war nicht ganz ungefährlich. Wenn sie das Bewußtsein wiedererlangte, konnte sie ihn im Schutz der Dunkelheit angreifen.

Leise fluchend schleifte er sie zum Feuer. Hier konnte er sie im Auge behalten.

Als sie zu sich kam, versuchte sie wegzulaufen, »Hör schon auf!« sagte Saladin ungehalten und hielt sie am Arm fest. »Du brauchst keine Angst vor mir zu haben, du erbärmliche Kröte.«

Sie versuchte, sich zu wehren, hatte aber nicht die Kraft dazu. Ihre Augen waren weit aufgerissen. Er spürte ihren fiebrigen Atem und drehte den Kopf zur Seite. Mit Bestimmtheit, aber ohne ihr weh zu tun, setzte er sie vor das Feuer.

»Du hast sicher Hunger«, sagte er und schnitt ein Stück Fleisch vom Kadaver des Rehs ab.

Zunächst schaute sie ihm zu, doch dann schweifte ihr Blick ab. Mit einem unangenehmen Geräusch löste sich ihre Zunge vom Gaumen: Sie war am Verdursten.

Widerstrebend gab Saladin ihr sein Wasserfäßchen. Er würde es am nächsten Tag ausspülen und über dem Feuer auskochen.

Sie trank gierig und hörte gar nicht mehr auf, bis er ihr den Behälter aus den Händen nahm. Dann warf sie ihm noch einen fragenden Blick zu, ehe sie sich am Feuer zusammenrollte und sofort in einen tiefen Schlaf fiel.

Langsam erlosch das Feuer, und bald schlief auch Saladin ein.

## 5

Als er aufwachte, kauerte das Mädchen vor ihm auf dem Boden und kaute an einem Stück Fleisch. Mit ihren blauen Augen, die nicht mehr fiebrig glänzten, starrte sie ihn ängstlich und ehrfürchtig an.

»Du lebst also noch«, stellte er ohne großes Interesse fest.

Sie lächelte und sagte schüchtern ein paar Worte in einer gutturalen Sprache. Saladin kam ihre Redeweise sehr unbeholfen vor, und er fragte sich, wann sie sich wohl zum letztenmal mit einem anderen Menschen unterhalten hatte.

Aber das war ja Unsinn. Bestimmt hatte sie hier irgendwo einen Beschützer, einen zottigen Bären von einem Mann, der jeden Augenblick mit einer Keule in der Hand auftauchen konnte. Saladin stand auf, streckte sich und band sein Pferd los.

»Mach, daß du wegkommst«, sagte er. »Na, geh schon!« Er stieß sie zur Seite.

Gekränkt ließ sie sich auf den Boden fallen.

Saladin schwang sich in den Sattel und nahm keine Notiz mehr von ihr.

Die Fischerboote, die im Hafen lagen, waren nicht groß genug, um ein Pferd befördern zu können. Saladin besaß aber einen vorzüglichen arabischen Hengst, den er selber in Persien erstanden hatte. Auch die kräftigen gallischen Pferde, die von den meisten römischen Offizieren bevorzugt wurden, konnten es in keiner Weise mit diesem hochsensiblen Zuchthengst aufnehmen. In Rom hatte vor einiger Zeit der berühmte Bildhauer Devinius dringend darum gebeten, eine Skulptur von dem edlen Tier anfertigen zu dürfen, doch Saladin war hart geblieben. Eine solche Statue hätte nur Pferdediebe angelockt. Vermutlich wäre sogar der Kaiser selbst aufmerksam geworden.

Dieses Tier wollte Saladin natürlich nicht zurücklassen.

»Könnt ihr mir sagen, wann hier ein größeres Schiff anlegt?« rief er einer Gruppe von Fischern zu.

Sie schauten auf, blieben aber stumm. Er wiederholte seine Frage, und diesmal antwortete jemand in der unschönen Sprache, in der sich auch das Mädchen im Wald ausgedrückt hatte.

*Das ist nicht zu fassen,* dachte Saladin. *Nach vier Jahrhunderten römischer Herrschaft haben diese Barbaren keine fünfzig*

*Jahre gebraucht, um die lateinische Sprache völlig zu vergessen. Wie soll ich mich mit diesen Leuten verständigen? Bei den Göttern, mein Pferd hat mehr Verstand als diese Wilden.*

Er ritt davon. Ein kalter Wind blies ihm ins Gesicht. Nach dem bevorstehenden Wintereinbruch würde sich mit Sicherheit kein Schiff mehr ans Ufer dieser nördlichen Einöde verirren.

In Rom galt Schnee, den man Sklaven von den Berggipfeln holen ließ, als eine beliebte Nachspeise in den Häusern des Adels. Hier würde die ganze Insel bald im Schnee versinken. Zudem gab es neben der einheimischen Bevölkerung auch noch andere Barbaren, die das Land unsicher machten. Römische Offiziere, die in Britannien stationiert gewesen waren, wußten von blonden Kriegern zu berichten, die gelegentlich abgelegene Kastelle angriffen. Für die Legionäre waren diese Wilden, die sich Sachsen nannten, eine Plage, aber keine echte Bedrohung gewesen.

»Das sind noch richtige Tiere«, hatte ihm ein Veteran erzählt. »Die sehen weder aus wie Menschen, noch reden sie so.« Dabei verzog er das Gesicht. »Und sie riechen schon gar nicht wie Menschen, das können Sie mir glauben.«

Saladin konnte sich nur wundern. Selbst die Goten hätten in diesem gottverlassenen Land keine Beute gefunden. Die Sachsen mußten schon in einer sehr verzweifelten Lage sein, um ausgerechnet auf dieser eiskalten, bitterarmen Insel Raubzüge zu unternehmen.

Plötzlich bäumte sich sein Pferd auf. Saladin schreckte aus seinen Tagträumen, griff zu seinem Schwert und zügelte seinen Hengst.

Es war aber nur das wilde Mädchen, das vom Wald her auf ihn zugelaufen kam.

»Du schon wieder!« brummte Saladin mißmutig.

Mit einem scheuen Lächeln hielt sie zwei tote Eichhörnchen mit einer Hand an den Schwänzen hoch.

Als er zögerte, neigte sie den Kopf und streckte ihm ihr Geschenk entgegen. *Warum eigentlich nicht,* dachte Saladin, *dann brauche ich heute nicht mehr auf die Jagd zu gehen.*

»Warum bist du mir gefolgt?« fragte er. Aber der Versuch, sich mit dieser Wilden zu verständigen, war ja reine Zeitverschwendung. Ihre krausen Haare waren zu einer bizarren Mähne verfilzt, die in der Sonne rötlich schimmerte. Es sah fast so aus, als wären Gesicht und Schultern von einem großen Heiligenschein umgeben.

Die Beschreibung, die der Veteran ihm von den Sachsen gegeben hatte, paßte durchaus auf das Mädchen, aber eine Kriegerin war sie bestimmt nicht. Man lief nicht einfach so auf einen Reiter zu und gab sich ihm schutzlos preis.

Er wollte gerade weiterreiten, als sie ihn am Fuß berührte.

»Geh mir endlich aus den Augen!« knurrte er und zog seinen Fuß zurück.

Sie zeigte mit ausgestrecktem Arm den Weg entlang.

»Was ist denn?«

Sie wiederholte ihre Geste, lief dann ein paar Schritte auf den Wald zu und winkte ihm, schnell zu folgen. Dann rannte sie los und verschwand im Unterholz.

Jetzt hörte auch Saladin den Hufschlag zahlreicher Pferde. Er trabte den Reitern entgegen, da er zunächst einmal sehen wollte, mit wem er es zu tun hatte. Sollte es brenzlig werden, könnte er ihnen dann immer noch problemlos entkommen.

Zu seiner Überraschung handelte es sich um Soldaten. Ihre Rüstungen waren allerdings sehr unterschiedlich, und sie ritten auch nicht in einer erkennbaren militärischen Formation.

Eine Fahne führten sie immerhin mit sich. Sie zeigte einen recht beeindruckenden roten Drachen auf weißem Untergrund. Diese Männer gehörten bestimmt zum Gefolge eines Fürsten. Vielleicht fand er auf dieser gottverlassenen Insel doch noch Menschen, die über ein Mindestmaß an Bildung verfügten – oder wenigstens über ausreichende Lateinkenntnisse, um ihm sagen zu können, wo er ein anständiges Nachtlager finden würde.

»Ave!« rief er, als die Reiter näherkamen.

Die Soldaten umringten ihn mit gezogenen Schwertern. Saladin verbeugte sich elegant vor ihnen, obwohl er im Vergleich zu ihren struppigen kleinen Pferden buchstäblich auf dem hohen Roß saß und die Briten außerdem durch seine Körpergröße weit überragte.

»Ich bin fremd in Eurem Land und ersuche Euch um eine Audienz bei Eurem Herrn und Gebieter«, sagte er in seinem gepflegtesten Latein.

Die Männer unterhielten sich untereinander, und zwar in der unangenehmen Landessprache. Dabei konnten sie ihre Augen freilich nicht von Saladins Pferd losreißen.

Als einer von ihnen auch noch die Hand ausstreckte, um das Tier zu berühren, ließ Saladin seinen Hengst voltigieren und versetzte mit diesem bescheidenen Kunststück die Soldaten in höchstes Erstaunen.

»Ich will wissen, wer hier das Kommando hat!« schnauzte er die Männer an und musterte sie der Reihe nach. Zu dem Trupp gehörten zwei Personen, die keine Soldaten waren: ein junger rothaariger Mann, der einfach gekleidet war und ziemlich gewöhnlich aussah, und ein alter Mann, vermutlich ein Priester. Sie hatten die gleichen struppigen Pferde wie alle anderen. Weit und breit war keine Kutsche oder Sänfte zu sehen.

Er hatte genug von diesem Haufen und wollte weiterreiten, doch die Soldaten versperrten ihm mit ihren Schwertern den Weg.

»Das geht mir langsam wirklich auf die Nerven«, sagte er. »Laßt mich durch.«

Einer der Soldaten machte mit seinem Schwert bedrohliche Gebärden.

»Ihr sollt mich durchlassen, ihr Hanswurste!« brüllte er.

Sein Hengst bäumte sich majestätisch auf, und Saladin schwang sein prachtvolles Krummschwert, das länger war als sein Arm.

»Nicht so hitzig«, sagte plötzlich der alte Priester ganz ruhig und ritt näher heran.

Gleichzeitig rief der Jugendliche etwas in der Landessprache, und erstaunlicherweise wichen daraufhin die Reiter einige Schritte zurück.

»Wir mögen Hanswurste sein«, sagte der alte Mann in

perfektem Latein, »aber wir drohen gewöhnlich nicht einem starken Aufgebot von Soldaten.«

»Verzeiht mir«, antwortete Saladin, wobei er seine elegante Verbeugung wiederholte. »Ich kann mich in diesem Land nicht verständlich machen, und bisher ist es mir weder gelungen, Nahrung zu kaufen, noch ein Nachtlager zu finden. Ich war zu unbeherrscht.«

»Unter den gegebenen Umständen ist das verständlich«, sagte der alte Mann freundlich. »Wie ist Euer Name?«

»Ich bin Saladin aus Rom, ein Arzt und Edelmann, dessen Namen man kennt.«

»Hier nicht«, sagte der alte Mann lächelnd. »Der römische Einfluß ist in Britannien seit geraumer Zeit sehr gering.«

»Das habe ich bemerkt. Ich möchte auf den Kontinent zurückkehren, doch es gibt kein Schiff, das mein Pferd mitnehmen könnte.«

Der alte Mann strich sich über den Bart. »Gewöhnlich kommt vor dem Winter noch ein römisches Schiff, um Wolle und Hunde zu kaufen. In etwa sechs Wochen wahrscheinlich.«

»Sechs Wochen kann ich nicht im Freien schlafen«, sagte Saladin. »Könnt Ihr mir sagen, wo ich ein Zimmer mieten kann? Ich zahle gut.«

Der alte Mann war überrascht »Mieten? Bei uns?«

Der Jüngling sagte schmunzelnd etwas in der Landessprache und löste damit allgemeine Heiterkeit aus.

Saladin war wütend: dieses unverschämte Kerlchen! Offenbar hielt es der Adel hierzulande nicht für nötig, seinen Kindern Manieren beizubringen. Jetzt hatte der Bengel auch noch die Stirn, sein Pferd genau neben das des Priesters zu lenken.

Doch dann überraschte der junge Mann ihn mit fehlerfreiem Latein: »Ihr seid in einer mißlichen Lage. Darf ich Euch bitten, unser Gast zu sein?« Er neigte seinen Kopf, wandte sein Pferd und gab ein paar knappe, für Saladin unverständliche Anweisungen.

Der Trupp setzte sich in Bewegung, und der alte Mann

schaute Saladin amüsiert an. »Wir machen uns besser auch auf den Weg«, sagte er. »Nach Camelot ist es nicht mehr weit.«

»Camelot?«

Der alte Mann deutete zum Horizont. »Die Winterresidenz des Großkönigs.«

Erst jetzt sah Saladin in etwa zwanzig Kilometern Entfernung auf einem Hügel eine riesige Burg.

Saladin schaute dem einfach gekleideten rothaarigen jungen Mann nach, der ziemlich unbedeutend aussah.

»Ist das der Großkönig?« fragte er den Priester.

Der alte Mann nickte.

»Und Ihr seid der Regent?«

»O nein, ich habe keinen Titel. Ich bin einfach nur Merlin. Eine Art Faktotum, wenn Ihr so wollt.«

Saladin war verwirrt. Ein Diener, der neben dem König ritt!

»Bestimmt kommt Euch hier alles etwas merkwürdig vor. Aber Ihr werdet Euch schon an uns gewöhnen.«

Er trieb sein Pferd an, um seinen Platz neben dem König wieder einzunehmen, und winkte Saladin, ihm zu folgen.

Als die Reiter verschwunden waren und der Staub auf dem Weg sich gelegt hatte, kam das Mädchen vorsichtig wieder aus dem Wald heraus.

Der Fremde war weggegangen, ohne sich nach ihr umzusehen. Die beiden Eichhörnchen lagen zerstampft auf dem Boden.

## 6

Von Anfang an war Saladin klar gewesen, daß die Ritter den jungen Mann, ihren König, verehrten.

Und genau aus diesem Grunde hatte sich wohl damals bei ihm zum erstenmal der Wunsch geregt, selber zu herrschen.

Daß er zuvor nie nach Macht gestrebt hatte, lag aber vermutlich auch an seiner Jugend, obwohl er zu jenem Zeitpunkt schon auf zweiunddreißig Jahrhunderte zurückblikken konnte. Den größten Teil dieser langen Zeit war er jedoch ein fünfzehnjähriger Junge gewesen, bevor er zu einem fünfundzwanzigjährigen Mann geworden war – in einem einzigen Augenblick, wie ihm schien. Für seine berufliche Laufbahn waren diese zusätzlichen Lebensjahre sehr nützlich gewesen: Nach seiner Rückkehr aus Judäa häufte er als sehr gefragter Arzt ein riesiges Vermögen an.

Und er war wirklich ein guter Arzt, obwohl er nie von seinem Gefäß Gebrauch machte, um einen Kranken zu heilen – auch dann nicht, wenn es sich bei dem Patienten um den Kaiser persönlich handelte. Ein derartig törichtes Risiko ging er nicht ein. Im übrigen lag ihm auch gar nicht übermäßig viel daran, Menschen am Leben zu erhalten. Da er selber nicht betroffen war, konnte er ganz nüchtern den Tod als das Natürlichste von der Welt betrachten.

Doch konnte er ohne Übertreibung von sich behaupten, über unermeßliche Berufserfahrung zu verfügen, und bei größerem Engagement hätte er der Medizin sicherlich zu einem erheblichen Fortschritt verholfen. Aber auch schon eine Wiederbelebungsmethode bei Herzstillstand, die er trotz seines mäßigen Interesses an der Heilkunst entwickelt hatte, schlug so hohe Wellen in der Öffentlichkeit, daß er fürchtete, Rom verlassen zu müssen. Die einen verehrten ihn als Heiligen, die anderen verdammten ihn als Hexer. Schließlich gab Kaiser Nero den Ausschlag, indem er Saladin an sein Krankenbett rufen ließ, als er wieder einmal einen seiner Gichtanfälle hatte. Von da an stand der Arzt in hohem Ansehen, wenn er auch beim nächsten Anfall nicht mehr in den Palast gerufen wurde.

Wenn Kollegen ihn dafür tadelten, daß er sich nur halbherzig um die Gunst des Herrschers bemüht hatte, antwortete er kurz angebunden: »Für mich gab es da nichts zu tun. Er müßte einfach nur seine Eßgewohnheiten ändern.«

Tatsächlich war er froh, daß er nicht mehr konsultiert wurde. Als Leibarzt des Kaisers hätte Saladin das Geheimnis seiner Unsterblichkeit nicht sehr lange bewahren können. Alle Menschen um ihn herum wären alt geworden und gestorben – auch der ›göttliche‹ Kaiser –, nur er selbst wäre unverändert ein junger Mann von fünfundzwanzig Jahren geblieben. Nein, sein Geheimnis war zu wichtig, als daß er es für einen kurzen Augenblick des Ruhms gefährden konnte. Wozu brauchte er Macht? Er hatte das ewige Leben. Im übrigen war Nero ein kleiner Widerling, dessen abartige Neigungen Saladin abstoßend fand. Es war ihm ganz recht gewesen, daß sein Name nach dem baldigen Tod Neros am Hof in Vergessenheit geraten war.

Doch hier, in diesem seltsamen barbarischen Land, lagen die Dinge anders. Hier führte der Großkönig ein ganz normales Leben und war nicht dauernd von Meuchelmördern bedroht.

Während die römischen Kaiser sich als Götter verehren ließen, befehligte König Artus seine Truppen mit leichter Hand, wobei er als Gleicher unter Gleichen auftrat. Nach allem, was Saladin gehört hatte, war er ein großer Krieger, der sich selbst mitten in das Kampfgetümmel stürzte und auf Feldzügen nicht anders lebte als ein einfacher Soldat.

Auch in Friedenszeiten war er kein Freund von höfischem Gepränge. Das Zeichen seiner Würde, einen schlichten Goldreif, trug er eigentlich nur bei Staatsakten. Zur Unterhaltung genügte ihm ein Leierspieler oder Geschichtenerzähler, und er bevorzugte einfache Kost. Dementsprechend war auch die Burg ein schnörkelloser, allerdings riesiger Komplex. Für seine Treffen mit einem vertrauten Kreis von Rittern hatte er eigens einen großen runden Tisch anfertigen lassen. Saladin überzeugte sich mit eigenen Augen davon, daß der Stuhl des Königs sich in nichts von den anderen unterschied.

Seine Männer liebten ihn gerade wegen seiner Einfachheit und seiner spartanischen Reinheit. Er war einer von ihnen. Aber er war eigentlich kein König – jedenfalls nicht nach Saladins Vorstellungen von einem Herrscher.

»Können Sie keltisch lesen?« fragte Merlin. Saladin fuhr aus seinen Tagträumen hoch.

Er stand vor einem mit kunstvoller Schnitzerei verziertem Bücherschrank in einem Raum, der ansonsten nur mit einer Binsenmatte und einer niedrigen Bank ausgestattet war. In diesem Zimmer, das man durch den Großen Rittersaal erreichte, war es entschieden wärmer als in Saladins Kammer oben im Bergfried, weshalb er die meiste Zeit in dieser bescheidenen Bibliothek verbrachte. Eine Reihe griechischer und lateinischer Bücher waren vorhanden, darunter Platos *Staat,* Aristoteles' *Ethik,* die Autobiografie von Kaiser Claudius und ein paar Schriften von Julius Caesar; außerdem Ciceros *Reden,* die Saladin aber ohnehin beinahe auswendig konnte. Daneben hatte er einige herrlich illustrierte Bücher in einer ihm unverständlichen Sprache gefunden, und eines davon hielt er gerade in der Hand, als das geheimnisvolle ›Faktotum‹ hereinkam.

Saladin war es nicht gewohnt, in der Burg angesprochen zu werden. Außer Merlin und dem König, die er nur selten zu Gesicht bekam, war niemand der lateinischen Sprache mächtig. Außerdem waren die Ritter ohnehin nichts als große, übermütige Jungen, die den ganzen Tag im Freien herumtobten: entweder gingen sie auf die Jagd, oder sie übten sich in der Kriegskunst. Auch bei milden Temperaturen hätten diese Vergnügungen Saladin nicht sonderlich gereizt, und bei der herrschenden Hundekälte konnte er ihnen gar nichts abgewinnen. Die Ritter mußten verrückt sein, um sich länger als unbedingt nötig im Freien aufzuhalten. Die Bäume hatten ihr Laub fast ganz verloren, und nachts fegte ein eisiger Wind um die Schlafgemächer.

»Keltisch? Nein.«

»Es ist eine uralte Sprache, älter als Latein.« Er rezitierte ein Gedicht, das traurig und melodiös klang. Dann lächelte er.

»Das klingt sehr schön«, sagte Saladin. Im nächsten Moment war ihm sein Lob aber schon peinlich.

»Die größten Erzähler und Sänger leben in Irland, wo ebenfalls keltisch gesprochen wird. Ihre Geschichten sind so alt wie das Meer.«

»Kennt Ihr Irland?«

»Ja, ich habe die Insel als junger Mann bereist«, sagte

Merlin. »Ich bin Barde gewesen. Die besten irischen Sänger singen wie Engel. Mit ihnen konnte ich mich nie messen, aber ich habe ihre uralten Geschichten gelernt. In Irland habe ich auch diese Bücher gefunden. Sie wurden von Frauen geschrieben.«

»Von Frauen!« Saladin war entsetzt. »Verschwendet man dort Bildung an Frauen?«

Merlin nickte. »Aber nur wenige Männer und Frauen können schreiben. Die mündliche Überlieferung herrscht vor, die Barden sind sehr mächtig. Man behandelt sie, als ob sie über Zauberkräfte verfügten.«

Saladin horchte auf, und seine Augen verengten sich zu Schlitzen. »Genau so behandelt man hier auch Euch«, sagte er.

»Oh, gewiß nicht.« Merlin lachte bescheiden. »Der König duldet mich hier, weil ich einer seiner Lehrer war.«

»Sind das alles Eure Bücher?« fragte Saladin.

»Ja. Sie stehen hier, damit König Artus sie lesen kann, wenn er will. Ich hätte sie ihm natürlich auch gleich schenken können, aber ich konnte mich einfach nicht von ihnen trennen. Versteht Ihr übrigens Griechisch?«

»Selbstverständlich.« Als er Merlins belustigten Blick sah, fügte er schnell hinzu: »In Rom liegt die Bildung sozusagen auf der Straße. Darf ich fragen, wie Ihr Euch Eure Gelehrsamkeit erworben habt?«

Merlin zuckte mit den Schultern. »Ehrlich gesagt, in meiner Jugend hat es auch hier mehr Bildung gegeben. Damals haben die Sachsen das Land noch nicht heimgesucht, und die Städte waren noch nicht so verrottet ... aber wahrscheinlich meinen alle Alten, früher sei alles besser gewesen.«

»Ihr habt aber nur zu recht. In Rom konnte man vor sechzig Jahren noch durch die Straßen gehen, ohne um sein Leben fürchten zu müssen. Jetzt ist man ständig bedroht. Wenn es gerade einmal keine Nomadeneinfälle gibt, erhebt sich der Pöbel.«

»Für einen jungen Mann wie Sie ist das eine düstere Beurteilung.«

»Jung?« Er blinzelte überrascht, riß sich aber sofort zusammen. »Ja, natürlich. Erfahrung macht optimistisch, sagt man. Hoffen wir das Beste.«

Beinahe hätte er durch seine Unvorsichtigkeit das Geheimnis seines Lebens verraten ... Ausgerechnet in einer belanglosen Unterhaltung mit jemandem, den er kaum kannte! So etwas war ihm noch nie passiert. *Irgendwie schafft es der Alte, mir die Zunge zu lösen,* dachte Saladin. *Man könnte fast meinen, er kann meine Gedanken lesen ...*

»Entschuldigt mich«, sagte Saladin unvermittelt und wandte sich zum Gehen.

»Ich lehre Euch die keltische Sprache, wenn Ihr wollt«, sagte Merlin.

Angesichts der Tatsache, daß Saladin noch fünf weitere Wochen auf dieser fürchterlichen Insel zubringen mußte, ehe das römische Schiff kommen würde, war es verlockend, die langen Tage mit dem Erlernen einer neuen Sprache auszufüllen.

»Ich habe sehr viel Zeit«, sagte er mit einem Nicken.

»Gut. Dann fangen wir nach dem Abendessen an.«

Saladin konnte nach dieser Unterhaltung lange den Verdacht nicht loswerden, daß er dem alten Mann schon zuviel verraten hatte.

## 7

Ausgerechnet ein Akt der Menschenfreundlichkeit brachte die Katastrophe ins Rollen.

Saladin weilte bereits seit mehreren Wochen in Camelot. Schon jetzt, im Oktober, war es sehr kalt, man mußte also mit einem harten Winter rechnen. Die See war stürmisch, und der eisige Wind hatte schon mehrmals ein Schneegestöber durch den Burghof gefegt.

Tag für Tag ritt Saladin zum Hafen, um die Ankunft des römischen Schiffes ja nicht zu versäumen, das ihn von dieser trostlosen Insel herunterholen sollte, aber jedesmal kehrte er durchgefroren und enttäuscht zurück. Als es November wurde, wußte er im Grunde seines Herzen, daß das Schiff nicht mehr kommen würde.

Der Unterricht in der Landessprache und die Gesellschaft Merlins waren sein einziger Trost. Saladin stellte fest, daß er vieles mit dem alten Mann gemein hatte. Beide hatten sie ausgedehnte Reisen unternommen, Saladin allerdings über weitere Entfernungen, beide hatten sie die verschiedensten intellektuellen Interessen, und beide waren sie Ärzte.

Merlins Heilkunst stammte aus alter Zeit, und er sprach während ihrer Unterrichtsstunden auch gelegentlich von der ›Alten Religion‹, die vor der Vertreibung oder Ermordung der Druiden durch die Römer in Britannien vorgeherrscht hatte. Der römische Polytheismus war jedoch beim einfachen Volk auf wenig Gegenliebe gestoßen, und neuerdings war das Christentum an seine Stelle getreten. Die Missionare des neuen Glaubens standen aber den alten Bräuchen genauso unversöhnlich gegenüber wie die Römer.

Und dennoch wurde insgeheim die Alte Religion weiterhin ausgeübt. Schreine am Wegesrand, die vor unermeßlich langer Zeit für Götter errichtet worden waren, deren Namen niemand mehr kannte, wurden liebevoll gepflegt. Man füllte die Steinschalen mit frischem Wasser und ließ oft kleine Opfergaben zurück, um die Alten Götter zu besänftigen, die vom Anbeginn der Zeit über das Land gewacht hatten. Auch jetzt noch, Jahrhunderte nach ihrer Vertreibung, vollzogen Druiden ihre heiligen Handlungen an geheimen Orten tief in den Wäldern.

Merlin war einer von ihnen.

Er hatte nicht die Absicht, die Alte Religion an den Hof in Camelot zu bringen, schenkte aber den Kreuzen und sonstigen Symbolen des neuen fremden Glaubens genauso wenig Beachtung wie den römischen Statuen, die ihn als Kind umgeben hatten.

»Dem Christentum«, stellte er sachlich fest, »gehört die Zukunft. König Artus muß – zumindest nominell – ein christliches Regiment führen, sonst hat er keine Chance, die zerstrittenen Stämme Britanniens zu einen.«

»Man würde eigentlich denken, das kränkt Euch oder macht Euch angst«, sagte Saladin. »Die Christen wollen doch offenbar Eure Religion mit Stumpf und Stiel ausrotten.«

Der alte Mann lächelte. »Genau wie die Römer – die übrigens vierhundert Jahre lang überzeugt davon waren, das sei ihnen gelungen. Die Christen meinen ebenfalls, daß es seit Jahrhunderten keine Druiden mehr gibt.«

»Aber Ihr seid doch der lebendige Gegenbeweis.«

»Ich bin nur ein verschrobener alter Mann, dem ein allseits beliebter König seine Gunst gewährt«, sagte er. »Und deshalb nennen sie mich nicht Druide, sondern Zauberer.« Er lachte. »Und mein langes Leben wird magischer Unsterblichkeit zugeschrieben.«

Die Heilkunst hatte er bei den Druiden erlernt, und Saladin war sich sicher, daß kein sterblicher Mensch mehr über die Eigenschaften von Pflanzen und Mineralien wissen konnte als Merlin. Oft breiteten die beiden Männer ihre Salben und Heilpflanzen auf dem Boden aus und erörterten stundenlang Behandlungsmethoden für bestimmte Krankheiten. Saladin genoß diesen Austausch medizinischen Wissens. Als er Merlin seine Vorgehensweise bei einem Herzstillstand beschrieb, lauschte der alte Mann fasziniert.

»Und das geht ganz ohne Medikamente?« fragte er.

»Direkt nach dem Infarkt schon. Der Arzt muß das Herz stimulieren, damit es seine Tätigkeit wieder aufnimmt.« Saladin zeigte ihm die festen, beinahe groben Bewegungen der Herzmassage.

»Das führt natürlich nicht immer zum Erfolg. Die besten Chancen hat man bei jungen Männern.«

Sie unterhielten sich noch lange über die Herzmassage und einigten sich schließlich darauf, daß man versuchen könne, die mechanische Stimulierung des Herzens durch die Verabreichung der sehr anregenden Fingerhut-Essenz zu unterstützen.

Durch Merlin lernte Saladin viele neue Arzneien kennen.

Die beiden Männer hüllten sich in warme Fellmäntel und suchten außerhalb der Burg nach Pflanzen, die den ersten Frost überstanden hatten. Saladin beklagte sich zwar über die Kälte, ließ aber doch keine Gelegenheit aus, mit Merlin loszuziehen.

»Ich kann wirklich kaum glauben, daß Ihr erst fünfundzwanzig Jahre alt seid«, sagte der alte Mann, während sie in den Höhlen der Umgebung nach Schwefelkies suchten; Saladin wußte, daß man damit entzündete Wunden behandeln konnte.

Saladin zog sich den Mantel enger um die Schultern. »Manchmal kommt es mir mehr wie fünfundzwanzig Jahrhunderte vor«, sagte er.

Merlin lächelte und legte ihm väterlich die Hand auf die Schulter.

»Diese kleinen Höhlen in der Gegend hier haben früher vielen Menschen Zuflucht vor den römischen Legionen geboten. Auch einigen meiner Vorfahren.« Er hob einen Stein auf, untersuchte ihn und warf ihn wieder weg.

»Es lebt sich übrigens gar nicht schlecht darin. Wenn der Hof nach Norden zieht, quartiere ich mich oft nicht in der zugigen Burg ein, sondern in einer bestimmten Höhle. Da ist es mindestens so bequem und sehr viel ruhiger.«

»Das Leben in Höhlen hat in der Tat viele Vorzüge«, pflichtete Saladin bei.

Merlin drehte sich zu ihm um. »Ach ja, Eure Heilkunst habt Ihr ja auch in einer Höhle gelernt, nicht wahr?«

Saladin starrte ihn an. Der alte Mann konnte also wirklich Gedanken lesen. Er spürte Angst, aber auch Ärger in sich aufsteigen.

»Nein, bitte zieht keine voreiligen Schlüsse«, murmelte Merlin. »Ich kann keine Gedanken lesen. Ab und zu taucht irgendein Bild auf, das ist alles. Es verwirrt mich nur.«

Saladin wurde etwas ruhiger.

»Doch ich möchte Euch fragen …« Merlin schaute auf den Beutel an Saladins Gürtel.

Unbewußt umschloß ihn Saladin mit der Hand.

»Ist da nicht ein Metallgefäß drin?«

Saladin hatte den Eindruck, daß der alte Mann einfach nur neugierig war. »Es ist ein Talisman. Er soll mir Glück bringen«, sagte er zögernd.

Merlin runzelte die Stirn. »Darf ich ihn mir ansehen?«

»Nein«, sagte Saladin und ging weiter.

In der kleinen Höhle, in der es zu dem Zwischenfall kam, war es finster. Die beiden Männer tasteten sich durch die Dunkelheit und sammelten Steine.

»Habt Ihr eine Abneigung gegen die Dunkelheit?« fragte Merlin.

»Nein«, entgegnete Saladin nach einer kurzen Pause. »Dunkelheit ist mir viel lieber als ein Raum voller qualmender Kerzen.«

»Das kann ich gut verstehen«, antwortete der alte Mann. »Dunkelheit hat viel mit Einsamkeit zu tun, und für das Alleinsein spricht sehr viel ...«

Plötzlich hörte Merlin einen entsetzlichen Schrei und einen ohrenbetäubenden Lärm.

»Saladin!« rief er und lief in die Ecke, aus der das Getöse gekommen war. Die Decke der Höhle war eingestürzt und hatte Saladin unter einem Geröllhaufen begraben. Verzweifelt räumte Merlin Felsbrocken beiseite.

»Haltet aus!« schrie er. Die stechenden Schmerzen, die seine Arme und seine Brust durchzuckten, beachtete er nicht. Wenn er doch jung und kräftig wäre! Falls sein Gast sterben sollte, weil er zu langsam vorwärtskam, würde er sich das nie verzeihen.

Vor Anstrengung keuchend, versuchte er sein Tempo noch zu steigern. Endlich kam ein Teil von Saladins Schulter zum Vorschein, und nun gelang es ihm schnell, auch den Kopf freizulegen, zunächst Mund und Nase. Er atmete noch. »Den Göttern sei Dank«, sagte Merlin leise, während er vorsichtig die Augen abwischte. »Bleibt ganz ruhig«, sagte er. »Wahrscheinlich habt Ihr eine Reihe von Knochenbrüchen. Am besten hole ich gleich Hilfe.«

»Das ist nicht nötig, ich bin unverletzt.« Saladin blinzelte, da er Staub in den Augen hatte.

»Großartig«, sagte Merlin, obwohl Saladin höchstwahrscheinlich nur deshalb keine Schmerzen spürte, weil er unter Schock stand. Er machte sich darauf gefaßt, unter den Felsbrocken einen abgetrennten Arm oder ein abgetrenntes Bein zu finden. »Könnt Ihr Euch bewegen?«

»Nein.«

Merlin machte sich daran, vorsichtig den ganzen Körper Saladins von dem Geröll zu befreien und fand schnell heraus, warum er sich nicht rühren konnte: Von den Schultern bis zu den Oberschenkeln lastete ein großer, flacher Felsblock auf ihm. Merlin stöhnte: gebrochene Rippen, eine oder auch beide Hüften gebrochen, innere Verletzungen, eine beschädigte Wirbelsäule. Wenn Saladin noch eine Stunde zu leben hatte, war das schon viel.

»Ich bin gleich wieder da!« rief er und lief aus der Höhle. Kurze Zeit später kam er völlig außer Atem mit einem langen, starken Ast zurück, den er vorsichtig zwischen dem Fels und Saladins Bauch hindurchzwängte. »Ich benutze den Ast als Hebel, um den Block anzuheben. Ich versuche, Euch nicht zu verletzen, aber ...«

»Fangt schon an!« fuhr ihn Saladin an.

Merlin baute aus Steinen einen Drehpunkt, legte die Mitte des Astes darauf und drückte das Ende mit aller Kraft nach unten. Ganz langsam bewegte sich der Fels. Die Arme des alten Mannes begannen zu zittern. Wenn er jetzt nur einen Moment nachließ, würde der Block wieder auf den Schwerverletzten zurückfallen und ihn sofort töten.

»Er ... bewegt sich«, keuchte Merlin mit gepreßter Stimme. Die Sehnen an seinem Hals waren weit hervorgetreten. Sein Gesicht verkrampfte sich vor übergroßer Anstrengung.

Schließlich gab der flache Felsblock nach und kippte mit dumpfem Krachen auf die Seite.

»Jetzt kann ich aufstehen«, sagte Saladin.

»Nein, tut das nicht!« Merlin beugte sich über ihn. »Ich werde jetzt gleich ...« Er wurde von einem Hustenanfall geschüttelt, der immer heftiger wurde.

»Geht aus dem Weg!« rief Saladin und riß einen Arm aus dem Geröll. Bis Merlins Anfall abgeklungen war, hatte Saladin auch den anderen Arm und die Beine befreit und richtete sich auf.

»Ihr könnt gehen?« keuchte Merlin. Es war ganz unglaublich.

»Ich habe Euch doch gesagt, ich bin unverletzt«, brummte Saladin gereizt. »Ich will endlich raus aus diesem Loch.«

Er spazierte aus der Höhle, als ob er sich gerade aus einem bequemen Sessel erhoben hätte.

Dagegen war Merlin vollkommen am Ende nach der übermenschlichen Kraftanstrengung und der Angst, die er um Saladin ausgestanden hatte. Seine einundsiebzig Jahre ließen sich nicht verleugnen.

Er saß auf dem Boden der Höhle, und sein Atem ging keuchend wie bei einem Lastesel. Als er aufzustehen versuchte, zwang ihn ein stechender Schmerz in der Brust, sich gleich wieder hinzusetzen.

Ihm war schwindlig. Ganz langsam beugte er sich nach vorne, weil er hoffte, dadurch das schrille Pfeifen in seinen Ohren loswerden zu können.

»Kommt Ihr?« fragte Saladin.

»Ja«, flüsterte er kaum hörbar, und dann noch einmal lauter: »Ja.«

Mühsam stand er auf. Seine Beine zitterten, versagten ihm aber nicht den Dienst. Er schlurfte ins Freie.

»Ihr seid ja kreidebleich«, sagte Saladin.

»Das wird der Staub sein«, antwortete er mit einem matten Lächeln.

Saladin klopfte sein langes schwarzes Gewand ab. »Ja, meine Kleider müssen auch sofort gewaschen werden.« Angeekelt wischte er sich Spinnweben aus den Haaren.

»Zuerst einmal das Wichtigste«, sagte Merlin. »Laßt einmal sehen. Manche Verwundungen erkennt man nicht sofort.« Er inspizierte zunächst das Gesicht des hochgewachsenen Mannes und warf einen Blick auf seine Hände. »Ihr habt nicht den kleinsten Kratzer«, murmelte er, über alle Maßen erstaunt.

»Ich möchte jetzt zur Burg zurück«, sagte Saladin. »Schließlich habe ich meinen Pelzmantel da drinnen verloren, und es ist kalt.« Ohne auf eine Antwort zu warten, machte er sich auf den Weg.

Merlins Lachen ging gleich wieder in erneutes schmerzhaftes Husten über. »Aber das ist doch verrückt!« japste er schließlich. »So etwas habe ich noch nie erlebt. Irgendeine Verletzung müßt Ihr doch einfach haben!«

Unwillkürlich griff er sich mit der Hand an den Hals, während er versuchte, mit Saladin Schritt zu halten. »Sogar Eure Haut ist völlig unversehrt. Kein Kratzer ...« Er schnappte nach Luft. »Kein Bluterguß ... Saladin ...«

Dabei stürzte er zu Boden.

Saladin fuhr herum und erkannte sofort, daß Merlin, der mit zuckenden Armen und Beinen keuchend im Gras lag, einem schweren Herzanfall ausgesetzt war.

Die Lippen des alten Mannes waren blau angelaufen, seine Augen schienen aus den Höhlen zu treten, der Schweiß lief ihm über das Gesicht. Saladin kniete sich sofort neben ihn auf den Boden und begann mit der Behandlung, indem er rhythmisch mit beiden Handballen die Brust massierte und drückte.

Merlins spastische Zuckungen wurden noch schlimmer, und er rief in einer Sprache, die Saladin nicht verstand, ein paar Worte, die wie eine Zauberformel klangen. Seine Augen rollten nach oben und ein heftiges Zittern lief durch seinen Körper. Dann rührte er sich nicht mehr.

Saladin setzte die Herzmassage trotzdem fort, da er sich nicht weiter zu helfen wußte. Zwischendurch fühlte er immer wieder den Puls, der kaum noch spürbar war und immer schwächer wurde. Wäre Merlin ein einfacher Patient in Saladins Praxis gewesen, hätte er jetzt aufgegeben.

Sein Leben lang blieb es Saladin denn auch rätselhaft, warum er das nicht auch in diesem Fall getan hatte. Vielleicht aus Angst vor dem König und seinen barbarischen Rittern, die ihn zweifellos des Mordes bezichtigt hätten, da sie ihren verehrten Zauberer für unsterblich hielten? Aber war das alles? Oder hatte ihn plötzlich das irrationale Verlangen überkommen, das Leben des einzigen Menschen zu retten, der ihn jemals aufrichtig seinen Freund genannt hatte?

Aber Freundschaft war für ihn doch belanglos. Die Menschen wurden alt, starben und zerfielen zu Staub. Immer wieder gab es Leute, die eine Zeitlang seine Gesellschaft suchten, und gelegentlich interessierte er sich auch für sie, wenn sie über Talent, Intelligenz oder Schönheit verfügten, doch nie hatte er auch nur den geringsten Wunsch verspürt, einen von ihnen vor dem Tod zu bewahren. Warum um alles in der Welt nahm er gerade jetzt, auf diesem verlassenen Feld, den Metallbecher aus seinem Beutel und hielt ihn über den reglosen Körper dieses Sterbenden? Auch noch Jahrhunderte später stellte sich Saladin diese Frage.

Er zögerte. Noch hatte er Merlin nicht mit dem Gefäß berührt. Eigentlich sollte er einfach weggehen. Merlin bedeutete ihm im Grunde nichts, und alt war er außerdem. Seine Zeit war abgelaufen.

Vielleicht fiel ihm das Gefäß einfach aus der Hand? Später hielt er das oft für die plausibelste Erklärung: Der Becher war ihm aus der Hand gefallen und auf der Brust des alten Mannes gelandet.

Jedenfalls steckte er die Schale hastig wieder weg, als er hörte, daß Merlin mit einem tiefen Atemzug seine Lungen füllte.

Der alte Mann setzte sich auf und berührte mit flattrigen Händen seine Brust.

»Es ist warm gewesen«, flüsterte er.

Saladin stand auf.

»Ihr habt einen Becher benutzt?«

»Ich habe Euch wiederbelebt. Nach der Methode, die ich Euch erklärt habe«, erwiderte er kalt.

Der alte Mann stand auf. »Ich habe Euch beobachtet«, sagte er ganz ruhig.

»Ihr seid bewußtlos gewesen.«

Merlin betrachtete seine eigenen Hände, als ob es Wunderdinge wären. »Ich bin sogar schon tot gewesen, oder doch beinahe. Ich habe ein helles Licht gesehen, und Tausende von Stimmen riefen mir zu.« Merlin begann zu strahlen. »Darunter waren Menschen, an die ich seit fünfzig Jahren nicht mehr gedacht habe: meine alte Amme, die ich sehr liebte; der Schäfer, der mir zum erstenmal die Höhle im Norden zeigte; ein junger Druide, der von den Römern getötet wurde …«

»Eure Nerven sind überreizt«, unterbrach ihn Saladin. »Das sind doch Hirngespinste!«

»Nein.« Merlin legte Saladin seine knochige Hand auf den Arm. »Ich habe mich selbst aus großer Höhe auf dem Boden liegen sehen, und Ihr habt Euch über mich gebeugt. Ihr hattet einen Becher in der Hand, und als ihr mich damit berührt habt, bin ich zur Erde zurückgeflogen und in meinen Körper zurückgekehrt. Und dann spürte ich eine unbeschreibliche Wärme von der Stelle ausströmen, wo Euer Zauber seine heilende Wirkung begonnen hatte.« Nach einer kurzen Pause fügte er hinzu: »Ihr wißt, daß ich die Wahrheit sage.«

Saladin wurde blaß und schwieg zunächst. »Unsinn«, murmelte er dann und ließ Merlin stehen.

## 8

Merlin erwähnte den Zwischenfall nie, und der Fremde, den man in Camelot den sarazenischen Ritter nannte, verließ mehrere Wochen sein Zimmer nur, um zum Hafen zu reiten, wo er immer wieder vergebens nach einem Schiff Ausschau hielt. Bald war klar, daß er seine Heimreise nicht vor dem Frühling antreten konnte.

Wo Saladin eigentlich herkam, blieb ungewiß. Er hatte von Rom gesprochen, aber ein Römer war er bestimmt nicht. Merlin nahm an, daß der hochgewachsene Arzt überall ein Außenseiter war. Offenbar hatte er eine sehr ungewöhnliche Einstellung zum Leben, die selbst einem Menschen wie ihm unverständlich blieb.

*Das hängt zweifellos alles mit dem Becher zusammen,* dachte Merlin. Die Erinnerung an das unheimliche Erlebnis verfolgte den alten Mann, obwohl ihm Saladin aus dem Weg ging. Der Arzt hatte versucht, alles als Hirngespinst abzutun, aber das stimmte nicht. Bei den Druiden hatte Merlin gelernt, den feinen Unterschied zwischen Einbildung und dem Übernatürlichen zu erkennen.

Außerdem war er auch früher schon zum Zeugen übernatürlicher Kräfte geworden. Als der junge Artus das Schwert aus dem Fels gezogen hatte, obwohl es keiner der erwachsenen Ritter auch nur um einen Zentimeter verrükken konnte, hatte Merlin gleich gewußt, daß er einem Wunder beiwohnte. Der Felsblock, der seit undenklicher Zeit im Kloster von Glastonbury lag, trug die keltische Inschrift: »Wer dieses Schwert aus dem Felsen zieht, soll König sein.« Niemand wußte, von wem die Inschrift stammte oder wie die prachtvolle Waffe in den Stein eingebettet worden war. Manche glaubten, es sei das Schwert Macsens, des Kelten, der vor vielen Generationen als Kaiser Maximus über das römische Reich geherrscht hatte. Andere behaupteten, es handle sich um das Schwert Excalibur, dem das uralte Volk der Feen Leben verliehen habe. Aber das waren alles nur Vermutungen. Selbst die Druiden, deren Überlieferung sehr weit zurückreichte, konnten das Geheimnis nicht entschlüsseln. Mühelos hatte der Junge das Schwert aus dem Felsen gezogen, und die Ritter waren vor ihm auf die Knie gesunken.

Später, als sich die Kunde davon im ganzen Land verbreitete, wurde gemunkelt, Merlin habe mit seinen magischen Kräften das Schwert vom Felsen gelöst. Artus sei der Sohn des Zauberers, der machtvolle Geister gerufen habe, um den Thron des Großkönigs für seinen Jungen zu gewinnen.

Merlin amüsierte sich über diese Geschichten, da er sich völlig im klaren darüber war, wie begrenzt seine Kräfte waren. Er konnte zwar schon seit seiner Kindheit manchmal die Gedanken anderer Menschen erahnen, doch auch noch nach seiner Ausbildung bei den Druiden hatte er oft den Verdacht, seine ›Gabe‹ bestehe letztlich nur aus der Fähigkeit, Menschen genau zu beobachten. Alles, was das einfache Volk sonst noch Zauber nannte, war größtenteils nichts anderes als Wissen, das seit dem Abzug der Römer weitgehend in Vergessenheit geraten war.

Merlin stammte aus einer Familie, die seit langer Zeit über eines der kleinen Königreiche Britanniens herrschte. Seine Vorfahren gehörten aber auch zu den ersten Briten, die nach der Eroberung der Insel durch die Römer ›zivilisiert‹ worden waren: Das römische Bürgerrecht wurde ihnen zuerkannt, und ihre Kinder kamen in den Genuß einer römischen Ausbildung. Auch Merlins Vater wurde noch nach römischen Vorstellungen erzogen, obwohl die Legionen das Land damals schon wieder verlassen hatten, und er bemühte sich seinerseits, dieses Wissen an seine Kinder weiterzugeben.

Obwohl er damit bei seinem ältesten Sohn wenig Erfolg hatte, sollte aus Uther später einer der mächtigsten Könige Britanniens werden. Er war ein schlauer Bursche, der kein Interesse an Büchern hatte und recht aufsässig war. Bei den anderen Söhnen des Ambrosius lagen die Dinge ähnlich. Sie ließen den Unterricht ihres Vaters nur widerwillig über sich ergehen und sehnten sich nach ihren Pferden und den Übungen mit der Lanze.

Wahrscheinlich wurde Merlin in den Unterricht mit einbezogen, weil Ambrosius über seine legitimen Söhne enttäuscht war.

Als Bastard wäre der Junge normalerweise nicht einmal am Hofe seines Vaters aufgezogen worden, doch da seine Mutter bei der Geburt gestorben war und die Ehefrau des alten Ambrosius nicht mehr lebte, hatte er keinen Grund gesehen, den Säugling verhungern zu lassen.

Das Kriegshandwerk durfte er natürlich nicht erlernen, das hätten seine Halbbrüder nicht geduldet. Uther wachte schon als Kind eifersüchtig über sein Recht auf den Thron, und wenn er befürchtet hätte, daß ihm in Merlin ein Rivale erwachsen könnte, hätte er ihn kaltblütig ermordet.

Doch Merlin schien gar kein Interesse am Kämpfen zu haben. Er war ein sanfter Junge, der schon in ganz jungen Jahren außerordentliche geistige Fähigkeiten verriet, worüber Ambrosius hocherfreut war, zumal auch er nicht nach

Macht gestrebt hätte, wenn sie ihm nicht durch die Geburt zugefallen wäre. Außerdem hatte ihn mit Merlins Mutter eine innige Liebe verbunden.

Er hatte das junge Mädchen kurz nach dem Tod seiner Frau getroffen. Sie war eine Heilerin, ein Geschöpf des Waldes. Die Bauern sagten, sie wäre eine Hexe, gingen aber doch mit ihren eigenen Beschwerden genauso zu ihr wie mit ihren kranken Tieren. Durch ihre Liebe heilte sie auch Ambrosius, doch erzählte sie ihm nie, was aus ihrer Familie geworden war und warum sie allein im Wald lebte. Als sie ihm sagte, daß sie schwanger sei, beschloß er, sie zu heiraten, obwohl das ein sehr gefährlicher Entschluß war. Die anderen Könige Britanniens hätten diese Ehe allenfalls zähneknirschend akzeptiert. Doch soweit kam es gar nicht. Illya hörte ihm freundlich zu, als er ihr einen Antrag machte, brachte ihm dann aber schonend bei, daß sie nicht den Wunsch habe, ihre Lebensweise zu ändern.

Damals machte er sich um sein ungeborenes Kind wenig Gedanken. Er hatte ja schon drei Söhne, und seine Geliebte stellte keine Ansprüche. Während der letzten Monate ihrer Schwangerschaft erlebten sie eine sehr schöne Zeit miteinander. Sie waren übermütig wie Kinder. Und dann war sie plötzlich tot.

Jedesmal, wenn er in das schmale, ernste Gesicht Merlins mit den ausdrucksvollen Augen blickte, sah er im Geiste Illya, wie sie ein Rehkitz auf dem Arm hielt oder mit einem riesigen Strauß Wildblumen durch die Felder ging. Wenn ihr Sohn auch nie König sein würde, ein außergewöhnlicher Mensch war er auf jeden Fall.

Merlin erzählte seinem Vater nie von seinen übersinnlichen Fähigkeiten, und als er wegging, um die Welt der Barden kennenzulernen, war der alte Ambrosius todunglücklich. Während seiner Reisen bildeten sich die ungewöhnlichen Kräfte, über die Merlin verfügte, weiter aus. Er merkte, daß er sich – genau wie seine Mutter – gut mit Tieren verständigen konnte, und daß er oft wußte, was andere Menschen dachten. Diese Fähigkeit hatte ihm mehr als einmal das Leben gerettet, und doch war er überzeugt, daß sie erst ansatzweise vorhanden war. *Wenn ich sie richtig entwickeln und einsetzen könnte, würden sich mir ganz neue Welten erschließen*, dachte er.

Aus diesem Grund ging er zu den Druiden. Sie lehrten ihn die Heilkunst, für die er eine natürliche Begabung mitbrachte, und führten ihn auch in die Alte Religion ein. Doch seine übersinnlichen Fähigkeiten erschienen ihm auch nach der Ausbildung bei den Druiden recht kümmerlich. Nach langen Jahren, in denen er eifrig studiert und geübt hatte, gelang es ihm zwar manchmal, Gegenstände schweben zu lassen, aber darin sah Merlin eigentlich nur einen Trick zur Unterhaltung von Gästen. Außerdem war er in der Lage, geistige Bilder in äußere Erscheinungen zu verwandeln, die auch von anderen wahrgenommen werden konnten. Dies betrachteten die Druiden als eine ganz außergewöhnliche Leistung, doch Merlin hielt auch davon nicht viel. »Die Erscheinungen sind einfach nur Ausdruck meiner Konzentration, das ist alles«, erklärte er ihnen. »Ich suche nach etwas viel Größerem.«

»Aber *wir* sind doch die Zauberer und Hexer, über die die Leute munkeln«, kommentierte ein Druide belustigt. »Zwar verfügen wir nur über bescheidene Kräfte, doch in den Legenden des Volkes werden wir zu Wesen, aus deren Fingerspitzen Blitze zucken. Strebt Ihr etwa nach solchem Ruhm?«

»Ich strebe im Grunde nach gar nichts«, sagte Merlin niedergeschlagen. »Ich weiß nur, daß meine Fähigkeiten unzureichend sind.«

*Und daß ich den letzten Schritt nicht gehen kann,* dachte er. Aber das sagte er lieber nicht, da es zu pompös geklungen hätte.

Merlin hatte oft das Gefühl, daß etwas in ihm herangewachsen war, das eine überaus machtvolle Energie in sich barg und freigesetzt werden wollte, und daß er die Hälfte seines Lebens immer nur nach einer Möglichkeit gesucht hatte, dieses geheimnisvolle Etwas zu nutzen. Manchmal hatte er richtiggehend das Gefühl, daß es ihn verzehrte.

Daran änderte sich auch nichts, als er nach Hause zurückkehrte, wo König Uther ihn zwar nicht gerade willkommen hieß, aber immerhin am Hof duldete – als Arzt, den man gelegentlich auch als Gesandten einsetzen konnte.

Am Hof lernte er Artus kennen, der ein Sohn Uthers und somit sein Neffe war – und wie er ein Bastard.

Erst als er sah, wie dieser Jüngling das magische Schwert aus dem Felsen zog, fiel es ihm wie Schuppen von den Augen. Merlin wußte jetzt, was er zu tun hatte. Er würde seine bescheidenen Kräfte dem Großkönig Britanniens, der herrschen würde, wie niemand vor ihm, zur Verfügung stellen, damit König Artus ein langes Leben habe.

Artus war zum König ausersehen, zum wahren König, jetzt und für alle Zeit. Schon bevor er das Schwert für sich beanspruchte, hatte Merlin in ihm Zeichen von Größe gesehen: einen scharfen Verstand, Führungsqualitäten und Würde. Aber auch Gerechtigkeitssinn, Milde, Reinheit des Herzens, Strenge sich selbst gegenüber und Humor waren Eigenschaften, die Artus schon als Junge auszeichneten und die er sich als König bewahrte. Seine Untergebenen dienten ihm nicht aus Angst oder Respekt, sondern weil sie durch eine geradezu fanatische Treue an ihren Herrn gebunden waren. Er war der geborene Herrscher und wußte vom ersten Augenblick seiner Regierungszeit an um seinen Auftrag: die Welt für alle Zeit in Frieden zu einen.

Einen König wie ihn gab es weder vor noch nach ihm. Es hatte natürlich immer wieder Herrscher gegeben, die so viele Länder wie möglich erobern wollten – sei es aus Habgier oder Abenteuerlust. Doch Artus war anders. Er hatte eine großartige Vorstellung von der Zukunft, die allerdings seine Zeitgenossen – und nicht nur sie – mit Grauen erfüllt hätte. Selbst Merlin war fassungslos, als Artus ihm zum erstenmal von seinen Plänen erzählte: er strebte nichts weniger an als eine weltweite Völkergemeinschaft.

»Ich will die Sachsen nicht vernichten«, vertraute er Merlin kurz nach seiner Krönung an. »Ich will sie zivilisieren.«

Merlin lächelte »Es gibt nicht wenig Leute, die das für ein Ding der Unmöglichkeit halten.«

»Es ist im Grunde nur eine Frage der Zeit«, fuhr Artus

fort. »Wenn sie erst einmal mit dem Ackerbau vertraut sind, werden sie nicht mehr als Plünderer ins Land kommen, sondern als friedliche Siedler.«

Merlin hatte Mühe, seine Verblüffung zu verbergen. »Ihr *wollt*, daß sie sich hier ansiedeln?«

»Warum nicht? Hier gibt es Platz genug. Sie könnten einen Teil ihrer Kultur mitbringen. Das wäre eine Bereicherung für uns alle.«

»Artus, Ihr seid soeben erst zum Großkönig gekrönt worden. Ich bitte Euch dringend, den anderen Königen nichts von diesen Ideen zu sagen.«

Artus lachte. »Ich kann mir gut vorstellen, was die sagen würden! Nein, ich werde meine Pläne wohl noch eine Weile für mich behalten müssen.«

Merlin atmete auf.

»Damit mich die Könige und meine Vasallen als Großkönig anerkennen, werde ich ihnen bieten müssen, wonach sie gieren – Schlachten und Siege. Aber derzeit ist das ohnehin die einzige Sprache, die von den Sachsen verstanden wird. Doch die Zeit wird kommen, in der wir zum Wohle aller miteinander leben und arbeiten ...« Seine Augen glänzten. »Wäre es nicht wunderbar, wenn wir uns sogar mit den Menschen der Länder jenseits von Gallien und Rom austauschen könnten?«

»Gott bewahre«, sagte Merlin. »Vielleicht sind sie genauso schlimm wie die Sachsen.«

»Zunächst vermutlich schon. Doch eines Tages könnten sie unsere Freunde sein.« Er seufzte. »Ich frage mich, ob eine Lebensspanne ausreichen wird.«

Der alte Mann lächelte. »Das Leben ist immer zu kurz.«

»Ist das der Grund, warum sich nie etwas ändert?«

»Vielleicht.«

Daraufhin war der junge König gegangen, und in all den Jahren, in denen seine Macht stetig anwuchs, erwähnte er diese radikalen Vorstellungen nicht mehr. Statt dessen bewährte er sich unzählige Male im Kampf und erwarb sich durch seinen Mut auf dem Schlachtfeld die Hochachtung der Stammeskönige und Vasallen. Merlin meinte schon, Artus habe seinen Jugendtraum vergessen, doch dann eröffnete ihm der König – bevor er wieder einmal zu einem der endlosen Feldzüge gegen die Sachsen aufbrach –, daß er Germanen Siedlungsrechte gewährt hatte, und zwar einer Schar von Angeln, die beim Versuch, ein Dorf im Norden des Landes anzugreifen, von Artus' Rittern geschlagen worden waren.

»Seid Ihr verrückt?« entfuhr es Merlin. »Sie sind als Plünderer ins Land gekommen!«

»Aber sie haben nicht geplündert. Statt sie niederzumachen und auf die nächste Angriffswelle zu warten, habe ich sie willkommen geheißen und gebeten, uns bei der Verteidigung gegen die Sachsen behilflich zu sein.«

»Was habt Ihr getan?« Merlin war entsetzt. »Ihr tut Euch mit *einem* Barbarenhaufen zusammen, um gegen einen *anderen* zu kämpfen?«

Artus lächelte nur. »Nicht so hitzig, Merlin. Wie Ihr wißt, greifen schon seit Jahren viele britische Könige im Kampf gegen die Sachsen auf germanische Söldner zurück.«

»Ja, aber dann entlohnt man sie und schickt sie nach Hause. Man lädt sie nicht dazu ein, das Land an sich zu reißen.«

»Sie reißen gar nichts an sich. Sie siedeln sich als Bauern an und unterstehen unseren Gesetzen.«

»Die wissen gar nicht, was Gesetze sind. Es sind Barbaren!«

»Dieses Wort ist ohne Bedeutung«, sagte Artus. »Für den Kaiser von Rom sind auch wir Barbaren.«

»Aber es ... ist unehrenhaft«, ereiferte sich Merlin.

»Warum? Warten wir ab, was dabei herauskommt.« Er zeigte auf die Tür, die von seinen Privatgemächern in den großen Rittersaal führte. »Da draußen sitzen die Könige von zwanzig Stämmen. Bis vor ein paar Jahren gab es andauernd blutige Fehden zwischen ihnen. Sie waren geschworene Feinde. Jetzt speisen sie alle an meiner Tafel und haben ein gemeinsames Ziel vor Augen.«

»Aber Germanen ...«

»Auch Germanen! Nicht nur die Angeln, sondern irgendwann einmal auch die Sachsen. Wir werden miteinander Straßen bauen, Münzen prägen, Handel treiben. Wir werden unsere Schriften austauschen und zusammen dafür sorgen, daß für jeden die gleichen, gerechten Gesetze gelten.«

»Etwas Derartiges hat auch schon Rom versucht.«

»Nein. Rom wollte überall seine eigenen Gesetze und die lateinische Sprache einführen. Alle hohen Ämter waren Römern vorbehalten. Im Römischen Reich gab es nur versklavte Völker. Ich strebe etwas anderes an: eigenständige Völker, die friedlich zusammenleben und eine freie Welt, von freien Menschen regiert.«

Merlin schüttelte den Kopf. »Ihr habt edle Ziele, doch ich fürchte, Ihr seid noch zu jung, um das Streben nach Macht zu verstehen«, sagte er.

»Macht erscheint nur denen erstrebenswert, die keine besitzen«, warf Artus ein.

»Euch ist diese Gier fremd. Ihr seid auf ganz außerordentliche Weise in Euer Amt gekommen. Aber die meisten Männer gelangen durch Gewalt und Betrug an die Macht – und ihnen geht es letztlich nur um den Machterhalt. Vielleicht wären sie sogar zunächst bereit, sich in die Gemeinschaft der Könige, von der Ihr sprecht, einzureihen. Doch bei der erstbesten Gelegenheit würde jeder versuchen, sich auf Kosten der anderen zu bereichern – und mehr als einer hätte es auf den Thron des Großkönigs abgesehen. Das liegt in der Natur der Menschen.«

Merlin ärgerte sich über den König. Bei Leuten, die nur für ein paar Äcker Sorge zu tragen hatten, war schwärmerischer Idealismus ja noch erträglich, bei einem König dagegen äußerst gefährlich. Wenn König Artus so naiv war zu glauben, er könne den Sachsen Siedlungsrechte anbieten, ohne daß sie nach der Macht griffen, dann war er ein Narr, der sein Land ruinieren würde.

»Ihr solltet Eure Männer nicht warten lassen«, sagte er unwirsch.

»Ihr habt recht. Aber meine Ideen könnten wahr werden. Mit guten Gesetzen und einer loyalen Armee …«

»Und einem unanfechtbaren König, dem tausend Jahre vergönnt sind«, unterbrach ihn Merlin.

Artus lächelte. »Wie wäre es, wenn Ihr das bewerkstelligt? Man sagt, Ihr seid ein Zauberer.«

Merlin erhob sich mürrisch und verbeugte sich vor seinem König. Konnte er noch etwas anderes als ein naives Kind in ihm sehen? dachte er und stampfte davon. Artus lachte und legte sein Kettenhemd an.

## 9

Artus lebte natürlich nicht tausend Jahre. Obwohl Merlin ihm zur Seite stand, starb er jung und konnte seinen Auftrag nicht erfüllen.

Vielleicht hätte Merlin sich seine Unfähigkeit, diesen frühen Tod zu verhindern, in späteren Jahrhunderten verziehen, wenn da nicht dieser Traum gewesen wäre.

Am Tage des Gesprächs über die Germanen war Merlin verärgert zu Bett gegangen wie ein Vater, dem sein heranwachsender Sohn eröffnet hat, er wolle eine nichtsnutzige Beschäftigung zu seinem Lebensinhalt machen. Diese Phase würde zwar vorbeigehen, aber in der Zwischenzeit war mit unerfreulichen Szenen zu rechnen.

Erst der Traum öffnete Merlin die Augen: Er stand an der Stirnseite einer langen Tafel im Großen Rittersaal des Königs und sah einen Mann auf sich zukommen. Der Gast trug seltsame, fließende Gewänder wie ein Engel und war von Licht umflutet.

Zuerst glaubte Merlin, es sei ein Priester, ein Druide vielleicht, der ihm ein Geschenk überreichen wolle, denn er schien etwas in der Hand zu halten. Doch als er näher kam, sah Merlin, daß es der Mann war, in dem die Christen den Sohn Gottes sahen, Jesus Christus, und daß über seinen ausgestreckten Händen etwas Leuchtendes schwebte, das in schimmerndes Samit gehüllt war.

Merlin wollte ihn gerade fragen, was ihn an den Hof

des Königs führe, als er bemerkte, daß Artus neben ihm stand und den näherkommenden Fremden unverwandt anblickte. Artus streckte die Hände aus, und der Gegenstand bewegte sich langsam auf ihn zu, die ganze Tafel entlang.

»Artus, greif zu!« rief Merlin.

Als er das sagte, löste sich das schimmernde Gewebe von dem Gegenstand, der jetzt unverhüllt in der Luft schwebte, metallisch glänzend und rund, das Symbol der Vollkommenheit und Ewigkeit, des ewigen Lebens …

»Greif zu!«

Doch schon begannen der Becher und auch der Mann, der ihn gebracht hatte, zu verblassen. Der König streckte die Hand aus, machte aber keinen Versuch, das Gefäß zu ergreifen. Ehe der Becher die Stirnseite des Tisches erreicht hatte, war er schon durchsichtig wie ein Insektenflügel geworden. Und als er sich ganz in Nichts auflöste, verschwand auch der König im Nebel, als ob es ihn nie gegeben hätte.

»Artus! Artus!«

Der alte Mann wachte schweißgebadet auf. Denn zweifellos hatte er gerade Artus' Tod gesehen – aber auch, wie dieser Tod abzuwenden war: durch das Gefäß, das bewirkt hatte, daß Merlins Herz wieder zu schlagen begann und daß Saladin den Einsturz des Höhlengewölbes ohne jede Verletzung überlebte.

Saladin mit den uralten Augen und dem Wissen von tausend Lebensspannen, der erst fünfundzwanzig Jahre alt war und doch die Geheimnisse der Pharaonen kannte.

*Manchmal kommt es mir mehr wie fünfundzwanzig Jahrhunderte vor,* hatte er gesagt.

Aber natürlich, das war wörtlich zu nehmen! Der Becher hatte die Kraft, Menschen unbegrenzt zu heilen und zu beschützen.

*Saladin lebte schon seit ewiger Zeit.*

Doch der Becher stand ihm eigentlich nicht zu. Er gebührte Artus, dem einzigen Menschen, der durch seinen Besitz nicht zum Mißbrauch verleitet würde: dem König für alle

Zeit. Mit Hilfe des Bechers konnte er seine großartige Bestimmung erfüllen, ohne zu straucheln, konnte dem Schöpfer eines Tages die Erde so darbieten, wie sie sein sollte.

Der Traum ängstigte Merlin. Noch mitten in der Nacht stahl er sich davon und lief durch den eisigen Wind in den Wald und in das Tal, in dem die Druiden ihre heiligen Handlungen vollzogen. Dort hielt er inne und konzentrierte sich ganz auf einen bestimmten Augenblick in der Vergangenheit, auf den Moment, als er schon tot gewesen war und der Becher seine Brust berührt hatte. Erneut spürte er die Vollkommenheit des Gefäßes.

Die Christen sprachen vom Jüngsten Gericht, bei dem ihr Gott in Zorn und Herrlichkeit die Bösen zu ewigen Höllenqualen verdammen und die Guten ins Paradies führen würde. Merlin war kein Christ und wußte nicht, was er bei einem solchen Gerichtstag zu erwarten hätte. Doch der Traum war unmißverständlich gewesen. Das Gefäß hatte sich von Christus auf Artus zubewegt. Artus sollte aus dem Kelch der Unsterblichkeit trinken.

Merlin ließ das Bild des Bechers, das er vor seinem geistigen Auge hatte, in der Dunkelheit vor sich erscheinen. Es war nur ein Trugbild, und dennoch war es ganz klar und realistisch. Konnte dieses recht gewöhnlich aussehende Ding der Heilige Gral sein?

Eine andere Erklärung gab es nicht. Und Artus war dazu ausersehen, ihn zu besitzen.

Und was war mit Saladin? Er hatte Merlin und den anderen in Camelot kein Leid zugefügt. Falls er dem König den Becher nicht schenkte – wer hatte dann das Recht, ihn zur Herausgabe zu zwingen? Den Becher einfach zu stehlen wäre schäbig. Artus würde ihn unter solchen Umständen auch gar nicht annehmen.

Die Erscheinung, die Merlin heraufbeschworen hatte, verschwand wieder.

Merlin befand sich in einem Dilemma. Um für Artus die Unsterblichkeit zu gewinnen, mußte er sie einem anderen Menschen wegnehmen, und zwar einem Mann, dem er sein Leben verdankte.

Doch wenn er nichts unternahm, würde geschehen, was er im Traum gesehen hatte. Artus würde früh sterben, seine Vision in Vergessenheit geraten, die Welt wieder in Chaos und Barbarei versinken.

Als er den heiligen Hain der Druiden verließ, war es schon hell. Er war müde, kam sich uralt vor und wollte gleich wieder ins Bett gehen. Doch dann sah er vor dem Burgtor Reiter mit blutbeschmierten Rüstungen auf unruhigen Pferden. Eine ganze Schar wehklagender Diener kam aus der Burg gelaufen, und eine blutbesudelte Sänfte wurde hineingetragen.

Merlins Herz begann heftig zu pochen. Das war mehr als die übliche Sorge um die Verwundeten und Gefallenen nach einer Schlacht. Er rannte zu der Sänfte, kaum noch fähig zu atmen.

»Artus«, flüsterte er.

»Ein Pfeil hat ihm den Rücken durchbohrt«, sagte Lancelot, der tapferste Krieger unter Artus' Männern, von dem man sagte, die Reinheit seines Herzens verleihe ihm heilende Hände. Schluchzend half er die Sänfte in die Burg tragen. »Ich habe ihn berührt. Er atmet noch, aber ich kann überhaupt nichts spüren ...« Lancelot, in dessen wallenden dunklen Haaren das Blut des Königs klebte, warf Merlin einen grimmigen Blick zu.

»Ihr müßt ihn heilen, Zauberer!« forderte er in hilfloser Wut.

Doch das konnte Merlin nicht. Er hatte nicht einmal gewußt, daß der König verwundet war. Der Traum der letzten Nacht hatte ihn vor einem unmittelbar bevorstehenden Unglück gewarnt, und er – Merlin, der große Zauberer – hatte ihn nicht richtig verstanden.

Haß auf sich selbst übermannte ihn, als die Ritter Artus auf den rohen eichenen Tisch neben dem Brunnen betteten. Merlin erkannte sofort, daß der König tödlich verwundet war.

»Sollen wir ihn nach oben tragen, Sir?« fragte Gawain höflich. Obwohl nicht mehr ganz so jung, war er immer noch ein Mann der Tat. Offenbar ertrug er die Stille nicht, die jetzt in den Burgmauern herrschte. Er wollte etwas tun – was es auch sein mochte –, um nicht untätig zusehen zu müssen, wie sein König starb.

Merlin schüttelte den Kopf. Man konnte Artus jetzt unmöglich die schmale, gewundene Treppe hinauftragen, die zu seinen Privatgemächern führte.

Dann fiel ihm sein Traum wieder ein, und sein Atem stockte. In seiner Macht stand es nicht, den König zu retten, doch ein anderer besaß die Fähigkeit dazu.

Im selben Augenblick sagte jemand hinter ihm: »Er stirbt.«

Saladin schaute über Merlins Schulter auf den blutüberströmten König hinab.

Der weinende Lancelot knurrte vor Zorn, und Gawain griff aus Wut über diese gleichmütige Feststellung zum Schwert.

Merlin sah stumm zu Saladin auf. Der starrte zurück. »Helft ihm!« bat der alte Mann schließlich ganz leise.

Saladin drehte sich um und ging zur Tür. Merlin lief ihm nach und legte ihm die Hand auf den Arm. »Ich flehe Euch an.«

Der hochgewachsene Mann holte tief Luft. »Ihr redet Unsinn«, sagte er.

Doch der alte Mann blieb hartnäckig. »Der Kelch Christi«, bat er. »Ihr müßt den König retten.«

Alle Ritter und Diener beobachteten die beiden jetzt, obwohl sie nicht verstehen konnten, was gesprochen wurde, da Merlin und Saladin sich der lateinischen Sprache bedienten.

*Soweit mußte es ja kommen,* dachte Saladin. *Gleich werden alle wissen, was es mit dem Becher auf sich hat.*

Nur ein einziges Mal in zweiunddreißig Jahrhunderten hatte er sein Geheimnis gelüftet, und nun würde man überall auf der Welt versuchen, ihn zur Strecke zu bringen, um in den Besitz des Bechers zu gelangen.

»Wie könnt Ihr es wagen«, zischte er und gab Merlin einen Stoß. »So soll er doch sterben!« rief er.

Lancelot stürzte sich mit gezücktem Schwert auf ihn,

wurde aber von Saladin mit übermenschlicher Kraft zurückgeworfen. Der Ritter flog durch die Luft und knallte neben dem Brunnen auf den Steinboden. Durch die Erschütterung wurde die Seilwinde in Bewegung gesetzt, und der Eimer fiel platschend in das Wasser auf dem Grund.

»Ich warne Euch, hetzt Eure Knechte nicht noch einmal auf mich«, sagte Saladin. »Ich könnte Artus und noch tausend andere von dieser Sorte töten.« Langsam ging er zu dem Tisch, auf dem der König lag, und berührte ihn beinahe zärtlich. »Vielleicht wäre ich selber gerne König dieser Wilden«, spottete er. »Wie Ihr wißt, wäre mir das ein leichtes, und ich würde sehr lange herrschen.«

Plötzlich zog er einen kurzen, mit Edelsteinen besetzten Dolch aus dem Gürtel und hielt ihn über Artus' Hals. »Sehr viel länger als Euer vergötterter Artus.«

Der Dolch fuhr auf die Kehle des Königs zu. Mägde schrien, Lancelot sprang auf, die anderen Ritter stürzten auf Saladin zu.

Nur Merlin rührte sich nicht. Sowie er begriffen hatte, daß Saladin den König umbringen wollte, rollten seine Augen nach innen, und in ihm stiegen gewaltige Kräfte auf: Das geheimnisvolle Etwas, das versteckte Wesen, das er so lange in sich getragen hatte, erwachte in seinem Körper zu machtvoller Lebensfülle.

Ein unirdisches, blendendes Licht strahlte aus seinen Augen. Er spürte es durch seinen ganzen Körper strömen wie eine große, heiße Schlange.

Seine Hände wurden langsam nach oben gezogen, als die Kraft sich in seinen ausgestreckten Fingern konzentrierte. Merlin sah nicht, daß das Messer zu Boden fiel und Saladins Gesicht erstarrte, als ihn eine geheimnisvolle Kraft wie eine langsam vorrückende Wand zurückschob. Auch das gleißende Licht, das den Raum zwischen den beiden Männern erfüllte, sah er nicht. Er sah nichts und fühlte nichts – nicht einmal Zorn auf den hochgewachsenen Mann, der seinen König ermorden wollte. Die magische Kraft verzehrte alle Gefühlsregungen, er war kein Mensch mehr, sondern nur noch ein Gefäß für dieses formlose, unsichtbare Wesen, das mehr als siebzig Jahre in seinem Innern geschlummert hatte. Er war nur noch die übernatürliche Kraft, die von niemandem aufzuhalten war – nicht einmal von ihm selbst.

Saladin sträubte sich, er hob die Hände vor das Gesicht und blinzelte in das schreckliche, grelle Licht. Doch es wurde immer intensiver, und die unsichtbare Wand nahm ihm die Luft und drohte ihn unbarmherzig zu erdrücken. Er schrie auf, als er zurückrutschte, wobei seine Schuhe kratzend über den Steinboden schleiften. Dann knallte er mit solcher Wucht gegen den Brunnenrand, daß ihm das Rückgrat gebrochen wurde – das konnten alle Anwesenden deutlich hören. Saladin wurde ohnmächtig, sein Kopf fiel zurück.

»Er fällt hinein«, sagte jemand, doch keiner wagte, in das schreckliche Wunder einzugreifen, das sich vor aller Augen vollzog.

Saladin seufzte auf, als er kopfüber in den Brunnen stürzte. Sein Stöhnen wurde von den feuchten Mauern zurückgeworfen, das Echo klang wie der melancholische Gesang eines Vogels.

Als Merlin wieder er selber war, sah er, daß Lancelot auf dem Boden kniete und sich bekreuzigte. Gawain hielt seine Schwertscheide umklammert, und in seinem Gesicht arbeitete es heftig.

Wie hätte Merlin ihnen erklären können, was geschehen war? Er hatte ja selber keine Ahnung. Und doch wußte er, daß er selbst es gewesen war, der die Kraft geweckt und gegen den Mann gerichtet hatte, der ihm einmal das Leben gerettet hatte. Als er sich aus dem Bann der magischen Macht löste, klopfte sein Herz zum Zerspringen, und seine Glieder fühlten sich an, als wollten sie im nächsten Moment in tausend Stücke zersplittern. Zunächst hatte Merlin nur Angst. Von nun an würde es für ihn keine Ruhe mehr geben. Er hatte sich versündigt, indem er eine allen Sterblichen gezogene Grenze überschritten hatte.

Und doch hätte er um nichts in der Welt anders gehandelt. Auch nicht um der Gunst der Götter willen.

»Holt ihn herauf!« befahl er mit heiserer Stimme.

Die anwesenden Diener wichen vor ihm zurück.

»Holt ihn herauf, habe ich gesagt!«

Gawain war mit wenigen Sätzen an der Seilwinde. Sein zerfurchtes Gesicht verriet, wie erleichtert er war, Hand anlegen zu können. Langsam bewegte er den Kübel mit der schweren Last, die auf ihm lag, nach oben. Lancelot erhob sich und half ihm. Bald standen alle Ritter am Brunnen.

Merlin trat zu Artus und berührte sein blutüberströmtes Gesicht. Der König hatte längst das Bewußtsein verloren, doch er lebte noch. Der alte Mann hob den mit Edelsteinen besetzten Dolch auf, der neben dem König lag, und betrachtete ihn wartend.

»Das Seil reißt!«

Drei der Männer fielen mit dem durchgescheuerten Seil in den Händen nach hinten.

Merlin rührte sich nicht.

»Wir schütten den Brunnen zu und graben einen neuen«, schlug Gawain vor.

Und dann geschah, worauf Merlin gewartet hatte: Brüllend wie eine eingesperrte Bestie kam Saladin die glatte Wand heraufgeklettert und schoß mit ausgestreckten Armen aus dem Brunnen, die Hände zum Würgegriff gespreizt.

Die Ritter schrien auf.

»Haltet ihn!« rief Merlin und hob den Dolch.

Als sie sich auf den fremden Riesen stürzten, der tot gewesen war, und dem dämonische Mächte wieder zum Leben verholfen hatten, löste Merlin blitzschnell mit dem Dolch den Samtbeutel von Saladins Gürtel.

Sofort verlor Saladin seine übermenschliche Kraft. Er schlug weiterhin um sich, doch jetzt war er nur noch ein gewöhnlicher Mensch: wütend, verzweifelt – und sterblich.

»Ihr habt dieses Gefäß nicht verdient«, sagte Merlin und hielt den Becher hoch.

In dem Raum herrschte gespannte Stille. Dann lachte Saladin gequält. »Das habe ich zu dem Mann, dem ich es gestohlen habe, auch gesagt.«

Der alte Mann wurde kreidebleich.

»Macht Euch nichts vor, Zauberer. Ihr seid ein Dieb, genau wie ich.«

Gawain hielt ihm ein Messer an die Kehle.

»Nein!« brüllte Merlin.

»Dieser Barbar soll mich ruhig töten«, sagte Saladin. »Ich würde lieber nicht am Strick baumeln, wenn es Euch recht ist.«

Gawain drückte ihm das Messer fester an den Hals.

»Genug!« befahl Merlin mit einer herrischen Geste. »Niemand krümmt ihm ein Haar, verstanden?«

Gawain schaute den Zauberer verwirrt an. »Aber er wollte den König umbringen.«

»Gebt Ihm freies Geleit zur Straße.«

Gawains Miene verfinsterte sich. »Er gehört in den Kerker …«

»Tut, was ich Euch sage.«

Lancelot legte die Hand auf Gawains Arm und nickte, worauf Gawain sein Messer wieder in den Gürtel steckte.

Saladin strich sich über seine nassen Kleider. »Ein Leben für ein Leben, Merlin? Das ist doch wohl Euer Angebot.«

»So ist es«, sagte der alte Mann. »Dann schulde ich Euch nichts mehr.« Er winkte die Ritter herbei. »Bringt ihn hinaus. Und kommt dann nicht wieder in diesen Saal. Ich muß mit dem König allein sein.«

Die Ritter stießen Saladin unsanft zur Tür.

»Ich werde zurückholen, was mir gehört, darauf könnt Ihr Euch verlassen!« flüsterte Saladin.

*Du wirst es zweifellos versuchen,* dachte Merlin traurig.

Die Schritte entfernten sich. Jetzt war er allein mit dem Großkönig von Britannien. Doch für ihn war er immer noch Artus, der rothaarige Junge, der das Schwert aus dem Fels gezogen hatte, ein Krieger, der von einer großartigen Welt des Friedens träumte. Artus – jetzt und für alle Zeit.

Er nahm den Metallbecher aus dem Beutel. Das kalte Brunnenwasser war in der Schale warm geworden. Er führte Artus das Gefäß an die Lippen und legte es dann in die blau verfärbten Hände des Königs.

Vor Merlins Augen schlossen sich die klaffenden Fleischwunden, das aschfahle Gesicht bekam wieder Farbe. Und dann schlug Artus die blauen Augen auf – erwartungsvoll wie ein Kind.

»Was macht Ihr denn da mit mir, Merlin?« fragte er lächelnd.

»Ich übergebe Euch Euer Erbe«, sagte der Zauberer. Doch er sprach so leise, daß Artus ihn wohl kaum hören konnte.

Dann ließ er den Becher schnell in seinem Gewand verschwinden. Artus war noch nicht reif für dieses Wissen. Mochte er zunächst sein Leben genießen und den Geschichten vom alten Zauberer und seinem Kampf gegen den sarazenischen Ritter lauschen. Erst mußte er sich als Herrscher bestätigen, bevor er erfuhr, daß er für alle Zeit König sein würde.

»Ruft Eure Ritter herein, Euer Gnaden«, sagte er und verbeugte sich. »Sie werden Euch sehen wollen.«

Begleitet vom sanften Rascheln seines Mantels ging er davon.

## 10

Der Wind peitschte Saladin scharf ins Gesicht, was er allerdings zunächst gar nicht wahrnahm, als die Soldaten ihn aus der Burg zerrten. Völlig erschöpft erwartete er, daß ihn die britischen Barbaren kurzerhand töten würden, doch sie begnügten sich damit, ihn ein Stück weit den Burghügel hinunterzuschleifen, um ihm dann einen Tritt zu versetzen, der ihn vollends hinunterrollen ließ.

Er raffte sich auf, schaute wie ein Dieb über die Schulter zu den höhnenden Soldaten zurück und rannte zur Straße, wobei seine triefend nassen Kleider ihm schwer am Leib hingen.

*Es war ein grauenhafter Fehler, Merlin das Leben zu retten,* dachte Saladin. Seine Kleider waren schon gefroren, er zitterte heftig und bereute seine Torheit bitterlich.

Was war nur in ihn gefahren, daß er von dem Gefäß Gebrauch gemacht hatte? Ausgerechnet bei einem Zauberer, einem Gedankenleser, der dem König näherstand als irgend jemand sonst und offensichtlich große Pläne für Artus schmiedete. Saladin hätte wissen müssen, daß er den Becher an sich bringen würde. Der Zauberer hatte gute Chancen, den Becher in alle Ewigkeit zu behalten, da er auch noch auf seine eigenen übersinnlichen Kräfte zurückgreifen konnte. Hatte *er* wirklich diese unsichtbare Wand geschaffen, die ihn zurückgedrängt hatte?

Es begann zu schneien, und bald stand Saladin in dichtem Schneetreiben, so daß er den Weg kaum noch erkennen konnte.

Aber er hatte ohnehin kein Ziel und besaß nur noch die steifgefrorenen Kleider, die er am Leib trug. Was er aus Rom mitgebracht hatte, war in der Burg zurückgeblieben – auch sein Pferd. Der große schwarze Hengst gehörte nun zum Reitstall des Königs.

Schon nach kurzer Zeit war er überzeugt, den Tag nicht zu überleben. Seine Finger waren schon ganz steif von der klirrenden Kälte, und seine Haare waren gefroren. Unter der Schneedecke würde er keinen Flintstein finden, er konnte also auch kein Feuer machen.

Vielleicht hielt er noch bis zum Einbruch der Dunkelheit durch. Doch die Nacht würde er bestimmt nicht überleben. Was ihm bevorstand, war nicht der leichte Tod unter Seinesgleichen in Rom, den er sich einmal vorgestellt hatte. Aber im Grunde war es ja einerlei, wie man starb.

Er stolperte und fiel mit dem Gesicht auf den harten Boden. Blut färbte den Schnee rot.

Dann hörte er plötzlich einen hohen, durchdringenden Schrei. Hatte er selber geschrien? Nein. So weit war er noch nicht, daß er seine eigenen gequälten Schreie nicht mehr erkannte. Doch irgend etwas hatte er gehört. Einen verwilderten Hund oder eine Krähe wahrscheinlich. Als er aufgestanden war, sah er eine Gestalt durch den Schnee auf sich zukommen – einen Jungen in einem merkwürdigen zerlumpten Umhang, der im Wind flatterte. Saladin rührte sich nicht von der Stelle.

Erst als die Gestalt ganz nahe herangekommen war, bemerkte er, daß es gar kein Junge war. Es war die Frau mit der wilden Mähne, der er gleich am ersten Tag in Britannien begegnet war. Sie nahm das Hirschfell ab, das sie um die Schultern trug, und Saladin nahm es wortlos an. Dann folgte er ihr auf dem Weg, den sie gekommen war.

Bald legte sich die Frau seinen Arm um die Schultern, um ihn zu stützen. Mit gesenktem Kopf schleppte er sich mühsam neben ihr her. Sein Blick war auf ihre Füße geheftet, die mit Lappen aus Kaninchenfell umwickelt waren und sich gleichmäßig durch den Schnee bewegten.

Der Fußmarsch dauerte eine knappe Stunde, doch Saladin kam es wie eine Ewigkeit vor. Dann standen sie plötzlich vor einem Haus. Benommen blickte Saladin auf. Lächelnd nickte ihm die Frau zu und stieß mit der Schulter die Tür auf.

Saladin sah gerade noch, daß der Fußboden mit Leichen bedeckt war, die in großen Blutlachen lagen, bevor er ohnmächtig wurde.

Er wußte nicht, wie lange er geschlafen hatte, doch wahrscheinlich war er bereits eine geraume Zeit in dem Haus. Es war heller Tag, und durch das Fenster konnte er sehen, daß der Schnee geschmolzen war. Er lag in einem hohen Raum unter einem prächtigen Federbett. Im Kamin brannte ein Feuer, und daneben lagen auf einem Hocker seine Kleider.

Benommen setzte er sich auf. Die Leichen fielen ihm wieder ein, die auf dem Boden gelegen hatten, als hätte man mit Äxten auf sie eingehauen. Das Blut hatte noch feucht geglänzt. Jetzt sah er sie nicht mehr. Vielleicht waren es nur Traumbilder oder Wahnvorstellungen gewesen?

Doch nun hatte er eine besonders merkwürdige Vision. Das Mädchen, das ihn hergebracht hatte, trat ins Zimmer. Sie trug eine Toga, die auf dem Boden schleppte, und eine Halskette mit farbigen Porzellanperlen, war aber ansonsten immer noch dasselbe verwilderte Geschöpf mit verfilzten Haaren und dreckverschmiertem Gesicht. Ihre Füße steckten noch in den Fellschuhen. Der Gesamteindruck war grotesk.

Sie merkte nicht, daß er wach war, ging zum Kamin und schüttelte seine Kleider aus.

»Bei mir gibt es nichts zu stehlen«, krächzte er.

Sie schaute entzückt auf, ließ seine Sachen auf den Boden fallen und lief zu ihm, um ihn zu umarmen.

»Geh weg«, murmelte er und schlug ihr auf die Finger.

Sie kümmerte sich nicht um seine schlechte Laune und winkte ihn zur Tür. Als er nicht reagierte, zog sie ihm die Decke weg.

Da er nackt war, bedeckte er sich schnell wieder. Das Mädchen kicherte und hob seine Kleider auf, um sie ihm zu bringen.

»Essen?« fragte sie. Auch ohne ihre Gesten hätte Saladin das Wort verstanden. Die Unterrichtsstunden mit Merlin zahlten sich aus.

»Ja«, antwortete er.

Das Mädchen bekam große Augen. »Du kannst sprechen?« flüsterte sie.

Es war völlig sinnlos, einem derart primitiven Menschen klarmachen zu wollen, daß es neben ihrer eigenen auch noch andere Sprachen gab. Deshalb schwieg er und versuchte nur, sie vom Bett wegzuscheuchen, dann zog er sich an.

Er befand sich in einem solide gebauten Haus im römischen Baustil, das allerdings anstelle eines Mosaikfußbodens einen Holzboden hatte. Im Flur stand eine Truhe, deren geborstener Deckel offenstand. Edle Kleider römischen Zuschnitts und beschädigter Schmuck lagen verstreut auf dem Boden herum. Auch das große Wohnzimmer auf der anderen Seite des Flurs und das Atrium waren mit verschiedensten Gegenständen übersät: ein Wachstäfelchen, einige Rechnungsblätter, Kissen, aus denen die Füllung herausgerissen war. Auf dem polierten Fußboden waren große, dunkle Flecken.

*Diesen Raum habe ich zuerst gesehen,* dachte Saladin. *Hier lagen die Leichen.*

Aus der Küche kamen Essensgerüche. Das Mädchen holte ihn in das Eßzimmer. Daß der Fußboden mit zerschlagenem Porzellan und Glas übersät war, schien sie nicht zu stören. Sie stellte eine Tonschüssel auf den Tisch und füllte seinen Teller lächelnd mit Suppe.

»Was ist da alles drin?« fragte er mißtrauisch.

Sie zuckte mit den Schultern. »Wurzeln, Kräuter.« Sie sagte noch etwas, doch das verstand er nicht. Er stocherte in der Schüssel herum und fand die Keule eines kleinen Tiers. Wenigstens hatte sie sich also nicht bei den Leichen bedient.

»Wo sind die Leute, die hier gewohnt haben?«

»Tot. Die Sachsen sind gekommen. Ich habe es gesehen. Glück gehabt.« Sie strich über die Kette, die sie trug. »Schöne Sachen.«

Saladin starrte sie an. Offenbar hatte es ihr überhaupt nichts ausgemacht, ein Haus voller ermordeter Menschen vorzufinden. Wie wohl ihr Leben ausgesehen hatte, als sie noch nicht wie ein Tier im Wald gehaust hatte?

Die Suppe schmeckte gut, und er war sehr hungrig. Er leerte seinen Teller und gab ihn ihr zum Nachfüllen.

»Wie heißt du?« fragte er.

»Nimue«, sagte sie.

»Wo ist deine Familie?«

»Tot«, antwortete sie ziemlich gleichmütig. »Schon sehr lange.«

»Wie hast du mich gefunden?«

Sie lächelte ihm zu. »Ich habe gewartet. Ich habe mir eine Bleibe zum Überwintern gesucht und auf dich gewartet. Bin ich schön?«

»Nein.« Er musterte sie. »Du bist schmutzig.«

Sie runzelte verständnislos die Stirn: Er hatte das lateinische Wort gebraucht. Da er die englische Entsprechung nicht kannte, nahm er den Saum ihrer Toga und fuhr ihr damit über das Gesicht. »Schmutz«, sagte er und deutete auf den schwarzen Rand.

Sie fuhr sich über das Gesicht.

»Und deine Haare …« Er hob die Hand, schreckte dann aber davor zurück, sie anzufassen. Ihr Kopf war vollkommen verlaust. »Die sind einfach ekelhaft«, sagte er und stieß sie von sich weg.

Sie ließ sich in eine Zimmerecke fallen, ihre Lippen bebten. Dann sprang sie wieder auf und lief schluchzend davon.

Saladin verdrehte die Augen. Schlimm genug, daß er dazu verdammt war, in dieser Wildnis zu leben. Aber die Aussicht, einen ganzen Winter des kostbaren Lebens, das ihm als Sterblichem verblieb, mit einem völlig verlausten Mädchen verbringen zu müssen, war beinahe zuviel für ihn.

*Aber man muß die Dinge nehmen, wie sie sind*, dachte er. *Ich kann von Glück sagen, daß ich dieses Haus gefunden habe.*

Saladin schaute sich um. Die ermordeten Bewohner des Hauses hatten offensichtlich im Wohlstand gelebt. Obwohl die Sachsen sich bestimmt nach Herzenslust bedient hatten, lagen in der Vorratskammer noch Nahrungsmittel. Die Möbel waren solide, und jeder Raum verfügte über einen Kamin, neben dem Brennholz aufgeschichtet war. Die vornehmen Kleider waren zweifellos importiert. Sogar einen Weinkeller gab es – hier hatten die Sachsen freilich nichts übriggelassen.

Nimue, die jetzt wieder ihre Lappen und Felle trug, lief in der Küche an ihm vorbei und rannte durch die Hintertür ins Freie. Nicht ohne Neugier ging er ihr nach.

»Läufst du weg?« fragte er. Sie drehte sich nicht um.

Als er wieder hineingehen wollte, sah er, daß die gefrorenen Leichen säuberlich wie Holzblöcke an der Mauer aufgeschichtet waren: eine Frau mit durchschnittener Kehle, bei der es sich – der kunstvollen Frisur nach zu urteilen – um die Hausherrin handelte, ein Mann in vornehmen, allerdings blutbesudelten Kleidern – vermutlich ihr Gemahl – und zwei Diener. *Das Mädchen hat sie allein herausgetragen*, dachte Saladin erstaunt. *Sie muß Bärenkräfte besitzen.*

Als er auf die kahle Fläche vor dem Haus hinausschaute, überkam ihn die schiere Verzweiflung. Seine Lage war völlig hoffnungslos. Der Becher war in die Hände eines Königs gefallen und damit für Saladin endgültig verloren. Er ging wieder ins Haus und ließ sich in das mit Daunen gepolsterte Sofa fallen.

Er war selbst schuld am Verlust des Bechers. Er hätte die Barbaren nicht durch den Versuch, Artus zu töten, zur Weißglut bringen dürfen. Aber er war vor lauter Empörung nicht imstande gewesen, klar zu denken. Der Verrat Merlins hatte ihn schwer getroffen. Immerhin verdankte ihm der Zauberer sein Leben.

*Der Becher macht aus Menschen wilde Tiere,* dachte Saladin. Sogar Merlin, der gebildetste und freundlichste Mensch, den man sich denken konnte, war ihm schließlich verfallen. Ohne mit der Wimper zu zucken, hätte er mit seiner Zauberkraft Saladin getötet. Auch dem alten Zauberer war jedes Mittel recht, um in den Besitz des Bechers zu gelangen.

Womöglich hatte der Mann, den sie Christus nannten, doch gewußt, was er bei seinem letzten Abendmahl in den Händen hielt – und weil er mehr war als ein Mensch, war er fähig gewesen, das Gefäß beiseite zu legen.

Saladin wußte, daß auch er auf den Becher verzichten sollte, da er sonst das bißchen Leben, das ihm noch blieb, mit unsinnigen Tagträumen vergeuden würde. Der Becher gehörte jetzt dem König – und Merlin. Doch der Zauberer war dem König treu ergeben.

## 11

Plötzlich hörte er den Hufschlag eines Pferdes. Seine Hände zitterten, als er aufstand. Waren die sächsischen Marodeure zurückgekommen, während er vor sich hingedöst hatte? Noch ganz benommen und zitternd vor Angst packte er den eisernen Feuerhaken und schlich vorsichtig zur Tür.

Doch als er das Wiehern hörte, blieb Saladin mit einem Japser stehen. Das war ja sein eigenes Pferd! Bevor er reagieren konnte, stürmte auch schon Nimue jauchzend und wild gestikulierend ins Zimmer.

»Komm! Komm schnell!« rief sie. Jetzt war sie noch schmutziger und roch zudem nach Pferdestall.

Der Hengst, der Schaum vor dem Mund hatte, stampfte mit dem Vorderhuf auf, als er Saladin sah. Das Mädchen tätschelte den Hals des Tieres.

»Wie ... wie hast du ...«

»Ich habe ihn aus dem Stall des Königs geholt«, verkündete sie stolz.

Saladin strich dem Pferd über die schweißnasse Flanke. Nimue war ohne Sattel auf seinem Hengst geritten. Kaum zu glauben.

»Aber die Pferdeknechte ... Und die Ritter ...«

Sie lachte, lief ein Stück weit weg und gab seltsame Laute von sich. Der Hengst spitzte die Ohren, drehte sich um und ging direkt auf sie zu.

»Wie um alles in der Welt hast du das nur geschafft?« fragte Saladin.

Nimue klopfte dem Hengst auf den Hals und schickte ihn auf die Weide. »Ich kann mit allen Tieren sprechen«, sagte sie. »Ich habe seine Box aufgemacht und ihn gerufen. Die Knechte waren beschäftigt und haben gar nicht gemerkt, daß er aus dem Stall lief.«

»Bist du etwa durch den Burghof geritten?«

Sie schüttelte den Kopf. »Ich habe im Wald auf ihn gewartet. Dann bin ich aufgesessen.«

»Und niemand hat dich gesehen?«

»Nein«, lachte sie, als ob er eine unsinnige Frage gestellt hätte. »Mich sieht man nie.«

Saladin lachte. »Ein richtiger Waldgeist bist du.«

Sie lächelte ihm schüchtern zu. »Liebst du mich jetzt?«

Saladin prallte zurück. »Dich?«

Ganz so ungläubig hatte er eigentlich nicht klingen wollen. Immerhin hatte sie sein Pferd gerettet. Als er sah, wie niedergeschlagen sie jetzt war, mischte sich sogar eine Spur Mitleid in seine Gereiztheit.

»Hör auf!« sagte er, als sie zu weinen anfing. »Geh, wasch dir das Gesicht und die Haare. Schaff dir das Ungeziefer vom Leib. Dann siehst du besser aus und fühlst dich auch besser.«

Sie sah ihn gekränkt an. »Ich verstehe dich nicht.«

Er merkte, daß er wieder in einem englisch-lateinischen Kauderwelsch gesprochen hatte.

»Komm mit.« Er packte sie am Arm und zog sie in die Küche, wo ein großes Stück brauner Seife in einem Waschzuber lag. Er hob es auf und drückte es ihr in die Hand. »Wasch dich damit«, sagte er. Er zog sie an den Haaren. »Die Mähne auch.«

»Autsch!« kreischte sie und wand sich aus seinem Griff.

»Geh zum Fluß und komm nicht wieder, bevor du sauber bist.«

Nimue streifte ihn mit einem wütenden Blick. Er öffnete die Tür und gab ihr einen Stoß.

*Mein Pferd,* jubelte er innerlich. *Jetzt kann ich Britannien verlassen und nach Rom zurückkehren …* Aber im Grunde war Rom viel zu uninteressant. Es gab so viele Länder, die er noch nie gesehen hatte: Im Chinesischen Meer lagen Inseln, wo die Frauen das Gesicht leuchtend weiß anmalten und die Mitglieder der Aristokratie in ihren Mußestunden den Duft exotischer Blüten zu erraten versuchten. In Indien gab es Orte, wo heilige Männer sich zur Reinigung ihres Geistes auf Nagelbretter legten, und wo Könige mit grünen Bärten und wehenden Seidengewändern auf Elefanten in die Schlacht ritten.

Er wurde immer aufgeregter, doch dann verpuffte seine Begeisterung schlagartig: Seine Träume zerschellten an der unerbittlichen Realität. Ihm blieb nicht einmal genug Zeit, auch nur einen dieser Orte zu besuchen. Letztlich hatte man ihm mit dem Becher auch das Leben gestohlen.

»Merlin!«

Nur Merlin konnte ihm das Gefäß wieder beschaffen … Er schaute zum Fluß hinüber. Nimue stand bis zu den Hüften im Wasser und rieb ihre langen, verfilzten Haare wie wild. Schon der Gedanke an die eisigen Temperaturen des Flusses ließ Saladin erschauern, doch das Mädchen stand ruhig da und tat, was er ihr befohlen hatte.

*Na ja, sie ist harte Lebensbedingungen gewöhnt,* dachte er. *Und eigentlich gehört sie gar nicht in die Welt der Menschen.*

Plötzlich kam ihm eine Erleuchtung. Im Grunde ist sie ein Waldgeist! Das ist die Lösung!

Jetzt konnte er seinen Blick nicht mehr von ihr losreißen. Von weitem sah es so aus, als habe sie eine recht gute Figur. Er stand unter der Tür und schaute gebannt zu, wie sie sich den Seifenschaum vom Kopf spülte und wieder ihre Lumpen anzog.

»Ein Waldgeist«, sagte Saladin laut.

Jetzt wußte er, wie er den Becher zurückbekommen konnte.

Bis Nimue wieder im Haus war, hatte Saladin bereits in den zertrümmerten Truhen in der Diele alles Nötige zusammengesucht: Kämme, zierliche Schuhe, ein Unterkleid aus Leinen, eine weiße, langärmlige Seidentoga mit rundem Ausschnitt und eine kurze Tunika aus zartgrüner Seide.

Nimue betrachtete die Kleidungsstücke, die ordentlich auf dem Bett lagen. Sie war freudig überrascht, aber auch ängstlich.

»Soll ich das anziehen?« fragte sie.

»Zieh dich erst mal aus«, befahl Saladin.

Nimue erschrak.

»Ach, stell dich nicht so an«, knurrte er, riß ihr die Lumpen vom Leib und warf sie ins Feuer. Sie schnappte nach Luft und wollte ihre Kleider aus den Flammen retten, doch er hielt sie zurück. »Hier, zieh zuerst einmal das an.« Er gab ihr einen prachtvollen saphirblauen Umhang.

Sie zog ihn an und drehte sich aufgeregt hin und her.

»Halt still!« Er drückte sie auf einen kleinen Hocker und nahm sich mit einem Elfenbeinkamm das fast undurchdringliche rötliche Dickicht auf ihrem Kopf vor. Jedesmal, wenn er mit dem Kamm an den Haaren zog, schrie sie auf. Tränen liefen ihr über die Wangen, und sie preßte die Augen zusammen, doch blieb sie auf dem Hocker sitzen und machte keinen Versuch wegzulaufen.

»Gutes Mädchen«, lobte er sie, als ob er eine Stute striegeln würde. Es war aber auch mühseliger, ihre verfilzte

Mähne zu entwirren, als irgendein Tier zu säubern, er kam richtig ins Schwitzen.

»Das hätten wir«, sagte er schließlich und zog einen Mittelscheitel durch ihr volles, glänzendes Haar, das ihr in gekämmtem Zustand bis über die Hüften reichte. Dann trat er ein paar Schritte zurück, um das Mädchen – frisch gewaschen und gekämmt – in Augenschein zu nehmen.

Das Ergebnis war einfach umwerfend. Nimues Teint war frisch und makellos. Saladin vergaß beinahe seine Aversion gegen hellhäutige Menschen.

Sie hatte kleine, regelmäßige Zähne – was bei ihrer Ernährung und dem Mangel an Hygiene an ein Wunder grenzte – und volle, sanft geschwungene Lippen. Ihre Augen waren türkisblau wie der Umhang, den sie trug.

»Du bist wirklich schön«, sagte Saladin verwundert.

Sie lächelte überglücklich.

»Kaum zu glauben!«

»Kaum zu glauben!« wiederholte Nimue lachend.

»Da, zieh dir jetzt die Sachen an.« Er streifte ihr den Umhang ab und hielt ihr das Unterkleid hin. Dabei betrachtete er ihren makellosen jungen Körper, der geschmeidig und kraftvoll war. Sie hatte einen erstaunlich üppigen Busen mit kleinen rosaroten Knospen, und zwischen ihren langen Beinen glänzte feines goldenes Haar.

Er reichte ihr ein Kleidungsstück nach dem anderen und erklärte ihr jedesmal, wie sie es zu tragen hatte. Als sie fertig war, nahm er ein langes goldenes Band, das er ganz unten in einer der Truhen gefunden hatte, und schlang es kunstvoll um ihre Hüften.

Nimue schaute an sich hinab und zupfte an dem feinen Stoff.

»Edelsteine!« rief sie plötzlich und flitzte aus dem Zimmer. *Sie bewegt sich tatsächlich völlig geräuschlos,* dachte Saladin. *Sehr gut. Es wird wunderbar funktionieren.*

Als sie zurückkam, trug sie die Halskette mit roten und gelben Keramikperlen, die er schon einmal an ihr gesehen hatte.

»Das doch nicht«, brummte Saladin und riß ihr die Kette

vom Hals. Die Perlen purzelten auf den Boden. Nimue schniefte gekränkt.

»Du tust nur, was ich dir sage, sonst nichts!« befahl er.

Sie senkte den Blick.

»Schon besser. Ich werde dir ein paar Sachen beibringen«, sagte er. »Und ich möchte, daß du sehr gut aufpaßt, hast du verstanden?«

Sie nickte.

»Aber zuerst muß ich von dir besser Englisch lernen.« Er lehnte sich an die Wand und verschränkte die Arme. »Ich habe Pläne mit dir.«

Wieder nickte sie abwartend.

»Hast du Angst vor Zauberern?«

Nimue riß die Augen auf.

»Oh, er wird dir nichts tun. Im Gegenteil, er wird sich bestimmt Hals über Kopf in dich verlieben.«

Sie runzelte die Stirn. »Und du?«

Saladin lächelte. »Nimue, wenn du tust, worum ich dich bitte, werde ich dich lieben, solange ich lebe – also sehr, sehr lange.«

Sie schaute ihn an. Ihre türkisfarbenen Augen glänzten.

»Wie wäre es, wenn du mir jetzt von dir erzählst?« schlug er vor.

## 12

Nimue hatte nicht gerade eine romantische Biografie. Sie war das Kind eines germanischen Söldners und einer Marketenderin.

Die Soldaten zogen mit ihren Frauen in kleinen Gruppen durch das Land und schlugen ihr Lager in der Nähe der Gutshöfe auf, zu deren Schutz sie angeworben wurden. Dort blieben sie, bis der Vertrag auslief oder ihrem Auftraggeber das Geld ausging.

Gold war äußerst knapp, und nur selten nahmen die Soldaten als Gegenleistung für ihren bewaffneten Schutz

Naturalien an. Deshalb konnten sich ihre Dienste nur Familien leisten, die noch aus den Tagen der römischen Herrschaft über Goldvorräte verfügten. Nimues Vater hieß Horgh. Der große, blonde Krieger hatte sich im Laufe von zwölf Jahren in Britannien ein ansehnliches Vermögen erworben. Den Winter verbrachte er jedoch immer in dem Dorf am Ufer des Rheins, in dem seine Frau mit etlichen Kindern lebte.

Nimue war nicht sein einziger Bastard. In den Söldnerlagern, in denen sie aufwuchs, trugen eine ganze Reihe von Kindern Horghs Züge. Nimues Mutter war schön, aber willensschwach. Es schien ihr nichts auszumachen, daß ihr Mann sich andere Frauen ins Bett holte, und es schien sie auch nicht zu stören, daß er sein ganzes Geld in ein fernes Land schaffte, während sie mit ihrer Tochter von dem leben mußte, was die Soldaten übrigließen.

Das Kind selber nahm der Vater kaum zur Kenntnis, und wenn er – was höchst selten vorkam – doch einmal mit ihr sprach, verstand sie ihn nicht.

Ihre Mutter blieb in der Gesellschaft anderer Menschen fast stumm, doch manchmal nahm sie Nimue mit in den Wald, wo sie mit den Vögeln und anderen kleinen Tieren redete, die sich um sie und das kleine Mädchen scharten, als wären sie das Licht in der Finsternis.

Ihrer Mutter verdankte sie alles, was sie zum Überleben in der Wildnis brauchte. Von ihr lernte Nimue, das Wetter vorherzusagen, sich einen warmen Unterschlupf für den Winter zu schaffen und verwundete Tiere auf schmerzlose Weise zu töten, wenn sie Felle brauchte. Bei Angriffen von Sachsen liefen die beiden heimlich in den Wald, um nicht eines Tages im Lager niedergemetzelt zu werden.

Doch bei einer dieser Fluchten wurde Nimues Mutter doch getötet. Mit einer Keule, in die Metallstacheln eingelassen waren, schlug ihr ein Sachse den Schädel ein, als sie gerade mit ihrer kleinen Tochter in den Wald fliehen wollte. Nimue rannte schreiend davon, und der Sachse hatte Wichtigeres zu tun, als ein kleines Mädchen zu verfolgen. Später, als sich nichts mehr rührte, ging Nimue vorsichtig zurück.

Der Hof lag in Schutt und Asche, und das Lager war verlassen. Offenbar hatten die Söldner erfahren, daß der Angriff einer großen sächsischen Horde bevorstand und waren ausnahmslos desertiert. Deshalb fand Nimue nur die blutigen Leichen der Frauen und Kinder. Nimue ging in die Villa. Die Familie des Gutsbesitzers, die Bediensteten und die Pächter, die mit ihrem Herrn den Sachsen Widerstand geleistet hatten, waren niedergemacht worden.

Zeit ihres Lebens hatte Nimue gesehen, wie Frauen gefallene Soldaten begruben, und so beerdigte sie jetzt ihre Mutter. Dann lauschte sie dem Zwitschern der Vögel. Sie kannte jetzt kein einziges menschliches Wesen mehr.

Was sie an Kleidern und Nahrung aus dem verwüsteten Lager bergen konnte, nahm sie mit. Von da an lebte sie im Wald.

Elf Jahre alt war Nimue damals gewesen.

Als Saladin ihr begegnete, war sie fast zwanzig, auch wenn sie jünger aussah. Für Saladins Pläne war es wichtig, daß sie vollkommen selbständig war und ohne jede fremde Hilfe zurechtkam.

»Er wird noch vor dem Frühling kommen«, sagte er. Nimue saß hinter ihm auf dem großen Hengst, da ihre schönen Kleider durch einen langen Fußmarsch gelitten hätten. »Du mußt dir natürlich Nahrung besorgen, aber achte auf jeden Fall auf Reinlichkeit.«

Daß sie nicht genug zu essen haben könnte, war wirklich nicht zu befürchten. Vielmehr bedauerte Saladin, daß ihm Nimues Geschick bei der Jagd künftig nicht mehr zugute kommen würde. In den letzten Wochen, als er Nimue alles beigebracht hatte, was sie zur Erfüllung ihrer Aufgabe wissen mußte, hatten auf dem Tisch nie Fasan und Wachteln gefehlt. Einmal hatte sie sogar – nur mit einem Seil und einem Messer – einen Hirsch erlegt. Zudem verstand sie das Wildbret vorzüglich zuzubereiten und mit Kräutern zu würzen, und auch sonst hatte sie sich nützlich gemacht, indem sie Holz hackte, die Kaminfeuer in Gang hielt und sogar die Leichen der früheren Hausbewohner beerdigte. Nur eines wollte ihr nicht gelingen: das Haus in Ordnung zu halten. Mehr als einmal hatte sie das Essen auf Tellern angerichtet, an denen noch die Reste der vorherigen Mahlzeit klebten. Schließlich hatte er den Versuch aufgegeben, ihr die Schlampigkeit abzugewöhnen – auch wenn er sie zum Putzen zwang, war es nachher nicht wirklich sauber – und das Haus lieber selber in Ordnung gehalten.

»Weißt du noch, was du sagen mußt?« fragte er, wobei er seine Besorgnis zu verbergen suchte.

»Ja.«

Hinter ihm auf dem Pferd saß eine atemberaubende Schönheit, deren rotgoldenes Haar auf die leuchtenden Seidengewänder herabfiel. Doch ihre kleinen Hände, die leicht auf Saladins Brust ruhten, zitterten heftig. Er spürte, daß sie am ganzen Leib bebte.

»Zum Teufel, was ist denn?« fuhr er sie an.

Sie drückte ihre Stirn an seinen Rücken. »Ich will nicht von dir fortgehen.«

Er schnaubte ungeduldig. »Stell dich nicht so an!«

»Ich könnte dich glücklich machen.«

»Wohl kaum«, sagte er, obwohl er während der zurückliegenden langen kalten Wochen manchmal selber fast daran geglaubt hätte. Nimue war wirklich schön, und seit sie unter seiner Anleitung ein paar Grundregeln zivilisierten Benehmens gelernt hatte, fühlte er sich in ihrer Gesellschaft recht wohl. Sie konnte inzwischen anständig essen, ohne sich das ganze Gesicht zu beschmieren, und hatte auch ihre Mimik soweit unter Kontrolle, daß sie nicht mehr mit hängendem Unterkiefer ins Leere starrte, wenn sie gerade an nichts Bestimmtes dachte. Außerdem verstand sie es nun, anziehend zu lächeln und mit leiser Stimme zu sprechen. Saladin hatte sie sogar ein paar ägyptische Lieder gelehrt, die ihre Stimme vorteilhaft zur Geltung brachten. Sie verfügte über beträchtliche Intelligenz, beeindruckende Fertigkeiten und ein warmherziges Wesen. Selbst jemand, der so reizbar war wie Saladin, fand an ihr wenig auszusetzen.

Alles in allem war sie zu einer sehr begehrenswerten Frau geworden, und unter anderen Umständen wäre Saladin bestimmt versucht gewesen, mit ihr zu schlafen. Wie die Dinge lagen, kam das aber gar nicht in Frage. Bei einer eingehenden ärztlichen Untersuchung hatte er festgestellt, daß sie noch Jungfrau war, und das war wichtig. Nimue war ein Geschenk für einen anderen, der einen hohen Preis für sie bezahlen würde.

Bei den Höhlen, wo er mit dem alten Zauberer Steine gesammelt hatte, zügelte er seinen Hengst.

»In dieser Höhle wartest du«, sagte er.

»Und wenn er gar nicht kommt?«

»Du mußt singen«, sagte Saladin. »Sing die Lieder, die ich dir beigebracht habe. Er kommt ganz bestimmt.«

»Und dann?«

»Laß den Dingen einfach ihren Lauf, Nimue.« Als sie sich vom Pferd schwang, wobei ihre Gewänder sie wie glitzernde Nebel umflossen, überkam ihn doch leise Traurigkeit. Es war schließlich völlig ungewiß, ob er mit seinem Plan Erfolg haben würde, und eigentlich hatte er das Mädchen doch recht liebgewonnen. »Wenn du im Frühling immer noch allein bist, kannst du zu mir zurückkommen«, sagte er.

Nimue strahlte. »O ja!«

Er packte sie am Arm. »Daß du unter gar keinen Umständen meinen Namen erwähnst, Nimue! Sonst sind wir beide schon so gut wie tot.«

»Ich werde dir gehorchen, das schwöre ich«, sagte sie feierlich.

Sie schien noch auf etwas zu warten, vielleicht auf einen Kuß des hochgewachsenen, eleganten Mannes aus einem fernen Land, doch Saladin blieb unbeweglich stehen.

»Geh jetzt, schnell!« sagte Saladin nach einer Weile, schwang sich in den Sattel und ritt davon.

Die Glocken der kleinen Burgkapelle läuteten fröhlich, doch sie vermochten Merlin nicht aufzuheitern. Während sich der König und seine Ritter auf den Gang zur Morgenmesse vorbereiteten, schlich Merlin mit düsterer Miene in seinen Gemächern umher. Natürlich erwartete niemand, daß er am Gottesdienst teilnahm, in Camelot wußte jeder, daß

Merlin der Alten Religion anhing. Die Ritter waren zwar zu einem großen Teil gläubige Christen und lehnten an sich jegliche Zauberei ab, doch dem alten Mann waren sie dennoch dankbar dafür, daß er von seinen magischen Kräften Gebrauch gemacht hatte, um die furchtbaren Wunden des Königs zu heilen.

Merlin hatte bisher nur selten einen Gedanken an die christliche Kapelle verschwendet, doch heute brachten ihn die Glocken mit ihrem fröhlichen Klang schier zur Verzweiflung.

Nach der Vertreibung des ›bösen sarazenischen Ritters‹ – so wurde Saladin am Hof genannt – und der wundersamen Genesung des Königs hatte Merlin sich wie ein Kranker in seine Kammern zurückgezogen und reagierte nun schon seit vielen Wochen nicht einmal, wenn der König ihn rufen ließ.

Artus und seine Ritter erblickten in Merlins Rückzug vom Gemeinschaftsleben eine Folge seiner Zauberei. »Das hat ihn ausgelaugt«, sagten sie. »Er ist dem Tod zu nahe gekommen, als er gegen ihn kämpfte.«

Mochten sie doch denken, was sie wollten, denn was immer sie sich einbildeten – besser als die Wahrheit war es allemal.

Die Glocken brachten ihn fast um den Verstand. Er knallte die Tür hinter sich zu und stapfte über den Burghof und zum Tor hinaus, ohne den Gruß der Menschen, denen er begegnete, zu erwidern.

*Das Christentum ist schuld,* sagte er sich. *Wie Unkraut hat sich die neue Religion ausgebreitet und mit ihrem verfluchten Versprechen des ewigen Lebens die Menschen der Natur entfremdet.* Er beschloß, zum Hain der Druiden zu gehen. Dort würde er in Ruhe nachdenken können – fern von dem unaufhörlichen Gebimmel der Glocken.

Doch er fand keinen Trost in dem heiligen Hain. Die Mithras-Quelle, in der die Priester sich vor ihren heiligen Handlungen gewaschen hatten, war zu einem dünnen Rinnsal verkümmert. Die Geräusche des Waldes – sonst immer angenehm und willkommen – erschienen ihm jetzt plötzlich ohrenbetäubend: sie verhinderten jeden Gedanken und ließen seine Seele nicht zur Ruhe kommen. Seit sich aus ihm heraus magische Kräfte ergossen hatten, fühlte er sich nirgends mehr zuhause. Er war ein anderer geworden.

Aber hatte er nicht mit jeder Faser seines Wesens dem Augenblick entgegengefiebert, in dem es ihm gelingen würde, die in ihm herangewachsene Zauberkraft zu entbinden, den Bereich des Menschlichen zu überschreiten?

Weinend sank Merlin in sich zusammen. »Vergebt mir, Ihr Götter«, flüsterte er.

Im Grunde wußte er, daß all die Dinge, denen er die Schuld geben wollte, nicht für seinen aufgewühlten Gemütszustand verantwortlich waren. Weder die neue Religion noch der verlassene heilige Hain – nicht einmal die Zauberkraft, die er irgendwie an jenem schrecklichen Tag in sich freigesetzt hatte. Die Ursache seiner Ruhelosigkeit war einzig und allein das Böse, das er in seinem eigenen Herzen gefunden hatte.

Er hatte die magische Kraft im Zorn entfesselt und mit ihr einen Menschen zu töten versucht, dem er sein Leben verdankte. Dabei hatte er freilich einen edlen Zweck verfolgt, das konnte niemand bestreiten. Merlin hatte alles tun müssen, was in seiner Macht stand, um den Tod des Königs zu verhindern, und er hatte Artus nur retten können, indem er dem sarazenischen Ritter den magischen Becher entwand. Hatte der Fremde nicht versucht, Artus mit seinen eigenen Händen zu töten? Wäre der König ohne Merlins entschiedenes Eingreifen jetzt nicht tot?

Ja, schon ... das war alles richtig. Er hatte es sich bereits tausendmal überlegt. Seine Handlungsweise erschien nicht nur verständlich, sondern sogar vernünftig; er hatte sich eigentlich nichts vorzuwerfen. Und doch kam er nicht zur Ruhe. Immer noch verfolgte ihn der Traum, in dem Christus den Kelch des ewigen Lebens ausstreckte. Aber warum hatte er – wenn er tatsächlich die Inkarnation Gottes war – den Becher wieder weggenommen?

Und immer noch ängstigte Merlin auch die Magie, die er entfesselt hatte. Von dem Vorgang selbst war ihm wenig im

Gedächtnis geblieben, die Zauberkraft hatte ihn geblendet und betäubt. Sehr genau konnte er sich dagegen an das Gefühl danach erinnern, an die fürchterliche Gewißheit, daß er ein ganz anderer geworden war und Entspannung, Frieden und sogar der Tod ihm für immer versagt bleiben würden.

Bestand darin das ewige Leben? Lautete so die Deutung seines Traumes: Ein Leben, das sich über seine normale Dauer hinaus erstreckte, war ein Fluch, weit schlimmer als der Tod.

Andererseits hatte Saladin nicht gerade den Eindruck eines besonders unglücklichen Menschen gemacht und sich nach Kräften gewehrt, als Merlin ihm das Gefäß gestohlen hatte.

*Der Becher hat mich schon zum Dieb gemacht,* dachte der alte Mann. *Beinahe hätte ich sogar jemanden umgebracht. Was für einen Menschen wird er wohl aus Artus machen?*

Plötzlich schaute er auf. Süße Klänge drangen aus großer Entfernung ganz leise an sein Ohr: eine Frauenstimme, die ein wunderschönes, fremdartiges Lied sang. Als sie verstummte, glaubte Merlin, er habe es sich nur eingebildet. Doch die sanfte Stimme setzte wieder ein, hoch und geheimnisvoll.

Verzaubert stand er auf und ging dem Gesang nach, der uralt klang, heiter und doch irgendwie hoffnungslos. Das Lied kam von den Höhlen.

Er beschleunigte seine Schritte, da er befürchtete, das geheimnisvolle Wesen könne sich in Luft auflösen, bevor er es erreichte. Doch der Gesang wurde lauter, als er näher kam.

Dann blieb er abrupt stehen. Die Klänge kamen genau aus der Höhle, in der er mit Saladin gewesen war, und Merlin stand jetzt fast genau an der Stelle, wo damals sein Herz zu schlagen aufgehört hatte – ohne den Fremden und seinen Becher wäre er hier gestorben.

*Ein Leben für ein Leben,* dachte Merlin. Ja, er hatte seine Schuld beglichen, und der Becher befand sich in seinem Besitz. Er mußte sehen, wie er damit leben konnte.

Einen Moment lang setzte die Musik aus. Merlin merkte, daß ihm der Schweiß über den Rücken lief. Er würde nie mehr frei von Schuld sein. Selbst der Tod konnte keine Erlösung bringen.

Wieder erklang die Stimme. Sie war Balsam für seine Seele. Es war schon ziemlich lange her, seit er ein weibliches Wesen singen gehört hatte. Ganz speziell für ihn hatte überhaupt noch nie eine Frau ein Lied gesungen. Seine Mutter hätte es bestimmt getan, wenn sie nicht gestorben wäre. In seinem ganzen langen Leben hatte er niemals die Liebe einer Frau erfahren.

Langsam betrat er die Höhle, in die einzelne Sonnenstrahlen fielen. Zunächst sah er nur seinen eigenen riesigen Schatten an der Wand. Dann blieb er plötzlich stehen, überwältigt von dem Anblick, der sich ihm bot. Im warmen Licht der Höhle saß die schönste Frau, die er jemals gesehen hatte. Um sie herum funkelten Kristalle wie Edelsteine.

Sie erschrak nicht, als er plötzlich erschien, und unterbrach nicht einmal ihren Gesang, sondern sang den Refrain ihres Liedes zu Ende. Der letzte Ton klang noch eine Weile nach wie eine Verheißung.

Er wußte nicht, was er sagen sollte. Sie war von überirdischer Schönheit. Er drückte die Augen zu. Vielleicht würde sie wie ein flüchtiger Gedanke verschwinden?

»Wer bist du?« flüsterte er schließlich.

»Ich bin Nimue«, antwortete sie. »Komm her zu mir, Merlin. Ich habe auf dich gewartet.«

Sie streckte ihm die Arme entgegen.

Der alte Mann zögerte. Wenn sie nicht nur in seiner Einbildung existierte, war sie von jemand geschickt worden, der bestimmt nichts Gutes im Schilde führte.

Von Saladin. Der sarazenische Ritter benutzte das Mädchen, um wieder in den Besitz des Bechers zu gelangen.

»Wie kommst du hierher?« Er versuchte, streng zu klingen, konnte aber nicht verhindern, daß seine Stimme zitterte.

Sie erhob sich anmutig. »Wenn du mir nicht vertrauen kannst, dann warte ich eben, bis du es kannst«, sagte sie sanft und rannte ins Innere der Höhle, wo es völlig dunkel war.

Merlin folgte ihr, konnte sie aber nicht finden. Er ging sogar zurück zur Burg, um eine Kerze zu holen und suchte weiter, doch sie blieb verschwunden.

## 13

Auch den ganzen nächsten Tag suchte Merlin nach der geheimnisvollen Frau, wobei er sich freilich wie ein alter Narr vorkam. Er versuchte sich einzureden, er wolle nur herausfinden, wie ein ausgewachsener Mensch aus Fleisch und Blut spurlos aus der Höhle verschwinden konnte. Andere hätten sich vielleicht gefragt, ob es sich bei Nimue überhaupt um ein menschliches Wesen handelte. Zwar sah sie zweifellos aus wie ein Mensch, doch im einfachen Volk herrschte die Überzeugung, daß Nymphen, Waldgeister und andere überirdische Wesen manchmal in menschlicher Gestalt erschienen. Doch Merlin glaubte nicht an die Volksmärchen vom Feenvolk. Schließlich war er ein gebildeter Mensch und zudem ein anerkannter Zauberer. Menschen verschwanden nicht einfach so.

Am dritten Tag seiner Suche fand er endlich ein paar hundert Meter vom eigentlichen Zugang zur Höhle entfernt zwischen zwei Felsvorsprüngen einen schmalen Gang – kaum größer als ein Dachsbau –, durch den man ebenfalls hineingelangte. Er war mit einem großen, flachen Felsbrokken sorgfältig abgedeckt.

*Also doch ein Mensch,* dachte Merlin und ärgerte sich über seine Enttäuschung. Er wartete noch ungefähr zwei Stunden, dann gab er auf und ging nach Camelot zurück.

In der Burg ging es drunter und drüber, die Vorbereitungen für den Umzug des Hofes in die Sommerresidenz Garianonum waren in vollem Gange. Nach dem langen Winter waren die Nahrungsvorräte in Camelot beinahe aufgebraucht, die Senkgruben waren dagegen voll und stanken bestialisch. Es wurde also Zeit, das Feld zu räumen, damit die ständige Besatzung der Burg mit der Beseitigung des

Unrats und der Einlagerung neuer Vorräte für den nächsten Herbst beginnen konnte.

Merlin, der in seiner aufgewühlten Seelenverfassung den bevorstehenden Umzug ganz vergessen hatte, sah nun völlig überrascht, daß die Wagen schon beladen wurden.

»Wann brechen wir auf?« fragte er einen Pagen.

Der Junge zuckte zusammen. »Übermorgen, Sir«, antwortete er schlotternd vor Angst. Auch schon vor seinem Kampf gegen Saladin hatten die meisten Menschen in der Burg nur ungern mit dem Zauberer gesprochen – aus Angst, in einen Frosch verwandelt oder in einen brodelnden Hexenkessel geworfen zu werden. Seit man sich nun überall erzählte, Merlin habe den bösen sarazenischen Ritter direkt in die Hölle hinabgeschleudert, war alles noch viel schlimmer geworden.

»Ist es nicht noch recht früh für die Sommerresidenz?«

»Doch, Sir«, antwortete der Page. »Aber der König hat es befohlen.« Der Junge rannte davon, um weiteren Fragen zu entgehen. Dabei bekreuzigte er sich, um den bösen Blick abzuwehren.

Merlin seufzte. Warum lebte er eigentlich noch hier? Obwohl es am Königshof vor Menschen nur so wimmelte, fühlte er sich hier einsamer als im Hain der Druiden, und die Burg war zudem ein ungemütlicher Aufenthaltsort voller Lärm und Gestank. Nur Artus zuliebe war er hier geblieben, doch der König war inzwischen ein erwachsener Mann. Merlins Rat brauchte er eigentlich nur noch in Fragen der Diplomatie, aber damit war es ohnehin nicht weit her in einem Land, wo Recht und Gesetz nach wie vor kaum eine Rolle spielten. Für die Ausarbeitung seiner Kriegsstrategien brauchte ihn der König gewiß nicht; einen besseren Feldherrn als Artus gab es in ganz Britannien nicht.

Immer stärker war Artus im Laufe der letzten paar Jahre von seinen Aufgaben als Feldherr in Beschlag genommen worden. Trotz seiner Vision von einer geeinten Welt verbrachte er immer mehr Zeit auf dem Schlachtfeld. Die Sachsen griffen nämlich immer häufiger an, und mit jedem Jahr nahm die Größe und Diszipliniertheit ihrer Armeen zu. Artus hatte gar keine andere Wahl: er mußte Krieg führen. Die Diplomatie hatte keine Chance, abgesehen von Streitigkeiten zwischen Artus und den anderen britischen Königen, die freilich so sehr von der Abwehr der Invasionswellen beansprucht wurden, daß sie kaum auf die Idee kamen, mit dem Großkönig oder untereinander einen Streit anzuzetteln. Nur selten, in den kurzen Pausen zwischen den Feldzügen, hatte Merlin in den letzten fünf Jahren Gelegenheit gehabt, ein Gespräch mit Artus zu führen.

Diese Unterhaltungen waren allerdings unvergleichlich. Artus war zu einem großartigen Mann herangewachsen, der über Humor und Weisheit verfügte und doch noch genauso geradlinig war wie früher. Der König bediente sich als Zeichen seiner Hochachtung in Gesprächen mit Merlin immer des Lateinischen. Wie zwei Edelleute mit unbegrenzter Muße widmeten sie sich der Philosophie und der Poesie.

Merlin lächelte. Erst jetzt fiel ihm auf, was für eine Anstrengung diese beschaulichen Stunden für Artus gewesen sein mußten – für den Großkönig eines Landes, das sich mittlerweile praktisch im Belagerungszustand befand. Doch aus Dankbarkeit widmete dieser Mann mit eiserner Selbstdisziplin einen Teil seiner kostbaren Zeit seinem alten Mentor.

Merlin hatte Artus immer als sein Kind betrachtet, doch inzwischen war der ›Sohn‹ erwachsen und hatte die kühnsten Träume des ›Vaters‹ übertroffen. Es war an der Zeit zu gehen. Er würde Artus seine Bestimmung eröffnen und dann beiseite treten, damit der König sein Schicksal erfüllen könne.

Er fand Artus im Söller, wo ihm gerade sein Kettenhemd angelegt wurde.

»Ich muß mit Euch reden«, sagte Merlin.

Wenn er lachte, hatte der König noch etwas sehr Jungenhaftes. »Zeit hab ich leider nicht«, sagte er. »Die Späher haben dreißig Kilometer nördlich von hier am Ufer ein sächsisches Schiff gesichtet. Wenn wir sie nicht aufhalten, werden wir am Ende hier in Camelot belagert – und müssen uns alle miteinander das letzte Huhn teilen.«

»Es ist dringend, Eure Majestät.«

Der König wurde ernst und schickte die Diener hinaus. Normalerweise sagte der alte Mann einfach nur Artus zu ihm. »Worum geht es, Merlin?« fragte er.

»Ich werde wohl nicht mit dem Hof nach Garianonum gehen. Am See steht ein kleines Haus, das ich kaufen möchte. Die Besitzer ziehen nach Norden, weil sie der Meinung sind, die Sachsen hätten inzwischen in diesem Teil des Landes zu oft zugeschlagen ...«

Er merkte, daß er abschweifte, und brach abrupt ab.

»Ihr seid doch hoffentlich nicht krank?« fragte Artus besorgt.

»Nein, mir geht es gut. Aber ich habe genug vom Leben am Hof. Garianonum ist nur zwei Tagesritte von hier entfernt, falls Ihr mich brauchen solltet ...«

»Natürlich, das ist kein Problem. Aber Ihr werdet mir fehlen. Ich bin wohl davon ausgegangen, daß ich Euch bis an mein Lebensende um mich haben würde wie meine Arme und Beine – oder vielmehr wie meinen Verstand.« Er grinste und wurde in Merlins Augen wieder ganz zu dem erschrockenen mageren Kind, das neben einem riesigen Felsblock gestanden hatte mit dem blitzenden Schwert Excalibur in beiden Händen.

Artus umarmte den alten Mann.

*Wie stark er ist,* dachte Merlin. *Und wie zerbrechlich ich ihm vorkommen muß.*

»Und da ist noch etwas«, sagte er. »Ich wollte es Euch eigentlich erst später in aller Ruhe sagen, da ich aber nicht mitgehe ...«

Er sah, daß Artus einen Blick zur Tür warf. Der König hatte keine Zeit zu verschenken, er konnte dem Geplapper eines alten Mannes nicht lange zuhören.

Merlin holte einen Lederbeutel aus den Falten seines Mantels, entnahm ihm den Metallbecher, den er Saladin weggenommen hatte, und gab ihn Artus.

»Was ist das?« fragte der König.

»Das hat Euch nach Eurer Verwundung geheilt«, sagte Merlin. »Ihr habt im Sterben gelegen, Artus. Es gab sonst keine Möglichkeit, Euer Leben zu retten.«

»Ja, es heißt, Ihr habt mich mit Eurem Zauber geheilt.« Er lachte. »Vielleicht sollte ich Euch verbieten, den Hof zu verlassen. Nicht jeder König kann einen anerkannten Magier zu seinen Freunden zählen.«

»Seid bitte ernst, Artus. Mit mir hatte das gar nichts zu tun. Die Heilung jedenfalls. Und das andere ...« Er machte eine wegwerfende Geste.

Als der König stumm blieb, fuhr Merlin gereizt fort: »Der Becher ... das Ding in Euren Händen heilt Wunden.« Er schluckte. »Er wird Euch unsterblich machen.«

Gebannt starrte der König den Becher an, dessen Kraft ihn durchströmte. »Er ist warm«, sagte er sanft.

»Er verleiht das ewige Leben«, sagte Merlin. »Bitte glaubt mir das, Artus.«

Artus sah, wie eine Schramme an seinem Handgelenk verschwand. »Ich glaube Euch«, flüsterte er. Dann riß er seinen Blick von dem Gefäß los und gab es mit einem tiefen Seufzer Merlin zurück. »Macht guten Gebrauch davon«, sagte er.

Merlin war entsetzt. »Aber das Gefäß gehört Euch!« rief er. »Ich habe es für Euch gestohlen!«

»Aber ich will es nicht«, sagte der König ruhig.

»Ihr wollt es nicht?«

»Gott im Himmel, gleich kommt die ganze Dienerschaft gelaufen, wenn Ihr so laut brüllt«, mahnte Artus.

»Aber ... aber ...« Merlin schüttelte sich wie ein begossener Pudel, um seine Selbstbeherrschung wiederzugewinnen. »Ihr seid der größte König, den dieses Land je gekannt hat«, sagte er dann. »Es ist von großer Bedeutung, daß Ihr am Leben bleibt.«

»Ja.« Die Augen des Königs leuchteten. »Mein Leben ist bedeutsam. Für mich. Weil es kurz und kostbar ist und jeder Tag mein letzter sein kann. Weil es mich immer wieder in Staunen versetzt. Und darum bin ich ein guter König, Merlin. Darum ist mein Leben lebenswert. Glaubt Ihr, ich würde es ertragen, zahllose Tage und unzählige Epochen zu durchleben in dem Bewußtsein, daß nichts, was ich tue, dringend ist? Das wäre ja schlimmer als die ewige Verdammnis!«

»Das sind persönliche Überlegungen. Ihr müßt aber auch an Britannien denken.«

»Ich denke immer an Britannien. In diesem Land fehlt es an vielem, doch bestimmt nicht an einem Despoten, der für immer herrscht und jeder Laune nachgeben kann, die ihm gerade in den Sinn kommt.«

»Ihr würdet das nicht tun, Artus.«

»Ach, nein? Die ersten hundert oder zweihundert Jahre vielleicht nicht. Aber irgendwann würde ich der Versuchung doch nachgeben und korrupt werden – wie jeder andere auch.« Er sprach jetzt sehr leise. »Nein, das will ich nicht.«

»Aber Eure Pläne …«

»Ich habe einen Anfang gemacht. Zum Beispiel mit der Tafelrunde, wo niemand vor einem anderen das Haupt beugt und jeder sprechen kann und Gehör findet. Niemand muß sich dort für seine Gedanken rechtfertigen, nur für seine Taten.«

»Aber das hat keine große Bedeutung. Eine vorübergehende Angewohnheit.«

»Es handelt sich um eine Idee, Merlin. Und selbst die unbedeutendste Idee ist mehr als eine vorübergehende Angewohnheit. Bis zu ihrer Verwirklichung mag es Jahre oder auch Jahrhunderte dauern, aber sie stirbt nie. Nach mir wird es wieder Menschen geben, die diese Idee begreifen und weitertragen.«

»Wer sollte das sein?« fragte Merlin kampflustig. »Ihr habt keinen Erben.« So grob hatte er sich eigentlich nicht äußern wollen. Die Unfruchtbarkeit der Königin war ein Thema, das fast überall böses Blut schuf und noch durch Gerüchte kompliziert wurde, denen zufolge der König irgendwo im Norden einen Sohn hatte.

Erst nach einer längeren Pause antwortete Artus: »Ich hätte nicht gedacht, daß ich mich in dieser Sache auch noch Euch gegenüber rechtfertigen müßte.«

Merlin wußte nicht, ob Artus seine Weigerung, die Königin zu verstoßen, meinte oder die Gerüchte über einen unehelichen Sohn – die Artus entschieden zurückwies.

Merlin glaubte Artus, er kannte ja die strenge Lebensführung des Königs. Im übrigen wäre für Artus' ein Bastard immer noch besser gewesen als gar kein Nachkomme, und doch beharrte er auf seiner Darstellung. Demnach war es der Mutter des betreffenden Kindes – einer entfernten Verwandten von ihm – nicht gelungen, ihren Mann von der Vaterschaft an ihrem kleinen Jungen zu überzeugen, da das Kind ihm überhaupt nicht ähnlich sah. Um sich und ihr Kind zu schützen, nannte sie daraufhin den König als Vater, da ihr Gemahl weder den Sprößling des Königs noch dessen Mutter töten konnte.

»Ich denke nur an Eure Zukunft – und an die Zukunft Britanniens«, sagte Merlin. »Wenn Ihr vor Eurer Zeit sterbt, erleidet Euer Land einen unermeßlichen Verlust.«

Artus' Lächeln war jetzt nicht mehr jungenhaft, sondern traurig und voller Erfahrung. »Meine Zeit zu sterben ist gekommen, wenn ich sterbe.«

Merlin schüttelte ungläubig den Kopf. »Ihr seid wirklich ein Christ geworden«, sagte er schließlich.

Artus lachte. »Schon möglich. Aber wenn es hart auf hart geht, lasse ich Euch ja doch rufen, damit Ihr die Sache in Ordnung bringt.«

*Nein, das glaube ich nicht,* dachte Merlin. *Artus wird den Tod nicht betrügen wie ich. Er wird sterben, und wir werden alle darunter zu leiden haben.*

Merlin sprach diese Gedanken nicht aus. »Mögen die Götter mit Euch sein auf Eurer Reise«, sagte er nur, als sie gemeinsam den Söller verließen – Artus in voller Rüstung, zum Kampf bereit.

Durch das Visier konnte Merlin sehen, daß seine Augen strahlten.

## 14

Merlin verabschiedete sich schon am frühen Morgen vom König. Als Artus inmitten seiner Ritter aus dem Tor kam, gefolgt von den Frauen, den Wagen und dem ganzen Gefolge, hatte er die Burg bereits verlassen. Der alte Mann stand auf einem Findling bei den Höhlen und schaute aus der Ferne zu.

Manche Gefolgsleute des Königs wandten den Blick schnell ab von dem Zauberer, der über dem Fels zu schweben schien, andere waren durch den Anblick wie hypnotisiert. Diener bekreuzigten sich, um sich gegen die Magie zu schützen.

Artus war traurig. Merlin war sein Lehrmeister und trotz des großen Altersunterschiedes sein bester Freund gewesen. Die Trennung von ihm bedeutete für Artus den endgültigen Abschied von der Jugend. Doch vor allem hatte er Mitgefühl mit dem alten, einsamen Mann.

Soweit Artus wußte, hatte Merlin die Liebe einer Frau nie kennengelernt. Dieses Thema war zwischen ihnen allerdings auch nie zur Sprache gekommen; Merlin wollte nicht, daß man in seinem Privatleben herumstocherte. Nur ganz wenige Menschen waren mutig genug zu einer näheren Bekanntschaft mit einem Zauberer, und nun gab es nicht einmal mehr die Druiden, die Merlin verstanden hätten. Er war vollkommen allein auf der Welt. Und sein neues Spielzeug würde dafür sorgen, daß er ewig allein blieb.

Zweifellos traf zu, was Merlin über den Becher sagte. Artus hatte dessen beinahe unwiderstehliche Kraft selber gespürt. Und genau deshalb hatte er ihn zurückgegeben.

Er hob zum Abschied seine Hand, und durch den vom Troß aufgewirbelten Staub hindurch sah er, wie auch Merlin den Arm zum Gruß emporstreckte.

Dann wandte sich der König um und ritt weiter. Er mußte sich der Zukunft zuwenden und durfte keine Zeit mehr verlieren.

Soweit Merlin blicken konnte, bis zu den Bergen in der Ferne, rührte sich jetzt nichts mehr auf der holprigen Straße. Auch der Staub hatte sich wieder gelegt. Merlin kletterte von dem Felsen herunter und spürte dabei ein Stechen in der Hüfte.

*Der Becher wird es richten,* dachte er und lachte unglücklich. Nie mehr würde er unter Schmerzen leiden müssen. Da der König das Geschenk des ewigen Lebens zurückgewiesen hatte, konnte Merlin weiterleben, wenn die Knochen seines Schützlings längst zu Staub zerfallen sein würden.

Merlin war gar nicht auf die Idee gekommen, daß Artus ablehnen könnte. Welcher Mensch schlüge das Angebot des ewigen Lebens aus? Wut stieg in dem alten Mann auf. Artus hatte sich nie um seine eigene Zukunft gesorgt, aber das war denn doch ...

Der kleinen Besatzung, die in der Burg geblieben war, um den Unrat zu beseitigen und die Vorräte zu erneuern, lag sicher nichts an der Gesellschaft eines Zauberers. Merlin hatte den größten Teil seiner Habe bereits am Vortag in das kleine Haus am See geschafft, und der Rest befand sich in den Satteltaschen seines Pferdes und seines Maulesels.

Er schaute zu den Höhlen hinüber. Am liebsten hätte er den Tag in einer dunklen, kühlen Höhle verbracht. Jetzt, wo Artus nicht mehr da war, freute sich Merlin überhaupt nicht mehr auf sein neues Haus. Doch er mußte auf die schwerbeladenen Reittiere Rücksicht nehmen.

Sein Pferd wieherte. »Schon gut«, sagte er. Er würde zu seinem Haus reiten, seine Sachen abladen, einen Blick in den kleinen Garten werfen – und sich die nächsten tausend Jahre nach dem Tod sehnen.

»Endlich kommst du.«

Merlin zuckte zusammen, als er die Stimme hörte, und seine Verblüffung wurde noch größer, als er sah, daß Nimue auf seinem Maulesel saß. »Was willst du denn hier?« fragte er.

»Dir Gesellschaft leisten, alter Mann. Du solltest dir nicht so viele Sorgen machen, dann würdest du dich wohler fühlen.«

»Ich fühle mich durchaus wohl«, sagte er möglichst griesgrämig, um zu verbergen, daß sein Herz heftig pochte und seine Finger zitterten. »Ich brauche keine Gesellschaft.«

»Das ist aber dumm«, antwortete das Mädchen leichthin. »Ich habe nämlich beschlossen, den Tag mit dir zu verbringen.«

»Ich dachte, du wolltest erst wieder auftauchen, wenn ich dir vertraue.«

»Vertraust du mir inzwischen?«

»Nein.«

Nimue zuckte mit den Schultern und machte Anstalten, sich von dem Maultier zu schwingen: »Ganz wie du willst.«

»Einen Augenblick noch«, sagte er schnell. »Was spielt das für eine Rolle, ob ich dir traue oder nicht?«

»Für mich – gar keine«, antwortete sie und machte es sich wieder im Sattel bequem, »Aber es wäre mir nicht recht, wenn du immer um dein Leben bangst, sobald ich etwas zu dir sage.«

»Hast du den Auftrag, mich zu ermorden?«

Sie schüttelte den Kopf. »Ich müßte ja vollkommen verrückt sein, wenn ich einen Zauberer umbringen wollte. Wer weiß, vielleicht würdest du mich in einen Wurm verwandeln oder meine Augäpfel wären plötzlich nur noch Staub.« Sie erschauerte.

Merlin brummte zustimmend. »Vergiß das besser nicht!« sagte er und schwang sich in den Sattel. So eine merkwürdige Person war ihm noch nie begegnet. Ihre Redeweise war gewandt, beinahe kultiviert, doch um damenhaftes Benehmen schien sie sich absolut nicht zu scheren. Vielleicht war sie ja doch eine Waldnymphe, dachte Merlin, während sie zum See ritten, doch er verwarf diesen Gedanken sofort als absurd.

Als sie das Haus erreicht hatten, machte sich Nimue nützlich, indem sie das Maultier entlud und anschließend die beiden Reittiere versorgte. Offensichtlich besaß sie eine Begabung für den Umgang mit Tieren. Als Merlin sie darauf ansprach, sagte sie nur, sie sei daran gewöhnt, sich mit Tieren zu unterhalten.

In den Satteltaschen hatte Merlin auch einige Essensvorräte verstaut, und Nimue bediente sich mit dem Appetit eines Soldaten. Später verschwand sie, und nach einer halben Stunde kam sie mit einem Sack voller Frösche zurück, die sie routiniert zerlegte, worüber Merlin nicht gerade glücklich war.

»Wenn du etwas Fett hast, können wir die Froschschenkel braten«, schlug sie vor.

»Ich esse kein Fleisch«, antwortete Merlin.

»Wie bitte? Darum wirkst du so zerbrechlich. Diese Froschschenkel sind genau das Richtige für dich.«

Er lehnte höflich ab, schaute ihr aber fasziniert zu, wie sie die ganze Pfanne allein leer aß.

»Vorzüglich«, kommentierte sie und leckte sich die Finger.

Merlin schmunzelte. »Wo wohnst du denn, mein Kind?« fragte er.

Nimue schaute ihn an. »Warum eigentlich nicht hier?«

Seine Augenlider zuckten. »Also, ich glaube kaum ...«

»Sei doch nicht dumm. Ich koche für dich und putze – wenn mir das Putzen auch nicht so liegt. Und du kannst mir dafür das Zaubern beibringen.«

»Ich fürchte, so einfach geht das nicht«, sagte Merlin.

»Und warum nicht? Die Leute machen immer alles komplizierter, als es ist. Ich bin jung und stark ...«

»Und ich bin alt und außerdem ein Mann«, unterbrach er sie.

»Ja.« Sie strahlte. »Das ist gut.«

Merlin schüttelte den Kopf und mußte wider Willen lächeln. Er war sich ganz sicher, daß das Mädchen von jemandem geschickt worden war, doch welche Überlegung dahintersteckte, war ihm ein Rätsel.

»Warum bist du hergekommen?« fragte er sanft. Sie schüttelte sich die Haare aus der Stirn und setzte zum Sprechen an, doch er bremste sie, indem er seine Hand hob. »Bitte jetzt keine falsche Antwort. Ich will die Wahrheit hören.«

Sein entschiedenes Auftreten dämpfte sie. »Ich kann dir nicht die ganze Wahrheit sagen«, antwortete sie kleinlaut. »Ich hab's versprochen.«

»Aha. Jemand hat dich geschickt. Sag mir, warum.«

»Magst du mich denn nicht?« fragte sie.

»Ich finde, daß du wundervoll bist.«

»Aber warum stellst du dann so viele Fragen?«

Merlin schaute ihr in die großen blauen Augen, ohne etwas zu sagen.

»Ich soll dafür sorgen, daß du dich in mich verliebst«, sagte sie schließlich mit einem unsicheren Lächeln. »Ist mir das gelungen?«

Der alte Mann lachte. »Mein liebes Kind, du hast mich ganz verzaubert.«

Nun strahlte sie förmlich. »Gut. Dann bleibe ich.« Sie begann an einem Froschschenkel herumzunagen.

»Moment mal, das geht mir etwas zu schnell.«

»Aber alles andere ist doch unwichtig.«

»Ich möchte schon wissen, warum ich in deinen Bann geraten soll.«

»Meinen Bann?« kicherte sie. »*Du* bist doch der Zauberer.« Sie legte den Froschschenkel beiseite. »Ich weiß nicht, warum er mich hergeschickt hat. Aber jedenfalls nicht, um dich zu töten. Das würde ich auch nicht machen.«

»Na ja, das ist ja schon etwas«, sagte Merlin tonlos.

»Und er würde dich auch nicht umbringen.«

»Ach ja? Bist du dir da ganz sicher?«

Sie lachte. »Wie könnte irgend jemand einen Zauberer umbringen?«

»Vermutlich ist es nicht gänzlich unmöglich«, erwiderte Merlin trocken. »Wie gut kennst du diesen Mann?«

Sie schaute zur Seite. »Ziemlich gut.« Dann fügte sie schnell hinzu: »Aber ich bin noch Jungfrau. Das kannst du nachprüfen, wenn du willst.«

Merlin räusperte sich. »Das wird nicht nötig sein«, brachte er endlich heraus. »Aber dieser Mensch ist dein Freund?«

»Na ja, nicht direkt mein Freund. Dieses schöne Kleid hat er mir gegeben.«

Merlin blieb stumm.

»Und er hat mir das Sprechen beigebracht. Also, ich konnte natürlich schon reden, aber ich hatte beinahe verlernt, wie man ein Gespräch führt. Ich kenne sonst niemand.«

»Gar niemand?« fragte Merlin.

»Nein. Ziemlich merkwürdig, wie? Meine Mutter wurde ermordet, und danach hatte ich viel zu große Angst vor den Menschen. Aber die Tiere mögen mich. Das war schon immer so.«

*Und der einzige Mensch, den sie in ihr Leben treten ließ, ist ausgerechnet Saladin,* dachte er traurig. Niemand anderer war Nimues Herr und Meister.

»Kind ...«, begann er, doch Nimue war schon aufgesprungen.

»Soll ich dein Pferd bewegen? Ich kann viel besser reiten als du.« Sie wartete gespannt auf seine Antwort wie ein Kind, das zum Spielen ins Freie gehen möchte.

»Ja, tu das«, sagte er.

Saladin benutzte das Mädchen, da war er ganz sicher. Und der sarazenische Ritter verfügte über einen in Jahrhunderten geschärften Verstand. Merlin blieb rätselhaft, was er im Schilde führte. Nur soviel war klar: In Saladins Plan spielte das Mädchen eine Rolle – und natürlich das Gefäß.

Als sie davongeritten war, vergrub er es im Wald hinter dem Haus.

## 15

Schon im April waren Nimue und Merlin unzertrennlich. Seit Artus erwachsen war, hatte sich eine dicke Staubschicht auf Merlins Büchern gebildet. Für Nimue holte er sie nun wieder hervor.

Sie lernte schnell und interessierte sich für beinahe alles, ganz besonders für Merlins Wissen über Pflanzen und Tiere. Obwohl sie schon eine ganze Menge über die heimische

Fauna und Flora wußte, quälte sie ihn ständig mit immer neuen Fragen.

Nimue ging dazu über, Männerhosen und ein altes Hemd zu tragen, weil das sehr viel praktischer war als Seidengewänder, wenn man im Wald Pilze sammeln oder Höhlen erkunden wollte.

»Hier hast du mich zum erstenmal gesehen«, sagte sie, als sie die Kristallhöhle betraten.

Merlin brach ein fingergroßes Stück Quarzkristall ab. »Ich bin auch vorher schon öfter hierhergekommen«, sagte er.

Seit dem Tag, an dem sie in das Haus am See eingezogen war, hatte er Saladin mit keiner Silbe mehr erwähnt. Was immer der sarazenische Ritter vorhatte, Merlin konnte er damit nicht schrecken. Der Zauberer hatte ein langes, ausgefülltes Leben hinter sich und fürchtete sich nicht vor dem Tod – wenn er denn sterben konnte. Im übrigen waren jetzt schon acht Wochen vergangen. Wenn Saladin ihn töten wollte, warum hatte er es dann nicht längst versucht? Der Mann war für Merlin nach wie vor ein Buch mit sieben Siegeln.

In einem Punkt hatte sich Saladin jedenfalls verkalkuliert. Nimue lag die Rolle der Verführerin nicht, und Merlin war es zufrieden. Er mochte sie genau so, wie sie war, wild und leuchtend wie eine Mohnblume. Die beiden lebten miteinander wie ein exzentrischer Vater und seine nicht minder exzentrische Tochter, sie experimentierten mit ausgefallenen Kochrezepten und hatten beide wenig Lust aufzuräumen. Das Haus diente ohnehin nur als Schlafstätte, tagsüber lebten sie im Freien, ritten durch die Gegend, machten Fußmärsche, unterhielten sich und lachten, lernten miteinander, pflückten Blumen und fingen Fische, studierten Insekten, lasen Bücher und ließen ihren Gedanken freien Lauf.

Merlin fühlte sich wieder so glücklich wie zu der Zeit, als Artus noch ein Junge gewesen war, ja, vielleicht sogar noch glücklicher als damals. An dem Jungen hatte Merlin sehr viel Freude gehabt, doch er hatte – lange vor Artus – um dessen Bestimmung gewußt. Merlin hatte zwar nicht geahnt, daß Artus in einem Augenblick überirdischer Magie zum König werden sollte, aber daß er eines Tages herrschen würde, stand für ihn von vorneherein außer Frage. Deshalb ging er bei der Erziehung des Jungen besonders umsichtig zu Werke, um ihn auf seine zukünftigen herrscherlichen Aufgaben vorzubereiten. Er lehrte ihn Philosophie, Navigation, Latein, Erdkunde und nicht zuletzt Geschichte.

Bei Nimue brauchte er keine derartigen Rücksichten zu nehmen. Er lehrte sie alles, was sie interessierte. Sie lernte Harfe spielen, und er brachte ihr die alten Balladen bei, die er in seinen Wanderjahren gesungen hatte. Für Latein konnte sie sich nicht erwärmen, also beschäftigten sie sich auch nicht mehr damit. Statt dessen rezitierte er für sie lange keltische Gedichte, die sie nachsprach, wobei sie die fremdartigen Laute auf der Zunge zergehen ließ; dann mußte sie unbedingt wissen, was die Worte bedeuteten. Mathematik und Geografie waren für sie kein Problem, solange sie einen Bezug zu ihrem eigenen Leben herstellen konnte, für abstrakte Formeln als solche hatte sie dagegen nichts übrig.

»Es ist doch völlig gleichgültig, wie weit es bis zu den Sternen ist«, sagte sie. »Da kann ich sowieso nie hingehen.« Sie schaute in den Nachthimmel hinauf. »Aber erzähl mir doch noch einmal von Perseus und Medusa und Pegasus«, flüsterte sie.

Und Merlin erzählte ihr Abend für Abend die alten griechischen Sagen von den Helden und Ungeheuern und unglücklich Liebenden, die für immer als Sternbilder am Nachthimmel leuchteten.

»Glaubst du, wir werden Sterne, wenn wir sterben?« fragte sie.

»Wer weiß? Diese Vorstellung ist jedenfalls nicht schlechter als all die anderen.«

»Wo wirst du dann sein, Merlin?«

»Wie meinst du das?«

»Wenn du stirbst. Sag mir, wo du leuchten möchtest, und dort halte ich dann nach dir Ausschau. Und jede Nacht wünsche ich mir dann etwas.«

Er lächelte traurig. »Ich glaube kaum, daß ich ein Stern werde. Ich glaube nicht fest genug daran.«

»Und ich wette, du stirbst auch gar nicht.«

Merlin lief ein Schauer über den Rücken. »Wie kommst du denn darauf?«

»Du bist doch ein Zauberer – und zwar ein echter. Du kannst sogar meine Gedanken lesen.«

»Das ist kein großes Kunststück, Nimue. Du hast so ein offenes Wesen.«

Die runden gelben Augen einer Eule funkelten gespenstisch durch die Nacht. Nimue ahmte die Laute einer Eule nach, und der Vogel erhob sich in die Luft.

»Du hast sie verscheucht«, sagte Merlin.

Im nächsten Moment ließ die Eule eine tote Maus in seinen Schoß fallen. Merlin schnappte nach Luft, dann stand er auf und wischte das tote Tier fluchend von seinem Gewand. Nimue fing an zu lachen. »Bei Mithras«, sagte er verlegen, »du hast sehr viel mehr von einem Zauberer als ich.«

»Überhaupt nicht. Ich werde genau dort aufleuchten, wenn ich sterbe – dort mitten im Löwen.« Sie deutete auf ein Häufchen Sterne westlich vom Mond.

»Was für ein Löwe? Ich kann nichts Derartiges erkennen.«

»Weil du keine Fantasie hast. Die Sterne dort, das ist ein Löwe, und ich werde sein Herz sein.«

Er schaute Nimue an, deren Teint im Licht des Vollmondes wie Perlmutt glänzte. *Ja*, dachte er, *sie sollte wirklich zum Herzen eines Löwen werden.* Plötzlich wurde er traurig. »Du solltest heiraten, Nimue«, sagte er sanft. »Du kannst nicht auf Dauer mit mir dieses beschauliche Leben führen.«

»Aber ich mag dich doch sehr gern«, sagte sie. »Ich heirate dich, wenn du willst.«

Merlin lächelte. »Danke für das Angebot, aber ich fürchte, ich bin zu alt dafür.«

»Magst du die Frauen nicht mehr?«

»Nicht mehr so unbändig wie früher. Das ist mir jetzt viel zu anstrengend.«

»Hast du je eine Frau geliebt?«

Merlin war froh, daß sie nicht sehen konnte, wie er errötete. Aber eigentlich konnte er sich unbeschwert mit ihr über solche Dinge unterhalten. Nimue hatte fast gar keine Erfahrung im Umgang mit Menschen und nahm als wahres Kind des Waldes alles, was sie über ihre Mitmenschen erfuhr, mit heiterem Gleichmut auf. Merlin konnte ihr einfach alles sagen.

»Ein paar Frauen habe ich geliebt«, antwortete er. »Aber meine einzige große Liebe war die Magie. Ich habe mich so sehr nach der Zauberkunst gesehnt, daß ich mich nie mit Haut und Haaren in eine Frau verlieben konnte.«

»Und die Magie hast du bekommen.«

»Ja.«

»Auch nicht schlecht.«

Merlin lächelte. *Ich mag sie wirklich sehr gern,* dachte er.

»Ich möchte aber schon heiraten«, sagte Nimue nach einer Weile.

»Er wird dich aber nicht heiraten.«

Sie schlang ihre Arme um den Kopf. »Da haben wir es wieder – du liest meine Gedanken.«

»Wahrscheinlich hat er dich völlig vergessen.«

»Nein, bestimmt nicht!« protestierte sie heftig.

»Nimue, hör zu.« Sanft zog er ihre Arme weg. »Der Mann, auf den du wartest, ist kein gewöhnlicher Ritter.«

»Na ja, er ist ein Fremder. Aber das hat doch nichts zu sagen. Und ich wette, er ist fast so gebildet wie du.«

»Das meine ich nicht. Es geht mir darum, daß ...« Er fand die richtigen Worte nicht. »Er kann dich nicht lieben, mein Kind. Sein Leben dauert schon zu lange. Für ihn hat das alles keine Bedeutung. Er ist mir in vielem ähnlich, nur tausendmal so verbittert und verängstigt. Tausendmal so alt, wenn du willst. Du mußt mir glauben, Nimue. Mit ihm wirst du niemals glücklich.«

Mit funkelnden Augen stand sie auf. »Woher willst du das wissen? Wen hast du je glücklich gemacht? Vielleicht die Frauen, vor denen du weggelaufen bist für deine Zauberkünste?«

Merlin konnte nicht antworten. Im Mondschein zeichneten sich ihre Haare dunkel ab. Sie zitterte. »Was du sahst, stimmt nicht«, sagte sie. »Es kann einfach nicht stimmen.«

»Nimue ...«

»Ihr seid doch für mich die beiden einzigen Menschen auf der ganzen Welt. Wenn du mich nicht willst und er auch nicht ...« Sie schluchzte heftig und rannte in die Nacht hinaus.

Merlin dachte, es sei für sie am besten, wenn sie sich in Ruhe ausweinen konnte, doch plötzlich schreckte er auf. Aus der Ferne hörte er den Hufschlag eines Pferdes, das näher kam. »Nimue?« rief er unsicher und lauschte erneut. Es war aber nicht sein Pferd, das hörte er.

Dann hielt das Pferd plötzlich an, und eine Frau kreischte.

»Nimue!« schrie Merlin und rannte so schnell er konnte auf die dunkle Straße zu.

Das Pferd stand am Wegesrand, und auf dem Hügel neben dem Weg kämpften im Mondschein zwei Gestalten miteinander.

»Aufhören! Aufhören, sage ich!« Merlins Befehl zeigte keinerlei Wirkung. Nimue setzte sich tapfer zur Wehr, bäumte sich auf und trat nach ihrem Gegner, doch sie war dem Mann, der sie auf den Boden preßte, nicht gewachsen. Merlin hob einen Stein auf – die einzige Waffe, über die er verfügte. Wäre er doch tatsächlich der Zauberer, für den ihn das einfache Volk hielt. Es wäre so viel befriedigender, den Schuft in einen Baum zu verwandeln, als ihm den Schädel einzuschlagen. Er schlich sich näher heran in der Hoffnung, daß Nimue ihren Widerstand noch so lange aufrechterhalten konnte, bis er auf Wurfdistanz herangekommen war.

»Wag es ja nicht, mit dem Stein nach mir zu werfen!« sagte eine Männerstimme.

Merlin ließ ihn sofort fallen. »Bei den Göttern – Artus!«

Artus setzte sich auf den Boden. Nimue hatte er an den Haaren gepackt. »Dieses Weibsstück habe ich erwischt, als es um dein Haus herumgeschlichen ist«, sagte er. Nimue versuchte, mit den Fäusten auf ihn einzuschlagen, doch Artus umklammerte mit einer Hand beide Handgelenke des Mädchens. »Bestimmt eine ausgekochte Diebin.«

»Artus, laßt sie los«, sagte Merlin.

Der König schaute mit großen Augen zu ihm auf. »Kennst du sie etwa?«

»Äh ... Eure Hoheit, darf ich vorstellen ...« Er suchte nach einem angemessenen Titel für das Mädchen oder wenigstens nach einem Zunamen, doch ihm fiel nichts ein.

»Nimue«, sagte er schließlich, »Nimue ist mein Schützling.«

Artus ließ die Haare des Mädchens los und starrte Merlin an.

»Nimue, das ist Artus, der Großkönig von Britannien.«

Sie erhob sich schniefend und streckte dem König die Hand hin. Als er sie ergriff, zog sie ihn vom Boden auf. »Freut mich, daß Ihr Merlins Besitz schützen wolltet«, sagte sie. »Hoffentlich hab' ich Euch nicht weh getan.«

Merlin stöhnte innerlich, doch Artus, der sich längst von seiner Überraschung erholt hatte, lachte schallend. »Euer Schützling, was Ihr nicht sagt!« Er klopfte dem Mädchen auf den Rücken. »Ich war auch einmal Merlins Schützling.«

»Bitte, kommt herein«, bot Merlin an.

»Ach nein, nicht nötig«, wehrte Artus ab.

»Ihr braucht nicht zu glauben, Ihr hättet uns bei etwas Unanständigem gestört«, sagte Merlin griesgrämig. »Ihr seht doch, das Mädchen könnte meine Enkelin sein. Was führt Euch überhaupt her?«

»Ich habe mich verirrt«, log Artus. »Nun, da ich weiß, wo ich bin, muß ich wirklich weiter ...«

»Oh, seid doch still«, sagte der alte Mann. »Kommt endlich herein. Keine Widerrede, Artus – Eure Hoheit, wollte ich sagen.« Er stampfte zum Haus, ohne daran zu denken, daß er vor dem König herging, und es war ihm auch egal – so sehr war er verärgert.

# 16

Als er den König in das Haus geführt hatte, war Merlin nicht mehr ganz so verlegen, er ärgerte sich aber immer noch über Artus' vielsagendes Grinsen.

»Es ist nicht so, wie Ihr meint«, beharrte der alte Mann, während er das Feuer anfachte. Nimue war in der Küche und holte für den König etwas zum Essen und Trinken.

»Ihr braucht Euch doch nicht zu rechtfertigen, Merlin. Ihr seid alt genug, um zu tun, was Euch beliebt.«

»Diese Zeiten liegen weit zurück. In meinem Alter kann man höchstens noch *denken*, was einem beliebt. Ihr seid aber noch lange nicht so alt, also behaltet Eure Gedanken für Euch.«

»Wie Ihr wollt«, sagte Artus liebenswürdig. »Sehr hübsch ist sie aber.«

Merlin räusperte sich lautstark.

»Kümmert sie sich anständig um Euch?« fragte Artus.

»Verdammt, um mich braucht sich niemand zu kümmern! Ihr glaubt wohl, ich sei ein tattriger Greis geworden?«

»Ihr habt gerade gesagt, daß Ihr zu allem zu alt seid außer zum Denken.«

»Ja. Und wenn mir das auch nicht mehr gelingt, lasse ich es Euch wissen.«

Artus lachte. »Gut, Euch wiederzusehen, mein Freund.«

Merlins Gesicht entspannte sich. »Ja, Artus. Gut auch für mich, Euch wiederzusehen. Es war ein kalter Winter.«

Der König nickte.

»Kein Erbe.« Merlin zuckte zusammen. Er hatte diese Worte, die ihm plötzlich in den Sinn gekommen waren, eigentlich nicht aussprechen wollen. »Verzeiht«, murmelte er.

»Schon gut«, sagte Artus. »Ich konnte noch nie etwas vor Euch geheimhalten. Trotzdem, kein Grund zur Beunruhigung.«

Der alte Mann behielt nun die Bilder, die auf ihn hereinstürzten, für sich, doch sie tobten durch seinen Kopf wie wilde Tiere. Er wußte, daß diese Gedanken von Artus kamen, doch nach all der Zeit, die sie miteinander verbracht hatten, erschien ihm das ganz normal. Was Artus dachte, erreichte fast gleichzeitig auch das Gehirn des Zauberers, und diese Gedanken waren jetzt derartig intensiv, daß sie Merlins eigenes Denken beinahe auslöschten.

Kein Erbe. Die Königin unfruchtbar oder der König zeugungsunfähig. So oder so, es wäre das Ende der Pendragon-Dynastie und womöglich auch das Ende all der Pläne, die Artus verfolgte. Lancelot ... Zorn ... Schuld ... die drohende Revolte der Stammeskönige ... Es war alles ein wildes Durcheinander, in Artus' Kopf ging es schrecklich zu. Merlin bekam Kopfweh bei dem Versuch, die wilden Gedankensprünge zu begreifen.

»Artus, bitte hör auf damit.«

Und plötzlich war ein einziges Bild wie ein Hammerschlag da und brachte alle anderen zum Verschwinden, so daß Merlin jetzt endlich verstand, warum Artus' Kopf einem Hexenkessel glich. »O nein«, sagte er. »Die Königin.«

Artus bedeckte die Augen mit den Händen. »Ich habe sie verstoßen«, stöhnte er.

Das Schweigen war fast unerträglich.

»Das tut mir so leid«, sagte Merlin nach einiger Zeit.

»Die Stammeskönige haben mich dazu gezwungen«, entgegnete Artus traurig. »Eine ganze Reihe von ihnen hat gedroht, von mir abzufallen, falls ich nicht einen von ihnen als meinen Erben einsetze. Aber damit wäre natürlich das Ende des Königreichs besiegelt. Die Kriege zwischen den Stämmen wären wieder so schlimm wie vor ...«

*Vor dem Wunder,* dachte Merlin. Nachdem Artus das Schwert aus dem Felsen gelöst hatte, war sein Recht auf die Krone über jeden Zweifel erhaben gewesen.

»Man muß das verstehen«, sagte Merlin sanft. »Die meisten von ihnen haben es gar nicht mit eigenen Augen gesehen. Und inzwischen rankt sich eine Vielzahl von Legenden um Eure Person. Die Stammeskönige glauben vielleicht, das Wunder sei auch nur eine von diesen Geschichten.«

»Ja. Außerdem haben die Sachsen längst die Oberhand gewonnen.«

Merlin wollte den Arm um ihn legen, doch der König wich ihm aus, indem er aufstand. Er wollte keinen Trost. Sein Gesicht war ausgemergelt und von vielen schlaflosen Nächten gezeichnet.

»Zieht keine voreiligen Schlüsse, Artus. Die Sachsen sind Barbaren und kämpfen mit primitiven Waffen. Sie überqueren das Meer in plumpen Booten …«

»Sie reißen das Land an sich!« rief der König. »Es gelingt uns zwar, einzelne Haufen aufzuhalten, wenn wir sie erwischen. Aber es sind zu viele, und sie landen an allen Küstenstrichen. Es wird mir nicht gelingen, dem ein Ende zu setzen, solange ich lebe.«

»Und deshalb wünschen die Könige einen Erben«, sagte Merlin.

»Wünschen!« Mit einem verbitterten Lachen warf er den Kopf in den Nacken. »Einige von ihnen haben bereits gelobt, den sogenannten Bastard-Prinzen zu unterstützen. Er heißt Mordred und ist erst zwölf, Herrgott!«

Merlin runzelte die Stirn. »Wie konnte es nur dazu kommen?«

»Dahinter steckt der Vater des Jungen, oder vielmehr sein ›Vormund‹; angeblich bin *ich* ja der Vater!«

»König Lot von Rheged war immer schon krankhaft ehrgeizig«, sagte Merlin.

»Genau. Und wenn es ihm gelingt, genügend Unterstützung zu finden, um nach meinem Tod diesen Jungen auf den Thron zu setzen, dann wird in Wirklichkeit Lot selber herrschen – und ganz Britannien gnadenlos aussaugen.«

»Aber das muß doch auch den anderen Stammeskönigen klar sein.«

»Natürlich. Aber einige von ihnen profitieren von einem Bündnis mit Lot und laufen jetzt zu ihm über.«

»Und die anderen?«

»Die anderen bleiben loyal – sofern ich ihnen einen legitimen Erben präsentieren kann.«

»Verstehe«, sagte Merlin.

Er verstand mehr, als ihm lieb war, denn er sah in den Gedanken des Königs das Bild der Königin Guenevere, die bleich und zitternd von Rittern weggeführt wurde – in ein Kloster, in das sie bis an ihr Lebensende eingesperrt bleiben sollte.

»Lancelot haßt mich«, sagte der König. »Er war der Königin treu ergeben, und er ist ein Christ. Er glaubt, daß ich mein Gelübde vor Gott gebrochen habe, als ich den Königen nachgab. Und er hat ja auch recht.«

»Zu herrschen ist nie einfach.« Merlin hörte selber, wie hohl seine Worte klangen.

»Lancelot hat nur noch gesagt, er könne einem König, vor dem er die Achtung verloren habe, nicht mehr dienen. Gleich am nächsten Tag ist er weggeritten.«

Als Nimue das Zimmer betrat, wechselte Artus sofort das Thema und versuchte, sorglos und gutgelaunt zu klingen.

»Aber wir haben einen neuen Ritter, und ich glaube, er hat das Zeug dazu, den ›Platz der Gefahr‹ einzunehmen.«

»Wie ist sein Name?«

»Galahad. Ein ganz außerordentlicher Mann – der Beste von allen. Wacht Tag und Nacht über mich. Läßt mich nicht aus den Augen. Ganz ähnlich wie Lancelot früher.« Er lachte unglücklich. »Natürlich gibt es schon Gerüchte, er sei Lancelots Sohn. Gott, o Gott, gibt es auf dieser Insel irgend jemanden, von dem nicht behauptet wird, er sei ein Bastard?«

Nimue stellte schweigend Wein, Fleisch und Brot auf den Tisch und ließ die beidem Männer gleich wieder allein, da sie die Verzweiflung des Königs spürte. Merlin war ihr dankbar für ihr Verständnis.

»Trinkt«, sagte Merlin und reichte Artus ein gefülltes Glas. »Das ist Löwenzahn-Wein. Ich habe ihn selber letzten Sommer gekeltert.«

Artus lächelte. »Das ist der Römer in Euch. Met hat Euch ja nie geschmeckt.« Der König nahm einen Schluck. »Wo ist denn das Mädchen?«

»Sie ist hinausgegangen.«

»Das tut mir leid. Ich habe alles durcheinandergebracht. Sie ist bestimmt verärgert.«

»Nein«, sagte Merlin. »Nimue wollte nur nicht stören. Deshalb ist sie gegangen.«

»Sie wird plaudern.«

Merlin schüttelte den Kopf.

»Liebt Ihr sie?«

»Ja. So wie ein Vater sein Kind liebt – so wie ich auch Euch liebe, Artus.«

Der König preßte die Lippen zusammen.

»Ja, auch ich wünsche mir, noch einmal so jung zu sein wie sie«, sagte Merlin sanft. »Wohin ist Lancelot gegangen?«

Artus trank aus seinem Glas. »Zurück nach Gallien, vermutlich. Er hat es mir nicht verraten. Aber die Gerüchteküche brodelt schon. Er soll als Einsiedler im Wald leben oder aber wegen seiner Liebe zur Königin an gebrochenem Herzen gestorben sein. Am beliebtesten ist allerdings die Geschichte, Lancelot und die Königin hätten ein Verhältnis gehabt. Diese Version haben mit Sicherheit meine eigenen Gefolgsleute unters Volk gebracht – das würde nämlich bedeuten, daß ich Guenevere mit gutem Grund verstoßen hätte«, sagte er niedergeschlagen. »Wenn sie untreu war, hatte ich jedes Recht, sie fortschaffen zu lassen. Diese Lüge hat so große Resonanz gefunden, daß einige Clans schon nach dem Scheiterhaufen für die Königin rufen.«

Er versuchte zu lachen, zu Merlins Bestürzung fing er aber plötzlich zu weinen an. »Ist das nicht ein ganz übler Scherz? Guenevere wird geschmäht, weil *ich* das Ehegelübde gebrochen habe!«

Er schloß die Augen und schwieg eine Weile. »Ich bin so müde, Merlin. So verdammt müde«, sagte er dann.

Merlin legte dem König die Hand auf die Schulter. Diesmal wich Artus nicht aus. »Ich möchte, daß Ihr über Nacht hierbleibt«, sagte er.

»Das geht nicht. Sonst gehe ich vielleicht gar nicht mehr zurück.«

»Ihr werdet zurückgehen«, antwortete Merlin. »Ihr seid der König.«

Artus holte tief Luft. Seine Augen waren vor Übermüdung schon ganz klein. »Ich hätte nie geglaubt, daß ich meine Seele verkaufen würde, um an der Macht zu bleiben«, sagte er erschöpft.

»Dieses Thema haben wir doch schon eingehend erörtert, Eure Hoheit«, sagte Merlin. »Ich bin immer noch im Besitz des heiligen Bechers. Ihr braucht nur ein Wort zu sagen.«

»Meine Antwort gilt nach wie vor«, sagte Artus ernst. »Sie lautet ›nein‹.«

Merlin nickte. »Dann braucht Ihr Euch aber auch nicht einzubilden, daß Ihr um der Macht willen zurückgeht. Ihr geht zurück, weil es Eure Pflicht und Schuldigkeit ist.

»Meine Pflicht und Schuldigkeit vor wem? Vor Britannien? In fünfzig Jahren wird die Insel ein sächsisches Land sein. Oder vor Gott? Ganz bestimmt nicht – nach allem, was ich meiner Frau angetan habe.«

»Vor der Geschichte, vielleicht«, sagte Merlin.

Artus verzog das Gesicht zu einem müden Lächeln. »Vor der Geschichte. Aber das ist jetzt ohnehin egal.« Er wischte sich den Schweiß von der Stirn. »Ich bin den ganzen Tag geritten.«

»Ruht Euch aus, Artus.«

Der König ließ sich in die weichen, mit Stroh gefüllten Kissen zurücksinken. Merlin nahm ihm das Glas aus der Hand und roch daran. Dann ging er ins Freie.

»Nimue«, rief er leise.

Das Mädchen trat hinter einem Baum hervor.

»Warum hast du dem König ein Mittel in den Wein geschüttet?«

»Er braucht den Schlaf so dringend. Und es ist sowieso ganz harmlos. Wenn er nicht todmüde gewesen wäre, hätte es gar nicht gewirkt.« Sie betrachtete den schlafenden Mann durch das kleine Fenster.

»Das war wohl ganz richtig«, sagte Merlin. »Trotzdem, erlaube dir keine Freiheiten mit dem König.«

Sie hörte gar nicht zu, sondern starrte unverwandt Artus an. »Ist er immer schon so traurig gewesen?«

»Nein«, sagte Merlin. »Er war ein glücklicher Junge.

Ernst, aber glücklich.« Er hob den Blick zum Mond. »Aber einen glücklichen König habe ich eigentlich nie gesehen.«

»Warum hast du dann zugelassen, daß er sich zum König krönen ließ?«

»Damit hatte ich nichts zu tun.«

»Du hättest ihn doch davon abhalten können.«

Der alte Mann dachte wieder an den Jungen, der das uralte Schwert aus dem Stein gelöst hatte. Was wäre wohl aus ihm geworden, wenn sich das Wunder nicht ereignet hätte? Wäre ihm dann dieses Leiden erspart geblieben?

»Ich hatte kein Recht, ihm sein Schicksal vorzuenthalten«, sagte Merlin.

Nimue ging ins Haus, löste dem König die Schuhbänder und deckte ihn zu. »Geh zu Bett, Merlin. Ich wache bei ihm«, sagte sie.

Kurz bevor das Feuer heruntergebrannt war, legte sie Holz nach, und immer wieder betrachtete sie den rothaarigen Mann, für den der Schlaf die einzige Zuflucht darstellte vor den Dämonen, die ihn peinigten.

*Das ist der Löwe,* dachte sie. *Wenn dieser Mann stirbt, wird er bestimmt im Dunkel der Nacht leuchten.*

Sie merkte, wie sie dahinschmolz. *Vielleicht geht es mir bei allen Männern so,* dachte sie. Seit ihrer Kindheit hatte sie nur drei Menschen kennengelernt, und alle drei liebte sie. Waren alle so großartig wie diese drei?

Sie seufzte auf. Wie wunderbar doch das Leben war.

## 17

Als Artus erwachte, blickte er in Nimues strahlendes Gesicht, und bevor ihn seine Sorgen einholen konnten, ja, bevor ihm noch recht klargeworden war, daß er in einem fremden Bett lag, erwiderte er ihr Lächeln.

»Laß Merlin schlafen«, sagte er. In der ersten Morgendämmerung sattelte der König sein Pferd und schwang sich in den Sattel.

Schweigend gab ihm Nimue einen Laib Brot mit auf den Weg.

»Alles Gute«, sagte Artus.

Nimue nickte. Im nächsten Augenblick galoppierte er schon davon.

Als ihm Nimue nachschaute, sah sie plötzlich einen Ritter, der aus dem Wald herauskam und Artus folgte. Der junge Mann mit dem engelsgleichen Gesicht hatte die Nacht auf dem Rücken seines Pferdes verbracht und Merlins Häuschen im Auge behalten.

Das mußte Galahad sein, von dem sie den König am Abend zuvor hatte sprechen hören. Wie wunderbar, wenn jemand einen so sehr liebte, daß er immer darüber wachte, daß einem nichts zustieß.

Oder war das am Ende gar nicht so wunderbar?

Sie schaute ihnen nach, bis Artus in der Dunkelheit verschwand. »Auf Wiedersehen, mein Gebieter«, sagte sie leise. Sie war dem Großkönig von Britannien begegnet, und nicht um alles Gold der Welt hätte sie mit ihm getauscht.

Die ersten Sonnenstrahlen ließen den Tau auf dem Gras glitzern. Nimue holte tief Luft. Diese Zeit mochte sie am liebsten, wenn über dem Land ein neuer Tag anbrach. Der kleine See, an dem das Haus stand, glänzte silbern. Als sie darauf zuging, kitzelte das feuchte Gras ihre bloßen Füße. Sie fing an zu laufen, kletterte auf eine Felsengruppe am Ufer und sprang mit einem Jauchzer in das kühle Wasser.

Am anderen Ufer des Sees kletterte sie an Land, ganz in der Nähe der Höhlen, die von wilden Blumen und hohem Gras umgeben waren. Ein Reh und sein Kitz grasten neben den Felsen, die sich über den Höhlen erhoben. In der Ferne sah man die hohen Türme von Camelot in den rötlichen Morgenhimmel ragen. Nimue kam es vor wie eine Szene aus einem Märchen. Sie strich sich ihre nassen Haare aus der Stirn und sog den Duft der frischen Frühlingsluft ein.

Als sie auf die Höhlen zuging, schauten die Rehe auf und sprangen davon. Nimue runzelte die Stirn. Bisher war kein Tier je vor ihr erschrocken. Hatten die Tiere jetzt Angst vor ihr, weil sie in der Welt der Menschen lebte? War Nimue für sie zu einer von *denen* geworden – zum Feind?

Sie rief ihnen zu. Das große Reh hielt einen Augenblick an und schaute zu ihr zurück, dann verschwand es mit großen Sprüngen im Wald.

»Vor mir hat es Angst, nicht vor dir«, sagte jemand hinter ihr.

Sie fuhr herum und schnappte nach Luft. »Saladin!«

Er lächelte traurig. »Ich dachte schon, du hättest mich vergessen.«

»Ich? Niemals!« Sie schlang ihre Arme um seinen Hals, doch er blieb ungerührt stehen. Verlegen trat sie zurück. »Hast du auf mich gewartet?«

»Jeden Tag seit mehr als einer Woche.«

»Das tut mir leid. Irgendwie vergeht die Zeit so schnell.«

Er lächelte gequält. »Ja, ich weiß.«

Nimue fühlte sich unwohl. »Wo bist du gewesen?« fragte sie nach einer Weile, um die Situation zu entspannen.

»Ich war auf Reisen«, sagte Saladin. Er schien gealtert, obwohl es erst zwei Monate her war, seit sie auseinander gegangen waren. »Ich war in Rom. Aber dort stirbt alles. Die Brunnen sind voll mit Algen und mit aufgedunsenen Hundekadavern.« Er starrte eine Zeitlang ins Leere, dann schloß er die Augen und sog Luft durch die Zähne. »Hast du getan, worum ich dich gebeten habe?«

Verwirrt runzelte Nimue die Stirn. »Ich lebe bei Merlin«, sagte sie.

»Gut.«

»Aber er hat sich nicht in mich verliebt.« Sie lachte. »Es ist eher so, als wäre er mein Vater.«

»Das ist auch gut«, sagte Saladin. »Rufe ihn.«

Sie schaute über den See zum Haus hinüber. »Ich glaube, er schläft noch. Wir könnten doch hinübergehen.«

»In das Haus eines Zauberers? Nein.«

»Aber er ist doch gar nicht so, wie man meint«, sagte Nimue fröhlich. »Merlin ist ein ganz normaler Mensch …«

»Rufe ihn!« befahl Saladin mit schneidender Stimme. »Stell dich auf den Felsen dort, damit er dich sehen kann.«

Er stieß sie zu der großen Felsengruppe über den Höhlen und kletterte hinter ihr hinauf.

»Merlin?« rief sie zögernd. Es kam keine Antwort. »Ich könnte doch hinübergehen und ihn herholen«, bot sie an. »Ich schwimme über den See …«

Doch Saladin hatte die Lust an der Unterhaltung verloren. So schnell wie eine Natter, die zustößt, zog er einen langen Dolch aus dem Gürtel und fuhr ihr damit durch das Gesicht. »Ruf ihn endlich!«

Nimue erstarrte. Sie schrie nicht einmal auf. Blut tropfte auf ihre nassen Kleider, als Saladin ihr den Arm auf den Rücken drehte. »Merlin«, brüllte er. »Schau mal, was ich hier habe, Zauberer!«

Der alte Mann kam aus dem Haus und blieb wie angewurzelt stehen.

»Hol den Becher«, befahl Saladin. »Ich bin bereit, mit dir zu verhandeln.«

Wenige Minuten später kam Merlin schon mit versteinertem Gesicht herangeritten. »Das Mädchen blutet«, sagte er.

»Gesichtswunden sind nie so schlimm, wie sie aussehen«, antwortete Saladin und verdrehte Nimues Arm noch mehr.

Sie stöhnte. »Warum machst du das?« fragte sie flehentlich.

»Mit dir hat das nichts zu tun«, sagte Merlin. »Dein Freund will etwas, das ich besitze. Er benutzt dein Leben als Pfand.«

Nimue wandte den Kopf und versuchte den Mann anzuschauen, der sie in die Welt der Menschen zurückgebracht hatte. »Ist das wahr?« fragte sie.

Saladin schwieg.

»Es ist wahr«, sagte Merlin. »Deshalb hat er dich zu mir geschickt. Er war sich sicher, daß ich dich lieben würde.« Und sanft setzte er hinzu: »Und ich liebe dich wirklich.«

Aus den Falten seines Mantels holte er einen Metallbecher hervor. Saladin stockte der Atem.

»Seid Ihr überrascht, daß ich das Gefäß habe?« fragte

Merlin und hielt es in die Höhe, so daß es in der Sonne glänzte.

»Ihr habt es also sogar dem König vorenthalten«, sagte Saladin mit einem häßlichen Grinsen.

»Ich habe es ihm angeboten. Ich habe ihn sogar angebettelt, er sollte es annehmen. Aber Artus wollte nichts davon hören. Er wußte besser als ich, was es aus einem Menschen macht. An Euch sehe ich nun selber, wie sich Träume in Monstrositäten verwandeln können.« Er umschloß die Schale fest mit der Hand. »Gebt Nimue frei, und das verfluchte Ding gehört Euch.«

Saladin versetzte dem Mädchen einen Stoß, und Nimue fiel vor ihm auf den Felsen. Er bedrohte sie weiterhin mit dem Dolch. »Gebt ihn her«, flüsterte er heiser.

Merlin warf den Becher auf den Boden. »Lauf weg!« rief er Nimue zu.

Die junge Frau sprang auf, doch statt von dem Felsen herabzuklettern, drehte sie sich um und warf sich auf den Becher.

»Was machst du da?« zischte Merlin. Das Mädchen schenkte ihm keine Beachtung.

»Deine Habgier hat dich soeben das Leben gekostet, mein Kind«, sagte Saladin in aller Ruhe, während er über ihrem Rücken mit dem Dolch ausholte.

Merlin rannte schreiend zu ihr hin, doch Saladin stieß mit ganzer Kraft zu.

Der Dolch traf jedoch nur den Fels.

Einen Augenblick standen die beiden Männer völlig erstarrt da: Saladin mit dem Dolch in der Hand und Merlin mit ausgestreckten Armen. Sie waren allein, das Mädchen war verschwunden.

Dann sah Merlin, wie sich der zerzauste kleine Strauch bewegte, der an der Stelle stand, wo Nimue sich scheinbar in Luft aufgelöst hatte. Hier war ja der zweite Zugang zur Kristallhöhle, durch den Nimue schon einmal entkommen war.

»Was habt Ihr dieser Hexe für Tricks beigebracht, Zauberer?« fragte Saladin mit zitternder Stimme.

Merlin lächelte. »Wer könnte diesem Mädchen etwas beibringen?«

»Ich werde Euch jagen bis ans Ende der Welt«, drohte Saladin. »Und wenn ich Euch beseitigt habe, werde ich auch sie töten. Und Euren König. Und wenn es sein muß, jeden einzelnen auf dieser verdammten Insel. Aber ich werde bekommen, was ich will.«

Merlin wußte, daß er es bitterernst meinte. »Ist das Leben für Euch so wichtig?« fragte er ganz ruhig.

»Verschont mich mit Eurem Tiefsinn, Merlin. Ihr würdet genauso handeln, um das Gefäß zu behalten. Aber das Mädchen – Euer ... Inkubus oder was auch immer – ist verschwunden. Da sie nun den Schatz ihres Lebens besitzt, werdet Ihr sie bestimmt nicht mehr zu sehen bekommen.«

In diesem Moment kam Nimue unten aus der Höhle herausgerannt, lachte auf und landete mit einem gewaltigen Satz auf dem Rücken von Saladins Hengst. Sie trieb das Pferd mit den Fersen an und rief herausfordernd zurück: »Fang mich, wenn du kannst, du Verräter.«

Saladin kletterte hastig von dem Felsen herunter. Das Mädchen ritt zum See, direkt auf ein Geröllfeld zu, in dem auch ein gutes Pferd – und Saladins Hengst war das beste – nur sehr langsam vorwärtskam. Wenn er sie erst eingeholt hätte, würde er sie ganz langsam umbringen und jede Sekunde auskosten.

Merlin sah die Gefahr. »Nimue!« brüllte er. »Weg von dem Geröll! In den Wald!«

Doch zu seinem Entsetzen ritt sie geradeaus weiter, bis das Pferd unsicher auf einem wackligen Steinhaufen zum Stehen kam und keinen Schritt mehr weiterging.

»Ins Wasser!« schrie Merlin verzweifelt. »Treib das Pferd ins Wasser!«

Nimue schien ihn gar nicht zu hören und auch nicht zu bemerken, daß Saladin ihr immer näher kam.

Sie streckte beide Hände in die Höhe, als sei der Becher eine Opfergabe an die Sonne. Dabei stieß sie laute, durchdringende Schreie aus.

*Das ist ja so etwas wie eine Beschwörungsformel,* dachte

Merlin voller Staunen. Aber wen wollte sie mit ihren Tierlauten herbeirufen? Im Wald gab es Wölfe, doch Nimues Laute hatten keinerlei Ähnlichkeit mit dem Heulen eines Wolfes. Außerdem mußte sie doch wissen, daß ein Raubtier das Pferd auf diesem unsicheren Grund in Panik versetzen würde.

Saladin hatte sie jetzt fast schon erreicht. Der Hengst spürte seine Wut und wurde unruhig, doch Nimue hielt ihn mit den Schenkeln ruhig, während sie weiterhin diese fremdartigen Schreie ausstieß.

Und dann sah Merlin einen riesigen Vogelschwarm wie eine dunkle Wolke heranfliegen. Es waren ganz verschiedene Vögel, winzige braune Zaunkönige und leuchtend rote Gimpel, Krähen, Spatzen und Drosseln, die den Schutz des Waldes nur selten verließen, Meisen, Finken und Eichelhäher.

Merlin schaute mit offenem Mund zu. Der Flügelschlag schwoll zu einem donnernden Brausen an, und die Schreie wurden zu einem einzigen durchdringenden und furchterregenden Kreischen.

Einige hackten auf Saladin ein, der sie abzustreifen versuchte und den Dolch fallen ließ, um mit beiden Armen das Gesicht zu schützen. Doch die meisten flogen direkt zu Nimue, hüllten sie mit ihren weichen, flatternden Leibern eine Weile ein und erhoben sich dann wieder in den Himmel über dem See.

Saladin blinzelte vorsichtig über seinen zerfetzten Ärmel hinweg. Nimue hatte die Augen geschlossen, ein seliges Lächeln lag auf ihrem Gesicht – ihre Hände waren leer.

Hoch droben, mitten in dem Vogelschwarm, blitzte ein metallener Gegenstand in der Sonne.

»Nein!« brüllte Saladin. »Kommt zurück!«

Nimue lachte. »Deinen Schatz nehmen die wilden Vögel mit«, sagte sie.

»Und wohin, du Hexe?« schnaubte Saladin.

»Danach habe ich sie nicht gefragt.« Sie ließ den Hengst hochsteigen und ausschlagen. Saladin wich zurück und stürzte zu Boden.

»Was dieses Ding auch sein mag, ich glaube kaum, daß du davon mehr gehabt hättest als von der Liebe einer wahren Freundin«, sagte Nimue. »Aber das hast du dir verscherzt, Saladin. Eine Freundin wie mich findest du nicht mehr.«

Sie wandte den Hengst und ritt hinüber zu Merlin. »Geh zu deinem Pferd und sitz auf, alter Mann«, sagte sie. »Wir reiten zusammen, ich werde bei dir bleiben und dich lieben, solange du lebst.«

## 18

Saladin zog zum Schutz gegen die unbarmherzige Sonne die Vorhänge zu. »Wer hätte auch gedacht, daß dieses Geschöpf zu solcher Treue fähig sein könnte?« murmelte er.

Nimue hatte Wort gehalten und war bei Merlin geblieben bis zu seinem Tod – oder vielmehr bis zu dem Zeitpunkt, den man für seinen Tod hielt. Irgendwie wurden die Lebensgeister des Zauberers, beinahe siebzehn Jahrhunderte später, nach Artus' Rückkehr, wieder geweckt.

*Wie er sich wohl nach so langer Zeit gefühlt hat?* fragte sich Saladin. Ein Leben in dem Bewußtsein, daß alle, die man in der Vergangenheit gekannt und geliebt hatte, längst nicht mehr lebten, daß ihre Knochen zu Staub zerfallen waren.

Saladin kannte dieses Gefühl nur zu gut. *Er* hatte sie alle überlebt – die Großen wie die Kleinen. Die Sumerer, die Ägypter, die Griechen, die Makedonier, die Römer, ja sogar die Perser, über die er selber im 12. Jahrhundert in einer der atemberaubendsten Epochen ihrer Geschichte geherrscht hatte. König und Bettler, Kaufmann, Künstler und Arzt – all das war er gewesen und hatte sich zudem mit den verschiedensten anderen Dingen beschäftigt, um sich die Zeit zu vertreiben. Er konnte verfolgen, wie sich die Geschichte weiterentwickelte – und doch ein ums andere Mal wiederholte, da die Menschen niemals aus ihren kurzen Erfahrungsspannen lernten. Er hatte Millionen von Menschen kennengelernt, und die meisten waren in seiner Erinnerung zu einer unkenntlichen Masse verschwommen. Doch an einige konnte er sich ganz klar und deutlich erinnern: an Kanna und Merlin, an den blödsinnigen Wirt in Jerusalem, an den gutaussehenden Alexander von Makedonien, an Nimue …

*Sie hätte mir gehören können,* dachte er, und die Erinnerung an das Mädchen bereitete ihm fast körperliche Schmerzen. Sie war die einzige, die ihn in seinem unendlich langen Leben wirklich geliebt hatte.

Nimue, die Herrin des Sees. Als Merlin starb, legte sie seinen Leichnam in die Kristallhöhle und ließ sie versiegeln. Natürlich rankten sich um diese Bestattung sogleich Legenden. Einfach alles, was irgendwie mit Artus zu tun hatte, ging schnell in mythische Gefilde über. Die Einheimischen konnten nicht glauben, daß der große Zauberer Merlin wie ein ganz normaler Mensch gestorben sein könnte. Sie behaupteten, Nimue habe ihm seine magischen Kräfte geraubt und den Zauber des alten Mannes benutzt, um ihn einzusperren.

Als Nimue eine alte Frau war, kamen die einfachen Leute zwar mit ihren Krankheiten zu ihr. Trotzdem verziehen sie ihr nie ganz, daß sie den Zauberer des Königs gebannt hatte.

Erst einige Jahrzehnte nach König Artus' Tod dämmerte es einigen Leuten allmählich, daß Nimue in dieser fantastischen Geschichte die Aufgabe zugefallen war, den Körper Merlins bis zur Rückkehr des Großkönigs zu bewahren. Der unerschütterliche Glaube an Artus' Rückkehr und erneute Herrschaft war im Volk weiter verbreitet als alle anderen Legenden. Den ›früheren und zukünftigen König‹ nannte man ihn. Artus, der Mann, den nicht einmal der Tod besiegen konnte.

»Und nun bist du da«, sagte Saladin und strich dem kleinen Jungen über die roten Haare. »Du bist wirklich zurückgekommen.«

Arthur Blessing schlief schon seit Stunden. Mehrmals waren Diener erschienen aus Sorge um ihren Herrn, der

Stunde um Stunde neben dem bewußtlosen Kind saß, doch jedesmal hatte er sie unwirsch hinausgewinkt. Der Junge, der vor ihm auf dem Diwan lag, stellte ein lebendes Wunder dar, wie ja auch sein früheres Leben voller Wunder gewesen war; Saladin wollte allein mit ihm sein.

*Wie seltsam*, dachte er. Nur zwei Menschen in der ganzen Menschheitsgeschichte – ein Jude namens Jesus, der aus seinem eigenen Grab auferstand, und dieser Junge, dem wieder genau seine frühere Wesenheit verliehen wurde – hatten die Endgültigkeit des Todes überwunden; und beide hatten das Gefäß der Unsterblichkeit verschmäht.

»Warum hast du ihn nicht genommen, als du nur zuzugreifen brauchtest?« flüsterte Saladin.

Ein unerfahrener Junge, die Marionette eines ehrgeizigen kleinen Tyrannen, hatte später Artus erstochen. Es war nicht nur ein schmerzhafter, sondern auch ein schmachvoller Tod gewesen. Mehr als die Hälfte seiner Anhänger hatten ihm – wegen seiner Weigerung, eine neue Gemahlin zu nehmen – die Gefolgschaft aufgekündigt, und von denen, die treu zu ihm hielten, war nur eine Handvoll dabei, als es zu dem Kampf kam, in dem Mordred dem Großkönig mit dem Schwert eine tödliche Wunde beibrachte. Die anderen, die besten Ritter von der Tafelrunde, waren mit der Suche nach dem Becher beschäftigt.

›Den Gral‹ nannte man ihn inzwischen, Christus' heiligen Kelch. Ein paar Ritter behaupteten sogar, der Geist Merlins habe ihnen den Befehl erteilt, danach zu suchen. Saladin neigte eher zu der Annahme, daß Artus ein paar älteren Rittern von den wunderbaren Kräften der Schale erzählt hatte, nachdem sie unwiederbringlich verloren war. Die Suche nach dem Gral dürfte für viele der Beteiligten eine ganz persönliche Schatzsuche gewesen sein, und sie alle sollten, noch lange vor Artus' Tod, in irgendeiner abgelegenen Gegend daran scheitern.

Nur ein einziger Ritter suchte mit ganzem Herzen nach dem Gral: Galahad, der neue Ritter, der als Lancelots Sohn galt und dem angeblich der ›Platz der Gefahr‹ zustand.

Anfangs wäre Saladin gar nicht auf die Idee gekommen,

sich diesem jungen Ritter an die Fersen zu heften. Aber wohin er sich auch wandte, immer mußte er feststellen, daß schon ein anderer mit denselben Fragen dagewesen war: ein junger Ritter mit engelsgleichem Gesicht.

In den letzten Jahren der zwölfjährigen Suche begegneten sie sich häufig, doch sie sprachen nie miteinander. Nur einmal hörte Galahad die Stimme Saladins: Als der dunkle sarazenische Ritter ihm dafür dankte, daß er ihn zu dem Gral geführt hatte, um ihm im nächsten Augenblick den Hals zu durchstoßen.

Auch dieses Ereignis war Anlaß für vielfältige Legenden. Angeblich wurde Galahad beim Anblick des Grals sogleich von einer Engelschar in den Himmel getragen.

Über dieses Märchen ärgerte sich Saladin immer noch. »Engel! So ein Unsinn!« schnaubte er. »Mein Schwert hat ihn ins Jenseits befördert.« Wie kam es nur, daß alles, was mit Artus zu tun hatte, zu etwas Großartigem wurde, was wohl nie in Vergessenheit geraten würde.

Was hatte Artus denn schon geleistet? Das Land, über das er herrschte, war wild und nur dünn besiedelt. Er hatte es weder zum Ruhm geführt noch die Lebensumstände der ärmlichen Bevölkerung verbessert. Am Schluß war es ihm nicht einmal mehr gelungen, die Invasionswellen zu brechen, Britannien wurde von den Sachsen überrannt.

Mordred, der dubiose ›Erbe‹ der Pendragon-Dynastie, starb in der gleichen Schlacht, in der Artus fiel – den Sagen zufolge durch Artus' Schwert. Danach verschwanden die Stammeskönige, die sich so lange gegenseitig bekriegt hatten, in wenigen Jahrzehnten von der Bildfläche oder wurden von den Sachsen in Randgebiete abgedrängt. Camelot wurde zu einer sächsischen Festung. Keine der Errungenschaften von König Artus hatte lange über seinen Tod hinaus Bestand.

Und doch erzählte man sich die Legenden immer noch.

»Der König wird zurückkehren«, sagten die Leute. »Ganz bestimmt.«

»Wozu warst du nur ausersehen?« flüsterte Saladin. Worin bestand nur diese überwältigende Kraft, die verhinderte, daß dieser gescheiterte König dahinschied und in Vergessenheit geriet?

Saladin hatte jahrhundertelang über die Magie nachgedacht, die Artus umgab. Er war ja selber einmal König gewesen, und zwar über einen längeren Zeitraum als Artus. Während seiner Herrschaft hatte er glänzende Siege errungen, vor denen die Leistungen des Großkönigs verblaßten. Aber an Artus erinnerte man sich, an ihn dagegen nicht; Saladin hatte man nie für unsterblich gehalten.

Und jetzt war Artus wirklich wiedergekehrt, um diesmal zu vollenden, was vor langer Zeit durch seinen frühen Tod vereitelt worden war.

»Es wäre mir lieber, ich müßte dich nicht töten«, sagte Saladin.

Aber er würde ihn natürlich töten. Der Junge, seine Tante und dieser Amerikaner ... sie mußten alle sterben, und zwar bevor die ganze Welt erfuhr, was es mit dem Becher auf sich hatte.

*Eigentlich schade.* Saladin strich dem Kind über die Stirn. »Vielleicht wärst du ein glanzvoller König geworden«, sagte er.

# DRITTER TEIL

## *Der König*

# 1

Dem Polizeiposten in dem Dorf Wilson-on-Hamble war nichts auch nur annähernd so Aufregendes untergekommen, seit Davey McGuinness, der Tierarzt am Ort, damals zur Farm des alten Eamon Carpenter gefahren war, um zwei kranke Milchkühe zu behandeln, aber nur noch Tod durch Vergiftung diagnostizieren konnte.

»Eine ist direkt vor Daveys Augen umgekippt und verendet«, erklärte Constable James Nubbit (»sagen Sie doch einfach Jack«), während er Hal und Emily zum Auto begleitete. Obwohl der Junge, mit dem sich Hal auf der Wiese unterhalten hatte, sofort zur Polizeiwache gelaufen war und aufgeregt berichtet hatte, daß in Lakeshire Tor ein Mann verblute, hatte Nubbit keine Möglichkeit gesehen, etwas zu unternehmen, bevor sein Untergebener mit dem einzigen Polizeiauto des Dorfes zurück war. Inzwischen hatte Emily längst mit Hal den Weg zum Arzt gefunden, der Hals Schulter nähte und einen Verband anlegte.

Beim Verlassen der Praxis hatten sie schließlich Nubbit getroffen. Er wurde von dem jungen Polizisten begleitet, der am Vortag die Busreisenden verhört hatte, da sein Chef beim Angeln war. »Eine dreipfündige Regenbogenforelle habe ich erwischt«, verkündete Nubbit stolz, bevor er sich in die Saga von Mr. Carpenters toten Kühen verstrickte. Nubbit wies deutliche Ähnlichkeit mit einem roten Gummiball auf. Er hatte eine blühende Gesichtsfarbe und eine hochrote Nase, runde Pausbacken, eine sonnenverbrannte Glatze und den Gesichtsausdruck eines Schoßhündchens, das sehnlichst darauf wartet, daß man ihm den Hals krault.

Sein Kollege ging ungerührt hinter ihm her, während Hal und Emily die Geschichte des Verbrechens in Wilson-on-Hamble über sich ergehen lassen mußten.

Als Hal den geliehenen Wagen vor dem Gasthaus zum

Stehen brachte, sah er die Verzweiflung in Emilys Gesicht. Das altersschwache Polizeigefährt parkte neben ihnen. »Wir finden Arthur ganz bestimmt«, versprach Hal.

»Es ist schon mehr als zwei Stunden her«, sagte Emily tonlos.

»Das Falcon-Inn!« rief Constable Nubbit aus, während alle vier Autotüren fast gleichzeitig zuknallten. »Eine gute Wahl. Katie Sloans Apfelkuchen ist einfach köstlich. Haben Sie die Wirtin schon kennengelernt?«

»Sie hat mir ihr Auto geliehen«, seufzte Emily.

»Ach ja, ganz die gute Mrs. Sloan. Eine Seele von Mensch. Auch damals, als Davey McGuinness diese Kuh einfach unter den Händen weggestorben ist – eine ganz schreckliche Angelegenheit, das Tier hat fürchterliches Zeug ausgespuckt – war es Katie, die ihren Mann, Gott hab ihn selig, geschickt hat, damit er beim Aufräumen hilft. Wissen Sie, man mußte die Kuh vergraben. Ein vergiftetes Tier nimmt die Abdeckerei nämlich nicht. Das Loch war mindestens …«

»Entschuldigung, Constable«, unterbrach ihn Hal. »Ein Kind ist entführt worden, und die Täter sind bewaffnet.«

»Richtig«, sagte Nubbit, und sein Gesicht lief dunkelrot an, während er seinen Notizblock aus der Uniformjacke zog. »Also – Blessing, Arthur. Richtig?«

»Ja«, seufzte Emily erschöpft. In groben Umrissen waren sie den Tathergang mit Nubbit schon durchgegangen, wobei sie sich allerdings vorgekommen waren, als müßten sie einem Mann Informationen aufzwingen, dem ganz andere und viel großartigere Dinge durch den Kopf gingen.

»Der Junge, der uns gerufen hat, sagte, daß Sie verletzt seien.«

»Nichts Schlimmes«, entgegnete Hal.

»Eine Kugel?«

»Nein. Sie hatten Schwerter.«

»Schwerter, sagen Sie?«

»Genau. Sechs Männer auf Pferden. Araber, würde ich sagen. Sie trugen eine Art Tracht – Pumphosen, Turbane und so weiter. Und Schwerter.«

»Also keine Feuerwaffen«, sagte Nubbit, während er sorgfältig schrieb. »Da können wir ja froh sein.«

»Wie bitte? Weil sie keine Pistolen trugen? Sie hatten Schwerter, Herrgott!«

»Schon gut, Mr. Blessing, wir wissen ja, daß Sie viel durchgemacht haben ...«

»Ich heiße Woczniak. Der Junge ist Mrs. Blessings Neffe.«

»Wie schreibt sich das, bitte?« Er zückte erneut seinen Bleistift.

»Was werden Sie unternehmen, um Arthur zu finden?« fragte Emily entnervt.

Nubbit nahm Haltung an, als müsse er Prüfungsfragen beantworten. »Unsere Nachforschungen gehen davon aus, daß der gestrige Versuch, Arthur Blessing zu töten, irgendwie mit den Geschehnissen des heutigen Tages zusammenhängt.«

Hal schnaubte ungeduldig.

»Da der Mann gestern im Bus von mehreren Zeugen als Araber identifiziert worden ist, haben wir seine Fingerabdrücke und das Foto aus dem Leichenschauhaus ins Polizeihauptquartier geschickt. Das Material wurde zwar noch nicht geprüft ...«

»Wie könnte es auch anders sein«, brummte Hal sarkastisch.

Nubbit räusperte sich. »... aber ich habe persönlich mit London telefoniert. Scotland Yard wird die Fingerabdrücke und das Foto an die Einwanderungsbehörde und an Interpol weiterleiten.« Er schaute auf seinen Notizblock. »Außerdem haben wir mit Leuten gesprochen, die in der Nähe des Tatorts wohnen.«

»Und worüber? Über einen Mann, der mit dem Bus aus London gekommen ist? Wie sollten denn die Einheimischen etwas über den wissen?«

»Nun, ich ...« Nubbit schob das Kinn vor. Der junge Polizist warf Hal einen vernichtenden Blick zu und murmelte seinem Vorgesetzten ins Ohr: »Was hab' ich gesagt – genau wie gestern.«

»Sir, ich kann Ihnen versichern, daß wir alles tun, was in unserer Macht steht«, sagte Nubbit beleidigt. »Für Sie mag das schwer verständlich sein, aber gewöhnlich werden solche Fälle dadurch gelöst, daß Leute irgend etwas gesehen haben. Deshalb gehen wir jetzt wieder zu den Anwohnern und fragen …«

»Wir sind allein gewesen«, sagte Hal scharf. »Frühmorgens. Es gab keine Zeugen.«

Nubbit legte den Kopf schräg und schaute Hal aus den Augenwinkeln an. »Sie sind sich scheinbar über allerhand ganz sicher.«

Hal ballte die Hände zu Fäusten. *Dieser Schwachkopf will mir nicht glauben,* dachte er. Dann zwang er sich, die Fäuste wieder zu öffnen: Es wäre keineswegs hilfreich, den für die Untersuchung verantwortlichen Polizisten zu verprügeln.

Draußen zogen dunkle Gewitterwolken auf. Bald würde es regnen. »Ich finde, Sie sollten Abgüsse von den Hufspuren der Pferde machen lassen, bevor es zu regnen anfängt«, sagte er so gelassen wie möglich.

»Von den Hufspuren? Auf einer Viehweide?«

»Die Spuren, um die es geht, sind noch ganz frisch.« *Ganz ruhig bleiben,* dachte Hal. »Sperren Sie das Gebiet ab. Sobald Sie die Abgüsse haben, können Sie sich hier in der Gegend die Reitställe, Züchter, Sattler, Hufschmiede vornehmen – überhaupt jeden, der mit diesen Leuten in Kontakt gekommen sein könnte. Und vergessen Sie die Autovermietungen nicht. Die Männer sind wohl kaum über die Landstraße hergeritten, die Pferde müssen also in einem Lkw oder Anhänger hergebracht worden sein oder hier irgendwo in einem Stall gestanden haben. Lassen Sie die Wiese durchkämmen, auf der wir überfallen worden sind, vielleicht hat einer der Reiter etwas verloren …«

Lächelnd bremste ihn Nubbit, indem er die Hand hob. »Moment mal. Das sind ja alles famose Ideen, Sir, doch ich muß Sie daran erinnern, daß wir ein kleiner Polizeiposten sind.«

»Dann fordern Sie Unterstützung an«, sagte Hal eisig. »Sie haben weiß Gott Hilfe nötig.«

»Ich habe Ihnen doch schon gesagt, daß unser Bericht an Scotland Yard weitergeleitet wurde.«

»Und, kommt jemand von denen?«

»Also, das müssen Sie schon Scotland Yard überlassen«, sagte Nubbit ungehalten. »Aber, wie schon gesagt, wir tun alles, was in unserer Macht steht, um dem Jungen zu helfen.«

Die Wirtin streckte den Kopf durch die Tür. »Möchte vielleicht jemand eine Tasse Tee?«

Nubbit wandte sich ihr mit einem erleichterten Lächeln zu. »Nun ja, Katie, wo Sie schon fragen ...«

»Nubbit, wir gehen jetzt. Und zwar gleich«, sagte Hal ganz ruhig.

Der Constable fuhr herum, sein Kopf war jetzt puterrot.

»Haben Sie mich verstanden?« fragte Woczniak grimmig.

»Mr. Woczniak...«, begann die Wirtin, doch er ignorierte sie und wandte sich direkt an Constable Nubbit.

»Ich kann Sie nicht zwingen, Ihre Arbeit anständig zu tun«, sagte er. »Aber ich will verdammt sein, wenn ich zusehe, wie Sie auf ihrem fetten Hintern sitzen, während eine Mörderbande sich mit einem zehnjährigen Jungen davonmacht. Und jetzt raus hier!«

Der junge Polizist straffte die Schultern. »Das gilt genauso für dich«, setzte Hal hinzu.

Die beiden Polizisten bewegten sich äußerst würdevoll zum Ausgang.

Mrs. Sloan schaute kopfschüttelnd zu. »Ich habe gehört, was passiert ist«, sagte sie. »Ich wünschte, wir könnten Ihnen eine bessere Polizeitruppe bieten.«

»Ja, ich auch«, brummte Hal. »Darf ich mal telefonieren – ein Ferngespräch.«

»Natürlich.« Sie holte ein altertümliches Telefon aus dem Regal und stellte es auf einen kleinen Tisch. »Sagen sie Bescheid, wenn Sie Tee oder eine Kleinigkeit zu essen wünschen.«

Als sie hinausging, nickte Emily ihr zu.

»Ich brauche eine Verbindung in die Vereinigten Staaten«, sagte Hal in die Sprechmuschel. »Washington, D.C. Das FBI, und zwar Fred Koehler, den stellvertretenden Direktor. Mein Name ist Hal Wocزniak.« Er buchstabierte seinen Namen, bedankte sich und legte auf.

Emily kauerte auf einem Stuhl und starrte ins Leere. Hal legte ihr die Hand auf die Schulter. Nach einer Weile schreckte sie hoch und schaute ihn ungläubig an, als hätte sie seine Anwesenheit ganz vergessen.

»Wir werden ihn finden«, sagte er sanft.

Sie nickte kaum wahrnehmbar. Wahrscheinlich glaubte sie ihm nicht, wollte aber nicht mehr darüber reden. Dann schweifte ihr Blick wieder ab und blieb am Fenster hängen.

Als das Telefon klingelte, war Hal mit wenigen Sätzen beim Apparat.

»Ja?«

»Mr. Woczniak? Einen Augenblick bitte, wir verbinden.«

Im nächsten Moment tönte schon eine verzerrte Stimme aus dem Hörer. »Hal? Sind Sie jetzt dran?«

»Ja, Chef. Ich rufe aus Südengland an.«

»Wie zum Teufel kommen Sie denn da hin?«

»Das erzähl' ich Ihnen ein andermal. Jetzt muß ich Sie um einen Gefallen bitten.«

Schweigen am anderen Ende der Leitung.

»Ich bin nüchtern, Chef«, sagte Hal.

Nach einer weiteren Pause meinte der Chef schließlich: »Gut, dann lassen Sie mal hören.«

## 2

Inspektor Brian Candy von Scotland Yard trug einen Tweed-Anzug und zwei ungleiche Socken. Er brachte zwei Assistenten und einen grauen Kastenwagen voll mit technischen Apparaten mit und ging mit einer routinierten Professionalität an die Arbeit, die Hal bekannt vorkam.

Candy war etwa einen Meter neunzig groß und breitschultrig wie ein Stier.

»Constable Nubbit hat schon berichtet ... was er weiß«, sagte der Inspektor schonungsvoll.

Hal schnaubte verächtlich. »Zu diesem Fall? Oder redet er immer noch von Eamon Carpenters toter Kuh?«

Candy grinste. »Er war so freundlich, uns in der Nähe von Lakeshire Tor zu treffen. Meine Leute sind gleich auf die Wiese gegangen, um Abgüsse von den Hufspuren zu machen, wie Sie es vorgeschlagen haben.«

Hal schaute aus dem Fenster. »Es regnet aber schon seit vierzig Minuten«, sagte er.

Candy preßte die Lippen zusammen. »Leider«, antwortete er. »Aber vielleicht finden sie doch noch etwas.«

*Wenigstens versucht er, mir nichts vorzumachen,* dachte Hal. »Danke, daß Sie gekommen sind«, sagte er.

»Keine Ursache«, meinte Candy. »Wenn der Superintendent einen Anruf von einem alten Freund beim FBI bekommt und mich dann losschickt, verliere ich keine Zeit. Aber vielleicht erzählen Sie mir jetzt, was hier eigentlich los ist.«

Hal nickte. Er saß auf dem Fensterbrett und sah zu, wie Candy gleich drei Kugelschreiber aus der Jacke holte und sie zusammen mit einem Spiralblock vor sich auf den Tisch legte. Dann schaute er zu Hal auf, als ob ihm alle Zeit der Welt zur Verfügung stünde.

Während Hal die Details des Überfalls schilderte, studierte er Candys breites Gesicht, das ihm gleich sympathisch war. Der Inspektor hatte rötlichbraunes Haar und einen buschigen Schnurrbart. Er vermittelte den Eindruck sachlicher Kompetenz. Hal konnte sich gut vorstellen, daß er in der Ausbildung Mitglied des Boxteams gewesen war und mit einem technisch einwandfreien, geradlinigen Stil – nicht zu vergleichen mit den Mätzchen amerikanischer Boxer – häufig auf eher unspektakuläre Weise Sieger nach Punkten wurde.

Nur eines paßte nicht in dieses Bild: Candy hatte die hellwachen, blitzschnellen Augen eines Spielbankmanagers, der einen neuen Kartengeber bei der Arbeit beobachtet.

Es waren jedenfalls nicht die Augen eines Mannes, den

Hal belügen wollte. Dennoch dachte er gar nicht daran, irgend jemandem – und schon gar nicht einem Polizisten – von seinem Besuch in Camelot zu erzählen oder davon, wie der Zauberer Merlin sich mit dem Heiligen Gral in der Hand in eine Rauchwolke aufgelöst hatte. Gewisse Sachen mußte er einfach für sich behalten, wenn er auf Unterstützung durch die Behörden nicht verzichten wollte.

Folglich gab er einen wahrheitsgemäßen Bericht, achtete aber peinlich darauf, nicht die ganze Wahrheit zu sagen. Er sagte, er habe sowohl Taliesin als auch Arthur Blessing und seine Tante Emily im Bus getroffen und erzählte ganz nüchtern, wie er einen Mann entwaffnet hatte, der den Jungen umbringen wollte.

Candy schaute ruckartig auf, und Woczniak konnte sich denken, warum. Wenn schon jemand wegen eines früheren Anschlags auf den Jungen in Untersuchungshaft saß, war das Rätsel schon beinahe gelöst.

Hal schüttelte den Kopf. »Er hat's leider nicht überlebt«, sagte er. »Der verdammte Kerl hat eine Zyanidkapsel aufgebissen und war tot, bevor man ihn verhören konnte.«

Hal sah, daß dem Inspektor ein Licht aufging. »Ach ja. Ich habe heute morgen die Berichte darüber gelesen. *Den* Jungen meinen Sie. Die Fotos und die Fingerabdrücke des Angreifers sind noch nicht in der Zentrale eingegangen.«

»Natürlich nicht«, sagte Hal. »Schließlich hat sie Constable Nerdnick abgeschickt.«

»Bis morgen müßten die Fingerabdrücke überprüft sein. Ich lasse mir die Ergebnisse sofort durchgeben. Wir werden uns hier in der Polizeiwache einrichten.«

»Vielleicht könnten Sie ja dafür sorgen, daß die Ortspolizei sich raushält.«

Candy lächelte. »Ich glaube schon.« Er sah seine Notizen durch. »Der Junge hat also das Grundstück von seiner Mutter geerbt. War sie Britin?« Die Frage war an Emily gerichtet, die jedoch starr geradeaus schaute. Sie hatte kein Wort gesagt, seit Candy gekommen war.

»Emily?« sagte Hal sanft.

Ihre Augen fingen an zu flackern, dann sah sie den Kriminalpolizisten von Scotland Yard an: »Entschuldigen Sie bitte.«

Candy nickte mitfühlend und wiederholte seine Frage.

»Nein, Sie war Amerikanerin«, antwortete Emily. »Dilys ... Dilys Blessing ... Arthurs Vater hat ihr das Grundstück vererbt. Aber da sie nicht mehr lebte, ging es an Arthur. Das war in dem Testament so vorgesehen.«

Candy schrieb mit, ohne seinen Blick von Emily abzuwenden. »Wie war der Name des Vaters?« fragte er.

In Emilys Gesicht arbeitete es heftig, doch dann riß sie sich zusammen. »Abbott«, antwortete sie. »Sir Bradford Welles Abbott. Er und meine Schwester waren nicht verheiratet.«

»Verstehe«, sagte er ruhig. »Von dem, was heute morgen passiert ist, haben Sie nichts mitbekommen?«

Ganz benommen schüttelte sie den Kopf. »Ich bin auf die Wiese gegangen, um zu sehen, wo sie so lange bleiben, aber ich bin zu spät gekommen.«

»Das war vermutlich besser so«, sagte Candy und wandte sich wieder Hal zu.

*Er ist richtig gut,* dachte Hal bewundernd. Candy hatte gespürt, daß Emily kurz vor einem Nervenzusammenbruch stand und drang deshalb nicht in sie. Im Endeffekt würde er so mehr erfahren, das wußte Hal.

»Und was ist mit dem alten Mann, mit Taliesin?« fragte der Inspektor.

»Er ist verschwunden«, antwortete Hal.

»Verschwunden?«

»Die Bande ist mit Arthur davongeritten, und er hat sie verfolgt.«

»Zu Fuß?«

»Ja.«

»Wäre es möglich, daß er mit den Entführern unter einer Decke steckt?«

»Nein. Sie ...« *Sie haben ihm den Kopf abgeschlagen.* »Sie haben ihn verletzt. Er war verwundet.«

»Schlimm?«

»Ich glaube eigentlich nicht.«

»Wie hieß er mit Vornamen?«

»Keine Ahnung«, log Hal. Es würde gerade noch fehlen, daß Scotland Yard kostbare Zeit mit einer großangelegten Suchaktion nach dem alten Mann vergeudete. »Ich habe ihn im Bus kennengelernt.«

»Wissen sie irgend etwas über ihn – wo er wohnt oder arbeitet?«

Hal schüttelte den Kopf und verschränkte in einer unbewußten Abwehrreaktion die Arme vor der Brust. Candy schaute zu Emily hinüber, doch sie schien den Inspektor und seine Fragen längst wieder vergessen zu haben.

»Entschuldigen Sie bitte«, sagte Candy. »Ich muß mal telefonieren.«

Als er das Zimmer verlassen hatte, seufzte Hal erleichtert auf. Dann erspähte er in einem alten Metallkübel neben dem kleinen Tisch, an dem Candy gesessen hatte, ein paar Flaschen Bier, die offenbar von Mrs. Sloan dort deponiert worden waren.

Langsam ging Hal hinüber. Drei Flaschen. Und sogar Eis im Kübel. Er nahm zwei heraus. Schon den ganzen Tag hatte er großes Verlangen nach einem Drink – und jetzt erst recht. Die Flaschen waren kalt, das Glas schwitzte. Er konnte sich lebhaft vorstellen, wie das Bier durch seinen vom Zigarettenrauch ausgetrockneten Hals rinnen würde.

»Möchten Sie auch ein Bier?« fragte er Emily, aber sie hörte ihn gar nicht.

Seufzend stellte er beide Flaschen wieder in den Kübel. So ein Risiko konnte er nicht eingehen. Schon gar nicht, solange sich Emily in einem derartigen Zustand befand. Wie hieß noch gleich der Spruch über Trinker? Ein Glas ist zuviel und tausend sind zu wenig. Das galt auch für ihn. Bei einem würde es nicht bleiben, und wenn er übelriechend und völlig gerädert wieder zu sich käme, wäre Arthur tot und Emily in der Klapsmühle. Nein, er trank jetzt kein Bier. Vorerst nicht.

Bald hörte er Candy die Treppe heraufpoltern. »Ich dachte, Scotland Yard wäre vielleicht mit den Fingerabdrücken des Toten weitergekommen, doch bisher haben sie nichts«, sagte er. »Aber sie sind noch dran. Wenn der Kerl irgendwann einmal in Großbritannien oder auf dem Kontinent verhaftet worden ist, wissen wir das bald.«

*Und wenn nicht?* dachte Hal.

»Machen wir mit den Entführern weiter«, schlug Candy vor. »Sie glauben, daß es Araber waren?«

»Das vermute ich. Aber vielleicht nur wegen der Kleidung.«

»Märchenkostüme«, sagte Candy leichthin.

Hal nickte. »Turbane, Pumphosen aus Seide … wie aus Tausendundeiner Nacht.«

»Warum waren sie so fantastisch angezogen, was glauben Sie?«

»Ich habe nicht die leiseste Ahnung«, sagte Hal.

Candy machte Notizen. »Hat einer von denen etwas gesagt? Einen Namen gerufen, vielleicht?«

»Der einzige, der etwas gesagt hat, war …« Plötzlich fiel ihm wieder ein, was Taliesin gesagt hatte. »Ja, es wurde ein Name genannt – Saladin.«

»Und welcher war das?«

»Der Anführer.«

»Also der Riese.«

»Mindestens zwei Meter zehn«, sagte Hal. »Er hatte ein richtig dämonisches Gesicht und unheimliche, tiefschwarze Augen. Sein Teint war hell, aber es war eine ungesunde Blässe, wie bei einem dunkelhäutigen Menschen, der seit Jahren nicht mehr in die Sonne gekommen ist. ›Knastblässe‹ nennt man das in den Staaten. Und er hatte einen Spitzbart.«

Hal bemerkte, daß der Inspektor ihn unverwandt anstarrte.

»Was ist?« fragte Hal.

»Gar nichts.«

»Kommen Sie schon. Sie wissen, wer der Kerl ist, den ich beschrieben habe, stimmt's?«

»Nein, ich kenne keinen Saladin«, sagte Candy. »Die Beschreibung hat mich allerdings wirklich an jemand erinnert, aber das ist nicht unser Mann.«

»Und warum nicht?«

»Weil er tot ist.«

Ein Donnerschlag ließ die Scheiben erzittern.

»Ach, du meine Güte, jetzt wird's schlimm.« Unter der Tür stand Mrs. Sloan, vom Treppensteigen völlig außer Atem.

»Entschuldigen Sie bitte die Störung, aber Inspektor Candy wird unten am Telefon verlangt.« Sie versuchte sich frische Luft zuzufächeln. »Ist es nicht fürchterlich schwül?«

Candy erhob sich seufzend. »*Einen* Vorteil haben eure amerikanischen Schuhkarton-Motels ja – das Telefon auf dem Zimmer.«

Mrs. Sloan lachte. »Ein bißchen Bewegung wird Ihnen wohl nicht schaden.«

Candy lächelte gequält und ging mit ihr die Treppe hinunter.

Hal und Emily saßen schweigend da, der Regen trommelte gegen die Fenster. Er konnte sich denken, worum es bei dem Telefonat ging.

»Haben sie die Suchaktion auf der Wiese abgeblasen?« fragte er, als der Inspektor zurückkam.

Candy nickte. »Bei dem Regen ... Aber zu ein paar Abgüssen von Hufen hat es immerhin gereicht. Und ein paar Tuchfetzen hat man auch gefunden. Scheint Seide zu sein.« Er lächelte Hal zuversichtlich an, ging zum Tisch und klappte seinen Notizblock zu. »Rufen Sie mich an, wenn Ihnen noch etwas einfällt.« Er steckte seine drei Kugelschreiber wieder in die Tasche, nickte Hal aufmunternd zu und ging zur Tür.

»Inspektor?«

Mit der Hand auf der Klinke blieb Candy stehen.

»Sie sagten, daß meine Beschreibung Sie an jemand erinnert hat. Wer war das?«

»Ein Mörder. Ein Psychopath. Ich war an seiner Verhaftung beteiligt.«

»Wie hieß er?« fragte Hal.

Candy verzog das Gesicht. »Das hat man nicht herausbekommen. Der Mann hat nichts verraten, und Ausweispapiere hatte er auch nicht.«

»Ein Obdachloser?«

»Nein, ganz im Gegenteil. Er hat gelebt wie ein König. Aber er besaß weder eine Kreditkarte noch ein Bankkonto noch einen Führerschein.«

»Und das Haus, wo er wohnte?« fragte Hal mit der Neugier des Polizisten.

»War gemietet. Den Vertrag hat er mit einem X unterschrieben.« Candy lachte vor sich hin. »Die Presse hat dann auch während des Prozesses immer von ›Mister X‹ gesprochen.«

»Moment mal. Irgendwer muß ihn doch gekannt haben. Nachbarn oder ...«

»Nur die Diener. Dutzende von Dienern hat er gehabt.«

»Und?«

»Keiner hat etwas gesagt. Nicht ein einziges Wort. Sie haben alle wegen Aussageverweigerung gesessen, und keiner ist weich geworden.«

»Der muß wohl gut gezahlt haben.« Hal schaute Candy erwartungsvoll an. Der Inspektor biß auf seiner Unterlippe herum. »Wollten Sie mir nicht noch etwas sagen?«

Candy zuckte mit den Schultern. »Was denn?«

»Das waren alles Araber, hab' ich recht?«

Er blickte ihm direkt in die Augen und nickte. »Man hat mir gesagt, daß Sie Ihr Metier verstehen. Aber hier liegen Sie falsch. Der Mann ist umgekommen.«

»Und wie?«

»Bei einem Brand. Die Anstalt, in der Mister X lebenslänglich einsaß, ist vor einem Monat bis auf die Grundmauern abgebrannt. Seine Leiche wurde gefunden.«

»Wer hat sie identifiziert?«

Candy schüttelte den Kopf. »Er ist tot, Mr. Woczniak.«

»Sagen Sie ruhig Hal. Wer hat die Leiche abgeholt – die Diener?«

»Gar niemand«, seufzte Candy. »Die Leiche war zwei Meter zehn groß. Sie lag in der Zelle von Mister X im Keller von Maplebrook, und da unten gab es sonst keine Häftlinge.«

»Hat man die Leiche anhand des Gebisses identifiziert?« insistierte Hal.

Candy runzelte die Stirn. *Jetzt arbeitet es in seinem Gehirn,* dachte Hal. *Die ersten Zweifel melden sich.*

»Davon kann man ausgehen«, sagte Candy, aber Hal sah ihm die Unruhe an.

»Könnten Sie das überprüfen?«

Die beiden Männer standen sich jetzt genau gegenüber. »Ja, ich überprüfe es.«

## 3

Als Inspektor Candy gegangen war, ging Hal mit Emily nach unten in den Gastraum. »Ein Mineralwasser wird Ihnen guttun«, sagte er, während er sie zu einem Barhocker führte. Sie waren die einzigen Gäste, und auch Mrs. Sloan war nirgends zu sehen.

Emily starrte mit glasigem Blick ins Leere. Die Flucht aus Chicago und die Serie von Mordanschlägen auf sie und den Jungen hatten sie schon bis an die Grenze des Erträglichen strapaziert. Der letzte, vernichtende Schlag hatte ihr den Rest gegeben. Schon im Bus war sie nur noch ein Nervenbündel gewesen, aber jetzt schien ihre letzte Kraft aufgebraucht zu sein. Mit starrem Blick saß sie da – wie eine als Sonntagsschullehrerin zurechtgemachte Porzellanpuppe.

*Das geht vorbei,* dachte Hal. Er hatte miterlebt, wie Menschen aus schlimmeren geistigen Erstarrungszuständen wieder aufgetaucht waren. Auch seine eigene Depression war schlimm gewesen, und er hatte sich nur aus ihr befreien können, indem er sich mit Alkohol betäubte.

Inzwischen gierte er förmlich nach einem Drink. Daß es so schwierig sein könnte, den Anblick der aufgereihten, funkelnden Flaschen zu ertragen, die zum Greifen nahe vor ihm hingen, hätte er sich nicht träumen lassen, als er noch lauthals tönte, daß er jederzeit aufhören könnte.

»Mrs. Sloan!« rief er und nach etwa einer Minute steckte die Wirtin schließlich den Kopf durch die Küchentür.

»Ja? Ach, Sie sind es«, sagte sie und wischte sich die Hände an der Schürze ab. »Ich war gerade mit der Suppe für heute abend beschäftigt.«

»Tut mir leid, wenn ich Sie gestört habe, aber ich wollte Ihnen den Autoschlüssel zurückgeben. Vielen Dank.«

»Das ist doch nicht der Rede wert.« Sie nahm die Schlüssel, warf sie in eine zerbeulte Blechkassette direkt unter dem Schnapsregal und baute sich in ihrer ganzen Leibesfülle hinter der Bar auf. »Kann ich Ihnen etwas zu trinken bringen?«

»Für mich einen ...« Hal brach ab. »Ach, einfach nur eine Limonade«, sagte er dann. »Für Emily auch.«

»Recht haben Sie.« Sie watschelte zu einem großen Schrank hinter der Bar und brachte eine Flasche greulich aussehender Orangeade zum Vorschein. »Wie wäre es damit?«

»Okay«, sagte Hal.

»Ist die Polizei mit der Suche nach dem Jungen weitergekommen?«

»Die Fahndung läuft.«

»Es tut mir so leid für Sie beide.« Mrs. Sloans Gesicht war anzusehen, daß Sie nicht nur so daherredete. »Was ist das nur für eine Welt!«

»Da haben Sie recht«, pflichtete ihr Hal bei.

Emily fing an zu weinen. Ihr Glas hatte sie nicht angerührt. Sie saß stocksteif da, ließ die Arme schlaff herunterhängen und schluchzte leise vor sich hin.

»Ach, verzeihen Sie, meine Liebe.« Mrs. Sloan streckte ihr zwei Papierservietten hin. Als Emily keine Anstalten machte, sie zu nehmen, hielt ihr die Wirtin einfach eine Serviette unter die Nase und sagte: »Kräftig schneuzen.«

Emily gehorchte und Mrs. Sloan wischte ihr mit der anderen Serviette den Schweiß von der Stirn. »Dem kleinen Jungen passiert nichts, Sie werden schon sehen. Jetzt ist doch ein Inspektor von Scotland Yard da. Man findet ihn ganz bestimmt.«

Hal staunte über die sanfte Autorität, die Mrs. Sloan ausübte. *Ich möchte wetten, die Frau hat zehn Kinder großgezogen,* dachte er.

Sie drückte Emily noch ein paar Servietten in die Hand. »Der jungen Frau würde es bestimmt nicht so schlecht gehen, wenn sich Nubbit mit seinem Spatzenhirn da rausgehalten hätte«, sagte sie verärgert.

Hal grinste. »Komisch, der Constable scheint Sie sehr gern zu haben.«

»Ha, der will nur andauernd ein Stück Apfelkuchen schnorren. Mein seliger Mann hatte das Pech, als Vetter von ihm auf die Welt zu kommen, aber ich würde ihn nicht einmal ein verlorengegangenes Kätzchen suchen lassen.«

»Nun ja«, sagte Hal. »Wie ich höre, kommt er erst so richtig in Fahrt, wenn es um so große Sachen wie vergiftete Kühe geht.«

»Ach, hat er Ihnen das erzählt? Der Höhepunkt seiner Karriere. Das einzige schwere Verbrechen. Es ist schon zehn Jahre her, und er sucht immer noch nach dem Täter. Wenn man ihn danach fragt, plustert er sich auf und sagt ganz förmlich. ›Der Fall ist noch nicht abgeschlossen. Die Untersuchung ist noch im Gange‹.«

Sie ahmte Nubbit so gut nach, daß Hal losprustete. Zu seiner Überraschung lächelte auch Emily.

Hal nippte an seinem Glas. Das Zeug schmeckte scheußlich und war auch noch lauwarm.

»Oh, Sie möchten bestimmt Eis in Ihre Limo«, sagte Mrs. Sloan und watschelte wieder hinter die Theke.

»Nein, lassen Sie nur, Mrs. Sloan. Leben Sie schon lange hier?«

»Seit meiner Geburt. Wo jetzt Albert Carsons Eisenwarenladen steht, wurde ich geboren. Damals ist dort aber noch eine Schaffarm gewesen.«

»Sagt Ihnen der Name Maplebrook etwas? Eine psychiatrische Klinik?«

»Die Anstalt? Natürlich. Hier in der Gegend hat man immer nur vom ›Zwinger‹ gesprochen. So hieß das Gemäuer nämlich, bis dann alles viel vornehmer wurde. Aber im

Grunde hat sich dadurch nichts geändert.« Es schüttelte sie. »Ein schrecklicher Kasten.«

»Ich habe gehört, er ist abgebrannt.«

»Ja. Man hat nicht herausgefunden, wer es getan hat.«

»War es Brandstiftung?«

»Würde ich schon sagen. Ein Unfall war das bestimmt nicht.«

»Aber wer käme auf die Idee, eine Irrenanstalt niederzubrennen?«

»Gespenster vielleicht«, antwortete sie leichthin. Mrs. Sloan merkte, daß er ungläubig lächelte. »Ja, ja, ihr Amis wißt natürlich immer alles besser – aber nur, weil euch in eurem neuen Land nichts von dem begegnet ist, was wir erlebt haben. Ihr habt eben nicht gesehen, wie sich eine Burg aus dem Morgendunst erhebt, und ihr habt auch nicht den Hufschlag der Geisterpferde gehört.«

Hals Herz setzte für eine Sekunde aus. »Sie haben die Burg gesehen?«

»Als ich noch klein war. Alle hier haben sie irgendwann einmal gesehen. Bei mir ist das aber schon eine ganze Weile her.« Sie lächelte. »Das ist wie bei den Feen. Wenn man nicht mehr an sie glaubt, erscheinen sie auch nicht mehr.«

*Da wäre ich mir nicht so sicher,* dachte Hal. »Ist es zu der Anstalt weit von hier?«

»Ungefähr zwanzig Meilen. Es ist aber nicht viel übriggeblieben von dem Kasten – und ich weine ihm bestimmt keine Träne nach. Herrje! Der Eintopf kocht über!«

Sie drehte sich um und hastete mit einer gewissen Anmut, die an ein Rhinozeros erinnerte, in die Küche.

Hal beugte sich über den Tresen und kippte die restliche Orangeade in den Ausguß. Dann ging er zur Tür. Der Regen ließ langsam nach, und der Himmel hellte sich etwas auf.

Mrs. Sloan tauchte wieder aus der Küche auf. »Bleiben Sie beide zum Abendessen? Es gibt Kartoffeleintopf mit Lauch.«

»Ich glaube schon. Aber vorher müssen wir noch schnell etwas erledigen. Gibt es hier eine Autovermietung?«

»O nein, dafür ist Wilson-on-Hamble viel zu klein. Wie weit wollen Sie denn fahren?«

»Nicht sehr weit«, sagte Hal ausweichend. »Bloß ein kurzer Abstecher.«

»Dann nehmen Sie doch meinen Wagen.« Sie fischte die Schlüssel aus der Kasse und warf sie Hal zu. »Passen Sie nur auf sich auf.«

»Aber das kann ich doch nicht ... Jedenfalls möchte ich dafür bezahlen.«

Sie lachte. »Bei der Klapperkiste wäre alles, was Sie zahlen, schon zuviel. Lassen Sie volltanken, wenn Sie zurückkommen. Dann haben wir beide ein Geschäft gemacht.«

Hal hob die Schlüssel auf. »Abgemacht.« Er stand auf und half Emily von ihrem Barhocker herunter. Sie warf ihm einen verständnislosen Blick zu, fragte aber nicht, was er vorhatte. Wahrscheinlich war es ihr im Grunde egal, solange er sie nur nicht allein ließ.

»Vielen Dank«, rief er Mrs. Sloan zu, die gerade dabei war, den Tresen abzuwischen. » Links die Straße runter und dann immer den Wegweisern nach Lymington folgen«, sagte sie, ohne aufzuschauen.

»Wie meinen Sie?«

»Nach Maplebrook.«

## 4

Der kleine Morris Minor quälte sich mühsam einen steilen Anstieg hinauf, kam oben wieder in Schwung und rollte in ein grünes Tal hinab. Unten sah Hal die Überreste der Maplebrook-Klinik, etwa dreihundert Meter von der Straße entfernt.

Das Gebäude war gründlicher zerstört, als er erwartet hatte. Das Dach war eingestürzt, drei Mauern völlig zusammengebrochen. Aus der vierten, die noch teilweise stand, ragten an der Innenseite abgebrochene Treppenstufen und

Reste der Fußböden heraus, was zusammen mit den Brandflecken ein bizarres Bild ergab.

*Das ist mit Sicherheit kein normales Feuer gewesen,* dachte Hal. Warum Inspektor Candy ihm wohl verschwiegen hatte, daß ein Brandanschlag vorlag? Er bremste ab und bog in die Auffahrt ein. Auf einem dezenten Schild war zu lesen:

MAPLEBROOK HOSPITAL
AUSWEISPFLICHT AM HAUPTTOR FÜR BESUCHER
UND PERSONAL

Candy hatte erwähnt, daß der Brand erst etwa einen Monat zurücklag, und doch war die Auffahrt bereits von dem unverwüstlichen Gras überwuchert, das in Englands feuchtem Klima prächtig gedeiht. Die abgefahrenen Reifen von Mrs. Sloans Wagen drehten auf der langen, kurvigen Auffahrt zum Pförtnerhäuschen ein paarmal durch.

Das hohe schmiedeeiserne Tor stand offen. Niemand war auf die Idee gekommen, es nach dem Abzug von Polizei und Feuerwehr wieder zu schließen, und es war auch wirklich unnötig. Nicht einmal Hooligans hätten hier noch etwas zum Kaputtschlagen gefunden. Er fuhr weiter, bis der geborstene Straßenbelag kein Weiterkommen mehr erlaubte.

»Wir sind da«, sagte er.

»Wo sind wir denn hier?« fragte Emily ohne großes Interesse.

»Das sind bloß die Überreste von einem alten Gebäude. Ich seh' mich hier mal ein bißchen um.« Er machte den Kofferraum auf und holte ein langes aufgerolltes Seil und eine starke Taschenlampe heraus, die er unterwegs gekauft hatte.

»Wofür brauchen Sie denn das?« fragte Emily.

»Nur für alle Fälle«, sagte Hal. »Machen Sie sich keine Sorgen. Es besteht keine Gefahr, glauben Sie mir.«

Die geplatzte Asphaltdecke war von tiefen Rissen durchzogen, große Bruchstücke fehlten ganz. Hal bückte sich und hob einen Brocken auf. »Der Belag muß regelrecht explodiert sein«, sagte er. »Das muß ein höllisches Feuer gewesen sein.«

Der riesige Schutthaufen um die stehengebliebene Mauer herum war nicht sonderlich interessant: Dachziegel, Gips, Steine, verkohltes Holz. Die Polizei hatte das alles zweifellos sorgfältig nach persönlichen Habseligkeiten und anderem Beweismaterial durchsucht. Hal ging es um etwas ganz anderes. Er hob einen kurzen handlichen Balken auf und stocherte damit in den Trümmern herum. Der Keller war bestimmt nicht völlig verschüttet. Als es ihm gelang, durch den Schutt zu stoßen, bohrte er an dieser Stelle weiter, bis er ein Einstiegsloch freigelegt hatte.

Dann stieß er etwas abseits den Balken mit ganzer Kraft in den Boden und trieb ihn mit einem Steinbrocken noch tiefer in die Erde.

»So könnte es gehen«, sagte er und band das Seil um den Pfosten.

»Wollen Sie etwa da runter?« fragte Emily

»Ja.«

»Hal, nein ...«

»Vielleicht könnten Sie aufpassen, daß der Pfosten sich nicht selbständig macht, solange ich am Seil hänge, ja?«

Sie sah zu ihm auf und nickte zögernd.

»Gut.« Er legte ihr den Arm um die Schultern. »Sie sehen schon wieder viel besser aus, wissen Sie das?«

Sie umklammerte den Balken mit beiden Händen.

»Sehr gut.« Hal ließ das Seil in das Loch fallen. »Ich geh jetzt runter.« Er nahm den Griff der Taschenlampe zwischen die Zähne und ließ sich langsam in den Keller hinab.

»Ich bin unten«, rief er, als er mit den Füßen den Boden berührte.

Unten war es kühl und stank nach Rauch. Er konnte nicht aufrecht stehen, da über ihm kreuz und quer verbogenes und verkohltes Gebälk ineinander verkeilt war. Im Strahl der Taschenlampe sah er Berge von Mörtel.

*Was, zum Henker, habe ich hier eigentlich verloren?* dachte er. *Einmal niesen genügt, und schon kriege ich den Schutt von fünf Stockwerken auf den Schädel.* Er sah noch einmal durch das Loch zum grauen Himmel empor, bevor er sich in dem Labyrinth aus Schutt und Gebälk langsam vorwärtstastete.

Ein Balken knarrte laut. Hal lief es eiskalt über den Rükken. Er kauerte sich auf den Boden und kroch vorsichtig auf eine der Zwischenwände zu, die in dem unterirdischen Chaos stehengeblieben waren. Der Wind pfiff zwischen den bizarren, scharfkantigen Trümmern hindurch. Es war wie in einem Käfig, den sich ein Wahnsinniger ausgedacht hatte.

Hal hoffte, an der Wand entlang weiterzukommen, wenn er ganz nah am Boden blieb und unter dem Gewirr von Balken hindurch kroch. Er stieß mit der Hand gegen Metall und richtete die Taschenlampe darauf. Es war eine Steckdose, und ringsherum war die ehemals weißgetünchte Wand vollkommen schwarz. Der Gips ließ sich ganz leicht ablösen. Hal legte die elektrischen Leitungen frei, die zu dem Anschluß führten.

Die Drähte waren leicht angekohlt, aber ansonsten intakt. Doch aus der Wand hinter der Steckdose war offenbar ein Feuerblitz herausgeschossen. Er bohrte mit den Fingern tief hinein und stieß auf eine trockene, bröselige Substanz. Ein erbsengroßes Stückchen davon untersuchte er im Schein der Taschenlampe. Es fühlte sich an wie trockener Kitt. Er berührte es mit der Zunge: unverkennbar der ätherische Geschmack von Plastiksprengstoff. Hal steckte es in die Tasche und kroch an der Wand entlang weiter.

Der Balken, unter dem er sich jetzt flach auf dem Bauch durchzwängte, begann zu ächzen und rutschte etwas tiefer. *Nichts wie raus hier,* befahl ihm eine innere Stimme, doch er folgte ihr nicht. Auf keinen Fall würde er jetzt das Feld räumen.

Knapp zwanzig Meter weiter fand er erneut eine Steckdose, und wieder hing die Metallfassung nur noch lose an der Wand. Auch hier hatte eine Explosion stattgefunden.

*Da hat jemand verdammt viel Zeit gehabt und jede einzelne Steckdose mit Sprengstoff bestückt,* dämmerte es Hal. *Das hat allemal gereicht, um den ganzen massiven Kasten in die Luft zu jagen.*

Nach ein paar Metern stieß Hal auf einen Gang, der quer zu seiner bisherigen Richtung durch das Trümmerfeld führte. Hier konnte er beinahe aufrecht gehen. Hinter ihm knarrte es fürchterlich. Das Gebälk setzte sich. Den Weg, auf dem er gekommen war, konnte er wohl nicht zurückgehen, ohne reihenweise Balken ins Rutschen zu bringen.

*Und schon einer würde vollkommen ausreichen, um mich zum Krüppel zu machen und für immer hier einzuklemmen,* dachte er.

Wieder kam ein Balken in Bewegung, näher diesmal. Ziemlich verzagt erinnerte er sich an die Ausbildung in Quantico zum Thema Feuer und Brandstiftung. Man hatte ihnen immer wieder eingeschärft, daß der Einsturz eines abgebrannten Gebäudes eine verdammt langwierige Angelegenheit ist. Wochen, ja Monate nach dem Brand fallen die Trümmer immer noch weiter in sich zusammen. Nur wenn man das Gelände mit schwerem Gerät einebnet, kann man dafür sorgen, daß sich nichts mehr bewegt.

Wie zur Bestätigung seiner Gedanken kippte plötzlich weniger als drei Meter hinter ihm eine Ladung Zementbrokken auf den Boden. Ein Balken begann zu ächzen und krachte mit ungeheurem Getöse herunter. Hal warf sich in den Gang, während um ihn her eine Geröllawine niederging.

Über sich hörte er irgendwo Emily schreien, aber in der dichten Staubwolke, die von den herabstürzenden Trümmern aufgewirbelt worden war, konnte er kaum atmen und schon gar nicht antworten. Er richtete die Taschenlampe nach vorne, obwohl er mit seinen tränenden Augen kaum etwas sehen konnte, und robbte auf dem Bauch über den Steinboden.

Mit seiner verletzten Schulter stieß er gegen etwas Hartes. Vor Schmerz schnappte er nach Luft und bekam einen fürchterlichen Hustenanfall. Lange würde er es hier unten nicht mehr aushalten, das war klar. Er richtete die Taschenlampe auf das Hindernis, auf das er geprallt war. Der Staub hatte sich etwas gelegt, und Hal konnte die Eisenstäbe einer Zelle erkennen.

Mr. X war der einzige Häftling im Keller gewesen. Immer noch auf allen Vieren hastete Hal an den Gitterstäben vorbei und leuchtete in die leeren Verliese hinein.

Dann kam er zu einer Gittertür, die offenstand. In dieser Zelle stand ein bezogenes Bett. Die Decke, die an einer Seite Brandspuren aufwies, war ordentlich am Fußende der Pritsche zusammengefaltet.

Das war es, wonach er gesucht hatte.

Im Schein der Taschenlampe untersuchte Hal den kahlen Raum sorgfältig. An den Wänden hingen keine Bilder, nirgends lagen Fotos oder Briefe oder Zigarettenkippen herum – nichts deutete darauf hin, daß hier ein Mensch gelebt hatte. Auch im Toilettenkasten war nichts versteckt.

Hal schüttelte den Kopf. Eine derartig saubere Zelle, die absolut gar nichts über ihren Insassen verriet, war ihm noch nicht untergekommen. Dann sah er auf dem Boden neben dem Bett kleine dunkle Flecken. Er kniete sich auf den Boden und inspizierte sie mit der Taschenlampe. Sie sahen aus wie eingetrocknete Blutstropfen. Auf allen vieren folgte er ihrer Spur auf den Korridor hinaus.

Hal seufzte. Der Mann war also doch hier gestorben und dann hinausgetragen worden … *Halt, nicht so schnell.* Von Verletzungen als Todesursache hatte Candy nichts gesagt. Man ging davon aus, daß Mr. X – wie auch die anderen Insassen – dem Feuer erlegen war, und da seine Zelle den Brand verhältnismäßig unbeschadet überstanden hatte, hieß das höchstwahrscheinlich: Tod durch Ersticken.

Hal dachte fieberhaft nach. Es wäre ja möglich, daß Mr. X in Panik mit dem Kopf gegen die Gitterstäbe geschlagen hätte … Aber dann dürfte es nicht nur eine einzige Blutspur geben, die auf den Korridor hinausführte. Er folgte der Spur wieder in die Zelle. Sie endete direkt neben dem Bett, auf dem Laken war nichts zu sehen. Hal drehte das Kopfkissen um. Fast die ganze Rückseite war von einer dicken eingetrockneten Blutkruste überzogen.

Irgendwie paßte das nicht zusammen. Die Spur endete eindeutig auf dem Kissen. Und doch war Mr. X nicht an Verletzungen gestorben.

Plötzlich schlug sich Hal mit der flachen Hand an die Stirn. *Aber natürlich,* dachte er. Man hatte Mr. X gar nicht von der Zelle auf den Korridor hinausgetragen. Es war genau umgekehrt: Die Blutspur führte von draußen nach drinnen. Er untersuchte die eingetrockneten Flecken noch einmal ganz genau und konnte bei einigen erkennen, daß die Tropfen in eine bestimmte Richtung verschmiert waren, und zwar auf das Bett zu.

Man hatte einen blutenden Mann in die Zelle geschleift, dort gewartet, bis er tot war, und dann das Kissen umgedreht, um das Blut zu verbergen.

Aber warum hatten die Täter das Blut auf dem Boden nicht beseitigt und das Kissen nicht ausgewechselt? Ganz einfach: Weil sie wußten, daß der ganze Kasten in Kürze in die Luft fliegen würde.

Wer auch immer in dieser Zelle sein Leben gelassen hatte, um Mr. X handelte es sich dabei bestimmt nicht.

Hal riß das Kopfkissen auf, aber nur Schaumstoff kam ihm entgegen. Dann zog er das Laken vom Bett und untersuchte die zusammengefaltete Decke.

Als er die dünne Matratze hochhob, kam darunter ein Buch zum Vorschein. Er ließ die Seiten durch die Finger gleiten, fand aber keine eingelegten Zettel. Die Vermerke auf der ersten Seite ließen darauf schließen, daß es sich um einen Band aus einer Bibliothek handelte. Es war in einer Hal unbekannten Sprache geschrieben.

Er steckte es in den Hosenbund und fuhr mit der Durchsuchung des Raumes fort, aber außer dem Bett gab es praktisch nichts, was als Versteck getaugt hätte.

Gerade als er fertig war, kam vom Ende des Korridors her wieder ein lautes Getöse. Ein weiteres Stück Decke war eingestürzt. Das zerbröselte Mauerwerk hatte sich bei den schweren Regenfällen mit Wasser vollgesogen, und das verkohlte Gebälk hielt dem Druck nicht mehr stand.

Hal verließ die Zelle, folgte dem Flur, bog um eine Ecke – und fand sich vor einer unüberwindbaren Barriere aus Steinen, verzogenem Holz, Schutt und scharfkantigen, zersplitterten Dachziegeln. Dieser Weg war ihm verbaut. Auf der linken Seite sah er jedoch eine Art Rampe aus Schutt, die etwa in einem Fünfundvierzig-Grad-Winkel anstieg. Auch hier drang zwar kein Tageslicht durch die Decke, aber vielleicht konnte er sich trotzdem von dort oben einen Weg durch die Trümmer bahnen.

Er begann hinaufzuklettern, rutschte aber genauso schnell zurück, wie er vorwärtskam. Ringsum begannen Balken zu knarren. Hal versuchte seine panische Angst zu unterdrücken und kletterte weiter, wobei er seine Füße fest in den losen Schutt stieß. Seine Hände, mit denen er sich an Trümmern festkrallte, begannen heftig zu bluten.

Aber jetzt kam er voran.

Als er das obere Ende der Rampe erreichte, ging nichts mehr. Ein massiver Gegenstand versperrte ihm den Fluchtweg. Er drehte sich auf den Rücken, stützte sich mit den Beinen ab und versuchte, das Hindernis über seinem Kopf mit den Händen wegzudrücken.

Es handelte sich um das große Bruchstück einer Gipswand, das sich nicht bewegen ließ. Wieder saß er in der Falle.

Hal holte tief Luft. *Ganz ruhig bleiben.* Er schaute sich um, fand einen handlichen Holzblock und begann, damit gegen den Gips zu hämmern. Feiner Staub rieselte auf sein Gesicht herunter. Er spuckte ihn aus, kniff die Augen zusammen und hämmerte weiter.

Als es ihm endlich gelang, die Gipswand zu durchstoßen, blendete das Tageslicht seine entzündeten Augen, die sich an die Dunkelheit gewöhnt hatten. »Emily!« rief er.

»Hal?«

»Hier bin ich.«

Bevor er ihr zurufen konnte, daß sie vorsichtig sein solle, sah er durch das Loch schon ihre Hände. Sie versuchte, die Öffnung von außen zu vergrößern.

»Passen Sie auf! Sonst brechen Sie noch durch!«

»Ich bin doch nicht so bescheuert wie Sie, verdammt noch mal!«

Hal mußte grinsen. Der Schock, unter dem sie seit Arthurs Entführung gestanden hatte, wich offenbar einem wütenden Zorn. Das war gut so. Damit konnte sie leben. Zornige Menschen verschrumpelten wenigstens nicht wie Würmer an der Sonne, um dann zu sterben. Jetzt war sie über den Berg. »Dann gehen Sie wenigstens einen Augenblick zur Seite, damit ich noch mal etwas von diesem Scheißzeug abschlagen kann!« rief er.

Er hämmerte auf die weiße Fläche ein, bis sich ein weiterer Brocken löste. »Okay!« brüllte er. Emilys Hände tauchten sofort wieder auf. Fieberhaft arbeitete sie mit, während er von unten Gipsbrocken loszureißen versuchte.

»Vorsicht, ich fang noch mal an zu hämmern«, hustete er.

Eine andere Stimme antwortete. »Warten Sie mal. Gehen Sie in Deckung, wenn Sie können.«

»Candy?«

Der Engländer brummte nur, stemmte eine riesige Platte hoch und ließ sie auf den Boden donnern. Auf Hal, der seinen Kopf mit den Armen schützte, rieselte Schutt herunter. Die Öffnung war jetzt groß genug, daß er sich durchzwängen konnte.

Emily fiel ihm um den Hals. »Gott sei Dank, Sie sind unverletzt«, sagte sie.

Hal lächelte. »Und Ihnen geht es entschieden besser.«

»Und Sie sind ein Blödmann«, sagte Candy und klopfte sich den Staub von seinem Anzug.

Emily lachte. Es war das allererste Mal, daß Hal sie lachen hörte.

Es klang schön.

## 5

Auch der Inspektor lachte. »Sie sehen ja aus wie ein Schneemann«, sagte er.

»Seit wann sind Sie hier?« keuchte Hal, noch ganz außer Atem.

»Ich bin grade noch rechtzeitig gekommen, um Sie lebendig begraben zu sehen. Tut mir leid, daß ich nicht mehr für

Sie tun konnte, aber Sie haben mir ja nichts von Ihrer Höhlenforscher-Aktion verraten. Zum Glück hat die pfiffige Mrs. Sloan erraten, wohin Sie wollten.«

Hal sah, daß an Candys Ford die Autotür offenstand. Vermutlich war der Inspektor losgespurtet, ohne auch nur eine Sekunde zu verlieren. Hal hätte vielleicht sogar so etwas wie Dankbarkeit verspürt, wenn er nicht so sauer auf Candy gewesen wäre.

»Warum haben Sie mir nicht gesagt, daß hier ein Sabotageakt vorliegt?« fragte Hal vorwurfsvoll.

»Was hätte das schon geändert?«

»Dann hätte ich wenigstens gewußt, mit was für Leuten wir es hier zu tun haben. Dieses Gebäude ist von innen zerstört worden. Von jemand, der sich frei in Maplebrook bewegen konnte. Und Ihr Mr. X ist mit Sicherheit nicht in dem Feuer umgekommen.« Er erzählte Candy von den Blutflekken. »Irgend jemand hat einen zwei Meter zehn großen Mann in die Zelle geschleift und dort getötet. Ich verstehe nur nicht, warum niemand gemerkt hat, daß die Leiche eine Schußverletzung oder eine Stichwunde hatte.«

»Weder noch«, sagte der Inspektor. »Der Mann ist erstickt. Das geht ganz klar aus dem Bericht hervor.«

»Und wo kommt dann das ganze Blut auf dem Kissen her?«

Candy senkte den Blick. »Man hat ihm die Zähne ausgebrochen.«

»Die Zähne?«

Candy nickte. »Ich habe in der Zentrale angerufen, damit die den Bericht aus dem Leichenschauhaus überprüfen. Offenbar hat man dem Mann sämtliche Zähne ausgeschlagen.«

»Um eine Identifizierung unmöglich zu machen.«

Der Inspektor seufzte. »Vermutlich hätte man sich damit ohnehin keine große Mühe gegeben«, sagte er. »Im Keller war schließlich nur ein einziger Insasse untergebracht. Tja, und aus der verschlossenen Zelle eben dieses Häftlings wurde eine Leiche geborgen, die zwei Meter zehn maß. Damit schien alles klar zu sein.«

»Und niemand hat das Blut bemerkt?«

Candy schüttelte den Kopf. »Im Keller hing dicker Qualm, als man die Leiche herausgeholt hat.«

»Und bei Scotland Yard ist seither keiner auf die Idee gekommen, noch mal in den Keller zu gehen?« fragte Hal gereizt.

»Wir können in der Regel nur dann tätig werden, wenn man uns anfordert. Offensichtlich sahen die Ermittler vor Ort in diesem Fall keine Veranlassung dazu.«

»Und das war fatal«, kommentierte Hal.

Candy schien sich zu schämen, als ob er sich für die Fehler eines anderen Briten zu rechtfertigen hätte.

»Das habe ich unter der Matratze gefunden«, sagte Hal und gab Candy das Buch.

Der Inspektor blätterte darin herum und runzelte verwundert die Stirn. »Das ist ja aus der Bibliothek in Bournemouth. Aber was zum Henker ist das für eine Sprache?«

»Urdu«, sagte Emily.

Beide Männer drehten sich gleichzeitig zu ihr um. Sie hatten ihre Anwesenheit beinahe vergessen. »Wie meinen Sie?« fragte Candy.

»Urdu«, wiederholte Emily. »Die Grammatik ist ähnlich wie bei Hindi, aber die Schrift ist anders. Urdu schreibt man von rechts nach links in der Persisch-arabischen Schrift, Hindi dagegen von links nach rechts in der Devanagari-Schrift und …«

»Verzeihung, Miß Blessing«, unterbrach Candy. »Können Sie das lesen?«

»Ich denke schon«, sagte Emily. »Ich habe mich auf der Uni mit Urdu beschäftigt.« Sie schielte auf den Titel. »›Soziale Bewegungen im Punjab im späten neunzehnten Jahrhundert.‹ Das wäre erst mal eine grobe Übersetzung.«

Die beiden schauten einander verblüfft an. »Oh, das reicht vollkommen«, sagte Candy und reichte ihr das Buch.

»Okay«, sagte Hal. »Da wir nun ganz offiziell in diesem Fall tätig sind, würde ich gerne ein Foto von Mr. X sehen. Haben Sie eines?«

»Ich kann eines besorgen. Was allerdings *Ihre* Tätigkeit in diesem Fall angeht ...«

»Wäre Ihnen Constable Nubbit lieber? Ich bin zwar Privatmann, aber ich versteh' was von dem Geschäft, das wissen Sie doch. Und ich werde dranbleiben – mit Ihnen oder ohne Sie. Wäre es da nicht sinnvoller, wir würden gleich zusammenarbeiten?«

Candy dachte einen Augenblick nach. »Klingt überzeugend«, sagte er dann.

»Schön.«

»Solange Sie nicht vergessen, wer hier das Kommando führt.«

»Sie sind der Boß, Inspektor.«

Emily schloß das Buch und schaute von einem zum andern. »Wenn Sie nur Arthur finden«, sagte sie leise.

Als Arthur aufwachte, schien ihm die Abendsonne direkt in die Augen. Ein sehr hochgewachsener dürrer Mann stand am Fenster und schaute hinaus.

Der Junge sprang von der Couch auf. Der Riese wandte sich nur kurz um und lächelte, dann schaute er wieder aus dem Fenster. »Englische Sonnenuntergänge sind großartig«, sagte er.

»Wer sind Sie?« wollte Arthur wissen.

»Ein alter Freund von dir«, antwortete Saladin und betastete mit der Hand die Seidenspitzen des Vorhangs. »Aber du kannst dich bestimmt nicht an mich erinnern.«

Arthur lief zur Tür. Sie war abgeschlossen. »Warum haben Sie mich hierhergebracht? Wo ist Hal? Haben Sie ihn auch umgebracht wie Mr. Taliesin?«

»Taliesin? So nennt sich der alte Fuchs also neuerdings?« Er lachte.

Arthur kam der Gedanke, daß ihn dieser Verrückte, der ihn auf sein Pferd gezerrt hatte, mit jemandem verwechseln müsse. »Hören Sie! Ich heiße Arthur Blessing und bin aus Chicago ...«

»Schon gut«, sagte Saladin. »Ich weiß ganz genau, wer du bist. Falls du auf die Toilette mußt – die ist da drüben.«

Er zeigte auf eine Tür in einer Ecke des großen, elegant eingerichteten Zimmers. »Wenn nicht, dann beruhige dich jetzt endlich. Du kommst hier sowieso nicht raus.«

Arthur setzte sich auf einen Stuhl. Plötzlich schwirrte ihm der Kopf vor Erinnerungen, daß es schmerzte. Die Reiter auf der Wiese. Das blitzende Schwert, das dem alten Mann den Schädel spaltete. Der Lichtblitz, der alles in sein blendendes Licht tauchte und Taliesin mit sich fortzutragen schien.

Und dann tauchten frühere Erinnerungen auf wie Alpträume. Der Mann im Bus und all die anderen, die Arthur und Emily schon seit Chicago verfolgten.

Und das alles nur wegen des Bechers. Emily hatte ja gleich gesagt, er solle ihn hergeben. Jetzt war der alte Mann tot und vielleicht auch Hal und Emily.

»Ich habe ihn nicht«, sagte er leise.

»Nuschle nicht so, Arthur.«

Trotz seines Ärgers über diese Zurechtweisung redete Arthur jetzt klar und deutlich: »Das Gefäß. Ich habe es nicht.«

»Ja, das ist mir bekannt. Der Mann, den du Taliesin nennst, hat es mitgenommen.«

»Er ist tot«, zischte Arthur zornig. »Sie haben ihn umgebracht.«

Saladin lächelte nur. »Einen Zauberer kann man nicht umbringen, mein Junge. Und diesen schon gar nicht. Der kommt zurück, darauf kannst du Gift nehmen.«

»Mr. Taliesin – ein Zauberer?«

»Wie Kornblumen«, sagte Saladin plötzlich.

»Was?«

»Deine Augen. Das hatte ich fast vergessen. Kornblumenblau.« Er seufzte. »Aber es ist auch schon so lange her.«

»Sie sind verrückt«, sagte Arthur.

Saladin setzte sich ihm gegenüber auf einen Stuhl mit hoher Lehne. »Vermutlich sieht es so aus. Aber du wirst mich schon noch verstehen. Wir haben viel Zeit.«

»Wofür?« fragte Arthur so unfreundlich wie möglich.

Der große Mann zuckte mit den Schultern. »Darüber

möchte ich im Moment nicht sprechen, Arthur. Erzähle mir lieber, wann du Taliesin begegnet bist.«

Arthur schaute ihn aus den Augenwinkeln an. Auf keinen Fall wollte er zu seinem Entführer freundlich sein.

»Schon vor langer Zeit?« hakte Saladin nach.

»Gestern«, brummte Arthur. »Im Bus.«

»Ach ja? Und hat er dich an jemand erinnert?«

»Nein. Das heißt ...«, stammelte Arthur.

»An wen?« Saladin beugte sich vor.

»An Mr. Goldberg.«

Der Riese ließ sich zurücksinken.

»Mr. Goldberg hat im gleichen Haus gewohnt wie ich. Am Riverside. Aber eigentlich hat er ihm gar nicht ähnlich gesehen, und geredet hat er auch ganz anders. Trotzdem hat mich Mr. Taliesin manchmal an ihn erinnert. Keine Ahnung, wieso. Mr. Goldberg war Jude. Ich glaube, er wurde in Deutschland geboren ...«

»Dein Mr. Goldberg interessiert mich nicht«, sagte Saladin schroff. »Hat denn nichts an Taliesin Erinnerungen in dir wachgerufen?«

Arthur runzelte die Stirn. »Woran denn? Ich bin ihm doch gerade erst begegnet.«

»Faszinierend«, sagte Saladin. »Du bist ein vollkommen neues Wesen. Und doch siehst du genau gleich aus.«

»Wie meinen Sie das – gleich?«

»Gleich wie damals, du vorlauter Bengel! Du hast keine Ahnung, wer du gewesen bist, richtig?«

Arthur bemühte sich zunächst, ihn zu verstehen, gab aber schnell auf. »Übergeschnappt«, murmelte er.

Am Horizont erhob sich im Abendrot ein Hügel mit großen Felsblöcken. Arthurs Herz begann heftig zu schlagen. *Die Burg.* Die Reiter hatten ihn also nicht weit weggebracht. Wenn ihm die Flucht gelang, konnte er zur Burg laufen, und von dort würde er zu dem Gasthaus zurückfinden.

Der Riese ging zur Tür und sprach mit jemandem auf dem Flur.

*Er läßt das Zimmer bewachen,* dachte Arthur. *Vielleicht komme ich hier doch nicht so leicht raus.*

»Hast du Hunger?« fragte Saladin.

»Nein«, log Arthur, In Wirklichkeit war er völlig ausgehungert.

Saladin lachte. »Vielleicht ißt du trotzdem ein paar Bissen.«

»Nein.«

Wenige Minuten später kam ein Diener mit einem Tablett. Arthur erschrak. Der Mann hatte die gleichen Augen wie der Riese. Und dann ging ihm plötzlich auf, was an all den fürchterlichen Erinnerungen gleich war.

*Die Augen.* Die Männer, die Jagd auf ihn und Emily machten, hatten alle die gleichen Augen.

»Was wollen Sie von mir?« fragte er leise.

»Von dir? Gar nichts.« Der Diener nahm auf ein Zeichen Saladins hin den Deckel vom Tablett. Zum Vorschein kamen ein Steak, ein ganzer Berg Pommes frites, in Scheiben geschnittene Tomaten, ein paar grüne Spargelstangen, ein Brötchen, ein Glas Milch und ein riesiges Stück Schokoladenkuchen. »Greif zu«, sagte Saladin.

»Ich möchte wissen, warum Sie mich hier festhalten.«

»Wegen des Gefäßes natürlich. Es gehört mir, und ich werde es zurückholen.«

»Ich habe Ihnen doch gesagt, ich habe den Becher nicht. Mr. Taliesin hat ihn mitgenommen.«

»Und wird mit ihm auch wieder auftauchen – wenn er das Gefäß gegen dich eintauscht.«

»Wieso sind Sie so sicher, daß er nicht tot ist?« fragte Arthur.

»Das läßt sich im Moment nicht so leicht erklären. Aber du kannst mir ruhig glauben. Er lebt noch. Nun iß doch, Arthur, du mußt bei Kräften bleiben.«

Arthur stieg der herrliche Geruch des dampfenden Steaks in die Nase. »Ich mag nichts essen«, sagte er trotzig.

Saladin schmunzelte. »Stur bist du immer gewesen. Ganz wie du willst.« Er stand auf und klopfte an die Tür. Sogleich kam der Diener wieder und nahm das Tablett mit. Arthur war zum Weinen zumute, als er das Essen verschwinden sah, er ließ sich aber nichts anmerken.

»Was ist, wenn er nicht kommt?« fragte der Junge. »Schließlich habe ich ihn erst gestern getroffen und ...«

»Und vielleicht hat er inzwischen herausgefunden, was der Becher alles kann. Das wolltest du doch sagen, nicht?«

Arthur nickte widerstrebend.

»Weißt du wirklich, was er alles kann, Arthur?«

»Er kann Wunden heilen.«

»Und folglich ...« Saladin wartete.

»Was – ›folglich‹? Wer den Becher besitzt, wird nie verletzt sein.«

»Und?«

»Was denn noch? Ich weiß nicht, worauf Sie hinauswollen!«

»Nein? Wirklich nicht?«

Der Junge starrte ihn nur verständnislos an.

»Komm her, Arthur.« Saladin führte ihn zu einem niedrigen Tisch, der mit einem Schachbrett aus Onyx und Perlmutt eingelegt war und auf dem goldene und silberne Figuren standen. »Spielst du Schach?«

Arthur reagierte zuerst nicht, doch dann setzte er sich ohne ein Wort auf den Stuhl neben dem Tischchen.

»Das dachte ich mir doch«, sagte Saladin und nahm den gegenüberliegenden Platz ein. Damit fielen ihm die goldenen Figuren zu.

»Was passiert, wenn Sie den Becher nicht zurückbekommen?« fragte Arthur und zog mit einem Bauern.

Saladin machte seinen Gegenzug. »Dann töte ich dich«, sagte er liebenswürdig.

## 6

Hal brachte Emily zum Gasthaus, wo sie sich auf die Übersetzung des Buches konzentrieren konnte, und fuhr dann zur Polizeiwache. Die Leute von Scotland Yard hatten ihre Einsatzzentrale in dem Gebäude und in dem neutral gestrichenen Kastenwagen aufgeschlagen. Aus Rücksicht auf

Constable Nubbit erledigten die zwei Assistenten Candys den größten Teil ihrer Arbeit in dem Lkw.

Ihre Namen lauteten Higgins und Chastain. Higgins war ganz der Typ des jungen Wissenschaftlers mit widerspenstigem Haarschopf und aristokratischem Profil. Wie er durch seine unbeschreiblich schmutzige Brille überhaupt noch etwas sehen konnte, war Hal allerdings ein Rätsel.

Chastain dagegen war wie aus dem Ei gepellt. Die normale Pensionsgrenze für Polizisten lag längst hinter ihm. Weiterhin in Amt und Würden war er vermutlich aus dem einfachen Grund, daß es keiner seiner Kollegen im Labor mit ihm aufnehmen konnte. Er machte allerdings den Eindruck eines äußerst zerstreuten Menschen, der schon sehr lange mit dem normalen Alltag kaum noch in Berührung kam.

Alle beide sahen nicht gerade wie typische Polizisten aus. Sie blickten kaum auf, als Candy ihnen Hal als früheren FBI-Agenten und Hauptzeugen im Entführungsfall Blessing vorstellte und sie darüber informierte, daß Mr. Woczniak eng mit ihnen zusammenarbeiten wolle. Die meisten Polizisten hätten widerborstig reagiert und sich dagegen verwahrt, daß ein Fremder in ihrer Arbeit herumpfuschte.

Diese beiden hatten das gar nicht nötig. Die Geräte, an denen sie arbeiteten, waren so exotisch, daß Hal von den meisten nicht einmal den Namen kannte, geschweige denn die Funktionsweise. Die beiden glichen Wesen von einem anderen Stern, die in ihrer kleinen hochtechnisierten Kapsel aus winzigen Spuren das Leben der Spezies Mensch zu rekonstruieren versuchen.

Seit Hals Ausbildung in der FBI-Akademie hatten sich die kriminalistischen Methoden offensichtlich enorm verändert. *Aber das ist nur normal,* dachte er. Hochgradige Spezialisierung gab es heutzutage ja in allen Berufen. Zwar würden die beiden vermutlich mit einer Maschinenpistole nicht einmal eine Scheune treffen, aber andererseits überstieg ihre souveräne Handhabung von Chemikalien und winzigen Untensilien bei weitem die Möglichkeiten der meisten Ermittler. Für ihn selber galt das mit Sicherheit, und wahrscheinlich auch für Candy.

Während der Inspektor mit der Londoner Zentrale telefonierte, reichte Higgins Hal einen schweren weißen Gegenstand, der wie eine postmoderne Skulptur aussah.

»Bevor der Regen zu heftig wurde, konnten wir gerade noch Gipsabgüsse von zwei Hufabdrücken machen«, sagte er. Hal hatte Mühe, ihn zu verstehen. Offenbar hatte er sich in der unwirklichen Atmosphäre des Labors eine Flüsterstimme zugelegt, und im Moment sprach er mit Rücksicht auf das Telefonat seines Vorgesetzten noch leiser.

Als Hal das Ding umdrehte, konnte er den Abdruck eines Hufs erkennen.

Ohne auch nur ein Wort zu sagen, streckte ihm Chastain mit einem überlegenen Lächeln einen zweiten Abguß hin.

Hal lächelte freundlich zurück. »Können Sie daraus viel ersehen?« fragte er. Früher oder später würde seine Unkenntnis ihrer esoterischen Arbeitsmethoden ohnehin ans Licht kommen, und es war völlig sinnlos, diesen Moment hinauszuzögern.

»O ja«, meinte Chastain onkelhaft.

Mehr wollte er scheinbar nicht sagen. Glücklicherweise nahm Higgins den Faden auf. »Zunächst einmal wissen wir, daß der Abdruck, den Sie gerade in der Hand halten, von einem sehr großen, aber feingliedrigen Pferd stammt«, hauchte er. »Man beachte die Größe des Hufs einerseits und die geringe Tiefe des Abdrucks andererseits. Für sandiges Gelände gezüchtet. Höchstwahrscheinlich ein Araber. Das Pferd wurde übrigens nicht in der näheren Umgebung beschlagen.«

»Woran können Sie das erkennen?« fragte Hal.

»An den Nagelköpfen«, antwortete er mit seiner Flüsterstimme. »Wir haben alle Reitställe und Schmieden überprüft. In dieser Gegend werden nur Nägel mit abgerundeten Köpfen verwendet. An diesem Huf sind sie aber dreieckig. Schauen Sie mal genau hin.« Er hob eine Augenbraue.

Chastain tat es ihm nach, woraus Hal schloß, daß beide Abdrücke dieselbe Anomalie aufwiesen.

»Stammen die zwei Abgüsse von verschiedenen Pferden?« fragte er.

Chastain nickte mit gerunzelter Stirn.

»Ein Größenunterschied von fast zwei Millimetern«, erklärte Higgins, »und die Gewichtsverteilung ist anders.«

»Wenn sie also nicht hier beschlagen wurden – wo dann?«

»Das wird gerade überprüft«, sagte Higgins. »Wenn irgendein Schmied in Großbritannien mit solchen Nägeln beschlägt, wissen wir das bald.«

Hal nickte. »Fragt sich nur, ob die Pferde überhaupt in Großbritannien beschlagen wurden.«

Higgins schaute ihn nur schweigend an, und Chastain zuckte mit den Schultern.

»Wie die Pferde hierhergebracht wurden, hat nicht zufällig jemand gesehen?« fragte Hal.

Chastain schüttelte den Kopf, während er Hal den Abguß aus der Hand nahm.

»Nein«, sagte Higgins. »Aber hinter dem Wald hat ein schwerer Lkw tiefe Rillen im Erdreich hinterlassen, und zwar genau dort, wo die Hufspuren beginnen. Das war mindestens ein Zwölftonner.«

»Groß genug für sechs Pferde«, sagte Hal.

Chastain nickte.

»Aber wir haben leider keinen Abdruck«, fuhr Higgins fort. »Das Profil war schon fast weggespült, bevor wir Gipsabgüsse machen konnten. Aber wir konnten noch Fotos schießen. Die sind gerade in der Dunkelkammer.«

Auf dieses Stichwort hin öffnete Chastain eine kleine Tür, die aussah wie die Toilettentüren in Flugzeugen und erschien gleich wieder mit einem noch nassen Foto, auf dem eine Reifenspur zu sehen war.

»Ich bin mir leider nicht sicher, was für ein Fabrikat das ist«, entschuldigte sich Higgins.

»Michelin«, sagte Chastain und nahm Hal die Abbildung aus der Hand.

»Okay. Das ist immerhin schon ein Anfang. Hat irgendwer hier in der Gegend größere Mengen Heu oder Kraftfutter oder etwas Ähnliches verkauft?«

»Nein, nichts dergleichen«, antwortete Higgins.

»Pferde ernähren sich im Sommer von Gras«, gab Chastain zu bedenken, womit er seinen bisher längsten Satz formulierte.

Inspektor Candy befreite Hal aus seiner ungemütlichen Lage, indem er den Hörer auflegte. »Die Fingerabdrücke des Toten aus dem Bus sind nirgends gespeichert. Überall Fehlanzeige, auch bei Interpol.«

Hal seufzte. »Der Kerl hatte also keine Vorstrafen.«

»Und den alten Mann haben wir auch nicht gefunden.«

»Wen?«

»Taliesin. Sie sagten, er war verletzt, als er die Reiter in den Wald verfolgte.«

»Ja, genau«, sagte Hal.

»Vielleicht ist er noch am Leben.«

*Aber sicher,* dachte Hal. *Der alte Unruhestifter ist noch unter den Lebenden – wenn auch vielleicht auf etwas außergewöhnliche Weise.*

Es fragte sich nur, wo. Die Burg war schließlich verschwunden. Tja, wohin gingen körperlose Geistwesen, wenn ihre Spukschlösser sich in Luft auflösten?

»Wie wär's mit einer Tasse Tee?« fragte Candy.

Chastain lächelte. Higgins hatte das Interesse an dem Besucher bereits verloren und inspizierte durch ein Mikroskop einen Faden aus einem schmutzigen Stück Stoff.

»Nein danke«, sagte Hal. »Sie haben jedenfalls alles getan, was möglich war.« Er bemühte sich, seine Enttäuschung zu verbergen. Schließlich hatten die Wissenschaftler hervorragende Arbeit geleistet, wenn man in Rechnung stellte, worauf sie sich nur stützen konnten – nur war es eben verdammt wenig.

»Die Akten über Maplebrook werden in ein paar Stunden da sein«, sagte Candy, der Hals Verzweiflung gut nachvollziehen konnte. »Vielleicht kommen Sie dann wieder her.«

Hal nickte. »Okay. Ich geh' erst mal nachsehen, wie weit Emily mit der Übersetzung des Buchs gekommen ist. Ich danke Ihnen allen, daß Sie sich Zeit für mich genommen haben.«

Candy nickte. Chastain und Higgins hörten gar nicht mehr zu. Längst schon waren sie ganz in die Untersuchung des Objektes unter dem Mikroskop vertieft.

Hal verließ den Kastenwagen und fuhr mit Mrs. Sloans Morris zum Gasthaus zurück. Genau in dem Moment, als er das Haus betrat, hörte er Emily aufschreien.

## 7

»Um Himmels willen, was ist passiert?« Mrs. Sloan sprang von ihrem Hocker hinter der Bar auf, als der schrille Schrei durch das Gasthaus hallte. »Sie ist gerade erst nach oben gegangen.«

»Rufen Sie Inspektor Candy an«, befahl Hal, während er die Treppe hochlief.

Emily kauerte an die Wand gepreßt auf ihrem Bett. »Ein Mann ist im Zimmer gewesen«, sagte sie mit zitternder Stimme.

Hal ging zum offenen Fenster und beugte sich hinaus. Inzwischen war es so dunkel geworden, daß er nur das Ziegeldach sehen konnte, das knapp einen Meter unterhalb von Emilys Zimmer aus der Mauer hervorsprang und schräg abfiel. Der Mann hatte sich vermutlich das steile Dach hinunterrutschen lassen und war dann auf den Boden gesprungen.

Hal lauschte angestrengt und hörte ganz in der Ferne ein Motorrad verschwinden.

»Ich bin runtergegangen und habe mit Mrs. Sloan eine Tasse Tee getrunken. Als ich wieder heraufgekommen bin, war er im Zimmer. Er hat mich auf das Bett geworfen. Ich dachte, jetzt bringt er dich um, aber dann hat er sich umgedreht und ist aus dem Fenster gesprungen.«

»Wie hat er ausgesehen?«

»Ganz ähnlich wie der Mann im Bus. Wie ein Bruder von ihm.«

Auf dem kleinen Schreibtisch, an dem Candy seine Notizen gemacht hatte, lag das aufgeklappte Buch aus der Bibliothek. Daneben lag eine Postkarte. Hal hob sie an den Kanten hoch. Die Farbaufnahme zeigte einen Vergnügungspark mit einem großen Karussell und Leuten, die nach der Mode der sechziger Jahre gekleidet waren. Im Vordergrund schoben ein Mann mit Koteletten und eine Frau mit toupierten Haaren ein Kind in einem Sportwagen vorbei.

*In Heatherwood ist jeder Tag ein Feiertag!* verkündete die Bildunterschrift in roter Schrift. Auf die Rückseite hatte jemand mit schwarzer Tinte folgende Nachricht geschrieben:

»Der Junge befindet sich in Sicherheit. Nähere Anweisungen folgen. Bringen Sie das Gefäß mit.«

»Was ist das?« fragte Emily und trat an den Schreibtisch.

»Nicht anfassen. Vielleicht sind Fingerabdrücke darauf. Die Bedingung der Entführer: Arthur gegen den Becher.«

Emily ließ enttäuscht die Schultern hängen. »Aber wo kann der Becher bloß sein? Arthur hat ihn doch immer bei sich getragen. Wenn er ihn nicht hat ... Wir müssen noch mal bei der Burg suchen.«

»Da ist er nicht«, sagte Hal.

Emily wurde rot. »Wie können Sie da so sicher sein?«

*Weil ich weiß, wo das Ding ist,* dachte er. *In einer ganz anderen Dimension. Genauso wie dieser verdammte Zauberer, der sich in Luft aufgelöst hat.*

Aber das behielt er besser für sich. »Ich geh' morgen früh noch mal suchen.«

Nach längerem Schweigen fragte Emily: »Die werden die Abmachung doch bestimmt einhalten, nicht? Das heißt, wenn es uns gelingt, den Becher zu beschaffen ...«

Hal wußte darauf eigentlich keine Antwort, sagte aber: »Ganz bestimmt. Für die wäre es doch völlig sinnlos, Arthur zu behalten.«

Emily nickte mit zusammengebissenen Zähnen. Genau wie Hal mußte sie das einfach glauben. »Wenn ich bloß ...« Sie verzog das Gesicht, um nicht in Tränen auszubrechen. »Wenn ich nur gut zu ihm gewesen wäre.«

»Emily ...«

»Ich habe immer so getan, als wäre er mir im Weg«,

schluchzte sie. »Dabei hätte ich ohne ihn überhaupt kein Leben gehabt. Ihm verdanke ich die einzige menschliche Wärme, die ich je gekannt habe, und als Dank dafür habe ich ihn immer wieder weggestoßen ...«

»Machen Sie sich doch bitte nicht selber fertig«, sagte Hal und nahm ihre Hand. »Der Junge ist robust – das hat er Ihnen zu verdanken. Er kommt durch, ganz bestimmt.«

Es klopfte, und Candy trat ein. »Was ist passiert?« fragte er.

Hal zeigte auf die Postkarte. »Emily hat Besuch gehabt. Das hat der Kerl dagelassen.«

Candy las die Nachricht. »Hat er irgend etwas gesagt?«

»Nein«, sagte Emily. »Er muß durchs Fenster eingestiegen sein. Als ich hereinkam, war er im Zimmer.«

»Hat er Sie angegriffen?«

»Er hat mich auf das Bett geworfen, aber wahrscheinlich nur, weil ich im Weg stand.«

»Emily sagt, er hat genauso ausgesehen wie der Tote von gestern«, warf Hal ein.

Candy nickte und las die Karte noch einmal. »Um was für ein Gefäß geht es?«

Hal zuckte mit den Schultern. »Arthur hat es aus den Staaten mitgebracht. Sein Glücksbringer.« Er beschrieb den bauchigen Becher. »Das Material ist wohl recht merkwürdig.«

»Merkwürdig? Inwiefern?«

Emily blickte auf. »Ich habe ein paar Labortests damit gemacht. Ein ganz außerordentliches Metall. Ich habe so etwas vorher noch nie gesehen.«

»Könnte es sehr wertvoll sein?« fragte Candy.

»Ja, schon – falls es wirklich ein neues Element ist. Dann ist es von höchstem Wert für die Wissenschaft. Aber ich habe nicht annähernd genügend Tests gemacht, um darüber etwas Definitives sagen zu können.«

»Offenbar hält es jemand für wertvoll genug, um deshalb einen Jungen zu entführen.« Candy schaute sie beide prüfend an und schnaubte ungehalten. »Warum haben Sie mir davon nichts gesagt?«

Er erhielt keine Antwort.

»Und wo ist das Ding?«

»Verschwunden«, sagte Hal wahrheitsgemäß.

»Wo ist es verschwunden? Auf der Wiese?«

Hal nickte. »Vielleicht hat Arthur den Becher fallenlassen.«

»Vielleicht«, sagte Candy. »Aber Higgins und Chastain hätten ihn wohl kaum übersehen, als sie die Wiese absuchten.« Er ging ein paar Schritte zurück und fixierte Hal und Emily mit einem mißtrauischen Blick. »Es sei denn, Sie haben das Ding und wollen es nicht herausrücken.«

»Nein!« kreischte Emily. »Ich würde doch Arthurs Leben nicht für ein Stück Metall aufs Spiel setzen!«

Candys Blick ließ Emily los und heftete sich unbarmherzig auf Hal. »Und Sie, Sportsfreund? Wieviel Silberlinge müßte man Ihnen bieten?«

Hal biß die Zähne zusammen. Der Inspektor hatte gemerkt, daß er etwas verschwieg, aber Hal konnte ihm den wirklichen Hergang nicht erzählen – genausowenig wie Emily oder irgend jemand anderem. Hal glaubte es ja selber kaum, und er hatte es schließlich mit eigenen Augen gesehen. »Ich habe ihn nicht«, sagte er nur.

Der Inspektor nickte abwesend. Hal war klar, daß damit sein gutes Verhältnis zu Candy dahin war, Candy traute ihm jetzt nicht mehr über den Weg. »Haben Sie vielleicht eine Ahnung, warum er gerade diese Karte ausgesucht hat?« Er hob die Abbildung des Vergnügungsparks hoch.

Hal schüttelte den Kopf. »Sieht alt aus. Möglicherweise lag sie einfach nur herum.«

Candy brummte zustimmend. Er hatte sich schon zum Gehen gewandt, drehte sich aber dann noch einmal zu Emily um. »Wie weit sind Sie mit dem Buch gekommen?«

»Ich habe annähernd die Hälfte überflogen. Eine Abhandlung über den Punjab unter britischer Herrschaft. Eine ziemlich trockene Materie.«

»Haben Sie etwas über das Buch herausgefunden?« fragte Hal.

Candy zuckte die Schultern. »Es ist aus Bournemouth.«

»Wer hat es ausgeliehen?«

»Der Bibliothekar selber«, antwortete Candy.

»Und wer ist das? Haben Sie mit ihm gesprochen?«

»Ich würde sagen, diese Angelegenheiten können Sie ruhig uns überlassen, Mr. Woczniak.«

»Nun sagen Sie mir schon seinen Namen, ja?«

Candy seufzte, schlug schließlich aber sein Notizbuch auf. »Laghouat.«

»Wie bitte?«

»Sein Name ist Laghouat.« Er klappte das Büchlein wieder zu. »Ich weiß, das klingt arabisch. Die Fahndung ist eingeleitet.«

»Wie? Der hat sich davongemacht?«

»Richtig. Ein paar Tage vor dem Brand.«

»Und wohin?«

»Er ist spurlos verschwunden«, sagte Candy und ging aus dem Zimmer.

»Kommen Sie«, sagte Hal und nahm Emilys Arm.

»Wo gehen wir hin?«

»Nach unten. Wir müssen etwas essen.«

Er klemmte sich das Buch unter den Arm, und sie gingen in den Gastraum hinunter. Mrs. Sloan umarmte Emily herzlich.

»Bin ich froh, daß Ihnen nichts passiert ist«, sagte sie. »Ich lasse morgen ein Gitter vor dem Fenster anbringen.«

»Nicht nötig«, warf Hal ein. »Die wollten uns nur klarmachen, daß sie reinkommen, wenn sie wollen. Wenn das Fenster vergittert gewesen wäre, hätten sie einen anderen Weg gefunden.«

»Möchten Sie dann vielleicht ein anderes Zimmer?«

Emily schüttelte den Kopf. »Nein, danke.«

»Nun gut. Wie wäre es mit etwas Suppe?«

»O ja, gern. Suppe – und was sie sonst noch so haben«, sagte Hal.

Mrs. Sloan lachte. »Recht haben Sie.«

Sie setzten sich an einen kleinen Tisch, und Hal fing an, Seite für Seite das ganze Buch durchzublättern.

»Wonach suchen Sie?« fragte Emily.

»Nach nichts Bestimmtem. Vielleicht hat der Kerl irgendwas zwischen die Seiten gesteckt.«

Emily fuhr sich mit den Händen über das Gesicht. »Wenn Sie recht haben, und Arthur sich in der Gewalt eines ausgebrochenen Psychopathen befindet ...«

»Wenn ich recht habe, dann wissen wir, nach wem wir suchen müssen«, antwortete er ganz ruhig. »Und dann können wir ihn fangen.«

»Aber man kennt nicht einmal seinen Namen.«

»Taliesin hat ihn Saladin genannt.«

»Glauben Sie, daß die beiden einander gekannt haben?« fragte Emily.

»Ja«, sagte Hal. »Keine Ahnung, woher. Aber der alte Mann hat ihn auf jeden Fall wiedererkannt. Er hatte Angst vor ihm.«

Emily schüttelte den Kopf. »Der arme Mann«, sagte sie. »Welcher Teufel hat ihn bloß geritten, daß er sechs Reitern nachgerannt ist?«

Hal gab keine Antwort.

»Ich glaube nicht, daß Saladin sein richtiger Name ist«, sagte Emily plötzlich.

»Warum nicht?«

»Sie sagten doch, er ist zwei Meter zehn groß.«

»Ja, und?«

»Der historische Saladin war auch zwei Meter zehn. Ich würde sagen, daß er entweder König Saladin einfach imitiert, oder aber wirklich unter Wahnvorstellungen leidet.«

»Und wer war dieser König Saladin?«

Emily nahm einen Schluck Wasser aus ihrem Glas. »Im zwölften Jahrhundert eroberte ein Kurde namens Saladin für die Syrer Ägypten, bestieg dann aber selbst den Thron und wandte sich gegen seine Auftraggeber. Nach allem, was man über ihn weiß, war er ein großer Herrscher, aber völlig skrupellos. Ein König ohne Bindungen an irgendein Land.«

»Eine Art freischaffender Pharao«, kommentierte Hal.

»Genau. In der ganzen Geschichte hat er nicht seinesgleichen.«

»Tja, er überragt ja wohl jede Menschenmenge.«

»Seine Größe war damals wohl gar nicht so außergewöhnlich. Die Adligen waren alle sehr groß.«

»Was wissen Sie sonst noch über Saladin?« fragte Hal. »Wie ist er gestorben?«

Mrs. Sloan brachte Suppe, einen Korb harter Brötchen und eigenartigerweise auch noch zwei Orangen. »Das wird Ihnen guttun.«

»Ganz bestimmt«, sagte Hal und biß schon in ein Brötchen. Erst jetzt merkte er richtig, wie hungrig er war.

»Er ist eines natürlichen Todes gestorben, wenn ich mich recht entsinne«, sagte Emily mit vollem Mund.

»Was?« fragte Hal, dessen Aufmerksamkeit ganz von der Nahrungsaufnahme in Anspruch genommen wurde.

»Ich glaube, Saladin ist eines natürlichen Todes gestorben.«

Hal nickte und schlug von neuem das Buch auf, konnte es aber nicht lassen, nebenher weiterzuessen. Als er wieder von seinem Brötchen abbiß, klappte das Buch zu, nur der Buchdeckel blieb offen. Hals Blick blieb am Datumsstempel hängen. Plötzlich ließ er sein Brötchen fallen. »Schauen Sie mal her. Das Ausleihdatum.«

»Erster Juni«, las Emily.

»Ja. Da war die Anstalt längst abgebrannt.« Emily schaute ihn verständnislos an. »Warum sollte dieser Bibliothekar – Langhouat oder wie immer er heißt – ein falsches Datum in das Buch stempeln?«

Er schaute wieder auf die Seite und murmelte vor sich hin: »Erster Juni. 1. 6. Sechzehn! Seite sechzehn!«

Er schlug das Buch auf. Über die Seite sechzehn waren Pünktchen verstreut.

»Nur Bleistiftpunkte«, sagte Emily.

»Das sind ganz bewußt gesetzte Zeichen. Wie heißen die Wörter unter den Markierungen?«

Emily kramte einen Stift und ein Blatt Papier aus ihrer Handtasche hervor. »Ich wünschte, ich hätte ein Urdu-Wörterbuch«, seufzte sie.

»Ich glaube kaum, daß wir hier eines finden. Vielleicht geht es auch so.«

Sie fing an zu schreiben, starrte aus dem Fenster und überlegte, schrieb weiter. Schließlich legte sie den Stift weg. »Vielleicht irre ich mich«, sagte sie. »Besonders viel Sinn ergibt es nicht gerade.«

»Lassen Sie schon hören«, drängte Hal ungeduldig.

Sie schob ihm den Zettel über den Tisch zu und sagte: »Alles ist vorbereitet.«

Mit seinem Polizisten-Instinkt konnte sich Hal die Sache nun zusammenreimen. Saladin hatte einen Fluchtplan ausgeheckt, der die Zerstörung seines Gefängnisses vorsah. Diese Botschaft bedeutete, daß die Aktion beginnen konnte.

»Und was heißt das da unten?« Er versuchte ihre unleserliche Handschrift zu entziffern.

»Tja, der Rest ergibt nicht mehr viel Sinn. ›Gepriesen sei Euer Name‹ oder so ähnlich.«

## 8

Im Grunde war die Entscheidung in dem Schachspiel inzwischen zu Gunsten Saladins gefallen. Der Junge hatte sich zwar als viel stärkerer Gegner erwiesen, als er gedacht hätte, aber ganz allmählich war es Saladin doch gelungen, sich eine Reihe von winzigen Vorteilen herauszuspielen. Bald würde er Arthur schachmatt setzen.

Als einer seiner Männer das Wohnzimmer betrat, an der Tür stehenblieb und geduldig wartete, blickte Saladin vom Brett auf.

»Ja?« fragte er barsch. »Hast du die Nachricht überbracht?«

Der Diener verbeugte sich.

»Schön.« Mit einem Kopfnicken entließ er ihn.

»Was für eine Nachricht? fragte Arthur.

»Das geht dich nichts an.« Er blickte auf das Schachbrett. »Du solltest dich geschlagen geben. Das Spiel ist vorbei.«

»Nein, es ist noch nicht vorbei«, sagte Arthur. Er hatte

großen Durst, aber das würde er seinem Gegenüber nicht verraten.

Saladin seufzte. »Nichts ist so langweilig wie ein sowieso verlorenes, aber zu Ende geführtes Spiel.«

»Ich gebe mich nicht geschlagen.« Arthur beugte sich so tief über das Schachbrett, daß Saladin nur noch seinen roten Haarschopf sehen konnte. Mit seinem nächsten Zug opferte er einen Läufer.

»Das war dumm von dir«, tadelte Saladin und schlug die Figur.

Arthur blieb stumm. Auch mit jedem seiner beiden nächsten Züge opferte er eine Figur. Saladin verdrehte die Augen. Das war nur noch das gedankenlose Spiel eines übermüdeten und störrischen Kindes. Ohne nachzudenken schlug Saladin die Figuren, die ihm Arthur wie auf dem Silbertablett präsentierte, bis den zehn Figuren Saladins nur noch Arthurs König und Dame gegenüberstanden.

Jetzt bedrohte Arthur mit seiner Dame Saladins König und rief: »Schach!«

Die Antwort darauf war ganz einfach. Saladin brauchte die Dame bloß mit seiner eigenen Dame zu schlagen, und schon stand Arthurs König ungedeckt da. Nur wenn er mit dem König ziehen und die Dame stehenlassen würde, hätte Arthur noch eine Chance.

Mit zusammengekniffenen Augen studierte er das Brett noch einmal. Der Junge hatte wohl vor Müdigkeit und Hunger übersehen, daß Saladin seine Dame ganz problemlos schlagen konnte. Mit einer verächtlichen Bewegung schob er Arthurs Dame vom Brett.

Arthur lehnte sich mit verschränkten Armen in seinem Stuhl zurück. »Patt.«

Saladin fuhr herum und starrte auf das Brett.

Der Junge hatte recht. Arthurs König war sicher, wo er jetzt stand. Es war tatsächlich eine Pattsituation, keiner von beiden konnte gewinnen.

»Patt«, flüsterte Saladin ungläubig. Gegen einen Zehnjährigen! Das war doch ganz unmöglich. Er überflog das

Brett auf der Suche nach einem Ausweg. Es gab aber keinen. »Kaum zu glauben«, sagte er.

»Das nächste Mal gebe ich mich nicht mit einem Unentschieden zufrieden«, verkündete der Junge großspurig.

Saladin blitzte den Jungen in ungläubigem Zorn an. So ein unverschämter Wurm! Schon seit Jahrhunderten hatte es niemand mehr gewagt, so mit ihm zu sprechen. Doch Arthur hielt seinem Blick ganz gelassen stand – jeder Zoll der König, der er einst gewesen war, vor langer, langer Zeit, in einem früheren Leben, an das sich der Junge gar nicht erinnern konnte.

»Das Gewinnen macht dir Spaß, wie?« fragte Saladin.

Arthur gab keine Antwort. Mit seinen blauen Augen blickte er Saladin stillvergnügt an.

Selbst in der mißlichen Lage, in der er sich derzeit befand, war dem Jungen die Lust am Siegen nicht vergangen. Er war eben ein Krieger, in dessen Adern kämpferisches Blut floß.

*So ein Junge ist meiner würdig,* dachte Saladin. *Als Mann könnte er bestimmt Großes vollbringen.*

Er erhob sich. »Es ist schon spät, ich muß mich um meine Geschäfte kümmern«, sagte er. »Meine Diener werden dir Bettzeug bringen.«

»Ich bin nicht müde.«

»Nun, das ist verständlich.« Er klopfte zweimal, und sofort öffnete sich die Tür. Saladin ging hinaus und kam nach einer Weile mit zwei stämmigen Männern zurück, die Arthur an Armen und Beinen packten und auf das Sofa drückten.

»Laßt mich los!« schrie der Junge und bäumte sich auf, doch Saladin schenkte ihm gar keine Beachtung. Er füllte eine Spritze mit einer klaren Flüssigkeit.

»Nein!« brüllte Arthur und biß einen der Männer in die Hand.

»Kein Grund, sich so aufzuführen«, sagte Saladin und spritzte Arthur die Flüssigkeit in den Arm. »Das ist nur ein Schlafmittel. Du hast es schon einmal bekommen.«

»Ich bringe Sie um!« brüllte Arthur. »Das verspreche ich

Ihnen!« Er murmelte noch etwas anderes vor sich hin, doch seine Lippen fühlten sich schon ganz pelzig an, und seine Glieder schienen in den Boden zu versinken.

»Recht so, Arthur«, sagte Saladin wohlwollend. »Ich mag Kinder mit Mumm in den Knochen.«

Diese Worte hörte Arthur gerade noch, bevor er ganz in die Dunkelheit eintauchte.

In dem Gasthaus sah Hal nach, ob auch wirklich alle Fenster im oberen Stock fest verriegelt waren. »Lassen Sie niemand herein«, sagte er.

Emily stand in der Mitte des Zimmers und las schon zum zehnten Mal die Seite sechzehn in dem Urdu-Buch. »›Gepriesen Bei Euer Name‹«, grübelte sie. »Ich glaube kaum, daß ich es falsch übersetzt habe. Aber wer würde so etwas schreiben?«

Hal schüttelte den Kopf. »Das überlassen wir besser Candy und seinen Helfern. Vielleicht ist es ein Geheimcode.«

»Glauben Sie, daß hinter den Urdu-Wörtern eine verschlüsselte Botschaft steckt?«

»Wäre immerhin möglich. Oder hinter der Übersetzung dieser Wörter ins Englische oder Französische oder Italienische oder in Suaheli ... Es wäre reine Zeitverschwendung, wenn wir das herausbekommen wollten. Candy soll dafür sorgen, daß jemand bei Scotland Yard den Computer damit füttert.«

»Okay.« Sie legte das Buch auf den Tisch.

»Werden Sie schlafen können, was meinen Sie?«

»Ich glaube schon, aber bitte gehen Sie noch nicht, Hal.« Sie wandte sich ab und setzte sich auf das Bett.

»Was ist denn?«

Sie zuckte müde die Schultern und nahm ihre Brille ab. »Ich möchte nur noch nicht allein sein.« Sie blickte unsicher zu ihm auf. »Das heißt, wenn es Ihnen nichts ausmacht.«

Hal lächelte. »Das macht mir absolut nichts aus.«

»Ich habe über den Becher nachgedacht.« Während sie sprach, löste sie ihr Haar. Zu Hals Überraschung fiel es fast bis zu den Hüften herunter.

*Sie ist ja absolut hinreißend,* dachte Hal verblüfft. Noch nie war ihm eine Frau begegnet, die es darauf anlegte, möglichst unattraktiv auszusehen. Doch Emily tat genau das, und zwar Tag für Tag.

»Sie sehen wie verwandelt aus«, sagte er.

»Was? Ach so.« Sie wurde rot. »Ich bin eben müde.«

*Eine seltsame Antwort,* fand Hal, fast schon eine Entschuldigung. Vermutlich war sie nicht gerade an Komplimente gewöhnt. »Was ist mit dem Becher?« fragte er.

Sie seufzte. »Wir haben Chicago verlassen, weil ein paar Männer ihn an sich bringen wollten. Arthur war gerade nicht zuhause, als sie kamen, aber ich war da. Sie haben auf mich geschossen und mich dann liegenlassen, weil sie dachten, ich sei tot. Als Arthur zurückkam, berührte er mich zufällig mit dem Becher und ...«

»Und Ihre Wunden heilten.«

»Richtig.«

»Arthur hat mir gezeigt, was der Becher kann.«

»Aber er kann noch viel mehr.« Sie strich sich die Haare aus der Stirn. »Seit wir auf der Flucht sind, ist alles so rasend schnell gegangen, ich hatte gar keine Zeit zum Nachdenken. Aber heute abend, als wir über Saladin gesprochen haben, hatte ich plötzlich eine Idee.« Sie verzog das Gesicht.

»Sagen Sie es ruhig.«

»Es klingt total verrückt, aber wenn der Becher verletztes Gewebe wiederherstellen, also Wunden heilen kann, dann kann er auch intakte Zellen vor Bakterien und anderen Fremdkörpern schützen. Mit anderen Worten: es kommt zu keiner Krankheit. Das ist doch nicht von der Hand zu weisen, oder?«

Hal nickte, und noch bevor sie es aussprach, ging ihm auf, was das bedeutete.

»Wenn der Becher also Wunden heilen und Krankheiten verhindern kann, dann bleibt sein Besitzer stets kerngesund und altert nicht.«

»Und stirbt auch nicht«, fügte Hal leise hinzu.

Emily biß sich auf die Lippen. »Ist das wirklich denkbar?«

Hal gab keine Antwort.

»Die Ergebnisse meiner Laboruntersuchungen sind ganz außerordentlich. Eine derartige Molekularstruktur habe ich noch nie gesehen. Das Metall spricht auf keinen Magneten an. Es ist ganz einzigartig.«

Langsam wich ihre Aufregung verzweifelter Angst. »O Gott, niemand weiß darüber Bescheid, außer diesen Männern und uns.« Tränen schwammen in ihren Augen. »Die werden Arthur nicht freilassen«, sagte sie tonlos.

»Wir finden ihn«, antwortete Hal. »Inspektor Candy ist schon ein gutes Stück weitergekommen. Seine Leute haben …«

»Lügen Sie mich nicht an, Hal. Die Polizei hat keine Ahnung. Und selbst wenn sie wüßte, wo Arthur ist, würde das nicht viel nützen. Um das Geheimnis des Bechers zu wahren, müssen sie Arthur umbringen. Sie werden uns alle töten, aber zuerst Arthur.«

Schluchzend klammerte sie sich an Hal, doch er konnte sie nicht trösten. Sie hatte ja recht. Ihm war von Anfang an klar gewesen, daß die Entführer Arthur nie freiwillig gehen lassen würden.

Plötzlich stand ihm wieder das Bild des rothaarigen Jungen in Queens vor Augen, der in einer Dachkammer an einen Stuhl gefesselt war. Der Junge war schon tot, und in Hals Ohren dröhnte das Gelächter des Wahnsinnigen, der ihn umgebracht hatte.

Hal schüttelte sich. *Noch ein totes Kind … noch ein Mißerfolg …*

*Du bist unser bester Mann, Hal.*

Hal unterdrückte einen gequälten Schrei. Er hielt Emily in seinen Armen, fühlte sich aber genauso hilflos wie sie. Wäre er nur im Krankenhaus gestorben, dann wäre er jetzt nicht wieder mit so einem schlimmen Fall konfrontiert.

Und dann spürte er plötzlich Emilys Lippen auf seinem Gesicht, heiß und fordernd. Ihre Tränen brannten auf seiner Haut. »Hör jetzt auf zu grübeln«, sagte sie mit rauher Stimme. »Ich will an nichts mehr denken.«

Sie ließ sich rückwärts auf das Bett sinken und zog ihn mit. Er lag auf ihr. »Schlaf mit mir. Bitte, Hal.«

Mit ungeschickten Fingern fummelte sie an seinen Kleidern herum. Sie war keine erfahrene Verführerin. Aber Hal war klar, daß sie ihn jetzt brauchte, daß sie ihn jetzt unbedingt in sich spüren mußte, als könnte diese vorübergehende Vereinigung aus ihrer zersprungenen Welt wieder ein Ganzes machen. Und er brauchte es ebenso.

Er knöpfte ihre Bluse auf und küßte ihre Brüste. Langsam wölbte sich ihr Oberkörper ihm entgegen. Ihre langen Haare bedeckten das ganze Kissen.

Voller Leidenschaft drang er in sie ein und verlor sich in ihr. Für einige gestohlene Augenblicke des Glücks gab es keine Angst, kein Schuldgefühl, keinen Tod – nur unbändige Lust, die etwas Kleines, Helles freisetzte, etwas wie Hoffnung.

Als es vorbei war, lag Hal schwer atmend neben ihr. Emily streckte die Hand nach Hal aus, zog sie aber schnell wieder zurück und drehte sich auf die andere Seite – weg von ihm. »Es tut mir leid«, sagte sie.

»Aber warum denn?«

»Zuerst sollte man sich lieben.«

Hal lächelte. »Es passiert nicht immer in dieser Reihenfolge«, sagte er.

Sie hatte feuchte Augen. »Es wäre möglich gewesen. Ich hätte dich jedenfalls lieben können.«

»Wir haben noch viel Zeit.«

Sie schüttelte den Kopf, und Tränen strömten ihr über das Gesicht. »Nein, haben wir nicht. Es ist zu spät für uns. Zu spät für alles.«

Hal beugte sich über sie und küßte sie auf die Wange.

Saladin wartete darauf, daß sich seine Augen an die Dunkelheit gewöhnten. Er hatte schon einmal unter solchen Bedingungen gearbeitet, als er zusammen mit anderen Künstlern das Grab des Pharaos Echnathon ausmalte. Damals war er fast noch ein Kind. Mit verbundenen Augen wurden sie durch das Labyrinth der Pyramide geführt, und dann mußten sie – nur mit Kerzen, Wasser und Brot ausgestattet – in dem Grab bleiben, bis das Werk vollendet war.

Wie stolz er war, daß ausgerechnet er auserkoren worden war! Echnathon selbst hatte seine Arbeiten begutachtet und ihn ausgewählt. Saladin wußte allerdings nicht, daß der Lohn für diese Arbeit der Tod war.

Die Künstler wurden nicht sofort getötet. Zunächst erhielten sie für ihre Arbeit Gold und andere wertvolle Geschenke. Doch dann verschwand einer nach dem anderen in der Wüste und wurde von den Männern des Pharao im Sand vergraben.

»Das ist der Preis, den man für zu großes Wissen zahlen muß«, hatte damals einer der Soldaten traurig zu Saladin gesagt, bevor sie ihn eingruben, und zwar mit seinem graubraunen Talisman, damit er in seinem künftigen Leben beschützt werde.

»Zu großes Wissen«, wiederholte Saladin jetzt leise. Auch Arthur wußte zuviel, und deswegen mußte er sterben. Saladin war darüber durchaus nicht glücklich. In viertausend Jahren hatte er es nur ein einziges Mal erlebt, daß ein Mensch wiederkehrte, und ausgerechnet diesen Menschen mußte er töten.

Als er ein Streichholz anzündete, sah er vor sich die schwarze Wand und auf dem Boden ein Sammelsurium von Farbdosen und Pinseln, das er mitgebracht hatte.

Nein, nicht nur einer. Drei Personen waren wiedergekehrt, wobei Merlin allerdings im Grunde kein Mensch war – weder damals noch heute. Ein Wesen, das sich nach Belieben in Luft auflösen konnte, gehörte nicht zur Spezies Mensch. Blieben also Arthur und der andere, den Saladin natürlich sogleich erkannt hatte. Schon als er sah, wie dieser Narr auf der Wiese herumstolperte und mit bloßen Händen den Kampf mit sechs Reitern zugleich aufnehmen wollte, wußte er, wen er vor sich hatte – noch bevor er sein Gesicht gesehen hatte.

Und es war immer noch das gleiche Gesicht, wenn diesmal auch ein paar zusätzliche Jahre ihre Spuren hinterlassen hatten. Der Ritter, der so überaus tapfer und so schrecklich dumm gewesen war, Saladin zu dem Becher zu führen, war zurückgekommen, um dem König erneut zur Seite zu stehen.

Saladin hätte beinahe laut aufgelacht. Warum ausgerechnet der? Damals war er ein Versager, und in diesem Leben offensichtlich wieder. Lancelot wäre auf jeden Fall der bessere Mann für diese Aufgabe gewesen, ein schlagkräftigerer Kämpfer und ein klügerer Kopf. Und doch hatte Artus sich für Galahad entschieden – Saladin war sich sicher, daß diese Entscheidung irgendwie vom König selbst getroffen worden war.

Das Zündholz verbrannte ihm die Finger. Fluchend ließ er es fallen und saß wieder im Dunkeln.

Aber schließlich hat ihn Lancelot damals verlassen, dachte Saladin. Galahad wäre ihm dagegen bis in die Hölle gefolgt. So unübertroffen war die Blödheit dieses Mannes.

*Für Euch, mein König.*

Das war Galahads letzter Gedanke gewesen. Er sprach ihn nicht aus, doch Saladin vernahm ihn trotzdem. Es war nicht das erste Mal, daß er Gedanken Galahads lesen konnte.

Die Fähigkeit, den Geist einer anderen Person zu durchdringen, war ein unfreiwilliges Geschenk Merlins. Saladin konnte natürlich nicht die Gedanken aller Menschen lesen wie der Zauberer, dem diese Gabe schon in die Wiege gelegt worden war. Er hatte jedoch mit großer Geduld an der Ausbildung seiner begrenzten Fähigkeiten zur außersinnlichen Wahrnehmung gearbeitet.

Mit Galahad fing es damals an. Die ganzen zwölf Jahre, in denen Saladin auf der Suche nach dem Gral dem jungen Ritter folgte, stand Galahad im Zentrum seiner Gedanken. Er konzentrierte sich ganz auf ihn, studierte ihn, sah sein Bild immer im Geiste vor sich und verschlang ihn förmlich mit Blicken, sobald er in Sichtweite kam. Er hatte schon früh bemerkt, daß sie ähnlich dachten, doch Saladin entwickelte den Ehrgeiz, die Gedanken des Ritters wirklich lesen zu können.

Aber mehrere Jahre später hatte er immer noch keinen einzigen Gedanken des Ritters aufgefangen, der nur wenig sprach und stets allein unterwegs war. Saladin fürchtete oft, eine völlig sinnlose Anstrengung zu unternehmen. Doch zwölf Jahre ohne Zuhause und Bekannte sind eine lange Zeit, und Saladin hatte auf seinen Irrwegen nur wenige Abenteuer zu bestehen, die Farbe in den Alltag brachten. Neben der Hoffnung auf das Gefäß und der Gewißheit, daß er jeden Tag älter wurde, gab es nur den jungen Ritter, der gelobt hatte, sein ganzes Leben der Suche nach dem Heiligen Gral zu widmen, um ihn seinem König zu überreichen.

Dieses Versprechen war natürlich eine Lüge, entschied Saladin nach den ersten paar Jahren. Kein Mensch würde so lange nach einem Schatz suchen, bloß um ihn dann an einen anderen abzutreten. Als für ihn erst einmal feststand, daß Habsucht die treibende Kraft Galahads war, fühlte er sich wohler. In gewisser Hinsicht entwickelte er sogar Sympathie für den jungen Ritter. Und als er dann doch den ersten Gedanken Galahads auffing – den Wunsch nach Wasser in einem heißen Land – wäre Saladin am liebsten in ein Triumphgeheul ausgebrochen.

Noch ein paarmal hatte er Gedankensplitter und Bruchstücke von Bildern aufgefangen – das Gesicht einer alten Frau, ein Kirchenfenster mit dem Bildnis von Christus am Kreuz. Bis Galahad dann den Gral fand.

*Für Euch, mein König.*

Bei Gott, der hat es tatsächlich ernst gemeint, dachte Saladin da voller Verachtung. Galahad wollte das Gefäß tatsächlich hergeben. Die ganze Suche war für den armen Tropf von Anfang an reine Zeitverschwendung gewesen.

Als Saladin dann sein Schwert auf den Hals des Ritters herabsausen ließ, verrieten Galahads Augen keine Furcht, nur maßlose Enttäuschung über sein Versagen.

*Du stehst ihm also wieder zur Seite,* dachte Saladin, während er ein zweites Streichholz anzündete und an den Docht der dicken Kerze hielt, die er mitgebracht hatte. Sie brannte, ohne zu flackern, und Saladin blickte direkt in die Flamme.

Inzwischen kann ich dich aufspüren, dachte er. Ich hatte schließlich viel Zeit zum Üben – immerhin sechzehn Jahrhunderte.

Er konzentrierte sich ganz auf Galahad: auf die braunen

Haare, die starken Kieferknochen. Das schöne Gesicht war in diesem Leben von einer Narbe und zu vielen vergeudeten Jahren gezeichnet. Doch auch dieser Galahad befand sich auf einer Art Suche, allerdings mit dem enormen Handicap, daß er nicht wußte, wonach er suchte. Durchaus möglich, überlegte Saladin, daß der Dummkopf gar nicht merkte, daß er das Gesuchte gefunden hat.

Saladin ließ seine Gedanken schweifen, bis er fündig wurde. *Hal. Sein Name ist Hal. Ein Polizist. Er möchte sich betrinken. Er liegt in den Armen einer Frau. Er hat Angst. Da war ein rothaariger Junge …*

*Du bist unser bester Mann, Hal.*

Saladin lächelte. Im Licht der Kerze mischte er Farben auf der Palette, wandte sich dem Felsen zu und begann zu malen.

Hal ging auf Zehenspitzen aus Emilys Zimmer und fuhr mit dem Morris zu der Burgruine.

Der Himmel war jetzt ganz klar, und der Mond schien auf das uralte Gemäuer.

»Merlin«, rief Hal.

Seine Stimme hallte von den bemoosten Felsen wider.

»Merlin, laß dich sehen!« brüllte er.

Keine Reaktion.

»Wie soll ich ihm denn helfen? Herrgott, ich weiß ja gar nicht, wo er ist! Und den Becher habe ich auch nicht. Nicht einmal eine Pistole habe ich!«

Eine Fledermaus flog über seinen Kopf hinweg. Ganz in der Nähe fingen Grillen an zu zirpen.

»Verdammt noch mal, er wird sterben, ist dir das denn nicht klar?« Seine Stimme versagte. »Sie werden ihn umbringen, und ich weiß nicht, wie ich das verhindern kann!«

Schluchzend ließ er sich zu Boden sinken. Es kam keine Antwort. Nur das Schweigen der Nacht.

# 9

»Wir haben nur Ihre Fingerabdrücke auf den Fensterscheiben gefunden, sonst keine«, sagte Inspektor Candy.

Er stand vor dem Kastenwagen und blinzelte in die Morgensonne. Er bat Hal nicht hinein.

»Dann hat der Kerl eben Handschuhe getragen«, brummte Hal.

Candy zuckte mit den Schultern.

»Woher haben Sie übrigens meine Fingerabdrücke?«

»Von dem Gipsabguß des Pferdehufs, den Sie in der Hand hielten.«

Hal seufzte. Jetzt zählte er also zu den Verdächtigen. Nun ja, er hätte unter den gegebenen Umständen genauso gehandelt. »Gute Arbeit«, sagte er.

Candy nickte. »Wenn Sie uns nun entschuldigen wollen, Mr. Woczniak ...«

»Sie sind sauer, weil wir den Becher nicht erwähnt haben, das ist verständlich. Aber das ändert doch nichts an der Sachlage. Der Junge ist immer noch verschwunden.«

»Nun ja, *wir* haben ohne Vorbehalte mit Ihnen zusammengearbeitet,« antwortete Candy, wobei sein Gesicht sich rötete. »Einfach aus Kollegialität – wir waren keineswegs dazu verpflichtet. Natürlich sind wir davon ausgegangen, daß auch Sie vorbehaltlos mit uns kooperieren würden.«

»Okay, okay. Um ehrlich zu sein – ich habe nichts von der Schale gesagt, weil ich dachte, Sie glauben mir sowieso nicht. Und wenn Sie mich für einen armen Irren gehalten hätten, wäre ich wohl nicht an den Ermittlungen beteiligt worden.«

Candy wurde etwas freundlicher. »Na ja, die Sache mit dem unbekannten Metall klingt schon etwas abenteuerlich.«

*Nicht so abenteuerlich wie die ganze Wahrheit,* dachte Hal.

»Außerdem waren wir ja gar nicht sicher, ob es nun ein neues Metall ist oder nicht. Miß Blessing hat nur ein paar Tests durchgeführt. Daß es etwas ungeheuer Wertvolles sein muß – zu diesem Schluß kam sie erst, als die Mordanschläge auf sie und den Jungen begannen.«

»Warum ist sie dann nicht gleich zur Polizei gegangen?«

»Was wäre dabei schon herausgekommen?« fragte Hal und antwortete gleich selber: »Die Polizei hätte einfach nur den nächsten Anschlag abgewartet. Sie hatten Angst und sind geflohen.«

»Demnach sind die beiden schon vor dem Vorfall im Bus von diesen Männern verfolgt worden?«

»Schon lange, nach allem, was ich von Emily und dem Jungen erfahren habe. Es tut mir wirklich leid, daß ich Sie darüber nicht informiert habe, aber ich hatte es doch selber nur aus zweiter Hand. Emily – Miß Blessing – ist jetzt nicht mehr so durcheinander wie gestern. Sie wird Ihnen alles erzählen. Übrigens hat sie in dem Buch aus der Anstalt eine Art Geheimcode entdeckt.

»Ist sie jetzt im Gasthaus?«

Hal nickte und streckte die Hand aus. »Vertragen wir uns wieder?«

Candy schlug ein. »Na, meinetwegen.«

»Gut. Dann würde ich jetzt gern die Akte über Mr. X lesen. Ist sie schon da?«

Candy grinste. »Ja.« Er öffnete die Tür. »Bitte geben Sie Mr. Woczniak die neue Akte aus der Zentrale«, ordnete er an. Dann sagte er mit einer einladenden Geste: »Treten Sie doch ein.«

Higgins und Chastain waren in dem fensterlosen, vollklimatisierten Raum ganz in ihre Arbeit vertieft. *Wie Maulwürfe, die nie die Sonne sehen,* dachte Hal. Ohne ein Wort reichte ihm Chastain die dicke Akte und zeigte auf einen kleinen Tisch, wo er sie lesen konnte, ohne sie beide zu stören.

Die erste Seite war eine Bleistiftzeichnung von Mr. X bei der Gerichtsverhandlung. »Das ist er«, sagte Hal. Seine Stimme klang in dem schweigsamen Umfeld ungeheuer laut. »Diesen Kerl habe ich auf der Wiese gesehen. Das war der Anführer der Reiter.«

Higgins kam her. Seine Augen waren hinter den verschmierten Brillengläsern kaum auszumachen. »Sind Sie sicher?« flüsterte er. »Vielleicht sollten Sie sich auch noch ein

Foto von dem Mann ansehen. Weiter hinten ist eins.« Er blätterte in der Akte herum und holte ein Hochglanzfoto heraus, das aus dem Verbrecheralbum stammte und den Angeklagten von vorne und von beiden Seiten zeigte. »Ist das der Mann?« fragte Higgins.

Hal stockte der Atem. Auf dem gestochen scharfen Foto sah er etwas, was ihm weder auf der Bleistiftzeichnung noch bei dem Zusammentreffen auf der Wiese aufgefallen war.

»Was ist denn?« fragte Higgins nervös. Sogar Chastain hatte sich umgedreht.

»Die Augen. Sehen Sie sich diese … Augen an.«

Der Schweiß brach ihm aus. Die Augen auf dem Foto lachten – genau wie damals, als das Schwert herabsauste …

*Ich danke Euch,* sagte der sarazenische Ritter. Der silberne Kelch fiel vom Altar, doch der hochgewachsene Fremde fing ihn auf. Über Hals glänzende Rüstung strömte Blut.

*Für Euch, mein König.*

Und er spürte nicht einmal den Schmerz des Schwertstoßes, denn das Leiden an seinem Versagen war größer.

*Ich wußte, daß von allen Knechten des Königs nur Ihr den Becher finden würdet.*

Die Augen des schwarzen Ritters lachten. Mit einem bösartigen Grinsen verfolgten sie, wie Hal im Strudel der Finsternis und des Nichts versank.

*Mein König …*

Higgins hielt ihm ein Glas Wasser an die Lippen. Chastain hatte die Akte vom Tisch genommen, um sie vor dem Schweiß zu schützen, der Hal in Strömen über das Gesicht lief.

»Vielleicht sollten Sie ein bißchen an die frische Luft gehen«, schlug Higgins vor. Es war den beiden sichtlich unangenehm, einen Menschen in ihrem Reich zu haben, dem übel war.

»Mir fehlt nichts«, sagte Hal und trank das Wasser. »Wo ist die Akte?«

Widerstrebend gab Chastain sie ihm zurück. Die zwei Männer standen jetzt wie begossene Pudel nebeneinander und beobachteten ihren Besucher.

»Habt ihr zwei denn nichts zu tun?« fuhr Hal sie an.

Die beiden Polizeibeamten gaben ihre Abneigung zu erkennen und machten sich dann mit gerümpfter Nase wieder an die Arbeit.

Hal zitterte immer noch, er zwang sich aber, nicht mehr an das Gesicht auf dem Foto zu denken und las die Akte des namenlosen Mannes, der aus den Leichen seiner Mordopfer Kunstwerke gemacht hatte. Als er fertig war, schloß er die Akte und fuhr sich mit der Hand über sein schweißnasses Gesicht. Sein einziger Gedanke war: *O Gott, dieser Mensch hat Arthur in seiner Gewalt.*

Candy verließ gerade das Gasthaus, als Hal zurückkam. Er hatte das Buch aus der Bibliothek in der Hand. »Nun?« fragte er.

»Es ist derselbe Mann«, antwortete Hal. »Und für den Brand in Maplebrook ist er garantiert auch verantwortlich.«

Candy schien sich ein bißchen zu schämen. »Ich habe die Leiche aus der Zelle exhumieren lassen.«

»Es war nicht Mr. X, stimmt's?«

Candy nickte.

»Und was machen wir jetzt?«

»Wir geben den Kidnappern den Becher.«

»Ich habe ihn nicht, das wissen Sie doch.«

»Dann sehen Sie zu, daß Sie das Ding bekommen«, sagte Candy schneidend. »Oder wenigstens etwas Ähnliches. Sonst können wir im Moment nämlich gar nichts tun. Bei der Übergabe verhaften wir dann die Typen.«

»Und mit wem wollen Sie das machen? Mit Constable Nubbit vielleicht? Oder meinen Sie, das Duo aus dem Kastenwagen könnte den Verrückten überwältigen?«

»Ich fordere Verstärkung an. Wir werden genügend Männer zur Verfügung haben.«

Hal überlegte einen Moment. »Damit rechnet der natürlich.«

»Schon möglich. Aber schlagen Sie etwas Besseres vor.«

Hal kämpfte gegen seine Verzweiflung an. Der Mann, der die Maplebrook-Aktion geplant hatte, konnte ohne

Mühe ein paar Polizisten austricksen. Und es war so einfach, einen zehnjährigen Jungen zu töten.

»Aber wir versuchen natürlich, den Jungen schon vorher zu finden«, fügte Candy hinzu.

»Ja.« Hal drehte sich um und ging in das Gasthaus. Es mußte doch irgend etwas geben, was er tun konnte. Konnte er nicht irgendwo nach dem Jungen suchen …

»Hal.«

Emily hatte ein gelbes Sommerkleid an. Ihr langes Haar war zu einem Pferdeschwanz gebunden. Sie trug sogar Lippenstift. Trotz seiner Mutlosigkeit freute ihn diese Veränderung. »Wie bist du mit dem Inspektor klargekommen?« fragte er.

»Von meiner Theorie, daß der Becher unsterblich macht, habe ich ihm nichts gesagt.«

»Gut.«

»Aber ich glaube mehr denn je daran. Ich bin heute morgen in die Dorfbücherei gegangen.«

»Allein?« fragte Hal. »Also, ich hab' dir doch gesagt …«

»Wir dürfen keine Zeit verlieren, Hal. Ich kann mich nicht einschließen, um in Sicherheit zu sein, wenn Arthur in Lebensgefahr schwebt.«

»Ja, schon«, räumte Hal ein. »Und was hast du gefunden?«

»Ein Buch über Saladin.«

»Über den Kalifen, der es auch noch zum Pharao gebracht hat.«

»Genau. Weißt du, das ist überhaupt sehr seltsam«, sagte sie gedankenverloren. »Ein Perser als Pharao – als ob das alte Ägypten ihm durch und durch vertraut gewesen wäre …«

»Worauf willst du denn hinaus?« fragte Hal etwas ungehalten. Er wollte nicht den ganzen Tag mit unnützer Konversation vergeuden, nicht einmal mit Emily.

»Auf seinen Tod«, antwortete sie. »Oder jedenfalls auf seinen *vermeintlichen* Tod. Das Ganze war äußerst mysteriös.«

»Ach ja? Hast du nicht gesagt, er sei eines natürlichen Todes gestorben?«

»Das stimmt auch, und zwar mit fünfundfünfzig.«

»Also noch relativ jung«, sagte Hal. »Woran ist er denn gestorben?«

Sie zuckte die Schultern. »Das ist ja gerade das Mysteriöse. Es waren keinerlei Krankheitssymptome festzustellen, und alle, die an seinem Krankenbett waren, sagten nachher, daß er dreißig Jahre jünger ausgesehen habe. Wenn jemand im Sterben liegt, sieht er doch meistens älter aus, als er tatsächlich ist. Saladin sah noch als Toter wie das blühende Leben aus.«

Nach längerem Schweigen fragte Hal: »Soll das heißen, er ist gar nicht gestorben?«

»Ganz genau. Wenn jemand partout nicht altert, gibt das den Leuten natürlich früher oder später zu denken. Ich nehme an, daß Saladin nach dreißig Jahren auf dem Thron für sein Alter einfach zu jung aussah. Und dann hat er lieber seinen eigenen Tod inszeniert, als das Geheimnis des Gefäßes zu offenbaren.«

»Dann hätte er einfach so auf den Thron verzichtet ...«

»Warum denn nicht? Wenn der Becher wirklich unsterblich macht, dann besaß er ja etwas sehr viel Wertvolleres.«

Hal versuchte sich das vorzustellen. »Ich bin froh, daß du Candy nichts davon erzählt hast.«

»Er würde das nicht verstehen. Aber alles paßt ganz genau zusammen. ›Gepriesen sei Euer Name‹ – das ist die Anrede für einen König, oder etwa nicht?«

Hal mußte zugeben, daß ihre Argumentation schlüssig war, wenn auch die Vorstellung, daß ein Metallbecher unsterblich machte, nicht sehr plausibel klang – aber das galt schließlich für fast alles, was sich in den letzten zwei Wochen zugetragen hatte: für die Art, wie Taliesin aufgetaucht und wieder verschwunden war, für die Erscheinung der Burg auf der Wiese; und ganz besonders für die unerklärlichen Gedanken eines fremden Mannes, die sich manchmal in sein eigenes Bewußtsein stahlen. ... Nichts von alledem war für eine Akte bei Scotland Yard geeignet.

Nur eines stand fest: Arthur wurde von einem äußerst

gefährlichen Massenmörder festgehalten, und Hal mußte ihn da herausholen.

»Da ist Tee für Sie beide«, säuselte Mrs. Sloan und stellte eine Kanne und zwei Tassen vor sie hin.

»Prima«, sagte Hal, »und noch mal vielen Dank für das Auto.«

»Ach, nicht der Rede wert. Heute wird übrigens der Jahrmarkt eröffnet. Vielleicht möchten Sie mal vorbeischauen. Ganz in der Nähe des alten Vergnügungsparks.«

»Nein, wir haben ...«, begann Emily.

»Was haben Sie da gesagt?« fuhr Hal dazwischen.

»Über den Jahrmarkt?«

»Nein, über den Vergnügungspark.«

»Ach, von dem ist nicht mehr viel übrig«, antwortete Mrs. Sloan. »Der ist schon seit 1971 nicht mehr in Betrieb. Seit der Besitzer mit der Tochter des Fleischers durchgebrannt ist. Das Mädchen war erst vierzehn!« Sie schüttelte mißbilligend den Kopf. »Um seine Steuerschuld zu begleichen, hat die Gemeinde die Karusselle verkauft, aber sonst gammelt noch alles vor sich hin. Ein Schandfleck, wenn Sie mich fragen. Aber das Gelände liegt genau auf der Grenze zwischen den Grafschaften Dorset und Somerset, und keine von beiden sieht sich veranlaßt, dort mal aufzuräumen. Sie schieben sich nur gegenseitig den Schwarzen Peter zu.«

»Hieß die Anlage vielleicht Heatherwood?«

»Ganz richtig, Heatherwood. Ich bin ab und zu mit meinen Jungs hingegangen, als sie noch klein waren.«

»Und wo ist das?«

Sie erklärte ihm den Weg dorthin. »Aber viel dürfen Sie nicht erwarten.«

Er erhob sich. »Schade um den Tee, Mrs. Sloan, aber wir müssen los«, sagte er und stürmte aus dem Lokal.

»Hal!« rief Emily, während sie hinter ihm herlief. Er hatte den Morris schon angelassen, als sie ihn einholte. »Was ist denn jetzt wieder?«

Er bog in die Straße ein. »Die Nachricht von den Entführern stand auf einer Postkarte von diesem Vergnügungspark.«

»Mein Gott, glaubst du, daß sie Arthur dort festhalten?«

Hal gab keine Antwort. Sobald sie ihr Ziel erreichten, war ihm aber klar, daß Arthur bestimmt nicht hier war. Allein schon deshalb, weil drei gut ausgebaute Straßen auf das Gelände führten. Außerdem war der Jahrmarkt nur ein paar hundert Meter entfernt.

Sie stiegen aus und gingen zu den Ruinen. Wo man die Karusselle wie verfaulte Zähne aus der Erde gerissen hatte, klafften tiefe Löcher im Boden. Das Gleis einer Berg-und-Tal-Bahn für Kinder war teilweise erhalten und rostete vor sich hin, und eine Sperrholztafel, auf der noch ein Clown auszumachen war, erhob sich über der früheren Geisterbahn.

»Man sieht sofort, daß wir nicht in Amerika sind«, sagte Hal.

»Und weshalb?«

»Tja, die Anlage ist schon seit über zwanzig Jahren nicht mehr in Betrieb. Bei uns hätten irgendwelche Hooligans längst schon alles kurz und klein geschlagen.«

»Man sieht daran nur, daß du aus New York bist«, sagte Emily, aber Hal hörte schon nicht mehr zu. Er schaute zu dem Bild des Clowns hinauf. Darunter stand in verblichener Schrift:

<u>GEISTERBAHN</u>
REISE IN DIE FINSTERNIS

Es sah schaurig aus. Clowns in Verbindung mit dem Bösen hatten Hal immer schon eine Gänsehaut verursacht. Und vermutlich ging es anderen genauso, sonst kämen nicht in so vielen Horrorfilmen Clowns vor.

*Saladin bringt den Jungen an einen Ort der Finsternis, der Euch angst macht und an den Ihr Euch erinnern werdet.*

Plötzlich gingen ihm diese Worte des alten Mannes durch den Kopf. Ein Ort, der ihm angst machte? Vielleicht. Aber eine Erinnerung an diesen Vergnügungspark hatte er bestimmt nicht.

Es sei denn, die Erinnerung an die Postkarte. War das vielleicht gemeint?

»Ich schau mal da rein«, sagte Hal.

»Das sieht hier alles nicht viel stabiler aus als in Maplebrook«, sagte Emily besorgt.

»Warte im Auto auf mich.«

»Und wenn dich das Dach diesmal wirklich unter sich begräbt?«

»Dann fährst du am besten zum Jahrmarkt.«

»Um Hilfe zu holen?«

»Nein. Kauf dir einen Lutscher.« Er küßte sie auf die Nasenspitze.

Hal ging zum Auto, um eine Taschenlampe aus dem Handschuhfach zu holen.

»Hal?« Emily wurde rot. »Ich bin froh, daß es zwischen uns – nicht irgendwie verkrampft ist wegen gestern nacht«, sagte sie.

Er strich ihr über die Haare und wollte ihr sagen, wie glücklich er gewesen wäre, als er beim Aufwachen ihr Gesicht sah und wie lang es schon zurücklag, daß er sich zum letztenmal mit einer Frau wohl gefühlt hatte. Aber dann erinnerte er sich an ihre Tränen. »Es ist zu spät für mich«, hatte sie gesagt. »Es ist zu spät für uns.«

Und vielleicht hatte sie recht. »Ich bin froh, daß es geschehen ist«, sagte er sanft. Er sog den frischen Duft ihrer Haare ein. »Du bist sehr schön.«

Sie schaute auf den Boden.

»Ich bin gleich wieder da«, sagte er.

## 10

Ein Ort der Finsternis war die Geisterbahn auf jeden Fall. Die Anlage war zwar ziemlich heruntergekommen, aber sie ließ absolut kein Licht durch – und Luft scheinbar auch nicht. Es herrschte eine Hitze wie in einem Backofen. Hal klopfte mit der Taschenlampe gegen die niedrige gewölbte Decke. Ein metallisches Scheppern hallte durch die ganze tunnelartige Konstruktion. Wellblech. Da brauchte er sich über die Hitze nicht zu wundern. Als die Geisterbahn noch betrieben wurde, gab es vermutlich eine passable Belüftung, doch die Ventilatoren hatte man zweifellos bei der Stillegung der Anlage verkauft.

Er zerriß ein dichtes Geflecht von Spinnweben und hob ein giftgrün angemaltes Pappskelett vom Boden auf. Die blutroten Augäpfel in dem Totenschädel waren von einer dicken Staubschicht überzogen. Früher einmal war der Knochenmann mit Draht an einer Sprungfeder befestigt gewesen.

Hal stieß mit dem Fuß gegen etwas Weiches. Ach ja, das gruselige Gefühl, daß man gerade über eine Leiche steigt, dachte er nostalgisch. Eigentlich müßte jetzt aus einem Lautsprecher unter der Schaumstoffleiche ohrenbetäubender Lärm ertönen, während schauerlich beleuchtete Grabsteine zu sehen wären. Und dann würde dir das Mädchen neben dir durch einen fast schon echt klingenden Schrei zu verstehen geben, daß du den Arm um sie legen darfst. An ihrem Busen durftest du aber nicht herumfummeln, in der Geisterbahn war das nicht drin. Fummeln war erst im Liebestunnel erlaubt, der natürlich nicht so hieß, sondern vielleicht Sindbads Reise oder Traumschiff, und aus dem du jedesmal mit einer Wahnsinnserektion wieder herausgekommen bist.

Als Hal gegen die dritte ›Leiche‹ stieß, ließ ihn ein wildes, vielstimmiges Gepiepse zusammenzucken. Er richtete die Taschenlampe auf den Boden und sah, wie Ratten, die sich in die Schaumstoffüllung eingenistet hatten, in alle Richtungen auseinanderstoben. Ein besonders fettes Exemplar huschte über seine Füße.

Angeekelt wich er zurück und überlegte, ob er umkehren sollte. Arthur war auf keinen Fall hier. Wenn irgend jemand vor Hal hier vorbeigekommen wäre, hätte er die Ratten verscheucht. Dann hörte er das Knattern eines Motorrades, und zwar nicht hinter sich, sondern von vorne. Mehr als die Hälfte der Geisterbahn lag also schon hinter ihm. Am besten würde er vollends durchgehen.

Er sprang über das rattenverseuchte Schaumstoffbündel und ging mit schnellen Schritten weiter, wobei er den Strahl der Taschenlampe über die Wände des gewundenen Tunnels gleiten ließ. *Nichts*, dachte er enttäuscht. Aber die Ansichtskarte war schließlich von Anfang an ein zweifelhafter Hinweis gewesen.

Nur war es eben der *einzige* Hinweis. Und der erbrachte nichts. Wieviel Zeit hatte er noch? Wieviel Zeit hatte Arthur noch? Mußte man in Tagen rechnen – oder schon in Stunden oder Minuten? War er vielleicht schon tot?

Hal ging so schnell, daß er es fast übersehen hätte. In leuchtenden Farben war ein ganz realistisches Bild an die Wand gemalt, wie man es in einer Geisterbahn eigentlich nicht vermutet hätte. Schon eher hätte man ein solches Porträt im Wohnzimmer eines Privathauses erwartet. Es zeigte ein Kind mit roten Haaren …

Hal richtete den Lichtkegel auf das Gesicht des Jungen. Es war ohne jeden Zweifel Arthur. Das Gesicht war ganz genau getroffen – die blauen Augen und sogar die Sommersprossen auf der Nase. Das Bild war von einem hervorragenden Künstler gemalt, aber irgend etwas daran war schrecklich beunruhigend.

Die Augen. Irgend etwas stimmte mit den Augen nicht. Es fehlte ihnen an Ausdruckskraft, an Lebendigkeit, fast konnte man meinen, die dargestellte Person sei …

Hal stockte der Atem. Daß der Junge auf einem Stuhl saß, war ihm gleich aufgefallen. Erst jetzt sah er aber, daß das Kind an diesen Stuhl gefesselt war. Stricke schienen aus dem Bild herauszuwachsen.

*O Gott, war das damals nicht genau der gleiche Stuhl, das gleiche Zimmer? Jeff! Nein, bitte nicht.*

Doch im Grunde war ihm klar, daß es genau so gewesen war. Und diese hübschen grauen Wölkchen im Bildhintergrund waren nichts anderes als Rauch, denn das Haus stand in Flammen, o Gott, und Arthurs Augen sahen so komisch aus, weil er tot war – genau wie Jeff Brown …

Unbewußt wich Hal vor dem Bild zurück, bis er an die Wand hinter sich stieß. Er fuhr zusammen und ließ die Taschenlampe fallen.

*Nein, laßt mich in Ruhe. So helft mir doch. Nein!*

Plötzlich hörte er Schüsse, und seine Angst war wie weggewischt. Emily saß da draußen im Auto. Seinem Polizisteninstinkt folgend, rannte er los.

Bevor er den Ausgang erreichte, hallten zwei weitere Schüsse, und dazwischen hörte er Emilys angstvolle Schreie.

*Jedenfalls lebt sie noch,* war sein einziger Gedanke, während er durch den dunklen Tunnel rannte. Endlich war er draußen und sah, daß ein Motorradfahrer das Auto umkreiste und durch die Windschutzscheibe schoß. Als der Mann ihn bemerkte, gab er einen weiteren Schuß auf Hals Füße ab und brauste davon.

Hal prägte sich das Nummernschild ein, während er zu Emily rannte. Sie lag zusammengekauert auf dem Boden des Morris, das Gesicht mit den Händen bedeckt, und kreischte hysterisch.

»Emily, er ist weg. Emily!« Er packte sie an den Schultern und schüttelte sie. »Ich bin's. Hal. So hör doch, Emily!«

Allmählich wurden ihre Schreie leiser, und Hal konnte ihr die Hände vom Gesicht wegziehen.

»Der wollte mich umbringen«, keuchte sie mit erstickter Stimme.

Hal sah sich die von tausend Rissen durchzogene Windschutzscheibe genauer an. Aus kürzester Entfernung waren vier Schüsse abgegeben worden, und keiner hatte sie getroffen. »Nein, der wollte dich nicht umbringen. Der wollte dir nur Angst einjagen.«

»Das ist ihm auch gelungen«, sagte sie, während sie langsam aufstand.

Vom Jahrmarkt kamen mehrere Personen auf sie zugelaufen. »Steig wieder ein«, sagte Hal, »sonst müssen wir uns hier stundenlang mit Constable Nubbit herumschlagen. Wir fahren zu Candy.«

Er drückte die Windschutzscheibe ein, die nur noch aus einem Geflecht feinster weißer Linien bestand, dann ließ er den Motor an. Der Wagen lief einwandfrei.

Sie fuhren direkt zum Kastenwagen von Scotland Yard, obwohl das Auto mit winzigen Glassplittern übersät war.

»Verdammt, ich hab' gleich gewußt, daß es ein Fehler war, Sie mitmachen zu lassen!« rief der Inspektor. »Sie könnten jetzt beide schon tot sein.«

»Der wollte niemand umbringen«, erklärte Hal. Dann erzählte er von seiner Entdeckung in der Geisterbahn.

»Sind Sie sicher, daß es ein Bild von Arthur ist?«

»Vollkommen sicher.«

»Und er war tot, sagen Sie?« Candy sprach leise, damit Emily ihn nicht hören konnte.

Hal preßte die Lippen zusammen.

»Wenn es derselbe Mann ist, den ich vor vier Jahren verhaftet habe, ist er nicht nur ein Mörder, sondern auch ein Künstler«, meinte Candy. »Wir müssen mit der Möglichkeit rechnen, daß er ...«

»Das war eigentlich gar kein Bild von Arthur«, platzte Hal heraus.

»Aber Sie sagten doch ...«

»Es war Arthurs *Gesicht.* Alles andere war ...« *Ja, was denn? Meine Erinnerung an etwas anderes? Ein Alptraum, der mich seit Jahren plagt?*

»Was war damit?«

Hal holte tief Luft. »Der Stuhl, die Stricke, das Feuer ... das gehört alles zu einem Fall, den ich früher einmal bearbeitet habe.« Mit monotoner Stimme berichtete er Candy von Jeff Browns Entführung und Ermordung.

»Sie meinen also, Arthurs Entführer wissen eine ganze Menge über Sie«, sagte Candy, wobei er sich bemühte, nicht durch seine Stimme zu verraten, wie sehr ihm der ehemalige FBI-Agent leid tat.

»Ich glaub' schon.«

»Wäre es möglich, daß wir auf der falschen Fährte sind? Vielleicht ist es wieder der Entführer von Jeff Brown?«

»Nein«, sagte Hal. »Der ist tot. Hat sich selbst mit einer Handgranate in die Luft gejagt.«

»Vielleicht ein Komplize von ihm?«

Hal zuckte die Schultern.

*Ein Gedankenleser. Ein Mensch, der schon seit einer Ewigkeit lebt und alles machen kann, was er will.*

»Ich schau mal, ob ich irgendwas finde«, sagte Candy.

»Wir haben keine Zeit mehr. Saladin wird demnächst den Becher fordern. Und ich habe ihn nicht.«

»Das macht sowieso keinen Unterschied.«

Hal war klar, was Candy damit meinte. Wenn man den Entführern nicht vor der Übergabe das Handwerk legte, würden sie Arthur töten – mit oder ohne Becher.

»Was ist mit der Verstärkung?« fragte Hal.

»Nach Auffassung der Zentrale sollte man in diesem Fall auf die örtlichen Behörden zurückgreifen.«

Hal stöhnte ungläubig und entsetzt. »Sie machen wohl Witze! Oder wollen Sie im Ernst diese Sache Leuten wie Constable Nubbit überlassen?«

»Man hat den Jungen mit Sicherheit nicht außer Landes gebracht, und wahrscheinlich ist er sogar noch in Dorset. Die Einheimischen kennen sich hier natürlich viel besser aus als ein Einsatzkommando aus London. Und wir können kurzfristig mehr Leute zusammenziehen.« Er klopfte Hal auf die Schulter. »Machen Sie sich nicht zuviel Gedanken. Ich führe das Kommando, und Sie werden neben mir stehen. Die Bobbies geben nur die Kulisse ab.«

»Und wann marschieren sie auf?«

»Die Leute sind vorbereitet. Wenn ich sie alarmiere, haben wir innerhalb von zwanzig Minuten fünfzig Mann vor Ort.«

»Okay«, seufzte Hal.

»Bringen Sie Miß Blessing in das Gasthaus zurück«, fuhr Candy fort. »Und sagen Sie ihr, sie soll dort bleiben. Vielleicht wollen die Entführer Kontakt mit ihr aufnehmen.«

Hal nickte. »Wie lange wird es dauern, bis Sie den Besitzer des Motorrads identifiziert haben?«

»Schon erledigt«, flüsterte Higgins und zog ein Blatt Papier aus dem Fax-Gerät. »Ich habe mir erlaubt, die Nummer im Zentralcomputer abzufragen. Die Antwort ist gerade durchgekommen. Der Typ heißt Hafiz Chagla.«

»Sagt Ihnen das etwas?«

Chastain zog die Schultern bis zu den Ohren hoch. »Einfach nur ein Name«, sagte er. »Aber ich habe den Namen auch noch mit allen anderen Dateien abgleichen lassen. Das Ergebnis trudelt gerade ein.«

Higgins entnahm dem Fax-Gerät noch ein Blatt Papier. »Adresse – Abelard Street 22, Wilson-on-Hamble«, las er vor. »Beruf – Elektriker ...« Er warf Chastain einen vielsagenden Blick zu, bevor er fortfuhr. »Arbeitgeber – Maplebrook-Klinik, Lymington.«

»Ich werde die Adresse gleich überprüfen«, sagte Hal.

»Den Teufel werden Sie tun. Wenn Sie sich nützlich machen wollen, dann im Rathaus.«

»Und womit?«

»Finden Sie heraus, wem das Haus Abelard Street 22 gehört.«

Zum erstenmal seit mehreren Tagen war Hal ein wenig beruhigt. Candy wußte jedenfalls, was er tat.

»Schon unterwegs, Chef«, sagte Hal.

## 11

Wie sich herausstellte, besaß Wilson-on-Hamble gar kein Rathaus. Als Gemeindesekretärin, Steuereinnehmerin und Grundbuchbeamtin in einer Person fungierte die siebzigjährige Matilda Grimes. Die aus einer alteingesessenen Familie stammende resolute Dame führte von ihrem Wohnzimmertisch aus die bescheidenen Geschäfte des Dorfes.

Als Hal bei ihr klingelte, war sie gerade damit beschäftigt, eine Art Haferbrei zu kochen, und schlug gleich vor, Hal solle doch zum Mittagessen bleiben. Mit dem Hinweis auf dringende Geschäfte lehnte er ab.

»Dringend, sagen Sie? Dann holen Sie die Bücher besser selber. Ich kann den Brei nicht anbrennen lassen.« Von dem kurzen Flur, durch den sie ihn führte, gingen zwei Schlafzimmer ab, die Betten waren mit Puppen in Häkelkleidern drapiert. Miß Grimes zog eine Bodenluke herunter. »Da oben steht alles, nach Jahren geordnet«, sagte sie.

Hal bedankte sich und kletterte in die Dachkammer hinauf. Dort oben befanden sich alle möglichen Urkunden und Steuerlisten, ja, sämtliche Unterlagen des Dorfes seit 1850. Er brachte so viele Jahrgänge des Grundbuchs herunter, wie er tragen konnte, und stellte sich schon auf eine längere Forschungsaktion ein, doch er hatte sich getäuscht: Miß Grimes wußte über die gesuchte Adresse recht gut Bescheid.

»Abelard Street? Tja, das Anwesen ist in den letzten zehn Jahren bestimmt ein dutzendmal verkauft worden – und nie mit Gewinn, wie ich höre.« Sie goß die Vanillesoße in kleine Schälchen und stellte sie in einen winzigen Kühlschrank.

»Kennen Sie den jetzigen Besitzer?«

Sie schüttelte heftig den Kopf. »Alles Ausländer. Wissen Sie, England ist ein Mekka für die«, sagte sie in vertraulichem Ton.

»Natürlich vor allem London, aber auch sonst drängen sie sich von überall rein.«

»Wer?«

»Nun ja, diese Leute aus dem Osten eben«, sagte sie steif.

»Araber?«

Sie nickte mit gerunzelter Stirn. »Oh, das sind bestimmt alles anständige Leute, wenn es auch Schwarze sind. Wir haben hier ja Gott sei Dank nicht solche Rassenprobleme wie Sie in Amerika.«

»Bestimmt nicht.« Hal versuchte, höflich zu bleiben, obwohl ihn die Ansicht, Araber seien Schwarze, denn doch ziemlich befremdete.

»Aber es gibt einem zu denken, wenn schon ein Ort wie Wilson-on-Hamble an das Ausland verkauft wird.«

»Wem gehört das Haus jetzt, Miß Grimes?«

Sie setzte eine alte Brille in extremer Schmetterlingsform auf. Hal hätte beinahe losgeprustet. Auf der Nase eines Rockstars wäre dieses Gestell der letzte Schrei gewesen. Im Nu hatte sie den gewünschten Eintrag in einem der Bücher gefunden.

»Hier. Mustafa Aziz.«

»Aziz?« fragte Hal enttäuscht. »Nicht Chagla?«

»Nein.«

»Aber soweit ich weiß, wohnt dort ein Hafiz Chagla.«

»Schon möglich«, sagte Matilda. »Es ist vermietet.«

»Ach so.«

»Dieser Aziz hat es erst vor einem halben Jahr gekauft.«

»Und von wem?« fragte Hal.

Sie blätterte zurück. »Von einem Vinod Abad«, sagte sie. »Verstehen Sie jetzt, was ich meine?«

»Und wer kam davor?«

Sie ging weiter zurück. »Sieh an, dem hat es vier Jahre lang gehört! Der muß ja richtig vernarrt gewesen sein in das Anwesen.«

»Wie heißt er?«

Matilda zog die Augenbrauen zusammen. »Laghouat«, buchstabierte sie mühsam. »Ein wahrer Zungenbrecher.«

»Laagu...? Wie war das?«

»Hamid Laghouat. Ich spreche es französisch aus. Schauen Sie hier.« Sie zeigte ihm den Eintrag.«

»Hamid Laghouat«, wiederholte Hal. Der Name kam ihm bekannt vor. »Verdammt, der Bibliothekar«, fiel ihm plötzlich ein. Das war ja der Typ, der das Urdu-Buch ausgeliehen hatte.

»Ich halte nicht viel von Flüchen, Mr. ...«

»Woczniak«, sagte Hal. »Verzeihung.«

»Woczniak? Was ist das denn für ein Name?«

»Keine Ahnung. Meine Eltern haben ihn sich zugelegt. Haben Sie eine Adresse von diesem Laghouat?«

Sie schaute ihn verdrießlich an, bevor sie sich über die Seite beugte. »Ein Postfach in London.«

»Das paßt ins Bild«, brummte Hal. »Hat er sonst noch Besitz in dieser Gegend?«

»Tja, da müßte ich in einem anderen Buch nachsehen.« Ihr Tonfall machte nur zu deutlich, daß sie dazu keine Lust hatte.

»Bitte«, sagte Hal und versuchte, so charmant wie möglich zu sein. »Es ist ungeheuer wichtig. Polizeiliche Ermittlungen.«

Die alte Frau schnaufte unwillig, nahm aber doch den

entsprechenden Band zur Hand. »Es ist Ihnen doch klar, daß Sie nachher alles zurücktragen müssen.«

»Selbstverständlich«, sagte Hal.

»Hier haben wir ein Grundstück auf seinen Namen. Es grenzt an den alten Vergnügungspark.«

Hal schloß die Augen. Er war fündig geworden. »Steht auf dem Grundstück auch ein Gebäude?«

»Ja, ein Wohnhaus ... Ach ja, das kenne ich doch.« Sie blickte von dem Buch auf. »Ein Herrenhaus aus dem frühen neunzehnten Jahrhundert. Ein herrliches Anwesen ist das gewesen, als ich noch ein Kind war. Es hat einem Ehepaar aus London gehört, das zum Hochadel zählte.« Sie nickte versonnen. »Ihre Sommerresidenz.«

»Ist das Haus jetzt bewohnt?«

»Das glaube ich eigentlich kaum. Das Paar aus London kommt schon seit den vierziger Jahren nicht mehr, seit dem Krieg. Soweit ich weiß, steht es seit dieser Zeit leer.«

Sie fand den entsprechenden Eintrag. »Da, sehen Sie selbst, sechsundvierzig Jahre lang dieselben Eigentümer, bis dieser Laghouat es gekauft hat. Ein Bibliothekar, sagen Sie?«

»Er war Bibliothekar in Bournemouth. Aber ich glaube, er ist nicht mehr dort.«

»Merkwürdig. Der Name ist mir noch nie begegnet. Man sollte doch meinen, einer, der das alles kaufen kann, wäre hier in der Gegend kein Unbekannter. Aber ich kenne schließlich nicht jeden.«

»Aber fast jeden«, riet Hal.

»Die meisten vermutlich schon«, antwortete sie. »Und wie kommt so einer dazu, als Bibliothekar zu arbeiten?«

»Ich bezweifle, daß er der wirkliche Eigentümer ist.«

»Juristisch betrachtet ist er jedenfalls der Eigentümer«, stellte Miß Grimes pedantisch klar. »Wer hier eingetragen ist, dem gehört das Anwesen.«

*Aber wenn der gute Hamid ohne Saladins Erlaubnis auch nur den kleinen Finger rührt, wird aus ihm bald eine Plastik mit einer Axt in der Brust.*

»Das Haus steht also leer?« fragte Hal.

»Höchstwahrscheinlich. Wissen Sie, das Anwesen ist

ganz von der Straße abgeschnitten. Die Zufahrt – und die ist mehr als einen Kilometer lang – ist im Laufe der Zeit einfach zugewachsen. Man sieht nichts mehr von dem Weg, und von dem Haus schon gar nicht.« Sie schob ihre Brille auf die Nasenspitze herunter.

»Können Sie mir auf dem Plan zeigen, wo die Zufahrt zu dem Anwesen verlief?«

Sie beschrieb mit dem Zeigefinger eine Linie. »Genau hier, direkt hinter dem Vergnügungspark, mitten durch den Wald. Das Land, auf dem Heatherwood gebaut wurde, gehörte früher auch zu dem Anwesen.«

»Vielen Dank, Miß Grimes«, sagte Hal und erhob sich. »Ich stelle jetzt die Bücher zurück.«

»Bitte alles wieder genau an seinen Platz«, mahnte sie und schlurfte in die Küche.

## 12

Arthur schlief lange. Als er schließlich aufwachte, hatte die Sommerhitze den großen viktorianischen Raum bereits aufgeheizt. Er hatte ganz verklebte Augen und eine sehr schwere Zunge – wie von der Arznei, die er als kleiner Junge wegen einer Mittelohrentzündung schlucken mußte.

*Es muß an dem Schlafmittel liegen,* dachte er, während er ins Bad stolperte. Der Riese hatte ihm an einem einzigen Tag zwei Spritzen verpaßt. Arthur hielt den Kopf unter den Kaltwasserhahn und trank dann in tiefen Zügen aus der hohlen Hand. Sein Durst ließ nach, aber seine Zunge war noch genauso pelzig wie vorher.

Er richtete sich auf und versuchte ein leichtes Schwindelgefühl loszuwerden. In seinem Bauch rumorte es. Schon seit über einem Tag hatte er nichts mehr gegessen. Er erinnerte sich an das riesige Stück Schokoladenkuchen, das man ihm angeboten hatte. Wie blöd von ihm, es nicht anzunehmen. *Ein Stück Kuchen hätte mir so gut getan,* dachte er, wobei ihm ganz weinerlich zumute war, doch dann riß er sich zusammen. Offenbar hatte das Medikament seinen Gefühlshaushalt durcheinandergebracht. Als Emily ihm Seconal gegeben hatte, weil er nicht einschlafen konnte, war er beim Aufwachen auch manchmal den Tränen nahe gewesen. Und das war jetzt wieder so. Nein, es gab überhaupt keinen Grund zum Heulen.

Aber es war gar nicht so einfach, die Tränen zurückzuhalten. Der Mann, der ihn gefangenhielt, würde ihn eiskalt umbringen, falls er den Becher nicht bekam.

Und der Becher war spurlos verschwunden. Er hatte mit eigenen Augen gesehen, wie er davonschwebte.

Dem Jungen schossen Tränen in die Augen. Hätte er das Ding doch bloß in der Wohnung zurückgelassen, als er und Emily aus Chicago flohen! Oder hätten sie es dem Katzenbaum-Institut gegeben! Oder wären sie mit ihrer Geschichte zu einer Fernsehanstalt gegangen. Wenn die Sache öffentlich bekannt geworden wäre, säße er jetzt nicht hier.

Aber was sollte überhaupt mit dem Becher geschehen? fragte er sich.

Er trocknete seine Tränen. Früher oder später würde jemand von ihm Gebrauch machen, um einem todkranken Kind oder einem Präsidenten nach einem Attentat oder tausend Erdbebenopfern das Leben zu retten, und das Gefäß wäre ein Weltwunder – jedenfalls eine Weile. Dann würde irgendein Land Besitzansprüche anmelden, oder jemand würde den Becher stehlen, um ihn an den Meistbietenden zu verkaufen – oder um ihn für sich zu behalten und sich zum Herrn der Welt aufzuschwingen.

Bei diesem Gedanken wurde Arthur ganz schwindlig. Was bedeutete es, wenn ein Mensch sich nie verletzte, nie krank wurde, nie auch nur einen blauen Fleck oder ein aufgeschürftes Knie hatte?

»Weißt du wirklich, was der Becher alles kann, Arthur?« hatte der Riese gefragt. »Er heilt Wunden. Man ist immer gesund und …« *Was noch? Man lebt ewig?*

Arthur zitterten die Knie. Er trank noch einmal Wasser aus der hohlen Hand und ging wieder in das Zimmer. Ein Tablett mit Essen stand für ihn bereit: Pfannkuchen mit

Fruchtsirup, eine Schale mit frischem Obst und ein Glas Milch. Mit einem Wolfshunger machte sich Arthur darüber her.

»Freut mich, daß es dir schmeckt«, sagte eine tiefe Stimme hinter ihm.

Arthur wischte sich mit der Zunge die Milch von der Oberlippe. »Ist es vergiftet?« fragte er.

Der Riese lachte. »Nein, nein. Hast du gut geschlafen?«

»Wer sind Sie eigentlich wirklich?« wollte Arthur wissen.

»Das habe ich dir doch schon gesagt. Ein alter Freund.«

»Sie sind nicht mein Freund. Wie heißen Sie?«

»Saladin.«

»Ich habe noch nie etwas von Ihnen gehört.«

»Du bist also nicht bloß unhöflich, sondern auch noch ungebildet.«

Arthur schaute auf das leere Tablett. »Vielen Dank für das Frühstück.«

»Schon besser. Komm mit, ich möchte dir etwas zeigen.«

Er ging mit Arthur mehrere Treppen hinunter und durch einen langen Korridor. Sie kamen an einer ganzen Reihe von Schlafzimmern und einem großen Salon vorbei, durchquerten eine riesige Küche mit drei Herden, gingen noch einmal eine Treppe hinunter und kamen schließlich in ein großes Zimmer mit Holztäfelung, in dem es nach Zedern roch. An den Wänden standen Regale und Vitrinen mit einer verwirrenden Fülle von Kunstwerken, Schmuck, Gewändern und Waffen.

Staunend sah sich Arthur um. »Wo sind wir denn hier? Ist das ein Museum?«

»So etwas Ähnliches«, sagte Saladin. »Für mich aber eher ein Raum mit Erinnerungsstücken. Ich habe die Sammlung selber schon länger nicht mehr gesehen. Ich wohne nämlich nur selten hier, aber dieses Haus ist das sicherste von allen, die ich besitze.«

Alles war in hervorragendem Zustand, die Vitrinen waren makellos sauber. Da waren Gemälde, Skulpturen, sogar komplette Ritterrüstungen – und nirgends eine Kette oder dergleichen, um Neugierige auf Distanz zu halten.

Der Junge konnte nicht widerstehen. Er lief zu einer Vitrine, in der Schwerter quer übereinander aufgehängt waren. Auf Augenhöhe befand sich ein ganz besonderes Exemplar aus glattem Metall mit einem Bronzegriff, der die Form einer Schlange hatte. »Woher haben Sie das?« fragte Arthur.

»Wie bezeichnend, daß dich als erstes die Schwerter anziehen.« Er öffnete die Glasscheibe. »Das hat einem mazedonischen König und Krieger gehört, der Alexander hieß.«

Arthur schaute ihn aus den Augenwinkeln an. »Alexander der Große?« fragte er skeptisch.

Saladin nickte. »Er war eigentlich fast noch ein Kind. Harfe hat er gespielt, aber nur heimlich, damit seine Männer sich nicht über ihn lustig machen konnten. Und er hatte ein bezaubernd schönes Gesicht wie eine Frau.«

»Sie wollen mich wohl auf den Arm nehmen«, sagte Arthur mit Überzeugung, und doch konnte er sich der schlichten, aufrichtig klingenden Stimme des Riesen nicht entziehen.

»Nein«, sagte Saladin sanft. »Ich habe ihm bei seinem Zug durch Indien Pferde geliefert. Abends haben wir uns oft einen Schlauch Wein geteilt und über die Geheimnisse des Ostens geredet. Er war herrlich naiv. Als er zum erstenmal einen indischen Fürsten traf, ist er fast geplatzt vor Lachen, weil der einen grün gefärbten Bart hatte und auf einem Elefanten ritt. Alexander fand das zum Schreien. Ich mußte mich bei dem Fürsten für ihn verwenden, sonst hätte der den Befehl zum Angriff erteilt.«

Arthur hörte fasziniert zu, doch dann runzelte er die Stirn. »Sie machen sich über mich lustig«, sagte er.

Saladin schüttelte lächelnd den Kopf.

»Alexander der Große hat drei Jahrhunderte vor der Zeit gelebt.«

»Du meinst, vor Christus.«

»Ja. Sie können gar nicht dabeigewesen sein.«

Der Riese seufzte. »Doch, ich bin dabeigewesen. Und schon damals war ich alt, steinalt.« Er nahm das Schwert aus dem Glaskasten. »Für meine Pferde hat er mir Rubine gegeben«, fuhr er fort. »Er hatte kein Interesse an Reichtümern. Dafür hatte er einen unersättlichen Appetit auf Abenteuer. Als ich weggegangen bin, habe ich sein Schwert mitgenommen, obwohl es ihm ungeheuer viel bedeutete.«

Fast unbewußt streckte Arthur die Hand aus und berührte die schimmernde Klinge.

»Eigentlich wollte ich ihn töten, aber er schlief und sah so wunderschön aus. Ich hatte nämlich eine Schwäche für ihn.«

Arthur hatte von Männern mit dieser Art von Schwäche gehört. Er trat einen Schritt zurück. Saladin schenkte dem keine Beachtung. »Er ist jung gestorben, wie ich es vorausgesehen hatte. Ich hätte ihn mit dem Becher beschützen können, aber davon wollte er nichts wissen. Und nun sind seine Knochen nur noch Staub im Wind.«

Er fuhr zärtlich über die Klinge und hängte das Schwert wieder in die Vitrine.

»Der Becher hält Sie am Leben«, sagte Arthur.

»Richtig. Hier, hast du das schon gesehen?« Er nahm etwas in die Hand, das Ähnlichkeit mit einem Schild hatte und mit einem stilisierten Vogel aus reinem Gold verziert war, wobei zwei Smaragde als Augen dienten. »Der Brustpanzer von Ramses dem Großen. Und hier, das ist der Dolch, mit dem Caesar von Brutus ermordet wurde.« Er ging zu einem kleinen, mit Samt bespannten Tisch, auf dem eine hohe goldene Krone lag, die vorne drei Zacken hatte. »Die Krone Karls des Großen.«

Er setzte sie Arthur auf den Kopf. »Ein ganz schlichtes Stück. Aber es würde zu dir passen. Du hast dir nie etwas aus Prunk gemacht.«

Der Junge nahm sich die Krone vom Kopf und betrachtete sie voller Staunen. Sie war schwer, fast klobig. Ein König hatte sie getragen! »Was haben Sie gerade über mich gesagt?«

Lächelnd betrachtete Saladin eine Weile das Kind mit der großen Krone in der Hand. »Gar nichts«, sagte er. Er nahm die Krone, legte sie beiseite und hob ein kurzes Messer auf. Die Klinge hatte die Form einer Mondsichel.

»Das ist mein eigenes«, sagte er, warf es in die Luft und

fing es an dem mit Bändern umwickelten Griff wieder auf. »Ein Messer, wie es Schuster verwenden.« Beim Auffangen waren die brüchigen Gazebänder gerissen. Saladin betrachtete sie. »Tatsächlich, man kann das Blut immer noch sehen.«

Obwohl ihn der unheimliche Riese ziemlich verwirrte, beugte sich Arthur doch vor. Die Innenseite der Bänder war mit einer schwarzen Substanz überzogen, die zerbröckelte, als der Junge sie berührte.

»Warum klebt Blut daran?« fragte Arthur und kratzte mit dem Finger an der Kruste.

»Ich habe jemand damit umgebracht. Oder eigentlich mehrere. Lauter Frauen.«

Arthur zog seine Hand blitzschnell zurück.

Saladin hielt das gebogene Messer ins Licht. »Dieses Blut muß von der ersten stammen. Später habe ich den Griff immer umwickelt.«

»Wie ... wie viele Menschen haben Sie umgebracht?«

Saladin lachte. »Ach je! Daran kann ich mich nun wirklich nicht erinnern.« Vergnügt betrachtete er das Blut auf dem Werkzeug. »Aber das war eine der wenigen Frauen. Schon komisch, wie lange es dauert, bis man die Erziehung mit ihren Tabus überwindet. In meiner Familie glaubte man nämlich, eine Frau zu töten sei eines Mannes nicht würdig. Heutzutage, und gerade in deinem Land, sieht das natürlich anders aus. Dauernd werden Frauen umgebracht, oft nur wegen ein paar Dollars. In meiner Jugend galt das aber noch als absolut verwerflich. Vermutlich mußte ich es gerade deshalb schließlich tun.«

»Wer war die Frau?«

Er zuckte verächtlich mit den Schultern. »Eine Verkäuferin oder irgendein Flittchen. Das war mir völlig einerlei. Später haben dann allerdings die Zeitungen ein großes Trara gemacht und behauptet, ich sei nur hinter Prostituierten her. Reiner Blödsinn. Die waren ganz einfach am leichtesten zu greifen. Damen waren damals abends nicht allein in London unterwegs.«

»Sie sprechen von ...«, Arthur schluckte, »Jack the Ripper.«

Saladin zuckte zusammen. »Ein scheußlicher Name. Diese Zeitungen! Ohne sie wäre London im 19. Jahrhundert eine großartige Stadt gewesen. So sauber und ordentlich. Ein Mord galt noch als etwas ganz, ganz Entsetzliches.«

Er seufzte. »Überhaupt gelangen mir meine besten Tötungen immer in England. Hier ist es ein bedeutsamer Akt. In Hongkong oder New York könnte man im Grunde genommen ebensogut eine Bierdose wegwerfen oder auf den Boden spucken. Der Unterschied zwischen den Verbrechen ist dort sehr gering. In England ist das anders. Jemanden ums Leben zu bringen, gilt hier immer noch als ... nun ja, verabscheuenswürdig.«

Während er sprach, war Arthur fast bis zur Treppe zurückgewichen.

»Keine Angst, mein Junge. Ich habe durchaus nicht vor, dich hier zu töten. Und entkommen kannst du mir sowieso nicht.«

»Sie sind vollkommen verrückt«, flüsterte Arthur.

»Nein.« Er legte das gebogene Messer auf den Tisch. »Ein bißchen gelangweilt, aber nicht verrückt. Weißt du, ein Leben, das so lange dauert wie meines, kann manchmal schon sehr öde sein. Gelegentlich läßt man sich dann auf Torheiten ein, auf den billigen Nervenkitzel.«

Er ging von Regal zu Regal, strich mit der Hand über einzelne Exponate, hob sie hoch und stellte sie wieder zurück. »Manchmal ist mir, als hätte ich schon zu lange gelebt.« Er drehte sich zu Arthur um. »Du hast doch gestern geschworen, mich umzubringen. Würdest du das wirklich tun, wenn du die Gelegenheit hättest? Würdest du mir, sagen wir mal, die Gurgel durchschneiden?«

Zunächst hielt der Junge Saladins Blick stand, dann schaute er auf den Boden. »Ich weiß nicht«, antwortete er.

Saladins Augen leuchteten. »Warum denn nicht, Arthur? Vielleicht würdest du auf den Geschmack kommen.« Er schlenderte zu dem Jungen hinüber. »Der Tod ist faszinierend. Er gibt einem die letzte Gewalt über einen Menschen. Hast du je getötet?«

»Nein.«

»Aber du wirst noch töten. Es liegt in deiner Natur.«

Arthur hatte keine Ahnung, wovon der Mann sprach, sagte aber nichts.

»Man muß seine Feinde töten. So lautet das Grundprinzip jedes Herrschers auf Erden. Und vorher muß man sie demütigen. Als abschreckendes Beispiel für andere.«

»Ich möchte jetzt zurückgehen«, sagte Arthur.

»Du fürchtest dich, weil du im Grunde genauso denkst wie ich. Der kleine Mann muß dem bedeutenden weichen, der Besiegte dem Sieger, der Schwache dem Starken. Das ist jedem großen Herrscher der Weltgeschichte klar gewesen. Jede Zivilisation gründet auf dieser Einsicht.«

»Macht schafft Recht«, sagte Arthur.

»Nicht schlecht für den Anfang, wenn auch noch etwas grobschlächtig. Du bist eben ein kluger Junge. Vielleicht kannst du aus deinem Leben doch noch etwas ganz Besonderes machen.«

»Sie haben von mir noch weniger Ahnung als vom Schachspielen«, entgegnete Arthur wütend. »Wer soll denn darüber entscheiden, ob ein Leben bedeutend ist oder nicht?«

Saladin zuckte die Schultern. »Das Schicksal, die Willenskraft, der Zufall ... ja, was macht einen großen Menschen aus?«

»Einen großen Menschen wie Sie?« kommentierte Arthur sarkastisch.

»Ganz gewöhnlich ist mein Leben jedenfalls nicht verlaufen«, sagte Saladin bescheiden. »Aber als wirklich großen Mann habe ich mich nie betrachtet. Ich bin zwar eine Zeitlang König gewesen und habe gut regiert, aber bald hat es mich nur noch angeödet. Wie Alexander bin ich nie gewesen.« Er strich dem Jungen über das Haar. »Und wie du auch nicht.«

Er sprach mit ruhiger Stimme. »Kannst du dich immer noch nicht erinnern, Arthur?«

Er holte hinter einem Schrank aus Kirschbaumholz ein Gemälde hervor. Es war das Porträt eines rothaarigen Mannes mit einem schmalen Goldreif auf dem Kopf. Er trug schlichte schwarze Kleidung, doch in seiner rechten Hand hielt er ein herrliches Schwert. Arthur kam es so vor, als würde es im nächsten Moment aus dem Bild herausspringen und reale Gestalt annehmen.

»Was sagst du zu diesem Bild?« fragte Saladin.

»Der sieht aus wie ich.«

»Es ist König Artus.«

Volle fünf Minuten stand der Junge wie versteinert vor dem Bild. Er schien kaum zu atmen.

»Ich habe das Bild aus dem Gedächtnis gemalt, als ich von seinem Tod erfuhr. Nicht auf Leinwand, sondern auf Glas, damit es ewig hält.«

»Sie lügen«, sagte Arthur, ohne den Blick von dem Porträt zu wenden.

»Du weißt genau, daß ich die Wahrheit sage. Spürst du wirklich gar nichts? Nicht einmal die Wunde, an der du gestorben bist, weil du den Becher verschmäht hast?«

Arthur stöhnte leise auf. Jetzt spürte er es, einen durchdringenden, stechenden Schmerz, der von seiner Hüfte ausging und zu seinem Herz emporschoß. Er preßte seine Hände auf die Hüfte, seine Knie zitterten.

»Das war damals sehr unklug von dir«, sagte Saladin sanft. »Oder vielleicht bist du einfach noch zu jung gewesen – wie Alexander. Merlin wollte ihn dir ja unbedingt geben. So wichtig war ihm das, daß er jetzt sogar aus dem Grab aufgestanden ist, damit du ihn diesmal auch wirklich behältst – und er hat ihn jetzt.«

Der Junge fiel auf den Boden und krümmte sich vor Schmerzen.

»Ich will nicht noch ein Jahrtausend allein leben, Arthur. Du hast eine große Bestimmung, und ich werde dafür sorgen, daß du dein Schicksal erfüllst. Wir können ewig leben. Du wirst ein König sein, wie ihn die Welt noch nicht gesehen hat.«

Seine Stimme klang einschmeichelnd, beinahe verführerisch. »Merlin hat den Becher vor dir versteckt. Verstehst du das denn nicht? Er weiß, daß du zu mir gehörst, und lieber läßt er dich sterben, als seine Macht über dich zu verlieren.«

»Nein …«

»Er weiß, daß er zu schwach ist, um selber an die Macht zu kommen. Dazu will er dich benutzen, und dann nimmt er dir den Becher weg. Bei mir hat er es auch so gemacht.«

Saladin leckte sich langsam den Schweiß von den Lippen, während er zuschaute, wie sich der Junge auf dem Boden wand. »Aber du bist ihm überlegen. Hör mir gut zu!«

Er tippte Arthur mit dem Finger auf die Brust, und der Junge schrie auf vor Schmerz. »Du kannst dafür sorgen, daß Merlin dir den Becher bringt.«

Arthur riß die Augen auf. »Wie … wie denn?«

»Rufe ihn. Er muß seinem König Folge leisten.«

Saladin beugte sich zu dem Jungen hinab und flüsterte: »Rufe ihn mit der Stimme deines Herzens, Arthur. Rufe den Zauberer. Er wird kommen und den Becher bringen.«

Arthur setzte sich mühsam auf.

»Rufe ihn. Es ist höchste Zeit. Die Welt gehört dir.«

»Und was für eine … Welt soll das werden?« keuchte der Junge.

Saladin grinste triumphierend. »Das liegt ganz bei dir. Wenn du mich und den Becher hast, wird deine Macht grenzenlos sein. Verstehst du, was ich sage, Arthur? Grenzenlos.«

Arthur schloß die Augen. Eine Weile glaubte er zu sterben. Wie damals.

Ja, er verstand jetzt alles. Er war zurückgekehrt. Er hatte noch eine Chance erhalten. Aber jetzt starb er. Und er war doch noch ein Kind.

Er kämpfte gegen die Bewußtlosigkeit an, fiel aber ins Leere, in eine Dunkelheit, die keine Erinnerung kannte. Und doch sah er in dieser Finsternis allmählich wie durch einen Schleier einen Mann, der einen langen Raum durchschritt, Mitleid und Trost im Blick. Ein Licht ging von ihm aus, so hell und warm wie Sonnenschein, und seine Hände waren ausgestreckt. Vor ihm her schwebte etwas durch die Luft.

Es war ein prachtvoller Kelch aus Silber und Gold. Neben sich hörte er eine Stimme. Es war die Stimme Merlins.

»Greif zu. Greif doch zu.« Artus streckte die Hand nach dem Kelch aus, doch im gleichen Augenblick verblaßte das Licht, das von dem Fremden ausging. Christus starb, er versank in der Dunkelheit. Doch der Kelch war noch da und schwebte immer näher heran …

Greif zu!

Nur wenige Augenblicke nachdem er das Bewußtsein verloren hatte, kam Arthur wieder zu sich. Was er da gesehen hatte, ergab für ihn überhaupt keinen Sinn, doch das verblassende Gesicht von Christus hatte er noch deutlich in Erinnerung. Und als er sah, wie Saladin ihn mit seinen Raubtieraugen belauerte, wußte er, daß er in das Gesicht des Teufels blickte.

Er stand langsam auf, straffte die schmalen Schultern und versuchte, den uralten Schmerz zu vertreiben.

»Sie haben keinen Platz in meinem Leben«, sagte er.

Die schwarzen Augen blitzten tückisch. Saladin richtete sich auf und ging mit zusammengebissenen Zähnen bis zum anderen Ende des Zimmers. Dann erst drehte er sich zu Arthur um. »Du hast soeben dein Leben verwirkt«, krächzte er.

Arthur lief es eiskalt über den Rücken. Sein Tod war jetzt eine beschlossene Sache. Und Saladin würde bestimmt dafür sorgen, daß es kein schmerzloses Ende sein würde.

»Auf Wiedersehen, Saladin«, sagte er ruhig.

Er ging auf die Treppe zu. Jeder Schritt bereitete ihm starke Schmerzen, doch er hielt sich so aufrecht wie der Mann auf dem Bild, wie der König, der er einmal gewesen war.

## 13

Es dauerte eine geraume Zeit, bis Hal in das Gasthaus zurückkam. Nach seinem Besuch bei Mrs. Grimes wollte er zuerst Candy über das Haus in der Nähe des Vergnügungsparks informieren, doch der Inspektor war nicht in dem Kastenwagen. Higgins und Chastain hatten keine Ahnung, wo ihr Chef sein mochte, und sie waren ehrlich überrascht, daß jemand überhaupt auf die Idee kam, sie könnten Bescheid wissen.

»Und wenn die Entführer jetzt aktiv werden?« fragte Hal wütend. »Wer soll dann gegen diese Wahnsinnigen vorgehen? Sie beide etwa?«

»Ich bitte Sie, Mr. Wocznjak«, flüsterte Higgins.

»Es sind sechs Männer. Könnt ihr zwei wenigstens schießen?«

Chastain lächelte nur.

»Wir arbeiten nicht mit Feuerwaffen«, sagte Higgins.

»Ach ja. Das ist ja einfach großartig.«

»Bitte machen Sie sich keine allzu großen Sorgen, Sir. Inspektor Candy wird sicher bald zurück sein.«

»Und was ist mit der Verstärkung? Ist die wenigstens schon angefordert?«

»Er wird die Leute alarmieren, wenn sie gebraucht werden.« Als fürchtete er sich vor einer Überdosis Tageslicht und ungefilterter Luft, zog Higgins sich wieder langsam in den Wagen zurück.

Hal hielt ihn nicht auf. Bei einem Zusammenstoß mit Saladin und seinen Leuten wäre die Anwesenheit dieser beiden so unnötig wie ein Kropf.

Im Morris schob er noch einmal eine Ladung Glasstückchen vom Vordersitz und fuhr zum Gasthaus zurück.

Mrs. Sloan kehrte gerade die Treppe, als er ankam. Er wollte sich wortreich für den Zustand des Autos entschuldigen, doch sie schnitt ihm das Wort ab.

»Nun lassen Sie schon«, sagte sie und fegte ganz gleichmäßig weiter. »Ich bin ja so froh, daß der jungen Frau nichts passiert ist. Sie hat mir alles erzählt und einen Scheck für die Reparatur hat sie mir auch gegeben.«

»Mit Emily ist demnach alles in Ordnung?«

»O ja, Miß Blessing geht es gut. So sind die Frauen nun mal. Wenn man ihnen selber zusetzt, ist das nicht weiter schlimm. Aber wenn ihre Kinder in Schwierigkeiten sind, und sie können nichts tun als sich grämen, dann brechen sie zusammen.«

Emily zeigte tatsächlich keinerlei Anzeichen der Erstarrung, die sich direkt nach Arthurs Entführung bemerkbar gemacht hatte. Als er in das Gasthaus trat, sprang sie vom Stuhl auf und schwenkte einen Brief.

»Der ist mit der Mittagspost gekommen!« rief sie. »Dem Briefträger war schleierhaft, wie er in seine Tasche gelangt ist.«

Der Brief war nicht frankiert. Ein Bogen Büttenpapier steckte in einem teuren Umschlag, auf dem nur ›Emily Blessing‹ stand – in der schwungvollen Handschrift, die Hal schon von der Postkarte kannte. Auf dem Briefbogen stand nur ein einziges Wort: *Mitternacht.*

»Die Übergabe ist also heute nacht«, stellte Hal fest.

»Aber wo? Davon steht nichts drin.«

»Das sollen wir jetzt noch nicht wissen. Warte hier auf die nächste Botschaft. Ich muß Candy Bescheid sagen.«

Er lief zum Telefon und wählte die Nummer des Autotelefons im Kastenwagen von Scotland Yard. Higgins meldete sich ganz vorsichtig, als seien ihm Telefonanrufe suspekt.

»Nein, Inspektor Candy ist noch nicht wieder da«, sagte er leise.

»Ruft er nicht wenigstens an und sagt, wo er ist?« brüllte Hal in die Muschel.

Es folgte eine kurze Pause, in der Higgins sich die Frage durch den Kopf gehen ließ. »Normalerweise schon«, sagte er dann.

»Wir haben die zweite Botschaft von den Entführern erhalten. Die Übergabe findet heute um Mitternacht statt. Wo, weiß ich noch nicht.«

»Ich werde dem Inspektor Bescheid sagen«, flüsterte Higgins.

»Es ist schon fast fünf Uhr.«

»Ja«, pflichtete Higgins bei.

Hal seufzte. »Wenn sich Candy nicht spätestens in einer Stunde bei mir meldet, werde ich selber veranlassen, daß die Verstärkung anrückt.«

»Das wird nicht gehen, Mr. Woczniak. Schauen Sie ...«

»In einer Stunde.« Er legte auf.

Als er in den Gastraum zurückging, stieß er beinahe mit der behäbigen Mrs. Sloan zusammen. Sie kam gerade zur Tür herein und wischte sich mit einem Schürzenzipfel den Schweiß von der Stirn. »Das wird wieder eine drückende Nacht«, sagte sie. Als sie sein Gesicht sah, fügte sie hinzu: »Gibt es Schwierigkeiten?«

»Könnte ich mich mal in Ihrer Küche umsehen?« fragte er so höflich wie möglich.

»Warum nicht. Solange Sie nicht kochen wollen. Das Auto ist kein Problem, aber in meiner Küche lasse ich andere Leute nicht gerne herumfuhrwerken. Männer schon gar nicht.«

»Ich brauche eine Schale«, sagte Hal.

»Wie groß?«

»Nicht groß.« Er zeigte es ihr mit den Händen. »Einen ganz normalen Becher. Könnten Sie mir einen leihen?«

Sie stellte den Besen in die Ecke. »Schauen wir mal, was wir haben.«

»Mit einer Fälschung kommen wir bei denen nicht durch«, wandte Emily ein.

»Nein, aber wir können nicht mit leeren Händen hingehen. Vielleicht kommen wir auf die Art wenigstens in das Gebäude.«

In der kleinen, brütendheißen Küche öffnete Mrs. Sloan einen Hängeschrank über dem gußeisernen Herd und holte Dutzende von Schalen hervor, die vom langen Gebrauch mehr oder weniger ramponiert waren.

»Der da kommt ungefähr hin«, sagte Hal und griff nach einem kleinen metallenen Meßbecher mit Henkel. Er schaute Mrs. Sloan bittend an.

Mit einem ungeduldigen Blick nahm sie ihm das Gefäß aus der Hand und schlug den Henkel an die Herdplatte, bis er absprang. »Das war es doch, was sie wollten, nicht wahr?«

»Sie sind einfach großartig«, strahlte Hal.

»Aber ich will das Ding wiederhaben. Henkel hin, Henkel her.«

»Ja, Mrs. Sloan. Hätten Sie vielleicht Papier zum Einwickeln und eine Rolle Klebstreifen?«

Sie nahm ein paar alte Zeitungen von einem Stapel in der Ecke und drückte sie ihm in die Hand. Dann zeigte sie zur Bar. »In dem Regal, wo das Telefon steht.«

»Vielen Dank, Mrs. Sloan.«

In Emilys Zimmer wickelte er das Zeitungspapier um den Becher. »Hal ...«

Er hielt den runden, fest verpackten Gegenstand hoch. »Glaubst du, damit kommen wir über die erste Hürde?«

»Hal, ich glaube, du solltest nicht mitgehen.«

»Wie bitte?«

»Die Botschaft war an mich adressiert. Wenn sie dich sehen, könnten sie Arthur weh tun.«

*Und wenn sie dich mit diesem lächerlichen Becher sehen, bringen sie dich um,* dachte er. »Darüber reden wir später noch mal«, sagte er. »Vielleicht kommt es ja gar nicht zu der Übergabe, wenn ich den großen Unsichtbaren von Scotland Yard auftreiben kann.«

»Inspektor Candy? Ist er denn verschwunden?«

»Als ich ihn zum letztenmal gesehen habe, wollte er ein Haus in der Abelard Street überprüfen. Das ist aber schon ein paar Stunden her.

»Sollten wir ihn nicht suchen? Vielleicht ist er in Schwierigkeiten.«

Hal nickte. »Ich geh' hin. Du bleibst besser hier. Die nächste Botschaft wird nicht mehr lange auf sich warten lassen.«

Erschöpft kletterte er wieder in den Morris und fuhr in das Dorf.

Als Inspektor Candy seinen Wagen in der Nähe der Geisterbahn abstellte, fielen ihm sofort Motorradspuren auf. Sie führten in den Wald und wieder zurück. Zum erstenmal seit er diese Untersuchung übernommen hatte, war er wirklich zuversichtlich.

Die Abelard Street war reine Zeitverschwendung gewesen, genau wie jede andere Spur, die er bisher verfolgt hatte: Das Haus stand leer. Nachbarn erinnerten sich zwar an einen dunkelhaarigen jungen Mann mit einem Motorrad, doch er war schon seit mehr als einem Monat verschwunden, und seither war niemand mehr aufgetaucht.

Dann war Candy, einer plötzlichen Eingebung folgend, zu dem alten Vergnügungspark gefahren, wo ein Motorradfahrer Emily Blessing in Panik versetzt hatte. Der Boden war nach dem Wolkenbruch vom Vortag noch aufgeweicht. Mit Reifenspuren hatte er gerechnet, daß sie aber so deutlich und weithin sichtbar sein würden, hatte er gar nicht zu hoffen gewagt.

Nachdem er einen kurzen Blick in die Geisterbahn geworfen hatte, folgte er den Spuren zu Fuß. Sie führten ihn durch den Wald und nach etwa tausend Metern zu einer Wiese und eine Anhöhe hinauf. Vom Hügelkamm aus sah er dann in ein grünes Tal hinab. Dort stand – in einer Entfernung von weiteren tausend Metern – ein heruntergekommenes altes Herrenhaus. Vor dem Gebäude erhob sich eine riesige Trauerweide, um die herum ein Goldfischteich angelegt war, in dem allerdings nur vermodernde Blätter schwammen. Kein Licht war zu sehen, und nirgends stand ein Auto.

Trotzdem war er hier bestimmt richtig. In einiger Entfernung vom Herrenhaus sah er die Stallungen und die Scheune. Sonst gab es weit und breit kein Gebäude. Als er sich auf das Haus zubewegte, fand er frischen Pferdedung und hörte Wiehern aus dem Stall.

Jetzt war es soweit. Vielleicht waren die Entführer gar nicht da, dann konnte er den Jungen ohne Probleme herausholen. Hoffentlich. Allein gegen alle sechs hätte er schlechte Karten. Doch dann konnte er immer noch Alarm schlagen, damit die Verstärkung sich um die Verbrecher kümmerte. Jetzt zählte einzig und allein das Kind.

Er ging hinten um den Stall herum und wartete, ob jemand aus dem Haus kommen würde. Nichts rührte sich. Entweder hatte man ihn in dem hohen Gras nicht gesehen, oder es war niemand da. Gut. Vielleicht klappte es ja. Das Haus war bestimmt abgeschlossen, aber er würde schon irgendwie hineinkommen. Wenn nur der Junge noch lebte.

Candy ging vorsichtig auf dem Kiesweg auf das Haus zu

und hatte es schon fast erreicht, als er hörte, wie die Stalltür aufgerissen wurde. Zwei Männer auf arabischen Hengsten kamen mit schrillem Geheul herausgeritten. Die Pferde galoppierten auf Candy zu, und die Reiter zückten lange Krummsäbel

»Polizei!« rief er und griff nach seiner Dienstmarke.

Die Männer ließen sich dadurch nicht beeindrucken. Candy brach der Schweiß aus, als die Pferde immer näher herandonnerten. Er sah ihre bebenden Nüstern und die Augen der schwarzgekleideten Reiter, die mit ihren seltsamen Waffen zum Schlag ausholten.

Im allerletzten Moment warf sich Candy zu Boden und rollte blitzschnell zur Seite. Schon hämmerten die Hufe auf die Stelle, wo er gerade noch gestanden war. Während die Reiter ihre Pferde zügelten, um eine neue Attacke gegen Candy reiten zu können, sah er in einem Fenster im ersten Stock einen hageren, hochgewachsenen Mann mit pechschwarzen Haaren und einem Spitzbart. Es war der Wahnsinnige, den er vor vier Jahren verhaftet und nach Maplebrook geschickt hatte.

»Du verdammter Hund«, flüsterte Candy. Der Mann reagierte mit einem leichten Neigen des Kopfes und blickte lächelnd auf ihn herab.

Candy rannte los, aber schon nach ein paar Schritten hatten ihn die Reiter eingeholt. Der erste Schwerthieb drang tief in seinen Hals. Ein rasender Schmerz durchfuhr Candy, und er spürte, wie sein Kopf gewaltsam nach hinten gerissen wurde. Er sah sogar noch den unglaublichen Blutstrom, der aus seinem Hals schoß, bevor der zweite Krummsäbel ihn seitlich am Kopf traf und die Schädeldecke oberhalb der rechten Schläfe zertrümmerte.

Er stürzte, und als er auf den Boden aufschlug, war er schon tot.

# 14

Die Schmerzen in der Hüfte ließen allmählich nach. Arthur befand sich wieder in dem Zimmer, in dem er schon die Nacht zugebracht hatte. Der Riese hatte befohlen, ihm den Jungen aus den Augen zu schaffen, nachdem dieser sein Angebot abgelehnt hatte.

Arthur dachte über sein seltsames Erlebnis nach. Er hatte also vor sehr langer Zeit schon einmal gelebt, als eine andere Person, und die Erinnerung an dieses frühere Leben war während des unerklärlichen Dämmerzustands, in den ihn der unwirkliche Schmerz versetzt hatte, wieder wachgeworden.

*Ich war König Artus,* dachte er. Wenn ihm jemand eine solche Geschichte erzählt hätte, wäre er in Gelächter ausgebrochen. König wollten schließlich alle gerne sein. Sogar die Mädchen.

Aber er sah sich in seiner Erinnerung ja nicht als glorreichen König, sondern als sterbenden Mann, der unter unerträglichen Schmerzen litt.

Jetzt war er kein Mann mehr und schon gar kein König, sondern nur noch ein verängstigter zehnjähriger Junge. Er zog die Knie an und umklammerte sie mit den Armen, um seine Angst zu bändigen. Doch es wurde nur noch schlimmer.

*»Warum hast du nicht ›ja‹ gesagt?«* fragte eine Stimme in seinem Innern. *»Hättest du dich doch auf seine Seite geschlagen. Er hätte dich zum König gemacht, oder doch zu einem wichtigen Mann …«*

Nein. Er hätte auf gar keinen Fall zustimmen können. Seit er in seiner Vision das strahlende Gesicht Christi gesehen hatte, war nur allzu deutlich, wer Saladin war.

*Dann schon lieber sterben.*

*Wenn ich nur nicht so schreckliche Angst hätte.*

»Hilf mir«, flüsterte er. Saladin hatte ihn dazu aufgefordert, den Zauberer zu rufen. Merlin hieß der in der Sage. »Merlin …«

Er kam sich albern vor. In der unheimlichen Atmosphäre

des Kellerraums mit all seinen Schätzen hatte es plausibel geklungen, aber jetzt ...

Er versuchte es noch einmal. »Merlin ...«

Es kam aber keine Antwort. Er stützte den Kopf auf die Knie und sprach ein Nachtgebet.

Doch plötzlich fiel ihm das schadhafte Kabel einer Tischlampe auf. Mit angehaltenem Atem knipste er alle Lampen im Zimmer an.

Das Licht flackerte. Alte elektrische Leitungen.

Als das Haus gebaut wurde, gab es noch keine Elektrizität; die Leitungen wurden also nachträglich gelegt. Er bezweifelte, daß sie seither je erneuert worden waren. Alle Anschlüsse im ganzen Haus schienen alt zu sein.

Gut möglich, daß mit einem einzigen Kurzschluß die Stromversorgung im ganzen Haus lahmgelegt werden konnte.

Arthur lief ins Badezimmer, in der Hoffnung, dort eine Rasierklinge zu finden. Aber er fand nur ein Glasfläschchen mit aufgeweichten Tabletten in der Hausapotheke. Mit einem Handtuch dämpfte er das Geräusch, als er das Aspirin-Fläschchen an einer Kante hin und her rieb, bis es zerbrach. Eine Scherbe nahm er mit ins Zimmer.

Er zog den Stecker einer alten Tischlampe aus der Dose, schnitt das Kabel durch, trennte die zwei Drähte voneinander und schabte vorsichtig ihre Ummantelung ab. Als er an beiden fast fünf Zentimeter Kupferdraht freigelegt hatte, knickte er zur Verstärkung die Enden um und drückte sie in eine Steckdose, wobei er immer mit einem Auge die Tür im Blick behielt. Das andere Ende des Kabels mit dem Stecker, der jetzt unter Strom stand, ließ er hinter das Schränkchen fallen, auf dem die Lampe stand.

Später, in einem geeigneten Moment, wollte er den Stekker in eine andere Dose drücken, und wenn seine Rechnung aufging, würde der Kurzschluß die Stromversorgung im ganzen Haus lahmlegen.

Hoffentlich. Dann hätte er noch eine Chance.

Er hörte jemanden im Flur, rannte zum Sofa hinüber und versteckte die Glasscherbe unter einem Kissen.

Einer von Saladins Leuten schaute schweigend herein und verschwand sofort wieder.

Arthur schloß die Augen und wartete.

Es war jetzt 6 Uhr 55. Mehr als zwei Stunden waren vergangen, seit Hal mit Candys Assistent gesprochen hatte. Candy war immer noch nicht aufgetaucht.

Hal konnte seine Spur problemlos bis zu dem leeren Haus in der Abelard Street verfolgen. Mehrere Anwohner berichteten von einem Gespräch mit dem Mann von Scotland Yard, aber keiner wußte zu sagen, wohin der Inspektor dann gegangen sein könnte.

Wo steckte der verdammte Kerl bloß? Beim FBI wurde ein Einsatzleiter vom Dienst suspendiert, wenn er einfach verschwand, ohne etwas zu sagen. Aber Candy war wahrscheinlich daran gewöhnt, allein zu arbeiten. Hals Zorn verrauchte allmählich. Mit Higgins und Chastain war nicht viel anzufangen. Und auf wen konnte er sonst schon zurückgreifen? Auf Constable Nubbit etwa?

Hal mußte sich schließlich eingestehen, daß er an Candys Stelle auch nicht anders handeln würde.

Da war noch eine Sache, um die er sich auch ohne Candys Hilfe noch kümmern konnte. Er nahm den Zettel aus der Tasche, auf dem er nach dem Besuch bei Mathilda Grimes grob einen Lageplan des Hauses in der Nähe des Vergnügungsparks skizziert hatte.

Wenn seine Zeichnung stimmte, konnte man von diesem Haus aus durch den Wald problemlos eine Attacke zur Burgruine reiten. Er fuhr zu der Stelle, wo Higgins und Chastain die Hufspuren gefunden hatten, und ging von dort etwa drei Kilometer zwischen Bäumen und Hecken hindurch. Dann sah er das Haus, das mitten in einer Wiese stand, die wie eine riesige Schüssel nach allen Seiten anstieg. Der Vergnügungspark mußte in westlicher Richtung liegen, hinter einer weiteren Schutzmauer aus Bäumen.

Menschen waren bei dem Haus nicht zu sehen, aber auf der Weide grasten zwei große Pferde. Hal versuchte sich darüber klar zu werden, ob sie bei dem Angriff dabeigewesen waren, aber dazu verstand er zu wenig von Pferden.

Fast eine halbe Stunde blieb er auf dem Bauch liegen und beobachtete das Haus. Nichts rührte sich, aber er dachte gar nicht daran, sich dem Gebäude allein und unbewaffnet zu nähern. Schließlich ging er zum Auto zurück und fuhr zum Gasthaus.

»Ich glaube, ich weiß, wo die Entführer sich aufhalten«, sagte er am Telefon zu Higgins. »Mit zehn oder fünfzehn Mann von Scotland Yard oder vom Special Air Service könnten wir das Haus stürmen.«

Higgins verschluckte sich und mußte husten. »Vom SAS? Das meinen Sie doch nicht im Ernst, Mr. Woczniak.«

»Verdammt, diese Leute sind gefährlich.«

»Ich versichere Ihnen, Inspektor Candy hat alles sicher im Griff.«

»Candy ist verschwunden!« brüllte Hal in den Hörer. »Wahrscheinlich ist er selber in Not. Vielleicht ist er genau wie Arthur in dem Haus gefangen.«

»Das ist doch sehr unwahrscheinlich«, sagte Higgins trocken.

Hal war bewußt, daß er sich an einen Strohhalm klammerte. Er versuchte, vernünftiger zu klingen. »Okay, kann schon sein«, sagte er. »Aber egal, wo er ist, wir können nicht mehr warten. Scotland Yard könnte ein paar Mann per Hubschrauber einfliegen ...«

»Der Inspektor hatte nie die Absicht, Leute von der Zentrale anzufordern«, stellte Higgins richtig. »Man wird auf die hiesige Polizei zurückgreifen. Sofern der Inspektor überhaupt fremde Hilfe für nötig hält. Wie es im Moment aussieht, ist das nicht der Fall.«

»Was?« Hal traute seinen Ohren nicht.

»Dieses Haus, das sie ausfindig gemacht haben – sind Sie selbst dort gewesen?

»Ja. Vor dem Haus waren Pferde.«

»Was für Pferde?«

»Das weiß ich nicht, Herrgott. Große Pferde.«

Higgins seufzte. »Große Pferde«, wiederholte er. »Haben

Sie einen von den Männern gesehen, mit denen Sie auf der Wiese bei der Burgruine zu tun hatten?«

Hal wußte nicht mehr weiter. »Nein«, sagte er. »Die müssen alle im Haus gewesen sein.«

»Nun machen Sie mal halblang, Mr. Woczniak. In dieser Gegend gibt es außer Kidnappern auch noch andere Leute, die Häuser und große Pferde besitzen.«

Hal konnte sich kaum noch beherrschen. »Nun hören Sie mal her«, sagte er. »Um Arthur da rauszuholen, brauchen wir bewaffnete Polizisten. Wenn Sie schon keine Leute anfordern wollen, dann geben Sie mir wenigstens eine Pistole, und ich geh' allein rein.«

»Das wäre aber sehr unklug.«

»Geben Sie mir eine Pistole«, beharrte Hal.

»Wir arbeiten nicht mit Feuerwaffen, Mr. Woczniak. Und an aufgebrachte Privatleute würden wir ohnehin keine ausgeben.«

»Und was ist mit Candy? Machen Sie sich nicht einmal um ihn Sorgen?«

»Nein, nicht im geringsten«, sagte Higgins fast schon in der Lautstärke einer normalen Unterhaltung. Er war eindeutig mit seiner Geduld am Ende. »Der Inspektor geht zweifellos einer Spur nach, die mehr verspricht als Ihre.«

»Tja, oder er ist tot«, sagte Hal.

»Mr. Woczniak ...«

»Scheren Sie sich zum Teufel.« Hal knallte den Hörer auf die Gabel.

Als nächstes rief er bei Scotland Yard an. Nachdem er eine Viertelstunde lang von einem zum nächsten gereicht worden war, bekam er lediglich zu hören, er solle sich nicht in Inspektor Candys Angelegenheiten einmischen.

Allmählich geriet er in Panik. Er versuchte es mit einem Ferngespräch nach Washington. Seinem Chef beim FBI war es zu verdanken, daß sich Scotland Yard überhaupt eingeschaltet hatte, er konnte die Leute in London bestimmt auch jetzt auf Trab bringen.

Aber der Chef saß gerade in einem Flugzeug nach Kalifornien.

Verzweifelt legte Hal auf. Es blieb nur noch ein Mann, der vielleicht genügend Polizisten zusammenbringen konnte, um das Versteck der Kidnapper zu stürmen.

»Constable Nubbit, bitte ziehen Sie in Erwägung, daß Inspektor Candy etwas passiert sein könnte«, sagte Hal so bescheiden wie möglich.

Nubbit gluckste. »Das ist ja ulkig. Ausgesprochen ulkig.«

»Darf ich fragen, warum meine Bitte um ein Polizeiaufgebot so lustig ist?« Nur mit Mühe konnte Hal sich beherrschen.

Nubbit wurde ernst und beugte sich vor. »Sir, Scotland Yard hat diese Bitte bereits abgeschlagen. Darüber kann ich mich doch nicht hinwegsetzen.«

»Der Kastenwagen da draußen ist nicht Scotland Yard«, sagte Hal. »Das sind zwei Wissenschaftler. Die könnten nicht einmal mit einer Haubitze etwas gegen Entführer ausrichten.«

»Die Herren Higgins und Chastain sind Kriminalisten bei Scotland Yard«, sagte der Constable schelmisch. »Und verdammt nette Burschen, würde ich sagen.«

»Und was ist mit Candy?« brüllte Hal, dem nun endgültig der Kragen platzte. Niemanden schien es zu interessieren, daß der Beamte, der die Untersuchung leitete, seit Stunden verschwunden war.

»Den kenne ich nicht so gut wie die beiden anderen«, gab Nubbit zu. »Machte aber einen guten Eindruck. Ungleiche Socken trug er. Wissen Sie, man bekommt ein Auge für solche Details in diesem Beruf.«

»O Gott!« Er hätte den Typen am liebsten erwürgt. »Vielleicht ist Candy außerstande, die zusätzlichen Polizeikräfte anzufordern, die wir brauchen werden.«

»Ach, ich würde keine voreiligen Schlüsse ziehen, Mr. … äh … Wie war noch gleich der Name?«

Hal schloß die Augen. »Wocznaik.«

»Ein richtiger Zungenbrecher, dieser Name.«

»Wenn der Inspektor nicht selber Schwierigkeiten hätte, würde er doch anrufen.«

»O nein. Nicht unbedingt.«

»Es ist schon nach neun! Die Entführer wollen, daß ich mich um Mitternacht mit ihnen treffe. Constable Nubbit, wir werden ein paar Polizisten zusammenziehen müssen, mit oder ohne Candy. Sonst wird der Junge umgebracht. Können Sie die anderen Polizeiposten in der Gegend alarmieren?«

»Aber nein, wo denken Sie hin.« Er schüttelte heftig den Kopf. »Ich bin bloß ein kleiner Constable. Ganz unmöglich, daß ich mich über Scotland Yard hinwegsetze.«

»Aber ich habe Ihnen doch erklärt ...« Hal brach ab. Es hatte keinen Sinn. Jetzt war er mit seiner Argumentation wieder genau da, wo er angefangen hatte. Aus irgendwelchen Gründen ließ Nubbits Gehirn nicht die geringste Abweichung von der eingefahrenen Routine zu. »Danke«, sagte Hal erschöpft und stand auf.

»Freut mich, wenn ich Ihnen behilflich sein konnte!« rief ihm Nubbit nach, als Hal die Polizeiwache schon verlassen hatte.

Emily hatte nichts mehr von den Kidnappern gehört.

»Warum warten die bloß so lange?« fragte sie.

»Ich weiß es nicht«, antwortete er und ließ sich in einen unbequemen Sessel fallen. Er war hundemüde, angewidert und verzweifelt. »Ich habe mit allen gesprochen, sogar mit dem schwachsinnigen Trottel auf der Polizeiwache. Wenn ich nur ...«

Genau in diesem Moment zersplitterte die Scheibe. Etwas flog ins Zimmer und landete mit einem dumpfen Knall mitten auf dem Teppich.

Hal sprang auf und rannte zum Fenster. Ein Motorrad raste die Straße hinunter. Er brauchte gar nicht auf das Nummernschild zu schauen. Es war derselbe Mann, der die Windschutzscheibe des Morris' durchlöchert hatte.

»Nicht anfassen!« rief er Emily zu.

Gemeinsam starrten sie das merkwürdige Bündel an. Es war mehr oder weniger rund. Braunes Packpapier war offensichtlich in Eile herumgewickelt worden.

»Da … Blut«, sagte Emily kreidebleich.

Auf einer Seite des Bündels breitete sich ein Blutfleck aus, und es tropfte auf den Teppich.

»Du gehst besser nach draußen«, riet Hal, doch Emily blieb wie angewurzelt stehen.

»Mach es auf«, sagte sie leise.

Er kniete auf den Boden, riß den Klebstreifen ab und sah noch einmal zu Emily auf. Sie nickte.

»Es könnte etwas … von Arthur sein«, sagte er, damit der Schock nicht völlig unvorbereitet kommen würde.

»Mach es auf.« Ihre Stimme war rauh und schroff. »Verdammt, nun mach es endlich auf, sonst mach ich's.«

Mit einem tiefen Atemzug riß Hal das aufgeweichte braune Papier auf.

Es war der Kopf von Inspektor Candy.

»O Gott«, flüsterte Hal.

Emily sackte ohnmächtig zusammen und knallte dabei mit dem Kopf auf den Boden. Hal wollte das grausige Ding schnell wieder einpacken, als er bemerkte, daß man auf der Innenseite des Papiers etwas hingekritzelt hatte: »Kommen Sie allein zu der Wassermühle in der Pembroke Lane, fünf Kilometer in südlicher Richtung. Und keine Polizei mehr, sonst finden sie den Kopf des Jungen im nächsten Paket. Inzwischen müßte Ihnen klar sein, daß ich es ernst meine.«

Unterschrieben war mit einem großen verschnörkelten S.

Mit einem nassen Waschlappen träufelte er Emily kaltes Wasser auf das Gesicht. Als sie allmählich zu sich kam, aber noch nicht ganz bei Bewußtsein war, ließ er sie eine von Arthurs Seconal-Tabletten schlucken. Wenn sie erst wach wäre, würde sie zweifellos darauf bestehen, selber zu dem Treffen mit Saladin zu gehen. Und das mußte er verhindern.

Er legte sie auf das Bett und ging in sein Zimmer, um den Zettel mit den genialen Anweisungen zu holen, die Arthur geschrieben hatte, um im Falle seines Todes für Emily ein sicheres Leben zu gewährleisten. Hal fügte ein paar eigene Zeilen hinzu.

Emily, warte nicht darauf, daß einer von uns beiden gefunden wird. Halte dich genau an diese Anweisungen, dann bist du in Sicherheit. Das war Arthurs dringender Wunsch. Meiner auch.

Hal

Eigentlich wollte er noch mehr sagen. Er wollte ihr sagen, daß er sie jetzt schon vermißte, daß es ihm eine Weile so vorgekommen wäre, als hätte sein Leben einen Sinn bekommen, daß es doch irgendwo so etwas wie Glück geben müsse, und daß sie es vielleicht doch noch finden könnten. Sie drei miteinander.

Aber er wußte, daß Emily recht hatte. Dafür war es zu spät. Ein paar Worte konnten daran nichts ändern.

Er schaute auf die Uhr. Halb elf. Er würde zu Fuß zu dem Treffpunkt gehen. Ein Fluchtauto mitzunehmen war völlig sinnlos.

Fünf Kilometer in südlicher Richtung hatte Saladin geschrieben. Aber von wo aus? Vom Dorf oder vielleicht von der Burg?

Nein. Vom Gasthaus natürlich. Saladin wußte ja genau, wo Hal sich aufhielt. Auch über Candy hatte er Bescheid gewußt, und sicherlich konnte er sich zusammenreimen, daß Hal ohne den Inspektor nicht genügend Leute mobilisieren konnte, um den Kampf aufzunehmen.

Hal würde diesen Tag natürlich nicht überleben, denn Saladin hatte vor, ihn auf jeden Fall zu töten; er wußte zuviel. Und auch Arthur mußte sterben – wenn er nicht schon tot war. Nur Emily hatte noch eine Chance, lebend aus dieser Sache herauszukommen. Es war fürchterlich, besonders für den Jungen, aber was konnte man schon erwarten, wenn Hal Woczniak einen Fall in die Hand nahm? Wieder hatte er versagt. Er hoffte nur noch, ein paar von den Schweinen mit ins Grab zu nehmen.

Besser als gar nichts. Das wollte er für Candy noch tun. Und für Arthur.

Er klopfte an Mrs. Sloans Tür, um sie aufzuwecken.

»Um Himmels willen, was ist jetzt schon wieder passiert?«

»Entschuldigen Sie die Störung, aber ich muß Sie noch einmal um einen Gefallen bitten. Das letztemal, das verspreche ich Ihnen.«

Sie strich sich die Haare glatt. »Raus damit, oder wollen Sie mich die ganze Nacht wach halten?«

Er gab ihr dreihundert Pfund – alles, was er besaß. »Die Hälfte ist für Sie und die andere Hälfte für Emily. Ich möchte Sie bitten, sie in drei Stunden aufzuwecken. Am besten geben Sie ihr schwarzen Kaffee. Dann fahren Sie Emily zum nächsten Bahnhof und setzen sie in einen Zug nach London. Auf der Kommode liegt ein Brief. Bitte stecken Sie ihn in Emilys Notizbuch. Vielleicht vergißt sie ihn sonst, sie wird noch ziemlich benommen sein.«

»Um Himmels willen ...«

»Ich kann Ihnen das jetzt nicht näher erklären. Aber wenn jemand nach ihr fragt, sagen Sie nur, die Frau sei in der Nacht weggegangen. Das ist wichtig – zu ihrer eigenen Sicherheit, Mrs. Sloan.«

Sie machte zunächst einen verstörten Eindruck, doch dann nickte sie. »In Ordnung. Ich weiß, daß Sie jetzt nicht weggehen würden, wenn es nicht sehr dringend wäre.«

»Vielen Dank, Mrs. Sloan.« Er wandte sich zum Gehen.

»Sie tun mir so leid, alle beide. Was Sie nicht alles durchmachen müssen.«

»Ja«, sagte Hal.

Er holte in seinem Zimmer den in Zeitungspapier eingewickelten Meßbecher und ging dann nach unten. In der Küche holte er ein langes Messer aus der Schublade und steckte es hinten in den Gürtel.

Wieder würde ein Kampf gegen den Sarazenischen Ritter stattfinden, und auch dieser würde wohl nicht anders enden als all die anderen, die seit unzähligen Menschenaltern stattgefunden hatten.

Der Weg zur Pembroke Lane führte an der Burgruine vorbei. *König Artus' Burg,* dachte Hal. *Camelot. Die Ritter von der Tafelrunde, die dem größten König der Geschichte gedient hatten.*

Er bog von der Straße ab und stieg zum letztenmal auf

den dunklen Hügel. Die schweren, mit Moos bewachsenen Felsblöcke lagen noch genau da, wo sie vor Jahrhunderten hingestürzt waren. Hal sah vor seinem geistigen Auge alles so, wie es in den ersten ruhmreichen Jahren gewesen war. Den kühnen Schwung der äußeren Mauer mit ihren Wachtürmen. Den Burghof, in dem einst Diener Tiere versorgten und Gärten bestellten und wo die Ritter sich in der Kriegskunst übten. Den Wassergraben, der jetzt nur noch eine flache Rinne war. Die innere Mauer und den imposanten Bergfried, der so hoch war, daß er die Sterne zu berühren schien, und so gewaltig, daß kein Feind ihn jemals einnehmen würde. Das hatten sie zumindest damals geglaubt, als sie die neue Weltordnung schaffen wollten.

Nichts davon hatte überlebt. Nur Artus war wiedergekehrt, um über ein Reich zu herrschen, das es nicht mehr gab, mit einem Beschützer an seiner Seite, der ihn nicht vor dem Tod bewahren konnte und sich selber auch nicht.

»Warum hast du ausgerechnet mich gewählt?« murmelte er.

»Bitte?« piepste eine junge Stimme.

Hal fuhr herum. Auf dem Mäuerchen hinter ihm saß der kleine Junge, der sich auch an dem Tag, als Arthur entführt worden war, auf der Wiese aufgehalten hatte.

»Ich ... ich habe dich nicht bemerkt«, erklärte Hal.

»Ich will mir die Pferde anhören«, sagte der Junge.

Hal schaute ihn verständnislos an.

»Morgen ist doch der Johannistag. Heute nacht hört man die Pferde der Ritter. Von hier aus suchen sie im Morgengrauen den König.«

Hal ließ seinen Blick langsam über die Ruine schweifen. »Die Geisterreiter«, sagte er leise. »Ich habe von ihnen gehört.«

»Ich komme jedes Jahr her. Der Hufschlag ist so laut wie Donner.« Der Junge schaute zu den Sternen hinauf. »Aber sie finden König Artus nicht. Er muß wohl gestorben sein.«

Hal schluckte. »Hör mal, Kleiner, du gehst jetzt sofort nach Hause«, sagte er barsch. »Die Polizei ist hier in der Gegend bewaffneten Verbrechern auf der Spur. Das ist nichts für dich.«

»Aber die Ritter von der Tafelrunde ...«

»Jetzt geh schon, los!« Er gab ihm einen Stoß, und um nicht hinzufallen, machte der Junge ein paar Schritte, blieb aber gleich wieder stehen und schaute Hal an.

»Du sollst nach Hause gehen, hab' ich gesagt!« schrie Hal. Der Junge verschwand in der Dunkelheit, und Hal ging in Richtung Pembroke Lane weiter.

Um 23 Uhr 30 erreichte er den Treffpunkt. Von der Mühle war nicht mehr viel übrig, nur das Wasserrad und ein paar herumliegende Bretter. Verstecken konnte man sich hier nirgends, aber das spielte keine Rolle. Verstecken kam nicht mehr in Frage.

Bald hörte er den Hufschlag eines Pferdes näherkommen. Nein, es waren zwei Pferde. Jetzt sah er im Mondlicht ihre glänzenden Flanken und einen Reiter in schwarzer Kleidung, der das zweite Pferd am Zügel führte. Er hielt in einiger Entfernung an und winkte Hal zu sich her.

»Ich kann aber nicht reiten«, sagte Hal, als der Mann die Zügel fallenließ.

Der Mann in Schwarz gab keine Antwort. Das reiterlose Pferd kam wiehernd auf Hal zu.

Er hielt den eingewickelten Becher umklammert, kletterte unbeholfen in den Sattel und ergriff die Zügel. »Okay«, sagte er. »Wohin geht die Reise?«

Der Reiter machte mit seinem Pferd kehrt und trabte langsam los. Hals Pferd folgte. Sie bogen vom Weg ab, durchquerten ein kurzes Waldstück, und als sie auf ein großes offenes Feld kamen, griffen die Tiere stärker aus. Hal hielt sich krampfhaft fest.

Sie ritten bergauf, und als sie den Hügelkamm erreichten, lag das alte Herrenhaus, das er schon einmal gesehen hatte, im Mondschein vor ihnen. Ein Raum im ersten Stock war erleuchtet, sonst brannte im ganzen Haus kein Licht.

*Ich hab doch gleich gewußt, daß es dieses Haus ist,* dachte Hal angewidert. Die Lage des Gebäudes sprach einfach dafür.

Aber es war ihm nicht gelungen, irgend jemand dazu zu bewegen, wenigstens ein kleines Polizeiaufgebot zu Arthurs Rettung zu mobilisieren.

Jetzt war es zu spät.

Arthur sah ihn kommen.

Er hatte auf der Wiese etwas gehört und war zum Fenster gerannt – wie schon mindestens hundertmal seit Einbruch der Dunkelheit.

Das Fenster ließ sich nicht öffnen. Mehr als einmal hatte er versucht, die Scheibe einzuschlagen, aber es handelte sich um extradickes Isolierglas. Außerdem ging es von hier aus gut zehn Meter in die Tiefe.

Außer dem Mann, der das Fenster verriegelt hatte, war niemand zu ihm in das Zimmer gekommen, seit Saladin am Morgen seine Führung durch die Sammlung im Keller veranstaltet hatte. Keine Besuche mehr, kein Essen, nicht einmal mehr die gefürchteten Injektionen. Es war fast so, als existierte Arthur für die Männer in dem alten Haus gar nicht mehr.

Er war froh darüber. Ohne die Injektionen konnte er wenigstens wach bleiben. Und das war ungeheuer wichtig.

Saladin hatte ihm einen Weg gezeigt, wie er am Leben bleiben konnte, doch er hatte abgelehnt. Was der Riese nun auch vorhatte, heute nacht würde es geschehen. Arthur mußte also hellwach sein. Sein Leben hing davon ab.

Am Fenster hörte er, daß es sich bei dem Geräusch um das Getrappel von Pferden handelte. Als er die zwei Reiter sah, fing sein Herz heftig zu pochen an. Einer von ihnen war Hal. Das wußte er schon, bevor er im Mondschein den blonden Haarschopf und den hellen Teint wahrnahm.

Im Grunde hatte er es schon die ganze Zeit gewußt. Hal würde kommen. Wenn er einen Beschützer brauchte, würde Hal kommen.

Er flitzte an das andere Ende des Zimmers, um die präparierten Drähte zu kontrollieren. Ein Kurzschluß war nicht gerade viel, aber vielleicht gewann Hal dadurch eine oder zwei Minuten.

Dann ging er wieder zum Fenster und beobachtete, wie

die Männer vom Pferd stiegen. Sonst war niemand in der Nähe. Keine Polizei. Von seinem Zimmer aus konnte er die Gegend gut überblicken. Wenn sich während des Tages im Wald etwas getan hätte, wäre ihm das nicht entgangen. Aber es hatte sich nichts gerührt. Hal kam allein. Wahrscheinlich war auch er ein Gefangener.

Aber er kam.

»Hal! Hier bin ich. Hal!« rief er und trommelte gegen das dicke Glas.

Hal schaute einen Augenblick zu ihm herauf, bevor er ins Haus gestoßen wurde.

Wenige Augenblicke später kam der große Mann herein, der schon die ganze Zeit vor Arthurs Zimmer auf Posten stand. Er hatte ein langes aufgerolltes Seil in der Hand. Arthur versuchte auszuweichen, doch der Mann erwischte ihn ohne Mühe, stopfte ihm einen Stoffetzen in den Mund, drückte ihn im gleichen Moment auf einen Stuhl und fesselte ihn.

Nachdem er seine Arbeit geprüft hatte, verschwand er.

Arthur schaute zu dem präparierten Kabel hinüber. Wenn es ihm nicht gelang, Hal zu helfen, hatte der keine Chance.

Hal wäre vor Erleichterung beinahe in Tränen ausgebrochen, als er Arthur sah. Solange der Junge noch lebte, war nicht alles verloren. Daß er einer Übermacht gegenüberstand, nicht einmal eine Pistole besaß und die Polizei ihn im Stich gelassen hatte, spielte jetzt keine Rolle mehr. Arthur lebte, und Hal würde bis zum letzten Blutstropfen für ihn kämpfen.

Als sein stummer Führer ihn in dem dunklen Zimmer zu Fall bringen und auf den Boden drücken wollte, rollte Hal unter ihm weg, riß sein Messer aus dem Gürtel, sprang sofort wieder auf und stürzte sich auf den Mann.

Er stieß ihm das Messer tief in die Seite, und der Mann röchelte leise. Doch plötzlich wurde Hal von grellem Licht geblendet, und im selben Augenblick schien ein ganzer Menschenschwarm über ihn herzufallen.

Als sich seine Augen an das gleißende Licht gewöhnt hatten, lag sein blutverschmiertes Messer neben dem toten Mann auf dem Boden, der in Zeitungspapier eingewickelte Becher war unter den Tisch gerollt, und er selber lag auf dem Bauch und wurde von drei schwarzgekleideten Männern festgehalten.

Er konnte kaum atmen. Einer der Angreifer kniete auf seinem Nacken; machte er nur die richtige Bewegung – und Hal bezweifelte nicht, daß der Mann wußte wie –, dann würden seine Halswirbel brechen wie Nußschalen.

»Laßt ihn los«, befahl eine tiefe Stimme.

Die drei gehorchten unverzüglich.

Der Mann, der den Befehl erteilt hatte, stand mit verschränkten Armen vor ihm. Auch er trug schwarze Kleidung, war aber sehr groß und sah aus wie ein Raubvogel, bevor er auf seine Beute herabstößt. Er brauchte nur einen Blick auf den Becher zu werfen, und schon hob ihn einer der Männer hastig auf.

Doch Saladin hatte es gar nicht so eilig, das Gefäß zu prüfen. Satt dessen musterte er Hal amüsiert.

»Sie sind gut im Töten«, sagte er. Die Bewunderung, die in seiner Stimme mitschwang, war echt. »Aber eigentlich sollte man es sich genau überlegen, ob man vor einem Geschäftsabschluß den Boten umbringt.«

»Als ob das hier ein Geschäft wäre«, entgegnete Hal verächtlich. »Wenigstens gibt es jetzt einen weniger von euch.«

Saladin zuckte ungerührt mit den Schultern und streckte dann die Hand aus. Einer seiner Männer reichte ihm die Schale, die immer noch eingewickelt war.

Die Miene des Riesen verdüsterte sich. »Was soll der Unsinn?« brüllte er und schleuderte sie auf den Boden.

»Sie haben doch wohl nicht geglaubt, ich bringe den richtigen Becher mit und lasse mich dann von diesen Affen hier zu Hackfleisch verarbeiten.« Hal lachte auf, in der Hoffnung überzeugend zu wirken. »Schauen Sie, mir liegt nichts an dem Jungen; er ist mir erst vorgestern über den Weg gelaufen. Aber es gibt keinen Grund, ihn umzubringen. Lassen Sie ihn zu seiner Tante zurückgehen, und ich führe Sie zu dem Becher. Nur wir beide. Das ist doch ein Angebot, oder?«

Eine Weile starrte ihn Saladin finster an. Dann hellte sich seine Miene auf. »Sie haben das Gefäß gar nicht«, sagte er leise.

»Natürlich hab' ich es. Warum sollte ich sonst anbieten, mit Ihnen ...«

»Weil du bereit bist, dein Leben für den Jungen zu opfern.« Er schüttelte den Kopf. »Du hast dich nicht verändert.«

»Wovon reden Sie überhaupt? Mein Angebot steht. Und Sie sind doch ganz wild auf den Becher.«

Saladin stolzierte zur Tür. »Tötet ihn«, sagte er, als er hinausging.

Arthur mußte irgend etwas unternehmen. Das präparierte Kabel war nicht sehr weit von ihm entfernt; seine Handgelenke waren zwar zusammengebunden, aber seine Finger konnte er bewegen. Wenn er den Kurzschluß ohne irgendein Werkzeug auslöste, würde er allerdings einen empfindlichen Stromschlag bekommen, vielleicht wäre er sogar tödlich. Aber er hatte keine andere Wahl.

Mit ruckartigen Bewegungen versuchte er, sich vorwärts zu bewegen – bis der Stuhl kippte. Er wollte sich mit den Zehenspitzen abstützen, merkte aber sofort, daß es aussichtslos war. Es gelang ihm gerade noch, sich so weit zur Seite zu drehen, daß er nicht mit dem Gesicht, sondern mit der Schulter auf den Boden schlug.

Einen Augenblick lang blieb er erschöpft liegen. Dann schob er sich Zentimeter für Zentimeter auf das Kabel zu.

Schneller, dachte er. Er lag auf der Seite und mußte auch noch den schweren Stuhl mitschleppen. Mit aller Kraft robbte er weiter, ohne den stechenden Schmerz in seiner Schulter zu beachten.

Endlich erreichte er die Lampe, aber er brauchte noch einmal ein paar Minuten, um sich in eine Position zu bringen, in der er mit den Händen hinter seinem Rücken an das Kabel herankam.

*Was du da machst, ist doch total verrückt,* dachte er. *Du wirst dich selber umbringen.*

Da der Stecker unter Strom stand, griff er vorsichtig weiter hinten nach dem Kabel und tastete sich langsam daran vorwärts.

*Und wenn es gar nichts nützt?* überlegte er. *Wenn die plötzliche Dunkelheit Hal sogar schadet? Er rechnet schließlich nicht damit. Wenn er sich schon zur Treppe durchgekämpft hat und zu meinem Zimmer unterwegs ist, es dann aber im Dunkeln nicht finden kann? Ach, ich habe sowieso keine Chance mehr, – jetzt ist mir alles egal, auch wenn ich durch einen Schlag sterbe.*

Er nahm seinen ganzen Mut zusammen und rammte den Stecker in die Dose.

Ein blauer Lichtblitz schoß heraus, und Arthur erhielt einen Schlag, der ihn zur Seite schleuderte. Der Stuhl knallte wie der Panzer einer Schildkröte mit der Lehne gegen die Wand.

*Mein Gott, ich lebe noch,* dachte er und fühlte seine zukkenden Beinmuskeln.

Aus dem Erdgeschoß hörte er Geschrei.

»Gut«, murmelte er lächelnd.

## 15

Hätte Hal an Wunder geglaubt, dann hätte er die plötzliche Dunkelheit für ein Gotteswunder gehalten. Gerade als die Männer Saladins auf ihn zukamen, ging das Licht aus.

Hal duckte sich sofort auf den Boden und bewegte sich ganz leise in der Hocke auf die Tür zu. Im Dunkeln konnte er schemenhafte Gestalten ausmachen, die dort nach ihm suchten, wo sie ihn zuletzt gesehen hatten. Die Männer fluchten in einer Sprache, die er nicht verstand.

Er griff nach der Klinke und riß die Tür weit auf. Die Schemen stürzten an ihm vorbei ins Freie. Einer, zwei, drei schwarze Schatten.

*Aber auf der Wiese waren es sechs Männer gewesen,* ging ihm flüchtig durch den Kopf. Da war er sich ganz sicher. Saladin und fünf andere. Einen hatte er gerade getötet. Blieben außer Saladin also vier.

Aber er hatte in dem Haus nur drei Gefolgsleute gesehen. Wo war der vierte?

Er schüttelte den Gedanken ab. Vielleicht lebte er gar nicht mehr. Könnte ja sein, daß Candy ihn erwischt hatte, bevor er selber getötet wurde. Oder vielleicht waren es doch nur fünf gewesen. Jetzt hatte er jedenfalls andere Sorgen.

Er verriegelte die Außentür und tastete sich zum Treppenhaus.

Fünf oder sechs Stufen war er hinaufgegangen, als ihn plötzlich eine Hand am Knöchel packte. Hal stürzte nach vorne und schlug mit dem Kopf gegen eine Steinstufe. Instinktiv drehte er sich auf den Rücken. Jemand warf sich auf ihn.

In der Dunkelheit sah Hal nur einen großen schwarzen Schatten.

Der Mann holte aus und schlug ihm so heftig ins Gesicht, daß er von einer Schockwelle durchflutet wurde. Und dann kam schon der nächste Schlag.

Der Becher. Der Kerl benutzte den Metallbecher, den Saladin weggeworfen hatte, um ihm den Schädel zu zerschmettern. Rote Lichtpunkte tanzten vor seinen Augen. Er griff hinter sich in den Gürtel, doch sein Messer lag ja irgendwo dort unten auf dem Boden. Jetzt hatte er keine Waffe mehr.

Wieder donnerte der Becher gegen Hals Stirn. Während er gegen die Bewußtlosigkeit ankämpfte, stieß er die Arme nach oben und traf den Mann mit beiden Fäusten am Kinn.

Es war ein sehr harter Schlag, und mit einem schrillen Schrei warf sich die Gestalt über ihm zurück. Jetzt konnte ihm Hal den Ellbogen in den Hals wuchten, und der athletische Mann fiel rückwärts die Treppe hinunter.

Hal brauchte ihm nicht zu folgen. Aus dem Geräusch, mit dem der Kopf auf den Boden schlug, konnte er folgern, daß der Mann tot war. Er lehnte sich einen Augenblick an die Wand und wischte sich mit dem Ärmel Blut aus den

Augen. Dann drehte er sich um und kroch langsam die Stufen hinauf.

Noch bevor er den Treppenabsatz erreichte, blieb er ohnmächtig liegen.

»Die Tür ist von innen verriegelt«, sagte einer der Männer. »Er hat das Haus nicht verlassen.«

Saladin betrachtete das alte Gebäude. »Nein, bestimmt nicht.«

Nach einer langen Pause fragte der Mann: »Sollen wir ihn herausholen?«

Saladin schüttelte den Kopf. »Nein, ich glaube, ich weiß eine bessere Methode.« Er zeigte zur Scheune hinüber. »Holt das Kerosin her.«

Der Mann starrte ihn ungläubig an.

Auch Saladin dachte an die Schatzkammer im Keller, in der sorgfältig konservierte Erinnerungsstücke aus fünf Jahrtausenden lagerten. Doch wozu war das alles jetzt noch gut? Ohne den Becher war ein Leben, das Jahrtausende zurückreichte, genauso wertlos wie jedes andere.

Er spuckte aus, doch an dem bitteren Geschmack in seinem Mund änderte das nichts. »Brennt alles nieder«, befahl er.

Hal wurde durch sein eigenes Husten aufgeweckt. Dichte Rauchschwaden hingen in der Luft, und Qualm drang in seine Lungen. An diesen Gestank erinnerte er sich nur zu gut. Durch das Fenster auf dem Treppenabsatz sah er Flammen an dem Haus emporschlagen. Voller Panik lief er die Treppe hinunter, stolperte über den vierten Mann, machte einen Satz über die andere Leiche und rannte weiter, nur darauf bedacht, sich in Sicherheit zu bringen.

*Nur noch einen Moment, Jeff, halte aus, gleich bin ich da.*

Schluchzend prallte er gegen die Tür.

*Nein, das ist nicht wahr, nicht noch einmal. O Gott, nein.*

Jetzt brannten schon die Vorhänge. Von dem Wollteppich, der an den Rändern schwelte, stiegen schwarze Rauchwolken auf.

Hal schloß die Augen. Arthur war tot. Ganz bestimmt. Es war wieder genau das gleiche. Wie in seinen Alpträumen. Er würde Arthur an einen Stuhl gefesselt finden, mit gebrochenen Augen, tot. Und so hatte es Saladin von Anfang an geplant. Schon mit dem Bild in der Geisterbahn hatte er es angekündigt.

Hal schloß die Augen. »Du verdammtes Schwein«, zischte er.

Dann drehte er sich um und raste die Treppe hinauf.

Arthur wurde von panischer Angst geschüttelt. Der Rauch, der durch den Lüftungsschacht hereinquoll, brannte ihm in den Augen. Es war unerträglich heiß. Sein Herz schlug zum Zerspringen. Er spürte ein hohes, unheimliches Pfeifen im Ohr.

In Todesangst versetzte ihn aber vor allem der Knebel in seinem Mund. Sobald er zu schlucken versuchte, würgte es ihn. Der Rauch drang ihm in Nase und Lunge, aber wenn er hustete, rutschte ihm der Stoffetzen nur tiefer in die Kehle.

Bald konnte er nur noch atmen, wenn er den Hals streckte und sich nicht bewegte. Aber dann mußte er wieder husten, und der Knebel rutschte tiefer und tiefer.

Die Augen schienen ihm aus den Höhlen zu treten, die Adern am Hals und an den Schläfen waren zum Zerplatzen angespannt. Wenn er nur den verfluchten Stoffetzen loswerden könnte. Er drückte mit der Zunge dagegen, bis seine Kiefer schmerzten, konnte ihn aber nicht bewegen.

Und immer wieder würgte es ihn. Das war das allerschlimmste. Er war kurz davor, daß sich ihm der Magen umdrehte. Wenn er sich erbrach, würde er sterben, das war ihm klar. Er versuchte die Alarmzeichen zu ignorieren, die sein Körper aussandte, bemühte sich verzweifelt, nur ruhig dazusitzen und die beißende Luft einzuatmen. Aber sein Organismus ließ sich nicht täuschen. Er war am Ersticken, und jede Körperzelle wußte es. Bittersaure Magensäfte schossen ihm in die Nase und verstopften sie. Er schrie auf, doch heraus kam nur ein ersticktes Wimmern. Dann versuchte er wieder Luft zu holen – es ging nicht.

Es gab keinen Sauerstoff mehr. Er wurde von krampfartigen Zuckungen geschüttelt. Seine panische Angst steigerte sich zu wildem Schrecken – doch dann ebbte das innerliche Toben schnell ab, und Arthur wurde von sanften Wellen geschaukelt.

Alles war jetzt ganz einfach.

Er schloß nicht einmal die Augen. Der Rauch schmerzte nicht mehr. Sein Kopf fiel nach hinten. Er ließ sich treiben.

Im Meer.

Sanftes Schaukeln …

Sobald Hal sich aufrichtete, schnitt ihm der Rauch die Sauerstoffzufuhr ab. Wenn er sich bückte, verbrannten ihm die Flammen die Haut und schnitten ihm wie Dolche ins Fleisch.

Er entschied sich für die Flammen.

Auf allen vieren kämpfte er sich die letzte Treppe hinauf, tastend, da er nur wenige Zentimeter weit sehen konnte.

Als er fast oben angekommen war, gab es eine Explosion.

Zuerst hörte er nur Glas splittern; die Hitze ließ eine Scheibe nach der anderen zerplatzen. Dann hörte er ein ächzendes Krachen und einen donnernden Knall, als etwas aus dem Dunkel auf ihn zugeschossen kam. Er ließ sich auf dem Bauch fast die ganze Treppe wieder hinunterrutschen, und der Gegenstand schlug mit einem ohrenbetäubenden Getöse neben ihm auf. Durch Abtasten fand Hal heraus, daß es sich um eine fünf Zentimeter dicke massive Holztür handelte. Sie war vermutlich aus einem der Zimmer im obersten Stock herausgesprengt worden, dann an der gegenüberliegenden Wand abgeprallt und schließlich auf die Treppe gestürzt. Hätte sie der erste Aufprall nicht abgebremst, wäre es Hal unmöglich gewesen, ihr noch auszuweichen.

Hal kletterte auf die Tür und schob sich vorsichtig vorwärts. Holzsplitter drangen ihm in Handflächen und Knie. Als er oben angekommen war, wandte er sich nach rechts. Die Wand war glühendheiß. Zuerst zuckte er zurück, doch dann tastete er sich doch daran entlang, um eine Tür zu finden.

Er fand sie. Wegen des Durchzugs zwischen der geborstenen Scheibe und der Tür schlugen die Flammen hier noch höher als im Treppenhaus, aber es gab weniger Rauch. Die Luft war klar genug, daß er den Jungen sehen konnte. Er war an einen umgekippten Stuhl gefesselt und hatte den Kopf in den Nacken geworfen. Reglos und mit offenen Augen lag er da.

Hal stöhnte.

*Du bist unser bester Mann, Hal. Der beste von allen.*

Hal war zu keinem Gedanken und keiner Bewegung fähig. Während er Arthur anstarrte, verzerrten sich die Gesichtszüge des Jungen zu einer abstoßenden Maske. An seinen Armen und Beinen wuchsen Schuppen und Klauen. Ein Schwanz mit einem messerscharfen Ende bildete sich. Aus seiner langen Schnauze spie er übelriechenden Rauch. Die dunklen Augen lachten hämisch.

*»Komm, hol mich doch, Hal«*, sagte das Untier. *»Ich habe so lange auf dich gewartet. So lange.«*

Und dann brach es in ein scheußliches, hohles Gelächter aus.

*Komm schon, Hal, du bist doch der beste Mann, der allerbeste. Bloß kommst du immer zu spät. Im Zuspätkommen bist du der allerbeste.*

Laut schreiend rannte Hal auf das Wesen zu, umarmte es, zog ihm den dicken Knebel aus dem Mund, riß die Fesseln weg und trug es zum Fenster. Das aufgerollte Seil zog er hinter sich her.

Mit den Füßen beseitigte er die Scherben, die wie Speere in dem geborstenen Rahmen steckten, und legte den reglosen Jungen auf den Mauervorsprung vor dem Fenster. Obwohl sie mit den Oberkörpern jetzt im Freien waren, sah Hal fast nichts, da sie von dem dicken Rauch eingehüllt wurden, der aus dem Zimmer an ihnen vorbeizog.

Arthurs Herz schlug nicht mehr. Hal drückte fünfmal auf die schuppige Brust des Monsters, dann blies er ihm Luft ins Maul. Fünfmal drücken. Beatmen. Immer wieder.

»Atme, Arthur«, bettelte er. »O Gott, laß ihn nicht sterben.«

Wieder fünfmal drücken.

*Für Euch, mein König.*

Ein Windstoß blies die schwarze Rauchsäule beiseite. Mit ihr verschwanden die Schuppen, die Klauen, der Drachenschwanz. Sie lösten sich einfach in Luft auf.

Das Untier war verschwunden. Hal preßte sein Ohr an Arthurs Brust. Das Herz schlug wieder!

*Für Euch ...*

Er umfaßte mit einem Arm den kleinen Körper des Jungen, hielt sich mit dem anderen am Fensterrahmen fest und blies Arthur immer wieder Luft in den Mund.

»Atme doch Arthur, bitte«, flüsterte er.

Und wieder. Und noch einmal.

Und dann röteten sich die blauen Lippen allmählich. Arthur runzelte die Stirn, erst ganz leicht, dann stärker. Er wurde von einem trockenen Husten geschüttelt und schnappte nach Luft.

»Arthur. Ich bin's, Hal.«

Der Junge öffnete die Augen. »Hal«, sagte er mit erstickter Stimme. Er mußte husten. Dann lächelte er.

Hal lächelte zurück.

*Du bist unser bes...*

Die hämische Stimme kam von weit her und entfernte sich allmählich.

*...ter Mann ...*

Sie verschwand wie der Drache, wie all die Ungeheuer, die ihn verfolgt hatten.

*... der bessss ...*

Auch noch das leiseste Wispern verflüchtigte sich – für immer.

»Sehen wir zu, daß wir hier wegkommen?« fragte Hal sanft.

Arthur rieb sich den Ruß aus den Augen. »Von mir aus kann's losgehen.«

Hal schaute ihn einen Augenblick lang an und umarmte ihn. Er ließ den salzigen, schmutzigen Tränen, die auf die Haare des Jungen fielen, freien Lauf.

»Auf geht's«, sagte er dann, band dem Jungen das Seil

unter den Achseln um die Brust, stemmte sich in den Fensterrahmen und ließ ihn langsam hinuntergleiten. Als Arthur sicher auf dem Boden angekommen war, band Hal das Seil am Fensterrahmen fest und kletterte selber hinunter.

Auf der anderen Seite des Gebäudes, in der Nähe der Tür, stand Saladin. Seine Augen blickten starr auf das brennende Haus.

»Herr, das Feuer nähert sich dem Stall. Die Pferde ...«

»Sollen sie doch verbrennen.«

*Schreit endlich.*

Er mußte unbedingt mit seinen eigenen Ohren ihre Schreie hören. Dieser Mann, dieser Niemand, und ein eingebildetes Kind hatten sein Leben zerstört. Ein Leben, das mit größter Sorgfalt über Jahrtausende hinweg wie ein kostbarer Teppich gewoben worden war – um jetzt in einem einzigen Moment verspielt zu sein. Jetzt würden ihn Alter, Krankheit und Leiden einholen. Und eines Abends würde er sich mit schmerzenden Knochen hinlegen, um nie mehr aufzustehen. Dafür wollte er wenigstens ihre Todesschreie hören.

»Herr, bitte. Sie sind bestimmt schon erstickt ...«

Saladin brachte den Mann mit einer wütenden Geste zum Schweigen.

Wahrscheinlich hatte er ja recht. Wahrscheinlich waren sie schon tot.

Aber warum mußte es so ein Ende nehmen?

Zwei Menschen waren in all den Jahrhunderten zurückgekommen. Nur zwei. Während seiner endlosen, einsamen Reise durch die Zeit.

Und beide hatte er getötet.

War das Töten alles, was ihm noch blieb? Er hatte nie geliebt. Nie hatten ihn Leidenschaft und Reue umgetrieben. Auch einen Freund hatte er nie gehabt – oder nur ein einziges Mal vor langer Zeit, einen Nachmittag lang, da hatte ihm ein alter Mann Heilkräuter gezeigt.

Aber genau das war sein großer Fehler gewesen. Unter gar keinen Umständen hätte er mit dem Zauberer Freundschaft schließen dürfen. Hätte er nicht in einem Augenblick unglaublicher Selbstvergessenheit Merlin das Leben gerettet und dadurch das Geheimnis des Bechers verraten, dann würde er jetzt nicht selber sterben.

*Aber vielleicht war diese Freundschaft, dieser eine Nachmittag die einzige wirkliche Freude, die ich je erlebt habe,* dachte er traurig. *Ein einziger Nachmittag in fünfzig Jahrhunderten.*

Er schloß die Augen. *Ich lasse mich gehen,* dachte er. *Das kommt von den Gedanken an den Tod. Man wird sentimental und macht sich lächerlich.*

*Ich wollte dich nicht töten, Arthur.*

*Ich wollte ein neues Leben beginnen, eine neue Ordnung errichten. Ein großer Mann sollte die Welt regieren. Ein König – mein Gefährte und Freund.*

*Ich wollte in Camelot leben.*

»Verdammt, schreit endlich!« Saladins Stimme übertönte das Prasseln des Feuers. »Schreit!«

»Herr!«

Saladin fuhr herum und holte aus, um den Mann niederzuschlagen, der es gewagt hatte, ihn zu stören. Doch der zeigte nur zum Stall und zum dahinterliegenden Hang hinüber.

Die Stalltür stand offen, und hinter dem lodernden Feuer jagten zwei Gestalten auf den Wald zu.

Saladin kniff die Augen zusammen. »Holt die Pferde«, befahl er.

Hal beugte sich tief über den Hals des Pferdes und versuchte, mit Arthurs gestrecktem Galopp Schritt zu halten.

»Wo hast du bloß …«, er zuckte zusammen, als der Sattelknopf sich in seine Brust drückte, »… so gut reiten gelernt?« rief er.

Arthur lachte. »Ich bin überhaupt noch nie geritten!«

»Was?«

»Ich habe noch nie auf einem Pferd gesessen!«

»So was«, brummte Hal. Der Junge war ein Naturtalent. Er ritt, als hätte er sein ganzes Leben im Sattel verbracht.

*Wie ein König aus alter Zeit,* dachte er.

Er schaute über die Schulter zurück auf das brennende Haus im Tal. Drei Männer kamen aus dem Stall herausgesprengt. Sie führten ein viertes Pferd am Zügel, einen großen Hengst. Saladin, der auf sie wartete, stand als schwarze Silhouette vor den roten Flammen.

»Sie verfolgen uns«, sagte Hal.

»Ja, das war zu erwarten.«

»Vielleicht sollten wir ins Dorf reiten. Da gibt es immerhin zwei Polizisten und …«

Arthur schüttelte den Kopf. »Die nützen uns nichts.«

»Stimmt … aber was machen wir dann?«

Der Junge wandte ihm das rußverschmierte und mit Brandblasen übersäte Gesicht zu. Es war nicht mehr das Gesicht eines Kindes. Die hellblauen Augen und der fest geschlossene Mund zeugten von überlegter Entschlossenheit.

»Wir reiten nach Hause«, sagte er.

## 16

Vor dem Mauersockel, der um die Burgruine verlief, zügelte Arthur sein Pferd und stieg ab.

»Ich weiß nicht, ob das eine gute Idee ist«, sagte Hal und ließ seinen Blick über die Wiese schweifen. »Hier finden sie uns bestimmt.«

»Ich verstecke mich nicht mehr«, antwortete Arthur. »Wir nehmen den Kampf auf.«

»Hier? Meinst du das im Ernst?« Hals Stimme war so laut, daß sein Pferd scheute. Er griff krampfhaft nach der Mähne des Tieres, um nicht herunterzufallen. »Hier gibt es überhaupt keine Deckung, und wir haben ja nicht mal Waffen!«

»Merlin!« rief Arthur.

»Wie bitte?« fragte Hal.

»Saladin hat gesagt, daß der Zauberer kommt, wenn ich ihn rufe.« Er machte noch einen Versuch. »Merlin!«

Schweigen.

»Merlin! Mr. Taliesin!«

Von weitem hörten sie Pferde näherkommen.

»Das kannst du vergessen, mein Junge. Hab' ich auch schon probiert. Weiß der Teufel, wo der alte Mann steckt, aber er hört dich jedenfalls nicht.« Hal brach fast das Herz. »Es gibt keinen hilfreichen Magier. Wir sind allein hier.«

»Aber er hat doch gesagt ...«

Sie wandten sich dem Dröhnen der Hufe zu. Vier Reiter tauchten aus dem Wald auf und galoppierten mit gezückten Krummsäbeln über die Wiese auf sie zu. Die Klingen blitzten im Mondschein.

»Dann kämpfen wir eben allein gegen sie«, sagte Arthur leise. Hal beobachtete die näher kommenden Reiter. Vier bewaffnete und kampferprobte Krieger gegen einen Mann, der mit leeren Händen dastand, und einen Jungen.

»Wir werden unterliegen«, sagte er.

»Schon möglich. Aber kämpfen werden wir trotzdem.«

Der Junge schien jetzt Augen aus Stahl zu haben. Hal hätte ihn am liebsten gepackt und wieder aufs Pferd gesetzt, doch ihm war klar, daß das nichts nützte. Saladin und seine Leute würden sie schnell einholen und wie Fliegen töten.

Arthur hatte recht. Dann schon lieber im Kampf sterben.

»Na ja, ein Versuch kann nicht schaden«, sagte Hal und versuchte, nicht allzu pessimistisch zu klingen.

Er stieg ab und schlug den beiden Pferden auf die Flanke, um sie wegzutreiben. Wenn man nicht reiten konnte, hatte es auch keinen Sinn, im Sattel zu sitzen. Er musterte einen großen Steinhaufen am Fuß eines kleinen Hügels und zeigte ihn Arthur: »Wie's aussieht, haben wir da drüben die besten Karten. Heb so viele Steine auf, wie du kannst. Vielleicht haben wir Glück und treffen einen dieser Trottel zwischen die Augen.«

*Im Dunkeln. Aber klar doch. Und wer weiß, vielleicht durchbohren wir auch noch einem das Herz mit einem Hickory-Stock, wenn wir schon mal dabei sind.*

Immer noch suchten sie nach geeigneten Steinen, als die

Reiter schon ganz nahe gekommen waren. »Warte, bis sie dicht vor uns sind.«

»Das ist ja der Fels, der heruntergerollt ist«, sagte Arthur. »Der seltsame übermörtelte Fels mit der Schrift drauf.« Er fuhr mit der Hand den Riß entlang, der ihn von oben bis unten durchzog.

»Runter.« Hal zog ihn hinter den Block, richtete sich selber auf und schleuderte einen schweren Stein von der Größe eines Baseballs auf den Reiter, der direkt auf ihn zukam und gerade zu einem tödlichen Stoß ansetzte. Er traf ihn an der Schulter, der Oberkörper des Mannes wurde zurückgeworfen, und der Säbel traf nicht Hal, sondern knallte so heftig gegen den Felsen, daß die Klinge direkt am Griff abbrach.

Während das Pferd an Hal vorbeischoß, wurde die Klinge in die Luft katapultiert. Sie landete direkt vor seinen Füßen. »Schau dir das an«, flüsterte er, als er sie aufhob. Das war unerhörtes Glück. Nach einem kurzen Blick auf die sichelförmige Stahlklinge schleuderte er sie wie einen Bumerang.

Sie traf den nächsten Reiter mitten in die Brust, und mit einem schrillen Schrei stürzte er vom Pferd. Hal jauchzte auf. Die verbliebenen Männer Saladins rissen ihre Pferde herum und scharten sich um ihren Anführer, um das weitere Vorgehen zu besprechen. Sie hatten schließlich keine Eile. Man hatte geglaubt, den unverschämten Amerikaner problemlos niedermachen zu können und war von einer derartig kühnen Gegenwehr überrascht.

Die Männer brummten unzufrieden. Ihren verwundeten Kameraden, der wimmernd vor den Hufen ihrer unruhigen Pferde lag, ignorierten sie völlig. Blut strömte aus seiner klaffenden Brustwunde.

»Kommt schon, ihr Scheusale!« brüllte Hal spöttisch. Dann wandte er sich an Arthur: »Nur noch drei gegen zwei. Die Chancen steigen.«

»Hal, schau mal da«, sagte Arthur. Er hatte einen großen Mörtelbrocken von dem Felsblock abgelöst. »Das ist durch den Schwerthieb fast weggebrochen. Da drunter ist irgendwas.«

In dem bröckligen Fels steckte ein schmaler, runder Gegenstand, gut zwanzig Zentimeter lang. Er war mit glatten Steinen besetzt, die im Mondlicht dunkel glänzten. »Was zum Teufel ist denn das?« fragte Hal.

Arthur keuchte nur und zerrte an dem Block, um das Ding freizubekommen. »Hilf mir, Hal. Da ist ein Riß. Wir können dieses Stück abbrechen.«

Auch Hal zog jetzt daran. Auf jeden Fall würde der Mörtelbrocken eine gute Waffe abgeben: groß und doch leicht genug, daß man ihn gezielt werfen konnte. Als das Material nicht nachgab, schob Hal Arthur beiseite, stemmte sich mit dem Knie gegen den Block und zerrte mit beiden Händen.

»Vergiß es. Wir haben keine Zeit für ...«

Genau in diesem Moment brach der Mörtelbrocken ab, und eine kleine Staubwolke stieg auf. Hal hob sein neues Wurfgeschoß hoch und ging in Deckung. Die Reiter setzten zu ihrem zweiten Angriff an. Diesmal trennten sie sich und kamen aus drei verschiedenen Richtungen auf Hal und den Jungen zugeprescht.

»Hal, das ist ein ...«

»Runter!«

Er schleuderte den Mörtelbrocken auf den hochgewachsenen Anführer, doch Saladin war ein zu gewandter Reiter. Gerade noch rechtzeitig riß er sein Pferd zur Seite, ohne seine Attacke zu unterbrechen.

Hal sah noch das häßliche Grinsen des Mannes, bevor er den harten Stahl spürte. Der erste Hieb schlitzte ihn von der rechten Seite der Brust bis zum Hals auf.

Zunächst starrte er völlig gebannt auf den Blutstrahl, der – im Rhythmus des Herzschlags pulsierend – aus seinem eigenen Körper spritzte wie Wasser aus einem Sprinkler. Bevor er noch irgendwie reagieren konnte, hatte Saladin seinen Hengst hochgerissen und auf den Hinterhufen gewendet. Schon kam der nächste Hieb, der vom Schlüsselbein nach unten geführt der Länge nach in den Rumpf Hals' schnitt.

Saladin zügelte sein Pferd. Mit gehobenen Brauen

schaute er amüsiert zu Hal hinunter. Dann holte er erneut aus. Diesmal verlief der Schnitt von einer Schulter zur anderen.

*Er will, daß ich langsam verblute,* dachte Hal. Saladin hätte ihm jederzeit den Todesstoß versetzen können, doch er zog es vor, mit Hal zu spielen wie die Katze mit der Maus.

Wie aus weiter Ferne hörte er Arthur schreien.

Arthur! Er mußte dem Jungen helfen.

Hal zwang sich, noch einen Moment einen klaren Kopf zu behalten. Er sah, wie das riesige, sichelförmige Krummschwert zum vierten Mal auf ihn zusauste. Bis zuletzt wartete er, dann packte er die Klinge mit beiden Händen.

Schmerzen jagten wie Stromstöße durch seinen Körper. Die Klinge grub sich tief in seine Handflächen, und Saladin versuchte, sie ihm zu entreißen, doch Hal ließ nicht los.

*Solange du meine Hände nicht absägst, kriegst du das verdammte Ding nicht,* dachte er. Dann riß er heulend vor Schmerz Saladin den Krummsäbel aus der Hand und stürzte sich auf den Reiter, der hoch über ihm im Sattel saß.

Die Schwertspitze durchbohrte Saladins Bein und drang bis in die Flanke des Pferdes.

Der Hengst bäumte sich auf. Saladin trieb ihn an und jagte im Galopp die Wiese hinunter. Hal stieß unartikulierte Schreie aus und taumelte halb tot hinter ihm her. Die Klinge hielt er immer noch mit den Händen umklammert.

»Hal!« schrie Arthur entsetzt. Aber es war klar, daß Hal ihn nicht hören konnte.

Saladin war nicht etwa geflohen. Er hatte Hal nur von dem Steinhaufen weggelockt, und jetzt ritten Saladin und seine zwei übriggebliebenen Helfershelfer um ihn herum, versuchten ihn dazu zu bringen, daß er ihnen nachlief, und lachten über den dahintorkelnden Sterbenden.

Arthur sah die gewundene Blutspur, die Hal hinterließ. Sie hob sich im Mondlicht schwarz von dem silbrig glänzenden Gras ab. Dem Jungen liefen Tränen über das Gesicht, und er preßte seine Hand unwillkürlich gegen das Metall, auf dem er seine Hand liegen hatte.

Und dann merkte er plötzlich, daß der Gegenstand in dem verwitterten Felsblock golden schimmerte und mit Verzierungen reich geschmückt war.

Es war ein prachtvoller Schwertgriff, gefertigt aus Gold und Edelsteinen – und Magie. Ein Königsschwert.

»Ich komme, Hal«, sagte er leise.

Mit angehaltenem Atem umschloß er den goldenen Griff mit beiden Händen. Er spürte, wie eine wilde Kraft, eine machtvolle Energie in seinen Körper strömte, als der Zauber des Metalls seine Wirkung tat. *Fast wie der Becher,* dachte Arthur. Nur unendlich viel kraftvoller. Das mußte das Schwert Excalibur sein! Endlich befreit, lag es in den Händen seines rechtmäßigen Besitzers.

Mit einem Schrei, der aus seinem tiefsten Inneren kam, zog er das Schwert aus dem Felsen.

Langsam hob der Junge die Waffe mit der hell blitzenden Klinge hoch.

Hal stand schwankend zwischen den drei Reitern. Saladins Spießgesellen beobachteten, wie ihr Herr und Meister aus einer Scheide, die am Sattel befestigt war, ein langes zweischneidiges Messer zog, wie es zum Häuten von Wild verwendet wird. Sein Pferd trabte auf Hal zu.

*Jetzt ist alles vorbei,* dachte Hal. Er hatte keine Kraft mehr. Wieder hatte er verloren. Wollte man ihm nun auch noch die Haut abziehen, wie einem Kaninchen, bevor man ihn sterben ließ?

»Komm schon, bring es zu Ende«, keuchte er, den Mund voller Blut.

Doch Saladin kam nicht. Stocksteif saß er im Sattel und blickte starr zu dem Steinhaufen und zu Arthur hinüber. Verwirrt richteten auch die anderen Männer den Blick auf den Jungen.

Noch einmal sah Hal eine winzige Chance und versuchte eine letzte blinde Attacke auf die Reiter, doch bevor er sie erreichte, stolperte er und stürzte zu Boden. Sein Kopf landete in dem taufeuchten Gras, er rollte auf die Seite und starrte mit verschwommenem Blick hinüber zu dem Steinhaufen. Es war ihm nicht gelungen, Arthur vor dem Tod zu bewahren.

Und dann sah auch er den Jungen, der furchtlos dastand, das Schwert Excalibur in den Händen.

Er vergaß Saladin und seine Männer, die unbeweglich wie Statuen im Sattel saßen. Er dachte auch nicht mehr an das Blut, das ihm aus dem Hals sprudelte, an seine Hände, die zu nichts mehr taugten, und an seine unerträglichen Schmerzen. Nicht einmal an seinen bevorstehenden Tod dachte er.

»Mein König«, murmelte er.

Eine Weile herrschte auf der Wiese vollkommene Stille. Kein Windhauch war zu spüren, kein Insekt surrte durch die Luft. Es war die Stille der rückwärts laufenden Zeit. Und dann schallte Arthurs Befehl über die Hügel:

»Zu den Waffen! Euer König ruft Euch zu den Waffen!«

Das Echo der Stimme war lange zu hören, immer wieder hallte der Befehl über die Wiese … und dann kam ein zweites Geräusch dazu, das zu donnerndem Hufschlag anschwoll, während vor ihrer aller Augen aus dem Nichts eine hohe Burg Gestalt annahm.

Die Wiederkehr Camelots.

Zunächst hätte man meinen können, die Mauern, die Wachtürme und der gewaltige Bergfried, der bis zu den Sternen reichte, seien nichts als Dunst. Doch bald wurde jedem der Männer auf der Wiese klar, daß die Burg kein Trugbild war – sie war genauso wirklich wie sie selber. Fahnen wehten von den Mauern, Trompeten riefen zu den Waffen.

Der Hufschlag hinter der hohen Mauer wurde lauter, bis sich mit einem schrillen metallischen Kreischen die Zugbrücke senkte und Hunderte von Rittern in glitzernden Kettenhemden herausgaloppierten, geführt von elf grimmigen Männern in voller Rüstung. Ihr Banner zeigte den roten Drachen, das Wappen ihres Königs, Artus von Britannien.

»Bravo, mein Junge«, sagte Hal. Doch dann wurde sein Kopf so schwer, daß er ihn sinken lassen mußte. Das feuchte Gras war angenehm kühl.

# 17

Die zwei übriggebliebenen Helfershelfer Saladins ergriffen laut schreiend die Flucht, als sie sahen, wie sich die Burg aus dem Morgennebel erhob und ein ganzes Heer von Reitern in silbernen Rüstungen ausspuckte. Die Ritter jagten ihnen nach. Nur die ersten elf nicht: Des Königs Auserwählte zügelten ihre Pferde dort, wo der große Sarazene auf seinem Hengst auf sie wartete, und umringten ihn.

Saladin verschränkte die Arme und fixierte einen nach dem andern. »Gespenster«, sagte er verächtlich.

Ein breitschultriger dunkelhaariger Ritter stieß ihn lachend mit der flachen Klinge vom Pferd, und ein ergrauter alter Krieger schlang ein Seil um ihn und schleifte ihn zu Arthur. Der Junge war inzwischen zu Hal gerannt und kniete neben ihm.

Wenige Minuten später kehrte die Ritterschar mit den zerfetzten Leichen von Saladins Männern zurück. Alle miteinander stiegen ab und fielen auf die Knie, um dem jungen König zu huldigen.

In ihren Rüstungen füllten sie die halbe Wiese. Hal stützte sich auf den Ellbogen, um die Szene zu betrachten. »Sie sind tatsächlich gekommen«, murmelte er.

Schluchzend beugte sich Arthur über ihn. »Du darfst nicht sterben, Hal. Bitte nicht.«

»Vielleicht muß ich aber.« Er lächelte matt. »Das ist schon in Ordnung. Ich hab' getan, was ich konnte. Jetzt liegt es an dir.«

»Nein! Verlaß mich nicht! Hal ...«

Die Stimme des Jungen war so weit weg. Hal wollte ihm antworten, ihn irgendwie trösten. Er wollte Arthur sagen, er werde auch ohne ihn gut zurechtkommen, sehr gut sogar. Aber der Junge würde das ja selber herausfinden.

Hal war nicht traurig, obwohl er sterben mußte. Genau wie die anderen Ritter von der Tafelrunde hatte auch er sich mehr als tausend Jahre lang danach gesehnt, seinen König zu finden. Und jetzt hatte er ihn gefunden. Es war ein guter Abschied vom Leben, besser als erwartet.

Er schloß die Augen und ließ sich treiben. Noch einmal durchlebte er, wie ihm in der Kirche der Sarazenische Ritter den Kelch entriß, wie das Schwert auf ihn herabsauste, wie sein Blut floß und wie er tödlich getroffen zu Boden stürzte.

Die Vergangenheit war unveränderlich. Man konnte keinen einzigen Augenblick rückgängig machen. Was ihm noch blieb, war, sich selbst zu vergeben.

*Für Euch, mein König.*

*Und für mich.*

Und Galahad, der treue Ritter, lächelte und machte seinen Frieden mit der Welt – und mit dem Tod.

Ein Großteil der Einwohner von Wilson-on-Hamble war bereits wach. Teils waren sie die ganze Nacht aufgeblieben, teils hatten sie den Wecker gestellt, um kurz vor Tagesanbruch aufzustehen. Es war der Johannistag, und alle warteten gespannt auf das Getöse der Geisterreiter, die auf der Suche nach ihrem Herrn die Gegend durchstreifen würden.

Viele von ihnen sprachen zwar von einer Halluzination oder von einem außergewöhnlichen akustischen Phänomen, und doch warteten sie wie jedes Jahr darauf, die Reiter zu hören.

Sie wurden nicht enttäuscht. So weit sie sich zurückerinnern konnten, waren nie derartig viele Pferde durch das Dorf gedonnert. Von allen Straßen, Gassen und Fußwegen im ganzen Dorf hallte der Hufschlag. Alle Felder, Wiesen und Wälder dröhnten unter den Hufen einer gespenstischen Kavalkade.

Und dann verebbte zur Überraschung der Dorfbewohner der Lärm genauso schnell, wie er aufgebraust war.

Die Dorfbewohner gingen wieder schlafen, und der eine oder andere träumte von einer Zeit, in der es Ritter und streitbare Könige gegeben hatte und in der für eine Welt des Friedens und der Gerechtigkeit gekämpft worden war.

Doch diese Welt existierte nur im Traum.

Ein paar Kilometer und sechzehn Jahrhunderte trennten das Dorf von der mit Felsbrocken übersäten Wiese, auf der ein Ritter auf seinen vermeintlichen Tod wartete.

Die tiefe, reglose Stille, in die Hal wie in eine Schneelandschaft getaucht war, wich plötzlich einem warmen, kribbelnden Gefühl.

Immer wärmer wurde es, richtig heiß, siedend heiß. *O Gott, bin ich in der Hölle?* Glühend heiß war es.

Ohne seinen Willen öffneten sich seine Augen. Neben ihm kniete Merlin in seinem blauen Zaubermantel. Und drückte Hal den Becher an die Wange.

Hal spürte, wie der Blutstrom in seinem Mund, der ihn zu ersticken drohte, langsam versiegte und wie ein heilendes Feuer die Wunden ausbrannte, die Saladin ihm geschlagen hatte.

Langsam hob er die Hände und betrachtete sie. Die tiefen Einschnitte, die seine Daumen fast ganz abgetrennt hatten, waren verschwunden. Seine Finger waren vollständig verheilt, so als ob es die Wunden nie gegeben hätte. Nur die Erinnerung an die furchtbare Qual blieb, und auch sie wurde vertrieben, als er sah, wie ihn Arthur mit seinem verschmierten und erschöpften Gesicht anstrahlte.

Hal setzte sich auf und lächelte Merlin zu. »Hat ja ganz schön lange gedauert«, spottete er.

»Ich habe Ihnen doch gesagt, daß ich erst dann die Burg verlassen kann, wenn der König selber mich ruft,« konterte Merlin ungehalten.

»Arthur hat Sie oft genug gerufen.«

»Nicht als König.« Er schaute Arthur an. »Du mußtest es erst sein.« Der alte Mann holte tief Luft. Stolz richtete er den Blick auf die Burg. »Du hast all das wieder erstehen lassen, Arthur. Du und dein tapferer, dickschädliger Freund.«

Arthur fiel Hal um den Hals, doch nach einer Weile löste der sich lachend aus den Armen des Jungen. »Okay, das reicht fürs erste«, sagte er. »Du solltest dich um deine Männer kümmern – und um diesen Dracula hier.«

Saladin schaute mit tödlichem Haß zu ihm auf. »Such dir einen Platz als Schloßgespenst«, höhnte Hal.

»Er ist verletzt. Verbindet ihn«, befahl Arthur den Rittern, die bei dem Gefangenen standen.

Ein breitschultriger dunkelhaariger Ritter riß ein Stück Stoff von seiner Tunika, doch Saladin spuckte ihn an, als er neben ihn trat. Der Ritter fuhr zurück und griff nach seinem Schwert.

»Nein, Lancelot.« Mit erhobener Hand gebot ihm Arthur Einhalt.

*Lancelot,* dachte Hal. Erst jetzt, als der Junge einen der Ritter ansprach, wurde Hal richtig klar, daß dies nicht die Geistwesen aus der Traumburg waren, in der Merlin ihm seine Aufgabe erklärt hatte, sondern wirkliche Menschen aus Fleisch und Blut, die genauso lebendig waren wie er selber. Keine zwei Meter von ihm entfernt stand der berühmte Lancelot und schaute den aufsässigen Gefangenen wütend an.

Ganz in Gedanken streckte Hal den Arm aus, um den Ritter zu berühren. Dann zuckte er zusammen und zog die Hand rasch zurück.

Lancelot bemerkte es, und seine zornige Miene wich einem Lächeln.

»Steh auf, Saladin«, befahl Arthur.

Der Riese kam stolpernd auf die Füße. Man hatte ihm die Hände auf den Rücken gebunden, seine schwarze Hose triefte von Blut aus seiner Wunde.

»Man muß seine Feinde töten«, sagte der Junge leise. »Kannst du dich daran erinnern? Das hast *du* mir erklärt. Man muß sie demütigen und erniedrigen. Als abschreckendes Beispiel für andere.«

Saladins schwarze Augen flackerten, doch dann begegneten sie wieder ruhig Arthurs Blick. »Ich erinnere mich.«

»Du hast mich gefragt, ob ich dich töten würde, und ich wußte darauf nichts zu sagen. Jetzt kann ich dir die Antwort geben.«

Die schwarzen Augen blinzelten träge.

»Dein Leben ist ein Fluch, Saladin. Das ist mir klargeworden, als ich allein in jenem Zimmer saß. Ich war einsam und hatte Angst, aber ich habe gewußt, daß es Menschen gibt, die mich lieben, die mich um sich haben wollen. Ich mußte nur irgendwie zu ihnen gelangen. Für dich gibt es das nicht, oder?« Er runzelte die Stirn. »Solange du lebst, hat es auf der ganzen Welt keinen Ort gegeben, wo du hingehörst.«

Saladin verzog sein Gesicht zu einer verbitterten Grimasse. »Du bist noch ein Kind. Für mich hat derlei keine Bedeutung.«

Arthur nickte. »Das ist ja gerade das Schlimme. Nichts hat Bedeutung für dich. Dein Leben ist schon sehr lange vollkommen sinnlos.« Er wandte sich an Lancelot: »Binde ihn los.«

Während der Ritter Saladin die Fesseln löste, ging Arthur langsam zu Merlin hinüber und ließ sich die Schale geben. »Ich mache dir ein Geschenk«, sagte er.

Saladins Stimme zitterte vor ungläubigem Staunen: »Das Gefäß …«

»Nichts überstürzen, Arthur«, japste Merlin und griff nach dem Becher, doch der Junge wehrte ihn mit einer gebieterischen Geste ab.

»Nein, nicht den Becher. Obwohl es die schlimmste Strafe für dich wäre, dein Leben noch Tausende von Jahren weiterführen zu müssen. Aber ich will dich nicht bestrafen, Saladin.«

Lancelot und Gawain warfen sich empörte Blicke zu.

»Ja, ihr habt richtig gehört«, sagte Arthur mit zusammengezogenen Brauen zu seinen eigenen Leuten. »Jeden von euch würde ein ewiges Leben schließlich genauso verderben wie ihn.«

Er wandte sich wieder an Saladin. »Mein Geschenk für dich ist ein Leben ohne den Becher. Ein wirkliches Leben, schmerzhaft und doch kostbar.« Er fixierte seinen Feind. »Nimm dieses Leben an, Saladin. Lerne, was es heißt, wirklich zu leben.«

Saladin lächelte höhnisch. »Du wirst das Gefäß also aus reiner Nächstenliebe für dich behalten. Deine Großherzigkeit ist rührend.«

Arthur gab keine Antwort.

»Du wirst es nicht ewig vor mir verstecken können«, fuhr Saladin fort.

Der Junge lächelte. »Du wirst aber auch nicht ewig leben.«

Der Riese kehrte ihm den Rücken zu. Gemessenen Schritts ging er durch die Schar der Ritter, die für ihn eine Gasse bildeten.

Hal seufzte erleichtert. Saladin hatte sich nicht geändert, und Hal konnte nur hoffen, daß er ihm nie mehr begegnen würde. Zumindest in einem Punkt mußte er dem Jungen – oder vielmehr dem König in seiner Weisheit – recht geben: Saladins Leben konnte jetzt nicht mehr ewig dauern. Dafür würde Arthur ewig leben.

Plötzlich drehte sich Saladin blitzschnell um und versetzte Gawain mit beiden Fäusten einen wuchtigen Schlag auf den Kopf. Der Ritter setzte sich zur Wehr, doch schon hatte ihm Saladin das Schwert entrissen.

»Vorsicht, Arthur!« schrie Hal.

Ohne zu zögern holte Saladin aus und ließ die Klinge auf Arthur herabsausen.

Gerade noch rechtzeitig warf sich Hal auf den Jungen und riß ihn mit sich aus der Reichweite des Schwerts. Arthur rollte der Metallbecher aus der Hand. Saladin sprang darauf zu, doch Hal kam ihm mit dem Bein in die Quere.

Saladin stürzte, und Hal warf sich auf ihn. Sie wälzten sich hin und her, während die Ritter hilflos zusahen. Es war unmöglich, einen Stoß zu führen, ohne auch Hal zu verletzen.

Schließlich schleuderte Saladin Hal von sich, und sofort umringten die Ritter den Sarazenen mit gezogenen Schwertern.

Saladin hob seine freie Hand hoch; in der anderen hielt er immer noch Gawains Waffe. »Gebt ihm ein Schwert«, forderte er, wobei er den Blick nicht von Hal wandte. »Wenn ich schon sterben muß, dann wenigstens ehrenhaft. Ich fordere den Streiter des Königs zum Zweikampf.«

Unter den Rittern erhob sich ein Gemurmel. Ein Zweikampf. Trotz seiner Verworfenheit machte der Sarazene einen ehrenhaften Vorschlag. Mann gegen Mann. Dagegen war nichts einzuwenden.

Zustimmendes Nicken ringsum. Sogar Gawain verließ zögernd den Kreis der Männer, die den hochgewachsenen fremden Ritter umstanden.

»Erlaube das nicht, Arthur«, warnte Merlin. »Saladin hat dich angegriffen, nachdem du ihm die Freiheit geschenkt hast. Laß den Satan hinrichten.«

Arthur blickte erschrocken Hal an. Die Ritter von der Tafelrunde waren inzwischen alle ein Stück zurückgetreten, um Platz für den Zweikampf zu machen.

»Dein Freund kann nicht mit einem Schwert umgehen!« rief Merlin mit schriller Stimme. »Wenn du zuläßt, daß er gegen dieses Ungeheuer kämpft, kannst du ihn auch gleich selber umbringen.«

Hal entging nicht, daß die Ritter anderer Meinung waren. Sie erwarteten von ihrem König, daß er ihre Ehre schützte. Es würde der Gerechtigkeit Hohn sprechen, wenn elf Mann in Rüstung einen einzelnen angriffen – ganz egal, was dem vorausgegangen sein mochte. Und Arthur hatte doch die Gerechtigkeit verkörpert in einer Zeit, deren einziges Gesetz das Unrecht war.

Hal dämmerte, daß nur dadurch die Legende vom früheren und zukünftigen König am Leben erhalten werden konnte. König Artus' Ruhm gründete nicht auf den Siegen oder dem Charisma des Herrschers. Die Idee der Gerechtigkeit war das Licht, das er in eine finstere Welt gebracht hatte.

»Gebt mir ein Schwert«, sagte Hal.

Schnell gab ihm Lancelot sein breites Schwert. Es war viel schwerer, als Hal gedacht hatte, und als er versuchte, es mit einer Hand zu führen, wie er es bei Schauspielern in Filmen gesehen hatte, schwankte es heftig hin und her.

Saladin grinste.

Die Ritter warfen einander besorgte Blicke zu.

Merlin flehte noch einmal: »Arthur, er kann doch nicht ...«

»Halte dich da raus!« fuhr ihn Hal an. Seine Worte waren

an den Zauberer gerichtet, aber er warf auch Arthur einen grimmigen Blick zu. Der Junge sagte nichts. Ungeschickt versuchte Hal, das Schwert in den Griff zu bekommen.

Schließlich trat Lancelot hinter ihn und legte behutsam Hals rechte Hand knapp an das untere Ende des Hefts und die linke neben den Knauf.

Hal schämte sich. Merlins Worte dröhnten ihm in den Ohren. Er hatte ja wirklich nicht die geringste Ahnung, wie man mit einer solchen Waffe kämpfte. Ein Könner wie Saladin würde ihn in wenigen Minuten in Stücke hauen.

Das war natürlich Saladins Absicht. Er wollte, daß Hal auch noch beim Sterben eine Witzfigur abgeben sollte, wie schon allzuoft zuvor in seinem Leben. Was immer mit Saladin daraufhin geschah – diesen letzten Triumph konnte er noch auskosten.

Ohne daß sie ein Wort gewechselt hätten, schien Lancelot die Verzweiflung Hals zu spüren. Er legte ihm die Hand auf die Schulter, und als Hal in die klaren blauen Augen blickte, die voller Mitgefühl waren, wußte er, daß er für diesen Mann keine Witzfigur darstellte.

Mit beiden Händen hob er das große Schwert. Lancelot trat zurück und ließ Hal mit seinem Henker allein. Der Sarazene verneigte sich spöttisch und kam auf ihn zu.

Saladins erste Paraden waren langsam und bedächtig. Schließlich sollte es nach einem Duell aussehen und nicht nach Mord. Wie damals, als er mit dem Arzt in der Anstalt Schach gespielt hatte, gab er seinem Gegner zunächst das Gefühl, er habe eine Chance. Das machte die Sache interessanter.

Eins, zwei. Harmlose Ausfälle. Der Amerikaner reagierte mit komischer Hektik und fuchtelte mit dem schweren Schwert vor sich herum, als wäre es eine Keule. Hals Blick war wild und schreckerfüllt, seine Muskeln zuckten vor Anspannung. Wenn er so weitermachte, war er in kürzester Zeit erledigt.

Saladin gedachte ihn vorzuführen wie einen Tanzbären. Die Ritter würden nicht einschreiten, schließlich war der Zweikampf ein Eckpfeiler ihres sonderbaren Ehrenkodexes.

Und wenn der Amerikaner dann tot war, konnte Saladin immer noch versuchen, dem Jungen das Schwert auf die Brust zu setzen. Die Ritter würden den Becher gegen das Leben des Königs eintauschen und Saladin gehen lassen. Auch das hielten diese ritterlichen Dummköpfe wohl für ehrenhaftes Handeln.

*Auf, Hal. Kämpf gegen mich.*

*Ich darf keine Witzfigur abgeben, das bin ich Arthur schuldig. Mein Leben für die Ehre des Königs … Für dich, Arthur …*

Saladin atmete ruhig, seine Augen waren beinahe geschlossen. Er konnte die sentimentalen Gedanken seines Gegners lesen. Der Amerikaner wußte also, daß er sterben würde. Saladin konnte schon beinahe das Blut des Feiglings riechen.

Er trieb Hal zurück, wobei er sein Schwert mit großer Leichtigkeit führte, höher und immer höher schwang er es.

*Paß auf, Hal. Du wirst deinen Kopf verlieren.*

Jetzt konnte Saladin sich nicht mehr zurückhalten. Er schlug zu. Die Klinge sauste direkt knapp an dem Hals seines Gegners vorbei, und Hal stolperte rückwärts. Schon kam das Schwert wieder auf ihn zugeschossen.

Er taumelte weiter zurück. Die Waffe, die von sehr langen Armen geführt wurde, durchschnitt noch näher an seinem Hals die Luft. Es wurde immer klarer, daß ihm der Riese den Kopf abschlagen wollte. Plötzlich fiel Hal ein, daß ihn ohne Kopf nicht einmal der Becher retten konnte.

Er geriet in Panik.

*Ganz recht, Mr. Woczniak, aber der Schaden ist nicht groß.*

Hal schluckte.

*Du bist nun mal der geborene Verlierer, Hal. Du kannst es jetzt genausowenig mit mir aufnehmen wie vor sechzehn Jahrhunderten. Im Grunde taugst du nur zum Sterben.*

Lächelnd öffnete Saladin die Augen.

*Nun, was sagst du?*

»Hör ihm nicht zu!« Merlins Stimme schien aus weiter Ferne zu kommen. »Ich höre seine Gedanken auch. Er lügt! Hal! Hal …!«

*Komm her zu mir, Hal. Ich mache es kurz und schmerzlos. Du weißt doch, daß du sterben mußt. Der Junge braucht dich auch gar nicht mehr. Er hat ja den Zauberer. Dich braucht überhaupt niemand. Es ist an der Zeit, Hal. Komm her.*

Hal prallte mit dem Rücken gegen etwas Hartes – einen Baumstamm. Seine Knie zitterten. Er verspürte einen starken Harndrang.

Diesmal streifte Saladins Schwert beinahe seinen Hals, der Luftzug war deutlich zu spüren. Mit einem kläglichen Schrei ließ Hal seine Waffe fallen und schützte instinktiv das Gesicht mit den Händen.

»Hal!«

Der helle Klang von Arthurs Stimme tönte über die Wiese. Zwischen zwei Fingern hindurch sah Hal, wie sich der Junge aus Merlins Armen löste und mit dem juwelenbesetzten Schwert in den schmalen Händen auf ihn zulief.

Saladin sah sich mit einem zufriedenen Lächeln nach dem Kind um. Seine Geisel drängte sich ihm ja förmlich auf. *Schön*, dachte er, *das klappt ja alles besser als erwartet.*

»Arthur, nein!« brüllte Hal. »Lauf zurück! Sofort!«

Der Junge blieb abrupt stehen, schwang die schwere Waffe hoch über den Kopf und schleuderte sie nach vorne. Fast wäre er dabei gestürzt.

Vielleicht war es der Wind. Normalerweise hätte das Schwert nach wenigen Metern auf den Boden fallen müssen, doch auf wundersame Weise segelte es durch die Luft und drehte sich dabei langsam um die eigene Achse, glitzernd wie ein silberner Stern. Die Waffe flog allen physikalischen Gesetzen zum Trotz direkt auf Hal zu, der längst auf den Tod gefaßt war.

Voller Staunen und ohne Fragen zu stellen streckte Hal die Hände zum Himmel und empfing das Schwert Excalibur.

Saladin griff sofort mit einem raffinierten, tödlichen Stoß zum Herzen an. Hal sah es, doch er machte gar keinen Versuch, seine neue Waffe zu führen. Er lauschte nur mit seinem ganzen Körper dem uralten Gesang des Schwertes und vertraute sich ihm an.

Und Excalibur tanzte im Takt seiner eigenen Musik. Mit

anmutigen, kraftvollen Bewegungen schlug es blitzende Funken und drängte den großen Sarazenen wie einen Tölpel zurück.

*Und doch bist du ein Niemand. Die Zauberei Merlins ändert daran nichts.* Saladins Gedanken drängten sich in Hals Kopf. *Ich überlebe auch diese Magie, Hal. Ich überlebe euch alle.*

Plötzlich kam Hal das Schwert in seinen Händen schwerer vor, die Klinge stumpfer. Er kämpfte weiter, doch seine Schultern schmerzten bei jedem Schlag, den er mit dem unhandlichen Ding in seinen Händen führte.

*Was willst ausgerechnet du mit Excalibur? Einen Augenblick lang hast du das Schwert vielleicht getäuscht. Aber es gehört einem König und nicht einem jämmerlichen Säufer.*

Der Schweiß lief Hal in Strömen über das Gesicht. Seine Armmuskeln zuckten vor Erschöpfung. Keuchend ließ er das große Schwert sinken.

*So ist es gut. Die Magie war nie für dich bestimmt.*

Saladin holte zum Todesstoß aus.

»Fahr zur Hölle«, entfuhr es Hal. Er parierte Saladins Stoß mit derartiger Wucht, daß der Riese zusammengekrümmt zu Boden stürzte und die Arme von sich streckte.

»Lies jetzt ruhig meine Gedanken, du Wanze.« Er schlitzte ihm kreuzweise den Bauch auf. Saladins Augen quollen hervor, er versuchte reflexartig, die klaffende Wunde mit den Armen zu schließen.

»Das Gefäß …«, flüsterte Saladin. Blut lief ihm aus dem Mund.

Der nächste Hieb traf Saladin am Hals. Der abgetrennte Kopf fiel herunter. Die Augen waren noch offen.

*Ich danke dir.*

Hal war sich nicht sicher, wessen Gedanke dies war – Saladins oder sein eigener.

Die Ritter brachen in donnerndes Jubelgeschrei aus.

Völlig erschöpft hob Hal die Waffe Lancelots auf und brachte sie ihm. Dann ging er auf Arthur zu und gab ihm das Schwert Excalibur zurück.

»Ist er wirklich tot?« fragte der Junge voller Staunen.

Hal nickte. »Das wäre überstanden.« Ein paar Schritte von ihnen entfernt lag der Metallbecher. Seit dem Beginn des Kampfes hatte ihm niemand mehr Beachtung geschenkt. Hal hob ihn auf und reichte ihn Arthur. »Vor Saladin ist die Schale jetzt sicher.«

Arthur wog das Gefäß in der Hand und kostete die geheimnisvolle Wirkung aus. Dann streckte er es seufzend Merlin hin.

»Ich möchte, daß du den Becher verschwinden läßt«, sagte er.

Der Zauberer blinzelte. »Aber natürlich, ich bringe ihn an einen sicheren Ort …«

»Nein. Ich will nicht, daß du ihn versteckst. Ich will, daß er vom Erdboden verschwindet. Niemand – weder ich noch du noch sonst jemand – darf ihn finden.«

Merlin starrte ihn entsetzt an. »Aber du kannst doch nicht …«

»Ich will den Becher nicht!« Die Stimme des Jungen war laut genug, daß auch die Ritter ihn hören konnten. »Er hat nur Unheil gebracht.«

»Aber der Traum«, sagte Merlin gequält. »Vor langer Zeit hatte ich eine Vision, in der Christus selber dir den Becher gab …«

»Nein«, sagte Arthur. »Ich habe denselben Traum geträumt. Er hat ihn mir nicht gegeben, sondern hat mir die Wahl gelassen. Und ich habe jetzt meine Wahl getroffen.«

Merlin warf Hal einen flehentlichen Blick zu.

»Mir hat der Becher das Leben gerettet«, sagte Hal.

»Ja. Und du hast die Chance, neu anzufangen. Genau wie ich. Nutzen wir sie – solange es uns vergönnt ist, aber nicht länger. Ich will nicht so werden wie er.« Er zeigte auf den enthaupteten Körper Saladins. »Und du doch auch nicht.«

Sein junges Gesicht war angespannt, doch seine Augen lächelten. »Wir sind noch nicht reif genug dafür«, sagte er sanft. »Keiner von uns.« Er streichelte den Becher wie ein Geschöpf der freien Wildbahn, mit dem er Freundschaft geschlossen hatte und das er nun wieder freilassen wollte.

»Vielleicht können die Menschen in tausend Jahren mit so etwas Wundervollem umgehen. Jetzt noch nicht.«

Niemand sagte etwas. Merlin senkte den Kopf.

Hal räusperte sich, riß dem Jungen den Becher aus der Hand und warf ihn Merlin zu. »Hast du nicht gehört?« rief er. »Laß ihn verschwinden!«

Merlin seufzte. Wieder hatte er dem König ein unbezahlbares Geschenk angeboten, und erneut wurde er abgewiesen.

Er hob den Blick zum Himmel, der langsam heller wurde. Was für eine Wahl war das denn schon? Zwischen einem kurzen und einem immerwährenden Leben. Konnte sich ein vernünftiger Mensch gegen ein ewiges Leben entscheiden?

Die lange Nacht war endlich vorbei. Der Mond stand nur noch als blasse Sichel am Himmel. Westlich davon waren noch ein paar Sterne zu sehen.

*Der Löwe,* dachte Merlin. Bei Mithras, es lag weit über tausend Jahre zurück, daß Nimue sich für die griechische Version der Ewigkeit entschieden hatte. Er lächelte versonnen. Das Häufchen Sterne ähnelte noch genausowenig einem Löwen wie damals.

»Weil dir die nötige Fantasie fehlt«, hatte sie gesagt. »Das ist ein Löwe, und ich werde das Herz des Löwen sein.«

Nimue.

Auch sie wollte damals den Becher nicht behalten.

Merlins Augen schimmerten feucht. Was geschah mit der Seele nach dem Tod? Wurde sie irgendwann in derselben Gestalt wiedergeboren, so wie bei Arthur? Oder wanderte sie ruhelos von Generation zu Generation, so wie bei Hal? Oder verschwand sie einfach irgendwo im All?

*Nimue, meine einzige Liebe, werde ich dich niemals wiedersehen?*

Vor seinem verschwommenen Blick begann das Sternbild zu blinken. Und der Stern in der Mitte funkelte am hellsten: das Herz des Löwen.

Er lachte und weinte zugleich.

»Merlin?« drängte Arthur sanft.

Der alte Mann bedeutete ihm zu schweigen. »Alles in Ordnung, mein Junge.« Er schniefte. Und dann lachte er schallend. »Ich glaube, ich weiß, was ich machen werde.«

Er ging auf einen großen Felsen zu und kletterte hinauf. Dann begann er zu rufen. Hohe, krächzende Laute kamen aus seiner Kehle. Es klang wie der Schrei des Adlers. Er streckte den Becher mit ausgestreckten Armen den verblassenden Sternen entgegen und rief immer wieder. Das Metall schien zu glühen.

In den Bäumen raschelte es. Ängstlich und erwartungsvoll sahen sich die Ritter um. Einige bekreuzigten sich. Der Zauberer ließ wieder einmal seine Kräfte walten.

Und dann erschienen die Vögel.

Aus allen Himmelsrichtungen kamen sie, große Raubvögel flogen neben winzigen Singvögeln mit spitzen Schnäbeln. Sie verdunkelten den Himmel, so viele waren es. Sie schrien und sangen, ihr Flügelschlag drückte das Gras nieder.

Sie kamen, um den Becher zu holen, und als Merlin ihnen das Gefäß übergab, stiegen sie in den Himmel und zerstreuten sich.

Sprachlos schauten ihnen die Männer auf der Wiese nach. Bald würde die Sonne aufgehen. Ein langer, herrlicher Tag erwartete sie.

## 18

Als Merlin wieder von dem Felsen heruntergeklettert war, traten die Ritter zur Seite, um ihm Platz zu machen.

»Ja, ja, ich weiß schon«, sagte er gereizt. »Ihr glaubt, ich verwandle euch alle gleich in Fische.«

Arthur lächelte. »Ich danke dir, mein alter Freund.«

Der Zauberer brummte nur vor sich hin.

Hal brach schließlich das Schweigen. »Und was geschieht jetzt? Wenn ich mich nicht irre, hat England schon eine Königin. Ich glaube kaum, daß sie sich von einem zehnjährigen Jungen aus Chicago absetzen lassen will.«

»Arthur wird überhaupt niemand absetzen«, sagte Merlin ungehalten.

»Ach nein? Was macht er dann?«

»Herrgott, das weiß *ich* doch nicht! Ich hab Ihnen schon in der Burg gesagt, daß er seinen Weg selber finden wird. Ich kann nur für seine Sicherheit sorgen, bis es soweit ist.«

Hal stemmte die Hände in die Hüften. »Ach, Sie haben also für seine Sicherheit gesorgt? Interessant.«

Merlin lief rot an. »So eine Unverschämtheit!« japste er. »Ich hab' doch gleich gewußt, daß der ...« Er holte tief Luft, um sich zu beruhigen. »Vielleicht haben Sie ja recht«, sagte er dann versöhnlich. »Manchmal geht eben etwas schief. Aber jetzt brauchen wir uns keine Sorgen mehr zu machen. Arthur bleibt bis zur Jahrtausendwende in der Burg.«

»Wie ...?« riefen Hal und Arthur gleichzeitig.

»Ja, natürlich. Ohne den Becher ist die Sicherheit des Königs nur so zu gewährleisten.«

»Einen Moment mal«, sagte Arthur. »Willst du mich in Luft auflösen, oder was?«

»Aber nein, nichts dergleichen«, antwortete der alte Mann liebenswürdig. »Du wirst dich selber und all die anderen sehen können. Alles wird in Camelot wie früher sein.«

Er blickte zu den Rittern hinüber. Lancelot nickte.

Arthur betrachtete das große Schwert in seinen Händen. »Zurück nach Camelot?« fragte er mit einem flüchtigen Lächeln.

»Genau. Dort kannst du alles machen, was dir gefällt. Bloß die anderen, also die heutigen Menschen, werden dich nicht sehen können. Das ist aber im Grunde ganz unproblematisch. Hal ist schon mal in der Burg gewesen. Stimmt doch, was ich sage, Hal?«

»Nun ja, etwas problematisch fand ich es schon«, antwortete Hal zögernd. Die Ritter hatten alle den Blick auf ihn gerichtet.

Aber Merlin hatte ja recht. Kinder waren wirklich gefährdet, sogar ganz gewöhnliche Kinder. Durch Autounfälle, Straßenräuber, Psychopathen. Gerade weil er all das, was man Kindern antat, nicht mehr ausgehalten hatte, war er ja beim FBI ausgestiegen.

»Und so etwas darf Arthur nicht zustoßen«, sagte Merlin.

Hal schaute ihn verblüfft an. »Nein«, sagte er. Er merkte, daß Arthur ein wenig verwirrt war. »Ich wollte sagen, *mir* kam es etwas problematisch vor. Aber was heißt das schon, ich bin schließlich nicht König Artus«, rief er mit gekünstelter Fröhlichkeit. »Also, ich glaube, das wird eine Wucht. Ein paar Jahre mit den Rittern von der Tafelrunde in Camelot verbringen – die meisten Jungs würden wer weiß was dafür geben.«

Arthur schaute traurig zu ihm auf. »Und du? Würdest du mitkommen?«

»Ich?« Hal ließ seinen Blick über die Ritter gleiten, die vor den großen, mit Zinnen bewehrten Mauern Camelots standen. Er war in der Burg gewesen, hatte inmitten der Helden gesessen, umgeben von Mondstaub und Magie. Er hatte seinen Auftrag erfüllt und miterlebt, wie die Träume, die er als Junge mit zwei gebrochenen Beinen geträumt hatte, Wirklichkeit wurden. Eine kurze, aber ehrfurchtgebietende und großartige Zeitlang hatte er in sich das reine Feuer der Seele Galahads gespürt.

Doch Galahad hatte seine Aufgabe erfüllt. Es war an der Zeit, daß Hal Woczniak wieder auf den Plan trat: ein Abend in Benny's Bar, eine Autoreparatur für den griechischen Zuhälter, beim Aufwachen vielleicht eine Frau neben sich im Bett, an die er sich später nicht erinnern konnte … Das war nun einmal sein Leben.

»Nee«, sagte er und schüttelte den Kopf. »Ich gehöre da nicht hin.«

Er schaute Merlin an. Der alte Mann verstand ihn. Die Zukunft gehörte Arthur, und in Camelot war kein Platz für einen ehemaligen FBI-Agenten, der das Leben im Grunde schon hinter sich hatte.

Hal lächelte. »Deine Tante ist inzwischen auf dem Weg

nach London. Sie glaubt, wir sind beide tot. Deine Anweisungen habe ich ihr gegeben. Aber ich werde sie finden und ihr sagen, daß es dir gutgeht.«

Arthur schüttelte den Kopf. »Du wirst sie nicht finden«, sagte er. »Das war ja der Sinn der Sache. Niemand wird sie finden.«

»Aber es muß doch irgendwie möglich sein ...«

»Das glaube ich kaum. Ich habe alles ganz genau geplant.«

Nach einer längeren Pause sagte Hal: »Das tut mir leid, aber ich dachte ...«

»Das war ganz richtig, Hal. Ich habe auch nicht geglaubt, daß wir die Sache überleben.« Er seufzte. »Wahrscheinlich ist es sowieso am besten, wenn sie gar nichts davon weiß. Niemand sollte etwas erfahren.«

»Aber sie liebt dich doch«, sagte Hal.

*Und ich liebe Emily,* dachte er.

»Ich weiß«, antwortete Arthur langsam. »Gerade deshalb ist es wohl am besten, sie erfährt nichts.«

Hal schaute nachdenklich vor sich hin. Der Junge hatte ja recht. Emily konnte sich wieder in ihre Arbeit stürzen. Eine Zeitlang würde es ihr weh tun, sogar sehr weh, aber später würde sie ihr altes Leben wieder aufnehmen. Hal Woczniak brauchten sie jedenfalls beide nicht, weder Emily noch Arthur.

»Okay«, sagte Hal ruhig. Er zuckte mit den Schultern und streckte dem Jungen die Hand hin. »Na dann, auf Wiedersehen.« Arthur hatte Tränen in den Augen. Seine Lippen waren fest zusammengepreßt. »Bringen wir's hinter uns. Ich kann nicht ewig hier rumhängen.«

»Knie nieder, Hal«, sagte der Junge.

»Wie bitte?«

»Knie nieder.« Der Junge stand kerzengerade da und hielt das Schwert vor sich in die Höhe.

»Also, das geht denn doch ...«

Lancelot trat neben ihn und legte ihm die Hand auf die Schulter. Sein Blick war freundlich, aber bestimmt, als er Hal bedeutete, sich auf ein Knie niederzulassen.

»Okay, ich sehe, worauf du hinauswillst.« Hal kam sich ziemlich blöde vor, als er mit gesenktem Kopf auf dem Boden kniete.

Arthur trat feierlich vor ihn hin. Dann berührte er Hal mit dem schweren Schwert an beiden Schultern und sagte: »Ritter, seid tapfer und treu ergeben. Ihr seid der loyalste aller Männer, und Euer König liebt Euch.« Er trat zurück. »Erhebt Euch, Lord Hal »

Doch Hal konnte nicht aufstehen. Jedenfalls nicht gleich. Durch die Berührung mit dem Schwert fühlte er sich wie gebannt, in seinem Kopf wirbelten die Gedanken herum; es waren Erinnerungen aus vielen Jahrhunderten. In unzähligen Lebensspannen hatte er seinen König gesucht – immer vergeblich. Und jetzt hatte er ihn gefunden.

Der König war zurückgekehrt, und Galahad hatte seine Bewährungsprobe bestanden.

»Eure Hoheit«, murmelte er.

## 19

In der Nähe des Felsblocks, in dem Arthur das Schwert gefunden hatte, wurden sie von Merlin angehalten.

»Sie müssen jetzt umkehren«, sagte er zu Hal. »Es sei denn, Sie haben es sich anders überlegt und kommen doch mit.«

Hal lächelte. »Nein, danke. Ich versuche, in dieser Welt klarzukommen.«

Der alte Mann nickte. »So ist es wohl am besten.«

»Tja, dann kann's wohl losgehen«, sagte Hal.

Arthur schlang seine Arme um Hals Hüften. »Ich werde dich vermissen.«

»Ich dich auch.« Er verstrubbelte dem Jungen die Haare, dann schob er ihn weg. »Nun geh schon. Sei ein guter König – oder was immer du diesmal sein wirst.«

Hal verschränkte die Arme vor der Brust und sah Arthur nach, der sich mit einer Hand wie ein kleines Kind an Merlins Mantel klammerte und mit der anderen das riesige Schwert hinter sich herschleifte. Die Ritter waren aufgesessen und warteten ungeduldig darauf, den König endlich in die Burg zurückgeleiten zu können.

Doch im letzten Moment, bevor sie die Zugbrücke erreichten, drehte sich Arthur um und rannte zurück.

»Was ist denn?« fragte Hal. »Etwas nicht in Ordnung?«

»Ich kann nicht hineingehen, Hal.«

»Was soll denn das nun wieder heißen? Da drin wird alles bestens sein. Du gehörst dorthin …«

»Nein, das ist nicht wahr!« Sein Gesicht war rot angelaufen. »Kapierst du das denn nicht? Vielleicht habe ich vor sechzehn Jahrhunderten dorthin gehört – aber jetzt bin ich doch nicht mehr dieser König Artus. Ich bin erst zehn, Hal. Egal, was ich mit meinem Leben anfangen will, ich muß zuerst erwachsen werden.«

»Na und? Älter wirst du auch in der Burg.«

»Und was kann ich da schon lernen? In der Burg ist alles seit über tausend Jahren tot!«

»Aber da bist du sicher.«

»Ich will aber nicht sicher sein. Ich will leben!«

Sie schauten sich schweigend an. »Arthur …«

»Ich komme mit dir«, sagte der Junge.

»Du willst …« Hal trat zwei Schritte zurück. »O nein.«

»Ich werde dir gar nicht lästig fallen, ich versprech's. Ich bin praktisch veranlagt, und ich lerne schnell. Ich mach' alles, was du sagst, wenn du mich nur mitnimmst. Bring mir bei, was du kannst.«

»Wie bitte? Ich kann doch überhaupt nichts. Willst du vielleicht einer werden wie ich?«

»Ja, Hal«, sagte Arthur. »Genau so einer.«

»Aber ich bin praktisch ein Penner!«

Langsam schüttelte Arthur den Kopf. »Nein, Hal. Du bist der Beste, der Allerbeste.«

Er ging zurück zu dem auseinandergebrochenen Felsblock und wuchtete das Schwert hinauf.

»Nein!« schrie Merlin und rannte auf ihn zu. »Tu es nicht dort hinein! Nicht …«

Arthur stieß das Schwert in die Spalte.

Sogleich begann die Burg zu verblassen. Nebel senkte sich über die Türme, die Zinnen, den Wassergraben und auch über die erschrockenen Ritter, die einander entsetzt anstarrten, während sie ihre Körperlichkeit verloren. Pferde wieherten noch, als ihre Mähnen schon durchsichtig waren wie Spinnweben.

Nur ein Ritter blieb völlig ungerührt. Wie ein Fels in der Brandung saß Lancelot auf seinem Hengst, während die Nebel ihn einhüllten, und wandte keinen Blick von Hal. Nicht Angst, sondern Stolz war ihm ins Gesicht geschrieben. Während die anderen um ihn herum sich auflösten, ballte Lancelot die Hand zur Faust und legte sie zu einem stummen Schwur aufs Herz.

Hal runzelte die Stirn. Doch dann verstand er ihn. Lancelot bat Hal um das Versprechen, den König zu beschützen, bis Camelot erneut erstehen würde.

Langsam hob Hal seine Hand und legte sie, zur Faust geballt, auf das Herz.

Der Ritter nickte und löste sich in Nichts auf.

»Das hättest du nicht tun sollen«, sagte Merlin.

Die Wiese sah wieder genauso aus wie vorher: mit Moos bewachsene Felsen in taufeuchtem Gras. Aber etwas fehlte. Hal schaute mit zusammmengekniffenen Augen angestrengt in die Ferne.

»Saladins Leiche ist verschwunden«, sagte er dann.

»Natürlich. Du hast ihn getötet, als die Burg da war. Nach dem Maßstab der sogenannten normalen Zeit liegt das viele Jahrhunderte zurück. Seine Knochen sind längst zu Asche zerfallen.«

Hal wurde kreidebleich. »Soll das heißen, wir waren wirklich ... wir waren tatsächlich ...«

»... im alten Camelot, richtig. Der König hat alles zurückgerufen.« Er warf Arthur einen grimmigen Blick zu. »Und dann hat er alles wieder verschwinden lassen.«

»Und der Becher ... Wo ist der jetzt?« fragte Hal.

»Das wissen nur die wilden Vögel«, seufzte Merlin.

»Aber wer weiß, am Ende findet man ihn wieder.« Arthur funkelte ihn böse an.

»Zur nächsten Jahrtausendwende vielleicht«, fügte der alte Mann mit einem flüchtigen Lächeln hinzu.

Hal musterte Merlin von oben bis unten. »He, wie kommt es dann, daß Sie noch da sind?«

»Ich habe mich nicht zurückversetzen lassen. Ich kann mich nicht in zwei Zeiten zugleich bewegen. Und solange ihr beide euch in dieser Welt rumtreibt, muß doch jemand auf euch aufpassen.«

»O nein«, wehrte Hal ab. »So haben wir nicht gewettet. Ich kümmere mich um Arthur, bis ich seine Tante gefunden habe. Aber einen griesgrämigen alten Mann lasse ich mir nicht auch noch aufhalsen.«

»Griesgrämig?« schnaufte Merlin. Dann griff er in eine tiefe Manteltasche. »Da. Das werdet ihr brauchen.« Er brachte ein Bündel Hundert-Pfund-Noten zum Vorschein und gab es Hal, als handelte es sich um Würmer. »Schmutziges Zeug, dieses Geld. Die Hände stinken davon. Und was man wirklich braucht, kann man damit sowieso nicht kaufen.« Er wischte sich die Hände ab.

»Und woher haben Sie das?« fragte Hal mißtrauisch.

Entnervt schloß der alte Mann die Augen. »Ich bin ein *Zauberer,* Herrgott! Jetzt stellen Sie sich nicht so an! Die Scheine kann man tauschen – gegen Flugtickets und dergleichen.«

»Und was ist mit Ihnen?«

»Ich muß den Felsblock vergraben, bevor ihn irgendein Archäolo-Baby findet. Aber geht ruhig. Ich komm' später nach.«

»Aber wohin? Und wann? Ich weiß ja selber noch nicht, wohin wir gehen.«

»Das macht nichts«, sagte Merlin verschmitzt.

»Aber mir gefällt das ganz und gar nicht.«

»Könnte eigentlich ganz vergnüglich werden«, fuhr der alte Mann fort, ohne auf Hal zu achten. »Ich hatte anderthalb Jahrtausende lang kein Abenteuer zu bestehen.«

»Sie kommen aber nicht mit!« beharrte Hal.

»Wir werden ja sehen.« Mit fahrigen Gesten forderte er sie zum Gehen auf.

Hal brummte etwas vor sich hin, drehte sich um und ging davon. Der Junge lief hinter ihm her. »Wir gehen wohl am besten zum Bahnhof von Wilson-on-Hamble«, grummelte er. »Fünfzehn Kilometer.«

»Das stört mich nicht«, sagte Arthur fröhlich.

»Aber mich. In einem Punkt hat der alte Magier jedenfalls recht. Was man wirklich braucht, kann man nicht kaufen.«

»Einen Freund, zum Beispiel«, schlug Arthur vor.

»Ich dachte eigentlich mehr an ein Taxi. Meine Füße bringen mich um.« Sie erreichten die schmale asphaltierte Straße. »Aber so was gibt's in dieser gottverlassenen Gegend natürlich nicht.«

Just in diesem Moment tauchten auf dem Hügel vor ihnen Autoscheinwerfer auf. Das Fahrzeug bremste ab und kam neben ihnen zum Stehen.

»Hallo, Mister!« rief der Fahrer. »Ich hab' mich wohl verfranzt. Können Sie mir sagen, wo's nach Wilson-on-Hamble geht?«

Verblüfft sah Hal das Schildchen auf dem Autodach. »Ist das ein Taxi?«

»Ja. Ich bin nicht im Dienst, aber ich nehm' Sie mit, wenn Sie wollen.«

Schon war Arthur auf den Rücksitz geklettert. Als Hal sich neben ihn setzte, schaute er zur Burgruine zurück. Der alte Mann hob seinen Arm und winkte.

Hal lächelte und schüttelte den Kopf. »Danke, alter Knabe«, sagte er und winkte zurück.

Merlin ging noch einmal zwischen den Überresten der Burg umher. *Nun ja, alles hätte viel schlimmer kommen können,* dachte er. Der Junge war nun einmal eigensinnig und wußte nicht, was gut für ihn war, aber das war zu befürchten gewesen. Artus hatte sich schon damals von niemandem dreinreden lassen.

Das nächstemal ließe sich das vielleicht alles besser an.

Jedenfalls wenn Mr. Wocżniak seinen Einfluß auf den Jungen geltend machte.

Seufzend setzte er sich auf einen Stein. Ach ja, schließlich hatte diese Nacht doch noch ein gutes Ende gefunden.

Er zuckte zusammen, als plötzlich ein verschmiertes Gesicht hinter einem Felsen auftauchte.

»Wer zum Teufel bist denn du?«

»Tom Rogers, Sir«, sagte der Junge mit zitternder Stimme. »Ich wohne drüben im Dorf, Sir.«

»Was machst du dann hier?«

»Ich bin hergekommen, um die Reiter zu hören. Es ist doch Johannistag.«

»Ach ja. Und hast du sie gehört?«

Der Junge blinzelte heftig. »Die Ritter sind leibhaftig dagewesen«, sagte er, »und Sie waren doch bei Ihnen!« Er wartete auf eine Antwort, und als keine kam, versuchte er, dem Gedächtnis des alten Mannes auf die Sprünge zu helfen: »Zwei Männer wurden getötet. Einer verblutete fast, der war praktisch in Stücke gehauen. Aber dann wurde er wieder lebendig und hatte nicht mal einen Kratzer.« Er sprach so schnell, daß er sich mit dem ausgefransten Ärmel den Speichel vom Mund wischen mußte.

»Und die Burg war da. Das hab ich natürlich schon öfters gesehen, aber noch nie so. Die Zugbrücke war heruntergelassen, und alle Ritter galoppierten heraus, das müssen fast eine Million gewesen sein und alle in Rüstung ...«

Er legte seinen Kopf auf die Seite. »Sie haben es doch auch gesehen, stimmt doch?«

Merlin lachte. »Ich habe keine Ahnung, wovon du sprichst, mein Junge.«

»Aber Sie sind doch dabeigewesen. Sie haben doch ...« Er wandte sich ab und wischte sich die Augen. »Die Großen können sich einfach nie erinnern«, sagte er verzweifelt.

Eine Weile saß Merlin schweigend auf seinem Stein. »Dann sorge du doch dafür, daß wir uns erinnern«, sagte er schließlich.

»Und wie soll das gehen?« fragte der Junge kampflustig.

»Du brauchst nur alles aufzuschreiben. Über die Ritter

und die Burg und … äh, den wundersamen Zauberer. Und über den kleinen Jungen, der das Schwert aus dem Felsen zog und eine neue Welt schuf. Fang gleich an, und wenn du älter bist, kannst du alles genau durchdenken. Schreib alles auf, Tom.«

Dem Jungen hatte es die Sprache verschlagen. »Schreiben? Ich?« stotterte er.

»Warum denn nicht? Das ist ein anständiger Beruf – wenn auch nicht mit dem eines Barden zu vergleichen. Aber davon erzähle ich dir ein andermal.«

»Werden Sie hier sein, wenn die Burg wieder erscheint?«

»Vermutlich schon.«

Der Junge trat zurück und schaute ihn an. Langsam verzog sich sein Gesicht zu einem breiten Grinsen. »Er war ein sehr wundersamer Zauberer.«

»Genau so. Du kannst jetzt schon gut mit Worten umgehen.« Der alte Mann erhob sich. »Lauf jetzt, Junge. Und übe fleißig. Der König braucht jemand, der seine Chronik schreibt.«

»Was ist das, Sir?«

»Schlag im Lexikon nach.« Er gab ihm einen Schubs, und der Junge rannte lachend davon. Sein Lachen hallte durch die Morgendämmerung. Allmählich wurde es vom Hufschlag unsichtbarer Pferde übertönt. Setzten die Geisterreiter die unendliche Suche nach ihrem König fort? Wie jedes Jahr am Johannistag dröhnte die Erde unter den Hufen. Dann war es wieder still. Nur das ferne Lachen des Jungen war noch zu hören.

*Schreib alles auf, Tom,* dachte Merlin. *Das gibt eine gute Geschichte. Eine recht wundersame Geschichte.*